D0831483

Né en 1950 à Copenhague, Jussi Adler-Olsen a étudié à l'université des domaines aussi variés que la médecine, la sociologie, le cinéma ou la politique. Ancien éditeur de littérature et de comics, il se consacre exclusivement à l'écriture. *Miséricorde*, son premier livre, a reçu le Grand Prix des lectrices de *Elle* 2012 et le Prix des lecteurs du Livre de Poche 2013 dans la catégorie « Polar ». Véritable phénomène au Danemark, son œuvre est aujourd'hui traduite dans une trentaine de pays et s'est déjà vendue à plus de dix millions d'exemplaires dans le monde.

Paru dans Le Livre de Poche :

JUSSI ADLER-OLSEN

Dossier 64

La quatrième enquête du Département V

ROMAN TRADUIT DU DANOIS PAR CAROLINE BERG

ALBIN MICHEL

Titre original :

JOURNAL 64
Publié par Politikens Forlag, Copenhague, 2010.

Je dédie ce livre à ma mère, à mon père,
à Karen-Margrethe et Henry Olsen,
ainsi qu'à mes sœurs, Elsebeth, Marianne et Vippe.

Prologue

Novembre 1985

Pendant un court moment de relâchement, elle se laissa aller à une sensation de bien-être. Tout y participait : la coupe de champagne glacée et fragile entre ses doigts, le bourdonnement des voix et la main de son mari posée légèrement sur sa hanche. Si elle faisait abstraction de ce qu'on éprouve quand on tombe amoureux, elle n'avait souvenance que de quelques brefs instants, dans une enfance très lointaine, qui lui aient procuré un sentiment semblable à celui-là. Le bavardage rassurant de sa grand-mère. Les rires retenus de personnes aimées et depuis longtemps disparues qu'elle entendait en s'endormant.

Nete pinça les lèvres pour ne pas laisser l'émotion la submerger. Cela arrivait encore parfois.

Elle monta sur la pointe des pieds et contempla le kaléidoscope de robes multicolores et les dos bien droits. Ils étaient venus nombreux à cette réception donnée en l'honneur du lauréat danois du Grand Prix de médecine pour les pays scandinaves. Chercheurs, médecins, le gratin de la société. Sa naissance ne l'avait pas prédestinée à évoluer dans ce milieu mais elle s'y sentait un peu mieux d'année en année.

Elle inspira profondément et s'apprêtait à pousser un soupir de contentement quand elle sentit un regard traverser l'assemblée de femmes aux cheveux relevés et d'hommes aux nœuds papillon bien serrés. Et le sentit se poser sur sa nuque. Elle éprouva la décharge électrique que seuls des yeux ennemis sont capables d'envoyer. Instinctivement, elle fit un pas de côté, comme un animal traqué cherchant refuge dans les buissons. Elle posa la main sur l'avant-bras de son époux et s'efforça de sourire, tout en observant les invités en tenues de soirée qui évoluaient dans les nappes diffuses de la fumée des candélabres.

Une femme rejeta la tête en arrière dans un bref éclat de rire, ouvrant une légère brèche qui lui permit d'apercevoir le mur du fond.

Il était là.

Sa silhouette s'élevait au-dessus des autres tel un phare dans l'océan. Malgré sa nuque ployée et ses jambes torses, il ressemblait toujours à un animal sauvage, massif et fier, et son regard passait sur la foule comme un projecteur.

Elle perçut l'intensité de ce regard jusqu'au fond de ses entrailles et sut que si elle ne réagissait pas très vite, toute sa vie allait s'écrouler en quelques secondes.

« Andreas », dit-elle, en posant la main sur sa gorge qui était déjà trempée de sueur. « Est-ce qu'on pourrait s'en aller, s'il te plaît, je ne me sens pas très bien. »

Il n'en fallait pas plus. Son mari fronça les sourcils, la regarda et, immédiatement, il salua d'un geste du menton ses voisins les plus proches et l'escorta vers la sortie. C'était parce qu'il était capable de faire ce genre de choses qu'elle l'aimait.

« Merci, dit-elle. C'est ma tête, je suis désolée. »

Il lui sourit. Il était bien placé pour savoir de quoi elle parlait. Lui aussi passait parfois de longues soirées dans le noir quand la migraine l'assaillait.

Un de leurs nombreux points communs.

Ils étaient parvenus au grand escalier qui menait aux salles de réception quand le grand type les rejoignit et leur barra la route.

Il avait pris un sacré coup de vieux. Ses yeux, jadis si brillants, avaient l'air terne. Ses cheveux étaient devenus complètement blancs. Vingt-cinq années s'étaient écoulées et elles avaient laissé des traces.

« Nete ! Toi, ici ? Tu es la dernière personne que je m'attendais à rencontrer en cette compagnie », dit-il, sans chaleur dans la voix.

Elle le contourna, accrochée au bras de son mari, mais la manœuvre n'intimida pas son poursuivant. « Tu ne te souviens pas de moi, Nete ? cria-t-il dans son dos. Mais si ! Rappelle-toi, Curt Wad. Je suis sûr que tu ne m'as pas oublié. »

À mi-hauteur de l'escalier, il les avait rattrapés.

« Alors maintenant, tu es la putain du directeur Rosen ! Tu as fait du chemin depuis la dernière fois. Je suis impressionné ! »

Elle essaya d'entraîner son époux mais Andreas Rosen n'était pas homme à reculer devant un problème. Cette fois encore, elle put le vérifier.

« Je vous prie de laisser mon épouse tranquille », dit-il en accompagnant sa phrase mesurée d'un regard qui disait sa colère.

« Je vois. » L'importun fit un pas en arrière. « Tu as réussi à mettre le grappin sur Andreas Rosen, Nete. Bien joué ! » Il lui adressa ce que d'autres auraient interprété comme un sourire complice mais Nete savait à quoi s'en tenir. « Je ne savais pas. Je n'évolue pas souvent dans ces hautes sphères, vois-tu. Et je ne lis pas la presse à scandale non plus. »

Comme un film au ralenti, elle vit son mari relever le menton avec mépris, sentit sa main prendre la sienne et l'entraîner derrière lui. L'espace d'un instant, elle crut pouvoir recommencer à respirer. Elle entendait les pas d'Andreas et les siens résonner dans sa tête à contretemps. Allons-nous-en, disaient-ils.

Ils étaient parvenus au vestiaire quand la voix de Curt Wad s'éleva à nouveau derrière eux :

« Vous ignoriez, monsieur Rosen, que votre femme était une putain ? Une pauvre arriérée qui vient de l'asile de Sprogø et qui se fout de savoir pour qui elle écarte les cuisses. Vous ignoriez que son cerveau débile ne fait pas la différence entre le bien et le mal et que... »

Son mari faillit lui tordre le poignet quand il fit volte-face. Plusieurs personnes se précipitèrent pour tenter de calmer le trouble-fête. Quelques jeunes médecins venus à la rescousse se penchèrent, menaçants, sur la large poitrine de l'homme afin de lui faire comprendre qu'il était indésirable.

« Andreas, laisse tomber », s'écria-t-elle en le voyant s'approcher du groupe qui entourait son agresseur. Son mari ne l'écouta pas. Le mâle alpha était déjà parti marquer son territoire.

« Je ne sais pas qui vous êtes, monsieur, dit-il. Mais je vous conseille vivement de ne plus vous montrer en société avant d'avoir appris à vous comporter en homme du monde. »

Le grand échalas leva la tête au-dessus des hommes qui le tenaient en respect et tout le monde dans le vestiaire attendit la réponse qui sortirait de ses lèvres sèches. Les dames derrière le comptoir qui triaient les gabardines des manteaux de fourrure, ceux qui entraient ou sortaient discrètement des toilettes, les chauffeurs de maître postés devant la porte à tambour.

Et les mots vinrent, qui n'auraient jamais dû venir :

« Demandez à Nete où elle a été stérilisée, monsieur Rosen. Demandez-lui combien de fois elle a avorté. Laissez-la vous raconter comment on se sent dans une cellule d'isolement au bout de cinq jours. Posez-lui toutes ces questions et ne vous avisez plus de me donner des leçons de bienséance. Vous êtes mal placé pour ça, Andreas Rosen. »

Curt Wad s'arracha aux mains qui l'immobilisaient et s'éloigna, le regard plein de haine. « Je m'en vais ! » dit-il haut et fort. « Quant à toi, Nete ! » Il tendit vers elle un index tremblant de rage. « Je te souhaite d'aller pourrir en enfer où est ta place. »

Sa voix bourdonnait encore dans la pièce après son départ.

« C'était Curt Wad », chuchota quelqu'un derrière eux. Il était de la même promotion que le lauréat d'aujourd'hui, et c'était à peu près tout ce qu'il y avait à retenir de lui.

Mais pour Nete, c'était trop tard. Elle était démasquée.

Et tout le monde la regardait. On cherchait sur elle des signes révélateurs de sa véritable personnalité. Son décolleté était-il trop profond ? Ses hanches avaient-elle des courbes vulgaires ? Et ses lèvres ?

Quand on leur remit leurs manteaux, l'haleine de la dame du vestiaire lui parut empoisonnée. *Tu n'es pas meilleure que moi*, disait son langage corporel.

Il n'avait fallu que ces quelques minutes.

Elle baissa les yeux et agrippa le bras de son mari.

Son cher mari dont elle n'osait plus croiser le regard.

Elle écoutait le bruit doux et obstiné du moteur.

Ils ne s'étaient pas dit un mot. Chacun de son côté, ils fixaient la nuit d'automne découpée par les mouvements réguliers des essuie-glaces.

Il attendait peut-être un démenti de sa part mais elle ne pouvait pas le lui donner.

Elle attendait peut-être qu'il lui tende la main. Qu'il l'aide à sortir de sa camisole mentale. Qu'il la regarde et lui dise que tout cela n'avait pas d'importance et que, pour lui, seuls comptaient les onze ans de bonheur qu'ils avaient connus ensemble.

Et pas les trente-sept années qu'elle avait vécues avant de le rencontrer.

Mais il préféra allumer la radio et remplir l'habitacle d'une tonitruante distance. Sting les conduisit à travers le Seeland vers le sud, Sade les accompagna pendant qu'ils roulaient dans l'île de Falster et Madonna leur fit traverser Guldborgsund. C'était la nuit des voix jeunes et bizarres. Le seul lien qui les unissait encore.

Tout le reste avait volé en éclats.

Quelques centaines de mètres avant le village de Blans et à deux kilomètres du manoir, il tourna dans un chemin vicinal.

« Bon. Je t'écoute », dit-il, le regard braqué sur l'obscurité devant lui. Pas une parole chaleureuse. Même pas son prénom en guise de consolation. Juste : « Bon. Je t'écoute. »

Elle ferma les yeux. Essaya calmement de lui faire comprendre que certains événements dans sa jeunesse l'avaient conduite à vivre des choses terribles et que l'homme qui l'avait accusée était aussi celui qui avait été la cause de son malheur.

« Mais tout ce qu'il a dit était vrai », avoua-t-elle à voix basse.

Tout était vrai.

Pendant un instant pénible qui lui sembla durer une éternité, elle n'entendit plus que sa respiration. Puis il se tourna vers elle et la regarda d'un œil noir. « C'est pour ça que nous n'avons jamais pu avoir d'enfant », dit-il.

Elle hocha la tête. Serra les lèvres et dit les choses comme elles étaient. Oui, elle s'était rendue coupable d'inexactitudes et de mensonges par omission. Oui, elle avait été internée à Sprogø quand elle était jeune, mais elle l'avait été par erreur, suite à une série de malentendus, d'abus de pouvoir et de trahisons. Oui, elle avait subi plusieurs avortements et on l'avait stérilisée, mais l'immonde individu qu'ils avaient croisé ce soir…

Il posa la main sur son bras et le froid qui s'en dégageait la traversa comme un électrochoc et l'arrêta au milieu de sa phrase.

Andreas Rosen passa la première, lâcha l'embrayage, traversa lentement le village et quand ils roulèrent le long des prairies qui bordaient l'eau noire, il mit le pied au plancher.

« Je regrette, Nete. Je ne peux pas te pardonner de m'avoir laissé vivre pendant des années dans l'espoir que nous pourrions être parents ensemble, j'en suis incapable. Et pour le reste, le simple fait d'y penser me donne envie de vomir. »

Il se tut quelques secondes et elle sentit des picotements glacés dans ses tempes et sa nuque se raidit.

Puis il redressa la tête avec la même arrogance que lorsqu'il négociait avec les gens qu'il ne jugeait pas dignes de son respect. Aussi sûr de son fait que lorsqu'il rejetait un faux diagnostic.

« Je vais rassembler mes affaires, dit-il d'un ton coupant. Je te laisse une semaine pour trouver un autre endroit où habiter. Tu pourras emporter tout ce que tu voudras de Havngaard. Tu ne manqueras de rien. »

Elle cessa de le regarder et tourna la tête vers l'eau. Elle baissa la vitre pour respirer l'odeur des algues, portée par les vagues d'un noir profond qui semblaient vouloir l'anéantir.

Et elle se souvint de sa solitude, de son désespoir, de ces jours passés jadis à Sprogø à regarder ce même océan, l'invitant comme aujourd'hui à mettre fin à une existence misérable.

Tu ne manqueras de rien, avait-il dit. Comme si les choses matérielles avaient la moindre importance.

Il n'avait rien compris.

Sans y penser elle enregistra la date sur le cadran du tableau de bord, on était le 14 novembre 1985. Ses lèvres s'étaient mises à trembler quand elle avait tourné la tête vers lui.

Ses yeux noirs étaient comme des orbites creuses dans son visage. Il ne voyait rien d'autre que le virage et la route devant lui.

Elle leva une main et l'approcha doucement du volant. Elle l'agrippa sans lui laisser le temps de protester et tira de toutes ses forces.

L'énorme puissance du véhicule se développa dans le vide tandis que la route disparaissait sous ses roues. Les dernières protestations de son mari furent noyées par le fracas de la chute par-dessus le parapet.

Quand ils touchèrent la surface de l'eau, elle eut le sentiment de rentrer chez elle.

1

Carl entendit parler des événements de la nuit sur le canal de la police. En temps normal la nouvelle serait rentrée par une oreille et sortie par l'autre, l'affaire étant du ressort de ses collègues des mœurs, mais cette histoire-là l'avait troublé.

La tenancière d'une agence d'escort girls s'était fait agresser et arroser de soude caustique dans son appartement d'Enghavevej et le service des grands brûlés du Rigshospitalet avait eu du pain sur la planche.

On était à la recherche de témoins mais pour le moment ça n'avait rien donné.

Un groupe de types pas très nets, originaires de Lituanie, avait été embarqué pour interrogatoire. Dans le courant de la nuit on avait pu déterminer avec certitude que seul l'un des suspects pouvait avoir fait le coup, mais il n'avait pas avoué. On ne disposait d'aucune preuve. La victime avait déclaré à l'hôpital qu'elle ne serait pas capable de reconnaître son agresseur et on avait dû relâcher toute la bande.

L'histoire était classique.

En arrivant, il croisa « le glaçon de Halmtorvet », Brandur Isaksen, du commissariat de Station City, en train de traverser la cour de l'hôtel de police en direction du parking souterrain.

« Alors, tu viens faire chier ton monde, mec ? » lui grogna Carl par la vitre en passant à sa hauteur, et le con s'arrêta comme si l'exclamation désobligeante avait été une invitation à la conversation.

« C'est la sœur de Bak qui a pris, cette fois-ci », dit Isaksen, laconique.

Carl le regarda d'un air ahuri. De quoi parlait-il ?

« Pas de chance, répondit-il à tout hasard.

— Tu n'as pas entendu parler de l'agression à Enghavevej ? Elle a été salement amochée, poursuivit-il. Les médecins du Rigshospitalet ont eu de quoi s'occuper cette nuit. Bak et toi vous vous connaissez bien, non ? »

Carl fronça les sourcils. Børge Bak ? S'il connaissait Børge Bak ? Le vice-commissaire du Département A, qui avait demandé une année sabbatique pour ensuite prendre sa retraite anticipée. Ce connard hypocrite ?

« Nous nous entendions presque aussi bien que toi et moi, pour te donner une idée », lâcha Carl, ironique.

Isaksen hocha la tête, renfrogné. L'amour qu'il y avait entre ces deux-là pesait à peu près aussi lourd qu'une aile de papillon.

« Tu connais sa sœur ? Esther Bak ? »

Carl tourna la tête vers les arcades d'où Rose arrivait à petits pas, avec à l'épaule un sac à main de la taille d'une valise. C'était quoi son projet ? Passer des vacances au bureau ?

Il sentit qu'Isaksen suivait son regard et reporta son attention sur lui.

20

« Je ne l'ai jamais rencontrée, elle tient un bordel, c'est ça ? C'est plutôt ton rayon ! Laisse-moi en dehors de ça, si tu veux bien. »

Les commissures des lèvres d'Isaksen suivirent la loi universelle de la gravité. « Je crois que tu peux t'attendre à ce que Bak déboule pour participer à l'enquête. »

Carl n'en était pas aussi sûr que lui. Bak avait quitté la police parce qu'il détestait son métier et, plus encore, venir à l'hôtel de police.

« Il sera le bienvenu, dit-il. Du moment qu'il ne descend pas dans mon département. »

Isaksen passa les doigts dans sa tignasse noire. « Non, bien sûr que non. Tu préfères avoir la paix pour t'amuser avec la petite, là ! »

Il fit un geste du menton en direction de Rose qui disparaissait dans l'escalier au même moment.

Carl secoua la tête. Qu'Isaksen aille se faire foutre avec ses conneries. S'amuser avec Rose ! Plutôt aller se faire moine à Bratislava.

« Carl », l'apostropha le garde de faction quand il pénétra dans le bâtiment trente secondes plus tard. « La psychologue, vous voyez qui je veux dire, Mona Ibsen, elle a laissé ça pour vous. » Il tendit à Carl une enveloppe grise à travers le guichet de sa guérite comme si c'était sa grande mission de la journée.

Carl regarda l'enveloppe d'un air étonné. Il avait peut-être raison, qui sait ?

Le garde se rassit. « Il paraît qu'Assad est là depuis quatre heures du matin. On peut dire qu'il ne ménage pas sa peine, celui-là. Il est en train de préparer une attaque terroriste contre l'hôtel de police ou quoi ? »

Il gloussa de sa propre blague mais s'arrêta net en voyant que Carl ne riait pas du tout.

« Pose-lui la question toi-même », dit Carl en pensant à la femme qui venait de se faire arrêter à l'aéroport pour avoir prononcé le mot « bombe ». Apparemment, elle avait commis une bourde digne de faire la une des journaux.

Il sut que Rose était dans un de ses bons jours à la minute où il atteignit la dernière marche de l'escalier en colimaçon qui conduisait au sous-sol. Un lourd parfum de girofle et de jasmin lui sauta aux narines, lui rappelant la vieille dame d'Øster Brønslev qui pinçait les fesses de tous les hommes qui oubliaient de la regarder en passant. Chaque fois que Rose mettait ce parfum, Carl développait une migraine qui, pour une fois, n'était pas due à un accès de mauvaise humeur.

Assad avait émis la théorie qu'elle avait dû hériter ce parfum d'une vieille parente, mais Carl savait qu'on pouvait encore se procurer ce genre de fragrances dans certaines boutiques indiennes de la capitale, qui se fichaient de fidéliser la clientèle.

« Hé, Carl, vous pouvez venir ici une minute ! » l'appela-t-elle sans sortir de son bureau.

Carl soupira. Quoi encore ?

Il passa en titubant devant le souk du bureau d'Assad et jeta un coup d'œil vers l'univers clinique de celui de Rose où il aperçut d'abord le gigantesque sac avec lequel il l'avait vue entrer tout à l'heure. Quand il découvrit le tas de documents qui en débordait, Carl se dit que le parfum de Rose ne serait pas le seul détail à lui prendre la tête ce jour-là.

« Euh », demanda-t-il prudemment en désignant le tas. « Qu'est-ce que c'est ? »

Elle lui lança un regard charbonneux qui ne le rassura pas.

« Des affaires anciennes qui traînent depuis un an sur les bureaux des commissaires de police. Les dossiers qui auraient dû arriver chez nous. Vous êtes pourtant bien placé pour savoir ce que c'est que le désordre, non ? »

Elle accompagna sa remarque d'un son guttural qu'il fallait sans doute interpréter comme un rire.

« Les dossiers ont été livrés par erreur au Service national des enquêtes. Je viens juste d'aller les chercher là-bas. »

Carl haussa les sourcils. Un supplément de boulot, et ça la faisait sourire ?

« Oui, oui, je sais ce que vous pensez : c'est la mauvaise nouvelle de la journée, le devança-t-elle. Mais ça, c'est parce que vous n'avez pas encore vu ce dossier-là. Il ne vient pas du SNE, je l'ai trouvé sur le fauteuil de mon bureau en arrivant. »

Elle lui tendit une chemise cartonnée. Apparemment elle voulait qu'il y jette un coup d'œil toutes affaires cessantes. Et puis quoi encore ? Avant de s'attaquer aux mauvaises nouvelles, il fallait fumer sa première clope. Merde alors, chaque chose en son temps. Il venait à peine d'arriver.

Carl secoua la tête, alla se réfugier dans son bureau, jeta le dossier sur sa table et son manteau sur la chaise.

La pièce sentait le renfermé et le néon clignotait plus frénétiquement que jamais. Le mercredi était décidément le jour le plus difficile de la semaine.

Il alluma sa cigarette et traversa le couloir jusqu'au placard à balais d'Assad qui avait son aspect habituel. Le tapis de prière était déroulé sur le sol et d'épais nuages de vapeur d'eau parfumée à la menthe flottaient au-dessus. Le transistor débitait des sons qui ressemblaient à des cris nuptiaux de dauphins accompagnés d'un chœur gospel sortant d'un magnétophone à bandes dont la courroie serait distendue.

Bienvenue à Istanbul.

« Bonjour », dit Carl.

Assad tourna lentement la tête vers lui. Un lever de soleil au Koweït n'aurait pas pu être plus rouge que l'impressionnant organe nasal du pauvre homme.

« Nom de Dieu ! Assad, tu as vraiment une sale gueule », dit Carl en faisant un pas en arrière devant cette vision d'horreur. Si la grippe devait sévir dans cette cave, elle avait intérêt à faire un grand détour loin, très loin de son organisme à lui.

« Ça a commencé hier », expliqua Assad en reniflant. Il aurait fallu chercher pour trouver des yeux de chien battu comme les siens.

« Rentre chez toi, tout de suite », lui ordonna Carl en battant en retraite. Il n'y avait rien d'autre à faire. De toute façon, il savait bien qu'Assad ne l'écouterait pas.

Carl alla se mettre à l'abri, flanqua ses pieds sur sa table de travail et, pour la première fois de son existence, se demanda si ce ne serait pas une bonne idée de s'offrir un charter pour les îles Canaries. Quinze jours sous un parasol en compagnie d'une Mona très dévêtue, pas mal ! Et la grippe pourrait continuer à faire des ravages à Copenhague tant qu'elle voudrait.

L'idée le fit sourire et il ouvrit l'enveloppe de Mona. Il se serait même contenté du parfum qui s'en dégageait. Raffiné et sensuel, comme elle. Et surtout à mille lieues du bombardement olfactif de l'artillerie lourde de Rose.

« Mon trésor adoré », disait la lettre.

Carl sourit. La dernière fois qu'on lui avait donné un nom aussi gentil, il était dans un lit d'hôpital à la clinique de Brønderslev avec six points de suture au bas-ventre et l'appendice dans un pot à confiture sur sa table de chevet.

Mon trésor adoré,

Rendez-vous chez moi ce soir à 19 h 30 pour manger l'oie de la Saint-Martin, d'accord ? Tu mets une veste et tu te charges du vin. Je m'occupe des surprises.
Bisous,

Mona.

Carl sentit le rouge lui monter aux joues. Quelle femme !

Il ferma les yeux, prit une grosse bouffée de sa cigarette et tenta de mettre des images sur le mot *surprises*. Des images interdites aux mineurs.

« On peut savoir ce que vous faites, là, à roupiller avec votre sourire béat ? Vous n'avez pas l'intention de lire le dossier que je vous ai donné ? »

Rose était sur le seuil de son bureau. Vu sa posture, les bras croisés et la tête baissée, elle ne partirait pas avant qu'il ne réagisse.

Carl écrasa sa cigarette et prit la chemise sur son bureau. Autant en finir tout de suite, sinon elle allait rester là jusqu'à ce que ses bras fassent des nœuds.

À l'intérieur se trouvaient dix pages de documents fanés provenant du tribunal de Hjørring. Dès la première page, il vit de quoi il s'agissait.

Comment diable cette affaire avait-elle atterri sur le fauteuil dans le bureau de Rose ?

Il parcourut rapidement la première page. Il connaissait d'avance l'ordre des phrases. Été 1978. Un homme est retrouvé noyé dans le lac de Nørre Å. Patron d'usine, passionné de pêche, membre de tous les clubs auquel donne accès ce type d'activités. Quatre traces de pas distinctes autour de son tabouret de pêche et de son vieux sac usé. Le matériel de pêche est retrouvé sur place. Rien ne manque. Ni le moulinet, ni les cannes à plus de cinq cents couronnes pièce. Une belle journée. L'autopsie ne révèle rien d'anormal. Pas d'infarctus, pas d'AVC. Juste la noyade.

Si la profondeur de l'eau n'avait pas été d'à peine soixante-quinze centimètres à l'endroit où le cadavre avait été trouvé, on aurait probablement conclu à une mort accidentelle.

Mais Carl savait que ce n'était pas la façon dont cet homme était mort qui avait attiré l'attention de Rose. Le fait que l'affaire n'ait jamais été élucidée pouvait à la rigueur expliquer sa présence dans les locaux du Département V, mais si elle s'y était intéressée c'était à cause d'une série de photographies qui se trouvaient dans ce dossier et qui, pour deux d'entre elles au moins, étaient des portraits de Carl.

Il soupira. Le noyé s'appelait Birger Mørck et n'était autre que son oncle. Un homme jovial et généreux, que son fils Ronny et son neveu Carl admiraient et qu'ils aimaient bien accompagner dans de petites virées du genre de cette partie de pêche pour se laisser initier à l'art mystérieux d'attraper des poissons.

Mais deux filles de Copenhague qui avaient entrepris de traverser le Danemark à vélo arrivaient justement ce jour-là à Skagen, dans leurs T-shirts en coton fin très érotiquement trempés de sueur.

La vision de ces deux pin-up blondes en train de gravir la colline en danseuse avait fait perdre la tête aux deux jeunes gens qui avaient lâché leurs cannes à pêche et s'étaient mis à courir à travers champs comme de jeunes veaux qui foulent pour la première fois de leurs petits sabots un herbage verdoyant.

Quand ils étaient revenus à la rivière deux heures après, les formes sous les T-shirts moulants des demoiselles à jamais imprimées sur leurs rétines, Birger Mørck était déjà mort.

D'innombrables interrogatoires plus tard, la police de Hjørring avait classé l'affaire. Et bien qu'elle n'ait jamais pu mettre la main sur les jeunes filles qui étaient le seul alibi des deux cousins, Carl et Ronny avaient fini par être relâchés. Le père de Carl avait été triste et en colère pendant des mois, mais l'affaire n'avait pas eu d'autre conséquence que celle-là.

« Vous étiez plutôt mignon en ce temps-là, Carl. Quel âge aviez-vous ? » demanda Rose, toujours sur le pas de la porte.

Il fit tomber la chemise sur sa table. Ce n'était pas une époque dont il avait envie de se souvenir.

« Quel âge j'avais ? Dix-sept ans, et Ronny en avait vingt-sept. » Il soupira. « Tu sais pourquoi cette affaire remonte tout à coup à la surface ?

— Pourquoi ? » Elle se cogna le front avec les articulations de ses doigts, aussi pointues que des dagues.

« Allô, prince charmant, on se réveille ! C'est notre boulot ! Vous avez oublié ? C'est ce qu'on fait ici : on creuse dans les vieilles enquêtes qui n'ont pas été résolues !

— Ça ne m'a pas échappé, Rose. Mais pour commencer, cette affaire-là a été classée parce qu'on n'a pas pu prouver qu'il s'agissait d'autre chose que d'un accident. Et d'autre part, ce dossier n'a pas poussé tout seul sur le siège de ton bureau !

— Je devrais peut-être appeler le commissariat de Hjørring et leur demander pourquoi il est arrivé ici, et pourquoi maintenant ? »

Carl haussa un sourcil. L'air de dire que ça aurait dû être fait depuis longtemps.

Elle tourna les talons et repartit vers ses pénates. Message reçu.

Carl réfléchit. Pourquoi exhumer cette affaire ? Est-ce qu'elle n'avait pas fait assez de dégâts comme ça ?

Il regarda encore une fois la photo de Ronny et lui, puis repoussa la chemise vers un tas d'autres dossiers qui s'empilaient sur sa table. Le passé était le passé et le présent, le présent, c'était comme ça, et il avait lu quatre minutes plus tôt un message de Mona dans lequel elle l'appelait *Mon trésor adoré*. Il y avait des priorités dans la vie.

Il sourit pour lui-même, pêcha son portable dans la poche de son jean et regarda d'un air contrarié les touches minuscules. S'il lui envoyait un SMS, il mettrait au moins dix minutes à le rédiger et s'il essayait de l'appeler, elle mettrait le même temps à décrocher.

Il soupira et entreprit d'écrire le message. Il était prêt à parier que les claviers de téléphone portable avaient été conçus par un pygmée, avec des doigts aussi fins que des macaronis. Face à ces trucs-là, un utilisateur lambda originaire d'Europe du Nord et de taille moyenne se sentait comme un hippopotame à qui on demanderait de jouer de la flûte à bec.

Quand il eut terminé son SMS, il contempla le fruit de ses efforts et décida avec philosophie d'oublier les fautes de frappe. Mona comprendrait le sens général. Il voulait juste lui faire savoir qu'elle avait un client pour son oie de la Saint-Martin.

Au moment où il posait le mobile sur son bureau, une tête se glissa dans l'encadrement de la porte.

La mèche qui couvrait sa tonsure avait été peignée, la veste en cuir était allée au pressing depuis sa dernière visite, mais l'homme qui se trouvait dessous et dedans paraissait toujours aussi froissé.

« Salut Bak ? Qu'est-ce qui t'amène ? demanda-t-il par automatisme.

— Comme si tu ne le savais pas », répondit l'homme, dont les yeux accusaient un sérieux manque de sommeil. « Je suis en train de péter les plombs, voilà ce qui m'amène ! »

Il s'assit lourdement sur la chaise en face de Carl sans y avoir été invité. « Ma sœur Esther ne retrouvera plus jamais son visage. Et le salopard qui l'a aspergée d'acide est tranquillement en train de se poiler dans une boutique en sous-sol d'Eskildgade. Tu te doutes bien que lorsqu'on est un ancien flic, on n'apprécie pas particulièrement que sa propre sœur tienne un bordel, mais franchement, est-ce que tu trouves que ce type doit s'en tirer comme ça, après ce qu'il a fait ?

— Je ne sais pas pourquoi tu es venu ici, Bak. Tu devrais aller voir les gars du commissariat de la City, ou à la rigueur Marcus Jacobsen ou n'importe lequel des autres patrons si tu penses que l'enquête n'a pas été menée comme il fallait. Tu sais bien que je ne m'occupe ni des violences sur les personnes, ni des affaires de mœurs.

— Je veux qu'Assad et toi vous veniez avec moi pour arracher des aveux à cette ordure. »

Carl sentit son front se plisser jusqu'à la limite de l'implantation de ses cheveux. Le type était devenu dingue, ou quoi ?

« Comme tu as dû le remarquer, tu viens de recevoir un nouveau dossier, poursuivit Bak. C'est un ancien collègue de Hjørring qui me l'a donné. C'est moi qui l'ai déposé chez Rose cette nuit. »

Carl examina son interlocuteur tout en évaluant ses options.

A priori il en avait trois.

La première était de se lever pour lui casser la gueule. La deuxième de le foutre dehors à coups de pied au cul. Carl opta pour la troisième.

« Absolument, le dossier est là », dit-il en désignant l'enfer de paperasses qui jonchait le coin de son bureau. « Pourquoi tu ne me l'as pas remis en main propre ? J'aurais trouvé ça plus élégant. »

Bak sourit brièvement. « Depuis quand l'élégance nous mène-t-elle quelque part, tous les deux ? Attends ! Je ne suis pas fou, je voulais être sûr que quelqu'un d'autre ici le voie avant qu'il ne disparaisse mystérieusement, tu comprends ce que je veux dire ? »

Les deux autres options remontèrent brusquement en tête de liste. Heureusement que ce crétin ne passait plus ses journées dans la maison.

« J'ai soigneusement gardé ces documents sous le coude jusqu'à ce que ce soit le bon moment pour les faire réapparaître, tu piges ?

— Bien sûr… De quel bon moment est-ce que tu parles ?

— Du moment où je vais avoir besoin de ton aide.

— Si tu crois que je vais aller casser la gueule à un coupable présumé juste parce que tu viens agiter sous mon nez une affaire vieille de trente ans, tu te goures, et tu sais pourquoi ? »

Carl énuméra les raisons qu'il avait de refuser, levant un doigt en l'air pour chacune d'entre elles.

« UN : il y a prescription. DEUX : c'était un accident. Mon oncle s'est noyé. Il a dû avoir un malaise et il a piqué du nez dans la rivière. C'est la conclusion à laquelle sont parvenus les enquêteurs à l'époque. TROIS : je n'étais pas là quand c'est arrivé, et mon cousin non plus. QUATRE : contrairement à toi, je suis un flic réglo, et je ne tape pas sur mes suspects. »

Carl réfléchit quelques secondes à sa dernière affirmation. Il ne pensait pas que Bak puisse avoir des raisons de la contester. Rien dans son expression ne le laissait supposer en tout cas.

« Et CINQ ! » Carl leva les cinq doigts de la main puis referma le poing. « Si je devais taper sur quelqu'un avec ce poing, ce serait plutôt sur un certain monsieur qui vient jouer au policier alors qu'il ne l'est plus. »

Bak se rembrunit. « OK. J'ai oublié de te raconter que l'un de mes anciens collègues de Hjørring aime bien faire des voyages en Thaïlande. Du genre quinze jours à Bangkok avec la totale, tu vois ? »

Et en quoi est-ce que ça me concerne ? se demanda Carl.

« Il semblerait que ton cousin Ronny soit également un adepte de la chose et qu'il aime bien s'en jeter un petit derrière la cravate, continua Bak. Et tu sais quoi, Carl ? Quand ton cousin Ronny a trop picolé, il cause. »

Carl réprima un gros soupir. Ronny, ce clown pathétique, avait encore fait des siennes ? Il y avait au moins dix ans qu'ils ne s'étaient pas vus. La dernière fois, c'était à une confirmation ratée à Odder, où Ronny avait un peu trop profité de ce qu'offrait le bar, tant en boissons qu'en serveuses. Ce qui n'aurait pas été très grave en soi, sauf que l'une des serveuses s'était montrée un peu trop consentante et qu'il s'était avéré qu'elle n'était pas beaucoup plus âgée que la communiante, qui était d'ailleurs sa sœur. Il n'y avait pas mort d'homme mais le scandale avait profondément éprouvé la branche de la famille qui habitait Odder et ses environs. Ronny n'avait pas le profil du gendre idéal, c'est le moins qu'on puisse dire.

Carl effaça le souvenir d'un geste de la main. En quoi les conneries de Ronny le regardaient-elles ?

« Va voir Marcus pour lui raconter tes salades, si ça t'amuse, Bak, mais tu le connais ? Il te dira la même chose que moi. On ne tape pas sur un suspect, et on ne vient pas menacer ses collègues avec de vieilles histoires. »

Bak se cala dans son siège. « Figure-toi que dans ce bar en Thaïlande, et en présence de plusieurs témoins, ton cousin Ronny s'est vanté en long, en large et en travers d'avoir assassiné son père. »

Carl plissa les yeux, sceptique. L'information lui paraissait peu probable.

« Vraiment. Il devait être complètement bourré ! Dénonce-le si ça te chante. Moi, je sais qu'il n'a pas pu noyer son père parce qu'il était avec moi au moment où ça s'est passé.

— C'est exact. Il s'est d'ailleurs vanté d'avoir fait le coup avec toi. Il est sympa, ton cousin. »

L'incrédulité de Carl se transforma instantanément en une rage qui lui fit l'effet d'un coup de massue sur les épaules. « Assad ! Tu veux bien venir ici ? » hurla-t-il en fusillant Bak du regard.

Moins de dix secondes plus tard, le malade reniflait sa morve sur le seuil de la pièce.

« Assad, ma chère victime innocente d'une grippe carabinée. Voudrais-tu avoir l'obligeance de venir tousser à la face du connard ici présent ? Prends bien ta respiration avant, surtout. »

« Qu'est-ce qu'il y avait d'autre dans cette pile de nouvelles affaires, Rose ? »

Carl prenait le risque qu'elle attrape tous les dossiers et les lui colle dans les bras, mais il connaissait son équipe, quelque chose avait attiré son attention.

« Cette histoire de mère maquerelle qui s'est fait agresser cette nuit m'a fait penser à une affaire qu'on nous a envoyée du commissariat de Kolding. Elle était dans le tas que je suis allée chercher au SNE.

— Tu sais que la femme que tu traites de mère maquerelle est la sœur de Bak ? »

Rose acquiesça. « Je ne le connais pas, mais les nouvelles vont vite dans la maison. C'est lui qui était dans votre bureau tout à l'heure, non ? » Elle pianota sur la première chemise et l'ouvrit avec ses ongles laqués de noir.

« Écoutez ça, Carl, ça vous évitera de tout lire vous-même.

— Merci », dit Carl tandis que ses yeux faisaient le tour du bureau gris et blanc et impeccablement rangé. C'était tout juste s'il ne regrettait pas l'enfer rose dragée de son alter ego Yrsa.

« Ce dossier-ci parle d'une femme appelée Rita Nielsen et répondant au nom d'artiste de... » Rose traça des guillemets imaginaires dans l'air. « ... Louise Ciccone. Elle utilisait ce pseudo dans les années quatre-vingt, à l'époque où elle organisait des... » Nouveaux guillemets. « ... ballets érotiques dans la région du Trekant, la zone huppée située entre le lac de Kolding, le lac de Vejle et le détroit de Lillebælt. Condamnée à plusieurs reprises pour escroquerie puis proxénétisme et prostitution organisée. Propriétaire d'une agence d'escorts à Kolding dans les années soixante-dix et quatre-vingt, elle disparaît de la circulation du jour au lendemain à Copenhague en 1987. Au cours de l'enquête, la police mobile cherche principalement une explication à sa disparition dans le milieu du porno du Centre-Jutland et à Copenhague. Au bout de trois mois, l'enquête est abandonnée, avec l'hypothèse qu'elle a pu se suicider. De nombreuses autres affaires sont arrivées depuis et on ne peut plus consacrer de temps et d'effectifs à celle-là, stipule le rapport. »

Elle posa le dossier sur la table et le regarda avec un air triomphant.

« Abandonnée, comme l'affaire d'Esther Bak le sera aussi, je suis prête à le parier. Vous voyez quelqu'un se faire du souci pour coincer le salopard qui a fait ça à cette pauvre femme, vous ? »

Carl haussa les épaules. La seule personne qu'il avait vue se faire du souci aujourd'hui, c'était son beau-fils, quand il lui avait appris en le réveillant à sept heures du matin qu'il allait devoir se débrouiller tout seul pour traîner sa carcasse jusqu'à son école à Gentofte.

« Il n'y a rien, dans les éléments que nous avons ici, qui laisse à penser que Rita pourrait avoir eu des tendances suicidaires », poursuivit-elle. « Rita Nielsen s'assied dans sa grosse Mercedes 500 SEC et part tranquillement de chez elle. Deux heures plus tard elle disparaît comme si la terre l'avait engloutie, fin de l'histoire. »

Elle sortit une photo du dossier et la jeta devant lui. C'était un cliché de la voiture garée au bord d'un trottoir et entièrement pillée et désossée.

Quel gaspillage. La moitié des putains de Vesterbro auraient pu s'allonger sur ce capot dans leurs manteaux en fausse fourrure si difficilement gagnés. C'était autre chose que la poubelle qui lui servait de voiture de fonction.

« On a vu Rita Nielsen pour la dernière fois le 4 septembre 1987, et grâce à ses relevés de carte de crédit on peut suivre sa trace, depuis son départ de son domicile à Kolding, à cinq heures du matin, à travers la Fionie où elle a fait un plein d'essence, puis sur le ferry qui traverse le détroit de Storebælt, et pour finir à Copenhague où elle a acheté des cigarettes chez un marchand de journaux de Nørrebrogade à dix heures dix. Après ça, plus de nouvelles. On a retrouvé la Mercedes quelques jours plus tard dans la Kapelvej, presque entièrement vidée de tout ce qu'il y avait à l'intérieur. Sièges en cuir, roue de secours, autoradio et tout ce qui s'ensuit. On avait même piqué le volant. Il ne restait que quelques livres et des cassettes audio dans la boîte à gants. »

Carl se gratta le menton. « En ce temps-là il n'y avait pas beaucoup de commerces équipés pour prendre les cartes de crédit, surtout pas un marchand de journaux à Nørrebro. Pourquoi se donner tant de mal et payer avec sa carte de crédit alors qu'elle était obligée chaque fois de la passer dans le sabot et de signer le reçu ? Tout ça pour un malheureux paquet de clopes. Elle ne devait pas être pressée ! »

Rose haussa les épaules. « Elle avait peut-être peur de se promener avec de l'argent liquide. Ou elle n'aimait pas manipuler les billets de banque. Peut-être qu'elle trouvait plus malin de garder son argent à la banque et de toucher les intérêts. Ou alors, elle n'avait qu'un billet de cinq cents couronnes et le marchand de journaux n'avait pas la monnaie. Peut-être…

— Stop, arrête, ça suffit. » Carl leva les deux paumes au ciel comme pour se défendre de cette avalanche d'hypothèses. « Mais au fait, sur quoi se fondait l'idée d'un suicide ? Elle avait une maladie grave ? Des problèmes d'argent ? C'est pour ça qu'elle achetait ses cigarettes à crédit ? »

Elle haussa à nouveau les épaules, quelque part en dessous de son pull anthracite quatre fois trop grand pour elle. Probablement tricoté par Yrsa.

« Bonne question, c'est vrai que c'est un peu bizarre. Rita Nielsen, alias Louise Ciccone, était une maîtresse femme, si l'on en croit son curriculum peu recommandable, et pas une petite nature. Ses "filles" à Kolding disaient d'elle qu'elle était une dure à cuire et une survivante : elle aurait anéanti tous les habitants de la planète avant de s'en prendre à sa propre personne.

— Hmm… » L'instinct du policier venait de se réveiller en Carl, et cela l'agaça. Rose avait réussi à susciter son intérêt. Les questions montaient en lui comme des bulles à la surface d'un verre d'eau gazeuse, à la queue leu leu. D'abord il y avait cette histoire de cigarettes. Est-ce qu'on allait s'acheter des cigarettes juste avant de se suicider ? Possible. Pour se calmer les nerfs et penser à autre chose.

Merde, le petit moulin s'était mis à tourner dans sa tête sans qu'on le lui demande. S'il mettait le bout du nez dans cette affaire, il allait travailler plus que de raison.

« Donc, si j'ai bien compris, à l'inverse des inspecteurs qui ont rédigé ce rapport, toi, tu penses qu'il s'agit d'un meurtre ? Mais est-ce qu'il y a quoi que ce soit dans ces pages qui aille dans ce sens ? » Il laissa la question planer un instant. « Hormis le fait que l'enquête ait été mise de côté et pas classée, tu te bases sur quoi pour penser ça ? »

Le giga-pull-over se souleva à nouveau. Sur rien du tout, semblait-il.

Carl s'attarda sur la couverture du dossier. Un portrait de Rita Nielsen y avait été fixé avec un trombone. Son visage dégageait une forte personnalité. Un petit menton et des pommettes larges et hautes. Un regard qui exprimait défi et combativité. Elle se fichait visiblement comme d'une guigne de la pancarte qu'on lui avait accrochée sur la poitrine. Ce n'était probablement pas la première fois qu'on la photographiait pour les archives de la police. Un séjour en prison ne devait lui faire ni chaud ni froid. C'était une pure survivante, exactement comme l'avaient dit les putes de son écurie.

Pourquoi une femme comme celle-là aurait-elle mis fin à ses jours ?

Il tira la chemise cartonnée à lui et l'ouvrit en tâchant d'ignorer le sourire en coin de son assistante. Ce serait donc une fois de plus cette grande gigue qui allait mettre une nouvelle enquête en route !

2

Novembre 2010

La camionnette verte arriva à midi trente précis. Comme il l'avait demandé.

« J'ai encore cinq livraisons à faire dans le Seeland avant ce soir, dit le chauffeur. J'espère que la marchandise est prête à charger ! »

C'était un type bien, ce Mikael. Il y avait dix ans qu'il avait été embauché et jamais la moindre question. Il était propre sur lui, soigné, poli. Tout à fait le genre d'hommes que le parti Rene Linier[1] aimait avoir dans ses rangs pour le représenter. Les hommes comme Mikael donnaient envie aux autres de prendre leur carte. Il était discret et consciencieux, avec un regard bleu aimable et chaleureux. Ses cheveux d'un blond très clair étaient toujours bien coiffés. Il possédait un calme dont il ne se départait jamais, même dans les situations les plus scabreuses, comme lors de cette altercation à Haderslev un mois plus tôt pendant un meeting. Neuf manifestants armés de panneaux aux inscriptions haineuses avaient appris à leurs dépens

---

1. Signifie « ligne pure ». (*Toutes les notes sont de la traductrice.*)

qu'on ne plaisantait pas avec un homme qui avait du cran.

Ç'avait été grâce à des hommes comme Mikael que tout avait été terminé et arrangé avant l'arrivée de la police.

Et on n'était pas près de revoir les agitateurs en question.

Curt Wad poussa la porte des anciennes écuries de l'école de cavalerie qui lui servaient de dépendance, il souleva la très discrète plaque de laiton incrustée dans le mur situé face à l'entrée, au-dessus du congélateur, et tapa un code à neuf chiffres sur le clavier qui se trouvait derrière, comme il l'avait déjà fait un nombre incalculable de fois. Il attendit un instant, le mur émit son petit clic familier et le panneau central glissa de côté.

À l'intérieur de cet énorme coffre-fort, il conservait tout ce qui ne regardait pas les personnes extérieures à l'organisation. Le congélateur contenant les fœtus humains avortés illégalement, les dossiers suspendus, les listes de membres, l'ordinateur portable qu'il utilisait quand il partait donner des conférences, et enfin les notes écrites du temps de son père, sur lesquelles était fondée toute leur œuvre.

Curt ouvrit le bahut et en sortit une caisse pleine de poches en plastique qu'il tendit au chauffeur. « Voici les fœtus qui vont à l'incinération. Il y a encore de la place dans la chambre froide de la camionnette, j'espère ! »

L'homme sourit. « Oui, plein, vous pouvez y aller !

— Tenez, poursuivit Curt Wad. Voici le courrier pour nos membres. Les adresses sont dessus.

— D'accord », dit le livreur en regardant rapidement les noms des destinataires. « Je n'aurai pas le temps de monter à Fredensborg avant la semaine prochaine malheureusement. J'ai fait tout le nord du Seeland hier.

— Ce n'est pas très grave, du moment que vous allez à Aarhus. Vous y serez demain, c'est ça ? »

Le chauffeur acquiesça et examina le contenu de la caisse en plastique. « Je me charge de faire disparaître ceux-là. Il y en a aussi pour le crématorium de Glostrup ? »

Curt Wad referma la porte coulissante du coffre et se dirigea vers le premier congélateur. Celui-là, on avait le droit de regarder dedans.

« Oui, ceux-là », répondit-il en soulevant le couvercle du bac d'où il sortit une deuxième caisse en plastique.

Il la posa par terre et prit une chemise plastifiée sur l'étagère fixée au mur. « Les documents d'accompagnement qui correspondent à ces fœtus sont là-dedans. » Il tendit la chemise au chauffeur. « Tout est en règle. »

L'homme préleva un à un les sachets en vérifiant la liste que Curt Wad venait de lui remettre. « Tout y est, c'est parfait », commenta-t-il avant d'emporter le tout dans son fourgon où il répartit les sacs dans deux caissons réfrigérés et distribua le courrier interne dans les casiers des différentes filiales. Enfin il toucha le bord de sa casquette et prit poliment congé.

Curt Wad leva la main en guise d'adieu, suivant des yeux le pare-chocs arrière de la camionnette qui s'éloignait dans Brøndbyvej.

Dieu soit loué, je suis encore capable de servir notre grande cause malgré mon âge, songea-t-il, ravi.

Il se passait rarement une journée sans que des gens s'exclament : « Vous venez réellement d'avoir quatre-vingt-huit ans ? » Ils avaient raison. Quand il se regardait dans la glace, il voyait bien qu'on pouvait aisément lui donner quinze ans de moins et il savait aussi pourquoi.

Dans la vie, il faut vivre suivant ses convictions. C'était la devise de son feu père. Un excellent principe auquel il avait obéi. Une règle de vie qui avait un prix, mais tant que la tête allait bien, le corps suivait.

Curt traversa le jardin et entra chez lui par la porte de service comme il le faisait toujours aux heures de consultation. Lorsque son successeur travaillait, Curt n'avait plus la jouissance de la partie avant de sa maison. C'était comme ça. De toute façon, il avait largement de quoi s'occuper avec la création du parti. L'époque où il faisait le tri des patients et tuait lui-même était maintenant révolue. Son confrère le faisait tout aussi bien et avec le même enthousiasme.

Il sortit la cafetière électrique du placard et arasa soigneusement les mesures de café avec un doigt pour en mettre juste ce qu'il fallait dans le filtre. L'estomac de Beate était devenu plus sensible ces derniers temps, et il était essentiel que son café soit parfaitement dosé.

« Tu es dans la cuisine, Curt ? »

C'était Karl-Johan Henriksen, l'homme qui avait repris la clinique. Tout comme Curt, il aimait travailler en blouse blanche propre, changée tous les jours et impeccablement repassée. Car quelle que soit l'indifférence qu'ils éprouvaient à l'égard de ces gens, cette blouse impeccable leur conférait de l'autorité, elle donnait à leurs patients l'impression qu'ils pouvaient en toute confiance s'en remettre à eux. Pauvres imbéciles.

42

« Je suis un peu barbouillé aujourd'hui, lui dit Henriksen en prenant un verre dans le placard. Les châtaignes grillées, le beurre et le vin rouge sont délicieux sur l'instant, mais ça se paye. »

Il sourit, se versa un verre d'eau et y ajouta un comprimé de Maalox.

« Le livreur vient de passer, les deux congélateurs sont vides, Karl-Johan. Tu peux recommencer à les remplir. »

Curt rit dans sa barbe car c'était une recommandation inutile. Henriksen était plus efficace que lui-même ne l'avait jamais été.

« Je n'y manquerai pas et je suis déjà sur la bonne voie. Trois avortements aujourd'hui. Deux normaux et un spécial, répondit Henriksen en souriant toujours tandis que le contenu de son verre pétillait joyeusement.

— Mais encore ?

— Une Somalienne de Tåstrupgård envoyée par Bent Lyngsøe. Grossesse gémellaire, d'après ce qu'on m'a dit », ajouta-t-il en papillotant des paupières.

Karl-Johan Henriksen était une bonne recrue, lui aussi. Tant pour le parti que pour La Lutte secrète.

« Tu ne te sens pas bien aujourd'hui ma jolie Beate ? » demanda-t-il tout doucement en entrant dans la chambre, le plateau à la main.

Il y avait dix ans qu'elle ne pouvait plus lui répondre, mais elle pouvait encore sourire. Bien qu'elle soit devenue terriblement fragile, et même si la beauté et l'esprit de ses jeunes années l'avaient depuis longtemps quittée, Curt ne pouvait accepter l'idée qu'un jour, très bientôt peut-être, il devrait se résoudre à vivre sans elle.

Je prie pour qu'elle soit en vie le jour où son nom sera cité à la tribune du Folketing[1], lorsque nous y siégerons et que nous pourrons la remercier publiquement de son engagement, pensa-t-il en prenant la petite main de son épouse, aussi légère qu'une plume.

Il se pencha, lui baisa délicatement les doigts et les sentit trembler légèrement au creux de sa paume. Il n'avait pas besoin de plus.

« Tiens, mon trésor, bois », dit-il en portant la tasse à ses lèvres tout en soufflant doucement à la surface. « Ni trop chaud ni trop froid, comme tu l'aimes. »

Elle tendit ses lèvres décharnées, qui s'étaient si souvent posées sur lui et sur leurs deux fils, dans les moments où ils en avaient le plus besoin. Elle aspira lentement le breuvage, sans un bruit. Il pouvait lire dans ses yeux que le café était bon. Ses yeux qui en avaient tant vu et au fond desquels il venait se rassurer quand, de temps en temps, le doute s'emparait de lui.

« Nous allons participer à une émission de télévision tout à l'heure, Beate. Lønberg et Caspersen, et moi. Ils veulent nous pousser dans nos retranchements, mais ils n'y arriveront pas. Aujourd'hui, nous allons récolter le fruit de plusieurs décennies d'effort, ma chérie. Nous allons amasser des voix, Beate. Les voix de tous ces gens qui pensent comme nous. Les journalistes estiment peut-être que nous sommes de vieux croûtons. » Il se mit à rire. « En même temps ce n'est pas faux. Mais ils croient que nous ne sommes plus

---

1. Parlement danois.

capables d'avoir les idées claires. Ils s'imaginent que nous allons être confus et dire des choses incohérentes. » Il lui caressa les cheveux. « Je vais allumer la télévision pour que tu puisses suivre le débat. »

Jakob Ramberger était un journaliste brillant qui préparait bien ses questions. Il avait d'ailleurs intérêt, vu la volée de bois vert qu'avaient reçue dernièrement ses collègues à cause de leurs interviews insipides. Un journaliste digne de ce nom devait craindre les téléspectateurs plus que ses employeurs, et Ramberger était un homme malin et compétent. Il lui était arrivé d'épingler des politiques en direct et de mettre à nu sur la place publique stars du rock and roll, nababs, industriels irresponsables et truands.

Pour cette raison, justement, Curt était ravi que ce soit Ramberger qui les reçoive. Pour une fois, il n'épinglerait personne, et l'émission ferait du bruit à travers tout le petit royaume du Danemark.

Ramberger et ses invités se dirent poliment bonjour dans la salle de rédaction où les confrères du journaliste étaient en train de préparer le prochain JT, mais dès qu'ils se lâchèrent la main, ce fut chacun dans sa tranchée.

« Vous venez d'informer le ministre de l'Intérieur que votre parti Rene Linier avait désormais rassemblé assez de signatures pour se présenter aux prochaines élections législatives », dit le journaliste en guise de préambule après une courte présentation peu flatteuse. « Je suppose que je dois vous féliciter, mais je me dois aussi de vous demander ce que Rene Linier pense pouvoir apporter aux électeurs de ce pays que les partis existants ne lui offrent pas déjà ?

— Vous parlez des *électeurs* danois parce que en grammaire le masculin l'emporte sur le féminin mais il ne faut jamais oublier qu'il y a au Danemark une majorité d'*électrices* », fit remarquer Curt Wad avec un grand sourire. Il regarda droit vers la caméra. « Non, franchement, je ne crois pas que l'électorat danois ait d'autre choix que de prendre ses distances avec les partis existants. »

Le journaliste le fixa effrontément.

« On ne peut pas dire non plus que vous soyez des perdreaux de l'année. Si je fais le calcul, votre âge moyen à tous les trois doit se situer aux alentours de soixante-dix ans et vous, Curt Wad, tirez considérablement cette moyenne vers le haut avec vos quatre-vingt-huit ans. Honnêtement, est-ce que vous ne pensez pas que vous arrivez quarante à cinquante ans trop tard pour briguer une pareille influence sur les affaires politiques du Danemark ?

— Si je ne m'abuse, l'homme le plus influent de ce pays a presque dix ans de plus que moi, riposta Curt Wad. Tous les Danois font leurs courses dans ses magasins, se chauffent avec son gaz, et achètent des articles qui ont été importés à bord de ses bateaux. Quand vous aurez eu l'aplomb d'inviter ce monsieur ici pour l'humilier en lui parlant de son âge, je serai ravi de revenir pour vous entendre me reposer cette question. »

Le journaliste accusa le coup. « Je voulais simplement dire que j'avais du mal à imaginer que le Danois moyen puisse se sentir efficacement représenté au Folketing par un homme ayant deux à trois fois son âge. On n'achète pas du lait qui a dépassé d'un mois sa date de péremption, n'est-ce pas ?

— Ni des fruits qui ne sont pas mûrs, à l'instar des politiciens qui nous gouvernent en ce moment. Je suis d'avis que nous laissions tomber ces métaphores culinaires, monsieur Ramberger. En outre, je vous rappelle que mes deux amis et moi-même ne nous présentons pas personnellement aux législatives. Il est très clairement indiqué dans notre programme que nous convoquerons une assemblée générale lorsque les signatures auront été déposées. Nous organiserons un scrutin pour élire nos candidats députés à ce moment-là.

— Puisque nous abordons le sujet de votre programme, je crois savoir qu'il s'appuie en premier lieu sur des questions de moralité, d'éthique et d'idéologie qui rappellent dangereusement une époque qu'on préfère oublier. Un régime politique qui s'attaquait aux minorités et aux citoyens les plus fragiles. Handicapés mentaux, minorités ethniques et cas sociaux.

— Et moi je crois que vous faites erreur car nos idées n'ont aucun rapport avec les régimes dont vous parlez, déclara Lønberg. À l'inverse, lorsque nous serons élus, nous prévoyons de traiter les problèmes un par un, d'un point de vue responsable et humaniste, au lieu de les gérer globalement selon des idées préconçues qui ne permettent pas d'accomplir un travail sérieux et approfondi. Notre slogan est tout trouvé : "Le changement pour le progrès." Et ce changement n'a rien à voir avec ce que vous insinuez. »

Le journaliste sourit. « Vous m'en voyez ravi, mais la question est de savoir si vous parviendrez à être élu et à influer sur le cours des choses. Il ne s'agit pas là de mon avis personnel : les journaux ont évoqué votre programme à plusieurs reprises en le comparant directement aux théories nazies sur les différences raciales. Des dogmes archaïques décrivant le monde comme un lieu où les races sont en lutte perpétuelle les unes contre les autres, où certaines d'entre elles sont supérieures et où la plus élevée dans la hiérarchie…

— Risque d'être exterminée si elle se mélange avec des races inférieures, le coupa Caspersen. Je vois que vous avez suivi l'exemple de la presse et que vous êtes allé sur le Net pour vous documenter sur le national-socialisme. Mais sachez que notre parti ne prône ni la discrimination, ni l'injustice, ni l'inhumanité, comme les nazis le faisaient à l'époque et le font encore aujourd'hui. Au contraire. Nous prétendons simplement qu'il n'y a pas de sens à laisser vivre un être destiné à une existence indigne. Il doit y avoir des limites à ce qu'on demande aux médecins et à ce qu'on inflige aux malades. Des limites à ce qu'on fait supporter aux familles. Et nous voulons réduire les dépenses de l'État en matière de santé. Nous pensons que si le pays en est là, c'est parce que les politiques se mêlent de tout sans réfléchir aux conséquences de leur ingérence dans des questions auxquelles ils ne connaissent rien. »

Ce fut un long débat suivi d'appels téléphoniques de téléspectateurs qui soulevaient toutes sortes de sujets : la stérilisation des criminels et des individus qui, pour des motifs d'ordre psychique ou parce qu'ils souffraient de déficience intellectuelle, n'étaient pas en état d'élever un enfant. Les mesures sociales visant à priver les familles nombreuses de diverses allocations. La pénalisation des clients de prostituées. La fermeture des frontières. Le rejet des immigrants sans formation et bien d'autres questions.

Et ce fut aussi un débat enflammé. Beaucoup de gens parmi ceux qui purent parler en direct étaient très en colère, mais il y en avait autant pour exprimer le sentiment inverse.

Une émission qui valait de l'or.

« Il faudra des hommes et des femmes de notre trempe et aussi convaincus que nous le sommes pour décider de l'avenir de notre pays, dit Caspersen sur le chemin du retour.

— Oui, tu as raison, mais ne vendons pas la peau de l'ours avant de l'avoir tué, le tempéra Lønberg. Aujourd'hui nous pouvons simplement espérer avoir posé quelques jalons.

— Je n'en doute pas une seconde, s'échauffa Caspersen. Toi, Curt, tu en as posé en tout cas ! »

Curt savait parfaitement à quoi il faisait référence. Le journaliste lui avait demandé s'il était exact qu'il avait dû, plusieurs fois par le passé, rendre des comptes à la justice. La question l'avait mis en colère mais il n'en avait rien laissé paraître. Il avait seulement répondu que, si un médecin doté de mains comme les siennes et doué de son intelligence ne transgressait pas de temps en temps certains principes éthiques, il n'était plus digne d'être le prolongement du bras de Dieu.

Lønberg sourit. « Là, tu lui as cloué le bec ! »

Curt Wad ne lui rendit pas son sourire. « Ma réponse était stupide. J'ai eu de la chance qu'il n'entre pas dans les détails. Nous devons constamment faire attention aux cartouches que nous leur donnons, vous comprenez. La presse nous assassinera à la moindre occasion. Vous devez vous mettre dans la tête que nous n'avons aucun ami en dehors de notre propre camp. Nous sommes logés à la même enseigne que le Danmarkspartiet et que l'Opsvingspartiet, les deux partis d'extrême droite, à l'époque où personne au Danemark ne les prenait au sérieux. Espérons juste que la presse et les politiques nous laisseront aussi nous construire sans trop nous mettre de bâtons dans les roues. »

Caspersen fronça les sourcils. « Je suis sûr que nous entrerons au Folketing aux prochaines élections, et tous les moyens seront bons pour y parvenir. Mais vous savez ce que j'en pense. Même si nous devons sacrifier notre mission et renoncer à La Lutte secrète, le jeu en vaut la chandelle. »

Wad fixa son regard sur lui. Tout groupe de personnes a son Judas. Caspersen était connu en sa qualité d'avocat et d'élu local et avec ses compétences, il avait indéniablement sa place au sein de l'organisation. Mais le jour où il accepterait ses trente pièces d'argent, Curt Wad s'en débarrasserait sans faire de sentiment.

Personne n'avait le droit de toucher à l'œuvre de La Lutte secrète sans que Curt ait eu son mot à dire.

Elle était assise devant l'écran de télévision, dans la position où il l'avait laissée en partant. L'aide à domicile s'était contentée de changer sa couche et de la faire boire.

Il resta un moment à la porte pour l'observer à distance. L'éclairage du lustre lui faisait une auréole de diamants. Son visage avait la même expression de légèreté que lorsqu'elle avait dansé avec lui pour la première fois. Peut-être rêvait-elle à ces jours meilleurs où la vie était encore pleine de promesses.

« Tu as regardé le débat, mon ange ? » demanda-t-il tout doucement afin de ne pas l'effrayer.

Un sourire fugitif éclaira le visage de Beate, mais son regard resta absent. Il savait que ses moments de lucidité étaient de plus en plus rares. Son AVC avait dressé un mur entre son esprit et la vie autour d'elle, même s'il avait parfois l'impression qu'elle comprenait tout ce qui se passait.

« Je vais te mettre au lit maintenant, Beate. Tu devrais être couchée depuis longtemps. »

Il souleva son corps chétif. Quand ils étaient jeunes, elle était aussi légère à porter qu'un flocon de neige. Puis vinrent les années où il n'aurait pas eu la force de porter son corps de femme épanouie s'il l'avait voulu, et maintenant, de nouveau elle ne pesait pas plus qu'une plume entre ses bras.

Il se dit qu'il pourrait tirer une certaine fierté d'être encore capable de la soulever, mais il n'en ressentait qu'une infinie tristesse, et quand il l'eut déposée dans son lit, il se mit à trembler. Comme elle fermait vite les yeux à présent. Sa tête avait à peine le temps de toucher l'oreiller qu'elle dormait déjà.

« Je sais, mon amour, que la vie s'en va de jour en jour et que bientôt ce sera notre tour. »

Quand il fut retourné dans le salon, il éteignit la télévision et alla se verser un cognac près du buffet fin XIXᵉ.

« Je te promets de vivre encore dix ans, Beate. Et avant que nous nous revoyions là-haut, toutes nos idées se seront concrétisées et nos objectifs auront été atteints. »

Il hocha la tête et but le verre d'un trait.

« Et personne ne nous en empêchera, ma chérie. »

3

La première chose qu'elle sentit fut un corps étranger dans son nez. Et puis des voix au-dessus de sa tête. Feutrées et douces. Claires et amicales.

Ses yeux roulaient derrière ses paupières comme s'ils cherchaient à l'intérieur de son crâne une explication qui se serait cachée quelque part. Puis elle s'assoupit, se laissa aller à l'obscurité et au rythme de son souffle lent et régulier. Et dans son demi-sommeil, elle revécut des jours d'été, de jeux et d'insouciance.

Soudain la douleur lui vrilla l'échine, du milieu du dos jusqu'aux reins.

Brusquement sa tête bascula en arrière et tout le bas de son corps se fondit en un long spasme d'une douleur intense.

« On va lui redonner 5 cc de plus », dit l'une des voix avant qu'elle retombe dans le néant.

Nete était un enfant de l'amour. Benjamine d'une longue fratrie dont elle était l'unique fille, elle avait vécu une enfance simple mais n'avait jamais manqué de rien.

Les mains de sa mère étaient de bonnes mains. Des mains douées pour la caresse et les travaux ménagers, et Nete tâcha de l'imiter du mieux qu'elle pouvait. Les yeux mutins, vêtue de sa petite robe écossaise, elle s'occupait de tout ce qui bougeait dans la petite exploitation agricole de ses parents.

Quand elle avait quatre ans, son père, jovial, avait conduit un étalon au milieu de la cour de la ferme. Son frère aîné avait amené leur jument.

Les jumeaux avaient ricané quand le membre gonflé de l'étalon s'était mis à vibrer sous son ventre et Nete avait eu un mouvement de recul lorsque l'énorme animal avait monté leur gentille jument et pressé son sexe à l'intérieur d'elle.

Elle aurait voulu leur hurler d'arrêter, mais son père riait de son rire édenté, disant que bientôt ils seraient plus riches, grâce à une bête de somme supplémentaire.

Nete ne tarda pas à comprendre que la vie commençait souvent d'une façon aussi dramatique qu'elle s'achevait et que le but du jeu était de profiter autant qu'on le pouvait du temps qui s'écoulait entre ces deux moments.

« Il a eu une belle vie », lui disait toujours son père en pratiquant l'injection létale sur les cochons hurlants et gesticulants. Et au-dessus du cercueil où reposait la mère de Nete, âgée de seulement trente-huit ans, il avait prononcé la même phrase.

Et c'étaient aussi ces mots-là qui tournaient en boucle dans la tête de Nete quand elle se réveilla enfin dans son lit métallique à l'hôpital, les yeux fouillant l'obscurité, désorientée.

Autour d'elle clignotaient diodes et moniteurs. Elle ne comprenait pas de quoi il s'agissait.

Elle se tourna. À peine. Mais l'effet fut d'une violence insensée. Sa tête bascula brusquement en arrière d'un seul coup, ses poumons se dilatèrent et ses cordes vocales explosèrent.

Elle ne réalisa pas qu'elle criait parce que la douleur dans ses jambes était assourdissante, mais les cris étaient bien là.

Une lueur tamisée venant d'une porte qu'on ouvrait brusquement glissa sur son corps et soudain, elle fut baignée dans la lumière clignotante des tubes de néon et des mains efficaces se mirent à la manipuler.

« Détendez-vous, Nete Rosen », lui dit quelqu'un. On lui fit une injection, on lui dit des paroles de réconfort, et cette fois elle ne s'évanouit pas.

« Où suis-je ? » demanda-t-elle, tandis que le bas de son corps s'engourdissait dans des picotements et une sensation de chaleur.

« Vous êtes à l'hôpital de Nykøbing Falster, madame Rosen. On s'occupe de vous. »

Fugitivement, elle vit l'infirmière hausser les sourcils en tournant la tête vers son collègue.

À cet instant seulement, elle se souvint de ce qui s'était passé.

Ils sortirent le tuyau d'oxygène de sa narine et brossèrent ses cheveux en arrière. Comme s'il fallait la faire belle pour recevoir le verdict : votre vie est terminée.

Trois médecins se tenaient au pied de son lit, quand le médecin-chef vint lui annoncer la nouvelle en la regardant de ses yeux gris sous des sourcils bien entretenus. « Votre mari est mort sur le coup, madame Rosen » furent ses premiers mots. Beaucoup plus tard il ajouta : « Nous sommes désolés. » Puis il lui exposa les faits. Andreas Rosen avait été tué par le bloc-moteur qui avait reculé jusqu'au milieu du siège conducteur. Au lieu de l'aider, sachant qu'il n'y avait plus rien à faire, on s'était occupé de faire sortir Nete, et l'intervention des pompiers avait été exemplaire. De la façon dont il avait prononcé cette dernière phrase, on aurait dit qu'il s'attendait à la voir sourire.

« Nous avons sauvé votre jambe, madame. Il est possible que vous boitiez un peu à l'avenir mais c'est tout de même préférable à l'autre solution, n'est-ce pas ? »

Elle cessa d'écouter ce que disait l'homme en blouse blanche.

Andreas était mort.

Il était mort et il ne l'avait pas emmenée avec lui de l'autre côté. Elle allait devoir vivre sans lui désormais, alors qu'il avait été la seule personne qu'elle ait aimée, le seul avec qui elle s'était sentie entière.

Et elle l'avait tué.

« Elle s'endort », dit l'un des autres médecins. Il se trompait. Elle se retirait simplement en elle-même. Là où le désespoir, le découragement et la raison se fondaient en un sentiment unique. Le visage de Curt Wad lui apparut, et ce fut comme de contempler les flammes de l'enfer.

Sans cet homme, toute son existence aurait été différente.

Sans lui et sans quelques autres.

Nete refoula les cris et les larmes auxquels elle aurait dû laisser libre cours et se promit qu'aussi long-temps qu'il y aurait un souffle de vie en elle, elle se battrait pour leur faire payer ce qu'ils lui avaient pris.

Elle entendit l'équipe médicale sortir de la chambre. Ils l'avaient déjà oubliée. Ils s'occupaient de quelqu'un d'autre.

Après qu'ils avaient enterré la maman de Nete, le langage à la maison était devenu moins châtié. Nete avait cinq ans et elle apprenait vite. Les paroles et les lois du Seigneur étaient bonnes pour le sermon du dimanche, disait son père. Les collabos qui travaillaient pour les Allemands et réparaient leur matériel à Odense étaient « des fils de pute de salopards de porcs de merde » et leurs garçons de courses, « des trous-du-cul puants ». Chez Nete on appelait un chat un chat et une paire de couilles une paire de couilles.

Si les gens n'avaient pas envie d'entendre de gros mots, ils n'avaient qu'à aller ailleurs.

Résultat, dès son tout premier jour de classe, Nete découvrit la pratique de la gifle.

Trente élèves se tenaient en rang devant l'école, et elle était la première.

« Putain, y en a des gosses, ici ! » s'exclama-t-elle. Sa remarque lui valut l'antipathie immédiate et définitive de sa maîtresse et lui permit de goûter à l'efficacité de sa main droite.

Plus tard, alors que la tache rouge sur sa joue était devenue bleue, elle montra à deux de ses camarades, qui étaient en neuvième et en âge de faire leur confirmation, comment ses frères faisaient gicler leur quéquette en faisant faire des allers-retours à la peau plissée au bout du gland.

Le soir, au moment du repas, elle dut expliquer à son père comment elle avait attrapé des hématomes sur la figure.

« Tu l'as sûrement cherché », avait-il déclaré pour tout commentaire, et l'histoire s'était arrêtée là. Il était levé depuis trois heures du matin et il était fatigué. Il était toujours fatigué depuis que son fils aîné avait trouvé de l'embauche à Birkelse et que les jumeaux avaient pris la mer du côté de Hvide Sande.

Par la suite, l'école se plaignit régulièrement du comportement de la fillette, mais son père ne prit jamais leurs remontrances très au sérieux.

Quant à la petite Nete, elle ne comprenait rien du tout.

Une semaine après l'accident, une jeune infirmière vint à son chevet et lui demanda s'il n'existait pas quelqu'un qu'on puisse appeler pour elle.

« Vous êtes la seule de nos patientes à ne pas recevoir de visites », lui dit-elle, probablement pour l'inciter à sortir de son mutisme obstiné. Sa question n'eut pour effet que de durcir la coquille dans laquelle Nete s'était réfugiée.

« Non, il n'y a personne », répondit-elle en la priant de lui ficher la paix.

Le soir même, elle eut la visite d'un jeune avocat de Maribo qui se présenta comme étant l'exécuteur testamentaire de feu son mari et qui venait lui faire signer quelques papiers afin de régler la succession. Il ne s'inquiéta nullement de savoir comment elle allait.

« Avez-vous réfléchi à la façon dont vous allez gérer le patrimoine de votre mari, madame Rosen ? » lui demanda-t-il comme s'ils avaient déjà eu l'occasion d'aborder cette question précédemment.

Elle secoua la tête. Qu'est-ce qu'il s'imaginait ? Elle était laborantine. Elle avait rencontré son mari sur

son lieu de travail, dans l'entreprise qui lui appartenait, et puis voilà.

« Allez-vous assister aux obsèques qui auront lieu
demain ? »

Nete se mordit la lèvre inférieure, elle eut le souffle
coupé et la Terre s'arrêta de tourner pendant plusieurs
secondes. La lumière du plafonnier l'aveugla.

« Les obsèques ? » Elle fut incapable d'en dire plus.

« L'enterrement de votre mari, oui. Votre belle-
sœur Tina s'est occupée de tout avec l'aide de notre
cabinet. Les souhaits de votre mari étaient très clairs.
La cérémonie et la réception auront lieu à l'église de
Stokkemarke demain à treize heures. Selon son désir,
il sera enterré dans l'intimité, en présence de la famille
uniquement. »

Elle n'eut pas la force d'en entendre plus et retourna
dans sa coquille.

4

Novembre 2010

Le nouveau téléphone qu'Assad avait installé dans son bureau était une véritable curiosité. On aurait dit un concert de cloches de Bohême. Quand par malheur quelqu'un appelait et qu'Assad n'était pas là pour décrocher, il y avait de quoi devenir fou. Carl lui avait demandé deux fois de s'en débarrasser, mais il avait répondu que celui de l'hôtel de police faisait un bruit de crécelle, et puisqu'il possédait celui-là, pourquoi ne pas l'utiliser ?

C'est parmi tes amis que se cachent tes pires ennemis, se dit Carl quand la sonnerie retentit de nouveau. Il dégagea laborieusement sa jambe du dernier tiroir de son bureau.

« Je n'en peux plus de ce vacarme, Assad ! » criat-il à son assistant qui marmonnait des paroles indistinctes dans son placard à balais.

« Tu as entendu ce que je viens de te dire ? » demanda Carl lorsque la tête ronde comme une boule de billard apparut à la porte de son bureau, la goutte au nez.

Il ne répondit pas. La morve bouchait peut-être également ses conduits auditifs ?

« C'était ce Bak au téléphone, alors, dit enfin Assad. Il paraît qu'il nous attend devant l'entrée de l'appartement en sous-sol sur Eskildgade où habite le Lituanien qui s'en est pris à sa sœur.

— Quoi ? Børge Bak t'a appelé ! Merde alors, j'espère que tu lui as raccroché au nez, Assad ?

— Non, c'est lui qui m'a raccroché au nez, mais juste avant, il a dit que si on ne rappliquait pas tout de suite, vous risquiez de vous en mordre les doigts, chef.

— Qui ça, moi ? Alors pourquoi est-ce que c'est toi qu'il appelle ? »

Assad haussa les épaules. « J'étais ici cette nuit quand il a laissé le dossier dans le bureau de Rose. Sa sœur s'est fait asperger d'acide, vous êtes au courant ?

— Qui ne l'est pas ?

— Il m'a dit qu'il savait qui avait fait le coup et je lui ai répondu qu'il ne fallait pas que le type s'en tire comme ça. »

Carl plongea le regard dans les yeux noirs et fiévreux d'Assad. Qu'est-ce que cet homme avait dans la tête, bon sang ? De la laine de dromadaire ?

« Mais enfin, Assad ! Il n'est même plus flic. En danois on appelle ça *se faire justice soi-même*. Ce qu'il nous demande de faire est illégal. Est-ce que tu sais ce que ça veut dire, Assad ? Ça veut dire des repas à l'œil pendant un sacré bout de temps, et ça veut dire aussi que le jour où tu quittes l'hôtel Bienvenue à l'ombre, tu n'as plus rien à becqueter du tout. Adios, amigo.

— Je ne connais pas cet hôtel, chef, et je ne sais pas pourquoi vous parlez de manger à cette heure-ci. De toute façon quand je suis enrobé, je ne peux rien avaler. »

60

Carl secoua la tête avec lassitude. « Enrhumé, Assad, on dit enrhumé. » Le rhume avait-il aussi affecté son vocabulaire, à présent ?

Carl attrapa le téléphone et composa le numéro de poste du patron. Là aussi, une voix qui d'habitude incarnait le dynamisme et l'autorité lui répondit avec une lenteur nasillarde.

« Oui, je sais », dit Marcus Jacobsen quand Carl lui fit part de l'appel de l'ex-inspecteur Bak. « Il était dans mon bureau à huit heures ce matin pour exiger de moi que je lui rende son poste. Attends une sss… »

Carl compta huit éternuements avant que le pauvre homme ne revienne en ligne. Encore une zone infectée où il ne mettrait pas les pieds pour un empire.

« Le problème étant que Bak a probablement raison. Ce Lituanien, Linas Verslovas, a été condamné pour une agression similaire à Vilnius et il ne fait aucun doute que ses revenus proviennent de la prostitution. Mais nous ne pouvons rien prouver », poursuivit-il.

« OK. J'ai entendu sur le canal de la police qu'elle ne connaît pas le type qui lui a fait ça, mais tu ne crois pas qu'elle l'a au moins révélé à son frère ?

— Non, Bak affirme que non. Mais il sait qu'elle a déjà eu des problèmes avec ce Verslovas par le passé.

— Et maintenant, Børge, anciennement l'inspecteur Bak, bat le pavé à Vesterbro et joue au policier ? »

Une nouvelle série d'éternuements résonna à l'autre bout de la ligne.

« Oui, et je crois que ce serait une bonne idée que tu ailles l'en empêcher, Carl. On doit bien ça à un ancien collègue.

— Ah oui, tu trouves ? » riposta Carl. Mais Marcus Jacobsen avait déjà coupé la communication. Même un chef de la Crim peut parfois baisser les bras quand il est en train de se noyer dans un océan de miasmes.

« Alors, chef ? » dit Assad, comme s'il ne savait pas à quoi s'en tenir alors qu'il était déjà prêt à partir, emmitouflé dans sa doudoune format mausolée. « J'ai dit à Rose qu'on partait pour une heure ou deux, mais elle n'a rien entendu. Elle n'a plus que cette Rita Nielsen dans la tête. »

Quel type bizarre, cet Assad ! Comment pouvait-il envisager de s'aventurer dehors dans l'état où il était, alors que Copenhague grelottait sous un ciel trempé de novembre ? Les tempêtes de sable du désert avaient-elles définitivement troublé ses sens ?

Carl poussa un soupir et prit son manteau sur la chaise.

« Ah, au fait… », dit-il tandis qu'ils gravissaient péniblement les marches entre la cave et le rez-de-chaussée. « Comment se fait-il que tu sois venu si tôt ce matin ? Il paraît que tu étais déjà là à quatre heures ! »

Il s'attendait à une réponse directe du genre « Je suis venu pour chatter avec mon oncle sur Skype, c'est la meilleure heure pour l'appeler », mais pas à ce regard suppliant d'homme soumis aux plus cruelles tortures.

« Ce n'est pas important, si ? » glissa-t-il. Mais Carl n'était pas prêt à se laisser embobiner aussi facilement. *Ce n'est pas important* est typiquement le genre d'esquives auxquelles les gens ont recours quand ils cachent quelque chose de très important. Et mis à part les formules comme : *fais pas chier* ou *lâche-moi avec ça*, il n'y avait rien qui puisse exciter autant la curiosité de Carl.

« Si tu voulais élever le débat entre nous, Assad, tu ouvrirais les écoutilles, maintenant. Quand je te pose une question, c'est que je juge la réponse *importante*, OK ?

— Vous voulez que j'ouvre quoi, chef ?

— Contente-toi de me répondre, Assad », dit Carl, agacé, en passant le bras dans la première manche de son pardessus. « Pourquoi étais-tu ici de si bonne heure ? Ça a quelque chose à voir avec ta famille ?

— Oui, c'est ça.

— Bon. Tu sais, Assad, si tu as des soucis avec ta femme, cela ne me regarde pas. Et si tu dois t'entretenir avec ton oncle ou je ne sais lequel autre de tes proches en te servant de l'ordinateur, tu n'as pas besoin de le faire au bureau avant que Belzébuth ait enfilé ses chaussures. Tu n'as pas un PC chez toi, s'il faut absolument que ce soit à quatre heures du matin ?

— Pourquoi est-ce que vous me parlez de Belzébuth alors, chef ? »

Carl se retrouva le bras coincé dans la deuxième manche de son manteau. « Nom de Dieu, Assad ! C'est une façon de parler. Tu n'as pas d'ordi à la maison ? »

Il haussa les épaules. « Pas en ce moment. C'est un peu difficile à expliquer, chef. Vous ne voulez pas qu'on y aille ? Bak nous attend, alors. »

Dans la nuit des temps, quand Carl portait encore des gants blancs pour aller patrouiller aux aurores dans le quartier de Vesterbro à Copenhague, les gens le hélaient avec leur accent populaire, penchés à leurs fenêtres à la peinture écaillée, et ils lui criaient que les flics du Jutland feraient mieux de remettre leurs sabots et de retourner sur leur tas de fumier. À l'époque cela lui faisait de la peine. Aujourd'hui tout ça lui manquait, quand il voyait ce quartier où des architectes sans talent avaient embobiné des politiques corrompus pour pouvoir construire de monstrueux blocs de béton dans lesquels même les représentants des plus bas échelons de la société ne pouvaient pas se sentir chez eux. Aujourd'hui, ce temps béni lui paraissait à des années-lumière. Dans ces petites rues n'habitaient désormais que des familles qui n'avaient pas le choix d'aller ailleurs. Et ceux qui les occupaient jadis, et qui croupissaient désormais dans des tours HLM à Ishøj, rêvaient de pouvoir un jour retourner à Vesterbro.

Si on voulait voir des immeubles en brique avec des corniches et des cheminées noires de suie, on n'avait aucune chance de les trouver dans les rues perpendiculaires d'Istedgade. En revanche si on voulait voir du béton, des joggings informes et des hommes au visage fermé et au regard dur, on était tombé au bon endroit. Ici les maquereaux nigérians étaient comme cul et chemise avec les oiseaux de nuit originaires d'Europe de l'Est. Ici, les plus médiocres et les plus bizarres formes de délinquance s'épanouissaient comme des fleurs sur un tas de fumier.

Børge Bak avait, plus que n'importe quel autre flic de la criminelle, usé ses semelles dans ce quartier et il en connaissait tous les codes. L'un d'entre eux étant que jamais, au grand jamais, un agent ne devait s'aventurer dans une pièce fermée sans être couvert par un de ses collègues.

Et pourtant, lorsque Carl et Assad arrivèrent sur place, sous une pluie battante, dans cette rue totalement déserte, ils ne virent pas la moindre trace du dénommé Bak. Carl en déduisit que l'ancien flic avait choisi de transgresser le plus élémentaire de ces codes.

« Il a dit qu'il nous attendrait, alors », dit Assad tout en montrant du doigt une boutique en sous-sol passablement délabrée, aux vitrines crasseuses.

« Tu es sûr de l'adresse ?

— Ma tête à couper, alors ! »

Pas étonnant qu'il veuille en changer, dans l'état où elle est, se dit Carl tout en lisant l'affichette pâlie par le temps qu'on avait collée derrière l'imposte.

Kaunas Trading/Linas Verslovas. Un nom de société parfaitement innocent. Ce genre de boîtes coulaient en général aussi vite qu'elles avaient été montées et leurs propriétaires étaient la plupart du temps aussi tordus que les piliers du port de Hirtshals.

Pendant le trajet, Assad avait lu à Carl la fiche de Linas Verslovas. Il avait été convoqué au commissariat à plusieurs reprises et en était ressorti libre comme l'air à chaque fois. Il était décrit comme un psychopathe sans scrupules et particulièrement doué pour faire porter le chapeau à de pauvres types imbéciles et naïfs originaires d'Europe de l'Est eux aussi, qui s'accusaient pour quelques piécettes. Les cellules de la prison de Vestre Fængsel en étaient pleines.

Carl poussa la porte. La clochette fixée au-dessus sonna gaiement et ils entrèrent dans une longue pièce étroite dans laquelle il n'y avait rien d'autre que des emballages et du papier kraft abandonnés par l'ancien propriétaire.

Tous les deux entendirent en même temps le bruit sourd venu de la pièce adjacente. On aurait dit un coup de poing, sauf qu'il manquait le grognement consécutif à l'impact.

« Bak ! cria Carl, tu es là ? » Il posa la main sur son arme de service, prêt à dégainer.

« Tout va bien », dit une voix de l'autre côté de la porte en carton-pâte qui séparait la pièce principale de l'arrière-boutique.

Carl l'ouvrit avec précaution et tâcha d'appréhender la scène.

Les deux hommes étaient assez mal en point, mais le plus esquinté des deux était tout de même le petit Lituanien maigre et noueux. Un hématome faisait une jolie frise autour du dragon tatoué sur son cou, donnant pratiquement l'impression qu'il était en trois dimensions.

Carl fit la grimace. Il n'était pas mécontent que cette figure-là ne soit pas la sienne.

« Qu'est-ce que tu fabriques, Bak ? Tu es devenu fou ou quoi ?

— Il a essayé de me planter. » Bak fit un geste du menton pour désigner sur le sol un couteau à la pointe ensanglantée. Il s'agissait d'un de ces foutus crans d'arrêt qui pouvaient s'ouvrir en un dixième de seconde. Carl détestait ces machins-là. S'il n'avait tenu qu'à lui, il aurait collé une amende d'un demi-million de couronnes à tous les mecs qui se promenaient avec cette saloperie sur eux.

« Ça va ? demanda-t-il à Bak qui hocha la tête.

— Plaie superficielle au bras, ça va aller. Typiquement une blessure de défense, tu peux noter dans ton rapport que j'ai été agressé », dit-il tout en balançant son poing si fort dans le nez du Lituanien qu'Assad eut un mouvement de recul. »

« Merde ! » hurla le petit truand pâlot avec un fort accent étranger. Carl en profita pour s'interposer.

« Vous avez vu ! pleurnicha Verslovas, il m'a frappé ! J'ai rien fait ! Tout à l'heure, pareil. Il est entré et il a cogné. Je m'ai défendu, c'est normal ! » Le gars devait avoir vingt-cinq ans à tout casser et il était déjà dans la merde jusqu'au cou.

La demi-portion continua dans son danois approximatif à jurer qu'il était innocent. Qu'il n'était au courant d'aucune agression dans un bordel, et qu'il avait déjà dit ça mille fois à la police.

« Allez, Bak. On s'en va. MAINTENANT ! » ordonna Carl. Un ordre que Bak ponctua d'un crochet au menton du Lituanien, qui s'en alla valser sur une table derrière lui.

« Il a défiguré ma sœur ! Il ne va pas s'en tirer comme ça ! » Bak se tourna vers Carl, tous les muscles de son visage tremblant de fureur. « Est-ce que tu réalises qu'elle va perdre la vue d'un côté ? Qu'elle aura pour toujours une cicatrice qui lui mangera la moitié de la figure ? Ce type doit foutre le camp d'ici, tu m'entends, Carl ?

— Si tu continues, je vais devoir appeler les gars du commissariat de la City et tu vas le payer cher », le prévint Carl en pensant ce qu'il disait.

Assad secoua la tête. « Attendez une seconde », dit-il, et, passant devant son supérieur, il écarta Børge Bak en l'agrippant par le bras, si fort qu'on entendit craquer les coutures de son légendaire blouson de cuir.

« Ne laissez pas le bougnoul me toucher », s'écria le Lituanien quand Assad l'empoigna pour le traîner vers une deuxième porte au fond de la réserve.

Le Lituanien leur braill qu'ils allaient tous mourir s'ils ne partaient pas immédiatement. Il leur promit de les éventrer tous autant qu'ils étaient et de leur couper la tête. Des menaces qu'on pouvait prendre pour argent comptant quand elles émanaient d'un type comme lui. Une agression verbale qui aurait amplement suffi pour le coffrer.

Assad saisit l'homme si violemment par le col que ses protestations s'étranglèrent dans sa gorge. Il ouvrit la porte et le tira dans la pièce du fond.

Bak et Carl échangèrent un regard quand Assad claqua la porte d'un coup de talon.

« Assad ! Promets-nous de ne pas le tuer ! » lui cria Carl à tout hasard.

Le silence derrière la porte était effrayant.

Bak sourit et Carl savait très bien pourquoi. Pour une fois, Carl était impuissant. Il ne pouvait pas jouer du pistolet. Ni menacer de téléphoner au commissariat de Station City. Enfin, il ne laisserait pas son assistant prendre le moindre risque, et Bak le savait.

« Eh oui, Carl, je sais que tu bluffes ! » dit Bak en hochant la tête et en remontant sa manche pour voir à quoi ressemblait la coupure sur son bras. Il faudrait peut-être quelques points de suture quand même. Il sortit de sa poche un mouchoir qui avait visiblement servi et le noua fermement autour de la blessure. À sa place Carl n'aurait pas osé, mais après tout, chacun faisait ce qu'il voulait de sa vie. S'il avait une septicémie, il apprendrait peut-être à se méfier de sa morve.

« Je connais ton CV, Carl. Il n'y avait personne comme Anker et toi pour tirer les vers du nez à ces salopards. Vous faisiez une sacrée équipe, tous les deux. Mais si Hardy n'était pas venu vous prêter main-forte, ça aurait pu mal se terminer. Alors ne viens pas faire la fine bouche, s'il te plaît. »

Carl fixait la porte de la réserve. Qu'est-ce qu'Assad était en train fabriquer là-dedans ? Puis il se tourna vers Bak. « Tu ne sais rien du tout, Børge Bak. J'ignore d'où tu tiens tes informations, mais tu te trompes.

— Je me suis renseigné. C'est un miracle que tu aies échappé à la faute lourde. Vous vous êtes rudement bien débrouillés au procès en mettant en avant vos résultats. » Il baissa sa manche. « Rentrons à l'hôtel de police, maintenant. Tu plaideras ma cause. Marcus ne doit pas être content, mais il te fait confiance. Dieu sait pourquoi. »

Carl secoua la tête. Si le tact était une qualité innée, alors ce gène-là brillait par son absence dans l'ADN de Børge Bak.

Il ouvrit la porte de la réserve.

La vision qu'il eut en entrant était des plus paisibles. Le Lituanien avait le cul posé sur une table et il regardait Assad, l'air complètement hypnotisé. Son visage, tout à l'heure tendu et furieux, était maintenant d'une gravité extrême. Il n'y avait plus aucune trace de sang sur sa figure et ses épaules étaient retombées à leur place.

Il se mit debout sur un simple regard d'Assad et passa à côté de Carl et de Bak comme s'ils n'étaient pas là. Il ramassa un sac de sport par terre, se dirigea vers une armoire, ouvrit un tiroir. Il en sortit des vêtements, des chaussures et une liasse de billets de banque et fourra le tout dans le sac, pêle-mêle.

Assad le regardait faire, impassible, le nez rouge, les yeux larmoyants. Il n'avait pas l'air bien effrayant.

« Vous voulez bien me les rendre, maintenant ? » demanda le Lituanien à Assad.

Deux photos et un portefeuille passèrent de main en main.

Il ouvrit le portefeuille qui semblait contenir pas mal d'argent liquide et plusieurs cartes de crédit et fouilla dans toutes les poches.

« Je veux aussi le permis de conduire », dit-il, mais Assad refusa en secouant la tête. Apparemment cette question avait été discutée aussi.

« Alors je peux m'en aller maintenant ? » supplia le Lituanien. Bak voulut protester mais Assad l'en dissuada en levant une main en l'air. Il maîtrisait la situation.

« Tu as trente heures, pas une seconde de plus, alors ! C'est bien compris ? » dit-il tranquillement. Le Lituanien hocha la tête.

« Attends une minute, c'est quoi ce bordel ? Tu ne vas pas le laisser partir ! » s'exclama Bak. Assad se tourna vers lui et le fit taire d'un simple regard.

« Je m'en occupe maintenant, d'accord ? Ce n'est plus la peine de penser à lui, d'accord ? »

Bak pâlit un peu, mais la couleur ne tarda pas à revenir sur son visage. La force qui se dégageait d'Assad était comme une bombe à hydrogène qu'on vient d'amorcer. Assad semblait savoir ce qu'il faisait, et Bak passa la main.

La dernière chose qu'ils virent du Lituanien alors qu'il ouvrait la porte et disparaissait à travers la boutique, ce furent son tatouage de dragon et une chaussure qu'il faillit perdre parce qu'il n'avait pas pris le temps de la lacer. La métamorphose était totale. Le vernis était parti. Il ne restait plus qu'un jeune homme de vingt-cinq ans qui prenait ses jambes à son cou.

« Vous pourrez dire à votre sœur que c'est réglé, dit Assad en reniflant. Vous ne verrez plus jamais ce type-là de votre vie. Je vous le garantis, alors ! »

Carl fronça les sourcils, mais ne fit aucun commentaire avant qu'ils soient sur le trottoir, devant la voiture de service.

« Tu peux nous expliquer ce qui vient de se passer là-dedans, Assad ? demanda-t-il. Qu'est-ce que tu as fait à ce type ? Et qu'est-ce que c'est que cette histoire de trente heures.

— Je l'ai juste pris un peu fort par le col en lui citant quelques noms, chef. Des noms de gens qui pourraient venir s'occuper de lui et de sa famille s'il ne quittait pas le pays immédiatement. Je lui ai dit que je me fichais complètement de savoir où il allait mais qu'il avait intérêt à bien se cacher s'il ne voulait pas qu'ils le trouvent, alors. » Assad hocha longuement la tête. « Mais ils le trouveront quand même s'ils le veulent vraiment. »

Il y avait des années de soupçons accumulés dans le regard que Bak envoya à Assad. « Il n'y a qu'une seule chose que ces types respectent, c'est la mafia russe…, dit-il. Et vous ne me ferez pas croire que vous avez vos entrées chez ces gens-là. » S'il attendait une réaction de la part d'Assad, il fut déçu. « Ce qui signifie que vous l'avez laissé filer, espèce de crétin ! »

Assad inclina légèrement la tête et regarda Bak de ses yeux rougis. « Je trouve quand même que vous devriez dire à votre sœur que tout va bien maintenant, alors. Si on rentrait, chef ? J'ai envie de boire une bonne tasse de thé. »

5

Novembre 2010

Les yeux de Carl faisaient des allers-retours entre l'écran plat et le dossier sur la table et aucun des deux ne le tentait. Sur TV2, la ministre des Affaires étrangères prenait des airs, en équilibre sur ses talons aiguilles, face à une rangée de journalistes conquis en train de hocher la tête et de faire des courbettes sous son regard perçant. Et devant lui, sur son bureau, était posé le rapport d'enquête sur la noyade de son oncle en 1978.

C'était un peu comme devoir choisir entre la peste et le choléra.

Il se gratta derrière l'oreille et ferma les yeux. Quelle journée de merde. Lui qui avait espéré passer quelques heures lénifiantes à somnoler en ne pensant à rien, voilà qu'il se retrouvait avec un mètre linéaire de nouvelles affaires à traiter dont deux occupaient déjà passionnément son assistante, et tout particulièrement celle de la mystérieuse disparition à Copenhague de Rita Nielsen, une tenancière de bordel. Le simple fait que Rose s'y intéresse était déjà de mauvais augure. Ajouté à cela, toutes les sept secondes, de l'autre côté du couloir, Assad évacuant ses miasmes

72

en une série d'éternuements sonores, propulsant des hordes de microbes hors de son placard à balai, contaminant ainsi tout le sous-sol. Il était malade comme un chien mais ça ne l'avait pas empêché, voilà moins de deux heures, de coller contre le mur un criminel endurci et de lui proférer des menaces si efficaces que le type avait pris ses cliques et ses claques et fui le pays comme s'il avait le diable aux trousses. Qui était Assad ? Même son ancien coéquipier Anker, qui, sans exagérer, était capable de terrifier les gens au point de leur faire virer les cheveux au blanc en *direct live*, était de la petite bière à côté de son nouvel assistant.

Et puis il y avait aussi cette foutue histoire ressurgie du passé. Pourquoi diable son cousin Ronny s'était-il mis à raconter dans un bar thaïlandais que la mort de son père n'était pas un accident, alors que Carl savait parfaitement que c'en était un ? Et pourquoi Ronny racontait-il qu'il avait tué son père puisque c'était impossible ? Carl était bien placé pour savoir qu'au moment de la mort, ils étaient ensemble sur la route de Hjørring en train d'admirer deux paires de seins *made in* Copenhague. Ronny ne pouvait pas avoir fait ce qu'il prétendait. Et à présent Bak venait lui chanter que Ronny l'accusait d'avoir été son complice !

Cela ne tenait pas debout ! Carl éteignit la télévision pour faire disparaître en un clic l'idiote hystérique et imbue d'elle-même qui se prenait pour un ministre et décrocha son téléphone.

Il appela quatre numéros différents à quatre adresses distinctes. Après une vérification auprès de l'état civil il effectua encore deux appels qui ne menèrent à rien non plus. Ce Ronny avait un talent extraordinaire pour disparaître dans les eaux glauques du système.

Il allait devoir demander à Lis de remettre la main sur le bonhomme, quel que soit l'endroit où il se trouvait.

Le téléphone se mit à sonner. Il attendit trente secondes puis se leva de sa chaise, hors de lui. Pourquoi la secrétaire, là-haut, ne prenait-elle pas l'appel ?

Sur son chemin pour monter au deuxième étage, il rencontra plusieurs individus au nez rouge et au teint grisâtre. Chaque fois qu'il en croisait un, il mettait sa main droite devant son nez. Cette grippe faisait des ravages. « *Vade retro* grippe satanique », murmurait-il en saluant d'un hochement de tête ses pauvres collègues éternuant et toussant, les yeux si brillants et l'expression si douloureuse qu'on aurait dit que le ciel venait de leur tomber sur la tête.

Dans les bureaux de la criminelle régnait un silence de mort. Comme si tous les assassins mis derrière les barreaux par le Département A depuis sa création s'étaient ligués avec le virus pour une guerre bactériologique vengeresse. Est-ce qu'ils étaient tous morts ? Pourquoi n'y avait-il personne ?

La sexy Lis, avec son langage corporel de flamant rose, n'était pas derrière le comptoir d'accueil et, plus bizarre encore, pas non plus de Mme Sørensen, le cerbère qui habituellement ne quittait son poste que pour aller aux toilettes.

« Il y a quelqu'un ? » cria-t-il, si fort que les agrafeuses cliquetèrent sur les bureaux.

« Oh ! la ferme, Carl ! » croassa une voix par une porte entrebâillée au milieu du corridor.

Carl pénétra dans un bureau où les monceaux de dossiers et les meubles décatis auraient pu faire passer son capharnaüm à la cave pour une suite de luxe.

Il salua du menton la tête qui émergeait derrière les piles de papiers et eut le temps de poser sa question avant que Terje Ploug ne parvienne à lever vers lui son visage tuméfié par le rhume.

« Tu peux me dire où sont les gens ? Les effectifs de l'étage ont été décimés par l'épidémie de grippe, ou quoi ? »

L'absence de réponse était une réponse en soi. Cinq éternuements spectaculaires suivis d'une quinte de toux et d'un nez dégoulinant confirmèrent les craintes de Carl.

« Je vois ! dit-il en faisant un pas en arrière.

— Lars Bjørn est en salle de débriefing avec une de ses équipes, et Marcus est sur le terrain », dit Terje Ploug entre deux reniflements. « Mais pendant que je te tiens, Carl, nous avons du nouveau sur l'affaire des meurtres au pistolet à clous. J'allais justement t'appeler.

— Ah oui ? » Le regard de Carl se détourna du nez écarlate et devint flou. Il y avait si longtemps que Hardy, Anker et lui s'étaient fait tirer dessus dans cette maison délabrée à Amager. Quand allait-on enfin cesser de lui rappeler cet épisode ?

« La bicoque en bois dans laquelle a éclaté la fusillade après que vous y avez retrouvé Georg Madsen avec le crâne transpercé d'un clou a été démolie ce matin », annonça Ploug d'une voix neutre.

« Parfait. Il y a un moment que cela aurait dû être fait », commenta Carl en enfonçant les mains dans les poches de son jean. Elles étaient moites tout à coup.

« Ils y sont allés de bon cœur avec les bulldozers, et ils ont décavé sur une bonne épaisseur.

— Ah bon, et alors ? Ils ont trouvé quelque chose ? » demanda Carl. Il n'avait pas vraiment envie d'entendre la réponse. Enquête de merde.

« Oui. Une caisse en bois fermée avec des pointes de marque Paslode, et, à l'intérieur, un sac rempli de morceaux de corps humain à différents stades de décomposition. Ils ont ouvert la caisse il y a une heure et prévenu la police. Les techniciens de la scientifique et Marcus sont déjà sur les lieux. »

Et merde. Hardy et lui n'étaient pas près d'avoir la paix.

« Nous sommes pratiquement certains que Georg Madsen, les deux types de Sorø qui ont aussi été tués au pistolet à clous et le cadavre contenu dans cette caisse ont un lien entre eux », dit Terje Ploug tout en épongeant ses yeux larmoyants avec un mouchoir qu'il aurait fallu, selon Carl, incinérer toutes affaires cessantes et sous surveillance agréée.

« Et qu'est-ce qui vous rend aussi affirmatifs ?

— Le fait qu'on ait trouvé un clou d'une taille assez conséquente enfoncé dans le crâne qui se trouvait dans le sac. »

Carl hocha la tête. Comme dans la tête des autres morts. Une conclusion logique, évidemment.

« Je voudrais que tu viennes avec moi sur place dans une demi-heure.

— Qui, moi ? Pourquoi moi ? Je ne m'occupe plus de cette enquête. »

À voir la tête de Terje, Carl aurait aussi bien pu lui avoir dit que désormais il ne porterait plus que des pull-overs roses en poil de chameau et qu'il n'accepterait de travailler que sur des affaires criminelles impliquant des dalmatiens à trois pattes.

« Marcus n'est pas de cet avis », dit l'inspecteur Ploug, laconique.

Bien sûr que c'était aussi l'enquête de Carl. La cicatrice qu'il avait à la tempe le lui rappelait tous les jours. La marque de Caïn, témoignant de sa lâcheté et de l'immobilisme dont il s'était rendu coupable à un instant décisif de sa vie.

Carl regarda les murs de son collègue, sur lesquels étaient épinglées tant de photos de scènes de crime qu'on aurait pu en remplir un carton de déménagement.

« OK, je t'accompagne, dit-il au bout d'un moment. Mais c'est moi qui conduis », ajouta-t-il en baissant la voix d'une octave. Il n'allait certainement pas s'asseoir à la place du mort dans le bouillon de culture bactériologique que devait être le véhicule de Ploug. Il préférait encore marcher.

« Qu'est-ce qui nous vaut le plaisir ? » lui demanda Mme Sørensen, quand Carl passa quelques secondes plus tard devant le secrétariat, la tête pleine d'images de ce jour fatidique où Anker avait perdu la vie et Hardy, son autonomie.

Le ton de sa voix et le choix des mots lui parurent anormalement aimables, ce qui ne laissa pas de l'inquiéter. Carl se tourna lentement vers le cerbère, les cordes vocales tendues et prêtes à la riposte.

Elle n'était qu'à deux mètres de lui, mais elle lui parut si différente qu'il eut l'impression de regarder un objet inconnu à cent mètres de distance.

Ce n'était pas sa tenue car elle était habillée comme d'habitude, c'est-à-dire comme quelqu'un qui choisirait ses vêtements dans un dépôt-vente avec un bandeau sur les yeux. Mais justement, ses yeux et ses cheveux desséchés, noirs et très courts, brillaient ce soir comme une paire de chaussures vernies pour aller au bal. Le pire étant les deux taches rouges sur ses joues qui ne révélaient pas seulement une bonne circulation sanguine mais également le fait qu'il y avait beaucoup plus de vie dans la vieille bique qu'on n'aurait osé le croire.

« Je suis contente de vous voir, Carl », dit-elle, contre toute attente. La situation devenait carrément surréaliste.

« Hmm », marmonna-t-il en guise de réponse. Il fallait bien répondre quelque chose ! « Est-ce que par hasard vous sauriez où je peux trouver Lis ? Elle est peut-être malade, elle aussi ? » demanda-t-il prudemment, se préparant à essuyer injures et aigreurs.

« Elle est dans la salle de débriefing pour prendre des notes, et elle doit se rendre ensuite aux archives. Voulez-vous que je lui demande d'aller vous faire un petit coucou en passant ? »

Carl déglutit péniblement. Est-ce qu'il avait bien entendu ? Elle avait bien dit : *faire un petit coucou* ? Ilsa la louve alias Mme Sørensen avait dit : *faire un petit coucou.*

Totalement déstabilisé, il lui fit un timide sourire et battit en retraite vers l'escalier.

« Oui, chef », dit Assad en reniflant. « De quoi vouliez-vous me parler, alors ? »

Carl ferma les yeux un instant. « De rien de particulier, Assad. Je veux juste que tu me racontes précisément ce qui s'est passé dans cette réserve à Eskildgade.

— Ce qui s'est passé ? Rien. Le type a juste bien écouté ce que je lui ai dit.

— J'aimerais bien le croire, Assad. Mais je voudrais que tu m'expliques pourquoi il a été tellement attentif. De quoi l'as-tu menacé ? On ne terrorise pas un criminel endurci en lui racontant des contes d'Andersen, n'est-ce pas ?

— Je ne suis pas d'accord avec vous, chef. Il y en a qui sont drôlement effrayants, alors. Tenez, par exemple l'histoire de la fille qui mange une pomme empoisonnée... »

Carl soupira. « Ce n'est pas Andersen qui a écrit *Blanche-Neige*, Assad. Qui as-tu menacé de lancer à ses trousses ? »

Assad eut un instant d'hésitation. Puis il inspira longuement et regarda Carl droit dans les yeux. « Je lui ai simplement dit que si je gardais son permis de conduire, c'était pour le faxer à des gens avec qui je travaillais avant, et qu'il avait intérêt à se dépêcher d'aller retrouver sa famille et de les emmener loin de leur maison, car s'il y avait quelqu'un là-bas quand mes contacts s'y rendraient, ou s'il était encore au Danemark à ce moment-là, ils y mettraient le feu.

— Tu lui as dit qu'ils allaient mettre le feu ? Je crois qu'il vaut mieux ne parler de cela à personne, tu m'entends, Assad ? » Carl marqua une pause, en fixant son assistant qui ne cilla même pas.

« Et le type a pris tes menaces au sérieux ? poursuivit Carl. Pourquoi les a-t-il prises au sérieux, Assad ? Qui sont ces contacts à qui tu vas envoyer des fax et dont ce Lituanien a si peur ? »

Assad sortit de sa poche une feuille de papier pliée en quatre. Quand il la déplia, Carl lut tout en haut : « Linas Verslovas. » Sous le nom il y avait une photo ressemblante mais peu flatteuse du Lituanien, quelques renseignements puis un long texte dans une langue que Carl ne comprenait pas.

« J'avais pris quelques renseignements, avant que nous allions "bavarder avec lui" », dit Assad en dessinant les guillemets en l'air. « J'ai quelques amis à Vilnius qui ont accès aux archives de la police quand ils en ont besoin. »

Carl fronça les sourcils.

« Tu es en train de me dire que tu as obtenu ces renseignements auprès des services secrets lituaniens ? »

Assad hocha plusieurs fois la tête et son nez se mit à goutter.

« Et ces gens t'ont lu au téléphone une traduction des renseignements en question ? »

Le nez recommença à goutter.

« Je vois. J'imagine que les choses qui sont écrites là-dessus ne sont pas banales. Et donc, tu as prévenu ce Linas Verslovas que la police secrète, ou je ne sais pas comment on l'appelle là-bas, allait s'en prendre à sa famille ? Avait-il des raisons de croire ce que tu lui disais ? »

Assad haussa les épaules.

Carl tendit brusquement la main vers une chemise plastifiée posée sur son bureau.

« J'ai ton dossier d'immigration sous les yeux depuis le jour où tu as commencé au Département V, Assad. Et je viens tout juste de prendre le temps de le consulter. »

Carl sentit deux yeux noirs posés lourdement sur son crâne.

« Tout ce que tu m'as dit sur toi et ton passé y est consigné dans les moindres détails, Assad. » Il leva les yeux vers son assistant.

« Oui. Et alors, chef ?

— Justement, je n'y trouve rien d'autre que ce que je sais déjà. Je ne vois rien concernant ce que tu faisais avant d'arriver au Danemark. Je ne sais pas à quel titre tu as obtenu ton permis de séjour ici, ni qui a appuyé ta demande d'asile pour qu'elle soit acceptée aussi rapidement. Je ne trouve pas la date de naissance de ta femme ni celles de tes enfants, et il n'y a rien non plus sur leur situation. Il y a leurs noms et c'est tout. Cette fiche d'information est à la fois très atypique et très incomplète, si tu veux mon avis. On dirait presque que quelqu'un a tripoté ce dossier et l'a un peu arrangé. »

Assad haussa encore les épaules. Celles-ci semblaient être l'instrument d'un langage riche et plein de nuances.

« Maintenant j'apprends que tu as des amis au sein des services de renseignements lituaniens, et que tu es en position de leur demander de l'aide et des informations confidentielles sur un simple coup de fil. Alors, tu sais quoi, Assad ? »

Il haussa les épaules à nouveau mais cette fois son regard était plus attentif.

« Je m'interroge. Parce que même le chef des services de renseignements de la police danoise n'aurait pas pu obtenir ces infos aussi facilement. »

L'épaule eut un léger soubresaut. « C'est possible, alors, chef. Mais je ne comprends pas ce que vous voulez savoir.

« — Ce que je veux savoir ? » Carl se leva et jeta violemment le dossier d'Assad sur son bureau. « Je veux savoir, bordel de merde, ce qui te donne ce genre de pouvoir ! C'est ça que je veux savoir, et que je ne trouve pas dans ce dossier.

— Écoutez, chef, alors. On n'est pas bien ici tous les deux ? Pourquoi voulez-vous creuser dans tout ça ?

— Parce que à cause de ce que tu as fait aujour-d'hui, je ne peux plus me contenter d'être simplement curieux.

— Comment ça ?

— Mais putain, Assad. Pourquoi est-ce que tu ne me dis pas tout simplement que tu as bossé pour les services secrets en Syrie et que tu as fait tellement de trucs pas clairs dans ton passé qu'ils te couperont la tête si tu y retournes, et aussi que le service de rensei-gnements de la police danoise ou bien celui de l'armée, je ne sais pas, te doivent un retour d'ascen-seur et que c'est pour ça qu'ils t'ont permis de venir croupir dans ce sous-sol contre un salaire correct ? Pourquoi est-ce que tu ne me dis pas tout, Assad ?

— Je pourrais vous dire tout ça, alors, chef. Si c'était la vérité. Mais ce n'est pas tout à fait exact. Ce qui est vrai, c'est que j'ai fait un travail pour ce pays et que c'est pour ça que je suis là, alors. Et c'est aussi pour ça que je ne peux rien vous dire de plus, chef. Pour le moment.

— Donc tu as des amis en Lituanie. Et à part ça, où est-ce que tu as des amis ? J'ai le droit de le savoir, ça ? Je pourrais en avoir besoin à l'occasion !

— Je vous le dirai si cette occasion se présente, alors. Promis, craché. »

Les épaules de Carl retombèrent. « On dit *promis-juré* ou bien *juré-craché*, Assad. » Carl s'efforça de sourire à son assistant enrhumé. « Mais à l'avenir, s'il te plaît, ne prends pas des initiatives comme celle d'aujourd'hui sans m'en glisser un mot avant, d'accord ?

— Glisser sur quoi ?

— Cela signifie : *sans m'en parler*, Assad. Tu veux bien me le promettre ? »

Il fit une moue et acquiesça.

« Ah oui, encore une chose, Assad. Tu veux bien me dire ce que tu fais dans ton bureau si tôt le matin ? C'est quelque chose que je ne dois pas voir, puisque ça se passe au beau milieu de la nuit ! Et pourquoi ne puis-je pas te rendre visite chez toi, à Kongevej ? Et pourquoi t'ai-je vu en train de te disputer avec des hommes qui viennent apparemment eux aussi du Moyen-Orient ? Pourquoi est-ce que Sami Ghazi, du commissariat de Rødovre, et toi, vous vous volez systématiquement dans les plumes quand vous vous croisez ?

— C'est privé, chef. »

La façon dont il dit cela blessa Carl. Comme lorsqu'un ami refuse votre main tendue. Comme le signal sans ambiguïté que, malgré tout ce qu'ils pouvaient partager, Carl ne passait pas seulement au second plan, il cessait d'exister pour Assad aussitôt qu'il rentrait chez lui après leur journée de boulot. C'était une question de confiance. Et Carl n'avait pas sa confiance.

« Je savais que j'allais trouver les deux hommes les plus sexy de la maison dans ce bureau en train de prendre du bon temps ! » dit une voix familière dans le couloir.

Lis planta son sourire ravageur dans l'encadrement de la porte et leur fit un clin d'œil. Elle aurait difficilement pu tomber plus mal.

Carl jeta un coup d'œil à Assad qui avait immédiatement pris une attitude décontractée et plaqué sur son visage une mine réjouie.

« Oooh ! mon pauvre chéri ! » s'exclama Lis en s'avançant pour caresser tendrement la joue bleu-noir d'Assad. « Toi aussi tu as attrapé la crève ? Tes yeux sont tout mouillés ! Et tu l'obliges à venir travailler dans cet état, Carl ? » Elle se tourna vers Carl, une expression de profonde réprobation dans son regard bleu. « Il fallait que je te dise de la part de Ploug qu'ils t'attendent à Amager. »

6

Ce ne fut qu'en arrivant au bout de Korsgade, et après s'être assise sur le banc en dessous du châtaignier, devant chez elle, pour contempler la vue sur le lac de Peblingesø, qu'elle put enfin se sentir tout à fait à l'abri du mépris de la ville et libérée de la prison de son propre corps.

Dans le paysage urbain des années quatre-vingt, il n'y avait que les jolis corps bien fichus qui avaient droit de cité. Elle l'avait compris et cela lui avait compliqué la vie. Aujourd'hui plus que jamais, elle s'en rendait compte.

Elle ferma les yeux, posa la main sur sa jambe et la frotta doucement, caressant les creux et les bosses que formaient les os et répétant son vieux mantra : *Je suis quelqu'un de bien, je suis quelqu'un de bien.* Malheureusement, ce jour-là, quel que soit le ton sur lequel elle le disait, il sonnait faux. Il y avait bien longtemps qu'elle n'avait pas prononcé la formule. Peut-être avait-elle perdu son pouvoir.

Elle se pencha en avant, croisa les bras autour de ses genoux et pressa le front contre ses cuisses, tandis que ses pieds battaient le sol comme des baguettes de tambour. En général cette position l'aidait à soulager ses terribles crampes.

Son petit tour au grand magasin Daells Varehus et le trajet de retour au plan d'eau de Peblinge l'avaient vidée et elle avait des douleurs partout. Elle souffrait de sa fracture au tibia qui poussait son pied vers l'extérieur, de sa cheville qui devait amortir à chaque pas les centimètres qui manquaient à la jambe, de sa hanche enfin, qui compensait tout le reste.

Elle avait mal mais ce n'était pas ça le pire. Quand elle descendait Nørregade, elle regardait droit devant en essayant de contrôler sa boiterie, bien consciente du piètre résultat de ses efforts, et ça lui était très pénible. Deux ans auparavant, elle était encore belle et désirable, et à présent elle n'était plus que l'ombre d'elle-même.

Jusqu'à aujourd'hui elle pensait que les ombres se sentaient bien dans l'anonymat. Qu'il était plus facile de disparaître dans une grande ville. C'est pour cela qu'elle était venue s'installer à Copenhague. Pour fuir la honte, le chagrin et aussi l'attitude glaciale de ses concitoyens dans le Lolland.

Elle avait quitté Havngaard pour oublier et, maintenant, voilà où elle en était.

Nete pinça les lèvres en voyant passer devant elle deux femmes poussant chacune un landau. Leur visage et leur voix exprimaient un bonheur indécent.

Elle détourna les yeux et regarda du côté d'un punk promenant son horrible machine à tuer sur pattes puis ses yeux se portèrent vers les oiseaux qui flottaient à la surface du lac.

Vie de merde. Il y avait trois quarts d'heure, une vingtaine de secondes dans un ascenseur avaient suffi à en ébranler les fondements. Il n'en fallait pas plus. Vingt petites secondes.

Elle ferma les yeux et revit la scène. Les pas vers l'ascenseur du quatrième. Son doigt sur le bouton. Son soulagement de n'avoir eu que quelques secondes à attendre avant que la porte ne s'ouvre.

Ce soulagement qui à présent se répandait dans ses veines tel un virus.

Elle n'avait pas pris le bon ascenseur. Si seulement elle était montée dans celui qui se trouvait à l'autre bout du rayon, elle aurait pu continuer sa vie comme avant. Se laisser engloutir par les tours géantes du quartier de Nørrebro et le labyrinthe des rues.

Elle secoua la tête. Rien ne serait plus pareil désormais. Ces secondes fatales avaient eu raison de ce qu'il restait de Nete Rosen. Elle était morte, partie, anéantie. Elle était redevenue Nete Hermansen. La fille de Sprogø avait ressuscité pour de bon.

Avec tout ce que cela entraînait.

Huit semaines après l'accident, elle était sortie de l'hôpital sans grandes effusions de la part du personnel soignant, et elle avait vécu seule à Havngaard pendant les mois qui suivirent. Les avocats avaient eu fort à faire, car la fortune était conséquente, et de temps en temps elle apercevait des paparazzis cachés dans les fossés et les buissons. Quand l'une des plus grosses huiles du monde des affaires au Danemark se tue en voiture, ça fait couler de l'encre et vendre des journaux, et quoi de mieux en première page qu'une veuve éplorée avec une paire de béquilles ? Mais Nete avait tiré ses rideaux et laissé le monde se déchaîner au-dehors. Elle savait parfaitement ce que pensaient les gens. Ils trouvaient que cette petite laborantine de rien du tout qui s'était hissée jusqu'au lit de son patron ne méritait pas de se trouver à la place qu'elle occupait dorénavant. Ils n'avaient rampé devant elle qu'à cause de son mari et de la fortune de celui-ci. Rien d'autre.

Ce sentiment ne la quittait pas. Certaines des infirmières à domicile avaient eu du mal à cacher leur mépris, mais Nete les avait renvoyées.

Pendant cette période de plusieurs mois, les histoires qui circulaient sur l'accident mortel d'Andreas Rosen avaient été épicées de rumeurs et de témoignages. Le passé se resserrait autour d'elle comme un lasso et quand elle fut convoquée au commissariat de Maribo, les gens du village la regardèrent passer devant leur fenêtre en souriant. Tout le monde ici savait que la famille qui habitait la maison en face du lieu de l'accident avait vu quelque chose qui ressemblait fort à une bagarre à l'intérieur de la voiture, juste avant qu'elle ne traverse le remblai et tombe dans l'eau à la verticale.

Mais Nete ne craqua pas et elle ne se mit à table ni devant les fonctionnaires ni devant les curieux. Elle garda tout à l'intérieur.

Non, ils ne la prendraient pas en défaut. Il y avait longtemps qu'elle avait appris à se tenir debout sur ses jambes, y compris quand la tempête faisait rage.

Et elle les planta tous là.

Elle se déshabilla lentement devant les fenêtres donnant sur le lac puis alla s'asseoir tranquillement sur le tabouret devant le miroir de sa chambre à coucher. La cicatrice qu'elle avait à l'aine était plus visible maintenant que sa toison pubienne était moins dense. Une ligne mince, d'un blanc violacé, quasiment invisible mais qui marquait la frontière entre le bonheur et la déchéance, la vie et la mort. La marque qui était restée après qu'on l'avait stérilisée.

Elle passa la main sur la peau un peu flasque de son ventre infertile et serra les dents. Elle se masturba jusqu'à ce que sa muqueuse brûle et que ses jambes tremblent. Son souffle s'accéléra et ses pensées explosèrent.

Moins de cinq heures plus tôt, elle était tranquillement installée dans sa cuisine en train de s'amouracher d'un petit cardigan rose à la page cinq d'un catalogue de grand magasin.

Catalogue d'automne 1987, disait la couverture alléchante. *Tricots chics*, annonçait le texte au-dessus d'une photo sur l'une des premières pages.

Elle avait admiré cette merveille rose dragée au travers des volutes de vapeur de son café et elle s'était dit qu'un pull en tricot comme celui-là et un chemisier de chez Pinetta avec épaulettes lui remonteraient le moral et l'aideraient à rebondir. Car même si sa peine était grande, elle avait encore des années à vivre, et elle se sentait bientôt prête à les entamer.

C'est pourquoi elle s'était retrouvée dans cet ascenseur, ses emplettes à la main et le cœur plein de joie. L'ascenseur s'était arrêté au troisième étage du magasin, exactement une heure et cinquante-neuf minutes plus tôt, et un homme de grande taille y était entré et s'était mis debout devant elle, si près qu'elle pouvait sentir son odeur.

Il ne lui avait pas accordé un regard mais *elle* l'avait reconnu. Elle était allée se réfugier dans l'angle de la cabine comme un animal traqué, les joues rouges de colère, et elle l'avait observé en retenant sa respiration, espérant qu'il ne se retournerait pas pour voir son reflet dans les miroirs.

Il avait l'air d'un homme infiniment satisfait de l'existence et de sa propre personne. Un homme qui a réussi et qui malgré son grand âge a aussi confiance en l'avenir.

Ordure.

Il y avait une heure, cinquante-neuf minutes et quarante secondes, il était ressorti de l'ascenseur au deuxième étage, laissant à l'intérieur une Nete aux poings serrés et au souffle court. Pendant les longues minutes qui suivirent elle ne ressentit plus rien. Elle monta et descendit avec l'ascenseur sans répondre aux questions inquiètes des autres clients. Elle était trop occupée à ralentir le rythme de son cœur affolé et à remettre de l'ordre dans ses pensées.

Quand elle se retrouva enfin dans la rue, elle n'avait plus de paquets dans la main. Elle n'avait pas besoin d'un cardigan en laine rose et d'un chemisier à épaulettes là où sa vie allait la mener à présent.

L'âme et le corps nus et souillés par le souvenir, dans son appartement au quatrième étage, elle réfléchissait maintenant à la façon dont elle allait se venger, et contre qui.

Elle sourit. Elle réalisa soudain que ce n'était peut-être pas elle qui avait manqué de chance en se trompant d'ascenseur. Peut-être au contraire était-ce cette créature du diable que le destin lui avait permis de croiser à nouveau qui s'en mordrait les doigts. Un court instant, son cœur s'emplit d'une émotion qui ressemblait presque au bonheur.

Voilà les sentiments qui animaient Nete quand le destin s'amusa donc une nouvelle fois à mettre Curt Wad sur sa route.

L'arrivée de l'été signifiait aussi la venue de son cousin Tage. Un garçon turbulent que ni l'école ni les rues d'Assens ne parvenaient à assagir. *Trop de muscles et pas assez de cervelle*, disait toujours son oncle. Mais Nete était aux anges quand Tage venait à la maison. Pendant quelques semaines, elle avait quelqu'un pour l'aider à accomplir les nombreuses tâches qui lui incombaient. Nourrir les poules, ça c'était un travail pour une petite fille, mais pas tout le reste. En plus, Tage adorait avoir les mains dans la merde et, chaque été, la porcherie et la petite étable devenaient son domaine. Il n'y avait que pendant les visites de son cousin que Nete pouvait se coucher sans avoir mal aux bras et aux jambes. Et pour cela elle l'adorait.

Et pour cela, elle l'avait aimé un peu trop.

« Qui est-ce qui t'apprend à dire des horreurs pareilles ? » aboyait sa maîtresse à la rentrée. C'était toujours après les grandes vacances qu'elle prenait le plus de coups à l'école, car le vocabulaire de Tage, avec des mots comme « baise », « foutre » et « bite en feu », était très loin de correspondre aux habitudes de vieille fille de sa maîtresse.

Ces mots-là, les jolies taches de rousseur de Tage et sa belle insouciance posèrent les premiers pavés de la route qui mena Nete à Curt Wad. Des pavés très glissants.

Elle se leva de sa coiffeuse et s'habilla tandis que la liste prenait forme dans sa tête. Une liste qui lui mettait les nerfs à vif et accentuait les rides sur son front.

Quelque part, là, dehors, vivaient et respiraient des gens qui méritaient de mourir. Des gens qui regardaient droit devant eux et jamais en arrière, et elle en connaissait quelques-uns. Mais à présent ils allaient en subir les conséquences.

Elle sortit de la chambre et se rendit au fond du long corridor où se trouvaient une salle à manger et la grande table qu'elle avait héritée de son père.

Elle avait pris des milliers de repas assise à cette table, à regarder son père penché au-dessus de son assiette. Un homme taciturne et amer, déçu par la vie et perclus de douleurs. Parfois, rarement, il levait la tête et essayait de lui adresser un sourire, mais même pour ça il n'avait plus assez de force.

Sans Nete, il aurait trouvé bien plus tôt la corde avec laquelle il s'était finalement pendu. Mais les rhumatismes, la solitude et la bêtise avaient tout de même eu raison de lui.

Elle caressa l'endroit où le bois était plus sombre parce que ses coudes y reposaient chaque jour, puis elle laissa lentement ses doigts glisser jusqu'au centre de la table où, depuis presque deux ans qu'elle avait emménagé dans cet appartement, était posée une enveloppe en papier kraft froissée et usée car elle l'avait ouverte d'innombrables fois pour en lire le contenu. *Mlle Nete Hermansen, laborantine, lycée technique d'Aarhus, Halmstadgade, Aarhus N*, disait l'adresse sur l'enveloppe. La poste avait ajouté un numéro de rue et un code postal au stylo rouge. Elle lui en avait souvent été reconnaissante.

Elle caressa doucement le timbre et le cachet. Il y avait presque dix-sept ans maintenant que cette lettre était arrivée dans sa boîte. Une sacrée portion de vie. Elle ouvrit l'enveloppe à nouveau, sortit la lettre et la déplia.

Ma très chère Nete,

Par des voies détournées et difficiles à t'expliquer, j'ai eu vent de tout ce qui t'est arrivé depuis le jour où tu es montée dans ce train à la gare de Bredebro et où nous t'avons vue partir, agitant la main pour nous dire au revoir.

Je veux que tu saches que tout ce que j'ai appris sur ton parcours ces six dernières années m'a enchanté plus que je ne saurais le dire.

Maintenant tu sais que *tu es une bonne fille,* n'est-ce pas ? Que ta dyslexie n'était pas insurmontable, et qu'il y avait une place pour toi sur cette terre. Et quelle place ! Je suis si fière de toi, ma douce Nete. Tu as passé ton certificat d'études avec brio ! Tu es sortie première de l'école de techniciens de laboratoire d'Aabenraa et tu es sur le point de finir tes études de laborantine à Aarhus ! C'est fantastique ! Tu te demandes peut-être comment je sais tout cela ? Il faut que je te dise que par le plus grand des hasards, Interlab A/S, la société qui va t'embaucher à partir du 1er janvier, a été fondée par mon vieil ami Christopher Hale et qu'elle lui appartient. Son fils Daniel est même mon filleul, pour tout te dire. Si bien que j'ai régulièrement l'occasion de leur rendre visite. Entre autres, nous nous retrouvons chaque année pour confectionner des décorations de Noël et préparer les biscuits aux épices le premier dimanche de l'Avent.

Alors que je demandais à mon ami ce qu'il faisait en ce moment, il me répondit qu'il venait d'éplucher toute une pile de candidatures et il me montra celle qu'il avait sélectionnée. Je te laisse imaginer ma stupéfaction en voyant ton nom. Et en lisant ta lettre de motivation et ton CV. Au fait, j'espère que tu ne m'en voudras pas de mon indiscrétion. Franchement, je t'avoue que je n'ai pas pu m'empêcher d'écraser une petite larme de joie.

Bon, Nete, je ne vais pas t'embêter plus longtemps avec mon émotivité de vieillard. Je voulais juste te dire à quel point Marianne et moi sommes heureux pour toi, et t'assurer que tu peux à présent en toute quiétude redresser la tête et crier au monde entier la petite phrase que nous t'avons apprise il y a bien longtemps : Je suis une bonne fille !

Ne l'oublie jamais, ma chérie !

Nous te souhaitons tous les bonheurs du monde.

Bien affectueusement

Marianne et Erik Hanstholm
Bredebro, le 4 décembre 1970

Elle relut la lettre à trois reprises, s'arrêtant chaque fois sur la phrase : Maintenant tu sais que *tu es une bonne fille.*

« Je suis une bonne fille ! » dit-elle à voix haute en se rappelant le visage d'Erik Hanstholm, avec ses petites rides de rire autour des yeux. La première fois qu'elle avait entendu cette phrase, elle n'avait que vingt-quatre ans. Aujourd'hui, elle en avait cinquante. Où étaient passées toutes ces années ? Pourquoi n'avait-elle pas repris contact avec lui pendant qu'il était encore temps.

Elle inspira profondément, pencha la tête sur le côté, s'imprégna de l'inclinaison des lettres, de la forme des majuscules, de chaque point et de chaque virgule tracée par son stylo-plume.

Puis elle sortit la deuxième feuille de l'enveloppe et la contempla longuement, les larmes aux yeux. Depuis lors elle avait décroché beaucoup de diplômes et reçu de nombreux certificats d'examens mais celui-là était le premier et le plus important de toute sa vie. C'était Erik Hanstholm qui l'avait fabriqué pour elle et ç'avait été un cadeau merveilleux.

En haut du document il avait écrit dans une belle calligraphie le mot *DIPLÔME* et, dessous, quatre lignes, couvrant toute la feuille :

CELUI QUI PEUT
LIRE CECI
NE PEUT ÊTRE QUALIFIÉ
D'ANALPHABÈTE.

Juste ça.

Elle s'essuya les yeux et pinça les lèvres. Quel égoïsme de sa part de n'avoir jamais fait l'effort de le recontacter. Qu'aurait été sa vie sans lui et sa femme Marianne ? Et maintenant c'était trop tard. L'annonce nécrologique sur laquelle elle était tombée par hasard il y a trois ans disait qu'il était *mort des suites d'une longue maladie*.

Les suites d'une longue maladie. Ça voulait dire quoi ?

Elle avait écrit à Marianne Hanstholm pour lui présenter ses condoléances, mais ses lettres lui étaient revenues. Nete en avait conclu qu'elle aussi était peut-être décédée. Alors maintenant qui restait-il dans sa vie en dehors de ceux qui lui avaient fait du mal ?

Personne.

Nete replia la lettre et le diplôme et les rangea dans l'enveloppe. Elle alla chercher sur le rebord de la fenêtre une assiette en étain et y déposa l'enveloppe.

Lorsqu'elle y mit le feu et que le petit nuage de fumée s'en alla flotter sous les stucs du plafond, pour la première fois depuis l'accident elle se sentit libérée de ses remords.

Quand les dernières braises se furent éteintes, elle réduisit les cendres en poussière puis elle porta l'assiette d'étain jusqu'à la fenêtre du salon. Son regard s'attarda un instant sur le droséra, avec ses poils légèrement collants, qui pour une fois ne sentait pas trop fort.

Elle fit tomber les cendres dans la terre du pot et se retourna vers la bibliothèque.

Au sommet du meuble aux lignes élégantes se trouvait un bloc de papier à lettres orné de petites fleurs et des enveloppes assorties. Un cadeau aussi inévitable que les bougies parfumées quand on est appelé à recevoir régulièrement des gens à dîner parce qu'on est l'épouse d'un homme comme Andreas Rosen. Elle prit six enveloppes et s'assit à la table de la salle à manger pour y inscrire le nom des destinataires.

Curt Wad, Rita Nielsen, Gitte Charles, Tage Hermansen, Viggo Mogensen et Philip Nørvig.

Un nom pour chaque moment de sa vie où les choses avaient mal tourné.

Tous ces noms écrits sous ses yeux paraissaient sans importance. Des gens qu'on pouvait effacer de son existence d'une simple rature. Mais ces noms étaient tout sauf insignifiants. Ils voulaient dire d'abord que leurs détenteurs, s'ils vivaient encore, circulaient dans les rues, aussi libres et contents d'eux que Curt Wad

tout à l'heure. Sans se soucier du passé et des traces
indélébiles qu'ils avaient laissées sur leur passage.

Nete allait les obliger à faire face à ce qu'ils avaient
fait. Et elle allait le faire à sa manière.

Elle prit son téléphone et appela l'état civil.

Sa quête commença tout simplement ainsi :

« Bonjour. Nete Hermansen à l'appareil. Pourriez-
vous m'aider à retrouver certaines personnes pour
lesquelles je ne dispose que d'adresses anciennes, s'il
vous plaît ? »

7

Novembre 2010

Le vent était changeant et bien que la scène de crime fût encore assez éloignée, Carl sentait déjà l'odeur de cadavre flotter dans l'air humide de l'automne.

Des techniciens de la criminelle, en combinaison blanche, discutaient avec ceux de la médecine légale derrière deux gros tractopelles à l'arrêt.

Carl en déduisit qu'ils en étaient arrivés au stade où les pompiers et les brancardiers de la police scientifique pouvaient prendre le relais.

Un dossier sous le bras, Terje Ploug fumait sa pipe et Marcus Jacobsen une cigarette, sans grand résultat. Le pauvre bougre qui était passé de vie à trépas de façon si cavalière s'était depuis longtemps décomposé, et l'odeur de putréfaction d'un être humain est probablement la pire qui soit. Le fait que la moitié des effectifs de l'hôtel de police se promènent le nez bouché par le rhume était finalement une bénédiction.

Carl s'approcha en pinçant les narines et se pencha pour jeter un coup d'œil à la caisse qui était toujours au fond du trou, bien qu'à moitié découverte. Le couvercle avait été ouvert. Elle était moins grande qu'il ne l'avait imaginé. Un cube d'environ soixante-quinze centimètres, une taille suffisante toutefois pour contenir un corps humain correctement découpé au préalable. Elle était solide, fabriquée à partir de vieilles lames de parquet vitrifié, feuillures et rainures comprises. Un cercueil qui aurait pu passer des années sous terre sans pourrir.

« Pourquoi n'ont-ils pas mis le type directement en terre ? » s'étonna Carl au bord de la fosse. « Et pourquoi justement ici ? Ce n'est pourtant pas la place qui manque », ajouta-t-il en montrant le terrain d'un geste circulaire.

« Nous avons examiné les lattes du plancher de la baraque. » Le chef de la criminelle resserra son écharpe autour du col de son blouson et montra un tas de planches devant lesquelles étaient groupés plusieurs ouvriers en combinaison de travail orange.

« Et nous savons à quel endroit de la pièce la caisse avait été enterrée sous le plancher », poursuivit Marcus Jacobsen. « On l'avait enfouie pas loin d'un angle près du mur côté sud. On voit des traces de scie circulaire qui ont été faites récemment. Moins de cinq ans, selon les techniciens. »

Carl hocha la tête. « OK, donc, le type a été tué et coupé en morceaux ailleurs et ensuite, on l'a transporté ici.

— Il semblerait, oui », dit le chef de la criminelle en reniflant, un nuage de fumée de cigarette enveloppant sa tête. « Peut-être s'agissait-il d'un avertissement. Une façon de rappeler à Georg Madsen qu'il avait intérêt à se tenir à carreau s'il ne voulait pas finir comme le gars qui est là-dedans. »

Terje Ploug hocha la tête. « Les techniciens disent que la caisse était enterrée sous le parquet du séjour. D'après ce que je peux voir sur le plan qui est dans le rapport… » Il montra à ses deux collègues un croquis qu'il venait de sortir de sa mallette. « … le trou se trouvait exactement en dessous du fauteuil où on a retrouvé Georg Madsen avec son clou dans la tête. Exactement à l'endroit où on l'a tué. »

Carl se redressa. Son mercredi était décidément foutu. Il y avait là de quoi alimenter des heures d'investigations et d'enquête sur des faits que Carl aurait préféré oublier. Si cela n'avait tenu qu'à lui, il aurait laissé tomber sur-le-champ, il serait allé faire un tour au grill-bar de l'aéroport où il aurait commandé deux hot-dogs grillés avec du ketchup qu'il aurait grignotés en regardant tranquillement tourner les aiguilles de l'horloge pendant trois ou quatre heures, jusqu'à ce qu'il soit temps de rentrer se changer avant d'aller faire honneur à l'oie de la Saint-Martin de Mona.

Ploug le regardait comme s'il lisait dans ses pensées.

« Bon, dit enfin Carl. Nous savons que l'homme a été tué à un autre endroit et nous supposons qu'il n'avait pas échappé à Georg Madsen que ce type était enterré sous son fauteuil. Qu'est-ce que nous avons encore besoin de découvrir ? »

Il se gratta la joue et répondit lui-même à sa question. « Nous devons comprendre pourquoi. Qui est-il et qui l'a assassiné, c'est ça ? Fastoche ! Tu vas nous débrouiller cette affaire en trois coups de cuillère à pot, n'est-ce pas, Ploug ? » aboya Carl, sentant le malaise monter en lui peu à peu.

Il y avait deux ans environ, il avait failli mourir ici. C'était de cet endroit qu'était partie l'ambulance qui emmenait le cadavre d'Anker et le corps bousillé de Hardy. Et c'était là que Carl avait laissé tomber ses amis et qu'il était resté couché par terre, les ailes brisées, recroquevillé comme un animal paralysé par la peur, pendant qu'on s'en prenait à ses coéquipiers. Et dans quelques instants, quand cette caisse allait partir pour rejoindre la morgue et ses collègues de la police scientifique, toutes les traces tangibles de ces événements auraient définitivement été effacées de la surface de cette terre. Pour le meilleur, et pour le pire aussi.

« Il est possible en effet que Georg Madsen ait su que le cadavre se trouvait sous son plancher et qu'il se soit agi d'un avertissement, mais dans ce cas on peut dire qu'il ne l'a pas écouté ! » fit remarquer le chef de la criminelle.

Carl regarda le contenu macabre de la caisse béante.

Le crâne reposait de profil au sommet de l'un des sacs-poubelles noirs dans lesquels les autres morceaux du corps étaient encore enfermés. À en juger par la taille de la boîte crânienne, la puissance de la mâchoire et les traces d'une fracture consolidée au sommet du nez, on pouvait déduire non seulement qu'il appartenait à un individu de sexe masculin, mais aussi que l'homme en question n'avait pas eu une vie de tout repos. Et à présent il gisait là, édenté, le cuir chevelu tellement décomposé qu'il avait littéralement fondu. Et au travers de la masse gluante de chair putréfiée brillait la tête d'un gros clou en acier inoxydable. Un clou apparemment semblable à ceux qu'on avait retrouvés enfoncés dans les crânes de Georg Madsen et des deux mécaniciens assassinés dans un atelier de réparation automobile à Sorø.

Marcus Jacobsen retira sa combinaison de protection et fit un signe de tête aux journalistes. « Dans deux heures, nous aurons examiné le contenu de cette caisse à la morgue et nous saurons s'il y a quoi que ce soit là-dedans qui nous permette de retrouver l'identité de la victime », leur dit-il en guise de conclusion, avant d'aller rejoindre sa voiture garée un peu plus loin sur le chemin de terre.

« Tu me taperas le rapport, Ploug », lança-t-il au-dessus de son épaule.

Carl fit deux pas en arrière et s'efforça d'étouffer l'odeur du cadavre en respirant la fumée de la pipe de Ploug.

« On peut savoir pourquoi tu m'as fait venir ici, Terje ? demanda-t-il. Tu voulais voir si j'allais craquer ? »

Terje répondit à la question par un regard plein de lassitude. Qu'est-ce qu'il en avait à foutre que Carl craque ou pas.

« Si je me souviens bien, la baraque du voisin était juste à côté », dit-il, désignant la parcelle de terrain mitoyenne. « Si quelqu'un a apporté une caisse volumineuse dans la bicoque voisine et qu'il s'est mis ensuite à découper le plancher de Georg Madsen à la scie circulaire, il a forcément dû voir ou entendre quelque chose ! Qu'en penses-tu ? Tu te souviens de ce qu'il a dit quand on l'a interrogé ? »

Carl sourit. « Mon cher Ploug, d'abord le voisin n'habitait ici que depuis dix jours quand Georg Madsen a été assassiné et il ne le connaissait pas. D'autre part, d'après ce que disent les experts, et j'ai tendance à partager leur avis, ce fagot de merde puant est là depuis au moins cinq ans, soit trois ans avant le meurtre de Georg Madsen. Alors par quel miracle ce voisin pouvait-il être au courant de quoi que ce soit ? Et d'ailleurs, il me semble que c'est toi qui as repris l'enquête après qu'on m'a emmené à l'hôpital ? Tu n'as pas interrogé le gars ?

— Non, le type a fait un infarctus un peu plus tard dans la journée et il s'est écroulé, mort, là, dans le caniveau, au moment où on s'en allait. Le meurtre, la fusillade et tous ces policiers, ça avait dû lui en ficher un coup. »

Carl fit une moue. Ces salauds avec leur pistolet à clous commençaient à avoir un paquet de morts sur la conscience !

« Ah ! Tu ne le savais pas ? » Ploug sortit son calepin de la poche intérieure de sa veste. « Alors on n'a pas dû te parler non plus des deux cas similaires aux Pays-Bas. Il paraît que deux personnes se sont fait buter avec le même genre d'arme, l'une en mai, l'autre en septembre, dans une cité de la banlieue de Rotterdam qui s'appelle Schiedam. Les Hollandais nous ont envoyé des tas de photos. »

Il ouvrit sa serviette et montra à Carl les photos de deux hommes, tandis que les policiers installaient un cordon de sécurité autour de la scène de crime.

« Ils avaient une pointe de marque Paslode de quatre-vingt-dix millimètres plantée dans la tempe, comme les victimes trouvées dans le Seeland. Je t'enverrai une copie du dossier au Département V tout à l'heure. On en reparlera quand on aura reçu le rapport du légiste. »

OK, se dit Carl. Hardy va avoir de quoi s'occuper l'esprit.

Quand il arriva au sous-sol, il trouva Lis dans le couloir, les bras croisés, acquiesçant vivement à ce que Rose avait à dire sur la vie en général et sur le quotidien du Département V en particulier. Elle évoquait les *conditions de travail épouvantables, l'atmosphère de caveau, les manies agaçantes du patron* et Carl songea qu'il était assez d'accord avec elle, jusqu'à ce qu'il réalise que c'était de lui qu'on parlait.

« Hum… » Carl se racla la gorge, espérant que cela les ferait sursauter mais elles ne lui accordèrent pas un regard.

« Quand on parle du loup ! » dit Rose, pour le moins irrévérencieuse, en lui tendant une liasse de documents. « Vous jetterez un coup d'œil là-dessus. Ce sont les notes que j'ai prises sur l'affaire Rita Nielsen. Et vous pouvez vous estimer heureux d'avoir des collaborateurs qui bossent et qui gardent la boutique pendant que certains vont se balader dans la nature. »

Merde. Elle était remontée à ce point-là ! Alors sa soi-disant jumelle Yrsa n'allait pas tarder à rappliquer.

« Il paraît que vous vouliez me voir ? » dit Lis quand la silhouette noire de Rose eut disparu dans son bureau.

« J'essaye en vain de mettre la main sur mon cousin Ronny, et je me suis dit que peut-être…

— Ah, c'est pour ça. » Elle avait presque l'air déçue. « Bak nous en a touché un mot. Quelle histoire ! Je vais voir ce que je peux faire. »

Elle lui décocha un sourire qui lui mit les genoux en gelée et s'en alla vers le local où étaient rangées les archives. Carl l'arrêta :

« Une seconde, Lis ! Vous pouvez me dire ce qui est arrivé à Mme Sørensen ? Elle est devenue… charmante.

— Cata ? C'est parce qu'elle suit une formation NLP en ce moment.

— NLP ? Tu peux juste me rappeler ce que… »

Mais le portable de Carl se mit à sonner. Il contrôla le nom qui s'affichait à l'écran. Morten Holland. Qu'est-ce que son locataire pouvait bien lui vouloir à cette heure-ci ?

« Oui, Morten », dit-il en faisant un signe du menton pour s'excuser auprès de la secrétaire.

« Je dérange ? demanda prudemment son interlocuteur.

— L'iceberg a-t-il dérangé le *Titanic* ? Brutus a-t-il dérangé César ? Qu'est-ce qui t'arrive ? Il y a un souci avec Hardy ?

— Oui, en quelque sorte. Elle était bien bonne, au fait, celle du *Titanic*, ha, ha ! Bon, je te passe Hardy. »

Il entendit le micro frotter contre l'oreiller de Hardy. Jusqu'à présent, son ancien coéquipier infirme se contentait de leur petite conversation du soir quand Carl rentrait du boulot, mais apparemment cela ne lui suffisait plus.

« Carl ? Tu m'entends ? » Carl se représentait le grand corps inerte de Hardy et Morten tenant le téléphone contre son oreille. Il voyait son visage, yeux mi-clos, front plissé, lèvres desséchées. Sa voix trahissait de l'inquiétude. À tous les coups, Terje Ploug l'avait déjà appelé.

« Ploug m'a téléphoné, dit-il. Je suppose que tu sais de quoi il voulait me parler ?

— Oui.

— Je t'écoute, Carl. Qu'est-ce qui se passe ?

— Il se passe que les types qui nous ont tiré dessus sont des assassins sans scrupules qui imposent leur loi et se servent de la violence pour faire régner la discipline dans leur rangs.

— Ce n'est pas de ça que je veux parler et tu le sais très bien. » Un silence s'installa. De ces silences qui n'ont rien de plaisant. Et qui se terminent le plus souvent par une dispute.

« Tu sais ce que je crois, moi ? Je crois qu'Anker était gravement impliqué dans ce merdier. Il savait qu'il y avait un homme mort à l'intérieur de cette baraque avant même que nous partions de l'hôtel de police.

— Ah oui ? Et qu'est-ce qui te fait croire ça, Hardy ?

— Je le sais, c'est tout. Il n'était plus le même pendant les quelques mois qui ont précédé la fusillade. Il avait de grosses dépenses. Il avait changé. Et ce jour-là, il n'a pas suivi la procédure.

— Qu'est-ce que tu veux dire ?

— Il est allé interroger le voisin *avant* que nous soyons entrés chez Georg Madsen. Comment pouvait-il savoir à ce moment-là qu'il y avait un macchabée à l'intérieur ?

— Le voisin nous avait appelés pour nous le dire !

— Carl, putain ! Combien de fois est-ce arrivé qu'on nous appelle pour nous signaler un meurtre et qu'en fin de compte on découvre que c'est un animal mort ou le son de la télé ? Anker commençait *toujours* par s'assurer qu'il ne s'agissait pas d'une erreur ou d'un canular avant d'interroger le voisinage. Sauf cette fois-là.

— Pourquoi est-ce que tu me racontes ça maintenant ? Tu as eu des tas d'occasions de me le dire avant, tu ne crois pas ?

— Tu te rappelles quand Minna et moi avons hébergé Anker, au moment où sa femme l'a mis dehors ?

— Non.

— C'est vrai que ça n'a pas duré très longtemps, mais ce que je voulais te dire, c'est qu'Anker avait complètement déraillé. Il sniffait de la coke.

— Oui, ça je le savais. Le petit psy de merde que Mona m'a envoyé me l'a dit. Mais je n'étais pas au courant à l'époque.

— Un soir où il était sorti, il est rentré avec du sang partout sur ses fringues. Il avait été impliqué dans une bagarre.

— Et alors ?

— Il y avait vraiment beaucoup de sang. Et il a jeté les vêtements qu'il portait ce soir-là.

— Et maintenant tu te dis qu'il y a un rapport entre cet épisode et le mort qu'on a découvert aujourd'hui ? »

De nouveau un silence pesant s'installa de part et d'autre de la ligne. Hardy était l'un des meilleurs enquêteurs de l'hôtel de police, du temps où il était encore opérationnel. *Mémoire et intuition*, disait-il toujours pour expliquer ses succès. Foutue intuition.

« Attendons de voir ce que dit le rapport d'autopsie, Hardy.

— Le crâne qui était dans la caisse n'avait pas de dents, n'est-ce pas, Carl ?

— C'est exact.

— Et le cadavre était complètement décomposé ?

— Oui, pratiquement. Pas réduit à l'état de soupe, mais presque.

— Alors on va avoir du mal à trouver l'identité de la victime, tu ne crois pas ?

— Et il faudra qu'on fasse avec, pas vrai, Hardy ?

— Facile à dire, Carl, quand on n'est pas couché vingt-quatre heures sur vingt-quatre à regarder le plafond, avec des tuyaux qui vous sortent de partout. Si Anker avait quelque chose à voir avec ce bordel, c'est aussi sa faute si je suis dans cet état. Et c'est pour ça que je te téléphone, Carl. Je veux que tu me promettes de t'occuper de cette affaire. Et si Ploug fait des conneries, je compte sur toi pour les rattraper. Tu dois bien ça à ton ancien coéquipier. Tu m'entends, Carl ? »

Quand Morten Holland s'excusa du dérangement et coupa la communication, Carl s'aperçut qu'il était assis dans son fauteuil avec la liasse de papiers de Rose sur les genoux. Il ne se souvenait absolument pas être revenu dans son bureau.

Il ferma les yeux un instant et tâcha de revoir Anker en pensée. Les traits de son ancien coéquipier s'étaient déjà presque effacés de sa mémoire.

Comment aurait-il pu se souvenir de ses pupilles, de ses narines, de son débit de parole et de tous les autres indices révélateurs de l'addiction à la cocaïne ?

8

« Vous avez *nu nes surnignages* de Rose à propos de l'affaire Rita Nielsen, chef, alors ? »

Carl leva les yeux et eut beaucoup de mal à ne pas éclater de rire. Assad était en face de lui, agitant une petite liasse de papiers. Il avait apparemment trouvé un remède contre la goutte au nez, car de ses narines sortaient deux mèches de coton si grosses qu'elles expliquaient l'aggravation spectaculaire de son accent déjà très marqué.

« Quels *surnignages* ? Où ça ? » dit Carl en réprimant un sourire.

« L'enquête sur cette femme qui a disparu à Copenhague. La tenancière de bordel, Rita Nielsen. » Il jeta les photocopies sur le bureau. « Rose passe des coups de fil, et elle veut qu'on regarde ça tous les deux en attendant. »

Carl prit les photocopies et, pointant du doigt les bouts de coton, il dit : « Tu n'enlèverais pas ces trucs-là une minute, que je puisse me concentrer ?

— Mais si je les enlève, je coule, chef.

— Eh bien qu'est-ce que tu veux que je te dise, coule ! Mais tâche de le faire par terre, s'il te plaît. »

Il hocha la tête, satisfait en voyant les mèches atterrir dans la corbeille, et baissa les yeux sur les copies. « Alors où sont-ils, ces *surnignages* ? »

Assad se pencha dangereusement près de Carl et tourna quelques pages. « Là », dit-il, en désignant tout un passage marqué au Stabilo fuchsia.

Carl survola les quelques lignes. Il s'agissait d'une partie du rapport de police concernant l'état de la Mercedes de Rita Nielsen quand on l'avait retrouvée. Rose avait mis en exergue la liste des rares objets restant dans la boîte à gants. Il y avait un guide intitulé *Destination l'Italie du Nord,* quelques boîtes de réglisse Läkerol, un paquet de mouchoirs en papier, deux brochures sur la ville de Florence et quatre cassettes audio de Madonna.

Madonna ne devait pas être très populaire chez les délinquants de Nørrebro à cette époque, se dit Carl. Il remarqua que Rose avait ajouté sous la ligne : « Un boîtier de cassette de *Who's that girl* », la mention *vide*. Et elle avait fait deux gros traits de Stabilo sous les deux derniers mots. Il est vrai que la formule prêtait à confusion !

« Grands dieux ! s'exclama-t-il. La nouvelle est d'importance ! Qu'en pensez-vous mon cher Assad ? Ne devrions-nous pas alerter la presse ? On a trouvé une cassette de Madonna vide ! »

Assad le regarda, avec l'air de ne pas comprendre. « Elle a souligné d'autres passages sur la page suivante aussi. En fait les pages sont un peu dans le désordre. »

Il attira l'attention de Carl sur d'autres surlignages. Cette fois il était question de l'appel signalant la disparition de Rita Nielsen le 6 septembre 1987. Il provenait d'une dénommée Lone Rasmussen, de Kolding, une employée de Rita Nielsen qui notait les réservations pour les call-girls. Elle avait été surprise que sa patronne ne soit pas revenue à Kolding le samedi comme prévu. Le rapport disait en outre que Lone Rasmussen était bien connue des services de police après plusieurs arrestations pour prostitution et usage de stupéfiants.

Ici, la phrase surlignée était la suivante : *Selon Lone Rasmussen, Rita Nielsen devait impérativement rentrer dimanche parce qu'elle avait un rendez-vous le même jour, ainsi que les jours suivants. En effet, son agenda, qui était resté au salon de massage que Lone Rasmussen appelait « le bureau », comportait des traits rouges à ces dates.*

« OooK », dit Carl en insistant sur la première syllabe. Il continua sa lecture. Rita Nielsen avait donc des rendez-vous d'ordre privé la semaine suivant sa disparition. Les enquêteurs avaient creusé un peu de ce côté mais n'étaient pas parvenus à en déterminer la nature.

« Je crois que Rose est en train d'essayer de joindre cette Lone Rasmussen en ce moment, alors », marmonna Assad, d'une voix encombrée de glaires.

Carl poussa un soupir. Cette histoire remontait à vingt-trois ans. À en croire le numéro d'identification national de Lone Rasmussen, elle devait en avoir au moins soixante-quinze, un bel âge pour quelqu'un avec un passé comme le sien. Et si, contre toute attente, elle vivait encore, Carl voyait mal ce qu'elle serait capable d'ajouter à son témoignage.

« Maintenant, regardez ça, chef. » Assad feuilleta à nouveau la liasse pour lui lire une phrase à haute voix, quoique avec des consonnes amorties par la morve :

« "Lors de la perquisition au domicile de Rita Nielsen, dix jours après sa disparition, on retrouve un chat tellement affaibli qu'on doit l'euthanasier." »

— Eh ben merde, alors ! s'exclama Carl.

— Et là. » Assad montrait le bas de la même page.
« "On ne découvre aucun indice suggérant qu'il y a eu
crime, ni aucun élément : papiers, journal intime ou
autre, qui puisse suggérer un état de dépression grave.
La demeure de Rita Nielsen est ordonnée, bien que
décorée de façon assez juvénile avec peluches, pou-
pées et une grande quantité de photos encadrées de la
chanteuse Madonna. Rien en revanche permettant de
croire à un meurtre ou à un suicide." »

De nouveau, Rose avait jugé bon de surligner un
détail : *Une grande quantité de photos encadrées de la
chanteuse Madonna.*

Pourquoi ce détail en particulier ? Carl s'essuya le
nez. Il n'allait pas se mettre à couler lui aussi ? Non,
fausse alerte. Il ne fallait surtout pas qu'il soit
enrhumé pour ce soir. Mona l'attendait.

« Je ne sais pas pourquoi Rose attache tant d'importance à tous ces passages sur Madonna, dit Carl. Mais
l'histoire du chat donne à réfléchir. »

Assad hocha la tête. La relation fusionnelle que les
vieilles filles entretiennent avec leurs animaux de
compagnie n'est pas une légende. Quand on a un chat
et qu'on a l'intention de se suicider, on s'occupe de
savoir ce que va devenir l'animal avant de passer à
l'acte. Soit on le tue lui aussi, soit on le confie à des
personnes de confiance pendant qu'il est encore
temps.

« Je suppose que nos collègues de Kolding ont
pensé à cela aussi », dit Carl.

Assad secoua la tête.

« Non. » Il renifla. « Ils ont considéré qu'elle s'était
tuée sur un coup de tête. »

Carl hocha la tête, pensif. C'était possible, après tout. Elle était loin de chez elle et de son chat. On ne sait jamais ce qui peut passer par la tête des gens.

La voix de Rose retentit soudain dans le couloir : « Venez ici tous les deux. Tout de suite. »

C'est pas vrai ! Je rêve, se dit Carl. Elle leur donnait des ordres, maintenant ? Choisir les affaires sur lesquelles devait travailler le Département V ne lui suffisait pas ? Si elle commençait à leur parler sur ce ton, il était temps qu'il la remette au pas. Avec un peu de chance, elle prendrait des vacances et deviendrait Yrsa pour quelque temps. Son alter ego était un peu moins malin qu'elle, mais loin d'être stupide.

« Venez, chef », dit Assad en le tirant par le bras. Visiblement, lui avait déjà pris le pli.

Rose ressemblait à un ramoneur debout au milieu de son bureau, en noir des pieds à la tête et le téléphone à l'oreille. Elle obstrua le micro avec sa main, indifférente à la mine renfrognée et au regard de reproche de son patron.

« J'ai Lone Rasmussen en ligne, chuchota-t-elle. Je veux que vous entendiez ce qu'elle raconte. Je vous expliquerai tout plus tard. »

Elle posa le téléphone sur la table et actionna la fonction *conférence*.

« Voilà, Lone, mon supérieur, Carl Mørck et son assistant sont là tous les deux, ils vous écoutent, dit-elle. Pourriez-vous avoir l'amabilité de me répéter ce que vous venez de me dire ? »

Bon, au moins elle l'avait présenté comme son supérieur. Elle n'avait pas encore oublié qui portait la culotte dans ce bureau. C'était déjà ça. Carl hocha la tête pour lui montrer qu'il appréciait. Elle avait réussi à joindre cette Lone Rasmussen. Pas mal.

« Allô », grinça une voix lente et rauque à l'autre bout de la ligne. Les toxicomanes qui n'arrivent jamais à décrocher finissent toujours par avoir cette voix-là. Elle ne semblait pas si vieille que cela, d'ailleurs, juste très usée. « Vous m'entendez, là ? »

Rose le lui confirma.

« Je disais juste que Rita adorait ce fichu chat. Une fois, elle l'avait confié à une pute, je ne me souviens plus de son nom, mais en tout cas la fille en question avait oublié de le soigner et Rita s'était mise dans une colère terrible et elle l'avait renvoyée, cette connasse. Depuis, chaque fois que Rita s'en allait, c'était moi qui nourrissais le chat, je lui donnais des boîtes, vous voyez, et elle ne le laissait tout seul que si elle partait pour un jour ou deux. Il faisait ses besoins un peu partout, bien sûr, mais Rita s'en fichait. Elle nettoyait après lui et voilà.

— Donc, ce que vous essayez de nous dire, c'est que Rita n'aurait jamais abandonné son chat sans être sûre qu'il était entre de bonnes mains ? » dit Rose pour l'aider un peu.

« Oui, c'est exactement ça. C'était vraiment bizarre. Je ne savais pas que le chat se trouvait dans l'appartement. Et puis de toute façon, elle ne m'avait pas laissé la clé de chez elle en partant. Rita ne confiait pas la clé de chez elle comme ça, à la légère. Et si elle me l'avait donnée avant de partir, j'aurais su que le chat était là, et qu'il était en train de mourir de faim, la pauvre bête, vous vous doutez bien.

— Oui, bien sûr, nous comprenons, Lone. Et maintenant je voudrais que vous répétiez ce que vous me disiez à propos de Madonna.

— Ah oui. Rita l'adorait. Elle était complètement dingue de cette femme.

— Vous m'avez dit qu'elle était amoureuse d'elle.

— Oui, putain. Elle ne le criait pas sur les toits mais on était toutes au courant.

— Rita Nielsen était lesbienne ? demanda Carl.

— Tiens, tiens, les messieurs viennent se mêler à la conversation tout à coup ! ricana-t-elle. Rita s'envoyait en l'air avec tout ce qui bougeait. » Sur cette information, elle s'arrêta brusquement de parler, et le bruit de quelqu'un qui étanche une soif sans fin remplit l'espace minimaliste du bureau de Rose. « Elle ne disait jamais non à une partie de baise, si vous voulez mon avis », reprit la vieille prostituée après quelques gorgées supplémentaires. « Sauf du temps où elle le faisait pour de l'argent et tombait sur un type qui n'en avait pas.

— Bref, vous ne croyez pas au suicide », dit Carl.

La question déclencha un long éclat de rire suivi de cette affirmation : « Ah ça, non, putain !

— Et vous n'auriez pas une idée de ce qui a pu se passer, par hasard ?

— Aucune. Un vrai mystère. C'était peut-être une histoire d'argent, même si on s'est aperçu qu'il y en avait plein sur son compte quand la succession a été réglée. Ça a pris au moins huit ans, je crois, ce bordel.

— Elle avait fait don de toute sa fortune à une association pour la protection des chats, n'est-ce pas ? » dit Rose.

Les chats, encore une fois, se dit Carl. Non, décidément, cette femme-là n'aurait jamais laissé son chat mourir de faim.

« Oui, et c'était sacrément dommage. J'aurais bien eu besoin de quelques-uns de ses millions, moi », commenta Lone Rasmussen en baissant un peu la voix.

« Bon. Je résume, dit Carl. Rita Nielsen part pour Copenhague le vendredi et vous laisse entendre qu'elle sera de retour le lendemain, samedi. La preuve en est qu'elle ne vous confie pas son chat. Vous pensez qu'elle a dormi chez elle la nuit de samedi à dimanche. Elle a des choses à faire les jours suivants et normalement, vous devriez vous occuper du chat mais comme vous ne l'avez pas vue et qu'elle ne vous a donné aucune nouvelle consigne, vous ignorez si le chat est dans l'appartement ou pas. C'est ça ?

— Oui. Plus ou moins.

— Est-ce qu'elle faisait souvent ce genre de déplacements ?

— Oui. Elle aimait bien partir quelques jours. Aller à Londres voir des comédies musicales, ou ce genre de trucs. Qui ne voudrait pas en faire autant ? Mais bon, c'était elle qui en avait les moyens, alors évidemment ! »

Le reste devint assez indistinct. Assad écoutait, très concentré, les yeux mi-clos, comme s'il avançait dans une tempête de sable. Carl, en revanche, entendit chaque mot.

« Une chose encore. Rita Nielsen a acheté des cigarettes avec sa carte de crédit, à Copenhague, juste avant sa disparition. Savez-vous pourquoi elle ne les a pas achetées avec du liquide ? Ce n'était pourtant pas une grosse somme. »

Lone Rasmussen éclata de rire. « Papa Fisc l'a chopée une fois avec plus de cent mille dans son tiroir à la maison. Ça lui a coûté bonbon, je peux vous le dire. Elle a eu du mal à expliquer d'où venait cet argent, vous comprenez ? Alors après ce jour-là, elle a mis chaque couronne à la banque, et elle n'a plus jamais eu de liquide sur elle. Elle achetait tout avec sa carte du Diners Club ou sa carte Dankort. Il y avait pas mal de magasins dans lesquels elle ne pouvait pas aller faire ses courses, mais tant pis. Elle n'y allait plus, et puis c'est tout. Elle n'avait pas envie de se faire aligner une deuxième fois, et d'ailleurs ce n'est plus jamais arrivé.

— Je vois », dit Carl. Ils avaient au moins la réponse à une de leurs questions. « Je suis désolé que ce ne soit pas vous qui ayez eu son argent », dit-il. Et il était presque sincère. Avec cet héritage, Lone Rasmussen se serait probablement saoulée ou droguée à mort, mais au moins elle aurait tiré sa révérence avec panache.

« J'ai quand même récupéré ses meubles et tout ce qu'il y avait dans son appartement. L'association n'en voulait pas et c'est tant mieux parce que chez moi, il n'y avait qu'un tas de vieux trucs moches et sans valeur. »

Il s'imaginait assez bien le tableau.

Ils la remercièrent et prirent congé. Elle raccrocha en les invitant à rappeler quand ils voudraient.

Carl hocha la tête. Une distraction était probablement toujours la bienvenue.

Rose les regarda tous les deux longuement. Elle savait qu'à présent ils étaient convaincus. Il y avait de la matière dans cette affaire et elle méritait qu'on s'y attelle sérieusement.

« Tu as autre chose, Rose, crache ! »

— Vous ne savez rien sur Madonna, n'est-ce pas, Carl » ? répliqua-t-elle simplement.

Il la regarda d'un air las. Aux yeux de Rose, qui voyaient le monde depuis beaucoup moins longtemps que lui, quand on a passé trente ans, on est bourré de certitudes et au-delà de quarante, on n'a jamais été jeune. Qu'en était-il des gens de cinquante, soixante ans ou plus aux yeux d'une fille aussi intransigeante ?

Il haussa les épaules. Malgré son âge canonique, il connaissait un tas de choses sur Madonna. Mais Rose n'avait pas besoin de savoir que l'une de ses petites amies avait failli le rendre fou à force d'écouter *Material Girl*, ni que Vigga avait dansé nue sur son lit en tortillant ses hanches de la façon la plus suggestive en braillant *Papa don't preach, I'm in trouble deep. Papa don't preach, I've been losing sleep*. Il n'avait aucune envie de partager ces souvenirs avec qui que ce soit.

« Siii, je sais quelques petites choses. Elle est devenue très pieuse ces derniers temps, non ? »

Il en fallait plus pour impressionner Rose. « Rita Nielsen a fondé son agence de call-girls et son salon de massage à Kolding en 1983. Elle se faisait appeler Louise Ciccone dans le milieu du porno. Cela vous dit quelque chose ? »

Assad leva le doigt en l'air. « Ah oui, Ciccone, c'est une recette de pâtes à la viande. J'ai déjà goûté ça, alors. »

Rose le fusilla du regard, l'air indigné. « Le véritable nom de Madonna est Madonna Louise Ciccone. Lone Rasmussen m'a raconté que les disques de Madonna tournaient en boucle au salon de massage et que Rita Nielsen passait sa vie à essayer de copier la coiffure et le maquillage de la chanteuse. Quand elle a disparu, elle avait les cheveux blond peroxydé et la coupe inspirée de Marilyn Monroe que Madonna arborait pendant la tournée *Who's that girl*. Regardez ! »

Elle cliqua sur la souris de son ordinateur et fit apparaître sur son écran une photo assez excitante de Madonna en bas résille, débardeur moulant, un micro pendant au bout de son bras et un maquillage somptueux des années quatre-vingt, les sourcils bruns contrastant avec sa mise en plis vaporeuse d'un blond presque blanc. Carl s'en souvenait comme si c'était hier. Ce qui était loin d'être le cas.

D'après Lone Rasmussen, Rita Nielsen ressemblait exactement à ça. Ombre à paupières foncée et lèvres écarlates. C'était une femme comme celle-là qui s'était volatilisée ce jour-là. Plus âgée, certes, mais très belle quand même, si l'on en croyait son ancienne employée.

« Waouh ! » dit seulement Assad. Il avait décidément le don des formules brèves et efficaces.

« Je me suis intéressée au contenu de la boîte à gants de la voiture de Rita Nielsen, poursuivit Rose. Il y avait tous les disques de Madonna sur cassettes audio. Sauf celle de *Who's that girl* qui n'était pas dans sa boîte, sans doute parce qu'elle se trouvait dans le lecteur qui a été volé. Il y avait des brochures touristiques sur Florence et un guide de voyages sur l'Italie du Nord. Tout semblait concorder et cela m'a donné une idée. »

Elle cliqua sur une icône du bureau de son PC et la même photo de Madonna apparut, mais cette fois accompagnée d'une liste de dates de concerts couvrant tout l'écran. Rose posa le doigt dessus.

« "14 et 15 juin : Nashinomiya Stadium, Osaka, Japon" », lut Assad à haute voix. « Elle a chanté au Japon, oui, et alors, quel rapport ?

— En fait le stade en question s'appelle Nishinomiya, d'après mes sources, mais ça on s'en fout », précisa Rose avec un petit sourire au coin de ses lèvres noires. « Mais je voudrais que vous jetiez un coup d'œil en bas de cette liste, vous allez voir où je veux en venir. »

Assad reprit sa lecture : « "6 septembre : Stadio Communale, Firenze, Italy." »

« OK, dit Carl. Laisse-moi deviner l'année… 1987 peut-être ? »

Elle acquiesça, très excitée cette fois. « Exactement. Le fameux dimanche où l'agenda de Rita Nielsen était strié de traits rouges obliques. Si vous voulez mon avis, elle avait prévu d'aller au dernier concert de la tournée de Madonna. J'en suis presque certaine. Rita voulait rentrer le plus vite possible de Copenhague pour faire ses bagages et aller applaudir son idole à Florence. »

Assad et Carl échangèrent un regard. Les brochures, le chat qu'il fallait faire garder, la fascination pour la chanteuse, tout collait.

« On pourrait peut-être vérifier si elle a réservé un billet d'avion de Billund à Florence le 6 septembre 1987. »

Rose lui jeta un regard vexé. « C'est fait, mais leur système informatique ne remonte pas aussi loin. À ma connaissance la police de l'époque n'a pas trouvé de billet d'avion dans son appartement. Je suppose que le billet d'avion et la place de concert étaient sur elle au moment de sa disparition.

— En tout cas, on peut exclure la thèse du sui-cide », dit Carl en donnant à Rose une très légère tape sur l'épaule pour la féliciter.

Carl lut les notes de Rose. Apparemment, retracer le parcours de Rita Nielsen n'avait pas été très difficile car depuis sa plus tendre enfance, les autorités avaient suivi ses faits et gestes avec intérêt et une certaine dose de réprobation. Toutes les instances de l'État s'étaient penchées sur son cas à un moment ou à un autre. L'Aide sociale à l'enfance, les services psychia-triques, la police, l'hôpital et la prison. Elle naît le 1er avril 1935 d'une mère prostituée qui continue à racoler dans la rue après sa naissance. Confiée à des proches issus des plus bas échelons de la société, Rita vole dans les magasins à l'âge de cinq ans. Délin-quance juvénile pendant les six années que dure sa scolarité. Maison de redressement, internement dans un centre pour jeunes filles et, de nouveau, criminalité. Prostituée à quinze ans, enceinte à dix-sept, avorte-ment puis mise en observation pour déviance sociale et débilité mentale. À ce moment de sa vie, la famille a depuis longtemps éclaté.

Après une période de soins, elle retourne à la pros-titution puis elle est internée à Brejning dans le célèbre asile d'aliénés du docteur Keller. Après avoir été diagnostiquée comme débile mentale légère, avoir tenté de s'échapper et participé à plusieurs épisodes violents, elle fait un séjour à l'asile pour femmes de Sprogø entre 1955 et 1961. Elle est ensuite confiée à une famille d'accueil, puis arrêtée pour divers actes criminels. Elle disparaît du système pendant un temps, de l'été 1961 au milieu des années soixante-dix, période pendant laquelle il semble qu'elle ait gagné sa vie comme danseuse dans plusieurs grandes villes européennes.

Ensuite elle monte un salon de massage à Aalborg et elle est condamnée pour proxénétisme, ce qui marque la fin de ses problèmes avec la société. Manifestement elle a appris la leçon car elle parvient à amasser une petite fortune en tenant une maison close et une agence de call-girls sans être inquiétée par les autorités. Elle paye ses impôts et laisse derrière elle un patrimoine mobilier de trois millions et demi de couronnes qui représenterait le triple au cours de la monnaie d'aujourd'hui.

Carl se demandait quoi penser en lisant tout cela. Si Rita Nielsen était aussi débile qu'on le disait, il connaissait pas mal de gens qui méritaient le même diagnostic.

En se faisant cette réflexion, le menton dans le creux de sa main, il s'aperçut que son coude trempait dans une tache humide. Il constata que son nez avait coulé tranquillement jusqu'à former une véritable flaque.

« Merde ! » s'exclama-t-il en mettant la tête en arrière. Il tâtonna autour de lui et dans ses poches pour trouver quelque chose qui puisse lui servir de mouchoir.

Deux minutes plus tard, il déboulait dans le couloir. Rose et Assad étaient occupés à accrocher les copies des rapports de l'affaire sur le plus petit des panneaux d'affichage.

Carl se tourna vers l'autre panneau qui allait de la porte du placard à balais d'Assad jusqu'au bureau de Rose. Sur celui-là se trouvait une feuille A4 pour chacune des affaires non résolues qui leur avaient été confiées depuis la création du Département V. Elles avaient été classées par ordre chronologique et plusieurs étaient reliées ensemble par des fils de couleur indiquant un possible rapport entre elles. Le système avait été mis au point par Assad et il était relativement simple. Les rubans bleus reliaient les affaires dont Assad *pensait* qu'elles pouvaient être connectées et les rubans rouge et blanc indiquaient celles qui avaient effectivement quelque chose en commun.

Pour l'heure, il y avait plusieurs rubans bleus et aucun ruban rouge et blanc.

Assad travaillait d'arrache-pied à y remédier.

Carl survola les intitulés de ces *cold cases*. Il y en avait près de cent à présent, de toutes sortes, et certains n'avaient probablement rien à faire ici. C'était un peu comme chercher à la fois l'aiguille et le fil dans une meule de foin et d'essayer ensuite d'enfiler le fil dans le chas de l'aiguille avec un bandeau sur les yeux.

« Je rentre, annonça-t-il. J'ai bien peur d'avoir attrapé la même saloperie que toi, Assad. Si vous avez l'intention de rester bosser encore un peu, essayez de retrouver les quotidiens de la période entourant la disparition de Rita Nielsen. Par exemple les journaux couvrant les jours qui ont précédé le 4 septembre 1987 et ceux qui ont suivi, disons jusqu'au 15. Histoire de nous renseigner sur ce qui s'est passé à ce moment-là, parce que franchement, moi, je ne m'en souviens plus.

— Vous vous imaginez peut-être qu'on peut faire apparaître des informations qui demandent un laborieux et minutieux travail d'investigation policière comme ça, juste en claquant des doigts ? » aboya Rose.

Laborieux et minutieux. Quels drôles d'adjectifs dans une bouche aussi jeune !

« Non, Rose. À vrai dire, je ne m'imagine qu'une seule chose en ce moment, c'est une sieste réparatrice de deux bonnes heures avant d'aller me régaler d'une oie de la Saint-Martin », dit-il avant de s'en aller.

9

Août 1987

La maman de Nete lui disait toujours qu'elle avait des mains en or. Elle était sûre qu'un beau jour Nete récolterait les fruits que ses mains avaient le talent de semer. Pour la maman de Nete, à part une tête bien faite, de petites mains habiles étaient les meilleurs outils que Dieu puisse offrir à ses enfants. Et le moins qu'on puisse dire, c'est que le père de Nete avait bien rentabilisé les mains de sa fille après qu'ils s'étaient retrouvés seuls tous les deux.

Quand les piquets de clôture tombaient, c'était elle qui allait les redresser. C'était elle aussi qui colmatait les auges quand le bois pourrissait. Elle réparait les objets avec des clous et les redémontait quand on avait besoin de ces clous pour faire autre chose.

Et ces mains si efficaces furent sa malédiction à Sprogø. Elles furent déchirées quand les ronces envahirent les champs. Elles durent donner sans cesse sans jamais rien recevoir en retour. Rien de bon en tout cas.

Pendant des années elle ne leur avait plus rien demandé. Mais maintenant elles allaient reprendre du service.

Elle releva avec soin les mesures de la pièce au fond du corridor, se servant de son mètre à ruban de couturière. Elle en fit un croquis à l'échelle, reportant très exactement sa hauteur, sa longueur et sa largeur. Elle déduisit de la surface totale celle occupée par les fenêtres et la porte puis elle passa sa commande. Outils, peinture, enduit, silicone, lambris, pointes, un gros rouleau de plastique résistant, des joints d'étanchéité, de la laine de verre, des panneaux agglomérés et assez de plaques de Placoplatre pour pouvoir en poser en double épaisseur sur les quatre murs et le plafond.

Le magasin de bricolage de Nørrebro promit de la livrer dès le lendemain, ce qui lui convenait à merveille car, désormais, elle ne pouvait plus différer son projet.

Quand elle eut récupéré tous les matériaux, elle isola et lambrissa la pièce, profitant des heures de la journée où son voisin du dessous était à son travail et où sa voisine de palier allait faire ses courses ou promener autour des lacs son petit souilleur de moquette tibétain.

Personne ne devait savoir ce que fabriquait la propriétaire du quatrième étage gauche. Personne ne devait l'apercevoir un marteau ou une scie à la main. Personne ne devait lui poser de questions indiscrètes. Elle avait réussi à vivre depuis deux ans dans cet appartement en gardant l'anonymat le plus total et elle comptait bien qu'il en soit ainsi jusqu'à la fin de ses jours.

Que son plan réussisse ou pas.

Lorsque la pièce fut terminée, elle se posta sur le seuil et admira son œuvre. L'isolation et le doublage du plafond n'avaient pas été faciles mais le résultat était là et c'était l'essentiel. Le plancher avait été surélevé et isolé avec deux couches de plastique et de la laine de verre. Et la porte était ajustée de façon à ce qu'elle puisse toujours s'ouvrir vers l'intérieur malgré la moquette.

À part la différence de niveau avec le couloir, on ne voyait rien d'anormal. Le décor était prêt : les murs et le plafond enduits et repeints, la porte et les fenêtres soigneusement calfeutrées, et la salle à manger aménagée exactement comme elle l'était avant. Les tableaux avaient retrouvé leur place sur les murs, les bibelots étaient retournés sur le rebord de la fenêtre et, bien entendu, la grande table trônait à nouveau au centre de la pièce, avec sa nappe en dentelle et ses six chaises sans accoudoirs, plus son fauteuil personnel au bout de la table.

Elle s'approcha de la plante posée dans l'embrasure de la fenêtre et frotta l'une de ses feuilles entre son pouce et son index. L'odeur était forte mais pas désagréable. Et ce parfum de jusquiame noire la rassurait infiniment.

Quand Gitte Charles arriva à Sprogø par le bateau postal au milieu de l'été de 1956, la rumeur alla bon train parmi les pensionnaires. On la disait infirmière diplômée, mais c'était faux. Elle était peut-être aide-soignante mais pas infirmière car, mis à part la directrice de l'établissement, aucune des employées sur l'île n'avait la moindre formation, et Nete le savait.

Les filles faisaient surtout des gorges chaudes parce que, pour une fois, il y avait quelque chose de joli à regarder dans le coin. La façon charmante qu'elle avait de bouger ses bras, de marcher à longs pas coulés, faisait penser à Greta Garbo. Elle était vraiment particulière. Rien à voir avec les autres bonnes femmes amères entre deux âges, vieilles filles, divorcées ou veuves que leur situation avait contraintes à accepter un travail dans cet endroit maudit.

Gitte Charles avait de la prestance, elle avait des cheveux aussi blonds que ceux de Nete, relevés au-dessus d'un joli duvet sur sa nuque, une coiffure que même la directrice n'aurait pas osé se permettre. Féminine et gironde, elle avait bien d'autres atouts encore que Nete et nombre des pensionnaires auraient aimé posséder.

Gitte Charles avait suscité envie et désir parmi les filles jusqu'à ce qu'elles découvrent qu'un véritable démon se cachait derrière sa frêle apparence. Excepté Rita, toutes comprirent très vite qu'il valait mieux prendre ses distances avec elle.

Lorsque la Charles, comme on l'appelait, se lassa de la compagnie de Rita, elle reporta son joli regard d'azur sur Nete. Elle lui promit son aide et sa protection au quotidien, et lui laissa même miroiter la possibilité de s'enfuir de l'île avec elle.

Il suffisait à Nete de se montrer très très gentille. Gitte Charles la prévint aussi que si elle avait le malheur de parler à quelqu'un de ce qu'il y avait entre elles, elle aurait intérêt à cesser définitivement de boire quoi que ce soit si elle voulait rester en vie. Car il pourrait bien y avoir de la jusquiame noire dans son verre.

C'est par cette menace perverse que cette femme avait fait connaître à Nete cette plante et ses terribles propriétés.

« *Hyoscyamus niger* », disait la Charles d'une voix lente et dramatique afin d'en souligner la dangerosité. Rien que le nom faisait frémir la pauvre Nete.

« Il paraît que c'était la plante dont se servaient les sorcières pour s'envoler vers Bloksbjerg, disait-elle encore. Et quand on les emprisonnait, c'était la même plante médicinale qu'utilisaient les prêtres et les bourreaux pour les anesthésier avant de les soumettre à la torture. Ils appelaient ça "le baume des sorcières". Méfie-toi, Nete. Qu'en dis-tu ? Peut-être que tu ferais mieux d'obéir à mes désirs, finalement. »

Résultat, Nete avait fait les quatre volontés de la Charles pendant des mois, et cela avait été les pires moments de son séjour à Sprogø.

Quand Nete regardait la mer, elle ne voyait pas seulement des vagues susceptibles de l'emmener vers la liberté, elle voyait aussi des vagues capables de l'entraîner vers le fond, de la submerger et l'emporter à un endroit où plus personne ne pourrait lui faire du mal.

Nete ne prit qu'une seule chose avec elle quand elle quitta enfin Sprogø, les graines de jusquiame noire. C'était tout ce qu'elle avait conservé de ces quatre années de labeur et de souffrance.

Bien plus tard, quand elle eut terminé ses études de laborantine, elle entendit parler de fouilles qu'on avait effectuées à proximité d'un monastère et qui avaient provoqué la germination de graines de *hyoscyamus niger* vieilles de plusieurs siècles. Elle avait immédiatement semé ses propres graines dans un pot qu'elle installa dans un endroit ensoleillé.

En très peu de temps, ressurgie du néant tel le Phœnix, une solide plante verte inclinait sa tête vers elle comme une vieille amie partie faire un long voyage et maintenant de retour.

Pendant quelques années, elle avait trôné sur les terres de Havngaard, et c'était la descendante de la descendante de cette première plante qui poussait désormais dans l'embrasure d'une fenêtre, dans un appartement sous les combles du quartier de Nørrebro. Elle avait consciencieusement gardé les graines de toutes ces générations successives et quand elle était partie du domaine, elle les avait emportées dans ses maigres bagages. Elles étaient comme des reliques d'une époque révolue. Feuilles, graines, tiges séchées et réminiscences froissées de ce qui avait été jadis de ravissantes fleurs blanches striées de veines noires avec en leur centre un œil rouge et scintillant. Elle en avait récolté au fil du temps deux sachets pleins et elle savait exactement comment elle allait les utiliser.

C'était peut-être la connaissance de cette plante vénéneuse et de ses propriétés secrètes qui lui avait donné envie de poursuivre ses études de laborantine et grâce à elle qu'elle avait appris la chimie avec tant de passion.

En tout cas, riche de sa connaissance des poisons et de l'effet qu'ils avaient sur l'organisme humain, elle avait compris quelle arme merveilleuse la nature avait laissée pousser à l'état sauvage sur l'île de Sprogø.

Au bout de quelques tentatives dans sa cuisine au quatrième étage, elle réussit à tirer un extrait des trois principaux composants du poison et les testa sur elle-même à doses homéopathiques.

L'hyoscyamine provoqua une constipation sévère et une sécheresse des muqueuses. Son visage et son palais enflèrent légèrement et son rythme cardiaque devint pour le moins erratique, mais le poison ne la rendit pas malade à proprement parler.

Elle craignait plus la scopolamine. Elle savait que cinquante milligrammes de cette molécule suffisent à la rendre létale. Même en petites quantités, la scopolamine a une action sédative puissante doublée d'un effet euphorisant. Pas étonnant qu'on l'ait utilisée pendant la Seconde Guerre mondiale en guise de sérum de vérité. Les prisonniers auxquels on administrait la substance tombaient dans un état de léthargie qui les rendait indifférents à ce qu'ils disaient.

Et puis il y avait l'atropine. Un alcaloïde cristallin incolore, dérivé comme les deux précédents de plantes appartenant à la famille des solanacées. Nete n'avait peut-être pas pris assez de précautions en testant cette dernière substance car elle provoqua chez elle des troubles visuels, des difficultés d'élocution majeures, de la fièvre, une sensation de brûlure cutanée et des hallucinations allant presque jusqu'à l'évanouissement.

Il ne faisait aucun doute que la combinaison de ces trois molécules, en concentration suffisante, était un poison mortel. Et Nete savait qu'en préparant une infusion corsée et en la distillant pour éliminer quatre-vingt-quinze pour cent d'eau, elle obtiendrait ce poison.

Et c'est ce qu'elle avait fait. Debout dans l'appartement aux vitres embuées, dans un air confiné où flottait une odeur amère, elle contemplait la bouteille de taille conséquente remplie de cette extrait qu'elle avait produit.

Il n'y avait plus qu'à trouver la bonne dose pour le bon organisme.

Nete ne s'était pas servie de l'ordinateur de son mari depuis qu'elle avait emménagé. Qu'en aurait-elle fait ? Elle n'avait personne à qui écrire, rien à raconter, aucune comptabilité à tenir et aucun courrier commercial à envoyer. Elle n'avait l'usage ni d'un traitement de texte, ni d'un logiciel de tableur. Tout cela faisait partie du passé.

Mais en ce jeudi du mois d'août 1987, elle avait des frissons partout et des crampes d'estomac en appuyant sur le bouton, en écoutant l'ordinateur bourdonner et en voyant l'écran vert s'allumer lentement.

Quand elle aurait posté ces lettres, il n'y aurait plus moyen de faire machine arrière. La vie de Nete allait se rétrécir et finir dans une impasse. Et c'était ce qu'elle voulait.

Elle écrivit plusieurs brouillons de la lettre mais le texte qu'elle décida finalement d'envoyer fut le suivant :

Cher/chère…

Nous ne nous sommes pas vus/vues depuis long-temps. De longues années ont passé et je puis dire avec fierté que la vie m'a gâtée.

J'ai eu tout le temps de réfléchir à mon destin et j'en ai conclu que ce qui a été n'aurait pas pu être autrement et que, tout bien pesé, j'ai ma part de responsabilité dans ce qui est arrivé.

Je ne suis plus affectée aujourd'hui, ni par les actes commis, ni par les paroles méchantes, ni par les malentendus. Au contraire. Je ressens une grande paix à regarder derrière moi et à constater que j'ai pu traverser tout cela. À présent est venue l'heure de la réconciliation.

Comme tu l'as peut-être lu dans la presse, j'ai été mariée pendant de nombreuses années à Andreas Rosen, et l'héritage qu'il m'a laissé a fait de moi une femme riche.

Le destin veut que je sois sous traitement à l'hôpital pour une maladie qui malheureusement se révèle incurable. Le temps m'est compté pour accomplir la présente démarche.

N'ayant, par la force des choses, pas pu mettre au monde des enfants à qui léguer ma fortune, j'ai décidé de la partager avec les personnes qui ont croisé ma route pour le meilleur comme pour le pire.

C'est pourquoi, je souhaiterais te recevoir à mon domicile, Peblinge Dosering 32 à Copenhague, le vendredi 4 septembre 1987 à… heures.

Mon avocat sera présent également afin d'établir les documents nécessaires pour que te soit versée la somme de dix millions de couronnes. Tu devras évidemment payer des impôts sur cet argent, mais ne t'inquiète pas de cela, mon avocat s'occupera de tout.

Nous pourrons ensuite évoquer le passé. L'avenir n'ayant plus grand-chose à m'offrir, je serais heureuse de pouvoir contribuer à adoucir le tien et cela me permettra de partir sereine.

J'espère que tu vas bien et que tu as envie de me revoir. Je te le répète, cela me ferait grand plaisir.

J'ai bien conscience de te prévenir un peu tard de ce rendez-vous mais je suis sûre que, quoi que tu aies prévu ce jour-là, tu comprendras que ce petit déplacement en vaut la peine.

Je te saurais gré de venir muni/munie de cette invitation et d'être ponctuel/ponctuelle, mon avocat ayant d'autres engagements et rendez-vous ensuite.

Je joins à la présente un chèque barré d'un montant de deux mille couronnes pour tes frais de voyage.

J'ai hâte de te voir. Ces retrouvailles apporteront la paix à mon âme et peut-être aussi à la tienne.

Bien affectueusement

Nete Hermansen
Copenhague, le jeudi 27 août 1987

C'est une bonne lettre, se dit-elle. Elle en fit six exemplaires avec destinataires et heures de rendez-vous, les imprima et y apposa sa signature. Une signature élégante et ferme, d'une écriture de femme d'affaires très différente de la fille que ces six personnes avaient connue.

Six lettres. Pour Curt Wad, Rita Nielsen, Gitte Charles, Tage Hermansen, Viggo Mogensen et Philip Nørvig. Elle envisagea un instant d'écrire à ses deux frères encore vivants mais y renonça. Ils étaient si jeunes à l'époque et ils ne la connaissaient pratiquement pas. D'ailleurs, ils étaient en mer quand tout cela était arrivé, et son grand frère Mads était déjà mort. Elle ne pouvait pas leur en vouloir.

Les six enveloppes étaient maintenant posées sur la table devant elle. En réalité, il aurait dû y en avoir neuf, mais elle savait que la mort l'avait devancée trois fois, et le temps avait mis son couvercle sur ces chapitres de son histoire.

La Grande Faucheuse avait pris sa maîtresse d'école, le médecin-chef et la directrice de Sprogø. Ceux-là avaient échappé à sa vengeance. Eux qui auraient si facilement pu l'épargner ou simplement lui rendre justice. Mais tous trois l'avaient traitée de la façon la plus injuste et commis à son égard des erreurs irréparables, en restant convaincus toute leur vie d'avoir rendu service. Persuadés qu'ils vivaient et œuvraient pour le bien de la société et surtout des pauvres femmes qui étaient leurs victimes.

Et ça, Nete n'avait jamais pu le digérer, jamais.

Un jour, à l'école, sa maîtresse lui avait ordonné d'une voix pleine de fiel : « Nete, viens avec moi. » Quand Nete avait hésité à obéir, elle l'avait attrapée par l'oreille et traînée derrière elle, soulevant sous son pas de charge la poussière de la cour de récréation.

« Espèce de sale monstre. Pauvre idiote sans cervelle, comment as-tu osé ? » lui avait-elle hurlé en la frappant au visage de sa main décharnée. Et quand Nete s'était mise à crier en pleurnichant qu'elle ne comprenait pas pourquoi elle la tapait, sa maîtresse avait recommencé.

Couchée sur le sol, le visage furieux de la maîtresse au-dessus d'elle, elle s'était seulement dit qu'elle allait salir sa robe et que son père serait triste parce qu'elle avait sûrement coûté cher, et elle avait rêvé de disparaître sous les fleurs qui tombaient des pommiers, dans le chant du rossignol qui vibrait tout là-haut, loin au-dessus de leurs têtes à tous, tandis que ses camarades de classe riaient, insouciants, de l'autre côté du bâtiment.

« C'est fini », avait dit son bourreau. « Je ne veux plus entendre parler de toi, tu m'entends, sale gosse ! Créature obscène et impie ! »

Nete n'avait rien compris. Elle s'était contentée de jouer avec les garçons qui lui avaient demandé si elle voulait bien soulever sa jupe, et quand elle l'avait fait en souriant, leur dévoilant la grande culotte rose héritée de sa mère, tous s'étaient mis à rigoler, heureux et soulagés que les choses soient aussi simples et sans problème. Du moins jusqu'à ce que la maîtresse fende le groupe, se mette à distribuer des gifles à tout-va et qu'ils s'égaillent en laissant Nete toute seule.

« Petite traînée », avait-elle crié. Nete savait ce que cela signifiait et elle avait répondu que ce n'était pas vrai et que c'est celui qui le dit qui l'est.

À ces mots, les yeux de l'institutrice lui avaient quasiment jailli des orbites.

Et c'est pour ça qu'elle avait battu Nete si fort derrière le bâtiment de l'école, pour ça qu'elle lui avait envoyé des graviers dans la figure avec ses pieds, pour ça qu'elle lui avait dit que c'était la dernière fois que Nete mettait les pieds dans cette école et que si elle revenait, elle allait lui apprendre, à cette moins-que-rien, ce qu'il en coûtait aux élèves qui osaient répondre à leur institutrice. À voir comment elle s'était comportée dans cet établissement, Nete ne méritait pas de s'en sortir dans la vie. Et ce qu'elle avait fait là, elle le paierait le restant de ses jours. Elle, sa maîtresse d'école, promettait d'y veiller.

Et elle avait tenu parole.

10

Dans trois heures et demie exactement, il fallait qu'il soit chez Mona, les cheveux propres et la chemise repassée, et la tête de quelqu'un avec qui on pourrait envisager de passer une nuit torride.

En garant la voiture de service devant la dernière maison de la rue dans son lotissement à Allerød, Carl, déprimé, contempla son visage grisâtre dans le rétroviseur. C'était mission impossible.

Ça ira mieux quand je serai resté allongé une heure ou deux, eut-il le temps de songer avant de voir Terje Ploug traverser le parking.

« Qu'est-ce qui t'amène, Ploug ? » lui cria-t-il en sortant de la voiture.

Ploug haussa les épaules. « Tu le sais bien, toujours cette affaire de pistolet à clous, j'avais besoin d'entendre la version de Hardy.

— Tu ne l'as pas déjà entendue cinq fois au moins ?

— Si, bien sûr. Mais avec tous ces nouveaux rebondissements, je me suis dis que quelque chose allait peut-être lui revenir. »

Ploug le chien de chasse avait flairé une piste. Il était connu à l'hôtel de police pour être un flic consciencieux. Du genre qui n'hésite pas à faire trente-cinq kilomètres simplement pour aller chercher un peu de bois afin d'entretenir la flamme d'un soupçon.

« Et alors, c'était le cas ?

— Peut-être bien que oui.

— Mais encore ?

— Tu n'as qu'à lui demander », répondit-il en portant deux doigts à sa tempe en guise de salut.

Carl était à peine entré dans la maison que Morten Holland se précipitait à sa rencontre. Pas facile d'avoir un peu d'intimité avec ce locataire.

Morten consulta sa montre. « C'est super, Carl, que tu arrives si tôt. Il s'est passé tellement de trucs aujourd'hui que je ne sais même pas si je vais me souvenir de tout. » Ses phrases étaient hachées et il semblait à bout de souffle. Et Carl qui avait justement besoin de calme !

« Ooh ! Tout doux ! » dit-il. Ce qui ne suffit pas à stopper cent vingt kilos de viande et de graisse en pleine logorrhée.

« Je viens de parler avec Vigga au téléphone pendant *une* heure. Ça ne va pas du tout, il faut que tu la rappelles *immédiatement*. »

Le menton de Carl tomba sur sa poitrine. S'il n'était pas déjà malade, ça allait arriver. Comment sa femme, avec qui il ne vivait plus depuis des années, faisait-elle pour affecter son système immunitaire à ce point ?

« Ah ? Et qu'est-ce qu'elle a dit ? » demanda-t-il d'une voix lasse.

Morten se borna à agiter ses mains pâles devant lui avec coquetterie. C'était le problème de Carl, pas le sien !

Un de plus ou de moins.

« Sinon, rien d'autre ? Enfin, à part la visite de Terje Ploug à l'instant », se força-t-il à demander. Autant en finir, avant de tomber dans les pommes.

« Jesper a appelé. Il paraît qu'il s'est fait voler son porte-monnaie. »

Carl secoua la tête, incrédule. Un sacré beau-fils qu'il avait là ! Après trois années au lycée d'Allerød, il avait laissé tomber juste avant de se présenter aux deux dernières épreuves du bac. Il n'avait que des notes pourries d'un bout à l'autre de ses bulletins. Maintenant, il était en deuxième année de cursus alternatif à Gentofte et passait son temps à déménager entre le chalet de Vigga à Islev et la maison mitoyenne de Carl à Allerød. Il invitait une nouvelle copine dans sa chambre tous les deux jours, faisait la fête, du bruit et des histoires. Mais Carl savait qu'il devait en prendre son parti.

« Combien y avait-il d'argent dans son porte-monnaie ? » demanda Carl.

Morten leva les yeux au ciel. Tant que ça ?

« Eh bien tant pis pour lui », conclut Carl en pénétrant dans le séjour.

« Salut Hardy », dit-il tout bas.

Le plus éprouvant était toujours de ne voir aucun mouvement dans le lit d'hôpital en entrant dans la pièce. Il se serait contenté d'un petit froissement du drap, ou d'une main tendue pour qu'il puisse la serrer.

Carl caressa le front de son ami tétraplégique, comme il en avait pris l'habitude, et croisa un regard bleu qui rêvait de voir n'importe quoi d'autre que ce qui l'entourait.

« Ah ! tu regardes Danmark Update[1] », lui dit Carl en faisant un signe de tête vers l'écran plat posé dans l'angle de la pièce. Le malade fit une grimace. Il n'avait pas grand-chose d'autre pour s'occuper. « Terje Ploug sort tout juste d'ici », dit-il.

« Je sais, je viens de le croiser. Il a l'air de dire que tu t'es souvenu d'autre chose, c'est vrai ? » Carl fit un pas en arrière parce que son nez commençait à le chatouiller mais l'éternuement ne vint pas. « Je suis désolé, je vais devoir me tenir un peu à distance. Je crois que j'ai attrapé la crève. Ils sont tous malades au boulot. »

Hardy s'efforça de sourire. Il ne s'intéressait plus vraiment aux petits bobos des autres. « Ploug m'a décrit le cadavre qu'ils ont exhumé aujourd'hui.

— Oui, il n'était pas très beau à voir. Découpé en morceaux et réparti dans plusieurs sacs-poubelles. La putréfaction avait été un peu ralentie par les sacs, mais elle était tout de même *assez avancée.*

— Ploug dit qu'ils ont aussi trouvé un sac plus petit qui ressemblait à un emballage sous vide, dit Hardy. Comme s'il y avait eu de l'air chaud à l'intérieur et qu'on l'ait brusquement refroidi. Quoi qu'il en soit, la viande à l'intérieur était très bien conservée.

— Ah bon ? Alors on risque de trouver des bonnes traces d'ADN là-dedans. Ça fera peut-être avancer l'enquête, Hardy. Ce serait bien pour toi comme pour moi. »

Hardy le regardait fixement. « J'ai demandé à Ploug de vérifier si le gars pouvait être d'une autre origine ethnique que nous. »

---

1. Chaîne d'informations en continu de la télévision danoise.

Carl inclina la tête sur le côté et sentit son nez couler de plus belle. « Pourquoi ça ?

— Parce que le soir où il est rentré à la maison avec du sang sur ses vêtements, quand il habitait chez Minna et moi, Anker m'a raconté qu'il s'était battu avec un "connard de nègre". Et je peux te dire que les taches de sang ne ressemblaient pas à ce qu'on se fait au cours d'une simple bagarre. En tout cas, pas le genre de bagarres auxquelles j'ai eu l'occasion d'assister !

— Quel rapport avec l'enquête ?

— C'est la question que je me pose. Mais je crois qu'Anker avait gravement dérapé, tu vois ? Je t'ai déjà dit ce que j'en pensais. »

Carl acquiesça. « On en discute demain, si tu veux, Hardy. Là tout de suite, il faut vraiment que j'aille m'allonger une heure ou deux pour me débarrasser de cette merde. Je suis invité à dîner chez Mona pour l'oie de la Saint-Martin, et il paraît qu'elle me réserve une surprise.

— Amuse-toi bien », dit Hardy. Le ton était amer.

Carl s'écroula dans son lit et se souvint du remède dit « du chapeau ». D'après ce qu'il savait, son père l'utilisait aujourd'hui encore pour se soigner.

« Tu t'allonges dans ton lit », lui avait-il conseillé un jour. « Tu accroches ton chapeau au pied du lit. Puis tu prends la bouteille d'alcool qui devrait toujours être posée sur ta table de nuit et tu bois jusqu'à ce que tu voies deux chapeaux. Je te promets que tu ne seras plus malade le lendemain en te réveillant. Ou alors tu n'en auras rien à foutre de l'être encore. »

Carl ne doutait pas de l'efficacité du traitement mais comment faire quand on devait être capable de conduire une voiture dans les deux heures ? Et qu'on n'avait pas envie de puer l'alcool ? Il connaissait assez Mona pour savoir qu'elle n'aurait nulle envie de lui dispenser caresses et câlins s'il débarquait chez elle ivre mort.

Il soupira une fois ou deux et il eut un peu pitié de lui-même. Il attrapa à tout hasard la bouteille de Tullamore et but deux petites gorgées de whisky. Si cela ne lui faisait pas de bien, cela ne pourrait pas lui faire de mal.

Ensuite il tapa le numéro de Vigga sur le mobile, inspira profondément et attendit qu'elle décroche en retenant son souffle. En général ça avait le pouvoir de le calmer.

« Oooh ! comme je suis contente que tu m'appelles », roucoula-t-elle en décrochant. Aïe, quand elle était gentille comme ça, il fallait s'attendre au pire.

« Allez, crache ta Valda, Vigga. Je suis trop fatigué pour t'entendre tourner autour du pot.

— Tu es malade ! Alors on en parlera une autre fois ! »

Bon Dieu ! Elle savait parfaitement qu'il savait qu'elle n'en pensait pas un mot.

« Tu as des problèmes d'argent ? lui demanda-t-il.

— Carl ! Voyons ! » Maintenant, elle était carrément euphorique ! Il s'empressa d'avaler une autre gorgée de whisky. « Gurkamal m'a demandée en mariage. »

Carl se rendit compte à ses dépens que le whisky peut faire un mal de chien quand il passe par le nez.

Il toussa, se moucha et essuya ses yeux brusquement remplis de larmes.

« Tu n'y penses pas, Vigga ! Ce serait de la bigamie. Je te rappelle que tu es toujours mariée avec moi. »

Elle éclata de rire.

Carl se redressa dans son lit et posa la bouteille.

« Attends une seconde ! C'est comme ça que tu as l'intention de me demander le divorce ? Est-ce que tu t'imagines que je vais sauter de joie en ce mercredi béni où tu m'annonces que ma vie va être réduite en miettes ? Tu sais très bien que je n'ai pas les moyens de me séparer de toi, Vigga. Je ne peux pas garder la maison dans laquelle j'habite si nous devons partager les biens de la communauté. Une maison dans laquelle habite ton fils. Une maison qui est devenue l'unique foyer de mes deux locataires. Tu ne peux pas exiger ça, Vigga. Vous ne pourriez pas vous contenter de vivre en concubinage, M. Gurmakal et toi ? Pourquoi vous marier ?

— Son nom est Gurkamal, Carl, et nous allons célébrer notre Anand Karaj dans le district de Patiala, où vit sa famille, c'est fantastique, non ?

— Wow wow, je t'arrête, Vigga. Tu n'entends pas ce que je suis en train de te dire ? Comment veux-tu que je m'en sorte financièrement si nous devons divorcer maintenant ? On avait dit qu'on trouverait un arrangement le moment venu, si on devait en arriver là. Et qu'est-ce que c'est que cet âne dont tu me parles ? Je ne comprends rien du tout.

— Je n'ai pas parlé d'un âne, idiot. J'ai dit Anand Karaj. La cérémonie au cours de laquelle nous allons nous pencher tous les deux au-dessus du Guru Granth

Sahib, le livre saint, pour déclarer officiellement que nous voulons être mari et femme. »

Carl se tourna vers le mur de la chambre. Les tapis s'y trouvaient toujours depuis l'époque où Vigga s'était tout à coup passionnée pour l'hindouisme et les mystères de Bali. Y avait-il une seule religion dont elle ne se soit pas entichée depuis qu'il l'avait rencontrée ?

« Je suis complètement largué, Vigga. Tu me demandes sérieusement de banquer trois ou quatre cent mille couronnes pour que tu puisses te marier avec un type qui cache des cheveux d'un kilomètre et demi dans son turban et qui va te réduire en esclavage ? »

Elle pouffa comme une écolière qu'on vient d'autoriser à se faire percer les oreilles.

Si la conversation continuait dans ce registre, il allait avoir un malaise. Il prit un autre mouchoir sur sa table de chevet et se moucha à nouveau. Étrangement, il ne sortit rien du tout.

« Tu ne connais pas les préceptes de Guru Nanak. Les Sikhs croient en l'égalité des sexes, en la méditation et en une vie gagnée honnêtement. Ils croient au partage avec les pauvres et à la valeur du travail. Je te défie de trouver un mode de vie plus sain que celui des Sikhs.

— OK. Eh bien s'ils tiennent tant que cela à partager avec les pauvres, je trouve que ce Gurmakal ou Gurkamal ou je ne sais quoi devrait commencer par partager avec moi. Disons deux cent mille et nous serons quittes. »

Elle éclata à nouveau de son rire d'éternelle gamine. « Détends-toi, Carl. Tu vas *emprunter* à Gurkamal

144

l'argent que tu me donneras ensuite. Ne t'inquiète pas, il te le prêtera à un taux très avantageux. Quant au prix de la maison, je l'ai fait évaluer par un agent immobilier. Une maison mitoyenne dans le lotissement du parc de Rønneholt, dans l'état de la nôtre, se négocie en ce moment à un million neuf cent mille couronnes. Nous devons encore six cent mille à la banque, ce qui signifie que tu vas t'en tirer pour un million trois cent mille divisé par deux. Et en plus je te laisse tout le mobilier.

— Six cent cinquante mille couronnes ! »

Carl se recoucha sur ses oreillers et ferma doucement le clapet du téléphone.

On aurait dit que le choc avait chassé le virus de son organisme d'un seul coup et l'avait remplacé par trente-deux plombs de pêche qui pesaient à présent à l'intérieur de sa cage thoracique.

Il sentit son parfum avant qu'elle ouvre la porte.

« Entre », dit Mona en lui prenant le bras.

Le bonheur de Carl dura encore trois merveilleuses secondes, jusqu'au moment où ils pénétrèrent dans la salle à manger et où il se trouva nez à nez avec une créature vêtue d'une robe moulante et ultracourte penchée au-dessus de la table, en train d'allumer des bougies.

« Je te présente Samantha, ma benjamine, dit Mona. Elle avait hâte de te rencontrer. »

Le regard que lui décocha le clone de Mona version vingt ans plus jeune n'exprimait pas l'enthousiasme annoncé. Au contraire, Carl eut l'impression qu'elle faisait rapidement l'inventaire de ses tempes dégarnies, de son début d'embonpoint et de son nœud de

cravate qui lui sembla tout à coup trop serré. Visiblement, elle n'était pas conquise par ce qu'elle voyait.

« Salut, Carl », dit-elle. Sa façon de le saluer en
disait long sur ce qu'elle pensait du goût prononcé de
sa mère pour les hommes au look de losers.

« Salut, Samantha », répondit-il en se donnant
toutes les peines du monde pour découvrir son râtelier
en un sourire sympathique. Qu'est-ce que Mona avait
bien pu lui raconter pour qu'elle soit à ce point déçue
en le voyant ?

L'arrivée dans la pièce d'un garçonnet armé d'un
sabre qu'il s'empressa d'enfoncer dans les genoux de
Carl ne fit rien pour arranger les choses.

« Je suis un dangereux malfaiteur », hurla le petit
monstre à bouclettes blondes qu'on appelait Ludwig.

Nom de Dieu. Son rhume était oublié. Encore un ou
deux chocs avant la fin de la journée et il serait tout à
fait guéri.

À table, il réussit à faire honneur à l'entrée sans se
départir d'un sourire charmant qui lui plissait le coin
des yeux, une expression qu'il avait vue des dizaines
de fois au cinéma sur l'acteur Richard Gere, mais
quand l'oie arriva sur la table, Ludwig se mit à le fixer
d'un regard fasciné.

« Ton nez coule dans la sauce », annonça le gamin
en montrant Carl du doigt, provoquant un haut-le-cœur
chez sa mère.

Quand il déclara un peu plus tard que la cicatrice
que Carl avait à la tempe était moche et qu'il ne voulait pas croire qu'il possédait un pistolet, Carl avait
atteint les limites de sa patience.

Je vous en prie, mon Dieu, songea-t-il, les yeux
levés vers le ciel. Si vous ne m'aidez pas maintenant,

ce petit garçon va se retrouver dans moins de dix secondes à plat ventre sur mes genoux et je serai obligé de lui donner la fessée.

Il ne dut son salut ni au tact de la charmante grand-mère, ni aux principes éducatifs de la maman mais à un bourdonnement dans sa poche arrière qui, Dieu soit loué, mit fin à sa soirée de *détente*.

« Je vous prie de m'excuser », dit-il aux deux femmes, une main levée tandis que l'autre allait pêcher le téléphone portable.

« Oui, Assad », dit-il après avoir lu à l'écran le nom de son interlocuteur. À cet instant il était prêt à répondre n'importe quoi et à n'importe qui, du moment que cela lui permettait de ficher le camp d'ici.

« Je suis désolé de vous déranger, chef, mais est-ce que vous savez combien de personnes sont portées disparues par an au Danemark ? »

Une question pas très claire il pouvait répondre sans se compromettre. Parfait.

« Je dirais quinze mille, environ. Tu es où, là ? » Une bonne réplique, celle-là.

« On est toujours au sous-sol avec Rose. Mais à votre avis, sur ces quinze mille, combien n'ont toujours pas été retrouvées quand l'année se termine, chef ?

— Ça dépend. Dix, peut-être. »

Carl se leva de table et prit un air terriblement soucieux.

« Vous avez du nouveau ? » demanda-t-il. Une autre réplique formidable.

« Je ne sais pas, répondit Assad. À vous de me le dire. La semaine où la tenancière de bordel Rita Nielsen a disparu, deux autres disparitions ont été signalées et la semaine suivante encore une, et aucune de ces personnes n'a jamais été retrouvée. Vous ne trouvez pas ça bizarre, chef ? Quatre personnes en si peu de temps ! Qu'est-ce que vous en dites ? C'est autant de disparus jamais retrouvés qu'en six mois, alors.

— Nom de Dieu ! J'arrive tout de suite ! » Une réplique de fin sensationnelle, même si elle ne laissa pas de surprendre Assad à l'autre bout du fil. Carl était nettement moins réactif en général.

Ce dernier se tourna vers la petite famille. « Je suis désolé ! Je n'ai pas été de très bonne compagnie ce soir. D'une part, je suis très très enrhumé et j'espère sincèrement n'avoir contaminé personne. » Il renifla pour illustrer son propos et constata qu'il avait le nez sec. « Hum, d'autre part, nous nous battons actuellement avec quatre disparitions et un meurtre particulièrement sordide à Amager. Je vais devoir vous laisser et vous m'en voyez confus. Ils ont vraiment besoin de moi là-bas. »

Il plongea son regard dans celui de Mona. Elle avait l'air préoccupé. Et son inquiétude semblait être celle de la femme, et pas de la thérapeute.

« C'est toujours cette affaire dans laquelle tu as été blessé ? » lui demanda-t-elle, ignorant ses compliments à propos de la merveilleuse soirée qu'il venait de passer. « Fais attention à toi, Carl. Tu n'as pas encore compris à quel point cette histoire t'affecte ? »

Il hocha la tête. « Oui, c'est cette affaire-là. Mais ne te fais pas de souci pour moi. Je n'ai pas l'intention de prendre des risques inconsidérés. Je t'assure que je vais bien. »

Elle fronça les sourcils. Quelle soirée de merde. Il venait de perdre des points. Il avait raté son entrée dans la famille de Mona. Sa fille ne pouvait pas le blairer et Carl détestait cordialement son petit-fils. C'est tout juste s'il avait eu le temps de goûter l'oie et son nez avait coulé dans la sauce. Et il fallait que Mona ramène cette foutue affaire sur le tapis par-dessus le marché. À tous les coups elle allait lui coller à nouveau dans les pattes l'autre apprenti psychologue, le dénommé Kris.

« Je vais *très* bien », insista-t-il. Puis il visa le gamin, deux de ses doigts simulant un pistolet, et lui tira dessus avec un grand sourire.

La prochaine fois, il demanderait des précisions quand Mona lui promettrait une surprise.

11

Août 1987

Tage entendit la boîte aux lettres cliqueter et poussa un juron. Depuis qu'il avait collé une étiquette disant « Pas de pub, merci », il ne recevait plus que les lettres du Trésor public, et il était très rare que ces gens-là soient bien intentionnés. Pourquoi ne pouvaient-ils pas le laisser tranquille avec les quelques sous qu'il arrivait à amasser au noir en collant des rustines sur des chambres à air, en donnant un coup de brosse métallique sur les bougies des gamins et en nettoyant les carburateurs de leurs mobylettes ? Il n'avait jamais pu comprendre ça. Est-ce qu'ils préféraient le voir tendre la main à la soupe populaire de Middelfart ou cambrioler des résidences secondaires près de la plage de Skårup comme ses copains de bistrot ?

Il tendit le bras vers l'une des bouteilles de vin qui se trouvaient entre son lit et la caisse de bières qui lui servait de table de nuit. Il vérifia qu'il ne l'avait pas remplie pendant la nuit, la mit entre ses jambes et pissa dedans. Ensuite il s'essuya les mains dans sa housse de couette et se leva lentement. Il commençait à en avoir marre d'héberger cette paresseuse de Mette. Les toilettes étaient à l'autre bout de la maison, et pour y aller, il fallait traverser la chambre qu'elle occupait. Dans l'atelier où il dormait et qui donnait sur la rue, le plancher était pourri et il y avait des courants d'air. Et en plus, l'hiver serait bientôt là.

Il regarda autour de lui les murs garnis de posters aux coins déchirés représentant des filles à poil avec les seins pleins de cambouis. Des moyeux, des roulements à billes et des pièces de mécanique traînaient un peu partout et l'huile de vidange avait fait de grosses taches épaisses et grasses sur le sol de béton. Il n'y avait pas de quoi être fier mais au moins il était chez lui.

Il leva la main pour attraper le cendrier plein de mégots sur l'étagère. Il choisit le plus long et aspira tranquillement une unique bouffée, tandis que la braise parcourait à toute vitesse les derniers millimètres jusqu'à ses doigts noirs de mécanicien. Puis il l'écrasa.

Il remonta son slip kangourou et alla jusqu'à la porte. En faisant un petit pas dehors, il pouvait tout juste passer les doigts dans la fente de la boîte. Une belle boîte aux lettres, qu'il avait fabriquée lui-même avec des morceaux d'aggloméré et dont la partie supérieure était devenue deux fois plus épaisse qu'elle ne l'était à l'origine, gonflée par la pluie.

Il commença par jeter un coup d'œil dans la rue, à droite, puis à gauche. Il n'avait pas envie que les gens se plaignent de l'avoir vu déambuler au milieu de Brenderup avec son gros ventre flasque et son slip taché. C'était déjà arrivé par le passé. Comme il disait toujours aux potes quand il les retrouvait sur le banc, ce quartier était plein de vieilles filles bornées qui ne supportaient pas de voir un homme dans la force de l'âge. Il aimait utiliser ce mot, « borné ». Il sonnait bien. Et puis, ça en jetait d'employer des mots comme ça.

La lettre qu'il extirpa de la boîte ne provenait ni du Trésor public, ni de la commune. C'était une enveloppe blanche, normale, avec un timbre. Il y avait une éternité qu'il n'avait pas reçu une lettre de ce genre.

Il se redressa. Comme si l'expéditeur pouvait le voir, ou si l'enveloppe elle-même était capable de juger si son destinataire méritait la missive contenue à l'intérieur.

Il ne reconnaissait pas l'écriture mais son nom tracé en pleins et en déliés se détachait sur le papier blanc et cela lui plaisait bien.

Il la retourna et sentit instantanément l'adrénaline galoper dans ses veines. Le rouge lui monta aux joues, comme à un adolescent amoureux. Il écarquilla des yeux incrédules.

La lettre était totalement inattendue et c'était Nete qui la lui envoyait. Nete Hermansen, sa cousine. Et il y avait même son adresse au dos. Nete, dont il était convaincu qu'il n'entendrait plus jamais parler. Et pour cause.

Il inspira profondément et faillit remettre le pli dans la boîte. Comme si les intempéries et la boîte elle-même étaient capables de l'anéantir, de la lui arracher des mains et de la dévorer afin de lui éviter d'en découvrir le contenu.

Voilà ce que Tage ressentit en recevant la lettre de Nete.

La vie et le travail sur l'exploitation agricole de son père avaient appris à Mads, le frère aîné de Nete, qu'à l'instar de tous les autres animaux de la création, les êtres humains étaient divisés en deux catégories : les mâles et les femelles. Et à partir du moment où on avait compris cela, on n'avait pas besoin de savoir autre chose parce que tout le reste en découlait. Ces deux groupes d'individus se partageaient tous les mystères de l'univers. La guerre, la famille, le travail et les choses qu'on faisait à l'abri des murs de sa maison. Tout était conçu pour que l'une ou l'autre moitié de l'humanité s'en charge.

Mads avait un jour rassemblé ses petits frères, sa sœur et ses cousins dans la cour de la ferme, il avait baissé son pantalon et désigné son membre.

« Quand on en a un, on fait partie de l'une des catégories. Quand on a juste une fente à cet endroit, on fait partie de la deuxième. C'est aussi simple que ça. »

Les frères et les cousins avaient tous rigolé, alors Nete avait baissé sa culotte à son tour afin de montrer à sa manière puérile qu'elle avait compris et qu'elle était solidaire de son grand frère.

Tage avait gardé un souvenir particulièrement ému de cet épisode, car là d'où il venait, on ne se déshabillait qu'en cachette et, pour être honnête, il n'avait jusqu'à ce jour jamais bien compris la différence qu'il y avait entre les femmes et les hommes.

Tage passait pour la première fois l'été chez son oncle et c'était beaucoup plus amusant que de traîner dans le port d'Assens ou dans les ruelles où il jouait avec ses camarades en rêvant de voyages au long cours.

Ils s'entendaient bien, Nete et lui. Il aimait bien les jumeaux aussi mais c'était avec Nete qu'il s'amusait le plus, bien qu'elle ait huit ans de moins que lui. Tout était si simple avec elle. Elle riait à la moindre de ses grimaces. Et il n'avait qu'un mot à dire pour qu'elle accepte de l'accompagner dans les aventures les plus farfelues.

Elle fut la toute première personne à l'admirer, et Tage adorait cela. En retour, il l'aidait à accomplir les nombreuses corvées qu'on exigeait d'elle à la ferme.

Quand les jumeaux et Mads quittèrent la petite exploitation, Nete resta seule avec son père et Tage, qui venait pendant l'été. Il se souvenait combien cela avait été dur pour elle. Elle était souvent victime de la tyrannie des gens du village et aussi du caractère changeant et des comportements étranges et injustes de son père.

Nete et lui n'étaient pas amoureux l'un de l'autre, mais des amis très proches, et à cette intimité se mêlait toujours la troublante question des deux sortes d'individus qui composaient l'humanité et des choses qu'ils pouvaient se faire mutuellement.

Alors Tage enseigna à Nete comment les êtres humains copulent ensemble et, sans le vouloir, il fut la cause première de sa perte.

Il s'assit lourdement sur le bord de son lit et regarda la bouteille posée sur le tour à fileter en se demandant s'il valait mieux boire le kirsch maintenant, pour se donner du courage, ou bien après avoir lu la lettre, pour se remettre.

Il entendait Mette, sa pensionnaire, se déplacer et tousser dans le séjour. Les bruits qu'elle faisait n'avaient rien de féminin, mais il s'était habitué à sa présence. Et puis elle était pratique quand il avait besoin de quelqu'un pour le réchauffer l'hiver, du moment que la commune ne s'imaginait pas qu'ils étaient ensemble pour de bon et qu'ils grugeaient l'aide sociale.

Il soupesa l'enveloppe et en sortit le contenu. C'était une belle feuille de papier à lettres avec des fleurs dessus, pliée en trois. Il pensait revoir son écriture en dépliant le premier tiers de la feuille, mais la lettre était tapée à la machine. Il la survola pour en finir plus vite et il se sentait prêt pour son petit coup de kirsch quand il tomba sur le passage où elle parlait des dix millions de couronnes qu'elle voulait lui donner s'il venait la voir à Copenhague à l'adresse et à l'heure qu'elle lui indiquait.

Il lâcha la feuille et la regarda tomber vers le sol en béton où elle finit de se déplier.

C'est alors qu'il remarqua qu'il y avait un chèque accroché avec un trombone au bas de la lettre et que son nom y était inscrit en dessous de la somme de deux mille couronnes.

Il n'avait jamais eu autant d'argent en sa possession à cette période du mois. Ce fut la seule idée qui lui traversa la tête à cet instant. Tout le reste était totalement irréel pour lui. Les millions, la maladie de Nete. Tout !

Deux mille couronnes ! En chiffres et en lettres ! Même à l'époque où il touchait sa solde de matelot, il ne gagnait pas une somme pareille. Même quand il travaillait à l'usine de remorques avant qu'elle ne soit délocalisée à Nørre Aaby et qu'on en profite pour le licencier parce qu'il buvait trop.

Il détacha le chèque du trombone et éprouva la solidité du papier.

C'était un vrai.

Nete était marrante et Tage était déluré. Le jour où on avait amené le taureau à l'unique vache de la ferme, elle avait demandé à son cousin s'il était capable de bander aussi fort que l'animal et quand il le lui avait prouvé, elle avait éclaté de rire comme si elle venait d'entendre une bonne blague racontée par les jumeaux. Même quand ils s'étaient embrassés, elle était restée d'humeur insouciante et légère et Tage était content.

Il tenta sa chance avec elle parce que c'était toujours son image qu'il évoquait quand il pensait à *ça*, bien qu'elle soit à peine formée. Ce jour-là il était très élégant, vêtu de son uniforme brun de soldat, le béret coincé dans son épaulette, la taille bien prise, et grâce au rituel annuel du taureau et de la vache, il arriva à ses fins.

Nete voyait Tage comme un adulte et avait confiance en lui. Quand il lui avait demandé de se déshabiller et de le contenter, elle n'avait pas hésité. Pourquoi l'aurait-elle fait ? Tout le monde lui avait toujours dit que c'était ainsi que cela se passait entre les mâles et les femelles.

Et comme ça ne dérangeait personne, ils avaient recommencé et appris par la pratique qu'il n'y a rien de comparable au plaisir que peuvent se donner deux corps réunis.

Elle tomba enceinte à l'âge de quinze ans. Elle fut heureuse de le découvrir mais quand elle dit à Tage que maintenant ils allaient rester ensemble toute leur vie, il refusa d'admettre qu'il y était pour quelque chose. Il lui jeta à la figure que si vraiment il était le père de son enfant de putain, il allait avoir de graves problèmes avec la justice du fait qu'elle était mineure, et que coucher avec une mineure était un délit. Il n'avait pas du tout l'intention d'aller en prison par sa faute.

Le père de Nete crut aux explications de sa fille jusqu'à ce qu'il ait presque battu à mort son neveu sans réussir à le faire avouer. Ses fils n'avaient jamais résisté à un interrogatoire aussi musclé et bien sûr cela l'incita à croire à la version de Tage.

Après, Tage n'avait plus revu Nete. Parfois il avait eu de ses nouvelles et il en avait ressenti une grande honte.

Alors il avait décidé de l'oublier.

Il mit deux jours à se préparer. Il fit tremper ses mains dans l'huile, frotta et frotta jusqu'à ce que la peau gercée et noire devienne rose et souple. Il se rasa plusieurs fois par jour et son visage devint lisse et soyeux. Chez le coiffeur il fut accueilli tel le fils prodigue, et des mains expertes lavèrent et coupèrent ses cheveux avant de l'arroser d'eau de toilette odorante. Il se polit les dents au bicarbonate de soude jusqu'à faire saigner ses gencives, et ses efforts finirent par payer puisque finalement, au terme de ses préparatifs, le visage que lui renvoya le miroir le ramena à des temps meilleurs. S'il devait recevoir la somme de dix millions, il voulait que ce soit avec style. Nete devait croire en le voyant qu'il avait vécu dignement. Il voulait qu'elle voie en lui le garçon qui jadis la faisait rire et qu'elle avait été fière de côtoyer.

Il tremblait à l'idée de ce qui était sur le point d'arriver. À l'âge de cinquante-huit ans, il allait se relever de la fange et se tenir droit devant les gens, comme un homme digne de ce nom, sans craindre leur mépris.

La nuit, il rêva qu'on le respectait et qu'on l'enviait et il s'imagina commencer une vie heureuse dans un nouvel environnement. Il était hors de question qu'il continue à vivre dans cet entourage mesquin qui le regardait comme un pestiféré. Hors de question qu'il reste dans une ville de mille quatre cents habitants où même la voie ferrée tombait en ruine et dont la seule fierté, l'usine qui fabriquait des remorques, avait dû déménager. Une ville qui venait pourtant d'inaugurer une toute nouvelle école d'enseignement alternatif, pompeusement baptisée École supérieure nordique pour la paix.

Il se rendit à Bogense, où il entra dans le plus grand magasin de confection masculine pour homme. Il s'acheta un magnifique costume chiné bleu marine dans une matière lustrée qui, selon le vendeur au sourire complice, était du dernier chic et dont le prix, bien que fortement négocié, lui laissa juste assez sur le montant du chèque pour faire le plein de sa mobylette et payer un billet d'Ejby à Copenhague.

Il vécut le plus beau moment de sa vie quand il traversa la ville sur son Solex. Jamais il n'avait autant attiré les regards sur son passage.

Jamais il ne s'était senti aussi prêt à mordre dans la vie à pleines dents ni à embrasser le destin qui l'attendait, là-dehors, quelque part.

12

Août 1987

Au fil des années quatre-vingt, Curt Wad avait vu avec satisfaction la droite progresser dans le pays et, en cette fin du mois d'août 1987, presque tous les médias prédisaient une victoire des conservateurs aux élections.

C'était une époque formidable pour Curt Wad et pour ceux qui pensaient comme lui. Le parti d'extrême droite Opsvingspartiet pestait contre l'immigration, et de plus en plus de groupements chrétiens et d'associations à l'échelle nationale se rassemblaient autour des orateurs populistes rompus à l'art de stigmatiser la moralité moribonde et la décadence de la société, sans peur de bafouer allègrement le respect des droits de l'homme.

Son idéologie reposait sur la conviction que les hommes n'étaient pas nés libres et égaux, et les gens allaient devoir apprendre à se faire à cette idée.

Oui, c'était une époque formidable pour Curt Wad et pour les idées qu'il défendait. Un vent favorable soufflait aussi bien au Folketing qu'au sein de certains mouvements populistes indépendants. Parallèlement, son enfant chéri, l'organisation Rene Linier qu'il tra-

159

vaillait d'arrache-pied à faire évoluer en parti politique, avec des bureaux disséminés dans le pays et une représentation au sein du Parlement, engrangeait de l'argent de toutes parts. On aurait pu se croire revenu aux années trente, quarante ou cinquante, avec ce retour aux valeurs morales, et surtout on était bien loin de la permissivité prônée dans les années soixante et soixante-dix, avec tous ces jeunes qui couraient dans les rues, prêchant pour l'amour libre et le socialisme. Une époque maudite où la lie de la population se voyait portée aux nues et où les comportements asociaux étaient mis sur le compte d'un État et d'une société défaillants.

Le climat avait bien changé. Dans les années quatre-vingt, chacun était l'artisan de son propre destin. Et les bons artisans étaient légion, si l'on en croyait les dons qui arrivaient dans les caisses de Curt Wad et de Rene Linier, envoyés spontanément par de bons citoyens et diverses fondations capables de reconnaître une bonne cause.

Et l'argent avait été bien dépensé. Deux secrétaires travaillaient à temps plein pour Rene Linier dans un bureau en ville, administrant les comptes et le courrier de l'organisation, et quatre des neuf antennes créées au Danemark accueillaient régulièrement cinq nouveaux membres par semaine.

On commençait à constater dans l'opinion publique une aversion déclarée pour les homosexuels, les drogués, les jeunes délinquants, la sexualité débridée, la transmission de mauvais gènes, les immigrés et les réfugiés. Le sida avait fait son apparition, rappelant à l'ensemble de l'humanité ce que les chrétiens ont coutume d'appeler « le doigt levé de Dieu ».

160

Dans les années cinquante on n'avait pas besoin de signes forts comme celui-là pour combattre le Mal mais à l'époque les moyens de répression étaient plus efficaces.

Bref, tout allait pour le mieux. L'idéologie qui soustendait le mouvement Rene Linier se répandait à la vitesse de l'éclair, et même si ce n'était pas énoncé aussi clairement, personne ne souhaitait voir le bon sang se mélanger au mauvais.

La Ligue pour la défense des valeurs morales de la nation et de la pureté du sang danois avait porté trois noms différents depuis que le père de Curt, eugéniste convaincu, l'avait créée dans le dessein de protéger la race pure et d'élever le sens moral du citoyen. Dans les années quarante, il l'avait baptisée Comité contre la débauche, plus tard elle s'était appelée Société des Danois et enfin Rene Linier, « lignes pures ».

Et l'idée qui avait germé un jour dans la tête d'un médecin généraliste en Fionie pour grandir ensuite dans celle de son fils n'était plus un combat privé désormais. L'organisation comptait plus de deux mille membres, qui tous payaient leur cotisation avec joie. Il s'agissait de personnes respectables, allant de l'avocat au médecin en passant par le policier, l'infirmière ou le pasteur. Des gens qui dans leur métier voyaient tous les jours des choses intolérables, et qui avaient la capacité et le bon sens nécessaires pour y remédier.

Si le père de Curt avait encore été de ce monde, il aurait été fier de voir jusqu'où son fils était parvenu à mener ses idées, tout comme il aurait été fier de la façon dont il avait géré ce qu'entre eux ils se contentaient d'appeler La Lutte secrète. En tentant, entre

161

autres, de rendre légaux, par la création d'un parti politique, les actes que lui-même et d'autres qui partageaient son point de vue avaient accomplis jusque-là de manière clandestine. En particulier celui de trier les enfants qui méritaient de vivre et ceux qui ne le méritaient pas.

Curt Wad venait d'expliquer au téléphone les fondamentaux officiels du programme de Rene Linier pour une émission de radio en différé quand sa femme posa son courrier dans un rai de lumière sur la table en chêne devant lui.

Une pile de lettres comme celle-là ressemblait à une boîte de chocolats.

Les lettres anonymes allaient directement dans la corbeille. Elles représentaient environ un tiers de son courrier.

Ensuite il y avait les habituelles missives de menace et de haine. Pour celles-là, il relevait les noms des expéditeurs avant de les poser dans les corbeilles destinées aux secrétaires qui les archivaient. Quand ces dames remarquaient des noms récurrents, elles prévenaient Curt, qui contactait l'antenne locale du parti la plus proche, laquelle envoyait aux auteurs de ces lettres un ou plusieurs émissaires afin de leur enlever toute velléité épistolaire future. Il existait une infinité de moyens pour les convaincre, car la plupart des gens ont quelque chose à cacher, et les avocats, les médecins ou les prêtres de leur région ne manquaient pas de dossiers dans lesquels puiser les informations nécessaires. On pouvait appeler cela du chantage. Pour Curt, c'était de la légitime défense.

Il recevait aussi des lettres de gens souhaitant adhérer au mouvement, et avec ceux-là il fallait se montrer particulièrement vigilant. On n'était jamais à l'abri d'une taupe, et une fois qu'elle s'était infiltrée, il était très difficile de la déloger. C'est pourquoi Curt ne laissait à personne le soin d'ouvrir son courrier.

Pour finir il y avait le tout-venant qui couvrait un large spectre allant de l'éloge à la colère en passant par les jérémiades.

C'est dans ce dernier tas que Curt Wad découvrit la lettre de Nete Hermansen. Il ne put s'empêcher de sourire en lisant le nom inscrit au dos de l'enveloppe. Il se rappelait peu de cas dans tout son parcours qui aient été aussi exemplaires que celui de cette fille. Deux fois dans son existence, il avait réussi à la stopper dans ses agissements immoraux et son comportement asocial. Cette petite garce.

Avec quoi cette vile créature allait-elle l'importuner ? Des larmes ou des insultes ? Il n'en avait que faire. Pour lui, Nete Hermansen n'avait jamais rien représenté, ni par le passé ni à présent. Qu'elle soit veuve depuis que son imbécile de mari s'était tué dans un accident de voiture le soir même où il l'avait croisée pour la dernière fois l'indifférait complètement.

Elle n'avait eu que ce qu'elle méritait.

Il jeta l'enveloppe dans le tas des lettres sans intérêt. Elle n'avait même pas éveillé sa curiosité. Contrairement à la première fois où il l'avait vue, très très longtemps auparavant.

Il avait entendu le nom de Nete pour la première fois quand l'adjoint au maire responsable des affaires scolaires était venu au cabinet de son père pour lui parler d'une fille tombée dans la rivière de Puge Mølleå et qui saignait du bas-ventre.

« Il s'agit peut-être d'une fausse couche, c'est même probable, avait dit l'élu. Mais si on vous raconte que les garçons de l'école y sont pour quelque chose, ne le croyez pas. C'était un accident, docteur Wad, et si l'on devait vous appeler en visite à domicile et que vous constatiez des traces de violences sur le corps, elles seront dues à la chute dans la rivière.

— Quel âge a la jeune fille ? avait demandé son père.

— Tout juste quinze ans.

— Une grossesse à cet âge n'est pas normale, vous en conviendrez ! avait fait remarquer son père.

— La fille en question n'est pas très normale non plus, il faut dire ! » avait plaisanté le délégué aux affaires scolaires. « Elle a été renvoyée de l'école il y a plusieurs années déjà pour mauvaise conduite. Incitation à la débauche, langage ordurier, débordements physiques et mentaux et comportements violents, tant envers l'institutrice qu'envers ses camarades de classe. »

Le docteur Wad père avait hoché la tête.

« Je vois. C'est ce genre de fille là ! avait-il soupiré. Idiote, je suppose ?

— Complètement, avait répondu l'élu.

— Et parmi les gentils garçons que cette pauvresse serait susceptible d'accuser, peut-être monsieur le délégué aux affaires scolaires a-t-il quelques connaissances ?

— Oui, dit ce dernier en acceptant un cigare dans la boîte posée sur le bureau, que le médecin venait de pousser vers lui. Le benjamin de la belle-sœur de mon frère se trouvait parmi eux.

— Je comprends, dit le père de Curt. Il semblerait qu'il y ait eu ce que j'appellerais de malencontreux mélanges entre les couches sociales dans cette affaire. »

Curt avait trente ans à l'époque et il était bien parti pour reprendre le cabinet de son père, mais il n'avait encore jamais eu affaire au type de clientèle dont cette fille faisait partie.

« Que fait cette jeune fille dans la vie ? avait demandé Curt sous le regard approbateur de son père.

— Je ne suis pas au courant de tout, évidemment, mais il me semble qu'elle donne un coup de main à son père, à la ferme.

— Et qui est son père ? avait demandé M. Wad père.

— Si je me rappelle bien, il s'appelle Lars Hermansen. Un gaillard. Un brave homme.

— Je le connais », avait dit le père de Curt. Bien sûr qu'il le connaissait. Il avait été là pour mettre la fille au monde. « Le père a toujours été un peu dérangé et depuis la mort de sa femme, ça ne s'est pas arrangé. C'est un type assez taciturne et bizarre. Pas étonnant que sa fille ait mal tourné. »

L'affaire était entendue.

Le docteur Wad avait comme prévu été appelé à la ferme des Hermansen où il avait constaté que la fille était tombée dans la rivière par maladresse, qu'elle avait été emportée par le courant et s'était blessée sur des morceaux de branches et des pierres le long de la berge. Si sa version était différente, il convenait de mettre cela sur le compte du choc et de son état délirant. Mais le fait qu'elle ait saigné était tout de même bien embêtant. « Est-ce que par hasard elle était enceinte ? » avait-il demandé à Lars Hermansen.

Curt avait assisté à cette consultation, comme à toutes les consultations à domicile de son père dernièrement, et il se souvenait parfaitement que le père de la jeune fille avait blêmi à cette question, avant de secouer lentement la tête.

Il n'était peut-être pas nécessaire de prévenir la police, après tout.

Alors personne ne l'avait prévenue.

La soirée s'annonçait bien remplie avec les activités de l'organisation et Curt Wad était impatient. Il avait rendez-vous dans dix minutes avec trois des membres les plus actifs de Rene Linier, des gens qui non seulement avaient d'étroits contacts avec les partis d'extrême droite mais également de bonnes relations avec certains fonctionnaires au sein des ministères de la Justice et de l'Intérieur qui voyaient d'un mauvais œil la tournure que prenaient les choses dans le pays, en particulier en matière d'immigration et de planning familial. Les raisons de leur engagement étaient évidentes. À l'instar de tous les membres du parti et de leurs relations, ils trouvaient que beaucoup trop d'étrangers avaient déjà réussi à s'introduire dans ce pays. Des minables, des indésirables.

« Ils constituent une grave menace contre l'Identité danoise », disaient de plus en plus de voix, et Curt Wad était de leur avis. C'était une question de gènes et les individus aux yeux bridés et à la peau noire n'avaient rien à faire parmi toutes ces filles et ces garçons aux cheveux blonds, dotés de corps grands et forts. Tamouls, Pakistanais, Turcs, Afghans, Vietna-

166

miens, comme tout ce qui était sale et impur, il fallait éradiquer ce mal, de toute urgence et sans la moindre hésitation.

Ils parlèrent longuement ce soir-là des moyens à employer pour assurer le devenir de Rene Linier. Quand deux d'entres eux eurent pris congé, il ne resta que celui que Curt connaissait le mieux, un médecin comme lui, un homme très bien qui dirigeait un cabinet médical prospère au nord de Copenhague.

« Nous avons souvent évoqué La Lutte secrète, Curt », dit-il en soutenant son regard. « Je connaissais votre père et il m'avait fait prendre conscience du rôle que je pouvais jouer dans cette organisation au moment où j'ai fait mon internat à l'hôpital d'Odense. C'était un grand homme, Curt. J'ai beaucoup appris à son contact, sur le plan professionnel, et aussi idéologique. »

Ils s'étaient compris. Curt avait eu la chance de garder son père auprès de lui jusqu'à ses soixante-deux ans. Il y avait trois ans maintenant qu'il était mort, à l'âge de quatre-vingt-dix-sept ans, après une vie bien remplie. Le temps passait si vite.

« Votre père m'avait conseillé de me rapprocher de vous le jour où je prendrais la décision de rentrer dans la lutte active », dit son confrère avant de faire une longue pause, bien conscient que le pas suivant se ferait sur un terrain miné, où il faudrait louvoyer entre questions difficiles et pièges dissimulés.

« Vous m'en voyez ravi », dit Curt au bout d'un moment. « Mais j'aimerais savoir une chose : pourquoi maintenant ? »

Son interlocuteur prit son temps avant de répondre. « Il y a plusieurs raisons à cela, bien sûr. Notre conversation ce soir en est une. En outre, nous avons beaucoup d'étrangers qui viennent chez nous, dans le nord du Seeland. J'ai affaire à beaucoup d'immigrés issus du même sang et qui décident malgré tout de se marier. Vous et moi savons que le produit de ces mariages consanguins est rarement très heureux. »

Curt acquiesça. Son confrère n'avait pas tort. Ces mariages donnaient des enfants stupides dans le meilleur des cas.

« J'aimerais utiliser mes compétences dans ce contexte », dit-il d'une voix calme et posée.

Curt hocha la tête de nouveau. Il savait que cet homme juste et compétent était une recrue de choix pour l'organisation.

« Vous êtes bien conscient que vous vous engagez dans un travail qui devra rester secret pour tout le monde en dehors de ceux qui ont d'ores et déjà accepté de l'accomplir ?

— Oui. C'est ainsi que je voyais les choses.

— Presque rien de ce que nous faisons dans le cadre de La Lutte secrète ne peut être dévoilé, mais j'imagine que vous le savez et que vous connaissez aussi les risques pour notre organisation dans le cas contraire ?

— Oui.

— Vous devez savoir que certains préféreront vous voir disparaître s'ils apprennent que vous n'avez pas été capable de tenir votre langue ou que vous n'avez pas fait votre travail consciencieusement. »

Son confrère acquiesça. « C'est tout à fait normal. Je réagirais de la même façon.

— Vous êtes donc disposé à suivre nos procédures en matière de recrutement de femmes dont nous pensons qu'il convient d'interrompre la grossesse, et que nous envisageons de stériliser par la suite ?

— Je le suis.

— Nous utilisons un vocabulaire particulier dans ce contexte. Nous avons des listings et utilisons des méthodes d'avortement spécifiques. Si nous vous initions à nos méthodes, vous devenez un membre à part entière de notre organisation. Vous acceptez ?

— J'accepte. Que dois-je faire pour être admis ? »

Curt le regarda attentivement sans rien dire. L'homme était-il réellement motivé ? Son regard serait-il aussi tranquille s'il se trouvait confronté à la menace de la prison et du scandale ? Avait-il les reins assez solides pour supporter la pression ?

« Vos proches ne devront rien savoir, sauf s'ils sont eux-mêmes activement impliqués dans notre action.

— Mon épouse ne s'intéresse nullement à mon travail, rassurez-vous. » Le visage de l'homme se fendit en un sourire. C'était précisément ce que Curt espérait à ce moment de l'entretien.

« Très bien. Nous allons nous rendre dans ma salle de consultation, vous allez vous déshabiller et je vais vérifier que vous ne portez pas de micros. Ensuite vous allez me révéler par écrit un certain nombre de détails que vous n'aimeriez pas voir divulguer. Je suis sûr que vous avez, comme tout un chacun, quelques cadavres dans le placard, comme on dit. Si possible, j'aimerais que ces confessions soient liées à l'exercice de votre profession. »

L'homme accepta toutes ces conditions sans broncher. Il n'y en avait pas beaucoup comme lui.

« Je comprends parfaitement que vous ayez besoin de connaître mes secrets. Il faut que vous ayez un moyen de pression sur moi au cas où je ferais machine arrière.

— Vous avez compris. Vous devez bien en avoir quelques-uns ?

— Plein ! »

Plus tard, après la fouille et la rédaction de la confession, il lui fit les recommandations d'usage quant à sa loyauté, sa discrétion en ce qui concernait l'action de La Lutte secrète et les idées pour lesquelles elle se battait. Comme cela non plus n'avait pas l'air de l'effrayer, Curt lui fit un rapide cours sur la façon de provoquer les fausses couches sans éveiller les soupçons et, surtout, il lui conseilla de laisser passer un certain temps entre deux interventions de ce genre afin de ne pas attirer l'attention du Conseil de l'ordre et de la police.

Ils se remercièrent mutuellement, prirent congé et Curt resta seul, avec le sentiment enivrant d'avoir une fois encore œuvré pour le bien de son pays.

Il se servit un cognac, s'assit derrière son bureau en chêne massif et essaya de se rappeler le nombre de fois où lui-même était passé à l'acte.

Souvent. Entre autres sur Nete Hermansen.

Son regard se posa à nouveau sur la lettre de Nete, qui était encore sur le dessus de la pile. Puis il ferma les yeux et se souvint avec nostalgie de sa première intervention, qui avait été aussi la plus mémorable.

13

Novembre 2010

En cette sombre soirée de novembre, les fenêtres éclairées perçant les murs épais de l'hôtel de police, tels des yeux vigilants, avaient quelque chose de magique. Il y avait toujours un ou deux bureaux dans lesquels on traitait une affaire ou une autre qui ne souffrait aucun délai. Car c'est la nuit que la ville montre ses dents. La nuit que la prostituée se fait tabasser, que les bons copains boivent un coup de trop et s'enfoncent leurs couteaux dans le ventre, la nuit aussi que les bandes cherchent la bagarre et que les portefeuilles sont subtilisés aux passants imprudents.

Carl avait passé des milliers d'heures dans ce bâtiment à l'heure où les réverbères de la ville clignotent dans le noir et où les gens comme il faut dorment paisiblement. Mais il y avait un bon moment que ce n'était pas arrivé.

Si le dîner chez Mona n'avait pas été aussi douloureux pour lui… Si au lieu de cette soirée ratée il s'était retrouvé au lit, les yeux plongés dans son beau regard brun, il n'aurait jamais eu l'idée de se demander qui pouvait bien l'appeler à une heure aussi tardive, mais les choses ne s'étaient pas passées comme il l'aurait souhaité et, en l'occurrence, l'appel d'Assad lui avait sauvé la mise.

Mais évidemment, maintenant, il était bien obligé d'y aller, c'est pourquoi il se trouvait sur la dernière marche de l'escalier menant au sous-sol, en train de regarder, incrédule, Rose et Assad qui venaient à sa rencontre.

« Qu'est-ce que vous foutez là tous les deux ? » demanda-t-il en se frayant un passage entre eux pour aller dans son bureau. « Est-ce que tu te rends compte que ça fait dix-neuf heures que tu es là, Assad ? »

Il jeta un coup d'œil par-dessus son épaule. Rose le suivait d'un pas qui manquait de ressort. « Et toi, Rose ? Pourquoi est-ce que tu n'es pas rentrée chez toi ? Vous faites des heures supplémentaires pour avoir des RTT, c'est ça ? » paria-t-il en lançant sa veste sur son fauteuil. « Ce dossier Rita Nielsen ne peut-il pas attendre jusqu'à demain ? »

Assad leva ses sourcils touffus, ce qui eut pour effet de révéler des yeux rouge vif qui causèrent un véritable choc à Carl. « Voici les journaux que vous nous avez demandé de lire, dit-il en jetant le tas sur le coin du bureau de Carl.

— Je vous préviens, on les a juste feuilletés », précisa Rose.

Venant d'elle, Carl savait qu'il s'agissait d'un euphémisme. D'ailleurs, le sourire en coin d'Assad confirmait cette hypothèse. Ils avaient probablement épluché ces canards jusqu'à l'os. Ils avaient dû commencer par fouiller dans les archives du département de recherche des personnes disparues pour répertorier toutes les disparitions en septembre 1987 et ensuite ils s'étaient attaqués aux journaux. Il commençait à les connaître.

« Nous n'avons rien trouvé pendant cette période qui évoque une série de règlements de comptes dans le milieu de la drogue. Et rien sur des viols ou autres agressions de ce genre dans le quartier où elle a été vue pour la dernière fois », résuma Rose.

« Quelqu'un a-t-il suggéré à l'époque que Rita Nielsen n'avait peut-être pas garé elle-même sa Mercedes à Kapelvej ? » demanda Carl. « Peut-être que ce n'est pas à Copenhague qu'il faut chercher. Si la voiture a été déplacée, sa propriétaire peut avoir disparu n'importe où entre ici et sa descente du ferry du Grand Belt.

— Le cas de figure a été envisagé, dit Rose. Mais d'après le rapport de police, le marchand de tabac de Nørrebro se souvenait parfaitement d'elle quand ils sont venus l'interroger sur le débit de sa carte de crédit Dankort. Elle était à Nørrebro ce jour-là. C'est certain. »

Carl se mordit les lèvres, songeur. « Mais pourquoi est-elle partie de chez elle aussi tôt ? Vous vous êtes posé la question ? » demanda-t-il.

Assad acquiesça. « Sûrement parce qu'elle avait un rendez-vous, alors. »

Carl était de son avis. Cette question de l'heure du départ l'avait troublé. On ne part pas de chez soi à cinq heures du matin à moins d'avoir une excellente raison, en particulier quand on exerce le genre de métier que faisait Rita Nielsen, une profession de nuit. Ce ne devait pas être pour profiter des heures d'ouverture du samedi matin qu'elle était tombée du lit.

« L'hypothèse la plus plausible est que Rita Nielsen avait rendez-vous avec quelqu'un, de bonne heure, à Copenhague : soit cette mystérieuse personne sait quelque chose à propos de sa disparition, soit elle a au moins constaté l'absence de Rita », conclut-il. « Est-ce que vous pensez qu'on l'a suffisamment recherchée ? »

Suffisamment ? Assad échangea un regard avec Rose qui n'avait pas l'air d'avoir compris non plus. Leur taux de glucose avait dû baisser de manière significative après cette longue journée.

« Assez en tout cas pour que les gens qui étaient en relation avec elle et ceux qui auraient dû l'être soient informés de sa disparition », répondit Rose.

« Mais ce qui est très bizarre, Carl, poursuivit-elle, c'est que nos collègues ont fait du porte-à-porte pendant trois jours. Il y a eu des articles dans tous les journaux, y compris les journaux régionaux. Un avis de recherche a été lancé à la fois à la télévision et sur les radios locales et nationales, et personne n'a réagi en dehors du type du bureau de tabac.

— Tu crois donc plus probable que quelqu'un a été au courant de sa disparition et que cette personne n'a pas voulu se faire connaître. Tu suggères que ce même individu pourrait être impliqué dans sa disparition, je me trompe ? »

Rose claqua les talons et fit le salut militaire. « Chef ! Oui, chef !

— Chef toi-même. Et il y a eu un nombre anormal de disparitions à cette période et ces gens n'ont jamais été retrouvés, c'est bien ce que tu m'as dit, Assad ?

— Oui, et depuis, nous avons découvert une personne de plus qui n'a pas réapparu non plus, alors, répondit-il. Nous avons commandé les journaux de toute la semaine pour nous assurer qu'il n'y en avait pas d'autres que celles que nous avions trouvées dans les listes de la police. »

Carl dut répéter dans sa tête la dernière phrase d'Assad pour être sûr d'en comprendre le sens. « Donc, nous en sommes à cinq personnes disparues, en comptant Rita. Et aucune n'a été retrouvée ? Cinq personnes qui se volatilisent sans laisser de trace en l'espace de deux semaines, c'est bien ça ?

— C'est ça. Cinquante-cinq personnes ont été portées disparues dans tout le pays au cours des quatorze jours sur lesquels nous nous sommes concentrés et dix mois plus tard, cinq d'entre elles n'avaient pas refait surface. Et n'ont toujours pas réapparu à ce jour, vingt-trois ans après, confirma Rose. Je crois qu'il s'agit du record national de disparitions sur une période aussi brève. »

Carl observa les cernes noirs sous ses yeux. Il se demanda s'ils étaient dus à la fatigue, ou si c'était son mascara qui avait coulé.

« Voyons », dit-il en faisant glisser son index du haut en bas de la liste de Rose.

Puis il prit son stylo et biffa l'un des noms. « Je pense que celle-ci n'a rien à voir », expliqua-t-il en montrant l'âge de la femme en question et les circonstances de sa disparition.

« Oui, nous aussi on la trouvait trop vieille, alors, dit Assad. Et je dis ça alors que la sœur de mon père a deux ans de plus. Elle va avoir quatre-vingt-cinq ans à Noël et elle fend encore son bois à la hache toute la sainte journée. »

Que de mots pour ne rien dire, songea Carl. « Je te signale, Assad, que la femme dont nous parlons ici était sénile et qu'elle a disparu de sa maison de retraite. Je doute qu'elle ait eu l'occasion de fendre beaucoup de bois là où elle était. Mais les autres, vous avez vérifié leur identité ? Est-ce qu'ils ont un lien quelconque avec Rita Nielsen ? »

Ils sourirent. Tous les deux et jusqu'aux oreilles.

« Bon alors ? Lequel ? »

Assad donna un coup de coude à Rose. C'était donc elle qui avait mis le doigt dessus.

« Un avocat répondant au nom de Philip Nørvig, du cabinet Nørvig & Sønderskov à Korsør, commença-t-elle. La veille du plus important match de handball de la saison, il dit à sa fille qu'elle va devoir se contenter de la présence de sa mère dans les gradins, alors qu'il lui a depuis longtemps promis qu'il y assisterait. Il ne donne pas d'autre raison qu'un important rendez-vous à Copenhague ne pouvant être reporté.

— Et le gars disparaît ?

— Exact. Il prend le train à la gare de Halsskov le lendemain et arrive à la gare centrale de Copenhague vers midi et demi, et voilà. Volatilisé.

— Quelqu'un l'a-t-il vu descendre du train ?

— Oui. Plusieurs personnes montées à la gare de Korsør l'ont reconnu. Il faisait partie de pas mal d'associations dans cette ville et les gens de la région savaient pour la plupart qui il était.

— OK, on commence à y voir plus clair », dit Carl, suffisamment intéressé pour oublier de se moucher alors que son nez gouttait abondamment. « Un éminent avocat de Korsør qui disparaît. Je me souviens que cela avait fait couler beaucoup d'encre à l'époque. Est-ce qu'on ne l'avait pas retrouvé noyé dans un des canaux de Copenhague ?

— Non. On ne l'a plus jamais revu, alors, dit Assad. Vous devez penser à quelqu'un d'autre.

— Est-ce que cette affaire-là ne figure pas déjà au tableau d'affichage dans le couloir, Assad ? »

Il hocha la tête. Il devait déjà y avoir un ruban bleu entre ce dossier-là et l'affaire Rita Nielsen.

« Je vois sur ta liste que tu as des renseignements sur ce Nørvig, Rose. Tu peux m'en dire un peu plus ?

— Il est né en 1925 », eut-elle le temps de répondre avant que Carl la coupe.

« 1925 ! Punaise ! Il avait près de soixante-deux ans en 1987. Ça fait vieux pour être le père d'une adolescente qui joue au handball !

— Soyez gentil de ne pas m'interrompre avant d'avoir entendu la suite, Carl ! » dit Rose d'un ton où perçait la lassitude. Sa façon de cligner des yeux lui fit penser à ces chanteuses de rock sur le retour, avec leur regard fatigué filtrant sous des cils lourds de mascara. On aurait dit qu'elle allait s'endormir sur place d'un instant à l'autre.

« Il naît en 1925, reprit-elle. Il obtient son doctorat en droit à Aarhus en 1950. Il est clerc dans le cabinet Laursen & Bonde à Vallensbæk de 1950 à 1954. Il ouvre son propre cabinet à Korsør en 1954. Avocat au tribunal de grande instance à partir de 1965. Il épouse Sara Julie Enevoldsen en 1950 et divorce en 1973. Ils ont deux enfants. Il épouse sa secrétaire, Mia Hansen, en 1974. Ils ont un enfant, Cécilie, née la même année. »

Elle lui jette un regard entendu. Il avait la réponse à sa question. Voilà pourquoi il était un père si âgé. L'éternelle histoire de la partie de jambes en l'air au bureau. Apparemment, Philip Nørvig était un type qui savait ce qu'il voulait.

« Il est proposé au poste de président de plusieurs associations sportives locales et élu pour trois mandats. Il siège pendant un temps à la tête de ces associations et au conseil municipal simultanément jusqu'en 1982, date à laquelle il démissionne suite à plusieurs plaintes pour abus de confiance dans l'exercice de ses fonctions d'avocat. L'affaire est jugée mais il échappe à la prison par manque de preuves. Cela lui vaut tout de même de perdre une grande partie de ses clients. Quand il disparaît cinq ans plus tard, il n'a plus de permis, à cause d'une condamnation pour conduite en état d'ivresse, et sa fortune a fondu.

— Hmm. » Carl fit une moue, et se dit qu'une petite cigarette serait bonne contre le rhume et stimulerait ses petites cellules grises.

« Non, Carl, je ne veux pas que vous fumiez maintenant », déclara Rose.

Il l'a regarda d'un air étonné. Comment savait-elle que… ?

« Euh… Je ne vois pas ce qui te fait dire ça, Rose. » Il s'éclaircit la gorge qui commençait à le chatouiller aussi à présent. « Dis-moi, Assad ? Tu n'aurais pas un peu de thé dans ton samovar ? »

Les yeux noirs s'animèrent un instant, mais ils s'éteignirent aussitôt. « Non, je suis désolé mais je peux vous proposer une tasse de mon excellent café, si vous voulez ? »

Carl déglutit. Une chose était sûre, une gorgée de ce café ferait fuir la grippe une bonne fois pour toutes.

« Pas trop fort, s'il te plaît, Assad », dit-il, le regard suppliant. La dernière fois qu'il en avait bu, cela lui avait coûté un demi-rouleau de papier hygiénique. Il n'allait pas se faire avoir une deuxième fois.

« Bref, la seule chose qui relie les deux disparitions est qu'elles se sont passées à peu près de la même façon, dit-il. Ils se rendent tous les deux à Copenhague ce jour-là. Nous ne savons pas ce que Rita Nielsen vient y faire mais Philip Nørvig annonce clairement qu'il a un rendez-vous. C'est un peu mince, Rose.

— Sauf que vous oubliez l'heure, Carl. Ils disparaissent le même jour et presque à la même heure. Vous n'allez pas me dire que ça n'a rien d'étrange !

— Je ne suis pas tout à fait convaincu, Rose. Parlemoi des autres. »

Elle baissa les yeux sur le papier. « Nous avons un Viggo Mogensen dont nous ne savons rien. Il disparaît et c'est tout. Il a été vu pour la dernière fois dans le port de Lundeborg où il mettait le cap sur le Grand Belt, dans son petit bateau de pêche.

— C'était un pêcheur ?

— Plus ou moins, il avait un petit bateau. Il avait eu un chalutier à une époque mais il était parti à la casse. Une histoire de normes européennes à la con.

— On a retrouvé son bateau ?

— Oui, à Warnemünde. Il avait été piqué par deux Polonais qui prétendaient l'avoir vu abandonné très longtemps à Jyllinge. À les entendre, ce n'était même pas du vol.

— Qu'en disaient les gens du port de Jyllinge ?

— Ils ont dit que c'était faux. Qu'il n'y avait jamais eu de bateau.

— Vous ne pensez pas que les Polonais ont volé son rafiot au gars et qu'ils l'ont jeté par-dessus bord ?

— Non, parce qu'ils avaient trouvé du travail en Suède où ils sont restés entre août 1987 et octobre de la même année. Ils ne pouvaient donc pas être au Danemark au moment où Viggo Mogensen a disparu.

— Quelle était la longueur de ce bateau ? Est-ce qu'il a pu rester caché quelque part sans qu'on le remarque ?

— On va enquêter là-dessus, alors », promit Assad depuis le seuil de la pièce où il venait d'apparaître avec à la main un ravissant plateau en authentique faux argent ciselé. Carl remarqua, terrifié, la taille des tasses. Plus elles étaient petites, plus le breuvage était corsé. Et ces tasses-là étaient vraiment minuscules.

« À la vôtre, chef », dit Assad, les yeux brillants de fièvre et l'air d'un noyé qui aurait besoin qu'on lui fasse du bouche-à-bouche.

Carl avala son café d'un trait en se disant que, finalement, il n'était pas si fort que ça, une sensation qui dura environ quatre secondes. Soudain, tout son organisme réagit comme s'il venait d'ingurgiter un mélange d'huile de ricin et de nitroglycérine.

« Il est bon, hein ? » dit Assad.

Pas étonnant que ses yeux soient aussi rouges.

« Bon, dit Carl, une fois revenu à lui. Nous allons laisser Viggo Mogensen de côté pour le moment. Mon pif me dit qu'il n'a rien à voir avec l'affaire Rita Nielsen. Le dossier Viggo Mogensen est accroché dans le couloir, Assad ? »

Assad secoua la tête. « L'enquête a conclu à un accident. C'était un type jovial qui aimait bien s'en jeter un petit derrière la cravate. Pas un vrai pacha, juste un gars qui aimait bien faire la fête.

— Un pochard, Assad, pas un pacha. Et ne me demande pas pourquoi, je n'en sais rien. Qu'est-ce qu'on a d'autre ? » Il regarda à nouveau la liste de Rose en tâchant de refouler le malaise que la caféine concentrée déclenchait dans son estomac.

« On a encore cette femme, Gitte Charles. Née en 1934 à Thorshavn. Fille d'un épicier nommé Alistair Charles. Après la faillite du père juste après la guerre, les parents divorcent et le père retourne vivre à Aberdeen tandis que Gitte, sa mère et son petit frère partent s'installer à Vejle. Elle passe quelque temps à l'école d'infirmières mais ne va pas jusqu'au diplôme, atterrit à l'hôpital psychiatrique de Brejning. Elle occupe ensuite plusieurs postes d'aide-soignante à droite et à gauche dans le pays et finit par être embauchée pour un contrat de longue durée à l'hôpital de Samsø. »

Rose hocha lentement la tête en lisant la suite du rapport dans sa tête.

« Le reste est tellement typique du genre de personnes qui disparaissent du jour au lendemain, commenta-t-elle. Écoutez ça : elle travaille à l'hôpital de Tranebjerg sur l'île de Samsø de 1971 à 1980 où on l'apprécie, même si elle est fréquemment ivre pendant sa garde. Elle est soignée pour alcoolisme et les choses s'arrangent jusqu'à ce qu'un jour elle soit surprise en train de boire de l'alcool à 90°. Il s'avère qu'elle a un grave problème d'addiction et on la licencie sur-le-champ. Au bout de quelques mois, elle est engagée comme aide à domicile. Elle circule à bicyclette sur l'île, s'occupant des malades et des personnes âgées jusqu'au jour où on découvre qu'elle les vole. Elle est de nouveau renvoyée. Après 1984, elle disparaît de la circulation, elle est au chômage et vit aux crochets de l'État. Pas brillant comme carrière.

— Suicide ?

— C'est la thèse qui est retenue. On la voit monter à bord du ferry de Kalundborg et en descendre, et pfft ! Des témoins ont dit qu'elle était bien habillée, mais personne n'a parlé avec elle. Et l'affaire a été classée.

— J'en déduis que celle-là non plus n'est pas affichée sur notre tableau, Assad ? »

Son assistant secoua la tête. « Dans quel monde étrange nous vivons, alors », dit-il.

Pas faux. Et un autre phénomène encore plus étrange était que le rhume de Carl semblait avoir complètement disparu tandis que ses intestins souffraient le martyre.

« Excusez-moi une seconde », dit-il en se précipitant vers les toilettes à tout petits pas et les fesses serrées. Il jura devant Dieu que plus jamais il ne boirait cette cochonnerie.

Il s'assit sur le trône, le pantalon à mi-mollets et le front entre les genoux. Incroyable de constater avec quelle lenteur ce breuvage avalé si rapidement pouvait traverser l'organisme, emportant tout sur son passage. Il y avait là un grand mystère de l'existence que Carl se fichait complètement de résoudre.

Il essuya la sueur de son front et essaya de penser à autre chose. L'affaire était là dans sa tête, juste à portée de sa pensée. Un pêcheur de Fionie. Une aide-soignante. Une prostituée de Kolding et un avocat de Korsør. S'il y avait quoi que ce soit de commun entre ces affaires, il voulait bien être pendu. Les statistiques sont une science bizarre. Quatre personnes n'ayant rien à voir les unes avec les autres disparaissent le même week-end sans laisser de trace. Et pourquoi pas ?

C'est comme ça le hasard. Ça arrive quand on s'y attend le moins.

« On a trouvé quelque chose, chef », entendit-il de l'autre côté de la porte des toilettes.

« J'ai fini dans une seconde, Assad », dit-il, convaincu du contraire. Il ne sortirait pas d'ici avant que ses crampes abdominales cessent. Pas question de courir le moindre risque.

Carl entendit claquer une porte dans le corridor. Il resta encore un moment sur le trône, respirant calmement tandis que les spasmes s'espaçaient. Ils avaient trouvé quelque chose, avait dit Assad.

Carl réfléchissait tellement fort que de la fumée lui sortait par les oreilles. Il sentait qu'il était tout près de mettre le doigt sur un point important. Mais il ne savait pas lequel. Cela avait à voir avec cette Gitte Charles.

Un détail l'avait frappé dans ces quatre affaires : l'âge des disparus. Rita Nielsen avait cinquante-deux ans. Philip Nørvig soixante-deux. Gitte Charles avait cinquante-trois ans et Viggo Mogensen cinquante-quatre. Un âge assez inhabituel pour disparaître. Plus tôt, quand on est fougueux, jeune et passionné, oui. Plus tard dans l'existence, quand la maladie, la solitude et les désillusions s'installent, c'est logique aussi. Mais ces gens-là n'étaient ni jeunes, ni vieux, plutôt entre les deux, et cependant on ne pouvait rien en déduire. Les statistiques n'étaient pas un domaine si évident, finalement.

Il rattacha sa ceinture au bout d'une demi-heure. Il avait mal au cul et il avait perdu au moins deux kilos.

« Ton café est trop fort, Assad », dit-il en s'écroulant sur son fauteuil de bureau.

Le saligaud se mit à rire. « Ce n'est pas mon café, chef. C'est juste que vous avez attrapé la même chose que nous. On tousse, on éternue, on chie comme une mitraillette, et on a les yeux rouges aussi parfois. En général il faut deux jours d'incubation, vous êtes simplement un peu plus rapide que les autres. Tout le monde ici a passé des heures aux chiottes, à part Rose. Elle a une résistance de dromadaire. Un animal comme ça, on peut lui envoyer des bombes à hydrogène et le virus Ébola directement dans la gueule, il ne fera qu'engraisser.

— Où est-elle en ce moment, Assad ?

— Elle est sur Internet, elle va revenir dans une minute, alors.

— Tu m'as dit que vous aviez trouvé quelque chose ? » Carl avait un sérieux doute quant à l'explication d'Assad à propos de ses problèmes intestinaux parce qu'il lui suffisait de regarder la tasse à café pour que les symptômes reviennent. Sous le regard surpris de son assistant, il recouvrit la tasse avec une serviette en papier.

« C'est cette Gitte Charles. Elle a travaillé quelque part avec des malades mentaux. C'est ça qu'on a trouvé.

— Et alors ? » demanda Carl, incrédule, tandis que des pas crépitaient dans le couloir.

Rose déboula dans le bureau en bâillant à s'en décrocher la mâchoire. « Et voilà, on a un point commun entre Rita Nielsen et Gitte Charles, et ce point se trouve ici », annonça-t-elle en plantant l'index sur la photocopie en noir et blanc d'une carte du Danemark.

L'île de Sprogø.

14

Elle était assise sur un banc, les yeux fixés sur le bunker au bout de Korsgade. Le junkie n'allait pas tarder à arriver avec son horrible bâtard.

Le chien s'appelait Satan et le nom lui allait comme un gant. Hier, le puissant animal avait planté ses crocs dans l'épaule d'un cocker et ce n'était que grâce à l'intervention rapide d'un type chaussé de gros sabots qu'il avait lâché prise. Le toxicomane avait bien sûr menacé le sauveur du cocker de lui casser la tête et de lâcher son chien sur lui, mais sans joindre le geste à la parole. Il y avait bien trop de témoins, et Nete se trouvait parmi eux.

Ce chien ne méritait pas de se promener dans les rues de sa ville, avait-elle décidé. Elle allait donc faire d'une pierre deux coups.

Elle avait injecté suffisamment d'extrait de jusquiame à l'intérieur de la saucisse pour lui régler son compte. Puis elle avait déposé la saucisse empoisonnée sur la promenade, à la hauteur du bâtiment fortifié datant de la dernière guerre. Ce morfal de chien ne pourrait pas la manquer car il levait tous les jours la patte à cet endroit précis. Quand un chien comme

186

celui-là avait un morceau de choix entre les dents, personne ne se risquait à le lui enlever. Elle n'imaginait certes pas que son propriétaire se soucierait de le faire. Il n'était pas du genre à vérifier où son clebs fourrait sa truffe.

Elle n'eut que quelques minutes à attendre avant de voir le monstre tracter son maître dans l'allée piétonne de Peblinge Dossering. Dix secondes plus tard, il flairait la saucisse et l'avalait. D'après ce qu'elle pouvait voir à cette distance, il n'avait même pas pris la peine de la mâcher.

Lorsqu'ils passèrent à sa hauteur, elle vérifia l'heure sur sa montre-bracelet et les suivit en boitant.

Elle savait que le punk ne ferait pas le grand circuit autour des quatre lacs, mais cela suffirait. Il fallait environ un quart d'heure pour faire le tour de Peblingesø à l'allure où ils marchaient, et vu la concentration de la mixture qu'elle avait préparée, c'était plus qu'il n'en fallait.

Dès la traversée du pont de Dronning-Louise, le chien commença à ne plus très bien savoir où il allait. Son maître dut tirer violemment sur sa laisse à plusieurs reprises, et le chien, têtu, tira dans la direction opposée.

De l'autre côté du pont, le type descendit sur le chemin qui longeait la berge et il se mit à engueuler l'animal, pensant qu'il se montrait indiscipliné. Il cessa de crier quand la bête grogna et se tourna vers lui en montrant les crocs.

Le chien et son maître restèrent ainsi, face à face, sans bouger, pendant une ou deux minutes, tandis que Nete s'arrêtait, le dos appuyé au parapet du pont, comme si elle était fascinée par le spectacle qu'offraient

187

les lacs et le grand bâtiment blanc du Søpavillon. En réalité, l'objet de sa fascination était tout autre. Du coin de l'œil elle venait de voir le chien se poser lourdement sur son arrière-train et jeter des regards affolés autour de lui, comme s'il était désorienté. Sa langue pendait hors de sa bouche, il avait soif. Un autre effet du produit.

Dans une seconde il va se jeter à l'eau pour boire, se dit-elle. Mais elle faisait erreur. Ce stade-là était déjà dépassé.

Ce ne fut que lorsque le chien se coucha sur le flanc, respirant péniblement, et qu'il s'immobilisa complètement, que l'imbécile à l'autre bout de la laisse réalisa qu'il y avait un sérieux problème.

Avec un visage qui disait à la fois son désarroi et son impuissance, il tira sur la laisse en criant : « Allez, Satan, viens ! » Mais Satan n'irait plus nulle part. La saucisse et le poison en avaient décidé ainsi.

Cela avait pris moins de dix minutes et tout était pour le mieux.

Depuis une heure, elle écoutait de la musique classique à la radio. Elle avait sur elle un effet apaisant et l'aidait à mieux réfléchir. Nete connaissait maintenant l'effet de la jusquiame noire et n'avait plus d'inquiétude à ce sujet. Il fallait espérer que ses invités respecteraient l'heure de leurs rendez-vous. Elle savait qu'ils mordraient à l'hameçon. Dix millions de couronnes, c'est tout de même beaucoup d'argent et personne dans tout le royaume du Danemark ne pouvait ignorer qu'elle était à la tête d'une fortune bien supérieure à ce montant-là. Ils viendront, songeait-elle quand l'émission de musique se termina et céda l'antenne aux informations.

Les nouvelles n'avaient rien de très passionnant. Le ministre des Affaires religieuses était en déplacement en Allemagne de l'Est, et le procès contre l'Israélien qui avait révélé des secrets sur la bombe atomique venait de s'ouvrir.

Nete se levait pour aller préparer son déjeuner dans la cuisine quand elle entendit citer le nom de Curt Wad.

Elle sursauta comme si on l'avait piquée. Puis elle retint son souffle, comme si cela avait pu l'aider à le tenir à distance.

La voix était la même qu'il y avait deux ans. Arrogante, claire et supérieure, mais le discours avait changé.

« Le nom Rene Linier représente bien plus qu'une lutte contre la mollesse de la société sur les questions d'immigration. Nous nous intéressons également aux naissances dans ses couches les plus basses et les plus vulnérables. Car les enfants nés de cas sociaux, qu'ils soient attardés de naissance ou devenus toxicomanes par la suite, ont en commun d'avoir reçu un bagage génétique qui les pousse à vivre dans la marginalité. Ils représentent un problème majeur avec lequel nous nous battons quotidiennement dans ce pays et qui nous coûte des milliards de couronnes », disait Curt Wad sans laisser au journaliste la moindre chance de placer un mot. « Imaginez les économies que ferait ce pays si les criminels n'étaient plus autorisés à procréer. L'aide sociale deviendrait quasiment inutile. Les prisons seraient vides. Imaginez que nous n'ayons plus à verser des pensions colossales à tous ces immigrés au chômage qui, par commodité, plongent les deux mains dans les caisses de l'État, ramènent ici toute leur famille et envahissent nos écoles avec leurs enfants qui ne comprennent ni notre langue ni notre culture. Des enfants qui sont obligés de vivre d'un quignon de pain et d'un peu d'eau fraîche parce que leurs parents n'ont que l'aide sociale pour subsister. Quel progrès ce serait si ces familles n'avaient plus le droit de mettre au monde des enfants aux besoins desquels ils sont incapables de subvenir ! Car il s'agit de… »

Nete cessa d'écouter. Elle s'assit lourdement sur la chaise et son regard se perdit au-dessus de la cime des châtaigniers.

Elle était sous le choc. Quel homme pouvait s'octroyer le pouvoir de décider qui avait le droit de vivre ou de mourir ?

Curt Wad, bien sûr.

Pendant quelques minutes elle crut qu'elle allait vomir.

Nete était debout devant son père. Il avait une expression sombre qu'elle ne lui avait jamais vue. Sombre et amère.

« Pendant toute ta scolarité, je t'ai défendue, tu le sais, Nete ? »

Elle hocha la tête. Oui. Elle le savait parfaitement. Elle ne comptait plus le nombre de fois où ils avaient été convoqués dans le bureau obscur et où son père s'était insurgé contre les menaces de l'inspecteur et de l'institutrice, avant de se calmer assez pour écouter leurs accusations et promettre en son nom qu'elle était désolée et qu'elle s'amenderait. Il jurait qu'il allait lui

inculquer le respect de Dieu, qu'il l'obligerait à surveiller son langage et veillerait à ce qu'elle apprenne
à mieux se tenir.

Mais la petite fille ne comprenait pas pourquoi elle
n'avait pas le droit de dire des gros mots, ni pourquoi
c'était mal d'évoquer les choses que les mâles et les
femelles font ensemble alors qu'à la ferme, c'était
naturel.

« Ils disent que tu es bête et que tu dis des cochon-
neries. Ils disent aussi que tu souilles tout ce que tu
touches, lui expliqua son père. On t'a renvoyée de
l'école et j'ai dû trouver une dame pour te faire la
classe à la maison, malgré le prix que ça me coûte. Si
au moins tu avais appris à lire ! Mais même ça tu en
as été incapable. Tout le monde me regarde avec
mépris. Je suis devenu le fermier dont la fille désho-
nore le village. Le pasteur, l'école, tout le monde t'a
rejetée, et moi aussi par la même occasion. Tu n'as
même pas fait ta confirmation et te voilà déjà enceinte.
Et en plus tu prétends que c'est ton cousin qui t'a
engrossée.

— Je le prétends parce que c'est vrai. On l'a fait
ensemble.

— Ce n'est pas possible, Nete ! Tage dit qu'il ne
t'a jamais touchée. Alors c'est qui ?

— C'est Tage. Et moi. C'est tous les deux.

— Agenouille-toi, Nete.

— Mais…

— Maintenant ! »

Elle fit ce que son père lui ordonnait et le regarda
faire deux grands pas pour aller chercher un sac posé
sur la table.

« Tiens », dit-il en versant sur le sol devant elle la valeur d'une tasse de grains de riz. « Mange ! »

Il posa une carafe d'eau à côté du petit monticule de riz. « Et bois ! »

Elle regarda autour d'elle dans la pièce. Le portrait de sa mère, mince et souriante dans sa robe de mariée, le meuble vitré qui contenait la vaisselle, l'horloge sur le mur, depuis longtemps arrêtée. Rien dans cette pièce ne lui apportait de consolation. Il n'y avait pas d'issue.

« Tu vas me dire avec qui tu as forniqué, Nete, ou tu vas manger ça.

— Avec Tage. Seulement avec Tage.

— Avale ! » dit-il en lui enfonçant de force dans la bouche la première poignée de riz, d'une main tremblante.

Les grains lui arrachaient la gorge, malgré toute l'eau qu'elle but ensuite. Et la deuxième bouchée lui fit encore plus mal que la première. Elle regardait à travers ses larmes les petits grains pointus et acérés, en tas par terre comme un petit monticule de sucre.

Lorsqu'elle vit son père cacher son visage dans ses mains en pleurant, la suppliant de lui avouer qui l'avait mise enceinte, elle se leva si brusquement que la carafe se renversa et se brisa. Elle courut jusqu'à la porte à demi-vantail, et elle s'enfuit. Dehors elle se sentait en sécurité, rapide et légère. Et elle connaissait les alentours comme sa poche.

Elle entendit son père l'appeler puis ses cris s'éloignèrent, mais elle continua à courir sans se retourner. Elle ne s'arrêta que lorsque les grains de riz se mirent à absorber des sucs gastriques et du liquide au fond de son estomac ballonné. Elle jeta la tête en arrière sous l'effet de la douleur, et tâcha de reprendre son souffle.

« C'était Taaaagggee ! » hurla-t-elle, et son cri alla se perdre dans les roseaux et sur l'eau de la rivière. Elle tomba à genoux, enfonçant ses poings aussi fort qu'elle le pouvait dans son abdomen. La douleur céda un peu mais son ventre continuait de se dilater. Elle eut un spasme et mit deux doigts dans sa gorge, en vain.

« C'était Tage, maman, dis-le à papa, s'il te plaît ! » pria-t-elle en pleurant, les yeux levés vers le ciel. Mais ce ne fut pas sa mère qui la regarda de là-haut. Seulement, sur la rive, un groupe de garçons armés de cannes à pêche.

« Tiens, voilà Nete la salope », s'exclama l'un d'eux.

« Nete-la-saloope, Nete-la-saloope », entonnèrent les autres en chœur.

Elle ferma les yeux. Elle avait mal partout. À l'estomac et au bas-ventre. À d'autres endroits de son corps aussi, dont elle ignorait l'existence jusqu'ici. Pour la première fois elle sentit la douleur sourde qui martelait sa tête au-dessus de l'œil, elle sentit l'odeur de sa propre transpiration. Et un cri voulut sortir de chaque parcelle de son corps pour chasser la douleur et lui rendre son intégrité.

Elle avait beau en avoir envie, elle fut incapable de crier. Incapable aussi de répondre à ces garçons quand ils lui demandèrent de lever sa jupe pour qu'ils puissent voir encore une fois ce qu'elle avait dessous.

Elle entendait la note d'espoir dans leur voix. Et à cet instant, elle les reconnut pour ce qu'ils étaient : des gamins stupides et ignorants qui avaient passé leur vie à faire ce que leurs pères attendaient d'eux et rien d'autre. Son silence les mit en colère mais il leur fit honte aussi, et la honte était le pire sentiment dans lequel on pouvait les plonger.

« C'est une truie », cria l'un. « Il faut la jeter dans la rivière pour la laver. »

Et sans attendre ils la saisirent par les bras, les jambes et la taille et la jetèrent dans l'eau de toutes leurs forces.

Tous entendirent le choc quand elle atterrit sur le ventre contre une pierre et ils la regardèrent depuis la berge agiter les bras tandis que le sang colorait l'eau en rouge entre ses jambes.

Mais aucun d'entre eux ne réagit, ou plutôt, tous réagirent de la même façon. Ils s'enfuirent en courant.

Et enfin, au milieu de la rivière, le hurlement de Nete sortit de sa gorge.

Son cri ne fut pas inutile car il guida son père vers elle. Il la sortit de l'eau et la ramena à la maison dans ses bras forts qui se firent tendres. Il avait remarqué le sang, lui aussi, et comprenait qu'à présent il devait la protéger.

Il la mit au lit et posa des linges humides et froids entre ses cuisses. Lui demanda pardon d'avoir été aussi dur avec elle. Elle resta muette.

Les douleurs dans sa tête, son estomac, son bas-ventre rendaient toute parole impossible.

Elle n'eut plus jamais à prononcer le nom de celui qui lui avait fait un enfant car, de toute évidence, il n'y avait plus d'enfant. Sa mère aussi avait fait des fausses couches, Nete le savait, et les symptômes qu'elle ressentait ne laissaient aucune place au doute.

Dans la soirée, quand le front de sa fille devint brûlant, son père appela le docteur Wad. Une heure plus tard, celui-ci arriva accompagné de son fils Curt. Ils étaient apparemment déjà au courant de l'état de Nete. Le médecin se borna à constater qu'elle s'était montrée imprudente et qu'elle était tombée dans la rivière. C'est ce qu'on lui avait raconté et, après avoir ausculté la patiente, il confirma que c'était ainsi que les choses s'étaient passées. Il était regrettable que la fille ait saigné, ajouta-t-il avant de demander au père si elle était enceinte. Il n'avait même pas pris la peine de vérifier.

Elle avait vu le visage de son père quand il avait secoué la tête pour nier l'évidence, paralysé par la honte et l'impuissance.

« Elle est mineure, ce serait illégal », avait dit son père tout bas. « Non, bien sûr que non. Il n'y a aucune raison de prévenir la police. Il s'agit d'un accident. »

« Tu t'en remettras », avait dit le fils du docteur Wad à Nete, en caressant son bras beaucoup plus longtemps qu'il n'était nécessaire et en effleurant discrètement ses petits seins du bout des doigts.

Ce fut la première fois qu'elle rencontra Curt Wad et ce jour-là déjà, il la mit mal à l'aise.

Après leur départ, son père la regarda longuement avant de prendre son courage à deux mains et de décider de détruire leur vie à tous les deux.

« Je ne peux pas te garder avec moi, Nete. Nous allons devoir te trouver une famille d'accueil. J'irai voir les services sociaux demain. »

Quand l'interview de Curt Wad fut terminée, Nete resta un long moment assise sur sa chaise, les sourcils froncés, au milieu de son salon. Même la diffusion du

Printemps en Fionie du compositeur Carl Nielsen et les Préludes de Bach ne parvinrent pas à lui faire retrouver son calme.

On avait permis à une bête immonde de s'exprimer sur les ondes. En dépit des tentatives du journaliste pour l'interrompre, il était parvenu au bout de son discours et avait exposé son monstrueux programme avec habileté.

Non seulement il défendait encore aujourd'hui les idées qu'il avait jadis, mais elles étaient maintenant si bien étayées que Nete en était épouvantée. Curt Wad annonçait haut et fort la nature du combat mené par son organisation, qui rappelait odieusement une époque qu'on croyait révolue. Une époque où les gens levaient le bras à l'horizontale en criant *heil*, claquaient des talons et tuaient en masse au nom de leur conviction insensée que certaines personnes valaient mieux que d'autres et qu'on avait le droit de trier les êtres humains en deux catégories : ceux qui méritaient de vivre et les autres.

Il fallait à tout prix que le monstre morde à l'hameçon.

Elle tremblait des pieds à la tête quand elle réussit enfin à trouver son numéro de téléphone, et elle dut s'y reprendre à plusieurs fois avant de composer les bons chiffres sur le cadran.

Elle recommença à trois reprises parce que la ligne était occupée. Elle ne devait pas être la seule à avoir entendu l'interview. Elle espérait que les gens qui appelaient cet homme haïssaient autant qu'elle ce qu'il incarnait.

Au ton de sa voix quand il décrocha enfin, elle sut que malheureusement ce n'était pas le cas.

« Ici Curt Wad et la permanence de Rene Linier »,
répondit-il gaiement.

Lorsqu'elle se fut présentée, il lui demanda d'un ton
outragé de quel droit elle osait l'importuner, d'abord
par écrit et maintenant par son appel.

Alors qu'il allait lui raccrocher au nez, elle rassembla tout son courage et dit très calmement :

« Je suis mourante et je voulais que vous sachiez
que je suis en paix aujourd'hui avec ce qui s'est passé
entre nous. Je vous ai envoyé une lettre pour vous dire
que je mettais à votre disposition une importante
somme d'argent, pour vous-même ou les groupes que
vous représentez. Je ne sais pas si vous l'avez lue mais
je vous conseille vivement de prendre le temps de le
faire et de bien réfléchir à son contenu. Faites vite car
le temps m'est compté. »

Puis elle raccrocha, tout doucement, et elle tourna
les yeux vers le flacon de poison tandis que la
migraine éclatait dans sa tête.

Plus que cinq jours.

15

Carl se réveilla en sursaut, un parfum musqué dans les narines, et découvrit à quelques centimètres de son visage une paire d'yeux ronds et interrogateurs et un paillasson hirsute de poils de barbe.

« Tenez, chef », dit Assad en lui tendant un verre rempli d'un liquide bouillant et fumant.

Carl recula brusquement la tête et sentit le torticolis lui vriller la nuque comme si on lui avait enfoncé une vis à la base du crâne pendant son sommeil. Dieu ! que ce thé pouvait schlinguer.

Il regarda autour de lui et se souvint de l'heure tardive à laquelle ils s'étaient arrêtés cette nuit et à quel point il lui avait paru insurmontable de reprendre la route pour rentrer. Il renifla ses aisselles et regretta d'avoir pris la mauvaise décision.

« Authentique thé en provenance d'Ar Raqqah, lui annonça Assad d'une voix enrouée.

— Ar Raqqah, voyez-vous ça ! dit Carl. Pas très appétissant comme nom ! Tu es sûr que ce n'est pas le nom d'une maladie ? Un truc qu'on attrape à la gorge par exemple ? »

Assad sourit. « Ar Raqqah est une jolie ville au bord de l'Euphrate, alors.

— De l'Euphrate ? Je ne savais pas qu'on trouvait du thé au bord de l'Euphrate ! Et dans quel pays, si ce n'est pas trop te demander ?

— En Syrie, évidemment. » Assad versa deux louches de sucre en poudre dans le verre de Carl.

« Je ne crois pas qu'on cultive du thé en Syrie, Assad.

— C'est du thé aux herbes, chef. C'est parce que vous avez beaucoup toussé cette nuit, alors ! »

Carl fit quelques étirements pour décontracter sa nuque mais cela n'arrangea pas les choses, au contraire. « Rose est rentrée chez elle ?

— Non. Elle a passé la nuit à faire des allers-retours aux toilettes. C'est son tour maintenant, alors.

— Elle avait l'air d'aller bien hier soir.

— Eh bien, elle ne va plus bien du tout maintenant.

— Et où est-elle en ce moment ? » Il espérait qu'elle était très loin d'ici.

« Elle est allée à la Bibliothèque royale pour trouver des livres sur Sprogø. Entre deux passages aux toilettes, elle a cherché des renseignements sur Internet. Tenez, voilà quelques pages qu'elle a imprimées. » Assad lui tendit une liasse de documents agrafés les uns aux autres.

« Tu me laisses deux minutes pour me passer de l'eau sur la figure, Assad ?

— Oui, si vous voulez, chef. Pendant que vous lirez, je vous conseille de goûter ces trucs, alors. Je les ai achetés au même endroit que le thé. Ils sont très, très, très bons. »

Il doit y avoir un ou deux « très » en trop dans sa phrase, se dit Carl en consultant l'étiquette du paquet, couverte de caractères arabes et illustrée par un biscuit que même un marin naufragé aurait hésité à manger.

« Non, merci », dit-il en se dirigeant vers la salle d'eau pour prendre une douche. Il trouverait un plan B pour le petit déjeuner. Lis, au deuxième étage, aurait bien quelques douceurs dans son tiroir.

Ça valait le coup d'attaquer les marches pour vérifier, en tout cas.

« Ah ! C'est bien que tu sois monté, Carl. » La secrétaire l'accueillit en dévoilant dans un sourire craquant ses dents qui se chevauchaient un peu. « J'ai retrouvé la trace de ton cousin Ronny et je peux te dire que ça n'a pas été une mince affaire. Ce type change d'adresse comme d'autres changent de pyjama. »

Carl pensa aux deux T-shirts délavés qu'il mettait alternativement pour dormir puis s'efforça de chasser l'image de sa tête. « Et où se trouve-t-il en ce moment ? » demanda-t-il en tâchant de se montrer plus indifférent qu'il ne l'était.

« Il vit en sous-location dans un appartement à Vanløse. Je te donne son numéro de téléphone. C'est un portable à carte, pour info. »

Ça alors ! Il passait tous les jours par Vanløse pour venir travailler et rentrer chez lui. Le monde est petit.

« Le cerbère n'est pas là ? Elle est malade, elle aussi ? » s'enquit-il en désignant le poste de Mme Sørensen.

« Tu rigoles ! Elle est plus solide que ça ! » Lis fit un geste circulaire pour montrer les bureaux désertés. « Pas comme toutes ces petites natures qui se prennent pour des mecs ! Cat s'est absentée pour assister à son dernier jour de stage en ingénierie linguistique. »

Cat ! Mme Sørensen ne pouvait pas s'appeler Cat !

« C'est Mme Sørensen que tu appelles Cat ? »

Lis acquiesça. « Catarina en fait, mais elle préfère qu'on l'appelle Cat. »

Carl retourna dans son cher sous-sol en titubant.

Au deuxième étage, tout partait à vau-l'eau.

« Vous avez lu les articles que j'ai imprimés ? » lui demanda Rose dès qu'elle l'aperçut. Elle avait une sale tête, effectivement.

« Non, je suis désolé. Tu ne crois pas que tu devrais rentrer, Rose ?

— Plus tard. Je veux vous faire voir quelque chose avant.

— Ça m'aurait étonné. C'est quoi, alors, cette histoire avec l'île de Sprogø ?

— Gitte Charles et Rita Nielsen y étaient en même temps.

— Et alors ? » Il fit comme s'il ne comprenait pas ce que cela impliquait, alors qu'en réalité il était impressionné. C'était du beau travail d'investigation, et ils le savaient tous les deux.

« Elles se connaissaient forcément, poursuivit-elle. Gitte Charles faisait partie du personnel, là-bas, et Rita Nielsen était une des détenues.

— "Détenue" ? Qu'est-ce que tu entends par là ?

— Vous ne savez pas grand-chose sur Sprogø, n'est-ce pas, Carl ?

— Je sais que c'est une île entre le Seeland et la Fionie, au-dessus de laquelle passe le pont du Grand Belt et qu'on pouvait la voir depuis le ferry à l'époque où on traversait encore le détroit en bateau. Il y a un phare au milieu, une colline et beaucoup d'herbe.

— Et quelques maisons, vous vous en souvenez, Carl ?

— Exact. Depuis que le pont passe au-dessus de l'île, on les voit distinctement, surtout quand on vient du Seeland. Elles sont jaunes, non ? »

Assad vint les rejoindre. Cette fois, impeccablement peigné et copieusement égratigné au visage. Il allait peut-être falloir lui offrir une nouvelle lame pour son rasoir.

Rose regarda son patron, incrédule. « Vous n'allez pas me dire que vous ne connaissez pas la maison pour femmes qui se trouvait sur cette île, Carl ?

— Si, si, bien sûr. On y internait à une époque des femmes aux mœurs un peu trop légères, non ?

— Oui. Quelque chose comme ça. Je vais vous en dire un peu plus et vous allez m'écouter attentivement. Et toi aussi, Assad. »

Elle leva un doigt à la manière d'une maîtresse d'école. Ils allaient avoir droit à Rose dans toute sa splendeur.

« Tout a commencé en 1923 avec un dénommé Christian Keller, qui était médecin hospitalier. Il avait dirigé pendant plusieurs années diverses institutions pour malades mentaux, entre autres celle de Brejning qui a été rebaptisée l'hôpital Keller. Il faisait partie de ces praticiens tellement convaincus de l'infaillibilité de leur jugement qu'ils se reconnaissaient le droit de désigner et de choisir les individus ne méritant pas d'avoir leur place au sein de la société danoise.

« L'idéologie qui était la sienne, et qui aboutit à la création de la maison pour femmes sur l'île de Sprogø, était fondée sur les principes eugénistes et sur certaines théories d'hygiène sociale ayant cours à cette époque, qui parlaient de « mauvais bagage génétique », de « naissances indésirables d'enfants dégénérés » et autres foutaises.

Assad sourit : « Ah oui, *Eugenik*, je connais le mot. C'est de l'allemand. C'est quand on coupe les testicules aux petits garçons pour qu'ils aient une voix aiguë quand ils chantent. Il y en avait plein autrefois dans les harems au Moyen-Orient.

— Tu parles des eunuques, là, Assad », le corrigea Carl avant de remarquer son air hilare. Comme s'il ne le savait pas !

« Je plaisantais, chef, alors. J'ai regardé dans le dictionnaire cette nuit. *Eugenik* vient du grec et je sais que ça signifie "bien naître". C'est une théorie qui consiste à classer les gens selon leur origine et leur milieu. » Il donna une tape amicale sur l'épaule de Carl. De toute évidence il en savait bien plus que lui à ce sujet.

Mais le sourire d'Assad disparut aussitôt. « Et vous savez quoi ? Je déteste cette théorie, dit-il. Je ne supporte pas que certains se croient meilleurs que d'autres. Les races supérieures et tout ça. Dire des gens qu'ils ont plus ou moins de valeur. » Il regardait Carl droit dans les yeux. C'était la première fois qu'Assad abordait ce genre de sujet.

« Mais dans un sens, c'est ce qu'on fait tous, non ? » reprit-il comme s'il réfléchissait à voix haute. « On essaye de devenir meilleur que son voisin. »

Carl hocha la tête. Assad avait été victime de discrimination raciale, donc. Oui, c'était évident.

« En réalité, ces soi-disant médecins étaient des charlatans, poursuivit Rose. Ils ne savaient rien du tout. Il suffisait qu'une femme ait eu un comportement inadapté pour qu'elle soit immédiatement montrée du doigt. En particulier les femmes un peu olé olé, si vous voyez ce que je veux dire. On les taxait d'amoralité sexuelle et on considérait qu'elles constituaient un risque pour la société parce qu'elles propageaient des maladies vénériennes et mettaient au monde des enfants dégénérés. Alors on les enfermait à Sprogø sans procès pour une durée indéterminée. Les médecins pensaient apparemment que c'était à la fois leur droit et leur devoir, étant donné qu'ils représentaient la norme et que ces femmes la transgressaient. »

Rose se tut quelques instants pour donner plus de poids à la suite de son exposé.

« Pour moi il ne s'agissait de rien d'autre que de médecins à l'esprit étriqué, ancrés dans leur phari-saïsme et leur souveraineté, qui volaient au secours des collectivités locales dès qu'elles voulaient se débarrasser d'une femme dont le comportement indis-posait les bourgeois comme il faut et allait à l'encontre de leurs principes. Et ce faisant, ces médecins se sub-stituaient à Dieu. »

Carl hocha la tête. « Oui, ou au diable. Mais pour être honnête, j'ai toujours cru que les femmes de Sprogø étaient des attardées mentales. Non que cela excuse le traitement qu'on leur infligeait, s'empressa-t-il d'ajouter. Au contraire.

– Tss… Attardées mentales, railla Rose. C'est ce qu'on prétendait, bien sûr. Et elles l'étaient sans doute au regard des tests d'intelligence ridicules et primitifs que leur faisaient passer les psychiatres. Mais qui étaient-ils pour juger de l'intelligence de femmes qui avaient peut-être passé leur vie entière sans jamais bénéficier de la moindre stimulation intellectuelle ? La plupart étaient des cas sociaux, et rien d'autre, et on les traitait comme des criminelles et des êtres inférieurs. Parmi elles il y en avait forcément qui étaient un peu moins intelligentes, voir simplettes, mais pas toutes, loin s'en faut. Et à ma connaissance, il n'est pas illégal au Danemark d'être stupide, sinon il n'y aurait plus personne au gouvernement. Ils seraient tous enfermés à l'heure qu'il est. Ce que ces gens ont fait est une intolérable atteinte à la personne. La Commission des droits de l'homme et Amnesty International ne leur auraient certainement pas donné une médaille. Et ces abus ont encore cours aujourd'hui, je vous signale. Il n'y a qu'à voir tous ces malheureux à qui on met des camisoles de force, qu'on abrutit avec des psychotropes et autres médicaments de merde pour qu'ils se tiennent tranquilles dans les services d'HP où on les laisse croupir jusqu'à la fin de leurs jours. Ou à qui on enlève leurs droits civiques sous prétexte qu'ils ne savent pas répondre à des questions ridicules. » Rose cracha littéralement la dernière phrase.

Soit elle a un petit retard de sommeil, soit elle va avoir ses règles, se dit Carl, tout en fouillant dans sa poche pour attraper les biscuits que lui avait donnés Lis.

Il en proposa un à Rose mais elle secoua la tête. Ah oui, elle avait mal au ventre, c'est vrai. Il tendit un biscuit à Assad mais il n'était pas preneur non plus. Tant mieux, il y en aurait plus pour lui.

« Sprogø était un endroit d'où les femmes ne pouvaient pas s'échapper, vous le saviez, Carl ? C'était carrément l'antichambre de l'enfer. Les femmes étaient considérées comme des malades mais elles ne recevaient aucun soin, vu qu'elles ne se trouvaient pas dans un hôpital. Il ne s'agissait pas non plus d'une prison, donc pas de dates de sortie déterminées. Certaines ont passé leur vie entière là-bas, coupées du monde extérieur et de leur famille. Et cet établissement existait encore en 1961. Vous vous rendez compte, Carl, que ça s'est passé à votre époque ? » Rose, avec son sens exacerbé de la justice, était manifestement révoltée.

Il était sur le point de la contredire mais il réalisa qu'elle avait raison. Tout cela s'était passé à son époque, très exactement. Et il devait admettre qu'il y avait de quoi être choqué.

« OK, acquiesça-t-il. Ce Christian Keller déportait donc ces femmes à Sprogø parce qu'il ne les jugeait pas aptes à vivre normalement en société, c'est bien ça ? Et c'est pour cette raison que Rita Nielsen a atterri là-bas ?

— Oui, putain. J'ai lu des articles sur ces monstres toute la nuit. Sur Keller et sur Wildenskov qui a dirigé Brejning après lui. Ces deux-là ont régné en maîtres entre 1923 et 1959, soit deux ans avant la fermeture de l'établissement, et au cours de ces presque trente années, mille cinq cents femmes y ont été internées sans savoir si elles en ressortiraient un jour. Et je peux vous dire que cela n'avait rien d'un séjour paradisiaque. Elles étaient maltraitées, elles travaillaient dur. Elles étaient menées à la baguette et brutalisées quotidiennement par un personnel sans qualification qui considérait ces *filles*, ainsi qu'on les appelait là-bas, comme des êtres inférieurs. Elles étaient surveillées nuit et jour. Il y avait des cellules où l'on mettait à l'isolement celles qui refusaient de marcher au pas. Elles pouvaient y rester des jours et des jours. Si l'une de ces filles nourrissait quelque espoir de partir un jour de Sprogø, il fallait de toute façon qu'elle accepte d'abord d'être stérilisée. Stérilisée de force ! On leur enlevait tout, Carl ! Excision et hystérectomie ! » Elle secoua violemment la tête en donnant un grand coup de pied dans le mur. « C'est du délire !

— Tu es sûre que ça va, Rose ? » s'assura gentiment Assad en posant une main sur son bras.

« Je trouve que c'est le pire abus de pouvoir qu'on puisse imaginer, franchement », dit-elle avec une expression que Carl ne lui avait jamais vue. « Être condamnée à pourrir sur une île déserte… Les Danois ne sont pas mieux que leurs pires ennemis, s'exclama-t-elle avec rage. Nous ne sommes pas mieux que ces types qui lapident les femmes, ou que les nazis qui tuaient les handicapés mentaux et les simples d'esprit. Vous n'allez pas me dire que ce qui a eu lieu à Sprogø n'est pas comparable aux prétendus asiles d'aliénés où l'on enfermait les dissidents soviétiques, ou encore aux "centres de soins" pour handicapés mentaux en Roumanie ? Il s'est passé exactement la même chose chez nous. Nous ne valons pas mieux qu'eux ! »

Sur ce, elle tourna les talons et disparut dans les toilettes. Ses problèmes d'entérite ne devaient pas être entièrement résolus.

« Nom de Dieu ! s'exclama Carl.

— Oui, elle était assez remontée sur cette histoire de Sprogø, cette nuit », commenta Assad à voix basse pour ne pas que Rose l'entende. « Elle a réagi un peu fort, je trouve. Je ne serais pas étonné qu'elle nous envoie bientôt Yrsa à sa place, alors. »

Carl ferma les yeux. Un soupçon qui l'avait souvent effleuré lui revenait à l'esprit, et cette fois plus que jamais. « Est-ce que tu crois que Rose a subi ce genre de traitement, Assad ? C'est ça que tu essayes de me dire ? »

Son assistant haussa les épaules. « Je dis juste qu'elle ressemble à quelqu'un qui a un caillou dans sa chaussure. »

Carl hésita quelques secondes, les yeux fixés sur le téléphone, avant de décrocher le combiné pour appeler son cousin Ronny.

Quand il jugea qu'il avait laissé sonner assez longtemps, il raccrocha brusquement, attendit douze secondes et composa le numéro de nouveau.

« Allô ! » répondit une voix usée et lasse, altérée par l'âge, l'alcool et des rythmes de sommeil erratiques.

« Salut, Ronny », dit Carl.

Pas de réponse.

« Carl à l'appareil. »

Toujours pas de réponse.

Il parla d'abord un peu plus fort puis cria carrément son nom dans le combiné, ce qui eut pour effet de déclencher enfin un peu d'activité à l'autre bout de la ligne : une respiration suivie d'une toux grasse due à la montagne de mégots qui gisaient probablement dans le cendrier de son interlocuteur.

« Tu m'as dit que tu étais qui ? dit enfin Ronny.

— Carl, ton cousin Carl. Ça fait un bail, Ronny. »

Une nouvelle quinte de toux obligea Carl à écarter le combiné de son oreille. « Ça va pas bien de m'appeler à une heure pareille ! Il est quelle heure, au fait ? »

Carl consulta sa montre. « Neuf heures et quart.

— Neuf heures et quart ! Mais t'es complètement marteau ! Je n'ai pas eu de tes nouvelles pendant dix ans, et tu m'appelles à neuf heures du mat' ! » Et il raccrocha.

Rien de nouveau sous le soleil. Carl voyait ça d'ici. Il l'imagina à poil, à part les chaussettes qu'il ne retirait jamais, avec les ongles longs et une barbe clairsemée lui recouvrant la moitié du visage. C'était un homme de forte corpulence qui, où qu'il se trouve dans le monde, occultait la lumière du soleil et préférait vivre dans le noir. Il n'était pas le genre de type à se rendre en Thaïlande pour soigner son bronzage.

Ronny le rappela moins de dix minutes plus tard.

« C'est quoi ce numéro, Carl ? Tu m'appelles d'où ?

— De mon bureau à l'hôtel de police.

— Quelle horreur.

— On m'a rapporté des choses te concernant, Ronny. Il faut qu'on ait une petite discussion tous les deux, d'accord ?

— On t'a dit quoi ?

— Il paraît que tu racontes des trucs à propos de la mort de ton père dans les bars louches que tu fréquentes un peu partout dans le monde, et on dit que tu me mêles à tes histoires.

— Qui est-ce qui t'a raconté ça, bordel ?

— Des flics, comme moi.

— C'est des conneries.

— Tu pourrais venir ici ?

— Moi chez les poulets ! T'as pété un câble ? Tu ne serais pas devenu un peu sénile depuis la dernière fois qu'on s'est vus ? Nan… si on doit absolument se voir, il faut que ça vaille le coup. »

Carl savait que Ronny allait maintenant lui proposer un rendez-vous dans un endroit où il pourrait boire à ses frais. Il avait raison.

« T'as qu'à me payer une bière et un sandwich au Tivoli Hall. C'est tout près de ton bureau.

— Jamais entendu parler.

— Mais si. C'est juste en face du Rio Bravo. Le Rio Bravo, tu connais ? Le pub à l'angle de Stormgade ! »

S'il savait que Carl fréquentait le Rio Bravo, pourquoi ne lui donnait-il pas rendez-vous là-bas, ce bouffon ?

Ils convinrent d'une heure pour se retrouver et, après avoir raccroché, Carl passa plusieurs minutes à se demander ce qu'il allait pouvoir dire à ce crétin pour qu'il comprenne bien le message.

Ça doit être Mona, se dit-il quand le téléphone sonna à nouveau. Il leva les yeux vers l'horloge. Neuf heures et demie. Elle était tout à fait capable de l'appeler à cette heure-là. Rien qu'à l'idée d'entendre sa voix, il eut des papillons dans le ventre.

« Ooouii », dit-il. La voix qui lui répondit n'avait rien de sexy et n'appartenait certainement pas à Mona. Elle lui fit un peu l'effet d'un doigt d'honneur brandi juste sous son nez.

« Tu pourrais monter ici une minute, Carl ? » Il s'agissait de Tomas Laursen, le technicien de la police scientifique le plus talentueux que Carl ait connu, jusqu'à ce qu'un jour il abandonne son poste à cause d'un ras le bol du métier et d'une grosse somme gagnée au loto, qu'il avait ensuite dilapidée dans des placements hasardeux. Maintenant il était devenu le gérant hors pair de la cantine du quatrième étage, où l'on mangeait fort bien si on en croyait la rumeur, et il était grand temps que Carl traîne sa carcasse là-haut.

Et pourquoi pas tout de suite ?

« C'est à quel sujet, Thomas ?

— Le cadavre retrouvé hier à Amager. »

La salle était toujours aussi bondée, seul point commun avec la cantine d'autrefois, que la direction de la police s'était enfin décidée à moderniser.

« Tu vas bien ? » demanda Carl à l'homme massif qui lui répondit par une sorte de hochement de tête oblique.

« Je crois que je ne suis pas près de finir de payer la Ferrari que je viens de commander », lança-t-il avec un sourire en coin, entraînant Carl avec lui dans la cuisine.

Son sourire s'effaça aussitôt. « Tu t'étais déjà aperçu à quel point les gens peuvent être bavards quand ils mangent, Carl ? » dit-il sur le ton de la confidence. « Moi, il a fallu que j'arrive ici pour m'en rendre compte. »

Il décapsula une bière et la tendit à Carl sans lui demander son avis.

« Dis-moi, Carl. Il paraît que Bak et toi, vous vous êtes disputés à propos de l'affaire d'Amager, c'est vrai ou pas ? »

Carl but une gorgée de sa bière. Il avait un certain nombre de couleuvres à faire descendre. « Nous nous bouffons le nez pour un tas de raisons, Bak et moi, mais pourquoi cette question ?

— Bak est venu manger ici et il a laissé entendre devant plusieurs de ses anciens collègues qu'il y avait quelque chose de pas très clair dans la façon dont tu avais survécu à la fusillade dans cette baraque à Amager où Anker est mort et où Hardy est devenu tétraplégique. Il dit que tu as fait semblant de t'être fait tirer dessus. Il prétend que la blessure que tu as reçue à la tempe était trop superficielle pour te faire perdre connaissance et que ce n'était pas difficile de se l'infliger à bout portant.

— Quel connard. Il a dû venir raconter ses conneries juste avant que je lui donne un coup de main sur une affaire où sa sœur s'est fait agresser. Quel salopard d'ingrat de trou-du-cul de mes deux ! Et on peut savoir qui continue de colporter ces saloperies ? »

Laursen secoua la tête. Il ne dénoncerait personne. Ici, les gens devaient se sentir libres de casser du sucre sur le dos de qui ils voulaient. Sur le principe, Carl s'en fichait, tant qu'il n'en faisait pas les frais.

« Je crains qu'il y ait pas mal de monde dans cette cantine qui pense que Bak dit la vérité. Mais ce n'est pas tout, Carl.

— Quoi encore ? » Carl posa sa bouteille sur l'un des réfrigérateurs. Il n'avait pas envie de sentir la bière quand il allait affronter le chef de la Crim tout à l'heure.

« La police scientifique a trouvé plusieurs indices dans les poches du cadavre hier. Notamment une pièce qui était allée se glisser entre les plis de ses fringues. Une pièce d'une couronne pour être exact. En réalité, ils ont trouvé cinq pièces danoises dans sa poche, mais celle-là était la plus récente.

— De quand datait-elle ?

— Elle n'était pas très vieille. 2006. Le cadavre ne devait pas être là depuis plus de quatre ans. Mais ce n'est pas tout.

— Je t'écoute. Quoi d'autre ?

— Deux pièces étaient enveloppées dans du film alimentaire et sur le film on a relevé des empreintes. L'index de la main droite de deux individus distincts.

— OK. Et ça a donné quelque chose ?

— Oui. Les empreintes étaient nettes et très bien conservées. Le fait d'avoir mis ces pièces dans du film plastique était sûrement délibéré.

— Et on a pu trouver à qui elles appartenaient ?

— L'une d'elles était celle d'Anker Henningsen. »

Carl ouvrit de grands yeux. Il se souvint de l'expression soupçonneuse de Hardy et entendit le ton amer sur lequel il avait évoqué l'addiction à la cocaïne de leur coéquipier Anker.

Laursen tendit une autre bière à Carl en le regardant avec une mine affligée.

« L'autre empreinte était la tienne, Carl. »

16

Août 1987

Curt Wad soupesa un instant la lettre de Nete avant de l'ouvrir avec aussi peu d'intérêt que s'il s'était agi d'un prospectus sur quelque nouveau laboratoire pharmaceutique.

Il fut un temps où Nete éveillait ses instincts violents plus que n'importe quelle femme mais il avait traité des douzaines d'autres cas depuis. Alors pourquoi perdre aujourd'hui son temps avec cette paysanne insignifiante ? En quoi son avis et ses pensées pourraient-ils le concerner ?

Il lut la lettre deux fois de suite et la mit de côté avec un sourire.

Voilà que cette petite truie venait lui parler de charité et de pardon. C'était surprenant de sa part. Pourquoi devrait-il croire un seul mot de ce qu'elle lui avait écrit ?

« Bien essayé, Nete Hermansen, dit-il à haute voix. Mais tu me permettras tout de même de procéder à quelques vérifications ! »

Il repoussa le tiroir supérieur de son bureau à fond jusqu'à ce qu'un léger déclic se fasse entendre dans le coin extérieur du plateau qu'il escamota, dévoilant un espace d'un petit centimètre d'épaisseur dans lequel il cachait son carnet d'adresses.

Il l'ouvrit au début, releva un numéro qu'il composa et se présenta.

« J'aurais besoin d'un numéro national d'identité, tu peux me trouver ça ? Il s'agit d'une dénommée Nete Hermansen, sans doute inscrite sous son nom de femme mariée, Rosen. Elle habite au 32 Peblinge Dossering, quatrième étage, dans le quartier de Nørrebro, à Copenhague. Voilà, c'est ça. Tu te souviens d'elle ? Son mari était un type de qualité, bien qu'il ait manqué de jugement dans certains domaines sur la fin de sa vie. Tu as déjà trouvé son numéro ? Chapeau ! C'est du rapide. »

Curt Wad nota le numéro d'identité de Nete Rosen et remercia son interlocuteur. Il l'assura qu'il lui renverrait l'ascenseur à l'occasion. C'était l'usage entre membres de leur confrérie.

Il ouvrit son carnet d'adresses une seconde fois et trouva un deuxième numéro qu'il appela tout en rangeant le répertoire dans sa cachette.

« Salut, Svenne, Curt Wad à l'appareil », dit-il quand son interlocuteur décrocha. « J'aurais besoin d'un renseignement sur Nete Rosen, j'ai son numéro national. D'après ce qu'on m'a dit, elle serait sous traitement dans un hôpital en ce moment. J'aimerais que tu me le confirmes. Oui, à Copenhague, j'imagine. Tu veux savoir de combien de temps tu disposes pour me répondre ? Eh bien, si je pouvais le savoir dès aujourd'hui, ça me ferait plaisir. Tu vas essayer ? Formidable ! Merci beaucoup. »

Ayant terminé de passer ses coups de fil, il s'installa confortablement dans son fauteuil et lut la lettre de

Nete une troisième fois. Elle était étonnamment bien formulée et exempte de fautes d'orthographe. Même la ponctuation était irréprochable. Quelqu'un l'avait forcément aidée à l'écrire, dyslexique, plus ou moins attardée et analphabète comme elle l'était. Elle le prenait vraiment pour un con !

Il réfléchit. Et si c'était l'avocat en question qui l'avait rédigée. Le message disait bien qu'il y aurait un avocat sur les lieux au cas où Curt accepterait l'invitation.

Il rit tout seul. Comme si l'idée l'effleurait une seconde.

« Qu'est-ce qui t'amuse autant, Curt ? »

Il se tourna vers son épouse et répondit :

« Je suis simplement de bonne humeur. »

Quand elle fut à côté de son bureau, il la prit par la taille.

« Tu as de quoi l'être, mon ami, lui dit-elle avec tendresse. Tu t'es bien débrouillé. »

Curt Wad acquiesça. Il était très content de lui, à vrai dire.

Quand le père de Curt avait cessé de travailler, Curt avait repris son cabinet et sa clientèle. Il avait conservé les dossiers des patients de toute une vie, ainsi que divers fichiers d'adhérents, comme celui du Comité contre la débauche et du Danemark aux Danois. Des documents essentiels pour lui, à ne pas mettre entre toutes les mains. Mais son héritage le plus excitant était sans nul doute le privilège de continuer l'œuvre de son père à la tête de La Lutte secrète.

Il ne s'agissait pas seulement de sélectionner des femmes enceintes dont les fœtus ne méritaient pas de vivre. Il avait également la difficile tâche d'enrôler des gens qualifiés pour travailler dans leurs rangs. Des personnes d'une fidélité sans faille envers la société occulte qu'il dirigeait.

Pendant plusieurs années, le cabinet de Curt en Fionie fonctionna parfaitement comme noyau des activités de La Lutte secrète, mais les grossesses indésirables étant de plus en plus concentrées autour de la capitale, Curt prit un jour la décision de s'installer à Brøndby, dans la banlieue de Copenhague. Le quartier n'était pas très attrayant mais au moins, en vivant au milieu des cités HLM, il était au cœur de l'action. Pas loin des hôpitaux, à proximité des meilleurs médecins généralistes et des plus gros cabinets de spécialistes, et surtout au milieu de la clientèle que visait en particulier La Lutte secrète.

C'est dans cette commune qu'il rencontra sa femme Beate au milieu des années soixante. Une femme extraordinaire, infirmière de surcroît, avec une bonne génétique, de forts sentiments patriotiques, et un charisme qui servit considérablement les intérêts de Curt par la suite.

Avant même qu'ils soient mariés, Curt lui parla de son combat et de ce que pourrait devenir le Danemark si suffisamment de gens décidaient de se battre à leurs côtés. Il s'attendait à rencontrer de la réticence de sa part ou, dans le meilleur des cas, un peu de nervosité par rapport à ce travail, mais contre toute attente elle se montra à la fois enthousiaste et pleine d'initiative. C'est même elle qui parvint à tisser des liens avec le milieu des infirmières en obstétrique et des sages-femmes. En moins d'un an, elle fit entrer au moins vingt-cinq *recruteuses*, comme elle les appelait, dans l'organisation et grâce à elle le travail s'accéléra de façon notable. C'est elle aussi qui trouva le nom Rene Linier et qui suggéra qu'on intensifie l'aspect politique du travail de La Lutte secrète en même temps qu'on agissait sur le terrain.

Elle était la mère et la femme idéale.

« Tiens, Beate, regarde. » Il lui tendit la lettre de Nete et lui laissa le temps d'en prendre connaissance. Elle la lut en souriant. Elle avait un sourire merveilleux qu'elle avait transmis à leurs deux fils, des garçons exceptionnels.

« C'est un vrai roman, dis donc ! Qu'as-tu l'intention de lui répondre ? demanda-t-elle. Tu crois que c'est sérieux ? Est-ce qu'elle a vraiment une somme pareille ? »

Son mari hocha la tête. « Je n'ai aucun doute sur son répondant financier. En revanche je peux te garantir qu'elle a autre chose en tête que de me couvrir d'or. »

Il se leva et alla tirer un rideau qui masquait le fond de la pièce. Derrière celui-ci étaient alignées cinq armoires de classement en métal vert, pleines de dossiers qu'il gardait jalousement depuis des années. Dans un mois, la salle d'archives ignifugée qu'il était en train de faire installer dans les écuries, qui pour l'instant faisaient office de remise, serait enfin terminée et il pourrait y entreposer tous ses précieux documents. Seuls les membres les plus importants de l'organisation y auraient accès.

« C'est incroyable ! Je me souviens encore du numéro de dossier ! » s'exclama-t-il tout sourire en sortant un tiroir du deuxième placard.

« Et voilà », dit-il en posant devant Beate la chemise grise.

218

Il y avait bien longtemps qu'il n'avait pas consulté ce dossier, pourquoi l'aurait-il fait ? Mais quand il l'eut sous les yeux, il ne put s'empêcher de marquer un temps d'arrêt, la nuque basculée en arrière et les yeux dans le vague.

Les soixante-trois dossiers médicaux qui avaient précédé celui-là avaient été traités par son père et lui, en commun, mais celui-ci était *son cas à lui*. Le tout premier qu'il avait eu à traiter seul dans le cadre de La Lutte secrète.

Dossier 64, lisait-on sur la couverture.

« Elle est née le 18 mai 1937. Elle a à peine une semaine de plus que moi, alors », fit remarquer sa femme.

Il rit. « Oui. La différence étant que tu es une femme de cinquante ans qui a l'air d'en avoir trente-cinq et qu'elle, au même âge, ressemble probablement à une femme de soixante-cinq ans.

— Elle a été internée à Sprogø, semble-t-il. Comment se fait-il qu'elle s'exprime aussi bien ?

— On a dû l'aider pour écrire cette lettre. C'est ce que je crois, tout au moins. »

Il serra sa femme contre lui avec tendresse. Ce qu'il avait dit tout à l'heure n'était pas tout à fait exact. En réalité Beate et Nete se ressemblaient énormément. Et elles étaient exactement son type de femmes. Blondes aux yeux bleus, de type nordique et bien en chair avec ce qu'il fallait où il fallait. Des femmes à la peau douce et aux lèvres à couper le souffle.

« Tu doutes qu'elle ait l'intention de te couvrir d'or ? Quelles raisons aurait-elle de t'en vouloir ? Son dossier dit que tu lui as fait un curetage en 1955. Il n'y rien de traumatisant là-dedans.

— Nete Hermansen a de multiples personnalités et elle choisit toujours d'utiliser celle qui servira le mieux ses intérêts. Il faut bien sûr mettre cela sur le compte de ses tendances psychotiques et de sa mythomanie et je n'aurais aucun mal à gérer la situation si je devais la rencontrer. Mais disons que je préfère prendre mes précautions.

— C'est-à-dire ?

— J'ai contacté quelques personnes parmi nos relations. Nous allons très vite savoir si elle est aussi malade qu'elle veut nous le faire croire. »

Dès le lendemain, les soupçons de Curt Wad se virent confirmés.

Il n'y avait aucun dossier médical correspondant à ce numéro d'identité, ni dans les services du secteur public, ni dans les cliniques privées, depuis l'accident de voiture que Nete Hermansen avait eu avec son mari en 1985. Ses contacts n'avaient trouvé aucune trace d'elle après son hospitalisation au Nykøbing Falster, à part les quelques visites de contrôle bisannuelles qu'elle avait effectuées alternativement dans ce même hôpital et au Rigshospital de Copenhague.

Qu'est-ce qu'elle pouvait bien avoir derrière la tête ? Pourquoi se prétendait-elle malade ? Oui, bien sûr, elle cherchait à l'attirer dans ses filets avec des paroles lénifiantes et une explication ingénieuse pour justifier ces retrouvailles qui devaient avoir lieu toutes affaires cessantes. Mais que se passerait-il s'il répondait à son invitation ? Voulait-elle le punir ? Essayait-elle de le pousser aux aveux ? Pensait-elle réellement qu'il était homme à se mettre en danger ? S'imaginait-elle pouvoir l'approcher d'assez près pour enregistrer au dictaphone quelque confession dans laquelle il révélerait tous ses secrets ?

Il éclata de rire.

Quelle naïveté de sa part de penser qu'il allait tomber dans ce piège grossier ! Pourquoi irait-il avouer aujourd'hui ce qu'il lui avait fait il y avait si longtemps ? Nørvig, son avocat, avait réussi à le faire sortir du tribunal blanc comme neige ! Elle ne pouvait plus rien contre lui.

Il ne lui fallait pas plus de dix minutes pour trouver une bande de types costauds, dévoués à leur pays et n'ayant pas peur de se servir de leurs poings s'il le fallait. S'il allait à ce rendez-vous accompagné de ces gars-là, on verrait lequel des deux serait pris au piège et lequel serait puni !

Curt Wad sourit intérieurement. La perspective était séduisante. Malheureusement, ce jour-là, il devait se rendre à l'inauguration d'un nouveau bureau local du parti, à Halsskov. Les distractions passaient après le travail.

Il poussa négligemment la lettre de Nete jusqu'au bord de son bureau et la regarda basculer dans la corbeille à papier. La prochaine fois qu'elle s'amuserait à lui faire ce genre de blague, il se chargerait de lui faire comprendre qui était le chef.

Il pénétra dans la salle de consultation et prit tout son temps pour enfiler sa blouse blanche et la boutonner soigneusement. Dans cette tenue, il avait le sentiment de dégager une aura de compétence et d'autorité.

Il s'assit à la table en verre et ouvrit l'agenda pour consulter son planning. La journée n'était pas trop chargée. Un avortement thérapeutique, trois bilans de fertilité, une IVG et, en fin d'après-midi, une femme envoyée par ses rabatteurs de La Lutte secrète.

La première patiente qu'il reçut était une jeune personne digne et pleine de douceur. D'après le médecin qui la lui avait recommandée, il s'agissait d'une étudiante en parfaite santé qui souhaitait interrompre sa grossesse suite à la défection de son petit ami. Elle était en dépression.

Il l'accueillit avec un sourire.

« Vous vous prénommez Sophie, n'est-ce pas ? » Elle pinça les lèvres, déjà sur le point de fondre en larmes.

Curt Wad l'observa sans rien dire. Elle avait un beau regard et des yeux bleus. Un front haut et bombé. De jolis sourcils et des oreilles fines et collées au crâne. Son corps musclé avait des proportions parfaites, et ses mains étaient ravissantes.

« Votre fiancé vous a laissée tomber, je crois. Vous m'en voyez désolé, Sophie. Vous l'aimiez beaucoup, bien sûr. »

La jeune femme acquiesça en silence.

« C'était un beau garçon bien élevé, je suppose ? »

À nouveau elle hocha la tête.

« Mais peut-être pas très courageux puisqu'il a choisi la solution de facilité en fuyant ses responsabilités. »

La remarque la fit réagir. Il s'y attendait.

« Ce n'était pas de la lâcheté de sa part. Il est étudiant à l'université. Et moi aussi je voudrais faire des études. »

Curt Wad inclina la tête et regarda sa patiente d'un air compréhensif.

« Vous n'êtes pas heureuse d'être dans ce cabinet, Sophie, je me trompe ? »

Elle baissa la tête et la secoua lentement. Elle pleurait.

« Je crois savoir que, pour l'instant, vous travaillez dans la boutique de chaussures de vos parents ? Cela ne vous convient pas ?

— Si, mais c'est provisoire. Il a toujours été question que je fasse des études.

— Que pensent vos parents du fait que vous vouliez vous faire avorter, Sophie ?

— Ils n'en pensent rien. Ils disent que c'est mon choix. Ils ne se mêlent pas de ma vie. Enfin, en tout cas, ils respectent ma décision.

— Et votre décision est prise ?

— Oui. »

Curt Wad se leva et vint s'asseoir dans le fauteuil à côté d'elle. Il lui prit la main. « Écoutez-moi, Sophie. Vous êtes une belle jeune femme en excellente santé et le destin de ce bébé que vous voulez éliminer est entre vos mains, et celles de personne d'autre. Je sais que vous pourriez lui donner une vie merveilleuse, si seulement vous changiez d'avis. Est-ce que vous voulez que je téléphone à vos parents et que je bavarde un moment avec eux pour savoir ce qu'ils pensent réellement de tout cela ? Ils me font l'effet d'être de bons parents qui ne souhaitent vous influencer ni dans un sens ni dans l'autre. J'ai bien envie de leur demander leur avis ? Qu'en dites-vous ? »

Elle leva la tête vers lui comme s'il avait touché un point sensible. Elle était attentive, réticente, mais aussi très, très, hésitante.

Curt Wad n'ajouta rien. Il savait qu'à ce moment précis, il fallait savoir s'effacer.

« Comment se passe ta journée, mon cher ? » lui demanda Beate en lui versant une deuxième tasse de thé. Elle appelait cela le *three o'clock tea*. Ils avaient toujours pu partager ce moment privilégié. C'était l'avantage d'avoir le cabinet et leur résidence dans la même maison.

« Très bien. J'ai réussi à dissuader une jeune femme belle et intelligente de se faire avorter. Elle a craqué quand je lui ai dit que ses parents désiraient de tout leur cœur la soutenir de toutes les manières possibles. Ils veulent qu'elle garde le bébé. Elle pourra continuer à travailler dans leur boutique tant qu'elle en sera capable, ils l'aideront à s'occuper de l'enfant quand il sera là, et rien de tout cela ne l'empêchera de faire des études si elle en a envie.

— Bravo, Curt.

— C'était une belle fille. Très scandinave. Elle mettra au monde un beau petit Danois. »

Beate sourit. « Et maintenant ? J'imagine que ça ne va pas être la même chanson ? C'est le docteur Lønberg qui t'a adressé les gens qui sont dans la salle d'attente ?

— On ne peut rien te cacher, décidément ! Oui. Tu as raison. Lønberg est un bon élément. Il nous a envoyé en moins de quatre mois quinze cas comme celui que je vais traiter tout à l'heure. Je te remercie d'avoir su trouver des gens aussi efficaces, ma chérie. »

Un quart d'heure plus tard, la porte de sa salle de consultation s'ouvrit alors qu'il lisait la lettre du docteur Lønberg. Curt Wad leva les yeux et observa ses nouveaux patients pendant quelques secondes. Il hocha la tête avec amabilité tout en comparant ce qu'il voyait avec ce que contenait le dossier devant lui.

La description était brève mais édifiante.

La mère s'appelait Camilla Hansen, elle avait trente-huit ans et elle était enceinte de cinq semaines, d'après la lettre de son confrère. Elle avait six enfants de quatre pères différents, pas de travail. Elle et sa famille subsistaient grâce à l'aide sociale. Cinq des enfants avaient été orientés vers des classes de soutien scolaire et le plus âgé était en maison de redressement. Le père de l'enfant à naître, Johnny Huurinainen, était un homme de quarante-huit ans, vivant également de l'aide sociale. Il avait été trois fois sous les verrous pour vol et il se droguait à la méthadone. Aucun des deux parents n'avait dépassé le certificat d'études.

La lettre se terminait par une courte conclusion : *Camilla Hansen se plaint depuis plusieurs semaines de douleurs quand elle urine. Les douleurs sont dues à des* Chlamydia *mais la patiente n'en a pas été informée.*

Je préconise l'intervention.

Curt hocha la tête. Ce Lønberg était vraiment une excellente recrue, à tout point de vue.

Curt Wad observa le couple mal assorti qui venait d'entrer.

Tel un insecte voué exclusivement à la reproduction, la future mère se tenait devant lui, obèse, en manque de nicotine, les cheveux gras, espérant qu'il allait l'aider à mener à terme l'un de ces enfants totalement inutiles qu'elle avait déjà produits à six reprises. Imaginant qu'il allait laisser d'autres individus composés du patrimoine génétique de ces deux êtres inférieurs peupler les rues de Copenhague. C'était hors de question et il ferait tout pour que cela n'arrive pas.

Il leur sourit et ils lui répondirent avec une expression hébétée, découvrant des dentitions pourries. Même quand ils souriaient, ils étaient laids. Lamentable !

« Vous souffrez quand vous faites pipi, n'est-ce pas, Camilla ? Il va falloir qu'on regarde ça, alors ! Johnny, si vous voulez bien aller attendre à côté ? Ma femme va vous apporter un petit café pour patienter.

— Je préfère un coca », répondit Johnny.

Curt sourit. Du coca, pas de problème. Quand il en aurait bu cinq ou six, il récupérerait sa Camilla. Elle pleurerait un peu parce que le médecin aurait été obligé de lui faire un curetage mais ce qu'elle ne saurait pas c'est qu'à l'avenir, elle n'en aurait plus besoin.

17

Novembre 2010

Quand Carl fut remis du choc que lui avait causé la nouvelle de la découverte d'une pièce de monnaie portant son empreinte digitale sur le cadavre décomposé, il posa une main amicale sur le bras de Laursen et lui demanda de le tenir informé, la prochaine fois qu'il aurait des informations de ce genre à lui communiquer. Quelles qu'elles soient. Tout pouvait avoir son importance. Nouvelles pistes scientifiques dont le département aurait décidé de ne pas informer Carl ou commentaires de collègues trop bavards. Il voulait tout savoir.

Carl redescendit au deuxième.

« Où est Marcus ? demanda-t-il à Lis.

— Il est en train de briefer des équipes », répondit-elle. N'avait-elle pas cherché à éviter son regard ? Ou bien devenait-il paranoïaque ?

Alors qu'il se posait ces questions, elle releva la tête et lui jeta un de ces regards coquins dont elle était coutumière. « Alors, Carl, tu as fourré l'oie comme tu voulais, hier soir ? » lança-t-elle avec un sourire qui aurait été censuré dans un film des années cinquante.

Bon. Si elle s'intéressait à ce que Carl faisait sous

la couette pendant ses heures de loisir, il pouvait considérer que ses empreintes digitales sur la pièce de monnaie n'étaient pas encore devenues le grand sujet de conversation du Département A.

Il débarqua sans frapper dans la salle de conférences et prétendit ignorer les quinze paires d'yeux qui s'attachèrent à sa personne comme des sangsues.

« Désolé, Marcus », s'excusa Carl auprès de l'homme épuisé et pâle qui le regardait, un sourcil levé. « Mais il y a certaines choses dont il faut s'occuper avant qu'elles ne prennent des proportions excessives », déclara-t-il haut et fort, de façon à ce que tout le monde puisse l'entendre.

Il se tourna vers ses collègues, assis sur leurs chaises. La plupart avaient le visage marqué par plusieurs jours de diarrhée et de crève carabinées : les joues creuses, les yeux rouges et des mines assez patibulaires.

« Il y a des bruits qui courent dans la maison sur le rôle que j'aurais joué dans la fusillade d'Amager. Et les rumeurs en question me placent sous un éclairage qui ne me va pas du tout au teint, si j'ose m'exprimer ainsi. Alors je vais vous le dire ici, et ensuite je ne veux plus *jamais* en entendre parler : je n'ai pas la moindre idée de la raison pour laquelle les empreintes d'Anker et les miennes se trouvaient dans la poche de ce cadavre. Mais si la fièvre vous permet encore de faire travailler vos petites cellules grises, vous comprendrez, je pense, que ces pièces ont été mises là pour que vous les trouviez, au cas où le cadavre réapparaîtrait. Jusque-là vous suivez ? »

Il jeta un regard circulaire sur le troupeau de flics amorphes. Le moins qu'on puisse dire, c'est qu'ils manquaient de répondant. « Vous conviendrez avec moi que le corps aurait pu être enterré à un autre endroit que celui où on l'a trouvé. On aurait aussi pu le mettre en terre tel quel ! Ce qu'on a soigneusement évité de faire. Tous ces efforts laissent à penser que si par hasard on mettait la main sur ce cadavre, ce n'était pas très grave. Et que dans le cas où effectivement on tomberait dessus, il ne serait pas idiot de lancer les enquêteurs sur une fausse piste. »

Personne dans l'assemblée ne fit mine d'acquiescer ni de le contredire.

« Putain ! Je sais que vous vous êtes demandé, tous autant que vous êtes, ce qui s'est vraiment passé le jour de cette fusillade à Amager, et aussi pourquoi j'ai toujours refusé de m'occuper de cette affaire. » Cette fois, Carl fixa son regard directement sur Terje Ploug, assis au troisième rang. « Ploug, si je n'arrive pas à penser à cette affaire, c'est parce que j'ai honte de ce qui s'est passé ce jour-là, d'accord ? Il ne vous est pas venu à l'idée que c'est pour ça que Hardy est actuellement couché dans mon séjour et pas chez l'un d'entre vous ? Et que c'est *ma* façon à *moi* de faire face à la situation ? Je ne laisserai pas tomber Hardy, qu'on se le dise, même si à l'époque je n'ai pas réagi exactement comme j'aurais dû. »

Quelques-uns remuèrent le cul sur leur chaise. Avaient-ils enfin compris ? Ou bien était-ce un problème d'hémorroïdes ? On ne pouvait jamais savoir avec les fonctionnaires.

« Juste une dernière chose. Avez-vous déjà essayé de vous mettre à la place d'un type qui se retrouve avec une balle dans la peau, couché en dessous de ses deux meilleurs équipiers en train de se vider de leur sang ? La balle n'a pas fait que m'effleurer, je vous

229

signale. J'aimerais que vous y réfléchissiez un peu, parce que je vous assure que ça vous en met un coup au moral.

— Personne ne t'a accusé de quoi que ce soit », dit enfin Terje Ploug. Carl commençait à désespérer de voir quelqu'un réagir. « Et en plus, on est sur un autre coup, là, si tu permets. »

Carl regarda autour de lui. Il se demandait ce que ces momies avaient dans la tête. Il en connaissait plusieurs dans le tas qui ne pouvaient pas le blairer. Et il en avait autant à leur service.

« Très bien. Mais je trouve que les gens devraient foutrement fermer leur grande gueule avant de se mettre à causer à tort et à travers dans cette maison ! C'est tout ce que j'avais à dire ! »

Il claqua la porte si fort que tout l'étage en fut ébranlé, puis s'en alla d'un pas furieux. Il ne s'arrêta qu'une fois assis à son bureau où il se mit à fouiller partout, déplaçant le foutoir qui s'y trouvait afin de mettre la main sur sa boîte d'allumettes pour allumer la foutue cigarette qui tremblait au coin de ses lèvres.

On avait trouvé une pièce avec ses empreintes digitales dans la poche de ce cadavre. Pourquoi et comment était-elle arrivée là ? Il n'en avait aucune idée. Quel merdier !

Pourquoi ? Pourquoi ? Pourquoi ? La question tournait dans sa tête encore et encore. Désormais, il ne pouvait plus tourner le dos à cette affaire. Et ça le mettait hors de lui.

Il inspira profondément à travers ses mâchoires serrées et sentit son pouls s'accélérer. Il fallait qu'il pense à autre chose. Il était hors de question qu'il se retrouve une fois de plus roulé en boule par terre avec sur la

230

poitrine un poids assez lourd pour tuer un individu plus fort et en meilleure condition physique que lui.

Pense à autre chose ! se fustigea-t-il en fermant les yeux.

Dans son entourage immédiat, il y avait une personne qui méritait plus que quiconque de se faire balayer par l'ouragan qui grondait à l'intérieur de Carl, et c'était Børge Bak.

« Tu vas apprendre à tes dépens qu'on ne chie pas impunément dans les bottes de Carl Mørck », dit-il à voix haute tout en cherchant son numéro de téléphone.

« Qu'est-ce que vous faites, chef ? Vous parlez tout seul, alors ? » Inquiet, Assad, l'observait depuis le seuil, le front plus ridé qu'une planche à laver.

« Ne t'en fais pas, Assad. Il faut juste que je passe un savon à Bak parce qu'il colporte des saloperies sur moi.

— D'accord. Mais je voudrais vous raconter quelque chose avant, chef. Je viens de téléphoner à un gars de l'école de police. Il s'appelle Nielsen. Je lui ai posé des questions sur Rose. »

Ce n'était vraiment pas le moment. Il avait réussi à se mettre dans un état de fureur super-constructif ! S'il n'en profitait pas maintenant, il allait se dégonfler comme un ballon de baudruche !

« Eh bien vas-y, si ça ne peut pas attendre. Qu'est-ce qu'il t'a dit ?

— Vous vous rappelez quand Rose est arrivée ici au début, alors ? Jacobsen nous avait raconté qu'elle n'était pas entrée dans la police parce qu'elle avait raté le concours et qu'elle conduisait comme une pantoufle ?

« — Comme une savate, Assad. Oui, je me rappelle qu'il a dit quelque chose dans ce goût-là.

— Il n'avait pas exagéré. Elle conduit très mal, alors. Nielsen m'a raconté qu'un jour elle a raté un virage et bousillé trois voitures.

— Trois voitures ! » Carl hocha la tête, impressionné.

« Oui, celle dans laquelle elle était, celle du moniteur de pilotage sur verglas et une autre qui était sur son chemin. »

Carl essaya de visualiser la scène. « Elle n'y est pas allée de main morte, dis donc ! On va éviter de lui laisser le volant du véhicule de service, dans ce cas, grogna-t-il.

— Ce n'est pas tout, chef. En plein milieu de l'histoire, elle a fait surgir sa jumelle Yrsa à sa place, alors ! Pendant que les voitures étaient sur le capot et tout ça ! »

Carl sentit que sa mâchoire tombait et un mot sortit de sa bouche sans qu'il s'en rende compte : « Eurêka ! » s'exclama-t-il alors qu'il voulait dire quelque chose de tout à fait différent. Si Rose devenait tout à coup sa sœur jumelle dans ce genre de situation, il ne s'agissait plus d'une simple plaisanterie ni d'un caprice, cela voulait dire qu'elle était totalement déconnectée de la réalité.

« Je vois. Ce n'est pas génial, ce que tu me dis là. Et alors, ils ont réagi comment à l'école de police ?

— Ils l'ont fait voir par un psychologue, mais entre-temps, elle était redevenue Rose.

— Nom de Dieu, Assad ! Et tu as parlé à Rose de cette conversation ? J'espère que non ! »

Assad lui lança un regard vexé. Évidemment qu'il ne lui en avait pas parlé.

« Il y a encore autre chose, chef. Elle était secrétaire au commissariat de la City avant d'arriver chez nous. Vous vous rappelez ce que Brandur Isaksen nous a dit sur elle ?

— Vaguement. Il a parlé de la voiture d'un collègue qu'elle avait emboutie, et puis il y avait une histoire de documents importants qu'elle avait détruits.

— Oui, et aussi le fait qu'elle buvait.

— Et qu'elle s'était envoyée en l'air avec plusieurs types du commissariat au cours d'une fête de Noël un peu trop arrosée. Ce petit puritain de Brandur m'avait conseillé d'éviter de lui proposer d'aller boire un coup si je ne voulais pas avoir de problèmes avec elle. »

Carl se souvint avec nostalgie de Lis à l'époque où elle n'avait pas encore rencontré son Frank. Lui faire boire un petit verre lors d'une fête de Noël donnait au contraire d'excellents résultats. Carl sourit intérieurement.

« Brandur devait juste être un peu jaloux des gars avec qui Rose a exprimé sa féminité cachée, tu ne crois pas ? Mais ce que Rose décide de faire de son corps pendant une fête de Noël concerne Rose elle-même et les intéressés. Cela ne nous regarde pas, et ni Brandur ni personne d'autre n'ont à se mêler de ses galipettes, si tu veux mon avis.

— Écoutez, chef, pour les fêtes de Noël et les galipettes, je ne suis pas au courant. Mais en tout cas, je sais que le jour de ce déjeuner où Rose a fait tous ces trucs, elle est aussi devenue Yrsa subitement. Je viens de parler à plusieurs personnes au commissariat de Station City, et tout le monde s'en souvient encore. » Les sourcils d'Assad montèrent tout en haut de son front, ce qui chez lui signifiait : *Vous vous rendez compte ?*

« Enfin, en tout cas elle n'était plus Rose parce qu'elle s'est mise à parler avec une voix complètement différente et à se comporter comme si elle était dans la peau d'une deuxième personne. Et même d'une troisième, d'après certains témoignages », dit-il pour conclure, tandis que ses sourcils revenaient à leur place initiale.

Cette dernière information mit Carl K-O. Une troisième personnalité ! Oh, mon Dieu !

Il sentit que sa fureur contre Bak avait baissé d'un cran, ce qui était bien dommage parce que ce con avait bien mérité d'y goûter.

« Est-ce que tu sais pourquoi Rose fait ça ? » demanda Carl à son assistant.

« Elle n'a jamais été internée, alors, chef, si c'est ce que vous voulez dire. Mais j'ai le numéro de sa mère si vous voulez lui poser la question vous-même. »

La mère de Rose ! Il n'était pas bête, cet Assad ! Autant prendre le taureau par les cornes.

« Parfait, Assad. Et on peut savoir pourquoi tu ne le fais pas toi-même ?

— Parce que… » Il lança à Carl un regard suppliant. « Parce que je préfère que ce soit vous. Si Rose l'apprend, j'aime autant qu'elle s'en prenne à vous, vous comprenez ? »

Carl haussa les épaules et poussa un soupir, fataliste. Apparemment il était écrit que le cours de cette journée échapperait d'un bout à l'autre à sa volonté.

Il prit le papier des mains d'Assad et lui indiqua d'un geste qu'il pouvait disposer. Il composa le numéro et attendit. Il s'agissait d'un vieux numéro commençant par l'indicatif 45. Elle devait habiter Virum, Lyngby ou un de ces coins-là.

Journée pourrie ou pas, on décrocha le téléphone à l'autre bout de la ligne.

« Allô, bonjour, Yrsa Knudsen à l'appareil. »

Carl n'en crut pas ses oreilles : « Euh, allô, euh… Yrsa ? » Il eut un doute pendant quelques secondes, mais à l'autre bout du couloir, Rose appela Assad. Elle était donc bien ici. « Excusez-moi de vous déranger, continua-t-il. Je m'appelle Carl Mørck, je suis le patron de Rose. Vous êtes sa mère ?

— Pas du tout, dit-elle avec un rire de gorge. Je suis sa sœur. »

Ah bon, elle avait réellement une sœur qui s'appelait Yrsa ? La voix ressemblait beaucoup à celle qu'employait Rose quand elle était Yrsa, mais pas tout à fait quand même.

« Vous êtes sa sœur jumelle ?

— Non plus. » Yrsa rit à nouveau. « Il n'y a pas de jumeaux dans la portée mais nous sommes tout de même quatre sœurs.

— Quatre ! » Il se demanda si son exclamation n'avait pas été un peu trop forte.

« C'est ça : il y a Rose, moi, Vicky et Lise-Marie.

— Quatre sœurs… et Rose est l'aînée ? Je l'ignorais.

— Oui, nous n'avons qu'un an de différence. Je crois que papa et maman ont eu envie d'en finir au plus vite. Ils n'ont jamais réussi à fabriquer un garçon, alors ma mère a décidé d'arrêter les frais. » Elle ponctua sa phrase d'un éclat de rire qui faisait penser au grognement d'un cochon. On aurait dit Rose.

« Je suis désolé. » Il ne savait pas pourquoi il avait dit ça. « Euh… en fait, j'appelais pour parler à votre mère. Elle est là ? Vous pouvez me la passer ?

— Non, je regrette, elle ne vit plus ici depuis trois ans. Il semble que le nouvel appartement de son mari sur la Costa del Sol lui convienne mieux que celui-ci. » Le *oink oink* porcin accompagna cette remarque. Yrsa était d'une nature joyeuse.

« Bon, je ne vais pas y aller par quatre chemins. Je peux compter sur votre discrétion ? Et quand je dis votre discrétion, je ne veux même pas que Rose apprenne que je vous ai téléphoné.

— Je ne suis pas quelqu'un de discret !

— Ah… bon. Vous voulez dire que vous allez informer Rose de mon appel ? Ça ne m'arrange pas.

— Ce n'est pas ce que j'ai dit. Rose ne vient plus nous voir ces temps-ci. En revanche, je vais le raconter à mes deux autres sœurs. Il n'y a pas de secrets entre nous. »

Cette conversation était vraiment bizarre. Pas du tout ce qu'il avait imaginé.

« Je comprends. Très bien. Alors je vais vous demander si Rose a déjà eu des problèmes psychiques ou des troubles de la personnalité. Savez-vous si elle a déjà été soignée pour ce genre de pathologie ?

— Soignée, soignée, c'est beaucoup dire. En tout cas elle a bouffé la plupart des médicaments que le toubib avait prescrits à ma mère quand mon père est décédé. Elle a fumé, sniffé, prisé et bu tout ce qu'on peut imaginer, alors dans un sens on peut dire qu'elle s'est soignée, oui. En revanche, je ne sais pas si ça a réglé son problème.

— De quel problème parlez-vous ?

— De celui qui consistait à ne plus avoir envie d'être Rose chaque fois que quelque chose n'allait pas. Et de préférer être l'une d'entre nous, ou même quelqu'un de tout à fait extérieur à la famille.

— Vous êtes en train de me dire que Rose est malade, c'est ça ?

— Malade, je ne sais pas. Cinglée, c'est sûr ! »

La nouvelle n'était pas vraiment un scoop pour Carl.

« Et il y a longtemps qu'elle est comme ça ?

— Elle a toujours été comme ça. Mais son état a empiré après la mort de notre père.

— Je vois. Y avait-il une raison particulière à ça ? Enfin, excusez-moi, ma question est idiote. Ce n'est pas ce que je voulais dire. Y a-t-il eu des circonstances particulières liées à la mort de votre père ?

— Oui. Il est mort d'un accident du travail. Il a été entraîné à l'intérieur d'une machine, et ils ont dû ramasser les morceaux à la sortie et les regrouper dans une bâche. Un de mes amis m'a raconté que police secours l'a amené à la morgue en leur disant : "Vous allez pouvoir faire quelque chose avec tout ça ?" »

Elle avait dit ça avec un calme remarquable. Presque cynique.

« Je suis navré. C'est une façon horrible de mourir. Je comprends que cela ait pu vous affecter énormément. Mais si j'ai bien compris, c'est Rose qui n'a pas pu le supporter.

— Elle effectuait une mission de secrétaire intérimaire dans les bureaux de l'aciérie de Valseværk. Elle a vu les secouristes traverser la cour de l'usine avec la bâche. Et je confirme, elle a eu du mal à le supporter. »

Une histoire épouvantable. N'importe qui aurait craqué.

« Alors tout à coup elle n'a plus eu envie d'être Rose, c'est aussi simple que ça. Un jour elle jouait les punks, le lendemain elle devenait une dame élégante ou l'une d'entre nous. Je ne sais pas si elle est malade mais en tout cas, Lise-Marie, Vicky et moi n'avons pas très envie d'être présentes quand elle se métamorphose pour devenir nous. Vous nous comprenez, n'est-ce pas ?

— Pourquoi croyez-vous qu'elle fasse ça ?

— Je vous l'ai dit, elle est cinglée ! Vous devez le penser aussi, d'ailleurs. Sinon, vous ne m'auriez pas appelée. »

Carl hocha la tête. Rose n'était pas la seule de la famille à savoir tirer des conclusions.

« Encore une ou deux questions pour satisfaire ma curiosité. Est-ce que vous êtes blonde avec des cheveux bouclés ? Est-ce que vous adorez le rose ? Et est-ce que vous portez des jupes plissées ? »

Elle éclata de rire : « Incroyable ! Elle vous a déjà fait le coup, alors ! La réponse est oui pour les cheveux. Ils sont blonds et bouclés. Pour ce qui est de ma couleur préférée, c'est vrai aussi. Tenez, en ce moment je porte un vernis à ongles rose et un rouge à lèvres de la même couleur. Mais en ce qui concerne les jupes plissées, il y a des années que je n'en mets plus.

— Une jupe écossaise, peut-être ?

— Effectivement, je trouvais ça assez cool à une époque… quand j'avais quatorze ans.

— À mon avis, si vous fouillez dans vos armoires, vous allez vous apercevoir qu'elle n'y est plus. »

Il prit congé et raccrocha. La conversation l'avait remis de bonne humeur. Il ne connaissait pas les deux autres sœurs mais il se dit qu'elles ne devaient pas être si terribles qu'Assad et lui ne soient pas capables de les gérer si elles débarquaient soudainement au Département V, incarnées par Rose.

Il était exact que le Tivoli Hall se trouvait en face du Rio Bravo. Mais l'endroit n'avait rien d'un hall.

Le cousin de Carl attendait au fond du bar à une table donnant sur la rue et à une distance commode de la porte des toilettes. Endroit qu'il aurait à visiter sous peu. Sa vessie répondait au quart de tour à ce qui se passait à l'extrémité supérieure de son insatiable anatomie.

Ronny leva le bras comme s'il n'était pas sûr que Carl soit capable de le reconnaître. Certes, il avait vieilli et grossi, mais pour le reste, il était relativement égal à lui-même. Ses cheveux étaient lissés en arrière et pommadés, mais pas dans le style rocker des années cinquante. Il avait plutôt l'air d'un danseur mondain argentin dans un soap opera pour ménagères de banlieue de moins de cinquante ans. Vigga aurait qualifié son look de *glauque*. Pour couronner le tout, il était vêtu d'une veste lustrée digne d'un mafioso et d'un jean qui n'allait ni avec le reste de sa tenue ni avec Ronny lui-même. Une coupe avec un cul large et des jambes moulantes. Un jean qui aurait fait son effet sur une jeune *signorina* napolitaine mais certainement pas sur un corps comme le sien. Pas plus d'ailleurs que les chaussures pointues qu'il avait aux pieds. Bref, il était *too much* !

« J'ai déjà commandé », annonça Ronny en montrant deux bouteilles de bière, vides toutes les deux.

« Je suppose que l'une des deux était pour moi ? » dit Carl.

Ronny secoua la tête.

« Vous remettez ça ! » cria-t-il à l'intention de la serveuse avant de se pencher vers Carl.

« Content de te voir, cousin ! » Il essaya d'attraper les mains de Carl, qui eut tout juste le temps de les ramener sur ses genoux. L'épisode ne manqua pas de susciter des commentaires aux tables voisines.

Carl plongea le regard dans celui de Ronny et lui résuma en deux phrases ce que Bak racontait à droite et à gauche à propos d'une conversation de bar que lui, Ronny, aurait eue en Thaïlande.

« Oui, rétorqua-t-il. Et alors ? » Il ne se donnait même pas la peine de nier.

« Tu picoles trop, Ronny. Est-ce que tu veux que je te prenne un rendez-vous à Majorgaarden pour une cure de désintoxication Minnesota ? Je ne vais pas te la payer, si c'est ce que tu crois, mais si tu continues à crier sur les toits que tu as tué ton père et que je t'ai donné un coup de main pour le faire, tu risques de te retrouver en sevrage forcé et gratuit dans une des confortables cellules que l'État mettra à ta disposition.

— Tu parles ! Il y a prescription. » Ronny adressa son plus beau sourire à la gentille serveuse qui lui apportait son assiette ainsi que deux autres bières. Il avait commandé du haddock.

Carl jeta un rapide coup d'œil à la carte. Le plat coûtait la bagatelle de cent quatre-vingt-quinze couronnes[1], le plus cher du menu. Mais Ronny pouvait se brosser s'il croyait que Carl allait payer.

« Je vous remercie, les bières ne sont pas pour moi », dit Carl en repoussant les deux bouteilles vers son cousin. Comme ça au moins, elle ne se demanderait pas à qui donner la note tout à l'heure.

Il leva à nouveau les yeux vers Ronny. « Au Danemark, il n'y a jamais prescription sur une affaire de meurtre », l'informa-t-il sans se soucier du hoquet de la serveuse.

« Écoute, vieux frère, détends-toi ! » dit Ronny quand ils furent à nouveau seuls. « On n'a jamais rien pu prouver. Il ne faut pas te mettre dans un état pareil. Mon père était un connard. Il était peut-être très gentil avec toi, mais pas avec moi, si c'est ce que tu crois. Quand il nous emmenait à la pêche, c'était juste pour épater la galerie, et ton père en particulier. Il n'en avait rien à foutre d'attraper des poissons. Dès qu'on est allés voir ces filles à vélo sur la route, il s'est installé tranquillement dans sa chaise pliante avec sa flasque et ses clopes. Les poissons ne risquaient rien du tout avec lui. La plupart de ceux qu'il avait soi-disant "pêchés", continua-t-il en traçant des guillemets en l'air avec ses doigts, il les avait apportés de la maison, Carl. Tu n'avais pas compris ça ? »

Carl secoua la tête. La description ne correspondait pas à l'homme que son père adorait et qui avait enseigné tant de choses à Carl.

« Ce n'est pas vrai, Ronny. Les poissons venaient d'être pêchés et ton père n'avait pas bu. Le rapport

_____
1. Environ 26 euros.

d'autopsie était très clair. Pourquoi est-ce que tu racontes toutes ces conneries ? »

Ronny leva les sourcils et finit sa bouchée avant de répondre.

« Tu n'étais qu'un grand gamin, Carl, et tu ne voyais que ce que tu voulais bien voir. Et tu n'as pas changé. Alors tu sais quoi ? Si tu n'es pas capable d'entendre la vérité, je trouve que tu devrais payer la note et te casser.

— D'accord, alors raconte-la-moi, cette fameuse vérité. Ça m'intéresserait de savoir comment tu as assassiné ton père et en quoi je t'ai aidé !

— Tu n'as qu'à te rappeler les posters que tu avais sur le mur de ta chambre. »

C'était quoi cette réponse ? De quels posters parlait-il ?

Ronny se mit à rire. « Ne me fais pas croire que *moi* je m'en souviens et que *toi* tu as oublié ! »

Carl inspira longuement. Ce type s'était noyé le cerveau à force de boire.

« Bruce Lee, John Saxon, Chuck Norris. » Il mima quelques prises de karaté dans le vide. « *Enter the Dragon. Fist of Fury.* Ces posters-là, Carl.

— Mes posters de karaté ? Je ne les ai pas eus très longtemps, d'abord. Et ils n'étaient plus sur mon mur au moment des faits. Et puis, je ne vois pas le rapport ? De quoi est-ce que tu me parles ?

— Jeet kune do ! » s'écria Ronny tout à coup en crachant du haddock partout. Leurs voisins de table faillirent en faire tomber leur tasse. « C'était ton cri de guerre, Carl. Aalborg, Hjørring, Frederikshavn, Nørresundby. Si on donnait un film avec Bruce Lee dans l'une de ces villes, tu fonçais le voir. Tu ne te souviens

242

pas de ça, mec ? Dès que tu as pu entrer dans une salle interdite aux enfants, tu t'es mis à faire le pied de grue devant les cinémas. Tu vois bien que ça ne devait pas être longtemps avant la mort du vieux ! De mémoire, ces films étaient interdits aux moins de seize ans et tu en avais dix-sept quand il est mort.

— Tu ne veux pas essayer de t'expliquer ? Qu'est-ce que cette histoire de films de karaté a à voir avec ce qui m'amène ici ? »

Ronny se pencha à nouveau au-dessus de la table. « C'est toi qui m'as appris à faire un *shuto-uchi*, Carl. Le coup de karaté qu'on donne avec le tranchant de la main. Quand tu as vu les filles sur la route et que tu t'es mis à courir, tu étais trop occupé pour regarder derrière toi, et c'est là que j'ai frappé mon père à la gorge. Pas très fort, mais avec une puissance bien répartie, comme tu m'avais expliqué qu'il fallait le faire pour ne pas briser le cou de son adversaire. Je m'étais entraîné sur les moutons à la ferme. J'ai visé la carotide, j'ai abattu ma main sur sa nuque et ensuite je lui ai donné un cou de talon, comme ça ! »

Carl vit la nappe bouger à l'extrémité de la table. Ce taré était en train de faire la démonstration de son geste.

« Tu serais gentil de t'écarter un peu, tu éclabousses ma veste avec ton haddock, dit-il. Écoute-moi bien, Ronny. Tu es en train de me raconter des conneries et je ne comprends pas à quoi tu joues. J'ai dit *À tout à l'heure* à ton père et nous sommes partis en même temps. Est-ce que tu te trimbales avec un tel traumatisme de sa mort que tu es obligé de t'inventer des histoires pour pouvoir continuer à vivre ? Tu es pathétique. »

Ronny sourit. « Crois ce qui t'arrange, Carl. Tu veux un dessert ? »

Carl refusa en secouant la tête. « Si jamais j'apprends que tu continues à raconter ta version délirante de ce qui n'était qu'un accident, je te promets que tu vas avoir l'occasion de goûter à mon *jeet kune do*. »

Il se leva, laissant son cousin avec son reste de haddock et l'addition sur les bras. Non, décidément, pas de dessert.

« Il faut que vous montiez chez Marcus Jacobsen », l'informa le planton quand il fut de retour à l'hôtel de police.

S'il me passe un savon maintenant, je vais m'énerver, se dit-il en gravissant les marches.

« Je ne vais pas y aller par quatre chemins, Carl », entama Marcus avant même qu'il ait eu le temps de refermer la porte du bureau. « Et je vais te demander de me répondre franchement. Est-ce que tu connais un dénommé Pete Boswell ? »

Carl fronça les sourcils. « Non, ça ne me dit rien.

— On nous a donné un tuyau anonyme cet après-midi sur le cadavre d'Amager.

— Ouais. Comme tu sais, je déteste les tuyaux anonymes, mais vas-y, dis toujours !

— Il paraîtrait que la victime serait un Anglais. Pete Boswell. Un Noir d'origine jamaïcaine. Il a disparu à l'automne 2006. Il logeait à l'hôtel Triton et travaillait dans un magasin inscrit sous le nom de Kandaloo Workshop. L'entreprise vend de l'artisanat et du mobilier importés d'Inde, d'Indonésie et de Malaisie. Ça ne te dit toujours rien ?

— Rien du tout.

— Alors je trouve étrange que cet informateur anonyme prétende que ce Pete Boswell avait rendez-vous avec Anker et toi le jour où il a disparu.

— Un rendez-vous ? » Carl sentit un début de migraine derrière son sourcil droit. « Qu'est-ce que tu veux que je foute avec un homme qui importe des meubles et des babioles exotiques ? Je n'ai pas changé ma déco depuis le jour où je me suis installé à Allerød. Je n'ai pas les moyens de m'acheter du mobilier, et si j'avais besoin de nouveaux meubles, j'irais chez Ikea, comme tout le monde. Qu'est-ce que c'est que ces conneries, Marcus ?

— C'est la question que je me pose. Enfin, attendons la suite. Ce genre d'informateurs anonymes s'arrêtent rarement à un seul tuyau », dit le chef de la criminelle.

Il ne fit aucune remarque sur la façon assez cavalière dont Carl avait interrompu sa réunion de débriefing un peu plus tôt dans la journée.

18

Gitte Charles était comme un vieux tableau oublié, qui jadis avait enchanté son auteur et se trouverait aujourd'hui remisé dans le coin de la boutique d'un brocanteur, sa signature à demi effacée. À Thorshavn, rien que le nom qu'elle portait lui donnait le sentiment d'être quelqu'un de spécial et, en grandissant, elle s'était promis que, quand bien même on lui proposerait le mariage, elle garderait son patronyme. L'enfant baptisée Gitte Charles était une gamine pleine de force avec un tempérament de meneuse et elle était restée pour Gitte adulte un exemple dont elle se sentait fière. Tout ce qui s'était passé dans sa vie entre-temps ne méritait pas qu'on en parle.

Quand votre père met la clé sous la porte de son entreprise et abandonne sa famille, vous avez l'impression que le ciel vous tombe sur la tête. C'était en tout cas ce que Gitte, sa mère et son petit frère avaient ressenti.

Ils avaient trouvé à Vejle, dans un appartement qui n'avait vue ni sur le port ni sur l'océan, une alternative stable quoique peu brillante à leur ancienne vie, et ce qui restait de sa famille était rapidement devenu la

246

simple cohabitation de trois personnes qui, sans se soucier les unes des autres, suivaient chacune son propre destin. Depuis l'âge de seize ans, soit trente-sept ans plus tôt, elle n'avait revu ni son frère ni sa mère et s'en portait fort bien.

Au moins ils ignorent à quel point mon parcours a été minable, songea Gitte en inhalant une longue bouffée de cigarette. Elle n'avait rien bu depuis lundi et le manque était en passe de la rendre folle. Non qu'elle fût réellement alcoolique, elle ne l'était pas, mais le petit coup de fouet, la brise légère dans sa tête, la brûlure brève sur sa langue que lui procurait l'alcool parvenaient d'une certaine manière à l'extirper du néant. Quand elle avait de l'argent à la banque, ce qui n'était jamais le cas en fin de mois, une bouteille de gin suffisait à illuminer deux journées entières. Elle n'avait pas besoin de plus et ne se considérait donc pas comme une ivrogne, elle avait seulement du chagrin.

Gitte envisagea d'aller faire un tour jusqu'à Tranebjerg à vélo pour voir si par hasard elle ne tomberait pas sur une de ses anciennes collègues de l'époque où elle travaillait comme assistante à domicile, une à qui elle n'aurait laissé que de bons souvenirs. Qui sait si elle ne se verrait pas offrir un petit café et un verre de kirsch, de liqueur ou de porto ?

Elle ferma les yeux et parvint presque à sentir le goût du vin cuit sur sa langue.

Juste un verre de n'importe quoi pour que le temps lui paraisse moins long, en attendant que l'aide sociale soit créditée sur son compte. Quelle plaie qu'elle ne soit versée qu'une fois par mois ! Elle avait bien essayé d'obtenir des versements hebdomadaires, mais l'assistante sociale avait flairé le coup. Si on lui versait sa pension toutes les semaines, quelques jours après on la retrouverait déjà la main tendue et les poches vides, alors qu'en ne la lui donnant qu'une fois par mois, on ne la voyait mendier qu'au bout de trois semaines.

Il y avait un côté pratique à cette mesure, elle devait bien en convenir. Gitte n'était pas idiote.

Elle contempla les champs alentour et vit la voiture du facteur descendre à Maarup Kirkevej après l'église de Nordby. En cette saison, il ne se passait pas grand-chose dans le village. Les touristes n'étaient pas encore là, ou déjà repartis, la fratrie qui possédait presque toute l'île désormais était au travail dans ses entreprises de matériel agricole, et les autres restaient chez eux à attendre le journal télévisé et l'arrivée du printemps.

Il y avait bientôt deux ans qu'elle s'était installée dans ce bâtiment de ferme et son propriétaire lui disait à peine bonjour. Elle menait une vie solitaire mais elle en avait l'habitude. À de nombreux points de vue, elle était l'insulaire type. Les années qu'elle avait passées aux îles Féroé, sur l'île de Sprogø et maintenant sur celle de Samsø avaient été bien plus heureuses que ses années en ville, où les gens vivent les uns sur les autres sans pour autant se soucier de leur prochain. La vie insulaire était faite pour quelqu'un comme elle. Au pays des aveugles les borgnes sont rois.

Le véhicule de la poste s'arrêta dans la cour de la ferme. Le facteur en sortit, une lettre à la main. Le fermier ne recevait presque jamais de courrier. Il était du genre à se contenter de la lecture hebdomadaire des prospectus publicitaires du supermarché Brugsen à Maarup et son entourage devait l'avoir compris.

Avait-elle la berlue ? Le facteur ne venait-il pas de mettre la lettre dans sa boîte à elle ? Il avait dû se tromper !

Quand la voiture fut repartie, elle serra son peignoir autour d'elle et sortit en pantoufles ouvrir la boîte aux lettres.

L'adresse était rédigée à la main. Il y avait des années qu'elle n'avait pas reçu ce genre de lettre.

Elle prit une longue inspiration pour calmer son impatience, retourna l'enveloppe et la surprise et l'émotion lui serrèrent l'estomac comme un poing qui se ferme. Le nom de Nete Hermansen était inscrit au dos.

Elle relut plusieurs fois le nom de l'expéditeur et celui du destinataire puis alla s'asseoir à la table de la cuisine et chercha ses cigarettes. Elle resta un long moment assise à regarder la lettre fermée en essayant de deviner ce qu'elle contenait.

Nete Hermansen ! Comme c'était loin tout ça !

À la fin de l'été 1956, six mois après que Gitte eut fêté ses vingt-deux ans, elle avait pris la navette postale entre Korsør et Sprogø, le cœur plein d'espérance, sans rien connaître de cet endroit qui allait devenir son domicile pour longtemps.

Elle était allée se présenter au médecin-chef de Brejning pour lui demander s'il la pensait qualifiée pour occuper un poste là-bas. Il l'avait longuement observée à travers ses épaisses lunettes à monture d'écaille. Son regard plein de chaleur et d'intelligence était une réponse en soi. Une fille jeune, naturelle et en parfaite santé ferait merveille dans un travail comme celui-là, avait-il dit, et il en fut ainsi.

Elle avait de l'expérience avec les fous. Certains pouvaient être assez violents mais la plupart étaient faciles à gérer. On l'avait prévenue que les filles internées sur l'île étaient loin d'être aussi stupides que les patients dont elle s'occupait à l'institution de Brejning, ce qui lui convenait bien.

Lorsqu'elle arriva, elles étaient toutes venues sur le débarcadère, amassées en un petit troupeau, dans leurs longues robes à carreaux. Elles agitaient les mains et faisaient de grands sourires. Gitte avait trouvé leurs cheveux affreux et leurs sourires trop larges. Plus tard elle avait appris que les pensionnaires détestaient la femme qu'elle venait remplacer et que les filles avaient compté les jours en attendant que le bateau les débarrasse de cette créature honnie.

C'est pour cela qu'elles l'accueillirent avec des embrassades et des tapes amicales.

« Oh ! la la ! je t'aime beaucoup », s'était exclamée une fille trois fois plus grande que les autres, en serrant Gitte si fort qu'elle en avait gardé des bleus sur tout le corps pendant des semaines. Elle s'appelait Viola et Gitte s'était vite lassée de sa personnalité envahissante.

Bref, sa venue était attendue et espérée.

« Je vois dans le dossier qui nous est parvenu de Brejning que vous vous prétendez infirmière. Pour ma part je ne vous reconnaîtrai pas cette compétence mais je ne la démentirai pas non plus si vous persistez à vous faire passer pour une infirmière diplômée. Nous manquons de fonctionnaires qualifiés, et peut-être vos prétentions auront-elles pour effet de créer une émulation bénéfique au sein de notre personnel. Nous nous sommes comprises ? »

Le sourire n'était pas de mise dans le bureau de la directrice, mais elle savait que derrière la fenêtre un groupe de filles hilares l'espionnait en douce. Elles se bousculaient en faisant des grimaces et avaient l'air d'épouvantails à moineaux, avec leur coupe au bol.

« Vous avez de bonnes références mais vous devez savoir que vos cheveux longs risquent de susciter des envies que nous réprimons chez les pensionnaires. Je vous prie donc de les dissimuler sous une résille quand vous circulerez parmi elles.

« J'ai fait nettoyer et préparer votre chambre. Dans l'avenir vous veillerez vous-même à son entretien. Nous attachons plus d'importance à l'hygiène et à l'ordre chez nous qu'on ne le faisait dans votre précédent lieu de travail. Nous souhaitons que tout le monde ici, y compris nos filles, porte des vêtements propres. La toilette du matin est obligatoire. »

Elle conclut son discours par un bref salut du menton et attendit que Gitte en fasse autant. Ce qu'elle ne manqua pas de faire.

Elle avait remarqué Nete pour la première fois en traversant le réfectoire pour rejoindre les quartiers du personnel.

La jeune fille était assise près d'une fenêtre et elle regardait l'océan comme si rien d'autre n'existait. Ni les autres pensionnaires qui jacassaient autour d'elle, ni la grande Viola qui salua bruyamment Gitte sur son passage, ni la nourriture sur la table ne parvenaient à briser le calme de son attitude. La lumière extérieure éclairait son visage, dessinant des zones d'ombre qui semblaient projeter vers l'infini ses pensées les plus intimes. Dès cette seconde, Gitte tomba sous son charme.

Lorsque la directrice présenta Gitte aux filles, toutes se mirent à applaudir en criant leur propre nom, l'index posé sur la poitrine. Les seules à réagir différemment furent Nete et une autre fille assise en face d'elle. Nete se contenta de tourner la tête et de la regarder droit dans les yeux, comme si elle était à l'abri derrière sa carapace. L'autre la jaugea de haut en bas d'un air plein de concupiscence.

« Comment s'appelle la fille toute tranquille qui regardait par la fenêtre tout à l'heure ? » s'enquit-elle peu après, une fois installée à table avec le reste du personnel.

« Je ne vois pas de qui vous voulez parler, répondit la directrice.

— Celle qui était en face de la fille provocante.

— En face de Rita ? Alors il doit s'agir de Nete, dit sa voisine. Elle passe ses journées devant cette fenêtre à observer l'océan et à regarder les mouettes. Mais détrompez-vous, Nete est tout sauf quelqu'un de tranquille ! »

Gitte ouvrit la lettre de Nete Hermansen et la parcourut. Ses mains tremblaient de plus en plus au fur et à mesure qu'elle avançait dans sa lecture. Lorsqu'elle fut parvenue au passage où Nete annonçait qu'elle souhaitait faire don à Gitte de la somme de dix millions de couronnes, elle eut le souffle coupé et dut poser la feuille sur la table. Pendant plus de dix minutes elle déambula dans sa petite cuisine sans oser regarder la lettre. Elle se mit à ranger les pots de thé, de sucre et de farine, passa le chiffon sur les étagères, essuya longuement ses mains sur ses hanches avant de se décider à poser de nouveau les yeux dessus. Elle avait bien lu : dix millions de couronnes. Et un peu plus bas il était écrit qu'un chèque était joint à la lettre. Elle plongea une main dans l'enveloppe et constata que c'était la vérité. Elle ne l'avait pas remarqué de prime abord.

Elle s'assit lourdement sur une chaise et regarda autour d'elle dans la pièce, le menton tremblant.

« C'est Nete qui m'a écrit », se répéta-t-elle à plusieurs reprises, avant de retirer son peignoir.

Le chèque était d'un montant de deux mille couronnes. C'était bien plus qu'il n'en fallait pour l'aller-retour en ferry et le train pour Copenhague. Elle ne pouvait pas tirer le chèque sur sa banque à Tranebjerg parce que son découvert était supérieur à ce montant, mais elle demanderait au fermier de le lui reprendre pour mille cinq cents. Ensuite elle foncerait avec son vélo jusqu'à l'épicerie de Maarup.

Elle ne pouvait pas faire face à ce qui lui arrivait sans se donner un peu de courage. Et le choix qu'offrait Brugsen en matière de boissons alcoolisées était plus qu'acceptable.

19

Septembre 1987

Nete rassembla les brochures soigneusement rangées sur la table basse du salon et posa le tas sur le rebord de la fenêtre. Il s'agissait de fiches descriptives d'appartements qu'elle avait sélectionnés parmi les trois pièces les plus attrayants dans les communes de Santa Ponsa, Andratx et Porto Cristo. Il y avait également une ou deux maisons à Son Vida et Pollença ainsi qu'un magnifique penthouse à San Telmo. Un large choix à des prix raisonnables. Les rêves se bousculaient, et à présent elle allait les réaliser.

Désormais, quand l'hiver s'installerait, elle quitterait le Danemark. Majorque lui semblait une bonne destination. Au milieu des splendides paysages des Baléares, elle allait recueillir les fruits du travail de son défunt mari et vieillir dans la dignité.

Après-demain, quand tout serait terminé, elle achèterait son billet pour Palma et se mettrait à la recherche de la demeure idéale. Dans une semaine elle serait loin.

Elle sortit une fois encore sa liste de noms et les survola en faisant défiler dans sa tête la succession des événements à venir. Rien ne devait être laissé au hasard.

Le programme était le suivant :

Rita Nielsen : 11.00-11.45
Rangement : 11.45-12.30

Tage Hermansen : 12.30-13.15
Rangement : 13.15-13.45

Viggo Mogensen : 13.45-14.30
Rangement : 14.30-15.00

Philip Nørvig : 15.00-15.45
Rangement : 15.45-16.15

Curt Wad : 16.15-17.00
Rangement : 17.00-17.30

Gitte Charles : 17.30-18.15
Rangement : 18.15

Elle imagina l'arrivée de chacun de ses invités et hocha la tête. L'organisation était parfaite.

Chaque fois qu'elle aurait fait entrer un hôte dans l'appartement, elle appuierait sur le bouton pour désactiver l'interphone. Dès que celui ou celle qui se trouvait à l'intérieur ne serait plus en mesure de se défendre, elle passerait au suivant. Si elle prenait du retard, elle rallumerait l'interphone et demanderait à la prochaine victime de bien vouloir revenir un peu plus tard. Si l'une d'entre elles arrivait en retard, elle la passerait en fin de liste et lui suggérerait d'aller se promener du côté du restaurant Søpavillon et de manger un morceau à ses frais. Ils feraient ce qu'elle leur dirait. La situation et la somme qui était en jeu désamorceraient leurs éventuelles réticences.

Et pour le cas malencontreux où deux d'entre eux se croiseraient dans la rue devant son immeuble, elle avait pris la précaution de faire se succéder des gens qui ne s'étaient jamais rencontrés. Il était possible évidemment que Curt Wad et Gitte Charles se connaissent, sachant que tous les deux fréquentaient le milieu médical, mais le risque qu'un homme comme Curt Wad ne se montre pas d'une scrupuleuse ponctualité était extrêmement faible.

« J'ai bien fait de convoquer Gitte Charles en dernier », dit-elle à voix haute. Avec elle il fallait s'attendre à ce que l'heure du rendez-vous ne soit pas respectée. Elle n'était pas femme à s'encombrer de ce genre de détails.

Le plan était bon, et elle avait tout son temps pour l'exécuter.

Elle était sûre qu'aucun des occupants de l'immeuble n'ouvrirait la porte sur la rue s'ils n'attendaient pas de visite. Les junkies de la place Blaagaard et les vols qu'ils avaient commis dans le quartier avaient suffi à inciter les gens à la prudence.

Maintenant que tout était prêt, elle avait toute la soirée pour s'occuper des derniers détails.

S'assurer par exemple que la pièce était complètement étanche. Pour cela un test s'imposait.

Elle prit un tournevis dans la boîte à outils posée dans le placard sous l'évier de la cuisine. Elle sortit de l'appartement et se mit à genoux sur le palier devant sa porte d'entrée fermée. Elle dut forcer un peu pour dévisser la plaque avec son nom parce que l'un des pas de vis était abîmé. Elle la glissa dans un filet à provisions et descendit dans la rue.

Elle alla d'abord chez le cordonnier qui faisait aussi office de serrurier et dont l'échoppe se trouvait sur la place Blaagaard puis chez le quincaillier de Nørrebrogade.

« Je vais voir ce que je peux faire », promit le premier derrière son comptoir, en examinant la plaque de porte de Nete. « Mais je ne peux pas vous en faire une neuve avant au moins une heure et quart. J'ai des talons à refaire sur une paire de chaussures avant.

— C'est parfait. Je reviendrai dans une heure et demie exactement. Et soyez gentil d'utiliser les mêmes caractères et de bien orthographier mon nom. »

Voilà une bonne chose de faite, se dit-elle tandis qu'elle s'éloignait. L'interphone indiquait encore le nom de Nete Rosen, mais elle arrangerait ça avec un autocollant et un stylo-feutre. Elle avait décidé de reprendre le nom de Nete Hermansen. Elle avait déjà fait toutes les démarches administratives en ce sens. Ses voisins seraient sans doute surpris, mais c'était leur problème.

« Je voudrais des produits qui sentent très fort », dit-elle au quincaillier de Nørrebrogade. « J'enseigne la biologie, et demain je donne un cours sur l'odorat à mes élèves. J'ai déjà des choses qui sentent bon. Je voudrais que vous m'aidiez à trouver des matières ou des liquides qui ont des odeurs amères et puissantes. »

Le commerçant lui fit un sourire en coin. « Je peux vous proposer de l'essence de térébenthine, de l'ammoniaque et du pétrole lampant. Et puis je vous conseille de faire cuire des œufs durs et d'apporter une bouteille de vinaigre. Je vous garantis qu'ils vont avoir les larmes aux yeux, vos gosses.

— Je vous remercie. Donnez-moi aussi du formol. Quatre ou cinq bouteilles, ça suffira. »

Quelques sourires furent échangés, des sacs en plastique passèrent d'une main à l'autre et le tour était joué.

Deux heures plus tard, la nouvelle plaque avec le nom de Nete Hermansen était fixée à la porte derrière laquelle allait bientôt s'accomplir son ultime vengeance.

Elle rentra chez elle. Se rendit dans la cuisine où elle prit huit assiettes creuses qu'elle apporta dans la pièce au fond du couloir.

Par mesure de précaution elle protégea la table avec des feuilles de papier journal. Puis elle disposa les assiettes et remplit chacune d'entre elles avec un produit très parfumé ou très nauséabond. Eau de Cologne, extrait de lavande, essence de térébenthine, pétrole, trichloréthylène, vinaigre, eau de Javel et enfin ammoniaque.

En remplissant la dernière, les vapeurs d'ammoniaque l'assaillirent, dilatant douloureusement ses narines et sa gorge.

Elle laissa les bouteilles sur place, battit en retraite aussi vite que possible, et referma la porte.

« Oh ! mon Dieu », gémit-elle en courant vers la salle de bains où elle se lava le visage à l'eau froide plusieurs fois de suite. L'odeur de toutes ces substances mélangées était épouvantable et elle eut toutes les peines du monde à s'en débarrasser. On aurait dit qu'elles avaient ouvert une brèche, passant directement de ses narines à son cerveau.

Elle tituba de pièce en pièce, ouvrant grand les fenêtres afin que s'évacuent les effluves qui s'étaient échappés en même temps qu'elle de la chambre capitonnée et s'accrochaient encore à ses vêtements.

Au bout d'une heure elle referma les fenêtres et rangea les bouteilles de formol à côté de la caisse à outils, dans le fond du placard de la cuisine. Puis elle sortit de l'appartement et alla s'asseoir sur son banc près du lac.

Un léger sourire flottait sur ses lèvres.

Son plan était infaillible.

Au bout d'une heure, elle était prête à retourner chez elle. Elle respirait à nouveau librement, et la douce brise de l'été indien avait aéré ses vêtements. Elle se sentait heureuse et en paix. Son projet avançait bien.

Et si par hasard elle sentait la moindre odeur dans l'escalier ou dans l'appartement, elle devrait travailler toute la nuit pour y remédier. Il n'y avait pas d'autre solution. Puisqu'elle n'avait aucun moyen de savoir si le formol aurait l'effet escompté, il était indispensable que la pièce soit parfaitement étanche. Sinon elle ne pourrait pas partir pour Majorque. Et ça, elle y tenait beaucoup.

Elle pénétra dans l'immeuble et respira longuement. Elle sentit des effluves de parfum de femme, puis l'odeur du chien de sa voisine, mais rien d'autre. Et elle avait toujours eu un excellent odorat.

Elle s'arrêta à chaque étage pour humer l'air. Quand elle fut parvenue au quatrième, elle se mit à genoux devant sa porte d'entrée, le nez collé sous le clapet de la boîte aux lettres. Elle renifla à fond.

Elle sourit. Toujours pas d'odeur.

Enfin elle pénétra dans son logement qui sentait exactement comme lorsqu'elle l'avait aéré avant de partir une heure auparavant. Elle ferma les yeux et tâcha de se concentrer sur le seul de ses cinq sens qui ferait la différence entre le succès et l'échec de son entreprise. Rien.

Après avoir passé une heure de plus dans l'appartement sans percevoir la moindre trace d'émanations venant de la pièce au fond du corridor, elle y entra.

Instantanément, les larmes lui montèrent aux yeux. On aurait dit une attaque à la bombe lacrymogène : l'âcre odeur agressait chaque pore de sa peau, partout où elle n'était pas couverte par ses vêtements. Elle ferma bien fort les yeux, mit une main devant sa bouche et se précipita pour ouvrir la fenêtre.

Comme une personne qui se noie, elle pencha la tête à l'extérieur, toussa à en perdre haleine jusqu'à ce qu'elle parvienne à reprendre son souffle.

Au bout d'un quart d'heure, elle avait vidé le contenu des assiettes dans les toilettes et les avait lavées et rincées plusieurs fois. Elle ouvrit à nouveau toutes les fenêtres de l'appartement. La nuit n'était pas encore tombée quand elle décida que le test était concluant.

Alors elle mit une nappe blanche sur la grande table dans la pièce fermée. Elle sortit sa plus belle vaisselle, ajouta des verres en cristal et des couverts en argent. Enfin elle posa des petits cartons sur lesquels était inscrit, dans une calligraphie élégante, le nom de chaque convive.

Une table festive pour un repas de fête.

Sa tâche terminée, dans les dernières lueurs du jour, elle regarda par la fenêtre le feuillage des châtaigniers qui commençait déjà à jaunir. Heureusement, elle serait bientôt loin.

Avant d'aller se coucher, elle pensa à refermer soigneusement les fenêtres de la pièce hermétique au fond du corridor. Puis elle étala un joint de silicone translucide tout autour des battants et contempla son travail avec satisfaction.

Il risquait de se passer un certain temps avant que quelqu'un ouvre à nouveau ces fenêtres.

20

Novembre 2010

Des nuages noirs et menaçants s'amoncelaient tranquillement au-dessus de la tête de Carl. Il y avait l'affaire du pistolet à clous avec les soupçons de Hardy et les pièces marquées de ses empreintes digitales, le mariage de Vigga et les conséquences que celui-ci allait avoir sur ses finances, le passé d'Assad, les bizarreries de Rose, les bavardages imbéciles de Ronny et ce dîner de la Saint-Martin totalement raté. Il n'avait jamais eu autant de soucis en même temps. Il avait à peine le temps de déplacer le poids de son corps d'une fesse à l'autre sur son fauteuil de bureau que de nouveaux problèmes lui tombaient sur la tête. Se noyer dans les soucis n'allait pas du tout au teint de l'irréprochable fonctionnaire à qui on confiait d'ordinaire les énigmes sur lesquelles d'autres s'étaient cassé les dents. Bientôt il faudrait monter un nouveau département entièrement dédié à la résolution de ses problèmes à lui.

Carl poussa un gros soupir, prit une cigarette et alluma la chaîne d'infos TV2. Il se dit que le fait de voir des gens qui avaient plus d'emmerdements que lui le soulagerait.

Un simple coup d'œil à l'écran vous remettait les pieds sur terre. En ce moment, cinq hommes d'âge mûr étaient en train de faire de la philosophie de comptoir sur la politique de rigueur du gouvernement. Qu'est-ce qu'on en avait à foutre ? Cela ne mènerait à rien de toute façon.

Il prit distraitement la feuille et le rapport de police que Rose avait déposés sur son bureau pendant qu'il était chez Marcus. Une pauvre demi-page de renseignements griffonnés à la main. C'était vraiment tout ce qu'elle avait pu découvrir sur Gitte Charles, aide-soignante à Sprogø ?

Il lut les quelques lignes et il n'y avait pas de quoi lui remonter le moral.

Bien que Rose ait posé des tas de questions à des tas de gens, personne au bureau des aides à domicile pour lequel Gitte Charles travaillait à Samsø ne se souvenait d'elle, et par conséquent on avait aussi oublié les vols commis chez plusieurs personnes âgées dont Gitte Charles s'occupait. Aucun détail non plus sur son passage à l'hôpital de Tranebjerg, qui avait été fermé depuis et dont le personnel était dispersé aux quatre vents. Sa mère était décédée depuis belle lurette et son frère avait émigré au Canada, où il était mort quelques années plus tôt. L'unique personne qui avait réellement été en contact avec elle était le bonhomme qui lui louait une chambre dans sa ferme sur Maarup Kirkevej à Samsø, il y avait vingt-trois ans.

La description que Rose faisait du fermier ne manquait pas de sel. Elle avait écrit à son propos : *Soit le type est complètement demeuré, soit il est sacrément roublard. Depuis l'époque où Gitte Charles était sa locataire, il y en a eu quinze ou vingt autres comme elle dans son logement de pygmée de vingt et un mètres carrés. Il se souvient parfaitement de Gitte Charles mais n'a rien à dire sur elle. C'est le genre de bouseux avec des bottes pleines de fumier et des vieux tracteurs en train de rouiller dans sa cour qui pense que l'argent gagné au noir est le seul qui vaille la peine.*

Carl posa le message de Rose et prit dans le dossier le rapport d'enquête de la police sur la disparition de Gitte Charles. Là non plus, il n'y avait pas grand-chose.

Sur TV2, l'image à l'écran changea. Il y eut deux ou trois plans sur une vaste assemblée puis quelques gros plans sur de vieux messieurs aux larges sourires qui ne semblaient destinés à personne en particulier.

Le commentateur ne cherchait même pas à cacher le mépris que lui inspiraient les gens dont il parlait.

« Maintenant que le parti Rene Linier est parvenu, après de multiples tentatives, à rassembler assez de signatures pour se présenter aux prochaines élections du Folketing, on est en droit de se demander si la politique danoise a touché le fond. Depuis l'époque de l'Opsvingspartiet, on n'avait pas vu émerger au Danemark un parti politique avec un programme aussi radical et des opinions d'un caractère aussi controversé et critiquable de l'avis de beaucoup de nos concitoyens. Lors de l'assemblée générale qui a eu lieu aujourd'hui, le fondateur de Rene Linier, le souvent contesté et très belliqueux médecin spécialiste de la fertilité Curt Wad, a présenté les candidats de son parti aux prochaines élections législatives et, contrairement à ce qu'on avait pu observer dans les rangs de l'Opsvings-partiet en son temps, on trouve parmi ces candidats de nombreuses personnalités éminentes qui ont fait de belles carrières. Avec une moyenne d'âge de quarante-deux ans, Rene Linier fait taire ses détracteurs qui prétendent que le parti recrute ses représentants auprès du troisième âge. Il est un fait cependant que le fondateur de Rene Linier, Curt Wad, a aujourd'hui quatre-vingt-huit ans et que plusieurs membres du bureau du parti ont depuis longtemps pris leur retraite. »

Carl vit apparaître à l'écran un homme de grande taille avec des favoris blancs qui ne faisait pas du tout ses quatre-vingt-huit ans. *Curt Wad. Médecin. Fondateur du parti*, disait le bandeau sous l'image.

« Vous avez lu mes notes et le rapport de police sur la disparition de Gitte Charles ? » demanda brusquement Rose, faisant irruption dans son bureau.

Après s'être entretenu avec sa sœur Yrsa, Carl eut un peu de mal à garder son sérieux en voyant l'accoutrement de Rose. Ces vêtements noirs, ce maquillage et ces talons capables d'embrocher un cobra en une seconde étaient-ils eux aussi une simple façade ?

« Euh, oui. Vaguement.

— Pas facile de trouver quelque chose sur cette Gitte Charles en dehors de ce qui figurait dans le rapport que Lis nous a descendu au départ. La police n'avait pas la moindre piste quand elle a disparu et ils se sont contentés de lancer un avis de recherche. On a mis en avant son problème de boisson et même si, étrangement, personne n'a réellement affirmé qu'elle était alcoolique, la police a plus ou moins considéré qu'elle avait dû disparaître après avoir bu plus que de raison. Comme elle n'avait ni famille, ni collègues, on a vite abandonné les recherches. Exit Gitte Charles.

— Il est mentionné qu'on l'a aperçue à bord du ferry de Kalundborg. L'hypothèse qu'elle soit tombée par-dessus bord a-t-elle été envisagée ? »

Rose le gratifia d'une mimique agacée. « Non, Carl. On l'a vue descendre du ferry, et je vous l'ai déjà dit. Vous n'avez pas consacré plus de quelques secondes à lire ce rapport, je me trompe, Carl Mørck ? »

Il décida d'ignorer sa remarque. Il était passé maître dans l'art de l'esquive. « Comment a réagi son propriétaire quand elle a disparu ? demanda-t-il. Il a dû se rendre compte qu'elle ne payait plus son loyer ?

— Le loyer était payé directement par les services sociaux. Il paraît que c'était pour l'empêcher de le boire. Quant à son propriétaire, il ne lui est pas venu à l'idée de signaler sa disparition aux autorités, ce salaud s'en fichait, tant que l'argent continuait à tomber. C'est l'épicier qui a donné l'alerte. Il a dit que Gitte Charles était passée dans sa boutique le 31 août avec mille cinq cents couronnes en poche et l'air de se prendre pour la reine de Saba. Elle aurait raconté à l'épicier qu'elle avait fait un gros héritage et qu'elle partait à Copenhague le chercher. Il s'est moqué d'elle et elle l'a mal pris. »

Carl s'appuya au dossier de son fauteuil. « Un héritage ! Et c'était vrai ?

— Non. J'ai vérifié. Pas d'héritage.

— Hum. Effectivement, le contraire m'aurait surpris.

— Il faut quand même que je vous lise une phrase qui vous a échappé dans ce rapport et qui mérite qu'on s'y attarde. »

Elle prit le dossier et l'ouvrit à peu près au milieu.

« Voilà, c'est là. L'épicier est allé signaler sa disparition une semaine plus tard parce qu'elle lui avait posé un billet de cinq cents couronnes dans le creux de la main en lui disant que si elle n'était pas de retour la semaine suivante avec dix millions de couronnes dans la poche il lui devrait le café et le pousse-café et elle récupérerait les cinq cents couronnes. L'épicier ne risquait pas grand-chose à prendre le pari, alors il lui a tapé dans la main.

— Dix millions ! Carl siffla. Elle n'a pas disparu, elle est partie dans un monde imaginaire.

— Possible. Mais attendez une seconde. Quand l'épicier a vu son vélo garé dans le port la semaine suivante, il a commencé à se poser des questions.

— Il y avait de quoi. Il avait toujours le billet et je suppose qu'il n'était pas du genre à cracher sur un billet de cinq cents couronnes.

— Bien vu. Je vous lis ce qui est écrit dans le rapport : *L'épicier Lasse Bjerg déclare qu'à moins que Gitte Charles ait réellement amassé dix millions de couronnes et laissé son ancienne vie derrière elle pour en commencer une nouvelle, il a dû lui arriver malheur.* J'ai relevé quelques-unes de ses remarques : *Cinq cents couronnes représentaient une somme énorme pour une fille comme Gitte Charles. Je ne vois pas pourquoi elle me les aurait données comme ça.*

— J'ai presque envie d'aller faire un tour à Samsø pour jeter un coup d'œil et bavarder avec l'épicier et le fermier, dit Carl. Et puis ça me ferait prendre l'air.

— Cela ne vous mènera nulle part, Carl. L'épicier est dans une maison de retraite et il est complètement sénile ; quant au fermier, je lui ai déjà parlé. Autant pisser dans un violon. Les affaires de Gitte ne sont plus là. L'imbécile a tout vendu dans un vide-greniers une fois qu'il a été certain qu'elle ne reviendrait pas. Histoire de presser le citron jusqu'à la dernière goutte.

— La piste est froide, alors.

— Glacée !

— Bon, qu'est-ce qu'on a d'autre ? Nous savons que deux personnes qui se connaissaient, Gitte Charles et Rita Nielsen, ont mystérieusement disparu le même jour. La première n'a rien laissé derrière elle. L'ancienne employée de Rita Nielsen a encore un certain nombre d'effets ayant appartenu à sa patronne... » Carl s'apprêtait à extraire une cigarette de son paquet mais ses doigts se figèrent à mi-chemin sous le regard glacial de Rose. « Nous pourrions éventuellement aller rendre visite à Lone Rasmussen et fouiller un peu dans les affaires de Rita Nielsen, sauf que Vejle est à l'autre bout du monde.

— Elle n'habite plus Vejle, précisa Rose.

— Ah bon, elle habite où, alors ?

— Thisted.

— C'est encore plus loin.

— Exact. Je voulais juste signaler qu'elle n'habitait plus Vejle. »

Carl prit quand même une cigarette et il allait l'allumer quand Assad fit irruption dans son bureau en agitant la main comme pour disperser une fumée qui ne s'y trouvait pas encore. C'est fou ce qu'ils étaient devenus sensibles, tous.

« Vous venez de parler de Gitte Charles tous les deux, alors ? » s'enquit Assad.

Ils hochèrent la tête de concert.

« Je ne suis arrivé à rien pour ce pêcheur, Viggo Mogensen, poursuivit-il. Mais j'ai avancé sur Philip

Nørvig. J'ai pris rendez-vous avec sa veuve, qui habite toujours dans leur maison à Halsskov. »

Carl leva les yeux au ciel. « Et ce serait pour quand ? Pas demain, j'espère ? »

Les paupières de Rose se levèrent péniblement. Elle avait vraiment l'air crevé. « Réveillez-vous, Carl, lui dit-elle. Vous ne croyez pas qu'on a assez végété ici ? »

Il regarda Assad. « Tu as pris rendez-vous pour demain, c'est ça ? »

Assad leva un pouce en l'air. « Je pourrai conduire ? » supplia-t-il.

Et puis quoi encore ?

« Il y a votre portable qui sonne, Carl », fit remarquer Rose en désignant l'objet qui se déplaçait en bourdonnant sur son bureau.

Il jeta un coup d'œil à l'écran, ne reconnut pas le numéro et prit l'appel malgré tout.

La voix au bout du fil était féminine mais pas particulièrement avenante. « Bonjour, je voudrais parler à un dénommé Carl Mørck, dit-elle.

— C'est moi.

— Dans ce cas, je vous prie de venir au Tivoli Hall pour régler une note laissée par votre cousin. »

Carl compta jusqu'à dix avant de répliquer : « Et en quoi est-ce que cela me concerne ?

— J'ai ici un ticket de caisse avec un véritable roman au dos. Je vais vous le lire : *Je suis désolé, je vais devoir me sauver pour attraper mon avion. Mon cousin Carl Mørck, qui est vice-commissaire de la police criminelle et qui a son bureau à l'hôtel de police, m'a promis de passer tout à l'heure pour vous payer. Vous le connaissez. C'est lui qui était avec moi*

269

quand vous m'avez servi. Il m'a dit de vous laisser son numéro de portable au cas où il ne pourrait pas se déplacer tout de suite pour que vous décidiez avec lui d'un moment où il pourrait venir régler la note.

— Quoi ? » s'écria Carl. Il était trop soufflé pour trouver autre chose à dire.

« La serveuse a trouvé ce mot sur la table. »

Carl se sentit un peu comme à l'époque où il était Cul de pat' dans les scouts et où son chef de patrouille le faisait courir un kilomètre et demi sous la pluie pour aller chercher une barre à feu.

« J'arrive tout de suite », dit-il, décidant dans le même temps de faire un détour par Vanløse sur le chemin du retour pour rendre une petite visite de courtoisie à un certain Ronny Mørck.

On ne pouvait pas dire que Ronny vivait dans le luxe. L'endroit donnait sur l'arrière-cour d'une arrière-cour. Pour y accéder, il fallait emprunter un escalier rouillé le long d'une façade borgne et traverser un palier encombré. L'entrée se faisait par une porte métallique qui devait faire au moins la hauteur d'un étage et demi. On aurait dit une cabine de projectionniste dans un cinéma désaffecté. Carl tapa plusieurs fois sur la porte avec le poing avant d'entendre crier à l'intérieur et, trente secondes plus tard, un bruit de serrure.

Cette fois Ronny était vêtu d'une tenue plus homogène. Il portait un marcel orné de dragons crachant le feu, un slip assorti et rien d'autre.

« J'ai déjà ouvert les bières, tu tombes bien », dit-il en l'attirant dans une pièce enfumée, chichement éclairée par une lampe surmontée d'un abat-jour rotatif à l'intérieur duquel tombait une cascade d'eau colo-

270

rée. Les autres lampes du logement étaient en papier de couleur et décorées de motifs d'un érotisme sans équivoque.

« Je te présente Mae ! Enfin moi, c'est comme ça que je l'appelle en tout cas », dit-il en montrant du doigt une femme d'origine asiatique que le corps de Ronny aurait pu contenir au moins quatre fois.

La femme ne se retourna pas. Elle était occupée à touiller le contenu de plusieurs casseroles de ses petits bras maigres, emplissant l'atmosphère d'un parfum de banlieue de Pattaya auquel on aurait ajouté une pincée d'odeur de charbon de bois du barbecue de ses voisins à Allerød.

« Il faut l'excuser, elle est occupée. C'est bientôt l'heure de la soupe », expliqua Ronny en se laissant tomber dans un canapé défoncé recouvert de morceaux de tissu couleur curry qui devaient être de vieux sarongs.

Carl s'assit en face de son cousin et accepta la bière qu'il avait posée devant lui sur la table en ébène.

« Tu me dois six cent soixante-dix couronnes et une explication : comment peux-tu déjà avoir envie de manger après le repas que tu as pris au Tivoli Hall tout à l'heure ? »

Ronny s'esclaffa en se donnant des claques sur la panse. « J'ai de l'entraînement », dit-il, ce qui amena la femme thaïe à se retourner et à lui sourire avec les dents les plus blanches que Carl ait jamais vues. Elle n'était pas jeune et lisse comme les Thaïlandaises de vingt-cinq ans qu'on rencontre d'habitude. Celle-ci avait un visage marqué, avec des cernes, des rides d'expression et un regard qui en disait long.

Un à zéro pour Ronny, songea Carl.

« Tu m'avais invité, Carl. Je t'avais prévenu au téléphone. Tu me convoques pendant mes heures de travail, cela mérite un dédommagement, c'est comme ça ! »

Carl inspira longuement. « Je t'ai convoqué ? Tes heures de travail ? Est-ce qu'il serait indiscret de te demander de quel travail tu parles, Ronny ? Tu es devenu mannequin pour sous-vêtements masculins ? »

Il vit le dos de la femme thaïe tressauter devant ses fait-tout tandis que le visage de Ronny se fendait en un large sourire. En plus d'avoir le sens de l'humour, la compagne de Ronny comprenait donc parfaitement le danois.

« À la tienne, Carl, dit son cousin. Je suis content de te revoir.

— Je peux faire une croix sur mes six cent soixante-dix couronnes, si j'ai bien compris ?

— Ouaip. Mais par contre, tu vas avoir l'occasion de goûter le meilleur *tom kha gai* de ta vie.

— Ouhhh ! J'ai peur ! Tu es sûr que ça se mange ? »

Le dos de la femme thaïe tressauta à nouveau devant ses fourneaux.

« C'est de la soupe au poulet et au lait de coco avec du piment, du combava et du gingembre galanga, expliqua Ronny.

— Bon, Ronny, écoute-moi maintenant. Tu m'as arnaqué de six cent soixante-dix couronnes aujourd'hui, admettons, mais je te préviens, tu ne m'auras pas une deuxième fois. Je suis en train de me débattre avec tout un tas de problèmes en ce moment et notre conversation m'a mis mal à l'aise. Est-ce que tu as dans l'idée de me faire chanter, Ronny ? Parce que dans ce cas, il faut que je te prévienne que tu n'auras pas plus de cinq minutes pour décider entre le tribunal ou l'avion qui vous ramènera tous les deux, ta petite Mae et toi, à Naisoi-les-Deux-Nems, ou je ne sais pas d'où vous venez. »

Quand elle entendit cela, la femme se retourna et se mit à hurler quelque chose à Ronny en thaï. Il secoua la tête plusieurs fois et parut tout à coup très en colère. C'était comme si ses sourcils touffus prenaient vie et répondaient dans leur propre langage.

Il se tourna à nouveau vers Carl. « Je tiens à te signaler d'une part que c'est toi qui m'as appelé le premier et d'autre part que mon épouse, May-Ying-Thahan Mørck, vient de te rayer de la liste des invités. »

Moins d'une minute plus tard, il était dehors. La femme maniait les ustensiles de cuisine à la perfection et ce ne devait pas être la première fois qu'elle mettait quelqu'un à la porte de cette façon.

Nos routes se séparent à nouveau, Ronny, songea Carl avec la désagréable sensation que cela n'avait rien de certain. Il sentit son mobile vibrer dans sa poche et devina que l'appel venait de Mona avant d'avoir consulté l'écran.

« Bonjour chérie », dit-il en faisant semblant d'être encore enrhumé, mais pas trop non plus au cas où elle aurait envie de le voir.

« Si tu veux avoir une deuxième chance de faire la connaissance de ma fille et de son fils Ludwig, c'est demain », annonça-t-elle.

Apparemment cela lui tenait à cœur.

« Avec plaisir », répondit-il avec plus d'enthousiasme que l'invitation ne l'exigeait.

« Parfait. Alors demain chez moi à dix-neuf heures. Et au fait, tu as rendez-vous avec Kris à quinze heures demain également, à son cabinet. Tu y es déjà allé.

— Ah bon ? Je ne me souviens plus, plaisanta-t-il.

— Alors je te le confirme. Tu en as besoin, Carl. Je sais reconnaître les signaux d'alarme, figure-toi.

— Je ne peux pas, je vais à Halsskov demain !

— Eh bien tu feras en sorte d'être rentré avant quinze heures, et puis c'est tout !

— Je te jure que je vais bien, Mona. Il n'y a plus la moindre trace de panique en moi quand je pense à cette affaire de pistolet à clous.

— Marcus Jacobsen m'a fait part de ton coup de gueule dans la salle de conférences aujourd'hui.

— Quel coup de gueule ?

— Tu comprends, Carl, j'ai besoin d'être sûre que l'homme que j'ai plus ou moins choisi comme amant régulier a un psychisme suffisamment équilibré pour tenir ce rôle. »

Carl se creusa les méninges pour trouver une réponse adéquate mais elle lui avait coupé la chique. Pour exprimer ses sentiments à cet instant précis, la réaction la plus adaptée aurait été un petit pas de claquettes s'il avait su faire des claquettes, ce qui n'était pas le cas.

« Le fait est que la situation risque de devenir compliquée pour toi dans les jours à venir, poursuivit Mona. Je suis obligée de t'informer qu'ils ont trouvé autre chose dans la caisse où se trouvait le cadavre, et Marcus m'a demandé de te tenir au courant de la progression de l'affaire. »

Le pas de claquettes imaginaire stoppa net.

« Ils ont trouvé un morceau de papier sous le corps. Il s'agit de la photocopie d'une photographie. La photo représente Pete Boswell entre Anker et toi et il vous tient tous les deux par les épaules. »

21

Novembre 2010

« Vous avez l'air fatigué, chef, vous ne voulez pas que je conduise ? demanda Assad à Carl le lendemain matin.

— Oui, je suis fatigué, et non, tu ne conduiras pas cette voiture, Assad. En tout cas, pas tant que je serai assis dedans.

— Vous avez mal dormi ? »

Carl ne prit même pas la peine de répondre. Il avait très bien dormi mais pas plus de deux heures, parce qu'il avait passé la plus grande partie de la nuit à gamberger. La veille, Marcus lui avait envoyé un mail avec en pièce jointe la photo du Jamaïcain assassiné debout entre Anker et lui, ce qui confirmait l'information que Mona lui avait communiquée plus tôt dans la journée.

La police scientifique travaille actuellement sur la photo pour vérifier s'il pourrait s'agir d'un montage. Il vaudrait mieux qu'elle soit truquée, n'est-ce pas, Carl ? écrivait le chef de la Crim dans son mail.

Bien sûr qu'ils allaient prouver que c'était un faux ! Carl se demanda si avec cette question, Marcus espérait obtenir une confession de sa part.

Putain de bordel de merde ! Il n'avait jamais approché de près ou de loin ce macchabée de son vivant, il ne le connaissait ni d'Ève ni d'Adam, mais il y avait quand même de quoi lui faire perdre le sommeil. Si les techniciens de la police scientifique ne réussissaient pas à prouver que cette photo était truquée, la mise à pied lui pendait au nez. Il connaissait assez le patron pour le savoir.

Carl grinçait des dents dans les embouteillages du matin. Ils auraient dû partir une demi-heure plus tard. Il n'avait pas réfléchi.

« Beaucoup de voitures sur la route, dit Assad à côté de lui. Ce garçon était décidément très observateur.

— Si ce foutu bouchon ne se dégage pas bientôt, on ne sera pas à Halsskov avant dix heures.

— Ça n'a pas d'importance, chef. On a toute la journée devant nous.

— Non, je dois être rentré pour quinze heures.

— Je trouve qu'on devrait jeter cette chose-là par terre, alors, dit Assad en montrant le GPS. Si on quitte l'autoroute, on y sera beaucoup plus vite. Je vous dirai par où passer, chef. Je n'ai qu'à regarder sur la carte que j'ai apportée. »

L'idée d'Assad les amena une heure plus tard devant la maison de la veuve de Philip Nørvig à l'instant précis où débutaient les infos de onze heures à la radio.

« Une importante manifestation défile sous les fenêtres de Curt Wad à Brøndby, disait le speaker. L'action commune de plusieurs partis contestataires vise à démontrer à quel point les principes défendus par Rene Linier sont contraires à la démocratie. Curt Wad déclare... »

Sur ce, Carl coupa le moteur et posa le pied sur le gravier.

« Si Herbert n'avait pas été là !... »

La veuve de Philip Nørvig jeta un regard reconnaissant à un homme de son âge, c'est-à-dire environ soixante-dix ans, qui entrait dans la pièce au même moment.

« ... Ma fille Cécilie et moi n'aurions pas pu continuer à vivre dans cette maison. »

Carl salua poliment le bonhomme qui alla s'asseoir.

« J'imagine que cela a dû être une période pénible pour vous », dit Carl en hochant la tête avec compassion. Ce qui était probablement un euphémisme, car non content de faire faillite, son mari avait décidé en outre de plaquer sa famille et de fuir du jour au lendemain.

« Pardonnez-moi de vous demander cela de façon aussi brutale, madame Nørvig... » Carl eut un instant d'hésitation. « Vous vous appelez toujours Nørvig, n'est-ce pas ? »

La question la mit mal à l'aise et elle se frotta nerveusement le dos de la main. « Oui. Herbert et moi ne nous sommes pas mariés. Quand Philip a disparu, nous étions ruinés et la vie est devenue un peu compliquée. »

Carl n'eut aucune peine à sourire pour montrer qu'il comprenait. Il se fichait éperdument du statut marital des gens. « Pensez-vous que votre mari a tout simplement décidé de mettre la clé sous la porte parce que ses problèmes étaient devenus insurmontables ?

278

— Il ne s'est pas suicidé, si c'est ce que vous voulez dire. Il était beaucoup trop lâche pour faire ce genre de chose. » La réponse pouvait sembler dure mais Carl se dit qu'elle aurait sans doute préféré le retrouver pendu à la branche d'un arbre de leur jardin plutôt que de vivre dans l'incertitude.

« Ce n'est pas ce que j'ai voulu dire. Madame Nørvig, votre mari pourrait-il être parti volontairement ? Était-il le genre d'homme à mettre de l'argent de côté quelque part et à aller se cacher à l'autre bout du monde ? »

Elle le regarda d'un air surpris. Cette idée ne lui avait-elle jamais traversé la tête ?

« Impossible. Philip avait horreur des voyages. Je lui demandais souvent de m'emmener faire de petites excursions. Comme de partir en autobus visiter le Harz, en Allemagne, vous voyez ? Mais ça ne l'intéressait pas. Il détestait aller dans des endroits qu'il ne connaissait pas. Pourquoi croyez-vous qu'il ait installé son cabinet dans un trou paumé ? Tout simplement parce qu'il était né et avait grandi à deux kilomètres d'ici. Voilà pourquoi !

— Je comprends. Mais les circonstances ont pu l'obliger à s'en aller. Il y a des moments dans la vie où la pampa argentine ou les villages perdus en pleine montagne crétoise se révèlent bien pratiques pour faire disparaître les gens qui ont des problèmes chez eux ! »

Elle renifla avec mépris et secoua la tête. L'hypothèse de Carl était visiblement absurde.

C'est le moment que choisit l'homme qu'elle appelait Herbert pour intervenir.

« Pardonnez-moi de m'immiscer dans la conversation, mais je crois utile de préciser que Philip était dans la même classe que mon frère aîné et d'après celui-ci, Philip était l'incarnation du trouillard. » Il échangea un regard entendu avec sa concubine. Sans doute pour asseoir sa position de *meilleure affaire* que son prédécesseur. « Je vous donne un exemple : un jour où sa classe partait en excursion à Bornholm, Philip a refusé d'y aller. Arguant qu'il ne comprenait pas un mot à ce que les gens disaient là-bas, il avait décrété qu'il n'avait rien à y faire. Et malgré l'insistance de son instituteur, il est resté intraitable. Ce n'était pas la peine d'essayer de forcer Philip à faire quoi que ce soit qu'il n'ait pas décidé lui-même.

— La description que vous faites n'est pas exactement celle d'un trouillard, selon moi. Mais nos critères peuvent être différents bien sûr. Admettons que vous ayez raison et laissons mon point de vue de côté. Il ne s'est donc pas suicidé et il n'est pas non plus parti à l'étranger. Il ne nous reste que l'accident, le meurtre ou l'assassinat. Qu'est-ce qui vous paraît le plus plausible ?

— Moi, je crois que c'est cette fichue organisation dont il était membre qui l'a tué », dit la veuve en regardant Assad.

Carl tourna lui aussi les yeux vers son assistant dont les sourcils sombres avaient grimpé à la lisière de ses cheveux en compagnie de son habituelle collection de rides.

« Tu n'as pas le droit de dire ça, Mie », lui reprocha doucement Herbert du fond de son canapé. « Nous n'en savons rien. »

Carl riva son regard à celui de la vieille femme. « Je ne vous suis pas. De quelle organisation parlez-vous ?

Je ne vois rien dans le rapport de police concernant une quelconque organisation.

— C'est exact. Je n'en ai jamais parlé avant.

— Je vois. Alors peut-être pourriez-vous éclairer ma lanterne ? De quoi s'agit-il ?

— De La Lutte secrète. »

Sans que Carl ait besoin de le lui demander, Assad sortit son bloc-notes.

« La Lutte secrète ! Voilà un nom bien pittoresque. On dirait le tire d'une nouvelle de Conan Doyle. » Il hasarda un sourire mais le cœur n'y était pas. Il ressentait au fond de lui un malaise qui ressemblait à de la peur. « Pouvez-vous me dire ce que c'est que cette Lutte secrète ? » demanda Carl.

« Écoute Mie, tu ne devrais pas… », l'interrompit Herbert. Mais Mie Nørvig n'avait rien à faire de ce que Herbert lui conseillait de faire ou pas.

« Je ne sais pas grand-chose sur cette organisation. Philip n'en parlait jamais. Je crois qu'il n'en avait pas le droit. Mais j'ai tout de même glané quelques informations au fil des ans. N'oubliez pas que j'étais sa secrétaire », dit-elle en chassant d'un geste agacé la main que son compagnon venait de poser sur la sienne pour la faire taire.

« Vous pouvez être plus précise quand vous dites : *quelques informations* ? demanda Carl.

— Eh bien, je sais que selon l'organisation en question, il y a des personnes qui méritent d'avoir des enfants et d'autres pas. Que Philip usait parfois de son influence pour obtenir la stérilisation forcée de certaines femmes. Il faisait déjà cela depuis plusieurs années quand j'ai été embauchée au cabinet. Lorsque Curt venait, il leur arrivait d'évoquer un cas qui remontait assez loin dans le passé. Il s'agissait de la première affaire dont Philip s'était occupée pour Curt Wad : le procès Hermansen. Philip a aussi servi d'intermédiaire entre des médecins et d'autres avocats. Il dirigeait un véritable réseau, en réalité.

— Je comprends. Mais c'était dans l'air du temps, je suppose. Pourquoi ces activités auraient-elles mis la vie de votre mari en danger ? On a stérilisé énormément de malades mentaux pendant de nombreuses décennies avec l'aval et la bénédiction des autorités.

— C'est vrai, mais on stérilisait et on internait aussi des femmes qui ne souffraient d'aucune déficience mentale. C'était la façon la plus simple de s'en débarrasser. Les romanichelles par exemple. Et les femmes qui avaient des familles nombreuses et vivaient de l'aide sociale, ou encore les prostituées. Quand La Lutte secrète parvenait à envoyer ces femmes sur la table d'examen d'un cabinet médical, elles ressortaient toutes avec des trompes ligaturées et délivrées du fœtus qu'elles portaient en arrivant si elles étaient enceintes.

— Il va falloir que vous me répétiez ça plus lentement. Vous êtes en train de me dire que ces femmes subissaient des interventions graves, irréversibles et, si je vous ai bien comprise, totalement illégales, portant atteinte à l'intégrité de leur système reproductif, et ce, à leur insu ? »

Mie Nørvig prit sa cuillère à café et remua le contenu de sa tasse. Tout à fait inutilement d'ailleurs, sachant qu'elle buvait du café noir, froid et sans sucre. Carl supposa qu'il devait considérer cela comme une réponse. À eux de voir où cette révélation pouvait les mener.

« Pouvez-vous nous fournir des documents sur l'organisation que vous appelez La Lutte secrète ? Enregistrements, classeurs, archives ?

— J'ai gardé au sous-sol, dans ce qui était le bureau de Philip, les dossiers de ses clients.

— Crois-tu vraiment que ce soit une bonne idée, Mie ? À quoi cela va-t-il nous mener ? lui demanda son compagnon. Je veux dire, est-ce qu'il n'est pas dans l'intérêt de tout le monde d'éviter de remuer cette vieille histoire ? »

Mie Nørvig ne répondit pas à cette remarque non plus.

Ce fut le moment que choisit Assad pour lever la main avec une expression douloureuse. « Excusez-moi. Pourrais-je utiliser vos toilettes ? »

Carl n'avait pas très envie d'éplucher lui-même ce tas de vieux documents, il avait des subalternes pour le faire à sa place. Malheureusement, l'un des deux était sur le trône et l'autre gardait la boutique. Il allait donc devoir s'y coller.

« Vous avez une idée de l'endroit où chercher ? » demanda-t-il à la femme qui l'avait conduit dans le bureau de son ancien compagnon et qui maintenant regardait autour d'elle d'un air désorienté, comme si elle était en terre inconnue.

Elle soupira et ouvrit quelques tiroirs dans une armoire de classement en métal, dévoilant plusieurs rangées d'épais dossiers suspendus. Les consulter tous était une tâche impossible, et il n'allait même pas essayer de s'y atteler.

Elle haussa les épaules. « Je n'ai pas fouillé dans ces tiroirs depuis une éternité. Depuis la disparition de

Philip, j'ai horreur de venir dans cette pièce. J'ai souvent eu envie de tout jeter, mais il s'agit de documents confidentiels pour la plupart et il fallait faire les choses dans les règles, ce qui risquait de s'avérer fastidieux. Alors j'ai préféré fermer la porte à clé et ne plus y penser. La maison est assez grande. » Elle se tut et regarda autour d'elle à nouveau.

« C'est vrai qu'il y a du boulot ! fit remarquer son concubin. Peut-être Mie et moi devrions-nous trier tout cela tranquillement. Et si nous trouvons quelque chose qui nous paraît susceptible de vous intéresser, nous vous l'enverrons. Qu'en dites-vous ? Il suffit que vous nous disiez ce que vous recherchez exactement.

— Ah si, je sais ! » s'écria Mie Nørvig tout à coup en déverrouillant un meuble à rouleau, en bois clair, dont le panneau s'ouvrit avec le chuintement d'une guillotine. Il était rempli de boîtes qui semblaient contenir des enveloppes préimprimées, des cartes de visite et des formulaires vierges.

« Là ! » dit-elle en désignant un album à spirale de format A2, avec une couverture bleue. « C'était la première femme de Philip qui tenait ce scrapbook. Alors, après 1973, année où Sara Julie et lui ont divorcé, les articles n'ont plus été collés mais simplement jetés en vrac à l'intérieur.

— Et vous avez eu l'occasion de le feuilleter, si je comprends bien ?

— Bien entendu. C'est moi qui ai continué à découper dans les journaux tous les articles qui intéressaient Philip.

— Et que souhaitiez-vous me montrer précisément ? » demanda Carl tandis qu'Assad revenait dans la pièce le teint un peu moins pâle, si tant est qu'un individu au teint aussi basané puisse pâlir. Sa visite aux toilettes avait dû le soulager un peu.

« Ça va, Assad ? s'inquiéta-t-il.

— Une petite rechute, je crois, chef ! » Il appuya délicatement sur son ventre, suggérant par ce geste que l'activité péristaltique dans cette région de son anatomie était encore hors de contrôle.

« Tenez, dit Mie Nørvig. L'article date de 1980, et c'est de cet homme-là que je vous parlais. Je le haïssais. Chaque fois qu'il venait ici ou que Philip lui parlait au téléphone, il était complètement différent ensuite. Après ces conversations, il devenait froid. Non, le terme est mal choisi, pas froid. Dur, dur comme de la pierre, comme s'il ne ressentait plus rien. Il s'adressait méchamment à notre fille et à moi sans aucune raison. C'était comme s'il avait subitement changé de personnalité. En temps normal c'était un homme plutôt gentil, mais dans ces moments-là nous nous disputions souvent. »

Carl lut l'article. RENE LINIER FONDE UN BUREAU POLITIQUE À KORSØR, disait le gros titre au-dessus de la photo de presse. On voyait Philip Nørvig dans une veste en tweed à côté d'un homme élégamment vêtu d'un costume noir avec une cravate bien serrée.

Philip Nørvig et Curt Wad ont présidé l'assemblée générale constitutive avec beaucoup de présence et d'autorité, disait la légende.

« Eh ben merde alors ! » s'exclama Carl avec un rapide regard d'excuse vers ses hôtes. « C'est le type dont on entend tout le temps parler aux infos en ce moment. Mais oui, c'est lui ! Et je reconnais le nom Rene Linier aussi. »

L'homme était beaucoup plus jeune que le Curt Wad qu'il avait vu à la télévision la veille. Ses favoris étaient d'un noir de jais. Un grand et bel homme dans la force de l'âge, avec à ses côtés un type chétif qui flottait dans son pantalon dont le pli avait le tranchant d'une lame et le sourire l'absence de naturel qui dénote un manque total de confiance en soi.

« Oui, Curt Wad, c'est lui, confirma-t-elle en hochant la tête. Il est en train d'essayer de faire entrer Rene Linier au Parlement en ce moment, n'est-ce pas ? »

Elle hocha la tête à nouveau. « Oui. Ce n'est pas la première fois qu'il essaye, mais cette fois il semble bien parti pour réussir et franchement, c'est une catastrophe. Ce type est sans scrupules, avide de pouvoir et ses idées sont nées d'un cerveau malade. Il ne faut pas qu'elles se propagent.

— Qu'est-ce que tu en sais, Mie ? » intervint Herbert.

De quoi je me mêle ! songea Carl.

« Je le sais, répondit Mie Nørvig, agacée. Et toi aussi ! Tu as lu les journaux comme moi. Rappelle-toi nos discussions après ces chroniques qu'écrivait Louis Petterson. Curt Wad et ses émules ont été mêlés depuis des années à toutes ces sordides histoires d'avortements qu'il appelait des "curetages nécessaires". Pareil pour ces femmes stérilisées et qui ne savaient même pas qu'elles l'avaient été. »

Cette fois, Herbert réagit avec plus d'émotion que la situation n'en demandait a priori. « Ma femme… enfin, Mie est persuadée que Curt Wad est à l'origine de la disparition de Philip. Le chagrin, vous comprenez, donne parfois des idées… »

286

Carl fronça les sourcils et étudia soigneusement le jeu de mimiques de son interlocuteur. Mie Nørvig ignora la remarque de son concubin, comme si ses arguments étaient usés depuis longtemps.

« Deux ans après que cette photo a été prise, et après que Philip a eu consacré des milliers d'heures au parti, ils l'ont viré. Lui, là !... » Elle pointa sur Curt Wad un doigt accusateur. « ... est venu personnellement pour renvoyer Philip sans préavis. Ils ont prétendu qu'il avait détourné des fonds, ce qui était faux. Et l'abus de confiance dont il a été accusé au sein de son propre cabinet était aussi un mensonge. Philip n'aurait jamais fait une chose pareille. Il n'était simplement pas très doué pour les chiffres.

— Tu ne peux pas affirmer sans preuves que la disparition de Philip ait quoi que ce soit à voir avec Curt Wad ou avec cet incident, Mie », dit Herbert, avec beaucoup de calme cette fois. « Je te signale que l'homme est toujours en vie.

— Je n'ai plus peur de Curt Wad, si c'est ce que tu crois. Nous en avons déjà parlé ! » Elle avait crié cette dernière phrase avec une rare violence et ses joues étaient devenues écarlates sous la poudre. « Je te prie de rester en dehors de cette conversation, Herbert. Laisse-moi dire cette fois tout ce que j'ai sur le cœur ! »

Il se le tint pour dit. Mais Carl ne douta pas qu'il reprendrait cette dispute quand ils seraient de nouveau en tête à tête.

« Vous appartenez aussi au parti Rene Linier, Herbert, alors ? » demanda Assad, qui était resté discrètement dans son coin.

L'homme crispa la mâchoire sans répondre. Carl jeta un regard interrogateur à son assistant qui lui désigna d'un geste du menton un diplôme encadré et accroché au mur. Carl alla l'étudier de plus près : *Diplôme d'honneur*, lut-il. *Décerné à nos membres bienfaiteurs Philip Nørvig et Herbert Sønderskov du cabinet d'avocats Nørvig & Sønderskov, en remerciement de leur don à la bourse d'étude, de Korsør, 1972.*

Assad hocha la tête et jeta un coup d'œil discret au concubin de Mie Nørvig. Carl acquiesça tout aussi discrètement. Bien vu de la part d'Assad.

« Vous êtes également avocat, je crois, monsieur Sønderskov ? » lui demanda Carl.

« Oh ! avocat, c'est beaucoup dire, répondit Herbert. Je l'ai été. J'ai pris ma retraite en 2001. Mais il est exact que j'ai plaidé devant la Cour suprême jusqu'à cette date.

— Et vous étiez également associé dans le cabinet de Philip Nørvig, n'est-ce pas ? »

Il adopta une voix plus grave pour répondre : « Oui. Notre collaboration fut des plus satisfaisantes jusqu'à ce que nos routes se séparent, en 1983.

— C'est-à-dire peu après les accusations portées contre Philip Nørvig et sa rupture avec Curt Wad », poursuivit Carl.

Herbert Sønderskov fronça les sourcils. Le retraité quelque peu voûté à présent avait, durant de nombreuses années, soulagé ses clients des charges qui pesaient contre eux et il allait maintenant devoir utiliser sa longue expérience pour se protéger lui-même.

« Il est vrai que je n'aimais pas beaucoup le genre d'affaires dans lesquelles Philip s'était aventuré. Mais nous nous sommes séparés pour des raisons d'ordre pratique.

— Vous avez récupéré sa femme et sa clientèle en même temps, alors ! On peut dire que c'était pratique ! » fit remarquer Assad d'un ton sec et insolent. « Vous étiez encore amis au moment où il a disparu, alors ? Et où étiez-vous quand ça s'est passé ?

— Allons, vous n'allez tout de même pas vous engager sur ce terrain-là ! » Herbert Sønderskov s'adressa à Carl : « Je trouve que vous devriez expliquer à votre petit assistant que j'ai été en relation avec d'innombrables policiers au cours de ma carrière et que je connais par cœur, pour les avoir observés quotidiennement, tous leurs trucs, petites piques et allusions sournoises. Je ne suis pas mis en accusation ici et je ne l'ai jamais été, d'accord ? Qui plus est, j'étais au Groenland à cette époque. J'y avais ouvert un cabinet six mois auparavant et je ne suis revenu au Danemark qu'après la disparition de Philip. Un mois après, si mes souvenirs sont exacts. Et, bien sûr, je peux le prouver. »

À la fin de la tirade, il se tourna vers Assad pour vérifier si sa contre-attaque avait amené sur son visage l'expression déconfite qu'il s'attendait à y trouver. Il en fut pour ses frais.

« Ça tombait drôlement bien pour vous que la femme de Nørvig soit libre quand vous êtes revenu ! » insista Assad.

Étrangement, Mie Nørvig ne semblait pas relever les effronteries d'Assad. L'idée l'avait peut-être effleurée, elle aussi ?

« Non, écoutez, ça suffit maintenant ! » Herbert Sønderskov avait pris un coup de vieux tout à coup mais cela n'empêchait pas son ancienne férocité de gronder sous les rides. « Vous entrez chez nous, nous vous accueillons avec courtoisie, et nous devons supporter ce genre d'inepties. Si c'est comme cela qu'on travaille de nos jours dans la police, je crois que je vais consacrer cinq minutes de mon temps pour trouver le numéro de la Direction générale. C'était quoi ton nom déjà ? Assad ?… Et le nom de famille ? »

Il était temps de calmer le jeu. Carl avait suffisamment d'ennuis comme ça.

« Je suis désolé, monsieur Sønderskov, mon assistant est allé trop loin. Il nous a été prêté par un autre département, dans lequel il a l'habitude d'avoir affaire à des *clients* nettement moins distingués. » Carl se tourna vers Assad : « Tu veux bien aller m'attendre dans la voiture, Assad ? J'arrive. »

Assad haussa les épaules. « OK, chef. N'oubliez pas de vérifier s'il n'y a pas quelque chose sur une Rita Nielsen dans ces tiroirs, alors. » Il montra du doigt l'un des classeurs métalliques. « Dossiers de L à N, c'est marqué là. » Puis il sortit de la pièce avec la démarche de quelqu'un qui vient de passer vingt heures à cheval ou qui n'a pas tout à fait fini de faire ce qu'il avait à faire aux toilettes.

« C'est vrai, dit Carl, s'adressant à Mie Nørvig. Mon équipier a raison, j'aimerais bien voir s'il y a dans ces dossiers quelque chose à propos d'une femme qui a disparu le même jour que votre mari. Elle s'appelait Rita Nielsen. Je peux regarder ? »

Sans attendre sa réponse, il tira le tiroir L à N et regarda la masse de dossiers qu'il contenait. Il y avait beaucoup de Nielsen.

Herbert Sønderskov arriva brusquement derrière lui et repoussa le tiroir d'un geste ferme.

« Je crains de ne pas pouvoir vous laisser faire. Il s'agit de documents confidentiels et nous ne pouvons pas nous permettre de trahir l'anonymat de ces clients. Veuillez avoir l'obligeance de vous en aller.

— Alors je vais me procurer un mandat, dit Carl en sortant son mobile de sa poche.

— Je vous en prie. Mais allez-vous-en d'abord.

— Je ne crois pas que ce soit une bonne idée. Si le dossier qui nous intéresse se trouve effectivement dans ce tiroir, il n'y sera peut-être plus dans une heure. Il arrive parfois que ce genre de dossiers se volatilisent mystérieusement.

— Si je vous demande de vous en aller, vous le faites, c'est compris ? dit Herbert Sønderskov d'une voix glaciale. Vous êtes peut-être en mesure d'obtenir un mandat de perquisition, mais on verra à ce moment-là. Je connais la loi.

— Foutaises, Herbert ! »

Avec cette exclamation, sa concubine montra qui portait la culotte dans ce couple et qui était en mesure d'envoyer l'autre croupir devant la télévision, sans le moindre bon petit plat à se mettre sous la dent pendant une semaine, prouvant au passage que la vie commune est l'interaction entre les êtres humains qui offre le plus de moyens de sanction.

Mie Nørvig ouvrit de nouveau le tiroir et montra le professionnalisme que des années de pratique d'épluchage de documents lui avait permis d'acquérir.

« Voilà, dit-elle. Alphabétiquement c'est ce que nous avons de plus proche d'une Rita Nielsen. » Elle lui tendit un dossier au nom de Sigrid Nielsen.

« OK, merci, nous voilà renseignés. » Carl hocha la tête à l'intention de Herbert qui le regardait d'un air furieux. « Puis-je vous demander maintenant, madame Nørvig, de vérifier s'il y a, dans l'un de ces tiroirs, un dossier au nom d'une dénommée Gitte Charles ou d'un certain Viggo Mogensen ? Ensuite je vous promets de vous laisser tranquille. »

Deux minutes plus tard il était dehors. Il n'y avait ni Gitte Charles ni Viggo Mogensen dans ces armoires de classement.

« Je ne crois pas que cet homme gardera un bon souvenir de toi, Assad », grommela Carl dans la voiture tandis qu'ils roulaient vers Copenhague.

« Je ne crois pas non plus. Mais quand un homme comme lui se met en colère, il se comporte comme un dromadaire affamé en train de manger des chardons. Il tourne et retourne cette saloperie dans sa bouche sans vraiment oser mordre dedans. Vous l'avez vu se tortiller ? Je l'ai trouvé vraiment bizarre, moi. »

Carl se tourna vers son assistant. Même de profil on voyait qu'il souriait jusqu'aux oreilles.

« Dis-moi une chose, Assad, est-ce que tu es vraiment allé aux toilettes ? »

Assad éclata de rire. « Non, j'ai fouillé un peu partout et j'ai trouvé ce truc plein de photos. » Il cambra les reins et glissa la main sous la ceinture de son pantalon jusqu'à mi-chemin des régions les plus secrètes de son anatomie.

« Vous allez voir, dit-il en sortant l'enveloppe. Je l'ai trouvée dans le placard de la chambre à coucher de Mie Nørvig. Elle était rangée dans une de ces boîtes en carton dans lesquelles on trouve généralement plein de trucs et de bidules. J'ai pris toute l'enveloppe, ça paraîtra moins louche que si j'avais seulement pris quelques photos dedans, alors », expliqua-t-il en l'ouvrant.

Logique discutable, mais bon.

Carl gara la voiture le long du trottoir et regarda la première photo que lui tendait Assad.

Elle représentait un groupe de personnes visiblement en train de fêter un événement heureux. Coupes de champagne levées vers le photographe et sourires à gogo.

Assad posa le doigt au milieu de la photo. « Voilà Philip Nørvig avec une autre femme que Mie. Je crois que c'est sa première femme, alors. Et regardez ici », dit-il en déplaçant légèrement son doigt. « Voilà Herbert Sønderskov et Mie, beaucoup plus jeune que maintenant. Vous ne trouvez pas qu'il a déjà l'air amoureux d'elle ? »

Carl hocha la tête. Le bras de Sønderskov était en tout cas bien serré autour des épaules de Mie.

« Regardez au dos, chef. »

Il retourna le cliché et lut : *4 juillet 1973, Nørvig & Sønderskov, cinquième anniversaire.*

« Et maintenant, celle-là, chef. »

Des couleurs mates et une qualité d'image qui dénonçait le photographe amateur. C'était la photo de mariage de Mie et de Philip Nørvig devant la mairie de Korsør. Elle arborait un petit ventre rebondi et Philip Nørvig un sourire triomphant qui contrastait violemment avec l'expression renfrognée de Herbert Sønderskov quelques marches au-dessus des mariés.

« Vous voyez ce que je veux dire, chef ? »

Il acquiesça. « Philip Nørvig a mis la petite amie de Herbert Sønderskov en cloque. La petite secrétaire se faisait sauter par les deux mais c'est Nørvig qui a décroché la timbale.

— Il va falloir vérifier que Sønderskov était bien en voyage au moment de la disparition de Nørvig, dit Assad.

— Tu as raison. Mais j'ai tendance à le croire. Pour l'instant je me demande surtout pourquoi il défend aussi énergiquement ce Curt Wad que Mie semble détester. Ce type m'a l'air sacrément antipathique pourtant. L'intuition féminine qui lui vient, depuis la disparition de son mari, mérite d'être creusée, à mon avis.

— Vous voulez creuser, chef ?

— Enquêter, Assad, enquêter. Nous allons confier cela à Rose, en admettant qu'elle daigne nous aider. »

Le panneau du McDo leur faisait de l'œil au bord de l'autoroute à la hauteur de Karlstrup quand Rose rappela.

« Vous ne parlez pas sérieusement quand vous me demandez de vous rendre compte en dix secondes des agissements de cette crapule de Curt Wad ? Il doit avoir un million d'années et je peux vous dire qu'il n'a pas eu le temps de s'ennuyer, le salaud ! »

Sur la fin de sa phrase, la voix de Rose avait atteint un niveau sonore critique. Carl savait qu'il fallait l'interrompre si on voulait qu'elle baisse d'un ton.

« Non. Non. Rassure-toi, Rose. Je voulais seulement que tu me donnes les grandes lignes. Nous reviendrons aux points de détail plus tard si ça s'avère nécessaire. Trouve-moi juste une source fiable qui résume sa vie. Un article de presse ou quelque chose comme ça. Je voudrais savoir ce qu'il a pu faire, personnellement et professionnellement, qui soit allé à l'encontre des lois de ce pays et lui ait valu d'être attaqué par les médias. Je crois savoir qu'on l'a régulièrement montré du doigt sur son parcours.

— Si vous voulez entendre des critiques sur Curt Wad, il faut que vous rencontriez un journaliste qui s'appelle Louis Petterson. Le moins qu'on puisse dire c'est qu'il n'a pas hésité à aller fouiller la merde.

— Exact. J'ai déjà entendu son nom aujourd'hui. Il a écrit quelque chose récemment ?

— Ouais… En fait non, pas vraiment. C'était il y a cinq ou six ans. Depuis, j'ai l'impression qu'il a laissé tomber.

— Il n'y avait plus rien à raconter ?

— Je crois que si. Pas mal d'autres journalistes ont continué à mettre leur nez dans ce que Curt Wad trafiquait. Mais c'est surtout ce Petterson qui a fait les gros titres sur le sujet.

— Parfait. Et où est-ce qu'on peut le trouver, ce Louis Petterson ?

— À Holbæk. Pourquoi ?

— Donne-moi son numéro, s'il te plaît, tu serais gentille.

— Wow, wow ! Il s'est passé quoi, là, juste maintenant ? Vous avez dit quoi ? »

Carl faillit sortir une blague, mais il y renonça. Il n'était pas très fort pour ça de toute manière. « J'ai dit : tu serais gentille.

— Alléluia ! » cria-t-elle avant de lui dicter le numéro de téléphone. « Mais si vous voulez lui parler, vous feriez mieux de vous rendre directement au

Vivaldi, 42 Ahlgade. D'après sa femme, c'est là qu'on le trouve le plus souvent.

— Comment le sais-tu ? Tu lui as déjà téléphoné ?

— Bien sûr ! Vous me prenez pour qui ? » dit-elle avant de lui raccrocher au nez.

« Merde ! » s'exclama Carl en montrant du doigt le GPS. « Tu pourrais me taper 42, Ahlgade à Holbæk. Nous allons au pub », dit-il en imaginant la tête que ferait Mona quand il l'appellerait dans un instant pour lui dire qu'il était obligé d'annuler le rendez-vous avec son ami Kris, le psychologue.

Elle n'allait pas être contente.

S'il pensait arriver dans l'un de ces petits bars miteux où ne pénétrait jamais la lumière du soleil et pour lesquels les journalistes en fin de course semblaient avoir une prédilection, il s'était trompé. Le Café Vivaldi n'était pas ce genre d'établissement, au contraire.

« Vous ne m'avez pas dit qu'on allait au pub, chef ? » demanda Assad quand ils entrèrent dans la plus belle maison de la rue principale, agrémentée de colonnes et tout le tralala.

Carl jeta un coup d'œil circulaire dans la grande salle pleine à craquer et se souvint qu'il ne savait pas à quoi ressemblait le bonhomme.

« Appelle Rose pour lui demander une description de Petterson », dit-il en examinant les lieux : opalines sur les lampes et stucs au plafond, déco de bon goût et éclairage soigné, chaises et banquettes de belle facture.

Je parie que c'est lui, pensa-t-il en apercevant un homme qui faisait le beau au milieu d'un groupe de

296

messieurs d'un certain âge installés à une table sur l'estrade qui se dressait au milieu de la salle. Il avait le regard blasé, les traits burinés et les yeux sans cesse aux aguets propres à sa profession.

Carl se tourna vers Assad qui hochait la tête en écoutant Rose au téléphone.

« Alors, Assad, c'est qui ? C'est lui, là ? proposa-t-il en désignant son sujet.

— Non », répondit Assad en faisant un scan rapide du panel de tables, occupées par des copines mangeuses de salade, des amoureux tricotant des doigts au-dessus de leur tasse de cappuccino et des solitaires devant leur verre de bière plein et derrière leur journal.

« Je crois que c'est celui-là. » Il désigna un jeune homme aux cheveux blond vénitien assis sur une banquette rouge près d'une fenêtre dans un coin de la salle et occupé à jouer au backgammon avec un consommateur du même âge que lui.

Je ne l'aurais jamais deviné, même si j'avais eu cent ans pour trouver, songea Carl.

Ils se plantèrent à côté des deux hommes qui continuèrent à déplacer leurs pions sans avoir l'air de s'apercevoir de leur présence.

« Hum, hum ! fit Carl pour attirer leur attention. Louis Petterson, est-ce que nous pouvons vous parler une petite minute ? »

Le rouquin leva les yeux un dixième de seconde, le temps nécessaire pour accomplir un salto mental entre un état d'extrême concentration et la décharge d'adrénaline de la réalité. En moins d'un clin d'œil, Petterson enregistra les différences entre les deux hommes et les identifia comme policiers, puis il baissa à nouveau les yeux sur le jeu, joua deux coups rapides et demanda à son partenaire s'ils pouvaient faire une courte pause.

« Je ne crois pas que ces deux messieurs soient là pour nous regarder jouer, Mogens. »

Ce type est d'un sang-froid extraordinaire, se dit Carl tandis que l'ami Mogens leur faisait un court salut du menton avant de disparaître dans la foule de l'autre côté de l'estrade.

« Je ne m'occupe plus de sujets qui puissent intéresser la police », dit Petterson en faisant tourner délicatement son vin blanc dans son verre.

« Je comprends. Mais nous sommes venus vous voir à cause des articles que vous avez écrits sur Curt Wad il y a quelques années, justement », expliqua Carl.

Le journaliste sourit. « Vous travaillez pour les services de renseignements de la police, alors. Cela fait un moment qu'ils ne sont pas venus me rendre visite.

— Vous vous trompez. Nous faisons partie de la police criminelle de Copenhague. »

L'expression de Petterson changea. De vaguement arrogante elle devint passionnément attentive. Quelqu'un qui n'aurait pas eu les années d'expérience de Carl ne se serait rendu compte de rien. Ce n'était pas la réaction d'un journaliste à l'affût d'un scoop. Dans ce cas-là, son visage se serait illuminé. L'idée d'une pige bien rémunérée dans un grand quotidien venait toujours à l'esprit d'un journaliste quand il entendait les mots « police criminelle » ou « assassinat ». Mais ce n'était pas du tout cette idée-là qui lui avait traversé la tête. Carl l'aurait juré.

« Donc, comme je viens de vous le dire, nous sommes venus vous demander de nous parler de Curt Wad, que vous semblez bien connaître pour avoir beaucoup écrit à son sujet. Pouvez-vous nous accorder un moment ?

— Volontiers. Mais il y a cinq ans que j'ai cessé d'écrire des articles sur lui. J'avais perdu l'inspiration, je crois. »

Ah oui, vraiment ? pensa Carl. Alors je me demande pourquoi tu as fait faire une trentaine de tours entre tes doigts à ce pauvre verre de vin qui ne t'a rien fait !

« Vous ne touchez pas de pension de la part de l'aide sociale. Je me suis renseigné sur vous, Louis, mentit Carl. De quoi vivez-vous actuellement ?

— Je suis employé par une organisation », répondit le journaliste en attendant de découvrir ce que Carl savait vraiment sur lui.

Carl hocha la tête. « Oui, ça nous sommes au courant. Mais de quelle organisation s'agit-il au juste, est-il indiscret de vous le demander ?

— Pas du tout. Mais si vous me parliez d'abord du meurtre sur lequel vous enquêtez ?

— Je vous ai dit que nous enquêtions sur un crime ? Je ne crois pas. Tu m'as entendu parler d'un crime, Assad ? »

Assad secoua la tête.

« Ne vous inquiétez pas, le rassura Assad. Nous ne vous soupçonnons de rien. »

C'était la vérité, mais la phrase fit quand même un certain effet à leur interlocuteur.

« Alors qui soupçonnez-vous, et de quoi ? Je pourrais voir vos badges, à propos ? »

Carl sortit le sien et le brandit suffisamment haut pour que les tables avoisinantes puissent en profiter également.

« Vous voulez voir le mien aussi, alors ? » demanda Assad, jouant avec le feu.

Heureusement, Louis Petterson préféra éviter, ainsi qu'il l'exprima d'un simple mouvement de tête. Il était peut-être temps de pourvoir Assad d'un document quelconque. N'importe quoi. Une simple carte de visite avec quelques logos de la police ferait l'affaire.

« Nous enquêtons sur quatre disparitions simultanées, expliqua Carl. Est-ce que le nom de Gitte Charles vous dit quelque chose ? Elle était infirmière et habitait l'île de Samsø. »

Il secoua la tête.

« Rita Nielsen ? Viggo Mogensen ?

— Non. » À nouveau il secoua la tête. « Quand ces gens-là ont-ils disparu ?

— Début septembre, en 1987. »

Il eut un sourire amusé. « J'avais douze ans à cette époque-là.

— Alors vous ne devez pas être le coupable », dit Assad en souriant.

« Est-ce que le nom de Philip Nørvig vous dit quelque chose ? »

Petterson appuya sa nuque contre le dossier de son fauteuil en faisant mine de se creuser les méninges mais Carl n'était pas né de la dernière pluie. Petterson savait parfaitement qui était Philip Nørvig. Cela se voyait sur son visage aussi clairement que les néons clignotants d'une publicité dans la nuit.

« Si cela peut aider à vous rafraîchir la mémoire, il était avocat à Korsør et habitait Halsskov. Il a été membre actif du parti Rene Linier jusqu'à son exclusion en 1982, mais vous n'aviez que sept ans au moment des faits, et vous n'êtes sûrement pas responsable de cela non plus, poursuivit Carl avec un sourire.

— Non, a priori le nom ne me dit rien, il devrait ?

— Sachant que vous avez écrit des tartines sur Rene Linier pendant des années, je me disais que vous étiez peut-être tombé sur son nom ?

— C'est possible. Je ne peux pas l'affirmer. »

Et qu'est-ce qui t'en empêche, petit gars ? se demanda Carl.

« Bon. Alors il ne nous reste plus qu'à chercher dans les archives. La police est très forte quand il s'agit de fouiller dans les articles de presse, mais vous savez ça mieux que moi, bien sûr. »

Il eut l'air beaucoup moins blond vénitien tout à coup.

« Bon, alors ? Qu'est-ce que vous avez écrit sur La Lutte secrète », lui demanda brusquement Assad. Il n'était pas supposé poser cette question aussi vite.

Le journaliste secoua la tête. Cela voulait dire : *Rien du tout*. Ce qui était probablement vrai.

« Vous savez que nous allons vérifier, Louis Petterson, n'est-ce pas ? Je préfère vous dire tout de go que votre langage corporel nous a d'ores et déjà signalé que vous en savez beaucoup plus que vous ne voulez bien le dire. Je ne sais pas ce que vous cachez. Ce ne sont peut-être que des détails insignifiants, auquel cas je vous conseille vivement de nous les confier ici et maintenant, histoire de vous en débarrasser. Vous travaillez pour Curt Wad, n'est-ce pas ?

— Tout va bien, Louis ? » s'inquiéta son camarade Mogens, qui était revenu entre-temps.

« Oui, oui, ça va. Ce sont ces deux gars qui sont à la ramasse. » Et, s'adressant à Carl : « Vous vous trompez. Je n'ai rien à voir avec cet homme. Je travaille pour une organisation qui s'appelle Benefice. Il s'agit d'une organisation indépendante financée à l'aide de fonds privés. Mon rôle est de rassembler des informations sur les bourdes du Danmarkspartiet et du gouvernement danois au cours des dix dernières années. Et je vous assure qu'il y a de quoi faire.

— Je n'en doute pas, ce doit être un travail de titan ! Merci, monsieur Petterson, pour cette information qui va nous éviter de creuser plus avant. Juste une chose ? À qui ces informations sont-elles destinées ?

— À toute personne qui souhaite les consulter. » Il se redressa dans son siège. « Je suis infiniment désolé de ne pas pouvoir vous aider. Si vous voulez en savoir plus sur Curt Wad, il va falloir que vous alliez lire ce que mes confrères et moi-même avons écrit à son sujet. Vous avez déjà mes articles, apparemment. Personnellement, je suis passé à autre chose. Donc, à moins que vous n'ayez des questions précises à me poser à propos des quatre disparitions sur lesquelles vous enquêtez, je dois vous dire qu'aujourd'hui c'est mon jour de congé. »

« Cet interrogatoire ne s'est pas du tout déroulé comme je le pensais », dit Carl quand ils se retrouvèrent dans la rue quelques minutes plus tard. « Moi qui venais juste chercher quelques renseignements sur le personnage de Curt Wad. Je me demande quelle mouche a piqué ce jeune homme ?

— Je vais vous le dire, Carl, si vous attendez une seconde. En ce moment, il est en train de passer plein de coups de fil. Ne vous retournez pas, alors. Il nous surveille par la fenêtre. Vous ne trouvez pas qu'on devrait demander à Lis de vérifier à qui il téléphone ? »

22

Septembre 1987

Ce matin-là, Nete se réveilla avec une terrible migraine. Peut-être ses expériences de la veille avec les produits malodorants dans la pièce hermétiquement fermée en étaient-elles la cause, ou peut-être son mal de tête était-il dû au fait que, dans moins de six heures, elle aurait tué six personnes et vécu la journée la plus importante de sa vie.

Quoi qu'il en soit, si elle ne prenait pas ses comprimés au plus vite, tout allait tomber à l'eau. Deux cachets auraient suffi mais, par mesure de précaution, elle en prit trois. Ensuite, elle resta une heure ou deux tranquille, à regarder l'horloge sur le mur, attendant que sa tête se calme et que la lumière puisse toucher sa rétine sans déclencher des décharges électriques dans son cerveau.

Quand elle se sentit un peu mieux, elle alla poser des tasses à thé sur le buffet de son joli salon, disposa soigneusement les cuillères à café les unes à côté des autres, et plaça le flacon contenant l'extrait de jusquiame noire de façon à pouvoir le manipuler facilement et verser en temps voulu le poison mortel dans la tasse concernée.

Dix fois de suite elle révisa le scénario, puis elle s'assit et attendit ses invités, en écoutant le tic-tac de l'horloge anglaise. Demain après-midi, l'avion pour Majorque décollerait et la splendeur de la végétation luxuriante de Valldemossa apaiserait son âme et lui ferait oublier le passé et tous ses démons.

Mais pour l'instant il s'agissait de garnir le tombeau.

Dès son arrivée, Nete se sentit rejetée par la famille d'accueil dans laquelle son père l'avait placée après sa fausse couche, et cela ne s'arrangea nullement avec le temps.

La chambre de bonne qu'on lui avait attribuée était située à l'écart de la maison et on la faisait travailler dur. Elle ne voyait la famille qu'au moment des repas, qui se passaient dans un silence total. Si elle avait le malheur d'ouvrir la bouche, on la faisait taire, bien qu'elle fît des efforts surhumains pour ne pas dire de gros mots. Même le fils et la fille de la famille lui adressaient à peine la parole alors qu'ils avaient son âge. Elle était une étrangère pour eux, ce qui ne les empêchait pas de la traiter comme s'ils avaient sur elle un droit divin. Aucun échange, aucune parole affectueuse. En revanche les ordres, les exigences et les reproches ne faisaient jamais défaut.

Vingt kilomètres séparaient la maison de son enfance de celle de sa famille d'accueil et elle aurait pu les parcourir à bicyclette en moins d'une heure. Mais Nete n'avait pas de bicyclette et elle devait se contenter d'espérer jour après jour que son père viendrait lui rendre visite. Son père ne vint jamais.

Un jour, moins de dix-huit mois après son arrivée, elle fut convoquée dans la grande pièce où le garde champêtre était en pleine conversation avec le chef de la famille d'accueil. Le garde champêtre souriait quand elle entra mais à la seconde où il la vit, son sourire s'effaça.

« Nete Hermansen, j'ai le regret de te dire que ton père s'est pendu dans sa ferme dimanche dernier. La commune a de ce fait décidé que tes parents d'accueil deviendraient désormais tes tuteurs légaux, ce qui signifie qu'ils auront toute autorité sur toi jusqu'à tes vingt et un ans. Je pense que c'est une bonne décision dont tu as lieu de te féliciter. De toute façon, ton père n'a laissé derrière lui que des dettes. »

Voilà comment on lui annonça la chose. Personne ne lui adressa de condoléances et on ne lui dit même pas quand aurait lieu l'enterrement.

Les deux hommes lui firent un bref signe du menton. Tout l'univers de Nete venait de s'écrouler. Mais l'audience était terminée.

Elle s'en alla pleurer dans les champs tandis que les filles de ferme et les commis chuchotaient dans son dos comme on le fait d'une personne qu'on tient à l'écart. Il lui arrivait de se sentir si seule que cela lui faisait mal. Et l'absence totale de contact physique était parfois comme une brûlure sur sa peau.

Elle se serait contentée d'une caresse sur la joue. Mais Nete dut apprendre à s'en passer.

Quand les forains arrivèrent en ville quelques semaines plus tard, les autres filles de ferme prirent le bus pour aller à la fête et ne l'invitèrent pas à se joindre à elles. Alors elle alla se poster toute seule au bord de la route, le pouce tendu et deux couronnes en poche.

Le pick-up qui s'arrêta n'avait rien d'un carrosse, avec sa benne à la peinture écaillée et ses sièges au cuir moisi, mais au moins le conducteur avait le sourire.

Nete se dit qu'il ne devait pas savoir qui elle était.

Il lui dit qu'il s'appelait Viggo Mogensen et qu'il venait de Lundeborg. Il transportait du poisson fumé qu'il allait livrer à un épicier qui avait un stand sur le marché. Deux grandes caisses pleines qui sentaient l'océan et la fumée mais qui avaient surtout un parfum d'ailleurs.

Quand les autres filles la virent se promener entre les manèges et les champs de tir, une glace à la main et un beau jeune homme à ses côtés, leurs yeux s'emplirent d'une expression qu'elle ne reconnut pas. Plus tard elle l'identifia comme de l'envie, mais sur le moment elle en fut seulement effrayée, et à juste titre.

Ce fut une belle journée ensoleillée qui lui rappela les étés passés en compagnie de Tage, et Viggo lui parla si bien de l'océan et d'une vie de liberté que Nete eut l'impression d'y être. Un sentiment de joie l'envahit, tant et si bien que Viggo eut la partie beaucoup plus facile que s'il s'était attaqué à une jeune fille moins vulnérable.

Elle le laissa poser le bras sur son épaule en la raccompagnant et quand il l'attira vers lui après avoir tourné dans un chemin retiré, elle le regarda, les joues roses et le regard plein d'espoir. Et elle n'avait pas de raison d'avoir peur puisqu'il lui expliqua, en enfilant un préservatif, que de cette façon elle aurait du plaisir sans risquer de tomber enceinte.

Il avait un autre air quand il se retira d'elle et découvrit que la capote s'était déchirée. Elle lui demanda si maintenant elle allait être grosse, espérant un peu qu'il lui dirait oui et qu'elle n'avait pas à se faire de souci puisqu'il allait de toute façon l'emmener avec lui.

Il ne dit rien de tel. Elle tomba enceinte et les autres filles de ferme ne tardèrent pas à s'en apercevoir.

« Qui vomit dans les semis a le ventre rond à la moisson », lui cria l'une d'entre elles, et toutes se mirent à ricaner.

Peu de temps après, elle fut convoquée par sa mère adoptive qui, d'une voix vibrante de rage, la menaça des feux de l'enfer et de faire intervenir des hommes de loi si elle n'allait pas immédiatement se débarrasser de son bâtard.

Le jour même un taxi se garait dans la cour de la ferme. Il venait chercher le fils de la famille. On ne voulait pas qu'il puisse être sali par la fange et la honte que Nete avait apportées dans leur maisonnée. Elle jura que le père était un gentil garçon de Lundeborg qu'elle avait rencontré à la foire. Mais l'aveu ne lui fut d'aucun secours car les filles qui les avaient vus ensemble jurèrent, à l'inverse, qu'il était un de ces coureurs de jupons qui profitaient des filles consentantes pour s'amuser, et rien d'autre.

On lui fixa un ultimatum. Soit elle retournait voir le médecin pour se faire enlever cette saleté, soit elle serait chassée et on laisserait la police et les services sociaux reprendre le destin de Nete en main.

« Ce ne sera pas la première fois que tu te débarrasseras d'un fœtus », lui dit sa mère adoptive sans une once de compassion, après quoi le père la fit monter dans la voiture et la déposa devant la porte du docteur.

Elle n'aurait qu'à prendre le car quand ce serait terminé, lui dit-il. Il avait autre chose à faire que de jouer les chauffeurs. Il ne lui souhaita pas bonne chance mais il lui fit tout de même un sourire avant de partir. Elle ne sut jamais si c'était un sourire d'excuse ou de joie maligne.

Nete n'avait jamais réussi à le comprendre.

Elle resta longtemps toute seule dans la salle d'attente aux murs verdâtres, se balançant d'avant en arrière et entrechoquant ses genoux. L'odeur de camphre et de médicaments lui donnait la nausée et l'effrayait. Elle se mit à trembler d'appréhension. Elle pensait à la table d'examen et aux instruments tranchants du médecin. Les minutes défilaient à une vitesse d'escargot tandis que les patients se faisaient soigner leur bronchite et leurs cors aux pieds derrière la porte close. Elle entendait la voix lointaine du docteur, grave et lente, mais pas rassurante.

Quand ce fut son tour – elle était la toute dernière patiente de la journée –, un médecin plus jeune que celui qu'elle attendait lui prit la main et la salua d'une voix pleine de chaleur. Cette voix fit s'évanouir les craintes qu'elle nourrissait. Lorsqu'il ajouta qu'il se souvenait très bien d'elle et lui demanda si elle était heureuse dans sa nouvelle famille, elle hocha doucement la tête. Elle était en son pouvoir.

Elle ne fut pas surprise quand il donna congé à la secrétaire, ni lorsqu'il ferma la porte à clé derrière elle. Elle fut juste un peu étonnée que ce soit lui et non son père qui soit là en train de la regarder comme s'ils se connaissaient depuis toujours. Pourtant, ils ne s'étaient rencontrés que cette unique fois où le médecin était venu la voir chez elle après sa fausse couche.

« Vous allez avoir l'honneur d'être ma toute première patiente en gynécologie, Nete Hermansen. Mon père vient tout juste de me céder sa clientèle et c'est moi que vous devrez appeler docteur, désormais.

— Mais c'est à votre père qu'on m'a adressée, docteur. Vous savez ce que vous avez à faire ? »

Il la regarda de haut en bas avec une expression qui la mit mal à l'aise. Puis il alla fermer les rideaux et se tourna à nouveau vers elle avec un regard qui en disait long sur ce qui se passait chez l'homme qui se trouvait en dessous de la blouse du praticien.

« Bien sûr que je sais ce que j'ai à faire, Nete », dit-il enfin, s'asseyant en face d'elle et laissant son regard remonter lentement jusqu'aux yeux de sa patiente. « Malheureusement, dans ce pays, on n'a pas le droit d'interrompre une grossesse juste parce qu'on le souhaite et vous avez beaucoup de chance que j'aie la même nature compréhensive que mon père. Mais je ne vous apprends rien, n'est-ce pas ? » Il posa la main sur son genou. « Vous savez aussi que nous pourrions avoir de graves problèmes vous et moi si quelqu'un apprenait ce que nous allons faire dans ce cabinet aujourd'hui. »

Elle hocha lentement la tête et lui tendit l'enveloppe qu'elle tenait à la main. Elle contenait tout l'argent qu'elle avait réussi à économiser ces deux dernières années, plus un billet de cent couronnes que sa mère adoptive avait ajouté. Il y avait cinq cents couronnes en tout. Elle espérait que cela suffirait.

« On verra cela plus tard, Nete. D'abord vous allez vous allonger sur cette table. Vous pouvez poser votre culotte sur cette chaise. »

Elle fit ce qu'il lui demandait et regarda les étriers en se disant qu'elle n'arriverait jamais à monter les pieds aussi haut. Elle pouffa de rire malgré sa peur. Tout lui semblait comique et irréel.

« Hop-là », dit le docteur en l'aidant à soulever ses jambes. Et elle se retrouva allongée là, le bas-ventre à l'air, se demandant pourquoi on la laissait si longtemps dans cette position sans qu'il se passe rien.

Au bout d'un moment elle leva la tête de la table et, entre ses deux jambes, elle le vit, sombre, les yeux braqués sur son intimité.

« Maintenant vous allez rester bien sage », dit-il en gigotant un peu comme s'il venait d'ouvrir son pantalon et qu'il le faisait tomber jusqu'à ses chevilles.

Une seconde plus tard, elle comprit que c'était précisément ce qu'il avait fait.

Elle sentit d'abord ses cuisses poilues se coller contre les siennes. Cela la chatouilla un peu. Puis elle sentit le coup de boutoir au fond de son vagin qui fit se tendre son dos comme un arc.

« Aïe ! » hurla-t-elle quand il se recula avant de s'enfoncer en elle à nouveau, encore et encore, se cramponnant à ses genoux, l'empêchant de bouger et de se dégager. Il ne disait rien, se contentait de regarder, les yeux écarquillés, son membre entrer et sortir du ventre de Nete.

Elle le supplia de s'arrêter, protesta de toutes ses forces, sentant sa gorge se serrer progressivement jusqu'à ce qu'elle ne puisse plus crier. Soudain il s'écroula sur elle de tout son poids, le visage collé contre le sien. Ses yeux semblaient morts et vides de toute expression. Ce n'était pas agréable comme ça l'avait été avec Tage ou avec Viggo. Pas du tout même. Son odeur lui donnait envie de vomir.

Une seconde plus tard, elle vit ses paupières se lever de quelques millimètres, sa nuque se ployer en arrière et ses lèvres s'ouvrir pour laisser passer un râle de jouissance.

Puis il se reboutonna et passa lentement les doigts dans sa vulve gluante et douloureuse.

« Voilà, vous êtes prête, dit-il. C'est ainsi qu'on procède, voyez-vous ? »

Nete se mordit la lèvre. Ce fut à cette seconde que la haine d'elle-même s'installa dans son cœur. Et ce sentiment ne la quitta plus jamais. À partir de cet instant, son corps et son esprit devinrent deux entités distinctes, qui s'opposaient l'une à l'autre. Elle était écrasée de chagrin, de colère et de solitude.

Elle le vit préparer le masque pour l'anesthésie et songea brièvement à s'enfuir. Mais aussitôt, elle sentit dans ses narines l'odeur doucereuse de l'éther. Et alors qu'elle sombrait dans un brouillard d'inconscience, elle se promit de prélever dix couronnes dans l'enveloppe et de prendre un train pour Odense où elle se mettrait à la recherche de cet organisme qu'on appelait le Centre d'aide maternelle. Elle avait entendu dire qu'il y avait là-bas des gens qui secouraient les filles dans sa situation. Et ce que Curt Wad venait de lui faire, elle se jurait de le lui faire payer.

Ainsi furent posées les fondations de sa lamentable vie.

Les jours suivants, elle alla de désillusion en désillusion. Les femmes qui la reçurent au Centre d'aide maternelle commencèrent par se montrer accueillantes.

Elles lui offrirent du thé, la prirent par la main et eurent l'air d'être prêtes à la soutenir. Mais dès qu'elle leur raconta le viol dont elle avait été victime, l'interruption de grossesse qu'elle avait subie et l'argent qu'elle avait remis au médecin après l'intervention, leurs visages changèrent d'expression.

« Il faut tout d'abord que vous preniez conscience de la gravité de ces accusations, mademoiselle. Ensuite, nous ne parvenons pas à comprendre que vous alliez d'abord vous faire avorter pour ensuite venir nous voir. Votre démarche ne nous paraît pas très normale et nous sommes obligées d'en référer aux autorités. Nous avons une réputation à préserver, Nete Hermansen. »

Nete faillit avouer que c'était sa famille d'accueil qui l'avait envoyée se faire avorter. Que c'était eux qui craignaient qu'une fille dont ils avaient la garde expose leurs propres enfants, les autres filles de ferme et leurs commis à son influence néfaste et qu'elle souille toute leur maisonnée par ses mœurs de débauchée. Mais elle s'abstint par loyauté envers sa nouvelle famille. Une loyauté qui ne fut pas récompensée, comme elle devait s'en apercevoir plus tard à ses dépens.

Deux policiers en uniforme surgirent dans le bureau peu après et lui demandèrent de les suivre. Ils l'emmenaient faire une déposition au commissariat mais avant, elle devait subir un examen à l'hôpital pour vérifier ses dires.

Quand elle aurait fait tout cela, elle pourrait dormir en ville sous la surveillance bienveillante du Centre d'aide maternelle.

On l'examina avec soin. Des hommes vêtus de blancs enfoncèrent leurs doigts dans son vagin et des femmes en tenue d'infirmières lui essuyèrent ensuite la vulve. On constata qu'elle avait effectivement subi récemment une intervention gynécologique.

On lui posa des questions auxquelles elle répondit avec franchise, elle vit leurs visages graves et entendit leurs conversations à voix basse et eut l'impression qu'ils étaient soucieux.

Elle en déduisit que ces médecins et ces infirmières étaient de son côté, aussi eut-elle un choc quand, en arrivant dans la salle d'interrogatoire du commissariat, elle croisa le regard d'un Curt Wad souriant et libre. Il avait parlé avec les deux agents en uniforme qui avaient servi d'escorte à Nete et elle comprit rapidement que l'homme qui l'accompagnait, un avocat qui se présenta sous le nom de Philip Nørvig, était déterminé à rendre sa vie encore plus compliquée qu'elle ne l'était déjà.

Ils demandèrent à Nete de s'asseoir et saluèrent deux femmes qui entraient dans la pièce. Elle avait déjà vu la première au Centre d'aide maternelle. La deuxième ne se présenta pas.

« Nous avons parlé au docteur Wad, ici présent, et il nous a confirmé avoir effectué un curetage de votre utérus, mademoiselle Hermansen », dit la femme que Nete ne connaissait pas. « Nous avons ici votre dossier. » Elle posa devant Nete une chemise cartonnée sur laquelle elle vit un premier mot qu'elle ne put déchiffrer suivi d'un six et d'un quatre. C'était tout ce qu'elle était capable de lire.

« Ce dossier contient le compte rendu d'intervention rédigé par le docteur Curt Wad, expliqua l'avocat.

Il y est clairement stipulé que vous avez dû subir un curetage suite à des règles abondantes et irrégulières probablement dues à la fausse couche spontanée dont vous avez été victime il y a près de deux ans. Il est indiqué ici que, malgré votre jeune âge, vous avez admis avoir eu récemment des rapports sexuels avec des inconnus, information que vos tuteurs ont corroborée. Pouvez-vous nous confirmer ces informations ?

— Je ne sais pas ce que c'est qu'un curetage, mais je sais que le docteur m'a fait des choses qu'il n'aurait pas dû faire. » Elle pinça les lèvres pour les empêcher de trembler. Elle ne leur donnerait pas, en plus, la satisfaction de la voir pleurer.

« Nete Hermansen, je suis, comme vous l'avez peut-être compris, l'avocat du docteur Curt Wad, et je dois vous mettre en garde contre la formulation de certaines accusations que vous n'êtes pas en mesure de prouver », récita l'homme au teint gris qui se faisait appeler Nørvig. « Vous avez accusé mon client d'avoir procédé à une interruption de grossesse sur votre personne, une intervention dont les médecins de l'hôpital, ici, à Odense, n'ont pas trouvé de trace. Curt Wad est un médecin consciencieux, très compétent et respecté dans cette ville. Sa vocation est d'aider les gens qu'il soigne et il ne lui viendrait jamais à l'idée de commettre des actes illégaux tel un avortement. Vous avez subi un curetage, certes, mais c'était pour votre bien, vous en conviendrez, n'est-ce pas ? »

Il avança la tête vers elle avec la rapidité d'un serpent à sonnette, mais son geste n'effraya pas Nete.

« Il s'est couché sur moi et il s'est accouplé avec moi alors que je lui criais d'arrêter. C'est comme ça que ça s'est passé, bordel de merde ! »

Elle scruta tous les visages qui se trouvaient dans la pièce. Elle aurait aussi bien pu parler aux arbres dans la forêt.

« Je pense que vous devriez surveiller votre langage, jeune fille, dit la femme du Centre d'aide maternelle. Vous aggravez votre cas. »

L'avocat échangea avec les autres des regards entendus. Nete ne l'aimait pas du tout, celui-là.

« Vous prétendez que le docteur Wad a abusé de votre personne, poursuivit-il. Ce à quoi le docteur Wad répond, avec beaucoup d'indulgence, que vous vous êtes montrée très sensible à l'effet de l'éther, qui dans certains cas peut provoquer des hallucinations. Connaissez-vous ce mot, Nete ?

— Non. Et je m'en fous. Je sais ce qu'il m'a fait et il l'a fait avant de me mettre le masque sur la figure. »

Ils se regardèrent tous.

« Ne croyez-vous pas, mademoiselle Hermansen, que dans le cas où un médecin aurait réellement l'intention d'abuser de l'une de ses patientes, il attendrait que l'anesthésie fasse son effet ? » fit remarquer la femme qui ne s'était pas présentée. « Vous n'êtes pas très crédible, Nete Hermansen.

— Je dis la vérité, c'est tout. » Elle regarda autour d'elle et comprit enfin que personne ne la soutiendrait.

Alors elle se leva de sa chaise, avec à nouveau ce malaise dans son bas-ventre et cette sensation d'humidité dans sa petite culotte. « Je voudrais rentrer chez moi maintenant, dit-elle. Ne vous inquiétez pas, je prendrai l'autocar.

— Je crains que ce ne soit pas aussi simple que cela, Nete Hermansen. Vous devez d'abord retirer votre plainte. Sinon, nous allons devoir vous demander de rester », dit l'un des deux agents. Il poussa vers elle un papier dont elle était incapable de lire une seule ligne et lui désigna un emplacement au bas de la feuille.

« Signez là et vous pourrez partir. »

C'était facile à dire. Encore eût-il fallu qu'elle sache lire et écrire.

Le regard de Nete passa de la table aux yeux de l'homme de haute taille qui lui faisait face. En croisant le regard de Curt Wad, elle y lut une sorte de complicité, une complicité qu'elle ne souhaitait nullement.

« Il a fait ce que je vous ai dit », insista-t-elle.

Ils lui demandèrent de s'asseoir sur une chaise dans l'angle de la pièce pendant qu'ils discutaient entre eux. Les femmes en particulier semblaient prendre l'affaire au sérieux, et Nete vit Curt Wad secouer plusieurs fois la tête lorsqu'elles s'adressèrent à lui. Pour finir il se leva de toute sa hauteur et serra la main à chacun d'entre eux.

Lui, on le laissait partir.

Deux heures plus tard, elle était assise sur un petit lit dans une maison dont elle ne savait pas où elle se trouvait.

On lui avait dit que l'affaire serait rapidement réglée et qu'elle serait assistée par un avocat commis d'office. On lui avait promis aussi que sa famille d'accueil lui ferait parvenir ses affaires.

Elle en déduisit qu'ils avaient décidé de ne pas la reprendre à la ferme.

Il se passa plusieurs semaines avant que l'ordonnance de mise en accusation de Curt Wad soit présentée au parquet, et les adversaires de Nete ne perdirent pas leur temps jusque-là. Philip Nørvig, surtout, s'employa à retourner l'affaire contre la plaignante et les instances juridiques ne furent que trop contentes de l'écouter.

On lui fit passer des tests de quotient intellectuel, on trouva des témoins et on remplit des paperasses.

Deux jours seulement avant l'audience, Nete rencontra l'avocat commis d'office qui devait l'assister. Il avait soixante-cinq ans et il était... gentil. Il n'y avait rien d'autre à dire de lui.

Au tribunal elle comprit que personne ne souhaitait croire ses affirmations mais que l'affaire était allée trop loin pour que la justice puisse la traiter à la légère.

Pas un seul des témoins ne se risqua à regarder dans sa direction pendant qu'ils étaient à la barre, et l'atmosphère dans la salle était tendue.

Son horrible institutrice parla de ses jupes levées, de ses gros mots, de sa bêtise, de sa paresse et de son impudeur en général. Le pasteur qui avait fait faire leur confirmation à ses camarades de classe évoqua son indifférence quant aux choses de la religion et ses mœurs qui étaient sûrement le fait du diable.

À ce stade du procès, tout le monde l'avait déjà cataloguée comme une attardée asociale.

Son refus de se plier aux règles avait fait de Nete un être dépourvu de sens moral et, qui plus est, débile. Une brebis galeuse avec qui la société avait intérêt à éviter tout contact. Elle était menteuse et fourbe, elle n'était presque jamais allée à l'école et ne savait rien faire. Les uns après les autres, ils répétaient : « Un caractère aussi indiscipliné qu'irréductible. » Pas un seul témoin n'eut pour elle un mot gentil et personne ne lui trouva la moindre circonstance atténuante. Il y en eut même pour dire qu'elle entraînait ses camarades à la rébellion, voire à l'insurrection, et que l'appétit sexuel effrayant qui avait toujours été le sien était devenu avec la puberté un danger pour son entourage. Quand on apprit que le test d'intelligence de Binet-Simon avait évalué son QI à 72,4, tous les membres du jury sans exception furent d'accord pour dire que Curt Wad avait été injustement calomnié malgré ses excellentes intentions.

Nete tenta de se défendre en expliquant que les questions du test étaient stupides, et ajouta qu'elle avait donné exactement quatre cent quatre-vingt-dix couronnes à Curt Wad pour l'avortement. Son père d'accueil affirma qu'il était impossible qu'elle ait pu économiser une telle somme. Nete resta sous le choc. Soit il mentait, soit sa femme avait omis de lui parler des cent couronnes qu'elle avait données à Nete afin de compléter l'enveloppe. Nete cria en plein tribunal qu'il fallait interroger sa mère d'accueil qui confirmerait ses dires, mais celle-ci était absente et n'avait jamais eu la volonté de rétablir la vérité.

Pour finir on appela à la barre le conseiller municipal qui avait une belle-sœur dont le fils avait aidé à jeter Nete dans la rivière de Puge Mølleå. Il déclara qu'une maison de redressement pour jeunes filles serait un endroit plus adapté pour Nete qu'une nouvelle famille d'accueil. Il ajouta que c'était déjà ce qui avait été proposé par la commune la dernière fois qu'elle s'était fait engrosser par le premier venu et qu'elle avait tué son bébé en se jetant volontairement contre les rochers. Il termina son témoignage en accusant Nete Hermansen d'avoir été la honte de sa paisible bourgade.

La défense démonta les chefs d'accusation contre Curt Wad les uns après les autres et, en jetant des regards furtifs vers Philip Nørvig, Nete comprit que, pour l'avocat, ce procès était la chance de sa vie et le sésame qui lui ouvrirait la porte des tribunaux. Pendant toute l'audience, Curt Wad ne se départit jamais du sourire en coin qu'il semblait avoir collé une fois pour toutes sur son masque d'innocent.

Un jour glacé de la fin du mois de février, le juge, ayant pesé le pour et le contre en son âme et conscience, présenta ses excuses au nom de la justice de ce pays à Curt Wad, qui avait dû traverser une épreuve aussi infamante par la faute d'une petite menteuse asociale.

En passant devant Nete pour gagner la sortie, le médecin la salua d'un hochement de tête afin que tous puissent constater sa mansuétude mais au fond des yeux de Curt Wad, Nete lut son mépris et le sentiment de triomphe qui l'animait. Au même instant, le juge confiait aux instances communales le soin d'interner la mineure de dix-sept ans dans un hôpital psychiatrique pour le bien de la collectivité et afin de remettre dans le droit chemin cette créature à l'âme tordue, dans l'espoir qu'un jour, peut-être, elle puisse à nouveau vivre parmi eux.

Deux jours plus tard, Nete était enfermée à l'asile Keller de Brejning.

Comme elle s'y attendait, peu après son arrivée, le médecin-chef lui annonça qu'il ne la considérait pas comme particulièrement anormale et promit d'écrire au conseil municipal pour la faire sortir rapidement. Il voulait simplement faire quelques examens complémentaires pour s'assurer qu'elle n'était pas aliénée.

Il n'écrivit jamais cette lettre.

Rita y veilla.

23

Novembre 2010

Le congrès national de Rene Linier fut une véritable fête. Curt Wad avait contemplé la foule avec fierté et une émotion qui, une fois ou deux, lui avait donné un regard humide que peu de gens lui connaissaient.

Dans l'hiver de son existence, il était enfin parvenu à rassembler suffisamment de forces vives pour fonder un vrai parti politique, et en ce moment même deux mille Danois fiers et honnêtes lui souriaient et l'applaudissaient. Il y avait de l'espoir pour le pays de ses fils. Si seulement Beate avait pu être à ses côtés.

« Dieu soit loué, vous avez réussi à arrêter ce journaliste avant qu'il n'ait eu le temps de terminer son réquisitoire ordurier », le félicita le chef d'une cellule locale.

Curt acquiesça. Quand on était prêt à monter au créneau pour défendre des idées qui vous valaient opposition et ennemis déclarés, il était important d'être entouré d'hommes forts, prêts à faire le coup de poing quand les circonstances l'exigeaient. Cette fois, il s'en était sorti sans leur aide, mais à la prochaine occasion, et il ne doutait pas qu'elle arriverait, il avait autour de lui des gens qui n'avaient pas peur de se salir les mains.

Aujourd'hui, le problème avait été vite réglé et le reste du meeting s'était déroulé dans le calme, avec une présentation réussie du programme politique du parti et de la liste des candidats aux élections législatives.

« Vous êtes en train de fonder un parti néofasciste, Curt Wad », avait crié le journaliste en se frayant un passage dans le public et en brandissant son micro sous le nez de Curt Wad.

Curt avait secoué la tête et souri. Il savait que c'était la meilleure façon de réagir quand les gens devenaient agressifs.

« Vous vous trompez, avait-il répliqué d'une voix forte. Mais je propose que nous discutions de cela ensemble dans des circonstances plus appropriées. Je ne manquerai pas de vous expliquer pourquoi vous faites erreur et m'engage à répondre à toutes vos questions. »

Il adressa un regard rapide à son service d'ordre, avant qu'ils n'aient eu le temps de mettre la main sur l'homme. Ils se retirèrent et la foule se referma sur le journaliste. On avait le droit de se défendre contre les imbéciles et les fauteurs de troubles, mais pas de s'en prendre à un journaliste dans l'exercice de ses fonctions. Il allait devoir le leur faire comprendre.

« C'était qui, ce type ? » demanda-t-il à Lønberg quand ils eurent refermé derrière eux les portes de leur ancienne salle de réunion.

« Personne d'important. Il travaille pour *La Presse libre*, qui œuvre pour l'arrière-garde. Il s'appelle Søren Brandt.

— Je vois. Surveillez-le.

— On le surveille.

— Je veux dire, surveillez-le *bien* ! »

Lønberg acquiesça et Curt lui donna une tape amicale sur l'épaule avant d'aller ouvrir la porte d'une autre salle de réunion. Une assemblée très exclusive composée d'environ une centaine d'hommes l'attendait à l'intérieur.

Il monta sur un petit podium et regarda ses plus fidèles compagnons de lutte. Tous se redressèrent dans leurs sièges et l'applaudirent. « Qu'est-ce que je vois, messieurs ? dit Curt Wad. Toute l'élite est là en train de passer outre à l'interdiction de fumer ! »

Beaucoup saluèrent son trait d'humour et un homme s'approcha du podium pour lui offrir un cigare de son étui en cuir. Curt Wad déclina d'un geste de la main en souriant.

« Non merci, mon cher. Je dois faire attention à ma santé. Je n'ai plus quatre-vingts ans ! »

Un grand éclat de rire secoua cette fois la salle. C'était bon d'être parmi eux. Ils étaient les initiés. Des gens sur qui il était sûr de pouvoir compter. Des recrues efficaces qui avaient œuvré avec énergie pour La Lutte secrète, et ce depuis de très nombreuses années. Ce qu'il était venu leur dire n'allait pas leur faire plaisir.

« Le congrès national se passe à merveille et si leur ferveur est le reflet des opinions d'une large frange de la population danoise, je crois que nous pouvons nous attendre à obtenir un grand nombre de sièges au Folketing lors des prochaines élections. »

Tous se levèrent et applaudirent en poussant des exclamations enthousiastes.

Curt les laissa se réjouir quelques instants, puis il les fit taire en levant les bras. Il prit une longue inspiration « Nous tous, ici réunis, avons posé les fondations de Rene Linier. D'année en année, nous sommes montés sur les barricades pour accomplir le travail nécessaire à la création de ce parti. Nous avons lutté coude à coude sur le front de la morale et de la raison et nous avons accepté d'être des soldats de l'ombre, travaillant dans le silence et la discrétion. Mais, comme le disait souvent mon père, il n'y a pas plus grande satisfaction que celle d'agir dans le seul but de glorifier le Seigneur. »

Une nouvelle salve d'applaudissements accueillit cette maxime.

Curt sourit. « Merci. Mon père aurait été heureux d'être là aujourd'hui. » Il baissa les yeux vers le premier rang. « La stérilisation et l'avortement de femmes indignes de mettre au monde une progéniture à la hauteur de notre pays est une longue et noble tradition de notre organisation et nous l'avons perpétuée parce que, tous ici, nous savons que le laxisme et l'indifférence ne mènent à rien de bon. » Il leva les deux mains vers l'assemblée. « Et aucun d'entre nous n'a jamais fait preuve de laxisme ou d'indifférence. » Il y eut quelques applaudissements. « À présent, un nouveau parti est né de nos idées et, par la voie politique, il va contribuer à construire une société au sein de laquelle ce que nous avons fait clandestinement et en dehors de la loi sera bientôt une pratique courante transparente et légale.

— Oui ! Oui ! cria quelqu'un.

— En attendant que cela arrive, je crains que nous ne devions suspendre nos activités dans ce domaine. »

Sa déclaration provoqua un brouhaha dans la pièce. Certains restèrent hébétés de surprise, leur cigare se consumant entre leurs doigts.

« Vous avez tous entendu comment ce journaliste a cherché à nous attaquer tout à l'heure. Il en viendra d'autres et notre mission la plus importante sera désormais de désamorcer ces gens-là avant qu'ils ne puissent nous nuire. C'est pour cette raison que nous tous dans cette pièce allons devoir interrompre nos activités. » Il y eut quelques marmonnements ici et là qui cessèrent dès que Curt Wad leva la main. « Vous avez entendu ce matin que l'un de nos meilleurs amis, Hans Christian Dyrmand, de Sønderborg, s'est donné la mort. Je sais que beaucoup d'entre vous le connaissaient personnellement. »

Il observa l'expression des visages en dessous de lui. Certains exprimaient l'affliction, d'autres, la réflexion.

« Vous savez aussi que Hans Christian faisait depuis une quinzaine de jours l'objet d'une enquête du Comité national d'éthique. Comme cela *peut* arriver, même si cela ne *doit* pas arriver, Hans Christian a bâclé un avortement et la stérilisation qu'il avait jugée nécessaire d'effectuer en même temps. La fille a dû aller se faire soigner en urgence à l'hôpital de Sønderborg. Mon ami et confrère a assumé les conséquences de son erreur. Il a détruit la totalité de ses dossiers compromettants ainsi que ses courriers confidentiels, avant d'opter pour cette solution définitive. » Quelques commentaires fusèrent mais Curt n'en perçut aucun distinctement.

« Je vous laisse imaginer ce qui se serait passé si l'appartenance de Hans Christian à La Lutte secrète avait été révélée au grand jour. Il le savait et il a compris aussi que le scandale aurait réduit à néant tout le travail de Rene Linier. »

Un long silence tomba sur l'assemblée.

« Il est hors de question que ce type de dérapage ternisse notre image à présent que nous allons promouvoir et ancrer Rene Linier au sein de la population danoise », conclut Curt Wad quand il reprit la parole.

Plusieurs de ses collaborateurs vinrent le trouver ensuite pour lui dire qu'en dépit de ses mises en garde, ils n'avaient pas l'intention de cesser leur activité secrète mais qu'ils mettraient de l'ordre dans leurs papiers afin de ne rien laisser traîner qui puisse nuire à la cause.

C'était exactement ce que Curt Wad souhaitait obtenir par son discours. Précaution avant tout.

« Tu vas à l'enterrement de Hans Christian ? » lui demanda Lønberg un peu plus tard.

Curt sourit. Une bonne recrue, ce Lønberg. Toujours à l'affût du moindre signe de faiblesse. Même Curt n'échappait pas à sa vigilance.

« Bien sûr que non. Mais il va nous manquer, n'est-ce pas, Wilfrid ?

— Oui », répondit Lønberg. Il n'avait pas dû être facile pour lui de convaincre son ami d'avaler ces somnifères.

Pas facile du tout.

Quand il rentra, Beate était déjà couchée.

Il alluma l'iPhone que son fils lui avait offert et constata qu'il avait un grand nombre de messages.

Ça attendra demain, se dit-il. Il était trop fatigué maintenant.

Il s'assit quelques instants au bord du lit pour contempler le visage de son épouse. Il plissait un peu les yeux, comme pour effacer les marques cruelles du temps. En réalité, il la trouvait encore très belle. S'il préférait la regarder de cette manière, c'était surtout pour oublier à quel point elle avait l'air fragile à présent.

Il lui posa un baiser sur le front, se déshabilla et alla prendre sa douche.

Sous le jet ruisselant, il redevenait le vieillard qu'il était. Impossible d'ignorer sa déchéance. Baissant les yeux sur son corps, il voyait ses mollets réduits à presque rien, sa peau pâle et glabre là où jadis elle était recouverte d'une épaisse toison brune. Le savon ne glissait plus de la même manière sur la peau de son ventre et ses bras n'étaient plus assez souples pour atteindre son dos.

Il mit la tête en arrière et laissa le jet de la douche effacer la tristesse sur son visage.

C'était dur de vieillir, presque impossible de lâcher les rênes. Certes, aujourd'hui, le public l'avait acclamé, mais c'était l'hommage rendu à un homme qui se retire. Un homme qui a accompli sa tâche. Une figure de proue à qui on demanderait désormais d'être en représentation. À partir de maintenant, d'autres parleraient en son nom. Il aurait toujours un rôle de consultant, bien sûr, mais les représentants du parti avaient été désignés de façon démocratique lors de l'assemblée générale et rien ne prouvait que ces hommes se rangeraient toujours à son avis.

« Toujours. » Il se répéta le mot à mi-voix. Quelle drôle d'idée d'employer encore ce mot quand on a quatre-vingt-huit ans ! La notion d'éternité paraissait terriblement limitée pour lui à présent.

Il se passa la main sur le torse pour enlever le surplus d'eau, fit attention de ne pas glisser sur le carrelage en sortant de la cabine de douche et remarqua que son iPhone vibrait sur l'abattant des toilettes.

« Allô ! dit-il dans le mobile tandis que l'eau dégoulinait sur le tapis de bain.

— Herbert Sønderskov à l'appareil. J'ai essayé de t'appeler toute la journée.

— Ah ! vraiment, dit Curt. Il y a bien longtemps que je n'ai pas eu de tes nouvelles, mon cher. Je suis désolé, mon portable est resté éteint toute la journée. Notre assemblée générale constitutive avait lieu aujourd'hui à Tåstrup. »

Son interlocuteur le félicita, mais sa voix n'avait rien d'enjoué. « Écoute, Curt. Nous avons reçu la visite de la police aujourd'hui. Ils enquêtaient sur des disparitions de personnes, dont celle de Philip. L'inspecteur s'appelle Carl Mørck. Il travaille à l'hôtel de police à Copenhague. Mie a cité ton nom à plusieurs reprises. Elle a aussi évoqué La Lutte secrète. »

Curt laissa s'écouler quelques secondes avant de commenter l'information.

« Que sait-elle de La Lutte secrète ?

— Pas grand-chose. Moi, je ne lui en ai jamais parlé en tout cas, et je ne pense pas que Philip l'ait fait non plus. Je pense qu'elle a dû apprendre des choses à droite et à gauche. Elle a aussi parlé de Louis Petterson. Je n'arrivais pas à la faire taire. Elle n'en fait qu'à sa tête ces temps-ci. »

Tout cela n'était pas bon du tout. « Répète-moi ce qu'elle a dit, exactement. » Curt était gelé à présent.

Les pores de sa peau s'étaient resserrés et ses poils se hérissaient.

Il écouta sans l'interrompre le récit de Herbert Sønderskov.

« Sais-tu si cet enquêteur a pris contact avec Louis Petterson ? demanda-t-il lorsqu'il eut terminé.

— Non. J'ai voulu vérifier mais je n'ai pas son numéro. Et je ne risquais pas de le trouver sur Internet, n'est-ce pas ? »

De nouveau il y eut un long silence aux deux extrémités de la ligne pendant lequel Curt essaya de mesurer les conséquences de ce qui était arrivé. Ce n'était pas bon. Pas bon du tout.

« Notre cause n'a jamais été aussi gravement compromise. Alors maintenant, tu vas bien écouter ce que je te dis. Mie et toi allez partir en voyage, tu m'entends ? Je prends tous les frais à ma charge. Vous allez partir pour Ténérife. La côte ouest est constituée de hautes falaises. L'endroit s'appelle Acantilado los Gigantes. Ce sont des falaises très abruptes et elles tombent directement dans la mer.

— Oh ! mon Dieu, murmura Herbert.

— Il n'y a pas d'autre solution, Herbert, tu m'entends ? Et il faudra que cela ait l'air d'un accident. »

Une respiration pénible se fit entendre à l'autre bout du fil.

« Herbert, il y va de ton frère, de toi, de tes amis, de tes collègues et de bon nombre de tes relations. Ce sont plusieurs années de travail qui risquent d'être réduites à néant. Cela pourrait conduire à la chute du parti. Si Mie ne tombe pas, beaucoup d'autres tomberont. Je te parle de procès à n'en plus finir. De longues, très longues peines de prison, de réputations détruites et de faillites. Tout le travail que nous avons accompli pour mettre cette organisation sur pied sera perdu. Des milliers d'heures d'efforts et des millions de couronnes de dons gaspillés. Je te l'ai dit, aujourd'hui s'est tenu pour la première fois le congrès national de Rene Linier. Nous allons entrer au *Parlement* cette fois, Herbert. Et c'est tout cela que Mie et toi allez compromettre si tu ne fais rien. »

Toujours cette respiration difficile au bout du fil.

« Est-ce qu'au moins tu t'es occupé de faire disparaître les archives de Philip comme nous en étions convenus ? Tous ses dossiers ont-ils été détruits ? »

Herbert ne répondit pas à la question et Curt en fut horrifié. Il allait devoir s'en occuper lui-même et envoyer d'urgence quelqu'un pour tout emporter.

« Je suis désolé, Curt. Je ne peux pas faire ça. Est-ce qu'on ne pourrait pas simplement partir et attendre que ça se tasse ? » supplia Herbert comme s'il ignorait que pleurnicher ne lui serait d'aucun secours.

« Deux personnes âgées voyageant avec un passeport danois. Réfléchis un peu, Herbert. Tu es stupide, ou quoi ? Comment voulez-vous vous fondre dans la masse ? La police vous retrouvera, et si *eux* ne le font pas, *nous* le ferons.

— Oh ! mon Dieu, gémit-il de nouveau.

— Tu as vingt-quatre heures. Tu iras acheter les billets chez Star Tour demain. S'il n'y a pas de charter ou pas de place, tu achèteras un vol pour Madrid et là-bas vous prendrez une ligne intérieure pour Ténérife. Quand vous serez là-bas, je veux que toutes les cinq heures, tu prennes une photo de l'endroit où vous vous trouvez et que tu me la fasses parvenir par mail afin que je puisse suivre vos mouvements. Le sujet est clos. »

Il y eut un silence. « Entendu, Curt », dit enfin Herbert Sønderskov.

La communication était terminée.

Nous ne les perdrons pas de vue, se promit Curt. Et nous irons dès demain chercher ces fichues archives pour les faire disparaître.

Curt consulta le journal d'appels de son téléphone et constata que Herbert avait dit vrai. Il avait essayé de le joindre toutes les demi-heures depuis midi et demi. Quant à Louis Petterson, il l'avait appelé quinze fois en vain.

Merde. Voilà qui n'augurait rien de bon.

Curt n'avait aucune inquiétude quant à l'enquête sur la disparition de Philip Nørvig. Il n'y était pour rien. Il se faisait du souci pour toutes les autres choses que Mie avait dites à la police.

Ce n'était pas faute d'avoir mis Philip en garde contre cette bonne femme à l'époque, et Herbert ensuite !

Une demi-heure passa, dans une ambiance de crise, et il dut composer le numéro de Louis Petterson un nombre incalculable de fois avant que le jeune journaliste ne le rappelle.

« Je suis désolé, monsieur Wad. J'ai éteint mon mobile après chaque appel passé sur votre numéro pour qu'on ne puisse pas me repérer, expliqua-t-il. Je n'ai pas du tout envie que ce Carl Mørck et son assistant, qui est assez terrifiant, je dois dire, me téléphonent.

— Faites-moi un résumé concis », exigea-t-il.

Une fois que Petterson eut fini Curt lui demanda où il se trouvait.

« Je suis sur une aire d'autoroute à la hauteur de Kiel, en Allemagne.

— Où allez-vous ?

— Vous n'avez pas besoin de le savoir. »

Curt hocha la tête.

« Ne vous faites pas de souci, j'ai emporté avec moi tous les documents concernant Benefice.

— Bravo ! »

Ils raccrochèrent et Curt décida de se rhabiller. Son lit attendrait.

Il monta au premier étage, dans la pièce qui était à la fois une cuisine d'appoint et un atelier, ouvrit un tiroir sous le tableau porte-outils, posa un plateau en plastique rempli de vis sur l'établi et prit le vieux portable Nokia qui était fixé dessous avec une bande d'adhésif.

Il le mit en charge, gratta une mobicarte, l'activa et composa le numéro de Caspersen, qui répondit au bout de vingt secondes.

« Il est bien tard, Curt. Pourquoi m'appelles-tu depuis ce numéro ?

— Il y a urgence. Note-le et rappelle-moi avec un téléphone à carte. Dans cinq minutes exactement. »

Caspersen fit ce que Curt lui avait demandé et l'écouta exposer le problème sans piper mot.

« Est-ce que nous avons quelqu'un à l'hôtel de police en qui nous puissions avoir confiance ? » lui demanda Curt pour finir.

« Non. Mais nous avons quelqu'un au commissariat de Station City », répondit Caspersen.

« Tu l'appelles et tu lui dis de faire en sorte que cette enquête soit abandonnée. Coûte que coûte. Dis à ton contact que nous paierons ce qu'il faut. Du moment que ce Carl Mørck se calme. »

24

Novembre 2010

Carl regarda l'heure sur l'horloge du tableau de bord en se garant sur le parking. Les essuie-glaces allaient et venaient sur le pare-brise. Quinze heures quarante-cinq. Il avait quarante-cinq minutes de retard pour son foutu rendez-vous avec Kris, le psychologue. Il allait en entendre des vertes et des pas mûres. Décidément tout allait de travers en ce moment.

« On ferait mieux de prendre ça », dit Assad en attrapant un parapluie pliant dans la boîte à gants.

Carl coupa le moteur. Je ne suis pas d'humeur à partager un parapluie avec qui que ce soit, songea-t-il. Mais cela ne dura que jusqu'à ce qu'il se retrouve à la sortie du blockhaus et constate que quelqu'un avait enlevé le bouchon du réservoir céleste et qu'on n'y voyait pas à dix mètres.

« Allez, venez là-dessous, chef. Vous venez d'être malade, alors », lui cria Assad.

Carl regarda la coupole en tissu à pois d'un air circonspect. Qu'est-ce qui pouvait pousser un homme en âge de se reproduire à acheter une horreur pareille ? Et rose de surcroît ?

Il se glissa sous la monstruosité couleur dragée et pataugea dans les flaques à côté de son assistant. Tout à coup, un de ses collègues émergea du déluge et les croisa avec un petit sourire narquois, comme s'il le soupçonnait d'avoir avec Assad une relation qui dépassait le strict cadre du travail. Affreusement compromettant.

Carl fit un pas de côté et avança sous la pluie ruisselante, le menton en avant. Il n'était résolument pas le genre d'homme à se servir d'un parapluie, ni à déjeuner torse nu sur l'herbe.

« Vous avez pris une sacrée saucée, dites donc », dit le planton tandis que Carl courait se mettre à l'abri en faisant un bruit de ventouse.

« Est-ce que tu pourrais vérifier qui se cache derrière l'organisation Benefice ? » demanda-t-il à Rose, une fois arrivé au sous-sol, ignorant ses remarques sur les baleines échouées et les baignoires qui débordent.

Il alla éponger ses vêtements tant bien que mal avec du papier-toilette et se promit de faire installer un séchoir soufflant dans les W-C à la première occasion. Sa température corporelle serait vite revenue à la normale s'il avait eu un truc comme ça sous la main.

« Tu as eu le temps d'appeler Lis ? » s'enquit-il, trois quarts de rouleau de PQ plus tard, auprès d'Assad qui était en train d'étaler son tapis de prière sur le sol de son placard à balais.

« Chaque chose en son temps, chef. D'abord la prière. »

Carl regarda sa montre. Ouais, mais dans quelques minutes tout le monde aurait quitté le bâtiment, y compris Lis. Certains salariés se pliaient aux horaires de travail.

Il s'assit dans son fauteuil dans un bruit de coussin péteur et passa l'appel lui-même.

« Allô, chantonna une voix qui ressemblait vaguement à celle de Mme Sørensen.

— Euh… Lis ?

— Non, elle est chez le gynécologue, Carl. C'est Cat à l'appareil. »

Il se serait volontiers passé des deux informations.

« Je voulais lui demander si elle avait eu le temps de vérifier à qui ce Louis Petterson a téléphoné aux alentours de quinze heures aujourd'hui.

— Mais bien sûr, mon cher Carl. »

« Mon cher Carl » ? Elle avait dit « mon cher Carl » ? C'était quoi exactement ce stage auquel est était allée ? Un cours de léchage de bottes ?

« Il a appelé un certain Curt Wad à Brøndby. Voulez-vous son adresse ? »

Deux coups de fil successifs sur le numéro de portable du journaliste ne donnèrent pas d'autre résultat qu'un message déclarant que la ligne du correspondant était momentanément suspendue. Il fallait s'y attendre. Carl aurait pourtant trouvé amusant de lui demander pourquoi il avait appelé deux fois de suite un type avec qui il prétendait n'avoir aucun contact.

Il leva les yeux vers le panneau d'affichage avec fatalisme et trouva sur un Post-it le numéro de portable de Kris, le psychologue. Un numéro qu'il n'avait nullement l'intention de noter dans son répertoire mais qui en l'occurrence allait lui éviter de faire tout le chemin jusqu'à la rue Anker Hedegaard par ce temps pourri.

« Kris Lacour à l'appareil », répondit une voix au bout du fil. Saperlipopette ! Le type avait un nom de famille aussi ?

« Carl Mørck à l'appareil.

— Je n'ai pas le temps de vous parler, Carl. J'attends un patient d'une minute à l'autre. Rappelez-moi demain. »

Merde ! Ça allait chauffer chez Mona ce soir.

« Désolé ! Désolé ! Désolé, Kris, s'empressa-t-il de dire. J'ai vraiment essayé d'arriver à l'heure pour notre rendez-vous, mais ma journée a été jalonnée de cadavres et de larmes amères. S'il vous plaît, trouvez-moi un créneau lundi après-midi à la place. Je crois que ça me ferait du bien de parler avec vous. »

La pause qui suivit fut aussi cruelle que le laps de temps qui s'écoule entre les deux ordres : « À vos armes ! » et « Feu ! ». Ce diffuseur-d'eau-de-Cologne-sur-pattes-ultra-content-de-lui n'allait pas manquer de faire son rapport à Mona.

« Ah oui ? Vous le pensez vraiment ? » dit-il enfin.

Carl faillit riposter : « Je pense quoi ? » Avant de comprendre le sens de la question.

« Absolument. Je crois que nos échanges vont me faire le plus grand bien », dit-il, songeant plus au bien que lui ferait le corps généreux de Mona qu'à l'hypothétique démêlage du contenu compliqué de sa tête.

« Bon. Lundi alors. On peut dire quinze heures, comme aujourd'hui, ça marche ? »

Carl leva les yeux au ciel. Il n'avait pas le choix de toute façon. Il le remercia avant de raccrocher.

« J'ai deux choses pour vous, Carl. »

Il avait senti le parfum avant d'entendre la voix. On aurait dit une odeur de produit adoucissant pour le linge. Depuis quelques secondes, il lui emplissait les narines, entêtant, impossible à ignorer.

Carl se tourna vers Rose qui se tenait sur le pas de la porte, une pile de journaux sous le bras.

« Qu'est-ce que c'est que ce parfum ? lui demanda-t-il, bien conscient que si ce n'était pas son jour de chance, la réponse de Rose serait aussi tranchante qu'un coup de poignard.

— Ah, ça ! C'est celui d'Yrsa. »

Et toc ! Elle lui avait cloué le bec et en avait profité pour faire une petite mise au point. Elle n'avait pas l'intention de leur laisser oublier Yrsa pour l'instant.

« Pour commencer, j'ai vérifié l'alibi de ce Herbert Sønderskov à qui vous avez rendu visite à Halsskov. Il ne peut effectivement pas avoir été impliqué directement dans la disparition de Nørvig, sachant qu'il se trouvait au Groenland entre le 1er avril et le 18 octobre 1987, période pendant laquelle il a travaillé comme conseiller juridique pour le gouvernement autonome. »

Carl hocha la tête, sentant une crampe lui tordre les entrailles.

« Quant à Benefice, c'est un institut de sondage financé par une fondation. Outre quelques analystes politiques en free-lance, l'institut emploie un journaliste à plein temps, en l'occurrence Louis Petterson. Benefice travaille principalement comme "attaché-case", ce qui consiste à rédiger de courts mémos que les politiciens peuvent consulter en quelques secondes. Le contenu de ce matériel est de sensibilité fortement populiste, tendancieux et mensonger si vous voulez mon avis. »

Je n'en doute pas une seule seconde, songea Carl.

« Vous savez qui le dirige ?

— Une dénommée Liselotte Siemens. Elle est P-DG de la boîte et sa sœur est DG.

— Le nom ne me dit rien.

— J'ai jeté un coup d'œil à son CV, sans résultat. Finalement, je suis remontée vingt-cinq ans en arrière en me servant de ses divers changements d'adresse, et j'ai enfin trouvé un élément qu'on peut relier à quelque chose.

— Mais encore ?

— À un moment de sa vie, elle a vécu sous le même toit qu'un spécialiste de la fertilité assez connu qui s'appelle Wilfrid Lønberg et qui n'est autre que le père de Liselotte et de sa sœur. C'est là que ça devient assez intéressant.

— Je suis tout ouïe, dit Carl en s'appuyant sur ses coudes.

— Eh bien figurez-vous que Wilfrid Lønberg est l'un des membres fondateurs de Rene Linier. Vous ne l'avez jamais vu à la télé ? »

Carl fouilla dans sa mémoire mais ses intestins avaient court-circuité la communication entre ses neurones et sa matière grise.

« Peut-être. Et les journaux que tu as sous le bras, c'est pour quoi faire ?

— Assad et moi avons décidé de recommencer à éplucher la période où ont eu lieu les disparitions multiples, mais dans différents journaux. Nous voulons être certains de connaître toutes les versions des faits.

— Excellent travail, Rose », dit-il, tout en essayant de calculer la distance qui le séparait des toilettes pour la franchir en un seul bond.

340

Dix minutes plus tard, un peu pâle, il annonçait à son assistant : « Je vais rentrer chez moi. Mon ventre ne va pas bien du tout. »

Carl pensait qu'Assad allait lui sortir un truc du genre : Qu'est-ce que je vous avais dit !

Mais Assad se contenta de plonger sous son bureau et de lui tendre le parapluie en disant :

« Le dromadaire ne peut pas tousser et chier en même temps. »

Comprenne qui pourra.

Pendant tout le trajet du retour, il fit des claquettes sur sa pédale d'accélérateur au rythme de ses bouffées de chaleur. Son ventre était en pleine révolution. Si ses collègues de la circulation avaient le malheur de l'arrêter pour infraction au code de la route, il leur objecterait qu'il s'agissait d'un cas de force majeure. Il avait même failli mettre le gyrophare. Il y avait des décennies qu'il n'avait pas fait dans son pantalon, et il avait très envie que cette statistique se prolonge pendant quelques dizaines d'années encore.

Il faillit défoncer sa porte d'entrée d'un coup d'épaule quand il la trouva fermée. Qui pouvait bien avoir eu une idée pareille ?

Après cinq minutes libératrices aux toilettes, il put enfin respirer librement. Dans deux heures, il allait devoir afficher un sourire de pub pour dentifrice chez Mona et jouer les tontons rigolos pour son monstre de petit-fils.

En pénétrant dans le séjour, il trouva Hardy en train de regarder la pluie dégouliner par-dessus le rebord de la gouttière bouchée.

« Quel temps de merde, dit-il en entendant le pas de Carl. Et pourtant, je donnerais un million de couronnes pour aller marcher dix secondes dehors.

— Bonjour à toi aussi, Hardy. » Carl s'assit au bord du lit de son ami et lui caressa doucement la joue du bout des doigts. « Il y a des inconvénients à tout, tu sais. Je me suis chopé une gastro d'enfer à cause de ce temps pourri.

— Ah oui ? Quelle chance tu as ! Je donnerais un million pour ça aussi ! » dit-il en baissant les yeux vers son édredon.

Carl sourit et suivit le regard de Hardy.

Il reconnut tout de suite l'adresse de l'expéditeur de la lettre ouverte qui se trouvait sur le lit. Il s'attendait à recevoir la même incessamment.

« Ça y est ! Le juge vous a accordé le divorce, à Minna et à toi ? Quel effet ça te fait ? Ça va à peu près ? »

Hardy pinça les lèvres et s'efforça d'éviter le regard compatissant de Carl. C'était à vous tirer les larmes.

« Je n'ai pas envie d'en parler, Carl », répondit-il après une minute d'un silence pesant.

Carl le comprenait mieux que quiconque. Le mariage de Hardy et Minna avait été l'un des plus heureux qu'il ait été donné à Carl de connaître. Ils auraient fêté leurs noces d'argent dans quelques mois si Hardy ne s'était pas trouvé dans la trajectoire de cette foutue balle.

Carl hocha la tête. « Minna te l'a apportée elle-même ?

— Oui. Mon fils était là aussi. Je ne leur en veux pas. »

Hardy comprenait parfaitement leur décision. Pourquoi détruire la vie de ceux qu'il aimait sous prétexte que la sienne était fichue ?

« Le plus pathétique, c'est qu'aujourd'hui j'ai eu une nouvelle petite raison d'espérer. »

Carl sentit ses sourcils se hausser malgré lui en une expression incrédule. Il s'empressa de coller un sourire désolé sur ses lèvres, mais le mal était fait.

« Oui, je sais ce que tu penses, Carl. Tu te dis que je suis un imbécile qui refuse de regarder la vérité en face. Mais figure-toi qu'il y a une demi-heure, Mika m'a fait un truc qui m'a fait un mal de chien. Tu aurais vu la réaction de Morten ! Il s'est mis à danser de joie partout dans le salon.

— Et on peut savoir qui est Mika ?

— Il y a un sacré bout de temps que tu n'es pas repassé à la maison, si tu ne sais pas qui est Mika. Je suggère que tu ailles toi-même poser la question à Morten. Mais je te conseille de frapper avant d'entrer dans sa chambre. Ils sont dans la phase très *privée* de leur relation, si tu vois ce que je veux dire. » Hardy émit une série de gloussements qu'il fallait sans doute interpréter comme un rire.

Carl resta aussi muet qu'une petite souris devant la porte de Morten jusqu'à ce qu'un éclat de rire étouffé lui signale qu'il pouvait se permettre de frapper.

Il entra prudemment. L'idée de tomber sur le corps grassouillet et pâlot de Morten en pleins ébats amoureux avec un dénommé Mika avait de quoi effrayer n'importe qui.

Les deux hommes étaient debout devant la porte de ce qui avait jadis été un sauna, se tenant sagement par les épaules.

« Salut Carl. Je montre à Mika ma collection de Playmobil. »

Carl n'avait pas besoin de se regarder dans une glace pour savoir à quel point il devait avoir l'air hébété. Morten avait-il réellement osé inviter ce beau brun chez lui pour lui montrer sa collection de Playmobil ? Cela battait de plusieurs longueurs toutes les ruses qu'il avait employées en son temps pour attirer les filles dans ses filets.

« Salut », dit le Mika en question, lui tendant une main plus poilue que le torse de Carl. « Je m'appelle Mika Johansen. Je suis collectionneur, moi aussi.

— Aah ! » répondit Carl, qui avait tout à coup perdu l'usage des consonnes.

« Enfin, Mika ne collectionne ni les Playmobil ni les œufs Kinder comme moi, mais regarde un peu ce qu'il m'a donné ! »

Morten tendit à Carl une petite boîte en carton portant l'inscription : *3218-A. Ouvrier maçon.* Et effectivement la boîte contenait un petit homme bleu coiffé d'un casque rouge et muni d'un ustensile qui ressemblait à un gigantesque balai.

« Très joli, dit Carl en lui rendant la boîte.

— Joli ! » Morten éclata d'un rire joyeux en serrant son invité dans ses bras. « Il n'est pas *joli,* il est *fantastique*, Carl. Avec celui-là, j'ai la collection complète des artisans depuis 1974, date de la création de la série, jusqu'à aujourd'hui. Et la boîte est comme neuve. C'est juste *incroyable* ! »

Carl n'avait pas vu son locataire dans un tel état d'euphorie depuis qu'il avait emménagé trois ans plus tôt.

« Et vous, qu'est-ce que vous collectionnez ? » demanda Carl au dénommé Mika, alors qu'il s'en fichait éperdument.

« Je collectionne les objets et documents anciens traitant du système nerveux central. »

Carl chercha en vain une grimace adéquate et l'apollon brun lui sourit.

« Oui, je sais, cela peut paraître bizarre. Mais en fait j'ai un diplôme en acupuncture. Ceci expliquant cela.

— Nous nous sommes rencontrés quand j'ai eu mon torticolis la semaine dernière. Tu te rappelles, Carl, que je ne pouvais plus bouger la tête ? »

Carl avait la sensation d'avoir toujours vu Morten avec la tête bloquée. Il avait dû louper un épisode.

« Tu as vu Hardy, au fait ? demanda Morten.

— Oui. C'est pour ça que je suis là. Il paraît que vous lui avez fait un truc qui lui a fait vachement mal. Vous ne lui avez quand même pas enfoncé une aiguille dans l'œil, Mika ? »

Il hasarda un rire mais les deux autres ne l'accompagnèrent pas.

« Non. Mais il semblerait que je l'aie piqué quand même dans une zone où les nerfs sont encore actifs.

— Et il a réagi ?

— Et comment ! s'écria Morten.

— Nous voudrions parvenir à ce que Hardy puisse se tenir assis, expliqua Mika. Il a de la sensibilité en plusieurs endroits du corps. J'ai trouvé un point dans la région de l'épaule et deux à la base du pouce. C'est très encourageant.

— Encourageant ? Dans quel sens ?

— Ni vous ni moi n'imaginons à quel point Hardy a dû se battre pour stimuler ces zones sensibles. Mais tout porte à croire qu'en continuant ses efforts, il parviendra à bouger son pouce.

— Son pouce, vous m'en direz tant. Et ça changera quoi ? »

Le visage de Mika se fendit en un large sourire. « Ça changera tout ! Cela signifie qu'il va pouvoir communiquer avec son entourage, travailler, se déplacer, décider des choses.

— On parle de quoi, là ? De fauteuil roulant ? »

Il y eut un silence pendant lequel Morten regarda sa conquête d'un air énamouré tandis que la chaleur se répandait à la surface de la peau de Carl et que son cœur se mettait à battre plus fort.

« C'est ça. Et de beaucoup d'autres choses encore. J'ai de nombreuses relations dans les milieux de la santé, et Hardy est un homme qui mérite qu'on se batte pour lui et qui a le courage nécessaire pour mener ce combat. Je suis convaincu que sa vie va radicalement changer à partir de maintenant. »

Carl était tétanisé. Il avait l'impression que la pièce s'écroulait sur lui. Il ne savait plus où il avait les jambes ni sur quoi fixer son regard. Bref, il était secoué comme un enfant qui découvre le monde tout à coup. C'était une sensation nouvelle pour lui et il ne savait pas comment réagir. Alors il fit un pas en avant et prit dans ses bras cet homme qu'il ne connaissait pas il y avait une minute. Il aurait voulu lui dire merci mais les mots restèrent coincés dans sa gorge.

Une main amicale lui tapota l'épaule. « Je sais, dit l'ange tombé du ciel. Je sais ce que vous ressentez, Carl. Je comprends que vous soyez bouleversé. »

Dieu soit loué, on était vendredi et le magasin de jouets de la rue principale à Allerød était encore en pleine effervescence. Il avait juste le temps d'aller attraper une bricole pour le petit-fils de Mona, si possible un truc qui ne lui donnerait pas la tentation de lui taper dessus avec.

« Salut », dit-il peu après au petit garçon qui se tenait dans l'entrée de Mona avec l'air de quelqu'un qui mourait d'envie de s'attaquer à la terre entière, avec ou sans arme.

Il lui tendit le paquet à bout de bras et vit la main du gamin s'élancer à la vitesse d'un cobra qui attaque.

« Excellents réflexes », fit remarquer Carl à Mona en regardant l'enfant s'enfuir avec son butin, et en la serrant si fort contre lui qu'on n'aurait pas pu glisser un brin d'herbe entre leurs deux corps. Elle était particulièrement appétissante et elle sentait divinement bon.

« Qu'est-ce que tu lui as apporté ? » demanda-t-elle avant de coller sa bouche contre la sienne. Comment voulait-elle qu'il s'en souvienne, avec ces yeux bruns aussi près de son visage ?

« Euh… un… il me semble que ça s'appelait un Phlat Ball. C'est une balle qu'on peut aplatir comme une crêpe et qui se regonfle aussitôt. On peut régler la rapidité du gonflage… si j'ai bien compris. »

Elle le regarda d'un air sceptique et sembla étudier mentalement les innombrables utilisations que Ludwig allait pouvoir faire de ce jouet et que Carl était loin d'avoir imaginées.

Cette fois, Samantha, la fille de Mona, était mieux préparée et elle réussit à lui serrer la main sans faire glisser un regard réprobateur sur les parties les moins flatteuses de sa personne.

Elle avait les yeux de sa mère. Comment quelqu'un pouvait-il faire de cette déesse une mère célibataire, cela dépassait l'entendement. Il se posa cette question jusqu'à ce qu'elle ouvre la bouche.

« J'espère que cette fois-ci vous allez vous abstenir de gerber dans la sauce, Carl », dit-elle avant d'éclater d'un rire terriblement déplacé.

Carl essaya bien d'accompagner le mouvement mais son rire sonnait un peu faux.

Ils passèrent à table. Carl se sentait d'humeur combative. Quatre comprimés achetés dans sa pharmacie favorite avaient stoppé ses troubles intestinaux et il avait la tête claire et prête à la repartie.

« Alors, Ludwig, dit-il. Est-ce que le Phlat Ball t'a plu ? »

Le garçon omit de répondre à la question. Peut-être à cause des deux poignées de frites qu'il venait de mettre dans sa bouche.

« Il l'a fait sauter par la fenêtre dès le deuxième essai, annonça sa mère. Tu vas aller chercher la balle dans le jardin quand nous aurons fini de manger, d'accord Ludwig ? »

Le gamin ne daigna pas répondre à ça non plus. Il y avait tout de même une certaine cohérence dans son odieux comportement.

Carl échangea un regard avec Mona, qui se contenta de hausser les épaules. Visiblement il n'avait pas encore passé l'examen.

« Il y a des choses qui sont sorties par le trou quand tu t'es fait tirer une balle dans la tête ? » demanda le sale gosse après avoir avalé encore quelques poignées de frites, en montrant du doigt la cicatrice que Carl avait à la tempe.

« Juste un petit peu. Ce qui fait que maintenant je suis seulement deux fois plus intelligent que notre Premier ministre.

— Ce n'est pas une référence », grogna sa mère depuis le bord du ring.

« Moi je suis fort en mathématiques, et toi ? » demanda le garçon en braquant pour la première fois ses yeux clairs directement sur Carl. On pouvait presque parler d'une première prise de contact.

« Super-fort, mentit Carl.

— Tu connais le coup avec 1089 ? » le défia le gamin. Comment pouvait-il ne serait-ce qu'énoncer un nombre aussi élevé ? Quel âge avait-il ? cinq ans, à tout casser.

« Tu veux une feuille de papier, Carl ? » lui demanda Mona en se retournant pour sortir un bloc et un crayon du tiroir de la commode derrière elle.

« OK, dit l'enfant. Tu choisis un nombre à trois chiffres, n'importe lequel, et puis tu le notes. »

Chiffres, nombres, comment ce gamin connaissait-il déjà ces mots-là ?

Il hocha la tête et écrivit 367.

« Maintenant, tu l'écris à l'envers.

— Comment ça, à l'envers ?

— Eh bien tu le retournes, et tu écris 763 ! Tu es certain qu'il n'y a pas un peu plus de matière cérébrale que tu ne le crois qui s'est échappée par ce trou ? » s'immisça sa délicieuse maman.

Carl écrivit 763.

« Tu enlèves le plus petit nombre du plus grand », ordonna le petit génie blondinet.

763 moins 367. Carl cacha le calcul avec sa main libre pour que personne ne voie qu'il posait son opération comme il l'avait appris en CE2.

« Alors, ça fait combien ? » Les yeux de Ludwig brillaient d'excitation.

« Euh, 396, c'est ça ?

— Écris-le à l'envers et additionne le à 396. Ça fait combien ?

— Tu veux que j'ajoute 396 à 693, c'est ça ? Et tu veux que je te donne le résultat ?

— Oui. »

Carl fit sagement son addition, en dissimulant toujours son calcul de l'autre main.

« Ça fait 1089 », annonça-t-il après avoir eu quelques difficultés avec les retenues.

Le gosse explosa de rire quand Carl leva la tête. Il savait qu'il avait l'air éberlué.

« Ça alors, Ludwig ! Ainsi, quel que soit le nombre que je choisis au départ, le résultat sera toujours 1089 ? »

Le petit garçon sembla déçu. « Ben oui, je te l'avais dit ! À part si tu commences par le nombre 102. La première soustraction donnera 99. Et là tu seras obligé d'écrire 099 au lieu de 99. Pour que ça marche il faut que ce soit toujours des nombres à trois chiffres, n'oublie pas ça, surtout. »

Carl hocha la tête lentement.

« Futé, le gamin », dit-il, laconique, en souriant à sa mère. « Il doit tenir ça de sa maman. »

Elle ne daigna pas relever le sarcasme déguisé, ce qui ne fit que le conforter dans son opinion.

« Samantha est probablement l'une des mathématiciennes les plus brillantes de ce pays. Il semblerait que

Ludwig soit appelé à la surpasser », commenta Mona en tendant le saumon à Carl.

OK, mère et fils, c'était bonnet blanc et blanc bonnet. Quinze mesures d'intelligence, dix mesures d'hyperactivité et seize mesures d'insolence, quel cocktail ! Rentrer dans cette famille-là ne serait pas une mince affaire.

Carl dut subir encore une ou deux joutes intellectuelles et ensuite plus personne ne lui adressa la parole. Après avoir mangé encore deux portions de frites qu'il fit glisser avec trois boules de glace, le petit garçon eut sommeil. Sa mère et lui prirent congé et il se retrouva en tête à tête avec une Mona aux yeux pleins d'étincelles.

« J'ai rendez-vous avec Kris lundi, s'empressa de dire Carl. Je l'ai appelé pour m'excuser de ne pas avoir eu le temps de venir aujourd'hui, mais je te jure que je n'ai pas arrêté depuis ce matin, Mona.

— On s'en fiche », dit-elle en l'attirant contre elle avec tant de volupté que le sang de Carl se mit à bouillir.

« Je crois que tu es mûr pour une petite séance de gymnastique sous la couette », lui susurra-t-elle en glissant une main là où les petits garçons en bonne santé se tripotent à longueur de journée.

Carl aspira une longue goulée d'air entre ses dents serrées. Cette femme était d'une perspicacité ! Sa fille avait de qui tenir !

Après les préliminaires qui eurent pour effet d'expédier Mona dans la salle de bains pour *se rafraîchir un peu*, Carl se retrouva tout seul assis au bord du lit, les joues en feu, les lèvres gonflées, et avec l'impression que son slip avait rétréci.

C'est le moment que son portable choisit pour se mettre à vibrer.

Merde ! C'était le numéro de la ligne de Rose à l'hôtel de police.

« Oui, Rose, dit-il un peu sèchement. Si tu pouvais faire court, ça m'arrangerait, je suis occupé, là », ajouta-t-il, sentant sa fierté masculine rapetisser petit à petit.

« Bonne pioche, Carl !

— De quoi est-ce que tu parles, Rose ? Et puis comment se fait-il que tu sois encore au boulot ?

— On est là tous les deux. Salut, chef ! » dit la voix rocailleuse d'Assad en arrière-plan. Ils avaient organisé une fête au sous-sol ou quoi ?

« On a trouvé un autre cas de disparition. C'est juste qu'il n'a été déclaré qu'un mois après les autres. C'est pour ça qu'on n'est pas tombés dessus la première fois.

— Je vois. Et toi, tout de suite, tu considères qu'il a un lien avec les autres ! On peut savoir ce qui te rend si sûre ?

— Les journalistes l'ont appelée l'"Affaire du VéloSolex" à l'époque. Un type est grimpé sur son cyclomoteur et est parti de Brenderup en Fionie pour se rendre à la gare d'Ejby. Il a garé son deux-roues au parking et on ne l'a plus jamais revu. Il a tout simplement disparu de la circulation.

— Et ça s'est passé quand ?

— Le 4 septembre 1987. Et attendez, ce n'est pas tout. »

352

Carl jeta un coup d'œil vers la porte de la salle de bains à travers laquelle il entendait le bruit délicieux de la femme de sa nuit.

« Dépêche-toi. Quoi d'autre ?

— Il s'appelait Hermansen, Carl. Tage Hermansen. »

Carl fronça les sourcils. Ce nom était supposé lui dire quelque chose ?

« Hermansen, chef ! s'écria Assad. Vous ne vous souvenez pas ? C'est le nom que Mie Nørvig a cité quand elle a parlé du tout premier cas dont son ancien mari s'était occupé pour Curt Wad. »

Carl arrivait presque à voir les gros sourcils en train de monter et descendre frénétiquement sur le front de son assistant.

« Bon, dit Carl. On va s'occuper de tout ça. Excellent travail. Et maintenant rentrez vous coucher tous les deux.

— On se voit au bureau, alors, chef, croassa Assad. Demain neuf heures, alors ?

— Euh… c'est samedi demain, Assad ! Est-ce qu'on t'a déjà parlé d'une chose qu'on appelle le week-end ? »

Un remue-ménage se fit entendre au bout de la ligne. Apparemment, Assad avait pris le téléphone des mains de Rose.

« Écoutez, chef. Si Rose et moi on peut travailler le jour du shabbat, vous pouvez bien prendre votre voiture et aller faire un tour en Fionie un samedi, non ? »

C'était une question qui n'attendait pas de réponse. Assad lui avait tendu un appât et donné un ordre qui ne souffrait aucune discussion.

25

Rita contempla un long moment le lac de Peblinge. Elle était à la fois détendue et excitée et elle avait une folle envie de fumer. Encore deux cigarettes et elle retournerait à l'immeuble en brique grise, sonnerait à l'interphone, pousserait la porte d'entrée et gravirait les marches qui la ramèneraient vers son passé. Et les dés seraient jetés.

Elle sourit pour elle-même et cela profita à un jeune homme en tenue de jogging qui lui répondit par un regard gourmand. Malgré l'heure matinale à laquelle elle s'était levée, elle se sentait en pleine forme, invulnérable.

Elle glissa la cigarette entre ses lèvres et vit le type s'arrêter vingt mètres plus loin et se mettre à faire ses étirements tout en lorgnant du coin de l'œil son manteau ouvert et sa poitrine généreuse.

Pas aujourd'hui, mon petit gars. Peut-être une autre fois, signala-t-elle d'un regard en allumant sa cigarette.

Pour l'instant, il s'agissait de Nete, et Nete était plus importante qu'un gamin avec le cerveau au garde-à-vous dans son caleçon.

Depuis qu'elle avait ouvert sa lettre et jusqu'à ce matin où elle avait sauté dans sa voiture et mis le cap sur Copenhague, la question lui trottait dans la tête. Pourquoi Nete voulait-elle la revoir ? N'avaient-elles pas décidé que leurs chemins devaient se séparer pour toujours ? Nete n'avait-elle pas gravé cette décision dans le marbre la dernière fois qu'elles s'étaient vues ?

Elle entendait encore son ancienne amie lui dire :

« C'est ta faute si j'ai été envoyée sur l'île. C'est toi qui m'as attirée ici ! » Elle la singea en pensée entre deux bouffées de cigarette, tandis que le gars en tenue de jogging ne savait plus sur quel pied danser.

Rita éclata de rire toute seule. Cet hiver glacé de 1955, dans cet asile d'aliénées, avait tout de même été la période la plus dingue de son existence.

Le jour où Nete était arrivée à l'hôpital psychiatrique de Brejning, à l'est du Jutland, une bagarre venait d'éclater entre quatre malades atteintes de démence légère. Le bâtiment, avec ses plafonds hauts, résonnait de cris et de hurlements et on n'avait aucun mal à se croire dans une maison de fous.

Rita adorait les journées comme celles-là. Au moins, il se passait quelque chose. Elle avait toujours aimé voir pleuvoir les coups. Et le personnel soignant excellait en la matière.

Elle se trouvait près de la porte principale quand Nete était entrée dans l'établissement entre deux agents et il lui avait suffi d'un coup d'œil pour deviner que cette fille était de la même trempe qu'elle. Elle avait un regard éveillé et un peu effrayé par toute la laideur qu'elle voyait autour d'elle. Mais il y avait autre chose dans ses yeux. Il y avait aussi de la colère. C'était une dure à cuire, et Rita aimait ça.

Rita respectait la colère parce que la colère avait été le moteur de sa vie. Quand elle volait, quand elle délestait un pauvre imbécile de son portefeuille ou quand elle bousculait les gens qui avaient le malheur de se trouver sur son chemin. Elle savait que la colère ne menait à rien, mais c'était un sentiment qui lui faisait du bien. Porté par la rage, on pouvait déplacer des montagnes.

On installa la nouvelle dans une chambre située à deux portes de celle de Rita et, dès le premier soir, elle décida d'entreprendre la jeune fille. Elle s'était déjà mis en tête qu'elle aurait en elle une alliée et une amie.

Elle estima que Nete devait avoir à peu près deux ans de moins qu'elle. Elle la jugea naïve et sans éducation, mais pas bête. Simplement, elle ignorait tout de la vie et de la nature humaine et ne savait pas encore que ce n'était qu'un jeu, mais ça, Rita se faisait fort de le lui enseigner.

Quand elle en aurait assez de repriser des chaussettes à longueur de journée, et quand les premiers conflits avec le personnel lui auraient rendu la vie dure, elle viendrait trouver Rita pour qu'elle la console. Et Rita n'aurait plus qu'à ouvrir les bras. Avant que les premiers bourgeons n'apparaissent sur les branches des hêtres, elles s'enfuiraient ensemble, Rita se l'était promis. Elles traverseraient le Jutland et embarqueraient pour l'Angleterre à bord d'un chalutier à Hvide Sande. Il y aurait toujours quelques marins-pêcheurs pour s'occuper de deux beautés en cavale. Qui ne voudrait pas de filles comme elles sur le pont ? Elles avaient de quoi faire tanguer les bateaux !

Une fois en Angleterre, elles apprendraient la langue et trouveraient du travail. Quand elles sauraient parler l'anglais et qu'elles auraient appris un métier, elles passeraient à l'étape suivante, l'Amérique.

Rita avait tout prévu. Elle attendait juste de trouver la personne avec qui elle allait mettre son plan à exécution.

Il ne fallut pas plus de trois jours à Nete pour s'attirer des ennuis. Elle posait trop de questions, et là-bas, c'était assez pour se mettre les gens à dos. Comme elle se distinguait nettement parmi les êtres difformes et les demeurées qui l'entouraient, ses questions étaient perçues comme des agressions.

« Tiens-toi tranquille », lui dit Rita un jour dans le couloir. « Ne leur montre pas à quel point tu es intelligente, cela ne t'aidera pas, bien au contraire. Fais ce qu'ils te disent et fais-le sans discuter. »

Elle avait attrapé Nete par le bras et l'avait attirée à elle. « Tu vas sortir d'ici, je te le promets, mais d'abord je voudrais te poser une question : est-ce que tu attends des visites, ici, dans le Jutland ? »

Nete secoua la tête.

« Donc, si un jour tu sortais de cet asile, tu n'aurais nulle part où aller ? »

Visiblement la question la choqua.

« Pourquoi dis-tu : *si* ?

— Tu ne crois tout de même pas qu'ils vont te relâcher comme ça ? dit Rita en claquant des doigts. Je sais bien que c'est joli ici mais n'empêche que c'est tout de même une prison. Et malgré la vue dégagée sur les champs et sur le fjord, chaque ornière cache des fils barbelés infranchissables. Et je peux t'assurer que tu ne passeras pas ces putains de clôtures sans mon aide. »

Rita fut surprise de voir Nete pouffer de rire.

« On n'a pas le droit de dire de gros mots », dit-elle à voix basse en donnant un petit coup de coude dans les côtes de Rita.

Elle était sympathique, en tout cas.

Quand Rita eut fumé ses deux cigarettes, elle consulta sa montre. Il était dix heures cinquante-huit, le moment pour elle de mettre la tête dans la gueule du loup, et de lui briser la mâchoire le cas échéant.

L'idée lui traversa la tête de crier au jeune homme, qui s'était maintenant appuyé à un arbre, d'attendre qu'elle revienne, mais elle se souvint des beaux cheveux et du corps appétissant de Nete et y renonça. Des bites, il y en avait partout. Il n'y avait qu'à claquer des doigts.

Elle ne reconnut pas la voix de Nete dans l'interphone mais ne se laissa pas décontenancer.

« Neeete, quel plaisir d'entendre à nouveau ta voix », s'exclama-t-elle en poussant la porte quand l'interphone grésilla. Peut-être Nete était-elle *réellement* malade. En tout cas, elle était enrouée.

La légère appréhension que, contre toute attente, elle avait ressentie, s'effaça aussitôt que Nete ouvrit la porte avec un regard qui transforma en une seconde les vingt-six années écoulées en une brise légère qui emportait avec elle toutes les vieilles rancunes.

« Entre, Rita, je te trouve magnifique. Merci d'être aussi ponctuelle. »

Nete la conduisit dans son salon et l'invita à s'asseoir. Elle avait toujours sa grande bouche aux lèvres pulpeuses, et Rita n'avait plus jamais vu depuis des yeux bleus comme les siens, capables de passer du feu à la glace en une seconde.

Cinquante ans et toujours aussi belle, songea Rita, tandis que Nete, de dos, versait le thé dans les tasses. Elle devinait ses jolies jambes fines sous l'élégant pantalon à pinces. Son chemisier ajusté épousait ses hanches rondes et ses fesses étaient plus fermes que jamais.

« Tu as de beaux restes, ma chérie. Je refuse de croire que tu souffres d'une maladie incurable. Dis-moi que ce n'est pas vrai. Dis-moi que c'était juste une ruse pour m'attirer à Copenhague. »

Nete se tourna vers elle, les tasses à la main et une chaude lueur dans le regard, mais elle ne répondit pas. Il y avait toujours eu entre elles ce dialogue sans paroles.

« Je croyais que tu ne voulais plus entendre parler de moi, Nete ? » dit Rita, examinant la pièce dans laquelle elle se trouvait. L'appartement n'avait pas le luxe attendu de la part d'une femme qui possédait plusieurs millions de couronnes, ainsi que Rita avait pu le vérifier.

« Moi, j'ai beaucoup pensé à toi, mais tu t'en doutes », ajouta-t-elle en regardant les deux tasses dans les mains de Nete.

Elle sourit. Deux tasses, et pas trois.

Elle tourna la tête vers la fenêtre. Pas d'avocat donc. Une belle journée en perspective.

Rita et Nete formaient une bonne équipe, le personnel soignant s'en aperçut tout de suite. « Il nous manque du monde à la nurserie », leur dit-on un matin en les munissant chacune d'une cuillère.

Pendant deux jours elles durent nourrir les grands enfants débiles profonds qu'on attachait aux radiateurs parce qu'ils ne savaient pas se tenir assis à table. Un travail répugnant qui s'effectuait à l'écart des autres afin que le triste spectacle leur soit épargné. Lorsqu'on put constater qu'elles se montraient à la hauteur de la tâche et qu'elles s'appliquaient à bien débarbouiller les enfants après leurs repas chaotiques, elles eurent l'immense privilège de se voir confier la propreté de l'autre extrémité de leur tube digestif.

Rita vomissait souvent car elle venait d'un endroit où les seuls excréments qu'on rencontrait étaient ceux que les égouts déversaient occasionnellement en cas de grosses pluies. Quant à Nete, elle torchait les derrières et rinçait les couches souillées comme si elle avait fait ça toute sa vie.

« La merde, c'est la merde, disait-elle. Et moi, j'ai grandi dedans. »

Et puis elle se mettait à parler de bouse et de lisier de porc, de crottin et de jours si longs que les corvées de l'asile étaient des vacances en comparaison.

En réalité, Nete savait très bien qu'elle n'était pas en vacances. Rita le voyait aux cernes sous ses yeux et l'entendait lorsqu'elle se mettait à maudire le médecin qui lui avait volé sa raison avec son stupide test de QI.

« Tu crois, toi, qu'il y a un seul médecin ici, à Brejning, qui connaît la différence entre se lever le matin à quatre heures l'hiver pour traire les vaches et faire la même chose l'été ? » grognait-elle entre ses dents quand les blouses blanches venaient faire leur inspection de temps en temps. « Et tu crois qu'ils connaissent l'odeur de l'étable quand une vache a une métrite chronique ? Certainement pas ! Alors qu'ils ne viennent pas me dire que je suis stupide parce que je ne connais pas le prénom du roi de Norvège. »

Quand elles eurent nettoyé les visages et les derrières des enfants pendant quinze jours, elles purent aller et venir dans le service à leur guise, et c'est là que Rita commença son travail de sape.

« Alors, Nete ? Tu as vu le médecin-chef ? lui demandait-elle tous les matins. Ou peut-être un des autres médecins ? Et au fait, le chef de service a envoyé son rapport au conseil municipal ? Est-ce qu'il lui arrive seulement de regarder de ton côté ? » Elle faisait pleuvoir ses questions comme des rafales de mitraillette.

Au bout d'une semaine, Nete en eut assez.

Ce jour-là, elle observa autour d'elle à la fin de la pause déjeuner et vit les visages grimaçants, les dos voûtés, les jambes torses et les regards fuyants. Et elle réalisa où elle était.

Elle comprit soudain qu'elle était devenue l'une de ces créatures et elle ne le supporta pas.

« Je veux parler au médecin-chef », dit-elle à une infirmière qui passa son chemin en secouant la tête. Quand elle eut renouvelé l'expérience plusieurs fois et qu'elle se fut rendu compte que personne ne voulait l'écouter, elle se leva et répéta la phrase dans le réfectoire en criant de toutes ses forces.

Pour lui éviter des ennuis, Rita vint à la rescousse.

« Si tu continues à hurler comme ça, je peux te garantir que tu vas le voir, le médecin-chef. Mais d'ici là tu auras passé plusieurs jours attachée sur un lit avec des sangles, et on t'aura fait des piqûres tous les jours pour te faire taire. »

Nete bascula la nuque en arrière, prête à hurler à nouveau sa requête à pleine voix, mais Rita la saisit par les bras.

« Les filles comme nous n'ont que deux moyens de sortir d'ici : s'enfuir ou se laisser stériliser. Tu n'imagines pas la vitesse à laquelle ils trient celles qu'ils opèrent de celles qui en réchappent. La semaine dernière, il paraît que le psychologue et le médecin-chef en ont choisi quinze en dix minutes. Combien s'en sont sorties, à ton avis ? Crois-moi, dès que les dossiers sont traités par la Commission des affaires sociales, tu peux être sûre que presque toutes atterrissent à l'hôpital de Vejle.

« Alors, je te pose la question encore une fois, Nete. Est-ce qu'il y a quelqu'un en dehors de cet asile qui va te manquer ? Si la réponse est non, viens avec moi et fuyons d'ici dès que nous aurons fini de donner leur dîner aux enfants. »

La succession des événements des deux semaines suivantes se résumait en quelques phrases.

Ensemble elles volèrent deux blouses blanches et des jupes, et elles sortirent en même temps que le reste du personnel. En se cachant dans les buissons, elles s'éloignèrent peu à peu de l'asile. Le lendemain matin, elles brisèrent une vitre pour entrer dans une ferme isolée pendant que ses occupants étaient à l'étable. Elles volèrent des vêtements et de l'argent et repartirent en courant.

Elles arrivèrent à Silkeborg à bord du sidecar d'une moto Nimbus et la police les repéra pour la première fois alors qu'elles faisaient de l'auto-stop sur la route nationale en direction de Viborg.

Au bout d'une course folle à travers les bois, elles se sentirent de nouveau en sécurité. Elles dormirent trois nuits de suite dans un relais de chasse où elles se nourrirent de sardines en boîte.

Toutes les nuits, Rita essayait de séduire Nete. Elle s'allongeait contre sa peau d'une blancheur hivernale, posait le bras sur sa poitrine, et chaque fois Nete la repoussait, arguant qu'il y avait deux sortes d'êtres humains et que ce n'était pas naturel qu'une personne s'accouple avec une autre personne du même genre.

Le troisième jour, alors qu'une pluie glacée tombait à verse, elles furent à cours de nourriture. Elles passèrent trois heures au bord de la route avant que le chauffeur d'un camion frigorifique ne prenne en pitié les deux petites souris trempées et les invite à se sécher dans sa cabine avec un linge. Les yeux faillirent lui sortir de la tête quand elles se dévêtirent mais il les conduisit malgré tout saines et sauves à Hvide Sande.

Elles trouvèrent comme prévu un commandant de chalutier à l'œil égrillard qui leur répondit qu'il se ferait un plaisir de les emmener jusqu'à son lieu de pêche. Et que si elles se montraient assez gentilles, il les conduirait au large, où il les aiderait à rejoindre un équipage anglais qui les prendrait à son bord pour la poursuite de leur voyage. Ce fut en tout cas ce qu'il prétendit.

Il leur demanda de se préparer afin qu'il puisse tester la marchandise. Nete refusa et il dut se contenter de Rita. Quand il se fut amusé avec elle pendant une heure ou deux, il téléphona à son frère qui était inspecteur adjoint à Nørre Snede.

Elles ne comprirent ce qu'il avait fait que lorsque deux grands costauds de la police de Ringkøbing leur passèrent les menottes et les firent monter dans une voiture de patrouille.

De retour à l'hôpital Keller de Brejning le lendemain, Nete et Rita eurent enfin droit à cet entretien avec le médecin-chef que Nete désirait tellement quelques jours plus tôt.

« Vous êtes une mauvaise fille, Rita Nielsen, et vous m'avez déçu, dit-il. Non seulement vous avez trahi la confiance que les infirmières avaient en vous, mais vous avez utilisé les moyens les plus vils pour servir votre projet. Vous n'avez aucune moralité, vous êtes bête, menteuse et vous êtes une débauchée. Si je vous laissais en liberté, vous auriez tôt fait d'aller coucher avec n'importe qui. La société n'a aucune raison d'élever les bâtards que vous mettriez au monde. C'est pourquoi j'ai écrit dans ma recommandation qu'il n'y a pas d'autre thérapie pour vous que celle que je préconise, et vous la suivrez le temps qu'il faudra car vous ne pourrez pas y échapper. »

Quelques heures plus tard, Rita et Nete étaient assises sur la banquette arrière d'une Citroën noire aux portières verrouillées. Sur le siège avant étaient posées les enveloppes contenant les recommandations du médecin-chef, et leur destination était Sprogø. On les expédiait sur l'île des femmes bannies.

« Je n'aurais jamais dû t'écouter », pleurnichait Nete tandis qu'elles traversaient la Fionie. « Tout ce qui nous arrive est ta faute. »

« Ton thé est un peu amer, Nete, dit-elle après la première gorgée. Tu n'aurais pas du café à la place ? »

Une drôle d'expression apparut sur le visage de Nete. Comme si Rita lui avait tendu un cadeau et avait reculé la main au moment où Nete allait s'en saisir. Il ne s'agissait pas d'une simple déception mais de quelque chose de plus profond.

« Je suis désolée, Rita, je n'ai pas de café », répondit-elle d'une voix blanche, comme si toute son existence venait de s'écrouler.

Elle va me proposer une autre tasse de thé maintenant, songea Rita en s'amusant du mal que Nete se donnait pour la recevoir.

Mais Rita se trompait. Nete resta là, sans bouger, comme dans un film au ralenti.

Rita secoua la tête.

« Ne t'en fais pas, Nete. Si tu as un peu de lait, je vais en mettre une petite goutte et ça ira très bien », dit-elle gaiement, surprise du soulagement évident qui se peignit sur le visage de son hôtesse.

« Bien sûr », dit-elle, bondissant littéralement vers la cuisine. « Je reviens tout de suite », cria-t-elle du fond de l'appartement.

Rita regarda la théière sur le buffet. Pourquoi ne l'avait-elle pas posée sur la table ? Peut-être que c'était contraire aux règles du savoir-vivre. Rita ne savait rien de ces choses-là.

Elle se demanda si elle n'allait pas plutôt demander à Nete de lui servir un petit verre de cette liqueur ou autre breuvage sans doute alcoolisé qui devait se trouver dans la carafe posée à côté de la théière. Mais Nete revint à ce moment-là avec le pichet et versa le lait dans sa tasse avec un sourire bien plus crispé que la situation ne l'exigeait.

« Tu veux du sucre, aussi ? »

Rita secoua la tête. Nete semblait soudain fébrile, comme si elles étaient pressées, et son attitude intriguait son invitée. Cette cérémonie du thé n'était-elle qu'un rituel avec lequel Nete voulait en finir avant de lui annoncer l'objet réel de son invitation ? Allait-elle d'un instant à l'autre lui tendre la main en lui disant à quel point elle était heureuse qu'elle soit venue ? Ou bien s'agissait-il d'autre chose ?

« Alors, Nete, où est cet avocat dont tu me parlais dans ta lettre ? » demanda Rita avec un sourire étudié. Sourire auquel Nete ne répondit pas, ce qui ne la surprit nullement.

Si Nete avait cru pouvoir la mener en bateau, elle se trompait. Rita savait très bien qu'il n'y avait jamais eu d'avocat, qu'elle n'avait pas l'intention de lui donner dix millions et qu'elle n'était pas du tout malade.

À elle maintenant de bien jouer ses cartes pour que le voyage en vaille la peine.

Il faut que je me méfie d'elle, elle mijote quelque chose, se disait Rita tout en écoutant Nete lui expliquer que son avocat était en retard mais qu'il allait arriver d'un instant à l'autre.

Elle trouvait assez distrayant finalement d'observer le comportement de cette femme si belle, si riche et si naïve.

« Pas cap de le boire cul sec ! » la défia soudain Nete en soulevant sa propre tasse avec un rire de gamine.

Waouh, quel revirement, se dit Rita, désorientée, tandis que les images du passé la submergeaient brusquement.

Nete s'était souvenue du rituel, au réfectoire, les rares fois où il n'y avait pas de surveillante à table et personne pour leur ordonner de se taire ! Quand cela arrivait, les filles se mettaient à jouer. Elles faisaient semblant d'être dehors, dans le parc d'attractions de Dyrehaven, un verre de bière à la main, libres de faire exactement ce qu'elles avaient envie de faire.

« Pas cap de le boire cul sec ! » s'écriait toujours Rita, et tout le monde autour de la table avalait son verre d'eau à toute vitesse en riant très fort. Nete était la seule qui ne riait pas. Elle restait dans son coin, regardant inlassablement par la fenêtre.

Merde alors ! Nete se souvenait de ça ?

Et Rita sourit, certaine à présent que ce serait une belle journée malgré tout. Elle porta la tasse à ses lèvres et en vida le contenu infâme en quelques gorgées.

« Cap ! » s'exclamèrent-elles toutes les deux en chœur, riant aux éclats tandis que Nete retournait vers le buffet pour se verser une deuxième tasse.

« Moi, ça ira, dit Rita tout sourire. Je trouve incroyable que tu te souviennes de ça ! » s'émut-elle en répétant leur cri de guerre. « Qu'est-ce que c'était drôle ! »

Et elle se mit à raconter quelques anecdotes et les tours pendables qu'elle et certaines des autres filles inventaient à l'époque, sur l'île.

Elle hochait la tête, pensive. Étrange que l'atmosphère de cet appartement lui fasse revenir en mémoire tous ces souvenirs, et pas tous mauvais.

Nete posa sa tasse sur la table et elle se mit à rire à nouveau, mais autrement, comme si, derrière, il y avait un autre sentiment que l'amusement. Mais avant que Rita n'ait eu le temps d'analyser ce qu'elle avait ressenti, Nete lui dit d'une voix très calme, en la regardant intensément :

« Tu vois, Rita. Si je ne t'avais pas rencontrée, j'aurais pu mener une vie tout à fait normale. Si tu m'avais laissée tranquille, je ne serais jamais allée à Sprogø. J'ai vite compris comment il fallait se comporter à l'hôpital et si tu n'avais pas tout gâché, les médecins auraient su que je n'étais pas folle et ils m'auraient laissée sortir. Ils auraient vu que ce n'était pas moi qui étais asociale mais le milieu d'où je venais. Ils auraient dit dans leur rapport qu'il n'y avait rien à craindre de moi. Pourquoi ne m'as-tu pas tout simplement fichu la paix ? »

Ah, c'était donc ça, songea Rita. Nete voulait régler ses comptes avec son passé. Si c'était le cas, elle s'était trompée d'adresse et Rita se promit qu'avant de partir d'ici et de reprendre la route de Kolding, cette petite morue allait non seulement lui payer dix fois son voyage mais se prendre une branlée dont elle se souviendrait.

Rita s'éclaircit la gorge. Elle voulait dire à Nete que son thé avait un goût de merde et qu'elle ne serait jamais sortie ni de Brejning, ni de Sprogø sans avoir été stérilisée de force. Elle voulait la traiter de vieille truie qui n'avait à s'en prendre qu'à elle-même, mais sa bouche était très sèche tout à coup.

Elle porta la main à sa gorge. Elle avait eu une sensation bizarre, un peu comme la réaction allergique qu'elle avait faite une fois en mangeant des fruits de mer, et une autre fois en se faisant piquer par une guêpe. Soudain sa peau la brûla comme si elle était tombée dans un fossé plein d'orties, et la lumière lui fit mal aux yeux.

« Qu'est-ce qu'il y avait dans ce thé, putain ? » gémit-elle. À présent son œsophage la brûlait, c'était très inquiétant.

368

Devant elle une silhouette se levait et s'approchait. La voix qui s'adressait à elle était douce mais semblait venir du fond d'un puits.

« Ça va, Rita ? disait-elle. Tu ne crois pas que tu devrais te caler plus confortablement au fond de ta chaise, je ne voudrais pas que tu tombes. Veux-tu que j'appelle un médecin ? Tu fais peut-être une attaque ? Tes pupilles sont très bizarres, je t'assure. »

Rita avait du mal à respirer. Les cuivres sur les étagères devant elle se mirent à danser tandis que les battements de son cœur dans sa poitrine devenaient plus rapides et plus faibles.

Elle tendit un bras devenu aussi lourd que du plomb vers la silhouette qui se tenait là, debout, comme un animal dressé sur ses pattes arrière se jetant sur elle, toutes griffes dehors.

Mais son bras retomba et son cœur sembla s'arrêter pendant quelques instants.

Quand la silhouette disparut, la vie de Rita s'en fut avec elle.

26

Elle le réveilla dans un rayon de soleil et avec son sourire aux fossettes, si profondes qu'il aurait voulu se cacher dedans.

« C'est l'heure de te lever, Carl. Tu te souviens que tu dois aller en Fionie avec Assad. »

Elle l'embrassa sur les lèvres et acheva d'ouvrir les stores. Son corps lui semblait plus léger après leur folle nuit. Elle n'avait pas dit un mot sur les quatre fois où il avait dû courir aux toilettes, pas eu un regard gêné au souvenir des nombreuses limites qu'il avait transgressées sur son corps durant la nuit. C'était une femme bien dans sa peau, et elle venait de lui prouver qu'elle était à lui.

« Bon appétit », dit Mona en posant le plateau du petit déjeuner à côté de Carl. Un délice de parfums et, au milieu de toutes ces délicatesses, une clé.

« Elle est à toi, annonça-t-elle en lui versant le café. Utilise-la à bon escient. »

Carl la prit et la soupesa. Deux grammes et demi à peine, alors que c'était la clé du paradis.

Puis il retourna l'étiquette plastifiée accrochée à l'anneau et lut : *Clé amant.*

Mais il n'aimait pas du tout ce porte-clé.

Trop usé.

Ils avaient essayé quatre fois de joindre Mie Nørvig au téléphone. En vain.

« On va aller voir s'ils sont chez eux », proposa Carl quand ils approchèrent de Halsskov et du pont de Storebælt.

La maison ressemblait à un mobil-home en hivernage. Les volets étaient fermés, le garage vide, on avait même coupé l'eau, comme Carl put le constater en tournant le robinet du tuyau d'arrosage.

« On ne voit rien à l'intérieur non plus, alors », commenta Assad, le nez coincé entre deux volets à l'arrière de la maison.

Merde ! Les oiseaux s'étaient envolés.

« On entre », suggéra Assad en sortant son canif de sa poche.

Il n'avait décidément aucun scrupule, cet homme-là.

« Range ça tout de suite, Assad. On repassera voir au retour. Ils seront peut-être revenus. »

Lui-même n'y croyait pas une seconde.

« Sprogø, c'est là », dit Carl en désignant l'île à travers les câbles du pont de Storebælt.

« L'endroit n'a pas l'air aussi affreux qu'il devait l'être », commenta Assad, les pieds posés sur la boîte à gants. Est-ce qu'un jour il allait apprendre à s'asseoir normalement dans une voiture ?

« On va là », dit soudain Carl, comme ils atteignaient la bretelle qui permettait d'accéder à l'île à la sortie du pont suspendu. Il roula vers une barrière qui avait l'air tout ce qu'il y a de plus fermé. « On n'a qu'à se garer ici, dit-il.

— Mais après, objecta Assad, on va être obligés de retourner sur l'autoroute en prenant la bretelle en marche arrière, alors vous êtes sûr que ça va bien dans votre tête ?

— Je mettrai les warnings pour reculer, les gens n'auront qu'à nous éviter. Allez, viens, Assad. Si on prend le temps de demander l'autorisation, on va y passer la journée. »

Moins de deux minutes plus tard, on les arrêta sur leur lancée. Une femme aux cheveux courts, vêtue d'une veste orange vif striée en diagonale de rayures fluorescentes et chaussée de très élégants talons hauts, vint à leur rencontre, l'air décidé. La tenue avait de quoi surprendre.

« Vous n'avez pas le droit d'être là, allez-vous-en tout de suite. Je vais vous ouvrir juste un instant et vous repartirez vers la Fionie ou ferez demi-tour pour retourner au Seeland si cela vous chante, du moment que vous partez immédiatement !

— Carl Mørck, Département V, annonça-t-il en lui tendant son badge. Je vous présente mon assistant, nous enquêtons sur un meurtre. Est-ce que vous avez les clés de cet endroit ? »

La réplique de Carl avait fait son petit effet, mais la femme ne se laissa pas intimider et se contenta de s'éloigner de quelques pas et de parler dans son talkie-walkie. Après un court conciliabule, elle se tourna vers eux, la lourde responsabilité du fonctionnaire pesant visiblement sur ses épaules.

« Tenez », dit-elle en tendant le talkie-walkie à Carl.

« Carl Mørck, police criminelle de Copenhague, et vous, qui êtes-vous ? »

L'homme dans l'appareil se présenta. Apparemment il s'agissait d'un type important dans les bureaux à Korsør, responsable de la supervision du pont suspendu de Storebælt. « Vous devez savoir qu'on ne peut pas se rendre à Sprogø sans une autorisation en bonne et due forme, dit-il sèchement.

— Je sais. Et on n'a pas le droit non plus de dégainer son arme sur un tueur en série si on n'est pas un policier diplômé en service. C'est comme ça que ça marche et je comprends votre point de vue. Mais il se trouve malheureusement que nous sommes extrêmement pressés et que nous enquêtons sur une sale affaire qui, semble-t-il, trouve sa source ici, à Sprogø.

— Soyez plus précis.

— Je regrette. Secret de l'instruction. Mais je vous invite à téléphoner au chef de la criminelle à l'hôtel de police à Copenhague, et vous aurez votre autorisation en moins de deux minutes. » Une promesse un tant soit peu optimiste sachant qu'il fallait patienter au moins un quart d'heure avant d'obtenir le secrétariat de Marcus Jacobsen, vu le nombre astronomique d'affaires sur lesquelles la Crim travaillait en ce moment.

« Eh bien, je crois que c'est ce que je vais faire.

— Formidable, je vous remercie, c'est très gentil à vous », dit Carl en éteignant le talkie-walkie avant de le rendre à la dame orange et fluo. « Si vous avez le temps de nous faire visiter maintenant, nous aimerions savoir tout ce que vous pourrez nous dire sur l'époque où cette île était un asile pour femmes. »

« Il ne reste quasiment rien des installations d'origine, à cause des rénovations qui ont été réalisées depuis, leur expliqua leur guide improvisée.

« Tout au bout de l'île se trouvait une petite maison qu'on appelait La Liberté, dans laquelle les femmes étaient parfois autorisées à passer leurs journées pendant toute une semaine. C'était leurs vacances. À l'origine, la bâtisse avait servi à mettre en quarantaine les marins atteints de la peste bubonique. Quoi qu'il en soit, cette maison n'existe plus aujourd'hui », conclut-elle en les faisant entrer dans une cour pavée fermée sur quatre côtés, ombragée par un arbre gigantesque planté en son centre.

Carl regarda les quatre corps de bâtiment autour d'eux.

« Où les filles étaient-elles logées ? » demanda-t-il.

Elle pointa le doigt vers les toits. « Là-haut. Vous voyez les petites fenêtres ? Mais tout a été restauré. Maintenant, on organise ici des séminaires et des congrès.

— À quoi ces filles passaient-elles leur temps ? Est-ce qu'elles pouvaient choisir leurs occupations ? »

Elle haussa les épaules. « Je ne crois pas. Elles cultivaient des légumes, faisaient pousser des céréales. Elles soignaient le bétail. Et là-dedans, il y avait un atelier de couture », précisa la femme en désignant l'aile est. « Les aliénées étaient assez douées pour les travaux manuels, semble-t-il.

— Ah ! parce que c'était des aliénées ?

— Il paraît. Mais pas toutes, je crois. Vous voulez voir le cachot ? Il est toujours là. »

Carl acquiesça. Et comment !

Ils traversèrent un grand réfectoire avec des boiseries peintes en bleu ciel et une vue magnifique sur le détroit.

Leur guide fit un geste circulaire. « C'est là qu'elles prenaient leurs repas. Et au bout du bâtiment se trouvaient les appartements de la directrice et ceux de son adjoint, qui ont depuis été entièrement réaménagés. Suivez-moi. Je vais vous montrer les combles. »

Elle leur fit monter un escalier assez raide qui les conduisit dans une partie beaucoup plus humble de la bâtisse. D'un côté d'un étroit couloir était installé un long lavabo muni d'une série de robinets et sur le mur d'en face s'alignaient de nombreuses portes.

« Elles n'avaient pas beaucoup de place, quand on sait qu'elles vivaient à deux par chambre », dit-elle en les faisant pénétrer dans une pièce mansardée et basse de plafond.

Puis elle leur ouvrit la porte d'une sorte de grenier en longueur dans lequel étaient entreposés des meubles, des étagères, des portemanteaux et des tas de panonceaux munis de numéros.

« Ici les filles rangeaient ce qu'elles ne pouvaient pas garder avec elles, faute de place. »

La guide en veste orange les invita à retourner dans le couloir et leur montra une petite porte voisine de celle du grenier et munie de deux gros cadenas.

« Voici le fameux cachot dont je vous ai parlé. C'est là qu'on jetait les filles quand elles ne voulaient pas se tenir tranquilles. »

Carl monta une petite marche et franchit le lourd panneau en bois pour entrer dans une pièce exiguë et au plafond si bas qu'un homme ne pouvait s'y tenir debout.

« On les gardait enfermées ici pendant plusieurs jours quand ce n'était pas plusieurs semaines. Quelquefois on les ligotait, et si elles étaient vraiment trop agitées on leur injectait des calmants. Cela ne devait pas être très marrant. »

Elle était la reine de l'euphémisme. Carl se tourna vers Assad et s'aperçut qu'il avait le visage fermé et très mauvaise mine.

« Ça va, Assad ? »

Il hocha lentement la tête. « J'ai déjà vu ce genre de signes, alors. » Il montrait du doigt l'intérieur de la porte, où plusieurs couches de peinture n'avaient pas réussi à cacher de profonds sillons dans le bois.

« Ces traces ont été faites par les ongles de quelqu'un, chef, vous pouvez me croire. »

Il ressortit du cachot en titubant légèrement et alla s'appuyer contre le mur du couloir.

Un jour peut-être il raconterait son histoire.

À cet instant, le talkie-walkie de leur guide émit un signal.

« Oui », dit-elle tandis que son visage changeait brusquement d'expression. « Je vois. Je transmets. » Elle fixa son récepteur dans sa ceinture et dit d'un air profondément blessé :

« Mon supérieur me fait dire qu'il n'a pas réussi à joindre le chef de la criminelle et que mes collègues nous ont vus à l'intérieur des bâtiments sur leurs moniteurs de contrôle. Il vous demande de vous en aller. Et moi, j'exige que vous le fassiez à la seconde.

— Je vous prie de m'excuser. Vous n'aurez qu'à dire que je vous ai piégée. En tout cas, je vous remercie. Nous avons vu tout ce que nous voulions voir. »

« Tu es sûr que ça va, Assad ? » demanda Carl après qu'ils eurent roulé un long moment en silence sur les routes de Fionie.

« Oui, oui, ne vous inquiétez pas. » Il se redressa dans son siège. « Prenez la sortie 55, alors », dit-il tout à fait inutilement en montrant la carte sur le GPS. L'appareil aurait sûrement donné l'information par lui-même.

« Dans six cents mètres, tournez à droite », annonça effectivement la voix du GPS.

« Tu n'as pas besoin de m'indiquer la route, Assad. Le GPS est assez grand pour le faire tout seul, tu sais ?

— Et après on prendra la 329 jusqu'à Hindevad, poursuivit son petit assistant, imperturbable. De là, il n'y a pas plus de dix kilomètres jusqu'à Brenderup, alors. »

Carl poussa un soupir. Il avait comme l'impression que ce seraient encore dix kilomètres de trop.

Après avoir commenté leur itinéraire environ toutes les dix secondes, Assad put enfin annoncer à Carl qu'ils avaient atteint leur destination.

« Tage habitait dans cette maison », dit-il, deux secondes avant que le GPS ne confirme qu'ils étaient arrivés à destination.

Il fallait beaucoup d'imagination pour appeler cela une maison. Il s'agissait plutôt d'une baraque en bois traité à l'huile de vidange accotée à un fatras de toutes sortes de matériaux de récupération allant du Siporex à la plaque de fibrociment, ajustés les uns aux autres par strates depuis le sol jusqu'à la toiture en tôle ondulée noircie par les intempéries. Pas très décoratif dans le paysage architectural, pensa Carl en sortant de la voiture et en lissant son pantalon.

« Tu es sûr qu'elle nous attend ? » demanda-t-il à Assad quand il eut pressé la sonnette pour la cinquième fois.

Assad acquiesça. « Oui, oui. Elle m'a fait très bonne impression au téléphone, répondit-il. Elle bégayait un peu, mais pour le rendez-vous, je vous assure qu'il n'y a pas de problème, chef. »

Carl hocha la tête à son tour. *Elle m'a fait très bonne impression.* Décidément, Assad maîtrisait de mieux en mieux la langue danoise.

Ils entendirent la quinte de toux avant d'entendre le bruit des pas. Bon, au moins, elle était en vie.

La cigarette, le poil de chat et une haleine d'alcoolique expliquaient sans doute sa toux, mais malgré sa santé défaillante et le fait qu'elle vive dans un endroit totalement insalubre, cet individu de sexe féminin et d'un âge certain répondant au nom de Mette Schmall accomplissait la prouesse d'évoluer dans ce gourbi avec l'élégance d'une châtelaine.

« Oui… enfin… T…T…Tage et m…moi, on n…n… n'ét…t…ait p…pas… m…mariés. M…mais, l'avvv… vocat a d…dit q…q…que s…si je fff…faisais une pp…prr…proposition p…p…pour la mm…maison, ce serait n…n…normal q…q…que je l'aie. » Elle alluma une cigarette qui n'était manifestement pas la première de la journée.

« D…d…dix m…mille c…c…c…couronnes, ça fais…sait cher en d…d…dix-n…neuf cent q…q… quatre-v…v…vingt-q…q…q….quatorze, où la suc… c…c…ccession a été t…t…terminée. »

Carl regarda autour de lui. De mémoire, c'était à peu près le prix d'une caméra vidéo à l'époque. Pour un appareil photo, c'était un prix exorbitant, mais pas pour une maison. Pas du tout même. D'un autre côté, il aurait peut-être préféré posséder une caméra vidéo que ce tas de merde.

« T...T...Tage hab...b...bit...t...tait là », dit-elle en poussant délicatement du passage deux chats avec la queue dressée à la verticale. « Je n...ne v...viens ja...a...amais d...d...dans cet...t...te p...p...pièce. Ce n...n...ne serait p...p...pas c..c...c...convenable, je t...r...ouve. »

Elle poussa une porte tapissée de vieilles réclames pour des marques d'huile de moteur, et ils pénétrèrent dans une puanteur plus épaisse encore que celle qu'ils venaient de quitter.

Ce fut Assad qui trouva le plus vite la sortie et lui aussi qui découvrit l'origine de l'odeur pestilentielle. Il s'agissait de cinq bouteilles de vin entreposées dans l'angle près du lit avec un fond de pisse à l'intérieur. Elles avaient dû servir régulièrement, et il y a long-temps, à en juger par le verre rendu opaque par les résidus d'urine.

« Ouais. J'aurrr...rais p...p...peut-être dû jet...t...t...er ça », dit-elle en balançant les bouteilles dans la cour au milieu des mauvaises herbes.

Le local devait jadis avoir servi d'atelier de répara-tion pour vélos et mobylettes. Des outils et des vieilles pièces mécaniques traînaient dans tous les coins, mais au milieu du désordre était posé un lit dont les draps avaient la couleur du sol en béton couvert de taches de cambouis.

« Tage ne vous a pas dit où il allait quand il est parti ce jour-là ?

— Nnnon. Il étt...tait de...e...e...venu tr...tr...très sec...c...cret tout à c...coup.

— Je vois. On peut jeter un coup d'œil ? »

Elle fit un geste de la main les invitant à faire comme chez eux.

« De…e…p…uis q…q…q…que la pooo…lice est ve…e…nue la der…er…nière fois, p…ersooo…sonne n'a t…t…ouché à r…ien », dit-elle en tirant le couvre-lit.

La belle affaire !

« Jolis posters », dit Assad en désignant les filles à poil.

« Ouaip, c'était avant l'invention du silicone, de la crème dépilatoire et du tatouage », commenta Carl en soulevant un tas de paperasses posé sur une boîte à œufs pleines de billes pour roulements. Il y avait peu de chances que ce foutoir leur révèle quoi que ce soit sur ce qui avait pu arriver à Tage Hermansen.

« Est-ce que vous avez déjà entendu Tage citer le nom de Curt Wad, alors ? » demanda Assad.

Elle secoua la tête.

« OK… Est-ce qu'il aurait cité un autre nom par hasard ? Vous vous en souvenez ? »

Elle secoua la tête à nouveau. « Iii…l p…p...arlait surtout de K…reidler-Ffflorett et de P…puch et d…d…de SCO. »

Assad eut l'air perplexe.

« Ce sont des marques de mobylettes, Assad. Vrooom, vroom, tu vois », dit Carl en actionnant une poignée des gaz imaginaire.

« Tage a-t-il laissé de l'argent ? demanda-t-il.

— Ppp…pas un rrr…ond, nn…non.

— Avait-il des ennemis, à votre connaissance ? »

Elle éclata d'un grand rire qui se termina en une quinte de toux. Quand elle eut fini de tousser et se fut essuyé les yeux, elle regarda Carl avec une mimique évocatrice.

« À v…votre avvv…vis ? » Elle montra le taudis dans lequel ils se trouvaient. « C…c…ce n…n'est ppp…pas le par…r…radis des bou…bou…bourgeois ici.

— Je vois ce que vous voulez dire. Les gens du coin auraient peut-être aimé le voir faire quelques travaux. Mais d'un autre côté, rien n'a changé depuis, alors je ne pense pas que l'état de cette maison puisse être la raison de sa disparition. Avez-vous la moindre idée d'un mobile, madame Schmall ?

— Auc…c…cune. »

Carl eut l'impression qu'Assad continuait à tripoter les photos de filles nues derrière lui. Il voulait les rapporter chez lui ou quoi ? Il se retourna et le vit qui brandissait une enveloppe.

« Elle était là-haut, alors. »

Assad montrait une épingle enfoncée dans un panneau de liège fixé sur le mur au-dessus des filles.

« Vous voyez les trous. L'enveloppe était fixée avec deux épingles au départ, regardez. »

Carl plissa les yeux. Si Assad le disait, c'était sûrement vrai.

« L'une des épingles est tombée et l'enveloppe a glissé derrière le poster mais elle tenait encore avec l'autre épingle.

— Oui, bon. Et qu'est-ce qu'elle a de spécial cette enveloppe ? » demanda Carl en la lui prenant des mains.

« Elle est vide, alors. Mais regardez ce qui est écrit derrière », répondit Assad.

Carl lut le nom de l'expéditeur. *Nete Hermansen, 32, Peblinge Dossering, 2200 Copenhague N.*

« Et maintenant regardez le cachet de la poste, chef. »

Carl s'exécuta. Il était un peu effacé mais encore lisible.

28-8-1987 indiquait le tampon. Soit une petite semaine avant la disparition de Tage.

Cela pouvait n'avoir aucune signification particulière bien sûr. Il est normal de trouver au domicile d'une personne disparue des objets liés à la période qui a précédé le jour où on l'a vue pour la dernière fois. Avant de disparaître de la circulation, on pense rarement à se débarrasser de tout objet portant une date. Ou alors c'est qu'on a de bonnes raisons de le faire. Voire de bonnes raisons de filer sans laisser d'adresse.

Carl observa son assistant qui gambergeait ferme.

« Je vais appeler Rose », marmonna tout à coup Assad, joignant le geste à la parole. « Il faut que je lui parle de cette enveloppe, alors. »

Carl balaya l'atelier du regard. S'il y avait une enveloppe, il devait aussi y avoir une lettre. Peut-être se cachait-elle encore derrière le poster, peut-être était-elle sous le lit ou dans la corbeille à papier. Il fallait qu'ils fouillent plus soigneusement.

« Au fait, vous savez qui est cette Nete Hermansen, madame Schmall ? » demanda-t-il.

« Nnn...non, mm...mais c'est p'têt' bien q...q...q... quelqu'un de sa ff...ff...famille avec c...ce nnn... nom-là. »

Après avoir passé une heure à trier en vain les affaires de feu Tage Hermansen et avoir roulé trois quarts d'heure sur les routes de Fionie, ils atteignirent à nouveau l'immense pont qui la relie au Seeland et dont les pylônes semblaient littéralement embrocher les nuages.

« Et nous voilà revenus à cette saleté d'île, alors », dit Assad en montrant du doigt l'île de Sprogø qui émergeait de la brume.

Il la contempla quelques instants en silence puis se tourna vers Carl : « Qu'est-ce qu'on fait si Herbert Sønderskov et Mie Nørvig ne sont pas encore rentrés, chef ? »

Carl regardait l'île, lui aussi. Elle avait l'air paisible, posée là au milieu du détroit comme si elle contribuait à soutenir le pont. Bien innocente aussi, avec son phare tout blanc sur un fond de collines vertes, ses jolis bâtiments jaunes blottis à l'abri du vent, ses prairies verdoyantes et ses bosquets aérés.

Rose l'avait appelée l'antichambre de l'enfer, et soudain Carl eut l'impression de sentir le mal s'insinuer au travers du parapet et de voir les fantômes du passé le regarder avec leurs âmes blessées et leurs ventres stériles. L'État danois avait-il réellement autorisé, et même encouragé, ce type de pratiques avec la complicité des services sociaux et de médecins diplômés ? C'était difficile à croire. Ou plutôt non, pas si difficile que cela. Le Danemark d'aujourd'hui n'était pas blanc-bleu en termes de ségrégation. Les exactions raciales restaient simplement assez discrètes pour ne pas faire scandale.

Il secoua la tête et appuya sur la pédale. « Tu disais ?

— Je vous demandais ce qu'on allait faire si Herbert Sønderskov et Mie Nørvig n'étaient pas chez eux. »

Carl tourna la tête vers Assad. « Je suppose que ton canif est toujours au même endroit ! »

Assad acquiesça. Ils étaient d'accord. Il fallait qu'ils en sachent un peu plus sur ce cas Hermansen qu'avait évoqué Mie Nørvig. Mandat ou pas. De toute façon, même s'ils essayaient d'en obtenir un, on ne le leur délivrerait pas.

Le téléphone portable de Carl sonna et il mit le haut-parleur. « Oui, Rose, où es-tu ? répondit-il.

— Je suis retournée au bureau quand j'ai reçu l'appel d'Assad. C'est nettement plus rigolo d'être là que de rester à me morfondre à Stenløse. Du coup j'ai fait quelques recherches. » Elle avait l'air excité. « Et vous n'allez pas me croire, putain ! Figurez-vous qu'il y a toujours une Nete Hermansen à cette adresse à Nørrebro. C'est pas génial, ça ? »

Assad leva un pouce en l'air.

« Super. Mais ça doit être une vieille dame maintenant.

— Je n'en sais pas plus pour l'instant, je sais juste qu'à un moment elle a été recensée à la même adresse sous le nom de Nete Rosen. Joli nom, vous ne trouvez pas ? Je me l'achèterais bien, celui-là, à l'occasion. Rose Rosen ! Ce ne serait pas merveilleux de porter un nom pareil ? La bonne femme pourrait peut-être même m'adopter. Elle ne peut pas être pire que ma mère en tout cas. »

Assad rigola et Carl s'abstint de tout commentaire. Officiellement, il ne connaissait rien de la situation familiale de Rose. Si son assistante découvrait qu'il était allé fouiner dans sa vie avec l'aide de sa vraie sœur Yrsa, il ne donnait pas cher de sa peau.

« Merci, Rose. On éclaircira cette histoire de nom de famille plus tard. Pour l'instant tu cherches tout ce que tu peux trouver sur elle. Nous, on retourne à Halsskov. On va aller fouiller un peu dans les dossiers de Nørvig. Rien d'autre ?

— Si. J'en ai appris un peu plus sur Curt Wad. J'ai rencontré un dénommé Søren Brandt, journaliste de son état, qui a rassemblé pas mal de renseignements sur le parti dont Curt Wad est le fondateur.

— Rene Linier, c'est ça ?

— Oui. Par contre, sa vie privée n'est pas très nette, si vous voulez mon avis. Le bonhomme n'a rien de sympathique. Il y a eu plusieurs plaintes déposées contre lui et quelques comparutions, mais bizarrement aucune condamnation à ce jour.

— Tu fais référence à quoi, exactement ?

— Des tas de trucs, mais je n'ai pas encore épluché les procédures. Søren Brandt doit m'envoyer d'autres fichiers. En attendant je me tape les vieux dossiers d'instruction et vous pouvez me remercier, parce que c'est chiant. »

Carl était de son avis, pour une fois.

« Curt Wad a été impliqué dans une affaire de viol il y a très longtemps, mais il a été relaxé. Après ça il a été poursuivi à trois reprises par le bureau d'assistance juridique pour des affaires différentes. En 1967, 1974 et la dernière fois en 1996. Il a été accusé un nombre incalculable de fois pour propos racistes, incitation à la discrimination, atteinte à la propriété d'autrui et diffamation. Il a bénéficié chaque fois d'un

385

non-lieu et d'après Søren Brandt c'était le plus souvent par manque de preuves.

— Il a été accusé de meurtre ?

— Pas directement. Mais indirectement oui. Il a fait l'objet de plusieurs plaintes pour avortements forcés. Est-ce qu'on ne peut pas appeler ça des meurtres ?

— Euh, si, dans un sens. Je suppose en tout cas que la question se pose quand la femme n'a pas souhaité se faire avorter.

— Bon. Quoi qu'il en soit, ce type a passé sa vie à faire un tri draconien entre bonnes et mauvaises graines. Quand les *gens bien* venaient le consulter pour des problèmes de fertilité, il était un médecin compétent, mais il devenait un monstre quand ses patients étaient à ses yeux des êtres inférieurs et qu'ils venaient le voir pour une question liée à la grossesse de la femme.

— Il se passait quoi dans ces cas-là ? » Carl avait entendu les allusions de Mie Nørvig à ce sujet. Peut-être les révélations de Rose allaient-elles les confirmer.

« Comme je vous l'ai dit, il n'a jamais été condamné, mais le bureau de l'assistance juridique est venu à plusieurs reprises à son cabinet pour savoir s'il avait avorté des mères sans leur permission et à leur insu. »

Carl sentit qu'Assad gesticulait sur son siège. Avait-il déjà dans sa vie eu affaire à quelqu'un qui avait osé le traiter d'*être inférieur* ?

« Merci, Rose. Nous continuerons cette discussion tout à l'heure au bureau.

— Attendez, Carl, juste une chose encore. L'un des piliers du parti Rene Linier, un certain Hans Christian Dyrmand, de Sønderborg, vient de se suicider. C'est à cause de ça que j'ai contacté Søren Brandt. Il a écrit sur son blog qu'il y avait probablement un rapport entre ce dont Dyrmand avait été accusé et ce que Curt Wad faisait en son temps. »

« Salaud », dit Assad, et dans sa bouche, le mot prenait tout son sens.

Ils trouvèrent la maison de Halsskov aussi vide que quelques heures plus tôt et Assad se dirigeait déjà vers l'arrière de la maison, la main plongée dans sa poche. Carl l'arrêta.

« Attends un peu. Reste dans la voiture, Assad », lui dit-il en se dirigeant vers le bungalow qui se trouvait sur le trottoir d'en face.

Il brandit son badge et la femme sur le perron le regarda d'un air terrorisé. Parfois ça produisait cet effet-là, parfois aussi on crachait dessus.

« Je ne sais pas où sont Herbert et Mie.

— Vous les connaissez personnellement ? »

Elle se détendit un peu. « Oui, nous sommes assez bons amis. Nous jouons au bridge ensemble tous les quinze jours.

— Et vous n'avez aucune idée de l'endroit où ils pourraient se trouver en ce moment ? Week-end en amoureux, enfants, résidence secondaire peut-être ?

— Non, non, rien de tout ça. Ils partent en voyage de temps en temps et mon mari et moi nous occupons de leurs fleurs, à moins que leur fille ne revienne occuper la maison. Le genre de petits arrangements qu'on peut avoir entre voisins, vous comprenez. Nous aussi on a des fleurs à arroser quand on part en voyage.

— Je vois que les volets sont fermés. Je suppose que cela signifie qu'ils sont partis pour plusieurs jours. »

Elle posa une main sur sa nuque. « Oui. Et je vous avoue que cela nous inquiète un peu. Vous pensez qu'il a pu leur arriver malheur ? »

Carl haussa les épaules en guise de réponse et la remercia. La petite dame allait avoir de quoi gamberger et elle surveillerait d'autant mieux la maison d'en face. Il passa à côté du véhicule de service et constata qu'Assad avait déjà filé. Il ne tarda pas à s'apercevoir qu'un volet à l'arrière de la maison était à demi ouvert et la fenêtre entrebâillée. Pas une trace, pas une rayure. Son adjoint ne devait pas en être à son coup d'essai.

« Venez me rejoindre à la cave, chef », lui cria Assad.

Les armoires de classement étaient encore là, Dieu soit loué. La disparition du couple n'était donc pas liée à leur visite de la veille.

« Cherchons d'abord Hermansen », dit Carl à Assad.

Vingt secondes plus tard, Assad avait une chemise cartonnée à la main.

« Sous la lettre H, évidemment. Ce n'était pas plus difficile que ça. Mais le prénom n'est pas Tage. »

Assad tendit le dossier suspendu à Carl, qui l'ouvrit. *Curt Wad contre Nete Hermansen*, était-il indiqué sur la première chemise et, en dessous, la date du procès, 1955, les tampons de la circonscription juridique et le logo du cabinet de Philip Nørvig. En feuilletant rapidement le contenu du dossier, Carl tomba sur des termes comme « accusation de viol » et « prétend avoir payé pour une interruption de grossesse », le tout présenté de telle façon que cette Nete Hermansen apparaisse comme la véritable coupable. L'affaire s'était conclue par la relaxe de Curt Wad, ce qui était écrit noir sur blanc. En revanche, on ne lisait nulle part ce qu'il était advenu de Nete Hermansen.

Il fut interrompu dans sa lecture par la sonnerie de son téléphone.

« Ce n'est pas vraiment le moment, là, Rose, dit-il.

— Je crois que si. Écoutez plutôt, Carl. Nete a séjourné à Sprogø. Elle a été internée là-bas de 1955 à 1959. Qu'est-ce que vous en dites ?

— J'en dis que ça ne m'étonne pas », répondit Carl en soupesant le dossier de Nete Hermansen.

Il n'était pas bien lourd.

Un quart d'heure plus tard, ils avaient fini de charger les archives dans le coffre de la voiture de service.

Au moment où ils le refermaient, une camionnette verte gravissait la côte dans leur direction. Ce ne fut pas la voiture qui attira l'attention de Carl mais le fait qu'elle ralentisse tout à coup sans raison apparente.

Il se rapprocha de la chaussée et observa le chauffeur qui avait l'air de se demander s'il devait s'arrêter ou au contraire accélérer.

L'homme se mit alors à examiner les maisons de part et d'autre de la route et continua à rouler. Il cherchait peut-être un numéro de rue. Mais c'était étrange tout de même car les numéros étaient parfaitement visibles dans ce quartier résidentiel. Quand le véhicule passa devant Carl, le conducteur détourna la tête et il ne put voir que ses cheveux ondulés et presque blancs.

27

Septembre 1987

En regardant défiler les paysages du Seeland à travers les fenêtres du train, il se sentit comme un roi. En avant pour le bonheur, se dit-il en donnant une piécette à un gamin qui partageait son compartiment.

Aujourd'hui était le jour de son couronnement, le jour où ses rêves les plus fous allaient se réaliser.

Il imagina Nete en train de se passer la main dans les cheveux avec coquetterie avant de lui souhaiter la bienvenue. Il avait déjà l'impression de tenir l'acte de donation dans sa main. L'acte qui le mettrait à la tête de dix millions de couronnes, pour le plaisir de son inspecteur des impôts et pour sa propre félicité.

Mais lorsqu'il débarqua à la gare centrale de Copenhague et qu'il réalisa qu'il lui restait moins d'une demi-heure pour trouver la rue de Nete, la panique s'empara de lui.

Il se rua sur un taxi et demanda au chauffeur combien lui coûterait la course. Comme le prix était trop élevé pour son budget, il demanda à se faire conduire aussi loin que possible avec la somme dont il disposait. Il fit tomber toutes ses pièces dans la pogne du chauffeur, qui le transporta sur une distance de sept cents mètres et le laissa sur la place de Vesterbro en lui conseillant de prendre le Teaterpassage et de finir au pas de course en longeant les lacs.

Tage avait perdu l'habitude de l'exercice physique et son sac en bandoulière lui cognait violemment la hanche à chaque foulée. La transpiration coulait au travers de ses vêtements neufs et de larges auréoles sombres se dessinèrent sous ses bras.

Tu vas être en retard, tu vas être en retard, tu vas être en retard, lui disaient ses pieds chaque fois qu'ils touchaient le sol tandis que des joggeurs de tous âges le dépassaient sans effort.

Toutes les cigarettes qu'il avait fumées dans sa vie faisaient siffler ses bronches, et toutes les bières et tous les whiskies qu'il avait bus lui brûlaient les muscles des jambes.

Il déboutonna sa veste et pria pour être là-bas à temps mais quand il arriva, il était douze heures trente-cinq. Il avait cinq minutes de retard.

C'est pour cela que ses yeux brillaient de larmes de reconnaissance quand Nete lui ouvrit la porte et qu'il lui présenta l'invitation, comme elle le lui avait recommandé.

Il se sentait minable dans ce bel appartement. Minable sous le regard de la meilleure amie qu'il ait jamais eue, devenue cette dame distinguée qui l'accueillait à bras ouverts. Il faillit éclater en sanglots quand elle lui demanda s'il allait bien et s'il voulait une tasse de thé, et à nouveau, quand elle lui en proposa une deuxième.

Il aurait eu tant de choses à lui dire s'il ne s'était pas senti aussi mal tout à coup. Il lui aurait dit qu'il l'avait toujours aimée. Il lui aurait dit que sa honte de l'avoir conduite à sa perte l'avait presque détruit lui

391

aussi. Il lui aurait demandé pardon à genoux si la nausée ne l'avait pas assailli si violemment qu'il s'était soudain mis à vomir sur sa belle veste neuve.

Elle lui demanda s'il était malade et s'il voulait un verre d'eau, ou peut-être une troisième tasse de thé.

« Il fait drôlement chaud ici, non ? » gémit-il en essayant en vain de reprendre son souffle parce que ses poumons ne lui obéissaient plus. Quand elle sortit de la pièce pour aller lui chercher de l'eau, il savait qu'il était en train de mourir.

Nete contempla quelques secondes le corps affalé sur la chaise, engoncé dans un horrible costume. Avec les années, Tage avait pris bien plus de volume qu'elle ne s'y attendait. Le seul poids de son torse faillit l'écraser quand elle bascula le cadavre vers elle pour l'attraper sous les aisselles.

Oh ! mon Dieu, songea-t-elle en regardant l'heure sur le cadran de la pendule anglaise. Le déplacer de cette façon prendra beaucoup trop de temps.

Alors elle le lâcha et le laissa tomber face contre terre. Un craquement retentit quand le nez et le menton de Tage touchèrent le plancher. Pourvu que le voisin n'accoure pas en pensant que c'était elle qui était tombée.

Elle se mit à genoux et poussa le corps de Tage de toutes ses forces jusqu'à ce qu'il roule sur le côté et atterrisse au milieu de son tapis Boukhara. Elle réussit à tirer ce dernier avec le corps dessus jusqu'au début du long corridor qu'elle regarda avec désespoir. Merde ! Pourquoi n'avait-elle pas pensé à ça plus tôt. La moquette du couloir était en coco et elle n'arriverait jamais à tirer le cadavre jusqu'au bout. Il ne glisserait pas.

Elle employa toutes ses forces et parvint tout juste à lui faire passer l'angle avant de renoncer.

Elle se mordit la lèvre. Rita lui avait déjà posé pas mal de problèmes. Elle n'était pas très lourde, mais son cadavre était bizarrement désarticulé. On aurait dit que des bras et des jambes sortaient de chacune de ses côtes. Elle avait dû s'arrêter tous les trois pas pour ramener les bras sur le ventre, et pour finir il avait fallu qu'elle lui attache les mains ensemble. Ensuite ç'avait été plus facile.

Elle regarda Tage avec dégoût. Il y avait un monde entre ce visage usé et trempé de sueur, avec ses deux jambons à la place des bras, et le garçonnet avec qui elle jouait quand elle était petite.

Elle le tira par les aisselles pour le faire asseoir puis le poussa en avant, la tête entre les jambes comme un nourrisson. La manœuvre lui fit gagner cinquante centimètres. Elle jeta un coup d'œil vers le corridor. À ce rythme-là, il lui faudrait au moins dix minutes pour arriver à la pièce étanche, mais elle ne pouvait pas s'arrêter maintenant.

Alors elle posa la tête du mort sur le tapis, le renversa et le fit rouler sur une épaule. Ensuite, elle le remit en position assise, le bascula vers l'avant et le fit rouler de nouveau sur l'épaule. Il fallait juste veiller à pousser assez fort pour que le mouvement reste à peu près fluide.

Mais c'était plus facile à dire qu'à faire et la mauvaise jambe de Nete, sa hanche et son dos lui faisaient mal à hurler.

Quand enfin elle réussit à le faire entrer dans la pièce avec la table et les six chaises, elle renonça à l'installer à côté du cadavre de Rita sagement assis devant le petit carton avec son nom, la tête inclinée sur une épaule et le dos attaché au dossier de sa chaise.

Elle baissa les yeux vers Tage, couché par terre, les yeux grands ouverts et les doigts recroquevillés. Quel désordre ! Avant la fin de la journée, il fallait qu'elle l'ait rangé à sa place.

Un détail l'intrigua subitement. La poche de poitrine de la ridicule veste lustrée de Tage était déchirée, il en manquait un morceau. Était-ce déjà le cas tout à l'heure ? Elle devait en avoir le cœur net.

Il était treize heures quarante et Viggo serait là dans cinq minutes.

Elle ferma soigneusement la porte et inspecta le couloir. Elle ne voyait nulle part le bout de tissu. Peut-être la poche était-elle déjà déchirée avant, sans qu'elle l'ait remarqué. Elle n'avait pas quitté le visage de Tage des yeux une seule seconde à partir du moment où il s'était assis.

Elle respira un grand coup et se rendit dans la salle de bains pour se rafraîchir. Elle examina son propre visage baigné de sueur avec satisfaction car jusqu'à maintenant elle ne s'en sortait pas si mal. Le concentré de jusquiame noire était d'une efficacité parfaite, et son plan était parfaitement huilé. Bien sûr, elle risquait de subir le contrecoup ce soir quand tout serait terminé. Peut-être verrait-elle différemment les personnes qu'elle était en train de rassembler autour de cette table. Même si elle se l'interdisait de toutes ses forces, elle ne pouvait peut-être pas s'empêcher de penser que ces gens avaient des proches qui les aimaient et rêvaient d'un avenir dont ils faisaient partie.

En tout cas, il ne fallait pas qu'elle pense à cela maintenant. Surtout pas.

Elle arrangea ses cheveux et se concentra sur ceux qui allaient venir. Viggo était-il devenu aussi gros que Tage ? Si c'était le cas, il fallait *absolument* qu'il soit à l'heure. Elle n'osait même pas penser à ce qui arriverait s'il ne l'était pas.

C'est alors qu'elle se souvint de Curt Wad, de sa corpulence et du poids qui devait aller avec. Et au même instant, elle remarqua le manteau de Rita qui était resté accroché sur la patère à l'entrée.

Elle le décrocha et le jeta sur le lit avec son sac. Ses cigarettes tombèrent de sa poche. Sacrées cigarettes, se dit Nete. Le vice de Rita avait dû lui coûter une véritable fortune depuis le temps.

28

Novembre 2010

« Je dois vous prévenir, messieurs, que le type du service d'entretien viendra mercredi s'occuper des toilettes
pour hommes qui resteront hors service jusque-là, déclara
Rose les mains posées sur les hanches. Quelqu'un les a
bien soigneusement bouchées en utilisant trop de papier-
toilette. Je me demande qui cela peut bien être ? »

Elle détourna les yeux d'Assad et les fixa sur Carl,
les sourcils froncés.

Carl leva les bras latéralement en haussant les
épaules, ce qui en langage corporel international signifie : Qu'est-ce que j'en sais, moi ? Dans sa langue à
lui cela voulait dire : Cela ne te regarde pas et je n'ai
l'intention de discuter ni de mes habitudes latrinaires
ni de mes problèmes d'intestins avec une subalterne
du sexe opposé. Point final.

« Alors quand vous irez dans les toilettes des
dames, vous serez gentils de pisser assis ou de redescendre cette putain de lunette après vous. »

Carl fronça les sourcils. Tout cela devenait vraiment
trop intime.

« Trouve-moi tout ce que tu peux sur Nete Hermansen et fais-moi un topo. Mais pour commencer, je vou-

drais que tu me donnes le numéro de ce journaliste, Søren Brandt », riposta-t-il. Si elle avait décidé de l'emmerder, elle n'avait qu'à choisir un autre jour que son jour de congé. Il y avait tout de même des limites.

« Je viens d'avoir Brandt au téléphone, alors », annonça Assad, la tête à moitié plongée dans une grande tasse fumante remplie d'une substance qui dégageait un parfum de caramel.

Carl le regarda, incrédule. Ah oui, vraiment ?

« Tu dis que tu viens de parler à Søren Brandt ? Il fronça les sourcils. Tu ne lui as pas raconté que nous avions volé les archives, j'espère. »

Assad mit ses mains sur ses hanches. « Vous croyez que les dromadaires trempent leurs orteils dans le point d'eau où ils vont boire ?

— La vérité, Assad. »

Il laissa retomber ses mains. « Bon, d'accord, juste un peu. Je lui ai dit que nous savions des choses sur Curt Wad.

— Mais encore ?

— Et aussi quelques petites choses sur ce Lønberg de Rene Linier.

— Ah, parce qu'on a des choses sur lui ?

— Oui. C'était à la lettre L. Nørvig a défendu Lønberg dans plusieurs affaires.

— OK. On reviendra là-dessus plus tard. Comment Søren Brandt a-t-il réagi à ça ?

— Il a dit qu'il avait entendu parler de La Lutte secrète. Il a même interviewé la première femme de Nørvig, qui lui a raconté que, pendant des années, des infirmières et des médecins avaient envoyé des femmes en situation de précarité auprès de membres de l'organisation pour un examen gynécologique et que, sans que ces femmes sachent dans quoi elles s'étaient engagées, cela se terminait la plupart du temps par une fausse couche. Søren Brandt a des dossiers là-dessus qu'il est prêt à nous donner en échange de photocopies de ce qu'on a.

— Nom de Dieu, Assad ! Est-ce que tu te rends compte de ce que tu as fait ? On va se faire virer de la police s'il devient officiel que nous avons mis la main sur des preuves en entrant par effraction dans une propriété privée ! Donne-moi son numéro, Assad ! »

Carl composa le numéro de Brandt avec un sale pressentiment.

« C'est exact. Je viens d'avoir votre collègue au téléphone », dit Søren Brandt après de courtes présentations. Il avait l'air jeune et ambitieux. C'était les pires.

« Je crois savoir qu'Assad vous a proposé une sorte de marché ?

— Oui. C'est génial. Il me manque encore des éléments pour relier certains membres de Rene Linier avec l'organisation appelée La Lutte secrète. Vous vous rendez compte ? Ensemble on pourrait stopper ces dingues avant qu'ils arrivent au pouvoir.

— Je suis désolé de vous décevoir, monsieur Brandt, mais je crains qu'Assad ne se soit un peu avancé. Nous devons remettre ces éléments au procureur. »

Le journaliste ricana. « Au procureur ? C'est des conneries ! Je comprends que vous essayiez de sauver votre job. Le travail ne court pas les rues au Danemark ces temps-ci. Mais soyez sans crainte. La tête sur le billot, je ne trahirais pas mes sources. »

Carl eut soudain l'impression d'entendre une version plus jeune de lui-même.

« Écoutez, Mørck. Les gens qui entourent Curt Wad sont des fanatiques. Ils tuent sans scrupules des enfants dans le ventre de leur mère. Ils ont mis en place un système infaillible pour effacer les traces de leurs crimes. Ils ont à leur disposition des millions de couronnes venant de fonds privés pour payer des hommes de main dont je ne souhaiterais pas à mon pire ennemi de croiser la route. Vous croyez peut-être qu'en ce moment j'ai envie de prendre le risque d'habiter à l'adresse inscrite sur mes papiers ? Je ne suis pas fou ! Je me planque ! Parce que je vous assure qu'ils ne reculent devant rien s'ils tombent sur quelqu'un qui n'est pas d'accord avec leur politique et qui ne partage pas leur vision révoltante de l'humanité. Il n'y a qu'à voir ce qu'ils ont fait à ce médecin, Hans Christian Dyrmand. Je ne serais pas surpris qu'on l'ait forcé à bouffer ces somnifères. Alors vous pouvez compter sur moi pour fermer ma gueule, Carl Mørck.

— Oui, enfin, jusqu'à ce que vous fassiez sortir votre article sur toute cette merde ?

— Jusque-là, oui. Et je suis prêt à aller en prison plutôt que d'avouer comment j'ai obtenu mes informations, vous pouvez me croire. Du moment que je fais rendre gorge à ce salaud de Wad et à toute sa clique.

— D'accord. Alors je peux vous dire que nous enquêtons en ce moment sur une série de disparitions qui semblent être en relation avec ces femmes qu'on internait sur l'île de Sprogø. Est-il absurde de penser que Curt Wad avait quelque chose à voir avec ça ? Je sais bien que l'histoire remonte à cinquante ans, mais peut-être savez-vous quelque chose à ce sujet ? »

Carl eut l'impression d'entendre l'homme suffoquer au bout du fil. Et puis plus rien.

« Allô ! Vous êtes encore là ?

— Oui. Oui, je suis là. Excusez-moi une seconde. Il faut que je me reprenne un peu. La tante de ma mère était une fille de Sprogø et elle racontait des histoires terribles. Pas sur Curt Wad mais sur d'autres personnes dans son genre. Je ne sais pas s'il a quelque chose à voir avec cette ignominie, mais je peux vous dire que cela ne m'étonnerait pas du tout.

— OK. J'ai rencontré un journaliste du nom de Louis Petterson. Il a écrit des articles dans lesquels il s'en prenait à Curt Wad à une époque. Vous le connaissez ?

— De réputation, oui. Et j'ai lu ses papiers, évidemment. Il est la quintessence de ce qu'un journaliste s'interdit d'être. Il travaillait en free-lance, et je dois dire qu'il avait mis le doigt sur des choses assez intéressantes jusqu'à ce que Curt Wad le fasse changer d'avis en l'embauchant à Benefice, une agence de presse aux centres d'intérêt extrêmement ciblés, avec un salaire très attractif, je n'en doute pas. Du jour au lendemain les articles critiques ont cessé.

— On ne vous a jamais fait le même genre de proposition ? »

Søren Brandt rigola. « Pas encore. Mais on ne sait jamais avec ces chacals. En tout cas, je leur ai bien chié dans les bottes, à Wad et à Lønberg, au meeting de Rene Linier hier.

— Bravo. Mais puisque vous évoquez Lønberg, que savez-vous sur lui ?

— Wilfrid Lønberg. Bras droit et chouchou de Curt Wad. Père de celle qui leur sert de prête-nom à la tête de Benefice, cofondateur de Rene Linier et particulièrement actif au sein de La Lutte secrète. Je pense que vous devriez essayer de discuter avec lui. Curt Wad et lui doivent être les deux réincarnations de Josef Mengele en personne. »

Ils virent la lueur du feu bien avant d'atteindre la maison. On pouvait difficilement avoir une meilleure toile de fond pour ce genre de spectacle qu'un sombre après-midi de novembre.

« Chicos le quartier ! » dit Assad avec un geste du menton vers les villas patriciennes.

La maison de Lønberg n'avait rien à envier aux autres demeures de la rue, blanche et prétentieuse, avec des grandes fenêtres et des tuiles vernies. La seule différence étant qu'elle était bâtie légèrement en retrait et que leur arrivée par l'allée recouverte de gravillon blanc fut tout sauf discrète.

« Que faites-vous sur ma propriété ? » les héla une voix.

Au détour d'un buisson, ils découvrirent un homme âgé, en blouse brune, muni d'une paire de gros gants de jardinage.

« Vous n'avez rien à faire ici », dit-il, furibond, en se postant entre eux et le baril d'huile surmonté de flammes qu'il était occupé à alimenter avec les piles de papiers contenus dans la brouette à côté de lui.

« Il est de mon devoir de vous informer que ce type de feu en plein air n'est pas autorisé », déclara Carl tout en essayant, de la distance où il se trouvait, d'identifier la nature des documents dans la brouette.

Probablement des dossiers médicaux et autre documentation sur les saloperies dont Lønberg et ses semblables se rendaient coupables.

« Ah oui, vraiment ? Et c'est écrit où ? On n'est pourtant pas en période de sécheresse, que je sache ?

— Nous prendrons volontiers la peine de téléphoner aux pompiers de Gentofte afin qu'ils vous rafraîchissent la mémoire sur la législation de la commune en matière d'incinération des déchets. » Il se tourna vers Assad. « Veux-tu avoir la gentillesse de les appeler, Assad, s'il te plaît ? »

L'homme secoua la tête. « Allons ! Vous n'allez pas me faire des ennuis pour quelques vieux papiers ? Je dérange qui ? »

Carl sortit sa plaque. « Je connais des gens que cela pourrait déranger de vous voir détruire des éléments susceptibles d'éclaircir certaines zones d'ombre sur vos agissements et ceux de votre ami Curt Wad. »

Ce qui arriva dans les secondes qui suivirent dépassait de loin tout ce que Carl aurait pu soupçonner de la part d'un homme de l'âge et de la stature de furet du dénommé Lønberg.

Avec une vitesse et une détermination incroyables, le vieillard ramassa tout le tas de papiers qui se trouvait encore dans la brouette, le jeta dans le baril et s'empara d'une bouteille de trichloréthylène posée dans l'herbe à proximité qu'il envoya rejoindre les documents.

Le résultat fut fulgurant, et Carl et Assad durent reculer de plusieurs pas lorsque l'explosion se produisit. Une colonne de feu s'éleva, atteignant quasiment la cime d'un grand hêtre pourpre qui trônait au milieu du jardin.

« Voilà, dit l'homme. Maintenant vous pouvez appeler les pompiers si vous voulez. Cela me coûtera quoi ? Une amende de cinq mille couronnes ? Dix mille couronnes ? C'est dans mes moyens. »

Il s'apprêtait à tourner les talons et à remonter vers la maison quand Carl le saisit par le bras.

« Est-ce que votre fille Liselotte est au courant des horreurs que vous commettez sous le couvert de son nom, Lønberg ?

— Liselotte ? Des horreurs ? Si vous faites référence à son poste de directrice de l'agence de presse Benefice, elle a au contraire toutes les raisons d'en être fière.

— Ah oui ? Vous croyez ? Est-ce qu'elle est fière des avortements que vous pratiquez dans le cadre de La Lutte secrète ? Mais peut-être ne lui en avez-vous jamais parlé ? Peut-être ne partage-t-elle pas votre vision tordue de l'humanité ? Est-ce qu'elle cautionne vos assassinats d'enfants innocents ? Est-ce qu'elle est fière de cela aussi ? Moi, je pense plutôt qu'elle ne sait rien du tout. »

Lønberg jeta à Carl un regard si glacial que même le brasier qui se reflétait dans ses yeux ne suffisait pas à le dégeler.

« Je ne comprends rien à ce que vous me dites, monsieur. Si vous avez des questions concrètes à me poser, je vous suggère de le faire par l'intermédiaire de mon avocat. Vous pourrez le joindre après-demain. Son cabinet sera ouvert lundi à partir de neuf heures et demie. Il s'appelle Caspersen. Il est dans l'annuaire.

— Ah oui ! s'exclama Assad qui se cachait derrière Carl. Caspersen. On le connaît ! C'est le type de la télé. Celui qui travaille pour Rene Linier. Nous voulons bien son numéro de téléphone, merci bien alors. »

La fausse candeur d'Assad désamorça l'air condescendant du vieil homme.

Carl se pencha vers lui et prit congé presque en chuchotant.

« Ravi de vous avoir rencontré, Wilfrid Lønberg. Je crois que nous en avons assez vu et entendu pour aujourd'hui. Transmettez nos amitiés à Curt Wad et dites-lui que nous sommes allés rendre visite à l'une de ses anciennes amies à Nørrebro. Le "cas" Hermansen. C'est bien comme ça que vous l'appeliez à l'époque. »

Nørrebro était une zone de guerre. Un habitat-champignon avait créé le terreau idéal pour faire naître une foule de problèmes sociaux ainsi que la délinquance, la violence et la haine qui en découlent la plupart du temps. L'ambiance du quartier n'avait plus rien à voir avec celle qui y régnait à l'époque où la politique sociale visait au contraire à aider les ouvriers qui gagnaient durement leur vie. Il n'y avait qu'en marchant le long des lacs qu'on pouvait se faire une idée de sa grandeur d'autrefois.

« La zone des lacs a toujours été l'endroit le plus agréable de cette ville », avait coutume de dire Antonsen, du commissariat de Rødovre, et il avait raison. Quand on voyait ces beaux immeubles alignés, aux façades ombragées par les châtaigniers, avec leur vue imprenable sur l'eau paisible où des grappes de cygnes flottaient en cercle les uns derrière les autres, on avait du mal à imaginer qu'à une centaine de mètres de là, les voyous avaient leur terrain de jeu. Un secteur où il valait mieux éviter de traîner après la tombée de la nuit.

« Je crois qu'elle est chez elle, alors », dit Assad en désignant les chiens-assis au dernier étage.

Carl acquiesça. Comme à toutes les autres fenêtres de l'immeuble gris, la lumière brillait.

« Nete Hermansen ? C'est la police, dit Carl en approchant la bouche tout près de l'interphone. Je voudrais monter vous poser quelques questions. Pouvez-vous m'ouvrir, s'il vous plaît ?

— Quelles questions ? répondit une voix de femme un peu surprise.

— Rien de grave. C'est juste une petite enquête de routine.

— Je suppose que c'est à propos de la fusillade à Blågårdsgade l'autre jour ? Oui, effectivement. J'ai entendu des coups de feu. Mais soyez gentil de faire un pas en arrière, s'il vous plaît, de façon à ce que je puisse vous voir. Je ne fais pas entrer n'importe qui. »

Carl fit signe à Assad de rester près de la porte et recula d'un pas pour que le réverbère de la rue éclaire son visage.

Une tête apparut dans l'une des lucarnes du toit de l'immeuble.

Carl leva sa plaque en l'air aussi haut qu'il le pouvait.

Trente secondes plus tard, l'interphone grésillait.

Après avoir gravi une infinité de petites marches qui mirent leur souffle à rude épreuve, ils trouvèrent la porte d'entrée déjà entrouverte. La dame n'était pas si effrayée que cela finalement.

« Oh ! » s'exclama-t-elle, quand Carl s'engagea dans le couloir à l'odeur de salpêtre et que le visage

405

basané d'Assad se matérialisa derrière lui. La peur était donc bien là. La proximité des bandes d'émigrés de Nørrebro y était bien sûr pour quelque chose.

« Ah oui, pardonnez-moi. Mais vous n'avez aucune raison d'avoir peur de mon assistant. Il n'y a pas d'homme plus doux sur cette terre », mentit-il.

Assad tendit la main. « Bonjour, madame Hermansen, dit-il en exécutant une petite courbette de premier de la classe au bal de fin d'année. Mon nom est Hafez el-Assad, mais appelez-moi Assad. C'est un plaisir de faire votre connaissance. »

Elle hésita mais finit par prendre sa main.

« Puis-je vous offrir une tasse de thé ? » demanda-t-elle, disparaissant aussitôt dans la cuisine sans remarquer que Carl secouait la tête tandis qu'Assad acceptait la proposition avec enthousiasme.

Le salon ressemblait à celui de toutes les personnes âgées. Un mélange hétéroclite de meubles encombrants et de souvenirs accumulés au cours d'une longue existence. Le seul détail surprenant était l'absence totale de photos de famille. Carl se souvint du résumé que Rose lui avait fait de la vie de Nete Hermansen. Son parcours expliquait sans doute pourquoi ces portraits manquaient au décor.

Elle revint portant le thé sur un plateau, boitant un peu mais charmante malgré ses soixante-treize ans. Une coupe élégante, des cheveux d'un blond pâle, sûrement décolorés. Visiblement, l'argent avait fini par venir compenser une vie qui ne l'avait pas épargnée. L'argent avait ce pouvoir-là.

« Vous avez une très jolie robe, madame », la complimenta Assad.

Elle ne répondit pas mais le servit en premier.

« Alors c'est à cause de la fusillade de la semaine dernière à Blågårdsgade que vous êtes là ? » demanda-t-elle, s'asseyant sur une chaise entre eux deux et poussant une assiette de petits gâteaux vers Carl.

Il refusa d'un signe de tête et se redressa un peu dans le fauteuil à oreilles.

« Non. Nous sommes là parce qu'un certain nombre de personnes ont disparu en 1987 et qu'on ne les a jamais revues. Nous espérions que peut-être vous… Nous ne vous dérangeons pas, j'espère ? »

Elle secoua la tête. Carl eut l'impression que c'était un peu à contrecœur mais il n'en était pas sûr.

« Nous espérions, disais-je, que vous pourriez nous aider à éclaircir ce mystère. »

Quelques rides vinrent plisser son front. « Oui… bien entendu. Si je peux vous être de quelque utilité.

— J'ai ici un résumé de votre existence, Nete. Et je vois que la vie n'a pas toujours été tendre avec vous. Croyez bien que tout enquêteurs que nous sommes, nous avons été bouleversés d'apprendre ce que vous et bien d'autres femmes avez dû supporter. »

Elle leva un sourcil.

Était-ce cruel de lui rappeler de tels souvenirs ? Oui. Probablement.

« Je vous demande pardon de remuer ces vieilles histoires, mais plusieurs de ces personnes disparues avaient un lien avec l'île de Sprogø. Je reviendrai sur ce sujet tout à l'heure. » Il but une gorgée du thé, un peu amer à son goût, mais meilleur que la mixture sirupeuse d'Assad. « La principale raison de notre visite est que nous cherchons actuellement des explications sur la disparition de votre cousin Tage Hermansen en septembre 1987. »

Elle inclina la tête et parut surprise. « Le cousin Tage ? Il a disparu ? Je n'ai pas eu de ses nouvelles depuis une éternité, et ce que vous me dites là me fait de la peine. Je n'étais pas au courant.

— Je vois. Mais vous comprenez, nous sommes allés dans son petit atelier de mécanique à Brenderup en Fionie et nous y avons trouvé l'enveloppe que voici. »

Il sortit l'enveloppe d'une poche en plastique et la lui montra.

« C'est tout à fait exact. Je me souviens d'avoir invité Tage à me rendre visite. Je comprends mieux maintenant pourquoi il n'a jamais répondu à mon invitation.

— Vous n'auriez pas une copie de la lettre que vous lui avez envoyée, par hasard ? Un fichier sur votre ordinateur ou une copie papier peut-être ? »

Elle sourit. « Oh ! la la ! non. Je n'ai pas ça. C'était une lettre manuscrite. »

Carl hocha la tête.

« Vous vous trouviez à Sprogø en même temps qu'une infirmière qui s'appelait Gitte Charles. Vous vous souvenez d'elle ? »

Les rides refirent leur apparition. « Bien sûr que je m'en souviens. Je n'ai oublié aucune des personnes qui étaient là-bas.

— Gitte Charles a disparu exactement à la même période.

— Ah bon ? C'est très étrange !

— Oui. Et Rita Nielsen également. »

À ce nom, la femme eut un mouvement incontrôlé. Les rides disparurent, mais ses épaules s'affaissèrent de quelques centimètres.

« Rita ? Quand ça ?

— Tout ce qu'on sait, c'est qu'elle a acheté des cigarettes dans un kiosque sur Nørrebrogade, à deux cents mètres d'ici, le 4 septembre 1987, à dix heures dix du matin. Et on a retrouvé sa Mercedes garée dans Kapelvej. Ce n'est pas très loin d'ici non plus, je crois ? »

Elle pinça les lèvres. « C'est affreux ! Rita est venue me voir. Le 4 septembre ? Peut-être. Je me souviens que c'était à la fin de l'été mais je ne me rappelle pas la date exacte. J'étais arrivée à un stade de ma vie où j'avais besoin de me confronter à mon passé. J'avais perdu mon mari deux ans auparavant et je n'arrivais pas à rebondir. C'est pour cela que j'ai voulu revoir Rita et Tage.

— Alors, Rita Nielsen est venue chez vous ?

— Mais oui. » Elle montra la table du doigt. « Nous avons bu du thé dans ces mêmes tasses. Elle est restée une heure ou deux, je crois. C'était bizarre, mais ça m'a tout de même fait plaisir. Je m'en souviens comme si c'était hier. Nous avons remis les choses en place toutes les deux, vous comprenez. À Sprogø, il nous était arrivé de nous disputer, parfois.

— Elle a été recherchée assez énergiquement à l'époque. Pourquoi ne vous êtes-vous pas présentée aux autorités, madame Hermansen ?

— C'est épouvantable ! Qu'a-t-il bien pu lui arriver ? »

Elle regarda dans le vague pendant un petit moment. Si elle ne répondait pas rapidement à la question c'est qu'il y avait anguille sous roche.

« Pourquoi je ne me suis pas adressée à la police ? dit-elle enfin. Comment l'aurais-je fait ? Je suis partie à Majorque le lendemain pour y acheter une maison, je me souviens. Et ensuite je n'ai pas lu de journaux danois pendant six mois. Je passe tous les mois d'hiver à Son Vida depuis lors. Je ne suis là cet automne que parce que je souffre de calculs rénaux et que je préfère me faire soigner au Danemark.

— Vous avez un titre de propriété à nous montrer pour cette maison dont vous parlez ?

— Bien entendu. Mais dites-moi ? J'ai un peu le sentiment de subir un interrogatoire. Vous ne me soupçonnez tout de même pas d'avoir quelque chose à voir avec ces disparitions ! Sinon dites-le-moi franchement.

— Ne vous inquiétez pas, madame Hermansen. Nous sommes obligés de tirer certaines choses au clair. L'une d'entre elles étant de savoir pourquoi vous n'avez pas réagi lorsque Rita Nielsen était activement recherchée, et vous nous avez répondu sur ce point. Pouvez-vous nous montrer les papiers de cette maison, s'il vous plaît ?

— C'est une chance que je les aie ici et pas à Majorque, n'est-ce pas ? dit-elle d'un ton légèrement blessé. Jusqu'à l'année dernière, ils étaient là-bas mais nous avons tous été cambriolés dans la rue où j'habite. Alors, j'ai pris mes précautions. »

Elle savait exactement où chercher. Elle présenta les documents à Carl et lui fit remarquer la date d'acquisition de la maison. « Je l'ai achetée le 30 septembre 1987, mais j'ai fait des visites et négocié le prix pendant les trois semaines qui ont précédé. Le propriétaire a essayé de m'escroquer mais il n'y est pas parvenu.

— Mais…

— Oui, je sais. Je ne l'ai pas achetée immédiatement après mon arrivée, mais c'est ainsi. J'ai peut-être encore mon billet d'avion, cela ne m'étonnerait pas. Comme ça vous pourrez voir que je n'étais pas à Copenhague. En revanche, il va me falloir un peu de temps pour le retrouver.

— Je me contenterai d'un tampon sur votre passeport ou n'importe quel document officiel, dit Carl. Est-ce que vous gardez vos anciens passeports ? Peut-être trouverons-nous dessus une date de sortie du territoire qui nous prouvera ce que vous dites ?

— Je dois avoir ça quelque part, mais je vous demanderais de revenir un autre jour. Je vais fouiller un peu. »

Carl hocha la tête. Elle disait probablement la vérité. « Quel genre de relations aviez-vous avec Gitte Charles, Nete ? Vous pouvez nous les décrire ?

— En quoi est-ce que cela vous regarde ?

— Vous avez raison. Je me suis peut-être mal exprimé. Dans l'affaire Gitte Charles, nous ne disposons que de très peu d'informations. Nous ne trouvons personne qui l'ait connue et qui soit encore de ce monde. C'est pourquoi nous avons du mal à nous faire une idée de la femme qu'elle était et des raisons pour lesquelles elle a soudain disparu. Pouvez-vous nous parler d'elle ? »

Visiblement, cela lui posait un problème. Un prisonnier peut-il dire du bien de son geôlier ? Il y avait là un dilemme.

« Est-ce qu'elle vous a fait du mal ? C'est pour cela qu'il vous est difficile de répondre à cette question ?

— Vous avez raison. Ce n'est pas facile.

411

— Parce que Sprogø est un souvenir douloureux et qu'elle faisait partie des gens qui vous gardaient enfermée là-bas, c'est ça ? » Assad était venu à son secours, les yeux baissés sur son assiette à dessert.

Elle hocha la tête. « Il y a de nombreuses années que je n'avais pas pensé à elle, ou à Sprogø. C'est horrible ce qu'ils nous ont fait là-bas. Ils nous ont coupé du monde et ligaturé les trompes. Ils disaient que nous étions folles. Je n'ai jamais su pourquoi. Et même si Gitte Charles n'était pas la pire de toutes, elle n'a rien fait pour m'aider à quitter cette île de malheur.

— Et vous ne l'avez pas revue depuis ?

— Non, Dieu merci.

— Il y a aussi un certain Philip Nørvig. Ce nom vous dit-il quelque chose ? »

Elle hocha lentement la tête.

« Lui aussi a disparu ce jour-là, dit Carl. Et il avait également reçu une invitation à se rendre à Copenhague, d'après sa veuve. Vous nous avez dit que vous étiez dans une période de votre vie où vous éprouviez le besoin de vous confronter avec votre passé. Philip Nørvig a été l'un des artisans de votre malheur, n'est-ce pas ? Si votre procès contre Curt Wad a eu cette issue malheureuse, c'est à cause de lui. Ne faisait-il pas partie des gens avec qui vous aviez envie de régler vos comptes, madame Hermansen ? Est-ce vous qu'il venait voir ce jour-là ?

— Absolument pas. Je n'avais invité que Rita et Tage, personne d'autre. » Elle secoua la tête. « Je ne comprends rien à tout cela. Tant de gens qui disparaissent en même temps et je les connaissais tous ! Qu'a-t-il bien pu arriver ?

— C'est là qu'intervient le Département V. Les vieilles affaires qui méritent une attention particulière non résolues sont notre spécialité. Et comme vous l'avez vous-même fait remarquer, autant de personnes liées les unes avec les autres et qui disparaissent en même temps, ce n'est pas naturel.

— Nous nous sommes intéressés à ce médecin, Curt Wad », ajouta Assad, un peu plus tôt que Carl n'avait prévu de le faire, mais il était comme ça, on ne le changerait pas.

« Il a été en relation avec plusieurs personnes parmi les disparus, poursuivit Assad. Et en premier lieu avec Philip Nørvig.

— Curt Wad ! » Elle releva la tête comme un chat qui voit soudain un oiseau à portée de ses griffes.

« Nous savons qu'il est à l'origine de tous vos problèmes. Nous avons connaissance de la façon dont Nørvig a réussi à rejeter vos accusations et les a retournées contre vous. Je suis désolé de ramener tout ceci à la surface, mais si vous pouviez nous donner la moindre idée qui nous permettrait de le mettre en cause dans ces disparitions inexpliquées, nous vous en serions extrêmement reconnaissants. »

Elle hocha la tête. « Je vous promets d'y réfléchir sérieusement.

— Votre cas a sans doute été le premier d'une longue série. Curt Wad a menti et manipulé des gens pour arriver à ses fins, au mépris des injustices commises par sa faute. S'il devait être inculpé un jour, il est possible que nous fassions appel à votre témoignage. Cela vous poserait-il un problème ?

— Vous me demandez si j'accepterais de témoigner contre Curt Wad ? Je ne crois pas, non. C'est de l'histoire ancienne pour moi. La justice triomphera de lui sans mon aide. Je suis sûre que le diable est déjà en train de se frotter les mains.

— Nous comprenons cela très bien, Nete », dit Assad en se penchant pour se verser une autre tasse de thé.

Carl l'en empêcha d'un geste.

« Nous allons nous revoir très bientôt, madame Hermansen. Merci pour votre accueil », dit Carl en signifiant à Assad d'un signe du menton que la visite était terminée. En se dépêchant, il avait tout juste le temps de rentrer se changer avant d'aller vérifier si la clé de l'appartement de Mona tiendrait ses promesses.

Assad remercia leur hôtesse et attrapa un dernier biscuit au passage en affirmant qu'ils étaient délicieux. Tout à coup il leva un doigt en l'air.

« Chef ! Nous avons oublié d'interroger Mme Hermansen à propos d'une personne ! Il se tourna vers la vieille dame. Un pêcheur de Lundeborg a disparu à la même période. Il s'appelait Viggo Mogensen. Est-ce que par hasard vous l'avez connu, alors ? Lundeborg, ce n'est pas très loin de Sprogø, en bateau. »

Elle sourit. « Non, lui, je n'en ai jamais entendu parler, ma foi. »

« Vous avez l'air occupé, chef. Qu'est-ce qu'il y a dans votre tête, alors ?

— Préoccupé, Assad. Pas occupé. Tout cela donne à réfléchir, tu ne trouves pas ?

— C'est bien vrai, chef. Moi non plus, je n'arrive pas à comprendre. Mis à part ce Viggo Mogensen, c'est comme s'il y avait deux affaires en une : Rita, Gitte, Curt Wad, Nørvig et Nete Hermansen d'un côté.

Et là, le cousin Tage semble n'avoir rien à faire avec les autres parce qu'il n'a aucun rapport avec Sprogø. Mais d'un autre côté, il y a Tage et Nete. En fait, elle est la seule à avoir un point commun avec tous les autres.

— Peut-être bien, Assad, mais nous ne pouvons pas l'affirmer. Qui sait si Curt Wad n'a pas un lien avec lui également ? C'est cela que nous devons vérifier à présent. En tout cas, j'ai éliminé l'hypothèse d'un suicide collectif et aussi celle d'une coïncidence inexplicable d'accidents simultanés.

— Vous pouvez répéter, chef ? Vous avez dit coïncidence et simultané ?

— Laisse tomber, Assad. On en reparlera plus tard. »

29

Les filles les attendaient au débarcadère, en agitant leurs mains comme si Nete et Rita avaient été des amies longuement espérées. On aurait dit une classe d'écolières, elles étaient gaies, souriantes et lavées de frais. Nete ne les comprenait pas.

Il n'y avait pourtant pas de quoi rire ! Le bateau qui les avait amenées de Nyborg n'avait rien d'un radeau de sauvetage. Il n'était pas non plus une arche de Noé venue les chercher pour les conduire en lieu sûr. D'après ce qu'elle avait entendu, c'était tout le contraire. Ce bateau était considéré comme une malédiction.

Appuyée au bastingage, Nete regardait les bras levés des pensionnaires. Derrière elles, le phare se dressait avec arrogance au sommet de la colline et, plus loin, un groupe de bâtiments avec des toits rouges, des murs jaunes et un tas de fenêtres qui, tels des yeux, semblaient surveiller, attentives, le décor et les pauvres créatures qui évoluaient dedans. Une porte-fenêtre s'ouvrit au centre d'une bâtisse plus grande que les autres et la silhouette d'une petite femme qui se tenait très droite avança sur le perron, les mains posées sur la balustrade. Il s'agissait bien sûr de l'amirale, sortie s'assurer que son vaisseau rentrait bien au port. Ou plutôt de la reine de Sprogø qui veillait à ce que tout se passe bien dans son royaume. La directrice, celle qui contrôlait tout sur l'île.

« Vous avez des cigarettes ? » fut la première chose qu'on leur cria. L'une des femmes s'avança même jusqu'au bout du ponton et se jucha sur un pilier, le bras tendu. S'il y en avait, elle serait la première servie.

Comme un chœur d'oies cacardantes, les filles entourèrent les nouvelles venues, des noms furent lancés, des mains cherchèrent à les toucher.

Nete jeta un regard affolé vers Rita qui, contrairement à elle, avait l'air de se sentir comme un poisson dans l'eau. Bien sûr, Rita avait des cigarettes et cela suffit à la hisser d'emblée au sommet de la hiérarchie locale. Elle leva les paquets au-dessus de sa tête pour bien les faire voir puis les reglissa prestement dans ses poches. Rien d'étonnant à ce qu'elle reçût ce jour-là une attention sans partage.

On attribua à Nete une chambre sous les combles. Une trappe à foin vitrée, percée dans le plafond, constituait son seul lien avec le monde extérieur et l'air libre. Il faisait un froid de gueux et le vent s'insinuait partout. Il y avait deux lits dans la pièce et devant l'un des deux était posée la valise de sa compagne de chambre. Sans le crucifix et deux petits portraits de vedettes de cinéma qu'elle ne connaissait pas, on aurait pu se croire dans une cellule de prison.

De part et d'autre du gourbi de Nete se trouvaient de nombreuses autres chambres et sur le mur d'en face, le long d'un étroit couloir, s'alignaient les lavabos où les filles faisaient leur toilette.

Nete avait passé sa vie à curer des étables mais personne n'aurait pu l'accuser de ne pas être propre. Elle s'était toute sa vie frotté les bras et les mains à la brosse et lavé le reste du corps à l'éponge.

« Je crois que tu es la fille la plus propre de la terre », lui disait parfois Tage.

Mais ici, la toilette se déroulait dans une telle confusion qu'il était difficile de la faire correctement. Plusieurs filles, torse nu, se récuraient en même temps, et en cinq minutes il fallait que tout soit terminé. On se servait des mêmes copeaux de savon qu'à Brejning, qui rendaient les cheveux aussi rêches que des casques de soldat et à peu près aussi jolis à regarder, et ils sentaient plus mauvais après qu'avant le lavage.

Le reste de la journée était rythmé par la cloche et les horaires fixes et il y avait intérêt à filer droit. Nete détestait cet endroit et elle se tenait dans la mesure du possible à l'écart des autres. C'était déjà comme ça dans sa famille d'accueil, alors elle avait l'habitude. Sa solitude avait cela de bon qu'elle pouvait pleurer sur son sort sans qu'on la dérange. Une ombre dévorante planait en permanence au-dessus de sa tête, la certitude qu'elle ne sortirait pas d'ici. Une bonne âme parmi les membres du personnel ou une amie parmi les filles aurait peut-être rendu son séjour plus supportable, mais les surveillantes étaient grossières et autoritaires et Rita avait assez à faire avec sa propre vie. Elle s'occupait de son petit commerce, escroquait et engrangeait et, petit à petit, elle se hissait sur l'échelle sociale de ce microcosme pour espérer se retrouver bientôt assise comme une impératrice sur un trône au milieu de ses minables sujets.

Dans le lit en face de celui de Nete couchait une idiote qui passait son temps à parler de petits enfants. Le Seigneur lui avait confié une poupée, et si elle y faisait bien attention, elle aurait son propre petit enfant un jour, ne cessait-elle de répéter. Il était impossible d'avoir une conversation sensée avec elle. Mais il y avait aussi des filles intelligentes à Sprogø. Il y en avait une qui voulait apprendre à lire. Le personnel s'était moqué d'elle. « Lire est un luxe inutile, ici », lui avait-on répondu en la renvoyant à ses corvées.

Nete travaillait, elle aussi. Elle avait demandé à être affectée à l'étable mais elle n'eut pas cette chance. Tandis que Rita passait la majeure partie de sa journée à la lingerie à faire bouillir le linge en chahutant avec les autres filles, Nete épluchait des légumes et lavait les marmites dans les cuisines. Quand elle se lassait de sa tâche, qu'elle se mettait à traîner et à regarder par la fenêtre, elle devenait une proie facile. Le personnel lui faisait des reproches, bien sûr, mais les autres filles s'en prenaient à elle aussi et quand l'une d'entre elles la menaça avec un couteau et la fit tomber, Nete réagit à la provocation en lui jetant un couvercle brûlant à la figure avant de démolir une casserole à coups de pied. Ce fut après cet épisode qu'elle eut son premier entretien avec la directrice.

Le bureau de la directrice était froid et parfaitement ordonné. Sur un mur, des étagères avec des classeurs pour le courrier et des piles de dossiers, sur l'autre des armoires de classement. Dans ces archives, les destins des pensionnaires étaient rangés par ordre alphabétique, prêts à être sortis, pesés, jugés et souillés de crachats.

« On m'a dit que tu semais la zizanie dans les cuisines ? lui dit la directrice en l'accueillant, l'index dressé.

— Vous n'avez qu'à m'envoyer à l'étable et je ne vous causerai plus de tracas », répliqua Nete en suivant des yeux les mouvements des doigts sur la table. Les doigts et les mains de la directrice étaient sa fenêtre sur le monde. D'après Rita, il suffisait de les observer pour lire ses pensées. Et elle était bien placée pour le savoir, vu le nombre de fois où elle était venue dans ce bureau.

Des yeux froids la jaugeaient. « Il faut que tu apprennes une chose, Nete. Vous n'êtes pas ici pour qu'on vous accorde des privilèges, ni qu'on vous rende la vie plus facile. Vous êtes ici pour apprendre que même lorsqu'on est mauvaises et stupides comme vous l'êtes, on peut tirer des satisfactions de l'existence en accomplissant les tâches qu'on aime le moins. Vous êtes ici pour apprendre à vous comporter comme des êtres humains et pas comme des animaux, ainsi que vous l'avez fait jusqu'à présent. Est-ce que c'est compris ? »

Nete secoua doucement la tête. Son geste était inconscient mais la directrice le vit et ses doigts s'immobilisèrent brusquement.

« Je pourrais choisir de voir dans cette dénégation une insolence de ta part, Nete Hermansen, mais pour l'instant je vais me contenter de croire que tu es stupide. » Elle se redressa dans son fauteuil. Elle avait le torse épais et trapu. Il ne devait pas y avoir eu beaucoup d'hommes pour se retourner sur elle.

« Je vais t'envoyer à l'atelier de travaux manuels. C'est un peu plus tôt qu'on a coutume de le faire, mais je n'ai pas d'autre solution puisqu'on ne veut plus de toi à la cuisine.

— Oui, madame », dit Nete les yeux baissés.

Elle ne pensait pas que cet atelier puisse être pire que la cuisine. Elle se trompait.

Le travail n'était pas désagréable en soi, même si elle n'était douée ni pour faire les ourlets des draps, ni pour broder. Ce qui était insupportable, c'était la promiscuité avec les autres filles. Devoir subir leur bêtise à longueur de journées. Du jour au lendemain, les meilleures amies du monde pouvaient devenir des ennemies mortelles.

Nete avait conscience qu'il y avait une infinité de choses dans l'existence dont elle ne savait rien. Des lieux et des faits historiques et toutes sortes de détails de la vie quotidienne. Quand on avait autant de difficultés qu'elle avec les chiffres et les lettres, il fallait se contenter de ce qu'on pouvait apprendre en tendant l'oreille et Nete n'avait pas rencontré beaucoup de gens dans sa vie qui lui aient apporté quoi que ce soit.

Jusque-là, elle avait toujours réussi à se couper des autres pour se protéger d'eux, mais à l'atelier de travaux manuels c'était impossible. Leur caquetage incessant et stérile, dix heures par jour, sept jours par semaine, faillit la rendre folle.

« Ma petite Grethe chérie, tu veux bien me faire passer la bobine de fil », disait l'une, et la Grethe en question répondait d'un ton furieux : « Tu me prends pour ta bonne, sale limace baveuse ? »

L'ambiance pouvait changer comme ça d'une minute à l'autre. Toutes les filles riaient, hormis Nete et celle qui s'était fait agresser, et les injures fusaient au-dessus de la table jusqu'à ce que tout le monde se réconcilie de nouveau et qu'elles se remettent à rabâcher les mêmes histoires encore et encore.

À part le manque de cigarettes, les beaux gars, là-bas sur les bateaux de pêche, et les horribles histoires à propos du médecin de Korsør avec son bistouri, elles n'avaient pas beaucoup de sujets de conversation.

« Je deviens cinglée sur cette île à la con », chuchota-t-elle à l'oreille de Rita en la croisant un jour dans la cour de la ferme un peu avant le déjeuner.

Rita la détailla comme si elle était une pièce de viande à l'étal du boucher et puis elle lui dit : « Je vais me débrouiller pour qu'on nous installe ensemble. Tu vas voir, je te remonterai le moral, moi. »

Le même soir, la compagne de chambre de Nete se blessa grièvement et dut être conduite à l'hôpital de Korsør. Apparemment, elle s'était approchée un peu trop près de la bassine d'eau bouillante à la blanchisserie, et c'était entièrement sa faute parce qu'elle était bête et maladroite et qu'elle passait son temps à s'occuper de son petit baigneur au lieu de faire attention.

Quand Rita emménagea dans la chambre de Nete, le rire revint dans sa vie pendant quelque temps. Les blagues étaient encore plus drôles racontées par Rita et elle était très forte pour en récolter de nouvelles ici et là. Mais la compagnie de Rita avait un prix et Nete le découvrit dès le premier soir.

Elle commença par refuser, mais Rita était forte, elle la força, et lorsqu'elle réussit à la faire gémir de plaisir, Nete s'accommoda de la situation.

« Tu vas la fermer, Nete. Si ce qui se passe entre nous sort d'ici, c'en est fini de toi, tu m'entends ? » lui murmura Rita à l'oreille. Et Nete comprit.

Rita n'était pas seulement forte physiquement, elle l'était aussi mentalement, beaucoup plus que Nete. Et même si Rita détestait être sur cette île, elle était convaincue qu'un bel avenir l'attendait. Rita était sûre qu'elle échapperait à cet endroit et pendant qu'elle s'y employait, elle savait mieux que quiconque comment se rendre la vie agréable.

Elle avait toujours les meilleurs boulots. Elle était servie la première à table, fumait des cigarettes derrière la blanchisserie, prenait Nete la nuit et, le reste du temps, régnait en souveraine incontestée sur toutes les autres pensionnaires.

« Comment fais-tu pour avoir des cigarettes, au fait ? » lui demandait Nete de temps en temps. Elle n'obtint de réponse à sa question que cette nuit de printemps où elle vit Rita se glisser hors du lit, s'habiller discrètement et ouvrir tout doucement la porte.

L'alarme va sonner dans toute la maison, se dit Nete, car elle savait que dans chacune des portes se trouvait un dispositif qui se déclenchait quand on essayait de sortir, si bien que le personnel rappliquait aussitôt en hurlant et on se retrouvait enfermée dans la « salle d'isolement », un cachot en réalité. Mais l'alarme ne se déclencha pas car Rita l'avait désactivée avec un petit bout de ferraille.

Quand Rita se fut un peu éloignée dans le corridor, Nete se leva et regarda comment elle avait fait. Elle avait simplement utilisé une tige de fer recourbée qu'on pouvait faire tourner dans le dispositif tout en ouvrant la porte. Ce n'était pas plus compliqué que cela.

Nete mit moins de dix secondes à enfiler une robe et à emboîter le pas à Rita, le cœur battant. Une latte qui craquait ou un gond qui grinçait, et c'était la catastrophe. Mais Rita avait ouvert la voie.

Lorsque Nete fut parvenue à la porte d'entrée, elle constata qu'elle n'était pas verrouillée. Rita avait trouvé un moyen de la crocheter.

Au loin, elle vit la silhouette de Rita se faufiler le long du poulailler et continuer à courir à travers champs. On aurait dit qu'elle distinguait chaque pierre et chaque ornière malgré l'obscurité.

Rita était en route pour la maison isolée au bout de la pointe, à l'ouest, que les filles appelaient La Liberté. C'était là que les filles les plus sages avaient le droit de passer les heures de la journée pendant leur semaine dite de « vacances ». Jadis on l'appelait « la maison des pestiférés » parce que c'était là qu'on mettait en quarantaine les marins malades. Cette nuit-là, Nete put se rendre compte que le lieu était toujours maudit.

Plusieurs barques de pêche avec leurs filets et leurs paniers avaient été tirées sur la plage devant la maison et à l'intérieur brillaient une ou deux lampes à pétrole.

Le plus silencieusement possible, Nete se faufila jusqu'à la maison et regarda par la fenêtre. Elle fut affreusement choquée par ce qu'elle vit. Plusieurs cartouches de cigarettes étaient posées à une extrémité de la petite table de ferme et, à l'autre bout, Rita se tenait penchée, les mains sur la table, la jupe retroussée et les reins bien cambrés pour que le type debout derrière elle puisse enfoncer facilement son sexe dans sa vulve offerte.

Derrière lui, deux autres hommes attendaient leur tour. Ils avaient des visages rougeauds et ils ne quittaient pas le spectacle des yeux. Il s'agissait de trois pêcheurs et Nete ne connaissait que trop bien celui de droite. C'était Viggo.

Elle reconnut tout de suite la voix de Viggo dans l'interphone. Cette fois, elle attendit son invité le cœur battant et l'oreille tendue vers le pas qui montait l'escalier jusqu'à son palier. Dès qu'elle ouvrit la porte, elle sut que celui-là lui causerait plus de problèmes que les deux précédents.

Il lui dit bonjour de sa voix grave, et se glissa dans l'appartement avec autant d'aisance que s'il était déjà venu. C'était encore un bel homme qui aurait facilement pu éveiller des sentiments en elle comme il l'avait fait à cette fête foraine il y avait bien longtemps. Sa peau, autrefois burinée par le grand air, était devenue plus fine et ses cheveux avaient viré au gris et semblaient doux au toucher.

Si doux qu'elle se promit de passer la main dedans, une fois qu'elle l'aurait tué.

30

Novembre 2010

Carl se réveilla désorienté. Il ne savait pas quel jour on était et pourquoi sa chambre lui rappelait le bazar de la cité HLM de Gellerupparken. Peut-être cela tenait-il à l'odeur, un mélange de la mélasse sirupeuse d'Assad, de vieux restes de kebab et d'une puanteur de cabinet médical.

Il attrapa sa montre sur la table de nuit. Il était neuf heures vingt-cinq.

« Merde ! s'exclama-t-il en bondissant de son lit. Pourquoi est-ce que personne ne m'a réveillé, putain ! » Maintenant, Jesper allait arriver en retard, et lui aussi d'ailleurs.

Il ne lui fallut pas plus de cinq minutes pour faire disparaître la transpiration de la veille et enfiler des vêtements à peu près décents. « Jesper, lève-toi ! hurla-t-il en tapant du poing sur la porte de son beau-fils. Tu vas être en retard et ce sera entièrement ta faute. »

Il glissa les pieds dans ses chaussures et tapa une deuxième fois sur la porte avant de dévaler l'escalier presque sans toucher les marches.

« Qu'est-ce que tu fabriques, Carl, tu vas à la messe ? Tu sais que ce n'est qu'à dix heures », dit prudemment Morten appuyé à la cuisinière, affublé d'un pyjama et de son tablier favori, telle une caricature de lui-même.

« Bonjour Carl, s'exclama une voix qui venait du salon. Sacré roupillon, dis donc ! »

Un Mika lavé et repassé, vêtu de blanc de pied en cap, l'accueillit, tout sourire. Hardy était couché tout nu sur son lit de malade et sur la table roulante à côté de lui étaient posés deux plats fumants remplis d'une substance que Mika étalait sur son corps inerte à l'aide de serviettes humides.

« On le rafraîchit un peu. Il avait l'impression de sentir le rance. Je lui donne un bain à base de camphre et de menthol, ça va chasser les mauvaises odeurs. Qu'est-ce que tu en dis, Hardy ?

— Je dis bonjour pour commencer », répliqua la tête au bout du long corps maigre et pâle.

Carl fronça les sourcils, et à l'instant même où Jesper se mettait à brailler depuis le premier étage que Carl était le plus grand crétin de la terre il réalisa quel jour on était.

Nom de Dieu, quel con ! se dit-il en se tapant sur le front. On est dimanche !

« Au fait, qu'est-ce qui se passe ici ? demanda-t-il. C'est quoi cette odeur. Tu es en train d'ouvrir un routier, Morten ? »

Il ferma les yeux et tâcha de se remémorer sa conversation ratée de la veille avec Mona.

Elle était désolée mais il ne pouvait pas venir la voir parce qu'elle devait se rendre chez Mathilde, avait-elle dit.

« Mathilde ? avait-il demandé ? C'est qui Mathilde ? »

Moins d'une seconde plus tard, il se serait giflé pour avoir posé une question aussi stupide.

« Mathilde est seulement ma fille aînée, Carl », avait répondu Mona avec une telle froideur dans la voix qu'il avait passé la nuit à se retourner dans son lit. Merde. Il ne se souvenait même pas avoir été informé que son autre fille s'appelait Mathilde. Il est vrai qu'il n'avait jamais posé la question. Et maintenant, le mal était fait.

Perdu dans ses pensées, Carl n'avait pas entendu ce que Morten venait de dire.

« Tu peux répéter ?

— Le petit déjeuner est prêt, Carl, répéta donc Morten. De la bonne cuisine bourgeoise pour les chrétiens affamés, dont deux hommes très *amoureux* », ajouta-t-il, les cils pris de frénésie en prononçant le mot *amoureux*.

Morten avait finalement fait son coming out. Il était temps, songea Carl.

Son locataire disposa sa dernière œuvre culinaire sur la table de la cuisine. « Bon appétit, roucoula-t-il. Copeaux d'ail sur tranches de saucisse d'agneau et de fromage de brebis. Jus de légumes variés et thé à la rose musquée sucré au miel. »

Dieu tout-puissant ! se dit Carl. Après, il n'aurait plus qu'à aller se recoucher.

« On va commencer la rééducation de Hardy aujourd'hui », annonça Mika, qui tartinait toujours l'infortuné tétraplégique. « Et on prévoit d'avoir mal, n'est-ce pas, Hardy ?

— Ce serait génial ! répondit l'intéressé.

— Et on ne s'attend pas non plus à des miracles, n'est-ce pas, Hardy ?

428

« — On ne s'attend à rien du tout, répliqua ce dernier. On se contente d'espérer. »

Carl se tourna vers lui, un pouce en l'air. Il avait honte tout à coup de s'apitoyer sur son sort alors que Hardy était capable de faire face à tout ce qui lui arrivait avec courage et dignité.

« Tu dois rappeler Vigga », dit Morten.

Et voilà. Il recommençait à s'apitoyer sur lui-même.

Carl gambergeait, les yeux sur sa saucisse d'agneau, complètement indifférent à l'air grognon de Jesper. C'était vraiment emmerdant cette histoire avec Vigga. Il avait presque renoncé à réfléchir au problème quand soudain la solution s'imposa à lui, tellement simple, évidente et réjouissante qu'il remercia Morten pour le repas alors qu'il n'avait jamais goûté une combinaison d'ingrédients aussi écœurante.

« Merci de me rappeler », dit Vigga. Pour une fois, elle qui d'habitude était convaincue que le monde gravitait autour de sa petite personne sembla à Carl légèrement inquiète. Ce n'était tout de même pas sa faute si elle avait décidé d'organiser son mariage avec un homme avant d'avoir divorcé du précédent.

« Alors, Carl ? Tu as pu passer à la banque ?

— Bonjour à toi aussi, Vigga. Non, je ne suis pas passé à la banque. Je n'avais pas de raison d'y passer.

— Ah bon. Parce que tu vas me faire croire que tu peux trouver six cent cinquante mille couronnes sans avoir recours à un prêt ? Hardy va te prêter de l'argent, ou quoi ? »

Carl sourit. Elle n'allait pas tarder à renoncer à ce ton sarcastique.

« J'accepte ta proposition en ce qui concerne les six cent cinquante mille que tu me demandes, Vigga. C'est d'accord. La moitié de la valeur de la maison est à toi.

— Oh ! mon Dieu, Carl ! » Elle était sur le cul.

Carl ricana intérieurement. Elle le serait encore plus dans un instant.

« Après déduction de mes frais, bien entendu. J'ai fait les comptes à la date d'aujourd'hui si cela te convient.

— De quoi tu parles ?

— Enfin, Vigga. Je sais bien que dans ta jolie tête tu te crois encore au temps des hippies, mais dans ce pays on ne vit plus d'amour et d'eau fraîche, figure-toi. Nous sommes entrés dans l'ère du chacun pour soi, comme tu sais. »

Carl se délecta du silence à l'autre bout de la ligne. Il ne l'aurait jamais crue capable de se taire aussi longtemps. C'était comme fêter Noël deux jours de suite.

« Alors écoute. Pour commencer, il y a les six années que Jesper a passées seul avec moi. Ses trois années de lycée m'ont coûté une fortune, même s'il n'y a pas eu de baccalauréat au bout. Les cours qu'il suit actuellement ne sont pas bon marché non plus. Mais bon. Disons qu'on partage quatre-vingt mille par an en frais de scolarité. Aucun tribunal ne contestera ce chiffre, je pense.

— Attends une seconde », s'exclama-t-elle, réagissant au quart de tour. « J'ai payé une pension pour Jesper. Je t'ai versé deux mille couronnes par mois. »

C'était au tour de Carl d'être sur le cul.

« Pardon ? J'espère que tu as des reçus, parce que je n'en ai jamais vu la couleur. »

Balle au centre. Vigga resta muette.

« Je crois, Vigga, que nous venons d'avoir la même idée. dit Carl. Ton charmant rejeton a tout empoché.

— Sale gosse », dit-elle simplement.

« Bon, écoute. Ce qui est fait est fait. Il faut continuer à avancer. N'oublie pas que tu dois te marier bientôt avec Gurmakal de Curryland. Alors je vais te payer les six cent cinquante mille couronnes et toi tu vas me verser six fois quarante mille pour les dernières années de Jesper à l'école communale, ses trois années de lycée et les deux années à venir dans sa nouvelle école. Si tu ne veux pas me faire l'avance sur cette dernière somme, on peut aussi dire que tu me verses juste cent cinquante mille, et il retourne chez toi pour ses deux prochaines années de cours, à toi de voir. »

Son silence en disait plus qu'un long discours. Gurkamal et Jesper n'étaient donc pas les meilleurs amis du monde.

« Ensuite il y a ton patrimoine à toi. J'ai vu sur Internet qu'une maison comme la tienne vaut cinq cent mille couronnes, dont la moitié, deux cent cinquante mille, est à moi. Donc, si je fais le calcul, je te dois six cent cinquante mille moins deux cent quarante mille, moins deux cent cinquante mille soit cent soixante mille couronnes, plus, bien sûr, la moitié du mobilier. Tu n'as qu'à venir prendre ce qui te plaît. »

Il jeta un coup d'œil aux meubles qui l'entouraient et faillit éclater de rire.

« Tu ne parles pas sérieusement ? demanda-t-elle.

— Je peux vous envoyer une calculatrice à Islev si ton épicier ne sait pas compter avec des chiffres aussi gros. dit-il. Si tu veux, tu peux arrêter de verser à

Jesper ses deux mille couronnes tous les mois, je crois qu'il en a eu assez comme ça. Je me charge de l'amener jusqu'à son diplôme. »

Le silence suivant dura si longtemps que la compagnie du téléphone devait se frotter les mains.

« Je refuse », dit-elle.

Carl hocha la tête. Bien sûr qu'elle refusait. Il reprit :

« Tu te souviens de cette avocate charmante qui avait son cabinet dans la rue principale à Lyngby. Celle qui s'est occupée de notre acquisition immobilière ? »

Vigga émit un grognement.

« Maintenant elle plaide au tribunal de grande instance. Je trouve que tu devrais prendre conseil auprès d'elle, Vigga. Surtout, n'oublie pas de lui préciser que Jesper n'est pas la chair de ma chair. Je pense que sa réaction va être intéressante. Non seulement le calcul restera le même, mais tu risques de récupérer ton fils illico. »

De nouveau la compagnie du téléphone engrangea une petite fortune. Elle devait avoir posé la main sur le haut-parleur. En tout cas les voix que Carl entendait à l'autre bout de la ligne étaient assourdies.

« Tu as gagné, Carl. Gurkamal est d'accord, alors je suis d'accord. »

Dieu bénisse ce Sikh. Que sa barbe pousse comme si elle avait été arrosée à l'engrais de jardin.

« Mais il y a un point sur lequel je ne transigerai pas, dit-elle d'un ton tranchant. C'est notre arrangement concernant ma mère. On avait dit que tu irais la voir chaque semaine, et tu ne l'as pas fait. Aujourd'hui, je veux un engagement écrit de ta part. Si tu ne lui rends pas visite cinquante-deux fois par an, ça te coûtera un billet de mille couronnes par semaine que tu laisseras passer sans te rendre à la maison de retraite, tu m'as bien entendue ? »

Carl pensa à sa belle-mère. Dans l'asile de vieillards où elle résidait, l'espérance de vie des pensionnaires était assez limitée, mais avec Karla Alsing, on ne pouvait pas savoir. La condition que Vigga avait posée risquait fort de l'emmener plus loin que prévu.

« OK, mais je veux douze semaines de vacances, dit-il.

— Douze semaines ! Tu as la folie des grandeurs ! Tu te prends pour un élu parlementaire ou quoi, Carl ? Aucun citoyen normal ne se la coule douce pendant douze semaines. Je t'en accorde cinq.

— Dix ! rétorqua-t-il.

— C'est trop ! Disons sept.

— Huit, ou ce sera l'avocate de Lyngby. »

Elle fit encore une pause pour réfléchir.

« Bon, ça marche. Mais tu resteras au moins une heure à chaque fois, et tu commences aujourd'hui. Et je me fiche pas mal de récupérer la moitié de ton mobilier pourri. Qu'est-ce que tu veux que je fasse de ta vieille Bang & Olufsen de 1982 alors que Gurkamal a une chaîne Samsung *surround* avec six enceintes ? Ton antiquité, tu peux te la garder. »

C'était fantastique. Incroyable même. Il avait tellement bien négocié qu'il allait pouvoir divorcer de Vigga pour cent soixante mille couronnes. Somme qu'il n'aurait même pas besoin d'emprunter.

Il regarda l'heure et se dit qu'il pouvait se permettre d'appeler Mona maintenant, même si sa soirée chez Mathilde avait été arrosée.

Malgré tout il eut l'impression de la déranger quand elle décrocha le téléphone au bout de plusieurs sonneries.

« Je te réveille ? lui demanda-t-il.

— Moi non, mais Rolf, oui. »

C'était qui ce Rolf ? Toutes ses dépressions dominicales de l'année semblèrent s'abattre sur lui en même temps. Une descente vertigineuse et complètement incontrôlable.

« Rolf ? lui demanda-t-il prudemment et avec un très mauvais pressentiment. Qui est-ce ?

— Laisse tomber, Carl. On en parlera à un autre moment, d'accord ? »

Non, pas d'accord du tout, songea Carl.

« Pourquoi m'appelles-tu ? Pour t'excuser de ne pas connaître le prénom de ma fille ? »

Elle ne manquait pas d'air. Elle lui avait certes donné sa clé *amant,* mais cela ne signifiait manifestement pas qu'elle n'ouvrait pas sa porte à un autre type. Un type qui s'appelait Rolf, par exemple. Elle venait de lui enlever toute envie de lui annoncer la bonne nouvelle.

Merde alors, se dit-il en essayant de refouler la vision d'un garçon au torse en tablette de chocolat en train de rouler les mécaniques sur son territoire.

« Non. Je ne t'appelais pas pour ça. Je voulais te raconter que Vigga et moi sommes arrivés à un accord aujourd'hui pour le divorce. Je voulais que tu saches que je serai bientôt un homme libre.

— Félicitations, répondit-elle sans grand enthousiasme. Je suis contente pour toi, Carl. »

Ce fut lui qui coupa la communication et lui aussi qui se retrouva assis au bord de son lit, le portable au bout de son bras ballant.

Il tombait de haut.

« Qu'est-ce que tu fabriques là tout seul ? Tu boudes ? » dit Jesper en passant la tête dans sa chambre.

C'était la chose la plus stupide que ce petit con pouvait trouver à dire à cet instant.

« Ta mère et moi allons divorcer, répondit-il.

— Oui, et alors ?

— Et alors ! C'est tout l'effet que ça te fait, Jesper ?

— Ben oui ! En quoi ça me concerne ?

— Eh bien, je vais te le dire. Figure-toi qu'à partir d'aujourd'hui, les deux mille couronnes que tu te mets dans la poche tous les mois depuis deux ans, c'est terminé. Voilà en quoi ça te concerne, mon petit bonhomme ! » Et Carl claqua ses mains l'une contre l'autre pour illustrer le bruit d'une cassette qui se referme.

Bizarrement, le jeune rebelle habituellement si inventif n'opposa pas la moindre riposte grossière à la nouvelle qu'il venait de recevoir. En revanche, il claqua violemment tout ce qu'il pouvait claquer sur son passage en traversant la maison.

Vu l'état de contrariété dans lequel il se trouvait déjà, Carl se dit qu'il ferait aussi bien de se débarrasser de sa visite à sa future ex-belle-mère.

Il avait bien remarqué l'homme en costume gris-bleu appuyé à une portière de voiture sur le parking mais hormis le fait que le type détourna la tête au moment où Carl passait à sa hauteur, il aurait pu s'agir de n'importe quel jeune homme en train d'attendre que les tours de béton crachent leurs jeunes filles à marier en route pour leur promenade dominicale. De toute façon, Carl se fichait de tout et de tout le monde ce jour-là, puisqu'il avait réveillé Rolf et qu'en plus Mona avait eu le culot de s'en offusquer.

Il parcourut en voiture les quinze kilomètres qui le séparaient de la maison de retraite de Bakkegaarden à Bagsværd sans se soucier ni de la circulation, ni de la route glissante. Il daigna à peine accorder un regard à l'auxiliaire de santé qui le fit entrer.

« Je viens voir Karla Alsing, annonça-t-il à une autre employée au service des malades atteints de sénilité.

— Je suis désolée, je crois qu'elle dort », lui répondit-on, ce qui lui convenait à merveille.

« Elle est insupportable en ce moment, se plaignit l'infirmière revêche. Elle fume dans sa chambre alors qu'elle sait que c'est formellement interdit. D'ailleurs cela concerne la totalité de cet établissement. Nous ne savons pas comment elle se procure ses cigarillos mais peut-être avez-vous une petite idée sur la question ? »

Carl jura qu'il n'y était pour rien. Il n'était pas venu depuis plusieurs mois.

« Quoi qu'il en soit, nous venons de lui confisquer une boîte de cigarillos. C'est vraiment un problème. Pourriez-vous lui expliquer qu'elle doit prendre ses comprimés à la nicotine quand elle est en manque ? Ceux-là au moins ne feront du mal qu'à son porte-feuille.

— Je vous promets de lui en toucher un mot », répondit Carl, alors qu'il avait à peine écouté.

« Bonjour, Karla », dit-il à sa belle-mère sans s'attendre à ce qu'elle lui réponde. L'ancienne serveuse de boîte de nuit, qui avait connu la vie nocturne de Copenhague sur une durée au moins deux fois égale à celle d'une vie humaine, gisait maintenant sur un lit, les yeux mi-clos, les cuisses à l'air, dans un kimono que Carl avait déjà eu l'occasion de voir, mais jamais aussi ouvert.

« Ooh ! c'est toi, mon cœur, s'exclama-t-elle à sa grande surprise en ouvrant les yeux avec un papillotement de paupières digne de Bambi.

— Euh, c'est moi, Carl, ton gendre.

— Mon grand costaud de policier, toujours aussi beau. Tu viens rendre une petite visite à l'insignifiante vieille dame que je suis. Comme c'est mignon de ta part ! » Il aurait voulu lui dire que désormais il viendrait la voir régulièrement mais, comme d'habitude, il était presque impossible de placer un mot avec cette femme qui avait transmis à sa fille l'art de faire des phrases si longues qu'on se demandait toujours à quel moment elle trouvait le temps de respirer.

« Tu veux un cigarillo, Carl ? » lui demanda-t-elle en sortant une boîte d'Advokat et un briquet de l'intérieur du coussin qu'elle avait derrière la tête.

Elle ouvrit le paquet avec une dextérité remarquable et lui en offrit un.

« Tu n'as pas le droit de fumer ici, Karla. Comment as-tu fait pour te les procurer ? »

Elle se pencha vers lui, et le kimono dévoila la partie balcon de ses splendeurs passées. C'était presque trop pour un seul homme.

« Je rends quelques petits services au jardinier, avoua-t-elle en donnant à Carl un coup de coude complice. Des services très personnels, si tu vois ce que je veux dire », et Carl eut droit à un nouveau coup de coude.

Il ne savait pas trop s'il était scandalisé ou admiratif devant cette joyeuse libido du troisième âge.

« Je sais, je sais. Il faut que je pense à prendre mes comprimés de nicotine, ils n'arrêtent pas de me le répéter. »

Elle sortit un paquet de sa poche et avala une pastille.

« Au début, ils me donnaient des chewing-gums à la nicotine mais ce n'était pas génial. Ça se collait à mon dentier et je n'arrêtais pas de le perdre, alors ils m'ont donné des pastilles. »

Elle sortit un cigarillo de la boîte et l'alluma. « Et tu sais quoi, Carl. On peut parfaitement sucer les pastilles et fumer en même temps. »

31

« Non merci, je n'aime pas le thé », dit Viggo quand il vit que Nete, debout devant le buffet, s'apprêtait à lui en verser une tasse.

Elle se tourna vers lui, affolée. Que faire ?

« Mais un café me ferait du bien. Passer deux heures dans les transports, c'est crevant, et je suis un peu en manque, là. »

Nete jeta un coup d'œil à l'horloge. Zut alors, c'était la deuxième fois de la journée qu'on lui demandait du café. Pourquoi diable n'y avait-elle pas pensé avant ? Elle croyait que tout le monde buvait du thé maintenant. C'était un véritable phénomène de mode. Thé à la rose, thé aux herbes, thé à la menthe, les gens ingurgitaient toutes sortes d'infusions. Et cela arrangeait bien ses affaires parce que le goût du thé masquait parfaitement celui de la jusquiame noire. Mais le café aussi, sans doute. Pourquoi n'avait-elle pas pensé à acheter une boîte de Nescafé pendant qu'elle était au supermarché ?

Elle posa les mains sur son visage et dissimula sa bouche pour que Viggo ne réalise pas à quel point sa respiration s'était accélérée. Comment faire ? Elle n'avait plus le temps de descendre dans Nørrebrogade acheter du café, faire bouillir l'eau, préparer le café et verser la jusquiame dedans.

« Avec un peu de lait, s'il te plaît. Mon estomac n'est plus ce qu'il a été, cria-t-il du fond de son fauteuil avec ce rire qui avait jadis poussé Nete dans ses bras.

— Je reviens tout de suite », dit-elle en se précipitant dans la cuisine où elle mit de l'eau à bouillir.

Puis elle ouvrit son placard pour constater ce qu'elle savait déjà : elle n'avait pas de café. Elle baissa les yeux vers la caisse à outil, l'ouvrit et regarda le marteau.

Si elle devait s'en servir, il faudrait qu'elle frappe fort et il y aurait du sang, beaucoup de sang peut-être, et ça, ce n'était pas envisageable.

Alors elle s'empara de son porte-monnaie sur la table de la cuisine, sortit de l'appartement, traversa le palier et alla sonner chez sa voisine.

Elle pressa la sonnette avec fébrilité et compta les secondes en écoutant les grognements du petit chien tibétain derrière la porte. Elle pouvait aussi enrouler un torchon autour de la tête du marteau et le frapper à la nuque. Il serait assommé et elle pourrait ensuite verser tranquillement le concentré de jusquiame directement dans sa bouche.

Pourquoi pas ? Elle n'aimait pas beaucoup l'idée mais c'était la meilleure solution. Alors qu'elle s'apprêtait à retourner chez elle pour en finir, la porte s'ouvrit.

Nete n'avait jamais prêté attention à sa voisine de palier mais à présent qu'elle se trouvait face à elle, elle se souvint avoir déjà vu ces lèvres à l'expression amère et ces yeux inquisiteurs derrière des verres à double foyer.

Elle mit quelques secondes à réaliser que la propriétaire du petit chien ignorait qui elle était. Cela n'avait rien d'étonnant étant donné qu'elles ne s'étaient croisées qu'à une ou deux reprises dans l'escalier et que la femme était particulièrement myope.

« Excusez-moi de vous déranger, je suis votre voisine, Mme Hermansen », dit Nete sans quitter des yeux le cabot qui grognait, les babines retroussées, aux pieds de sa maîtresse. « Je n'ai plus de café et mon invité doit repartir très vite, alors je me demandais si...

— Ma voisine s'appelle Nete Rosen. C'est ce qui est inscrit sur la porte », dit la femme d'un air soupçonneux.

Nete garda son calme. « Oui, vous avez raison. Hermansen est mon nom de jeune fille et j'ai décidé de le porter de nouveau. C'est le nom qui est écrit sur la porte d'entrée maintenant. »

Pendant que la voisine, toujours sceptique, vérifiait ses dires en se penchant vers la porte de Nete, celle-ci leva les sourcils et prit l'air innocent. Intérieurement, elle hurlait d'impatience.

« Je vous le paierai, bien sûr, dit-elle en contrôlant sa respiration et en ouvrant son porte-monnaie pour en extraire un billet de vingt couronnes.

— Je regrette. Je n'ai pas de café », déclara la voisine.

Nete lui adressa un sourire forcé, la remercia et rentra chez elle. Tant pis, elle utiliserait le marteau.

« Mais j'ai un peu de Nescafé », dit la voisine dans son dos.

« J'arrive dans une minute, cria Nete depuis la cuisine en versant le lait dans un petit pichet.

— C'est joli chez toi, Nete », dit soudain Viggo, sur le pas de la porte.

Elle faillit faire tomber la tasse quand il voulut la lui prendre des mains. Il ne fallait surtout pas qu'il la boive tout de suite. Elle n'avait pas encore eu le temps d'y verser la jusquiame.

Elle tint fermement la tasse et le contourna.

« Non, laisse, je m'en occupe. Allons nous installer à côté, nous avons des tas de choses à nous dire avant l'arrivée de l'avocat. »

Elle l'entendit la suivre de son pas lourd puis s'arrêter sur le pas de la porte du salon.

Elle se retourna et eut une montée d'adrénaline en le voyant se baisser et arracher un morceau de tissu du gond inférieur. Un morceau de tissu lustré, d'un bleu sombre. C'était donc là que s'était accrochée la veste de Tage.

« Qu'est-ce que c'est que ça ? Tu as une idée ? » lui demanda-t-il en lui tendant sa découverte avec un sourire.

Nete secoua imperceptiblement la tête et posa le pichet de lait sur le buffet à côté du flacon de jusquiame. Dans deux secondes, elle aurait versé le poison dans le café, elle ajouterait le lait ensuite.

« Tu prends du sucre, aussi ? » dit-elle, se tournant vers lui la tasse à la main.

Il se tenait à un pas. « C'est toi qui as perdu ça ? »

Elle s'approcha de lui, prenant l'air de quelqu'un qui fouille dans sa mémoire.

Puis elle éclata d'un petit rire. « Grands dieux non ! Je me demande bien qui pourrait se promener avec des vêtements dans une matière pareille ? »

Il fronça les sourcils et elle n'aima pas ça du tout.

Viggo s'approcha de la fenêtre pour avoir plus de lumière et examina longuement le tissu. Un peu trop longtemps et un peu trop attentivement à son goût.

La tasse se mit à cliqueter dans la soucoupe.

Il se tourna vers elle, pour voir d'où provenait le bruit.

« Tu m'as l'air bien nerveuse, Nete, dit-il en regardant sa main. Qu'est-ce qui ne va pas ?

— Tout va très bien. Pourquoi est-ce que cela n'irait pas ? »

Elle posa la tasse de café sur la table basse à côté du fauteuil. « Allez, viens t'asseoir, Viggo. Nous devons parler affaires et malheureusement nous n'avons pas beaucoup de temps. Bois ton café pendant que je t'explique comment les choses vont se passer. »

Quand allait-il cesser de se poser des questions sur ce bout d'étoffe ?

Il l'observait. « Je trouve que tu n'as pas l'air bien, Nete. Tu es sûre que ça va ? » s'inquiéta-t-il, la tête penchée sur le côté, tandis qu'elle l'invitait d'un geste à prendre place dans le fauteuil.

Cela se voyait donc tant que ça ? Elle allait devoir apprendre à surveiller ses réactions.

« Pardonne-moi, répondit-elle. J'ai des problèmes de santé, comme tu sais.

— Je suis désolé pour toi », dit-il sans conviction. Il lui tendit l'étoffe. « On dirait la poche de poitrine d'une veste, tu ne trouves pas ? Comment une poche de poitrine peut-elle se retrouver accrochée au gond inférieur d'une porte ? »

Elle lui prit le bout de tissu des mains comme pour le voir de plus près. Qu'allait-elle pouvoir inventer ?

« J'ai une petite idée de ce que c'est, et ça m'étonne un peu, je t'avoue. »

Elle leva la tête vers lui un peu trop brusquement. Que sait-il au juste ? se demandait-elle.

Viggo fronça les sourcils. « Je t'ai fait peur, Nete ? J'ai l'impression que je t'ai fait peur. »

Il caressa le morceau d'étoffe qu'elle avait dans la main en gardant les yeux fixés sur elle, tandis que les rides sur son front se creusaient de plus en plus. « Je suis arrivé une demi-heure trop tôt, Nete, alors j'ai attendu en bas sous les châtaigniers en fumant quelques clopes. Et tu sais ce que j'ai vu ? »

Elle secoua lentement la tête, retenant son souffle.

« J'ai vu un type très gros arriver en courant dans un horrible costume. Un costume dans une étoffe qui ressemblait à celle-ci. Une matière assez caractéristique, qu'en penses-tu ? Et cet homme est venu sonner à l'interphone de ton immeuble. » Il désigna le bout de tissu dans la main de Nete. « Tu ne trouves pas la coïncidence extraordinaire, Nete ? »

Il hocha lui-même la tête, répondant à sa propre question. Et tout à coup, son visage changea radicalement d'expression. Et elle sut que la question suivante risquait d'être fatale.

« Tu m'as demandé d'être ponctuel aujourd'hui, et tu m'as écrit dans ta lettre que c'était parce que tu avais d'autres rendez-vous. J'en ai déduit que tu attendais la visite de plusieurs personnes. Alors maintenant, j'aimerais que tu me répondes : l'homme qui portait

444

cet affreux costume était-il l'une de ces personnes ? Et si oui, comment se fait-il que je ne l'aie pas vu ressortir de l'immeuble ? Serait-il encore ici ? »

Le moindre tremblement, la moindre crispation lui fournirait la réponse à sa question, alors Nete se contenta de sourire. Elle se leva d'un mouvement étudié, se rendit dans la cuisine, ouvrit le placard, se baissa et prit le marteau dans la caisse à outils. Elle n'eut pas le temps d'enrouler le torchon autour que déjà il l'avait rejointe et réitérait sa question.

Elle se retourna et, en un large mouvement de rotation du bras, elle le frappa avec l'outil, qui l'atteignit à la tempe. Il y eut un craquement.

Il s'affaissa comme une poupée de chiffon, inerte. Il ne saigna même pas. Quand elle eut constaté qu'il respirait encore, elle alla chercher le café dans le séjour.

Il s'étrangla un peu quand elle versa le liquide chaud dans sa gorge. Mais la quinte ne dura pas longtemps.

Elle resta quelques minutes assise près de lui. Si Viggo n'avait pas existé, tout aurait été différent pour elle.

Et à présent, Viggo n'existait plus.

La honte et le dégoût qu'elle ressentit après avoir épié sa compagne de chambre à travers la fenêtre de La Liberté cette nuit-là l'affectèrent tant qu'elle fut incapable de s'en cacher.

Rita lui demanda plusieurs fois ce qu'elle avait, mais Nete éluda. Les seuls contacts entre elles désormais étaient ceux qu'elles avaient sous la couette, la nuit, alors que Nete était endormie. Rita continuait d'exiger d'elle cette faveur, en contrepartie de son amitié.

Comme si Nete avait encore besoin d'elle.

Il suffisait d'un seul regard à la tue-cochon pour qu'elle se trahisse.

Quelques-unes des filles qui, vêtues de leurs salopettes, travaillaient aux travaux de la ferme venaient de ramener un porc au commis boucher qui l'attendait dans la cour. Rita vint se poster devant la porte de la blanchisserie afin de ne rien manquer du spectacle. Nete était sortie de l'atelier de travaux manuels pour prendre un peu l'air. Rita sentit sa présence et tourna la tête vers elle. Leurs regards se croisèrent au-dessus de la bête qui hurlait.

L'atmosphère de l'atelier de couture affectait Nete plus que de coutume, ce jour-là. Les larmes lui nouaient la gorge et le désir d'une vie meilleure avait teinté son regard d'amertume. Pour une fois, elle ne contrôla pas l'expression de ses yeux posés sur Rita qui se fit inquisitrice et suspicieuse.

Le soir même elle lui criait au visage : « Maintenant tu vas me dire ce qu'il y a !

— Tu te fais sauter pour avoir des cigarettes, je t'ai vue. Et je sais à quoi te sert ce machin-là », dit-elle en sortant de sous son matelas le morceau de métal qu'utilisait Rita pour neutraliser le mouchard de la porte.

Dans la mesure où quelque chose pouvait encore déstabiliser Rita, elle accusa le coup cette nuit-là. « Si tu répètes ça à qui que ce soit, je te jure que tu me le payeras. » Elle pointa vers Nete un index menaçant. « Si tu oses me trahir ou me laisser tomber, je te le

446

ferai regretter jusqu'à la fin de tes jours, tu entends ? »
dit-elle, tandis que ses yeux lançaient des éclairs.

Et Rita tint sa promesse.

Les conséquences furent terribles pour l'une comme
pour l'autre. Il fallut plus d'un demi-siècle à Nete pour
obtenir sa vengeance et pour enfermer les corps sans
vie de Rita et de Viggo dans sa chambre étanche.

Chacun avait une cordelette autour de la taille et le
regard vitreux.

32

Novembre 2010

Depuis que ces deux flics avaient pris contact avec Herbert Sønderskov, Mie Nørvig et Louis Petterson, tout semblait aller de travers. Le filet de sécurité qu'ils avaient mis des années à tisser était en train de se défaire plus vite que Curt Wad ne l'aurait cru possible.

Il avait toujours su que ses activités demandaient du soin et de la discrétion et il partait du principe qu'à l'instant même où une menace se présenterait, lui et ses collaborateurs la tueraient dans l'œuf. Mais il ne pensait pas que son passé viendrait un jour lui souffler dans la nuque.

Qu'est-ce qu'ils cherchaient au juste ? Herbert Sønderskov avait parlé d'une histoire de disparition. Il aurait dû lui demander plus de renseignements. Était-il en train de devenir sénile ? Il espérait bien que non.

Et à présent Herbert et Mie s'étaient volatilisés. Herbert n'avait pas envoyé de photo de l'endroit où ils se trouvaient, ainsi que Curt le lui avait ordonné, ce qui ne pouvait signifier qu'une seule chose.

D'ailleurs, il aurait dû s'en douter. Il aurait dû deviner que ce petit rond-de-cuir de Herbert n'aurait pas le courage de faire le nécessaire, en fin de compte.

Il stoppa le cours de ses pensées et secoua la tête. Voilà qu'il recommençait à laisser ses idées partir dans tous les sens. Il n'était pas comme ça avant. Il fallait qu'il fasse attention. Qui sait si Herbert n'avait pas eu le courage de tuer Mie, après tout ? Il y avait d'autres moyens de régler le problème que celui qu'il lui avait indiqué. Peut-être retrouverait-on un jour les cadavres décomposés de Herbert et de Mie dans un fossé quelque part ! Car dans leur situation, le suicide était de loin la meilleure solution. En tout cas c'est ce qu'il ferait, lui, s'il se retrouvait dans l'œil du cyclone. Il connaissait des tas de méthodes tout à fait indolores pour en finir avec l'existence.

Quelle importance ? Il était vieux et Beate était malade. Ses fils étaient des hommes libres et établis. L'important c'était Rene Linier, n'est-ce pas ? Mettre fin à la débauche et au nivellement par le bas qui menaçaient la société danoise d'aujourd'hui. Le parti n'était-il pas l'œuvre de sa vie ? Le parti et La Lutte secrète, bien sûr.

Il fallait qu'il défende les valeurs auxquelles il croyait pendant le court laps de temps qui lui était encore imparti. Car voir l'œuvre de sa vie réduite à néant était pire que de n'avoir jamais existé. Pire que de quitter ce monde sans avoir eu d'enfant ou sans laisser de trace de son passage. Toutes ses réflexions, tout son travail n'auraient servi à rien. Cette pensée lui était intolérable et elle lui insufflait le courage de se battre. Il ne reculerait devant aucun obstacle pour empêcher que cette enquête nuise à l'ascension de Rene Linier jusqu'au Folketing. Aucun.

Afin de prendre le maximum de précautions, il avait décidé de lancer une chaîne de SMS recommandant à tous les membres de La Lutte secrète de se conformer à ce qui avait été évoqué lors de la dernière assemblée générale. Il fallait tout brûler : rapports, dossiers médicaux, lettres d'orientation préalable et courriers. Toutes les archives des cinquante dernières années de travail devaient disparaître en même temps.

Il n'était pas inquiet pour ses propres documents. Personne ne les trouverait, dans la pièce secrète au fond de sa dépendance. Et quand il mourrait, Mikael avait des instructions sur ce qu'il conviendrait d'en faire. Il avait veillé à cela aussi.

Quelle bonne idée j'ai eue de lancer ce nettoyage par le vide, était-il justement en train de se dire quand son téléphone fixe sonna, un peu plus tard ce même samedi.

C'était Caspersen.

« J'ai parlé à notre contact au commissariat de Station City, déclara-t-il. J'ai des renseignements sur les deux policiers qui sont allés chez Nørvig, et les nouvelles ne sont pas très réjouissantes. »

Il lui raconta que le vice-commissaire Carl Mørck et son assistant Hafez el-Assad faisaient partie de ce qu'on appelait le Département V au sein de l'hôtel de police de Copenhague. Le dénommé Hafez el-Assad n'avait apparemment pas suivi de formation dans la police. En revanche, il avait une intuition étonnante qui lui valait de s'être fait une sacrée réputation.

Curt secoua la tête. Un Arabe ! Quelle horreur. Rien qu'à l'idée qu'un homme de couleur puisse venir se mêler de ses affaires...

« Bref, Carl Mørck et son Département V, qu'on affuble aussi du nom pompeux de "département spécialisé dans les enquêtes non résolues nécessitant une attention particulière", pourraient bien constituer une menace sérieuse. Car même si notre contact répugnait à l'admettre, ils sont nettement plus efficaces que la plupart des autres départements. Le point positif est qu'ils travaillent tout seuls dans leur coin et que personne ne doit être au courant de ce qu'ils fabriquent en ce moment. »

Il y avait pas mal de choses qui ennuyaient Curt Wad dans ce qu'il venait d'apprendre, en particulier le fait que ce Département V ait pour principale mission de remuer la boue du passé.

Caspersen expliqua ensuite qu'il s'était renseigné sur les points faibles des deux hommes et avait appris par son contact que Carl Mørck était actuellement mêlé à une très vilaine affaire qui risquait de lui valoir une mise à pied. L'affaire en question était entre les mains de quelqu'un de très compétent à la Crim et, de ce fait, pas très facile à manipuler. Et quand bien même on y parviendrait, il faudrait au moins une semaine pour faire suspendre l'inspecteur Mørck, ce qui était beaucoup trop long. En ce qui concernait Hafez el-Assad, on pouvait examiner de plus près les circonstances de son embauche et peut-être trouver une faille de ce côté-là, mais cela exigerait du temps également. « Et du temps on n'en n'a pas, si j'ai bien compris. »

Caspersen avait parfaitement compris. Il fallait agir et il y avait urgence.

« Demande à la City de m'envoyer par mail les photos des deux policiers », dit Curt Wad avant de raccrocher.

Il venait d'ouvrir le mail et il était en train d'étudier les visages des deux hommes. Deux sourires en coin, comme si le photographe avait dit une plaisanterie avant d'appuyer sur le déclencheur. Ou alors c'était de l'arrogance. Ils étaient très différents l'un de l'autre. Le jour et la nuit. Leur âge était assez difficile à déterminer. Sans doute Carl Mørck était-il un peu plus vieux que son assistant, mais pour Curt Wad, un faciès d'Arabe était sans âge.

« Vous ne nous arrêterez pas, pauvres imbéciles », dit-il en frappant l'écran du plat de la main alors que son téléphone intraçable se mettait à sonner.

C'était le chauffeur de l'organisation.

« Oui, Mikael. Alors, vous avez récupéré les archives de Nørvig ?

— J'ai bien peur de devoir vous répondre que non, monsieur Wad. »

Curt Wad fronça les sourcils. « Que voulez-vous dire ?

— Je veux dire que deux hommes à bord d'une Peugeot 607 m'ont devancé. Je ne serais pas étonné que ce soit des flics. »

Curt secoua la tête. Non, non, c'était impossible, cela ne pouvait pas être vrai. « Est-ce que c'étaient un Arabe et un homme blanc ? demanda-t-il alors qu'il connaissait déjà la réponse.

— Oui, monsieur.

— Décrivez-les-moi. »

Il suivit à l'écran les caractéristiques que Mikael lui décrivait au téléphone. Il n'avait pas les yeux dans sa poche, ce Mikael. Et c'était une véritable catastrophe car sa description correspondait en tout point.

« Qu'ont-ils eu le temps d'emporter ?

452

— Je ne sais pas au juste, mais les quatre armoires de classement que vous m'aviez décrites étaient vides. »

On ne pouvait pas lui apporter pire nouvelle que celle-là.

« OK, Mikael. Nous récupérerons ces documents d'une façon ou d'une autre. Et si nous n'y parvenons pas, il faudra éliminer ces deux hommes, vous m'entendez ?

— Oui, monsieur. Je dirai à nos gars de se tenir prêts.

— C'est bien. Débrouillez-vous pour trouver leurs adresses et filez-les jour et nuit à partir de maintenant. Je veux qu'on s'occupe d'eux dès que l'occasion se présentera. Vous m'appellerez le moment venu afin que je vous donne le feu vert, nous sommes d'accord ? »

Caspersen rappliqua chez Curt deux heures plus tard et paraissait très inquiet, ce qui ne laissait pas de surprendre de la part de cet avocat sans scrupules capable de prendre sans sourciller son dernier billet de cinquante couronnes à une mère célibataire avec cinq enfants pour défendre son ex-mari soupçonné de violences conjugales.

« J'ai bien peur qu'en l'absence de Mie Nørvig et de Herbert Sønderskov, et tant qu'ils ne portent pas plainte eux-mêmes, nous ayons des difficultés à mettre sous séquestre les archives volées, Curt. Mikael n'aurait pas pris des photos du cambriolage par hasard ?

— Non. Il est arrivé trop tard. Sinon, il nous les aurait données, tu ne crois pas ?

— Et la voisine d'en face, elle n'a rien de particulier à signaler ?

— Non, juste que c'était deux policiers de Copenhague. Mais elle pourra les identifier si nécessaire. Ils ne passent pas inaperçus, si tu vois ce que je veux dire.

— C'est sûr. Mais avant d'arriver à une mise sous séquestre, les papiers auront disparu dans les sous-sols de l'hôtel de police, tu peux compter là-dessus. Et puis, nous n'avons aucune preuve que ce sont eux les voleurs.

— Des empreintes, peut-être ?

— Je ne pense pas. Ils sont allés chez Nørvig la veille dans un but tout à fait légitime et il n'est malheureusement pas encore possible techniquement de situer une empreinte digitale dans le temps.

— Dans ce cas, je crois que nous allons avoir recours à une solution plus extrême. J'ai déjà pris des dispositions dans ce sens. On n'attend plus que mon signal.

— Tu n'envisages tout de même pas un meurtre, Curt ? Car si c'est le cas, je préfère que notre conversation s'arrête là !

— Du calme, Caspersen. Je n'ai pas l'intention de te mêler à ça. Mais il faut quand même que tu saches que nous sommes entrés dans une phase de violence et que tu risques à un moment de devoir prendre le relais.

— Que veux-tu dire ?

— Je veux dire exactement ce que j'ai dit. Si tout ceci se termine de la manière que j'imagine, tu vas devoir t'occuper à la fois d'un parti politique et d'une succession à Brøndbyøstervej, tu me suis ? Il ne faudra laisser aucune trace, et quand je dis aucune trace, je veux dire aussi que je n'irai jamais témoigner à la barre, si on en arrive là. *Alea jacta est.*

— Dieu nous en préserve, Curt. On va commencer par récupérer ces dossiers, d'accord ? » répliqua Caspersen. Il obéissait à la règle d'or des avocats. Un sujet qui n'était pas discuté plus avant n'avait jamais été évoqué. « J'appelle notre contact au commissariat de Station City. On peut partir du principe que les documents se trouvent à l'hôtel de police en ce moment. Selon les informations que j'ai, le Département V se trouve au sous-sol du bâtiment. Et la nuit, il n'y a personne. Notre gars de Station City ne devrait pas avoir de mal à mettre rapidement la main sur les dossiers de Philip Nørvig. »

Curt Wad le regarda avec soulagement. S'il parvenait à faire cela, ils seraient quasiment tirés d'affaire.

Il n'eut pas le loisir de garder ce bel optimisme très longtemps, car quelques secondes plus tard, Wilfrid Lønberg l'appelait pour lui raconter que les deux policiers étaient venus lui rendre visite à son domicile.

Curt mit le haut-parleur afin que Caspersen entende ses propos. Pour lui aussi, l'enjeu était de taille.

« Tout à coup, ils sont apparus devant moi sans prévenir. J'étais justement en train de faire brûler des papiers. Si je n'avais pas été plus rapide qu'eux et que je n'avais pas tout jeté dans les flammes, on était foutus. Il faut que tu fasses attention à ces types, Curt. Tu vas voir qu'ils vont débarquer chez toi ou ailleurs avant que vous ayez eu le temps de réagir. Il faut prévenir tout le monde.

— Pourquoi sont-ils venus ?

— Aucune idée. J'ai l'impression qu'ils voulaient juste prendre la température. Ils n'ont pas été déçus. Maintenant, ils sont sûrs qu'il se passe quelque chose.

455

— Je lance une nouvelle circulaire par SMS », proposa Caspersen en s'éloignant de quelques pas.

« Ils ne perdent pas de temps, Curt. J'ai l'impression que c'est surtout toi qu'ils essayent de coincer, mais crois-moi, ils en savent beaucoup trop sur pas mal de sujets. Ça sent le roussi. Ils n'ont rien dit de concret mais ils ont parlé de Benefice et d'une certaine Nete Hermansen. Le nom te dit quelque chose ? Ils étaient en route pour Nørrebro pour la voir. Ils doivent déjà y être. »

Curt inspira. L'air lui semblait étrangement sec tout à coup.

« Oui, je sais qui est Nete Hermansen et je suis surpris qu'elle soit encore en vie. Mais on peut y remédier. Voyons comment se passent les prochaines vingt-quatre heures. Si j'en crois ce que tu viens de me dire, il semble effectivement que ce soit à moi qu'ils en veulent. Je ne sais pas pourquoi et ça m'est égal.

— Que veux-tu dire ?

— Je veux dire que tout cela sera vite terminé. Occupez-vous de Rene Linier, moi je m'occupe du reste. »

Quand Caspersen fut parti, visiblement affecté par les événements, Curt rappela Mikael et lui dit que s'il faisait vite, il avait une chance de rattraper les deux policiers à Peblinge Dossering et de commencer sa filature à partir de là.

Une heure et demie plus tard, Mikael rappelait pour l'informer qu'il les avait ratés à Copenhague mais qu'il y avait maintenant un homme garé sur le parking devant la maison de Carl Mørck qui venait de rentrer chez lui. Hafez el-Assad avait filé. L'adresse de Heimdalsgade qu'il avait donnée à l'état civil correspondait à un appartement inhabité.

Curt fit venir le médecin de garde de bonne heure lundi matin. Les râles et la respiration erratique de Beate, couchée dans le lit à côté de lui, s'étaient aggravés au cours des dernières heures.

« Mon pauvre ami », dit le médecin que Curt connaissait pour être un excellent généraliste de Hvidovre. « Je ne peux que confirmer les craintes dont vous m'avez fait part tout à l'heure au téléphone. Il ne reste à votre épouse que très peu de temps à vivre. Son cœur est tout simplement usé et ce n'est plus qu'une question de jours, voire d'heures, à présent. Vous êtes bien sûr que vous ne voulez pas que je vous envoie une ambulance ? »

Curt Wad haussa les épaules. « À quoi bon ? Non. Je veux rester avec elle jusqu'à la fin, mais je vous remercie de votre sollicitude. »

Quand ils furent seuls, il se recoucha dans le lit près d'elle et chercha sa main à tâtons. Cette petite main qui si souvent avait caressé sa joue. Cette chère petite main.

Il regarda par la fenêtre le jour qui se levait et regretta brièvement de ne pas croire en un dieu. Si cela avait été le cas, il aurait pu prier pour la femme qu'il aimait pendant les derniers instants qui lui restaient à vivre. Trois jours plus tôt, il se sentait prêt à accepter l'inévitable et à continuer seul. Mais plus maintenant.

Il se tourna vers le flacon de somnifères. Puissants, petits et faciles à avaler. Cela ne prendrait que vingt secondes. Il se moqua un peu de lui-même : et une minute pour aller chercher un verre d'eau bien sûr.

« Tu trouves que je devrais le faire tout de suite, ma petite chérie ? » murmura-t-il en serrant la main de la mourante. Si seulement elle avait pu lui répondre. Jamais il ne s'était senti aussi seul.

Il effleura sa douce chevelure. Il l'avait si souvent admirée quand elle y passait la brosse devant son miroir et que la lumière du soleil la faisait briller comme de l'or. Le temps s'était enfui si vite.

« Oh ! Beate. Je t'ai aimée de tout mon cœur. Tu as toujours été et tu es encore aujourd'hui le soleil de ma vie. Si je pouvais recommencer toute une existence à tes côtés je le ferais. Chaque seconde que nous avons vécue, je voudrais la revivre. Comme j'aimerais que tu te réveilles, juste un instant, afin que je puisse te dire cela, ma chère, chère amie. »

Et il se blottit tendrement contre le corps fané qui ne respirait presque plus, le plus beau corps qu'il ait jamais vu.

Il était près de midi quand il se réveilla. Une sonnerie à deux tons résonnait à l'arrière de son crâne.

Il souleva légèrement la tête et vit, sans que cela lui procure un soulagement, que la poitrine de Beate se soulevait toujours faiblement. Est-ce qu'elle ne pourrait pas se contenter de mourir sans lui en infliger le spectacle ?

Il secoua la tête, se reprochant cette pensée.

Il faut que tu te ressaisisses, Curt, se dit-il. Quoi qu'il arrive, Beate ne doit pas mourir seule. C'est hors de question.

Il regarda dehors. Il faisait un temps gris de novembre et le vent violent sifflait dans les branches nues des mirabelliers.

Une sale journée, songea-t-il en tendant la main vers ses deux téléphones portables. Qu'est-ce qui l'avait réveillé, au fait ?

Il n'avait de message sur aucun des mobiles mais sur le journal d'appels du téléphone fixe, il vit un numéro qui a priori ne lui disait rien.

En pressant une touche, il déclencha la fonction rappel automatique et la seconde suivante, il regrettait de l'avoir fait.

« Søren Brandt, dit la voix à l'autre bout du fil. Une voix qu'il n'avait aucune envie d'entendre.

— Nous n'avons rien à nous dire, répondit-il sèchement.

— Je pense que si. Je voulais savoir si vous aviez lu mon article sur le suicide de Hans Christian Dyrmand ? »

Son interlocuteur attendit quelques secondes une réponse à sa question mais en fut pour ses frais.

Saleté de journaliste et saleté d'Internet.

« J'ai parlé à la veuve de Dyrmand, reprit le salopard. Elle a beaucoup de mal à comprendre le geste de son mari. Avez-vous des commentaires ?

— Aucun. Je le connaissais à peine. Et je vous prie de m'excuser mais je ne peux pas vous parler aujourd'hui. Mon épouse est à l'agonie. Veuillez avoir la décence de me laisser tranquille et de me rappeler un autre jour.

— Je suis désolé. Mais il est tout de même dommage que vous n'ayez pas de temps à m'accorder car je suis entré en possession d'éléments selon lesquels vous seriez dans le collimateur de la police dans le cadre d'une recherche de personnes disparues. Je suppose que vous n'avez rien à me dire à ce sujet-là non plus ?

— De quelles disparitions s'agit-il ? » Il n'en avait aucune idée et c'était la deuxième fois en vingt-quatre heures qu'il en entendait parler.

« C'est une affaire entre vous et la police bien sûr. Mais si j'ai bien compris, les inspecteurs chargés de l'enquête semblent prêts à me donner des informations en échange de tout ce que je pourrai leur dire sur les agissements criminels de La Lutte secrète. Alors j'ai juste une dernière question à vous poser, Curt Wad. Est-ce que, fidèles à vos idées, Wilfrid Lønberg et vous-même avez prévu de mettre l'avortement forcé au programme de Rene Linier ?

— Je vous en prie, épargnez-moi ce genre de médisance. Je n'ai rien à craindre de la police. Et je vous préviens que si vous publiez quoi que ce soit sans preuves, votre article risque de vous coûter très cher.

— D'accord. Mais des preuves, je commence à en avoir beaucoup, vous savez. Je vous remercie infiniment pour vos commentaires. J'avais besoin de quelques phrases à citer en discours direct. »

Et il raccrocha. Curt était fou de rage.

De quelles preuves parlait-il ? La nouvelle du vol des archives de Nørvig était-elle déjà arrivée jusqu'à lui ? Cette petite ordure venait de creuser sa propre tombe.

Il prit le mobile réservé aux conversations ultra-secrètes et appela Caspersen.

« Comment s'est passée la visite de cette nuit dans les sous-sols de l'hôtel de police ?

— Pas bien, malheureusement. Notre type a pu rentrer sans problème mais en arrivant dans la cave, il est tombé sur ce Hafez el-Assad. Apparemment, il dort sur place.

— Merde ! Tu crois qu'il est resté pour surveiller les dossiers de Nørvig ?

— J'en ai bien peur.

— Et pourquoi tu ne m'as pas téléphoné pour me le dire, Caspersen ?

— Je l'ai fait. Je t'ai appelé plusieurs fois ce matin. Pas sur ce numéro-là. Sur l'autre.

— J'évite de me servir de mon iPhone ces temps-ci. Je préfère être prudent.

— J'ai aussi essayé ton fixe. »

Curt alla consulter le journal d'appels. C'était exact. D'innombrables tentatives d'appels avaient été enregistrées avant sa conversation avec Søren Brandt. Caspersen avait tenté de le joindre toutes les vingt minutes depuis huit heures du matin.

Son sommeil à côté de Beate avait-il été si profond ? Avaient-ils dormi ensemble pour la dernière fois ?

Il coupa la communication et regarda sa femme tout en réfléchissant.

Il fallait les éliminer. Il n'y avait pas d'autre solution. L'Arabe, Carl Mørck et Søren Brandt. Il déciderait ensuite de ce qu'il ferait de Nete Hermansen. Elle ne représentait pas une menace aussi sérieuse que les trois autres.

Il composa le numéro de Mikael sur le mobile intraçable.

« Avons-nous un moyen de trouver Søren Brandt ?

— Facile. Actuellement il habite dans une maison de vacances à Høve, sur la route n° 5.

— Comment le savez-vous ?

— Parce que nous le surveillons depuis qu'il a perturbé notre assemblée générale. »

Curt sourit. C'était son premier sourire de la journée.

« Bien, Mikael. Très bien. Et Carl Mørck ? Vous savez où il est ?

— Absolument. Au moment où je vous parle, il est en train de traverser le parking devant son domicile. Notre gars le prend en filature, et s'il y en a un qui sait comment on fait, c'est bien lui. Il appartenait à la police secrète. Par contre, on ne sait toujours pas où est passé l'Arabe.

— Ça, moi je peux vous le dire. Il a passé la nuit au sous-sol de l'hôtel de police. Vous pouvez mettre un de vos gars en planque devant. Il nous préviendra quand la cible se déplacera. Et puis, Mikael ?

— Oui.

— Quand tout le monde dormira chez Carl Mørck, cette nuit, un sinistre se déclenchera.

— Un incendie ?

— Oui. Vous le ferez démarrer dans la cuisine. Je veux une explosion et beaucoup de fumée. Et surtout que nos gars aillent se mettre à l'abri sans se faire voir.

— Je vais devoir le faire moi-même, je crois.

— Bon. Alors restez discret et ne traînez pas sur place.

— Vous pouvez compter sur moi. Et pour Søren Brandt, on fait quoi ?

— Vous envoyez vos chiens tout de suite pour la curée. »

33

Novembre 2010

Carl se réveilla parce qu'on le secouait violemment.

Il ouvrit les yeux et vit une silhouette floue penchée au-dessus de son lit. Il voulut se lever mais fut pris de vertige et, sans aucune explication, il se retrouva par terre à côté de son lit. Il y avait vraiment un truc qui n'allait pas.

Il sentit avec surprise le vent qui entrait par la fenêtre ouverte et surtout une odeur de gaz.

« C'est bon, j'ai réveillé Jesper, cria quelqu'un dans le couloir. Il vomit, qu'est-ce que je fais ?

— Couche-le sur le côté. Tu as ouvert la fenêtre ? » cria la silhouette aux cheveux noirs debout au-dessus de Carl.

On lui administra une paire de gifles. « Carl, regarde-moi. Concentre-toi sur moi, tu m'entends ? Ça va ? »

Il acquiesça mais sans conviction.

« Il faut qu'on te fasse descendre au rez-de-chaussée, Carl. Il y a encore trop de gaz ici, tu peux marcher seul ? »

Il se leva lentement, tituba dans le couloir et jusqu'au bas de l'escalier, et le parcours lui fit l'effet d'une interminable chute. Ce ne fut que lorsqu'il se retrouva assis sur une chaise devant la porte ouverte donnant sur le jardin que les formes et les contours composèrent une image cohérente.

Son regard s'arrêta sur le petit ami de Morten.

« Ben merde alors, bredouilla-t-il. Tu es encore là, toi ? Tu as emménagé ou quoi ?

— Je crois qu'on peut tous s'en féliciter », dit sèchement une voix qui venait du lit de Hardy.

Carl tourna mollement la tête vers le lit d'hôpital. « Qu'est-ce qui vient de se passer ici ? »

Un bruit de pas lourds dans l'escalier et Morten les rejoignit, transportant Jesper. Il avait l'air encore plus mal en point qu'après son marathon de soirées chaudes sur l'île de Cos.

Mika pointa le doigt en direction du salon. « Quelqu'un est entré dans la maison avec de très mauvaises intentions. »

Carl se leva avec difficulté et lui emboîta le pas.

Il ne pouvait pas manquer la bouteille de gaz par terre au milieu de la pièce. C'était un de ces nouveaux modèles en plastique. En tout cas ce n'était pas l'une des leurs, car pour sa part, il ne trouvait rien à redire aux bouteilles jaunes, classiques, du barbecue du jardin. Et puis pourquoi était-elle là au beau milieu de la pièce avec un bout de tuyau attaché au détendeur ?

« Comment est-elle arrivée là ? » demanda Carl, encore trop vaseux pour se souvenir du nom du type.

« Elle y était quand je suis monté à deux heures du matin pour voir comment allait Hardy, dit le compagnon de Morten.

— Hardy ?

— Oui. Il a réagi un peu fort aux manipulations hier. Il a eu des bouffées de chaleur, des maux de tête.

C'est bon signe qu'il réagisse aussi violemment à mes stimuli. Et ça nous a sûrement sauvé la vie à tous.

– C'est toi, Mika, qui nous as sauvé la vie », dit Hardy.

Ah oui, Mika, c'était comme ça qu'il s'appelait.

« Explique », ordonna Carl avec l'instinct du policier sur pilote automatique.

« Je suis allé prendre des nouvelles de Hardy toutes les deux heures depuis hier soir. Et c'est ce que j'ai l'intention de continuer à faire pendant un jour ou deux afin d'observer toutes ses réactions. Il y a une demi-heure, mon réveil a sonné et, en me réveillant, j'ai senti une odeur de gaz assez prononcée au sous-sol, qui m'a mis à moitié K-O quand je suis arrivé au rez-de-chaussée. J'ai fermé la bouteille et ouvert les fenêtres. Et puis j'ai remarqué la casserole qui fumait sur la cuisinière. En regardant dedans, j'ai constaté qu'elle était vide, à part un petit fond d'huile d'olive et un morceau de papier sulfurisé froissé. C'était le papier qui fumait. »

Il désigna la fenêtre de la cuisine. « Je l'ai jeté dehors. Une seconde plus tard, il se serait enflammé. »

Carl salua Erling Holm, son collègue de la police scientifique spécialisé dans les incendies. En réalité, ce n'était ni son secteur ni son affaire, mais Carl n'avait pas envie de mêler la police de Hillerød à cette histoire, et Erling habitait à Lynge, à cinq kilomètres.

« C'était incroyablement prémédité, Carl, dit Holm. Vingt ou trente secondes plus tard, le papier aurait pris feu et aurait fait exploser le gaz. Et à en juger par son poids, la bouteille s'était déjà bien vidée. Vu le détendeur et l'épaisseur du tuyau, elle devait être ouverte depuis environ vingt minutes. » Il secoua la tête.

« C'est pour cela que l'agresseur n'a pas allumé à fond sous la casserole. Il avait calculé que la maison serait pleine de gaz au moment où le papier s'enflammerait.

— Pas très difficile d'imaginer ce qui se serait passé ensuite, hein, Erling ?

— Le Département V aurait été obligé de se chercher un nouveau chef, je crois.

— Ça aurait pété fort, tu crois ?

— Oui et non. Mais l'explosion aurait fait des dégâts. Toutes les pièces de la maison et la totalité du mobilier auraient pris feu en même temps.

— Sans doute. Mais Hardy et moi serions morts d'empoisonnement par le gaz avant.

— Je ne crois pas. Le gaz ne tue pas comme ça. Mais vous auriez eu un sacré mal de tête. » Il éclata de rire. Ces spécialistes de la pyromanie avaient un drôle d'humour, décidément. « Vous seriez morts brûlés en moins de temps qu'il n'en faut pour le dire. Ceux qui se trouvaient dans la cave n'auraient pas pu sortir et le plus diabolique, c'est que rien ne prouve que la brigade scientifique dont je fais partie aurait pu prouver que l'incendie était d'origine criminelle. Nous aurions expliqué l'explosion par la combinaison d'une bouteille de gaz et d'une casserole, mais ça aurait aussi bien pu être un accident. Une tragédie à mettre sur le compte d'une imprudence, comme cela arrive fréquemment en cette saison de barbecues. Je pense honnêtement que l'agresseur s'en serait tiré.

— Tu plaisantes !

— Tu sais qui a pu faire ça, Carl ?

— Oui. Quelqu'un qui possède de quoi crocheter une serrure. J'ai vu des petites marques sur le verrou dehors. Mais à part ça, non. Je n'en ai aucune idée.

— Des soupçons ?

— Oui, bien sûr. On en a toujours et on les garde bien au chaud. »

Carl remercia Erling et s'assura que tout le monde dans la maison se portait bien avant d'aller faire un tour chez les voisins pour leur demander s'ils avaient vu quelque chose. La plupart d'entre eux étaient un peu ensuqués et d'assez mauvaise humeur, mais qui ne le serait pas à cinq heures du matin ? Tous exprimèrent leur compassion mais aucun ne put donner la moindre indication sur l'agresseur.

Moins d'une heure plus tard, Vigga débarquait en courant, le cheveu en bataille, accompagnée d'un Gurkamal enturbanné aux dents immaculées et avec une barbe dans laquelle il était sur le point de se prendre les pieds.

« Mon Dieu, s'écria-t-elle. Il n'est rien arrivé à Jesper, n'est-ce pas ?

— Non, à part qu'il a vomi dans le canapé et sur le lit de Hardy et que, pour une fois, c'est sa mère qu'il a appelée à son secours.

— Le pauvre chéri. » Pas un mot pour prendre des nouvelles de Carl. La différence entre futur ex-mari et fils, CQFD.

Elle caquetait autour de sa progéniture comme une mère poule quand on sonna à la porte d'entrée.

« Si c'est ce connard qui se pointe avec une autre bouteille de gaz, dis-lui qu'il nous en reste encore dans l'ancienne. Qu'il revienne la semaine prochaine, cria Hardy. »

Qu'est-ce que Mika a bien pu lui faire pour qu'il soit aussi gaillard ? se demanda Carl en ouvrant.

Sur le pas de la porte se trouvait une fille pâle, sans doute à cause du manque de sommeil, avec des cernes mauves sous les yeux et un anneau dans la lèvre. Elle devait avoir seize ans à tout casser.

« Salut », dit-elle. Avec le pouce au-dessus de son épaule, et sans se retourner, elle désignait avec une gêne évidente la maison de Kenn, le voisin d'en face.

« Euh, en fait, je suis la petite amie de Peter, on était à une fête tous les deux à la Maison des jeunes et je devais dormir chez lui parce que j'habite à Blovstrød, et qu'il n'y a pas de bus aussi tard. On est rentrés il y a deux heures et Kenn est venu nous voir dans la chambre au sous-sol après que vous êtes allé lui demander s'il avait vu quelque chose de bizarre autour de votre maison cette nuit. Il nous a raconté ce qui s'était passé, et on lui a dit que nous on avait vu quelque chose, alors il m'a dit de venir vous raconter ce qu'on avait vu. »

Carl leva un sourcil. Elle ne devait pas être si fatiguée que ça vu le nombre de mots qu'elle arrivait à débiter sans reprendre son souffle.

« OK. Dites-moi tout ! Qu'est-ce que vous avez vu ?

— J'ai vu un homme devant votre porte au moment où on est arrivés. J'ai demandé à Peter s'il le connaissait, mais il était occupé à autre chose et il n'a même pas pris le temps de regarder. » Elle gloussa.

Carl l'encouragea à poursuivre : « À quoi ressemblait-il ? Vous avez remarqué ?

— Oui. Il était devant la porte, là où c'est bien éclairé. On aurait dit qu'il bricolait la serrure, mais il ne s'est pas retourné et je ne l'ai pas vu de face. »

Carl sentit ses épaules s'affaisser de plusieurs degrés.

« C'était un type assez grand et bien bâti apparemment. Il portait des vêtements foncés. Un manteau ou peut-être une grande parka ou un truc dans ce genre-là. Et puis il avait un bonnet sur la tête, comme celui de Peter. J'ai vu des cheveux très blonds en dépasser. Presque blancs en fait. À côté de lui, il y avait une sorte de bouteille. »

Elle avait dit *des cheveux très blonds,* elle n'avait rien vu d'autre mais c'était déjà beaucoup. Si Carl ne se trompait pas, l'homme de main *très blond* de Curt Wad, celui qu'il avait aperçu à Halsskov, avait d'autres talents que celui de piloter un fourgon.

« Merci, dit Carl. Vous n'avez pas les yeux dans votre poche et ça m'arrange. Vous avez bien fait de venir nous dire tout ça. »

Elle se tortilla, gênée par le compliment.

« Avez-vous remarqué s'il portait des gants ?

— Ah oui, c'est vrai, dit-elle, arrêtant de se tortiller, il en avait. Des gants avec des trous sur les articulations. »

Carl hocha la tête. Ses collègues n'auraient pas besoin de chercher des empreintes digitales sur la bouteille. Il n'y avait plus qu'à espérer qu'ils trouveraient la provenance du détendeur, qui était d'une fabrication particulière, mais Carl doutait du résultat. Il devait y en avoir pas mal en circulation.

« Si tout va bien ici, je vais faire un tour au bureau, dit-il en revenant dans le séjour.

— Signe ça d'abord, s'il te plaît. Il y a un exemplaire pour toi, un pour l'administration et le troisième est pour moi », dit Vigga en posant les feuilles sur la table de la cuisine. CONTRAT DE PARTAGE lisait-on en haut du document.

Il le parcourut rapidement. Il contenait exactement ce dont ils étaient convenus la veille. Tant mieux. Il aurait ça de moins à faire.

« Parfait, Vigga. Tu as pensé à tout. L'argent, les visites à ta mère, tout. Je suis impressionné. L'administration sera contente d'apprendre que tu m'as octroyé huit semaines de vacances, au fait. C'est extrêmement généreux de ta part, je dois dire. » Il sourit, moqueur et apposa sa signature à côté des pattes de mouches de Vigga.

« Et maintenant, la demande de divorce », dit-elle en poussant vers lui un document à l'air plus officiel qu'il signa également.

« Merci, mon vieil amant », dit-elle, le regard humide.

C'était mignon, mais le mot « amant » lui fit penser au Rolf de Mona, et ce n'était pas une bonne idée. Il n'avait pas encore digéré sa déception. Il allait lui falloir du temps pour faire son deuil.

Il ricana intérieurement. Vigga l'avait appelé son *vieil amant*. Est-ce que ce n'était pas une manière un peu légère de prendre congé de quelqu'un avec qui on avait eu une relation aussi passionnelle et exotique que l'avait été leur mariage ? Elle aurait pu trouver mieux, franchement.

Elle transmit les papiers à un Gurkamal tout sourire et courbettes, qui tendit la main à Carl comme si son bras avait été mû par un ressort.

« Merci pour la femme », dit-il avec son drôle d'accent. Affaire conclue.

470

Vigga sourit. « Et maintenant que les papiers sont en ordre, je peux t'annoncer que je m'installe avec Gurkamal dans son épicerie dès la semaine prochaine.

— Tu auras sûrement plus chaud que dans ton bungalow, du moins je l'espère.

— Surtout que je l'ai vendu hier pour six cent mille couronnes. Ça ne te dérange pas que je garde pour moi le différentiel de cent mille par rapport à ce que nous avions prévu au contrat, n'est-ce pas ? »

Carl resta sans voix. Gurkamal lui avait communiqué son sens des affaires plus vite que ne court un dromadaire, pour reprendre le genre de métaphores qu'Assad affectionnait.

« Ah ! C'est bien qu'on se rencontre, Carl, dit Laursen en le croisant dans l'escalier de la rotonde. Tu veux bien m'accompagner là-haut une minute ?

— Euh… En fait j'allais voir Marcus Jacobsen.

— Je viens de voir le patron, Carl. Il m'avait demandé de lui descendre son repas. Il est en réunion. Ça va, toi ? » demanda-t-il tandis qu'ils montaient tous les deux vers le dernier étage.

« Pas mal, merci. À part qu'on est lundi, que ma future ex-femme m'a saigné à blanc, que ma maîtresse baise avec d'autres types, que tous les gens qui vivent chez moi ont failli être empoisonnés au gaz et que ma maison a été à deux doigts d'exploser cette nuit, sans compter le merdier au boulot. À part ça tout va bien, oui. En tout cas, je n'ai plus la chiasse.

— Super », commenta Laursen. Il n'avait rien entendu de ce que Carl venait de lui raconter.

« Écoute », lui dit-il quand ils furent en tête à tête dans l'arrière-cuisine de la cantine, au milieu des frigos et des cagettes de légumes. « Il y a du nouveau concernant cette histoire de photo d'Anker et de toi en compagnie de la victime. Le cliché a été analysé par tout un tas d'experts et si cela peut te rassurer, la plupart s'accordent à dire qu'il s'agit d'un montage de plusieurs photos différentes.

— Bien sûr. C'est ce que je dis depuis le début. C'est évidemment un complot. Fomenté sans doute par quelqu'un à qui j'ai fait du tort dans le passé. Tu sais comme les truands qui se font serrer peuvent être rancuniers parfois. Il y en a qui réfléchissent pendant des années dans leur cellule à la façon dont ils vont pouvoir se venger. Alors forcément, de temps en temps, certains passent à l'acte. Une chose est sûre, je ne connais pas ce Pete Boswell avec lequel on essaye de me compromettre. »

Laursen hocha la tête. « La photo n'a presque plus de pixels. C'est comme si les détails les plus minuscules avaient été fondus ensemble. Je n'ai jamais vu un truc pareil.

— Et ça veut dire quoi ?

— Ça veut dire qu'il est impossible de voir la jonction éventuelle entre les différentes photos. Il peut aussi s'agir de plusieurs photos juxtaposées et reproduites indéfiniment, par exemple avec un appareil Polaroid dont le dernier cliché a été photographié à nouveau avec un appareil analogique et la pellicule, développée. Mais la photo a aussi pu être floutée après avoir été scannée avec un logiciel de traitement d'images sur un ordinateur et enfin imprimée sur du papier photo. Nous n'arrivons pas à déterminer d'où vient le papier.

— Tu pourrais aussi bien me parler chinois, je ne comprends pas la moitié de ce que tu me dis.

— C'est vrai qu'on peut faire beaucoup de choses de nos jours. Ou plus exactement on pouvait déjà faire beaucoup de choses il y a deux ans, quand Pete Boswell était encore en vie.

— Bref, tout va bien ?

— C'est pour ça que je t'ai fait monter ici. » Il lui tendit une bière, que Carl refusa. « Nous ne sommes encore arrivés à aucune conclusion et il y a des gars à la police technique qui ne sont pas convaincus que la photo soit trafiquée. Ce que je viens de te dire ne prouve rien, ou alors juste que tout cela est très étrange. Certains pensent que quelqu'un s'est donné beaucoup de mal pour faire disparaître les preuves que le cliché est un montage.

— Le résultat c'est quoi, alors ? On va continuer à me chercher des poux dans la tête ? On veut me mettre à pied ? C'est ça que tu essayes de me dire ?

— Non. Ce que j'essaye de te dire, c'est que ça va prendre du temps. Mais Terje t'expliquera ça mieux que moi. » Il tourna la tête vers la cantine.

« Terje Ploug est ici ? demanda Carl.

— Oui, tous les jours. Quand il n'est pas sur le terrain. C'est l'un de mes plus fidèles clients, alors sois aimable avec lui, s'il te plaît. »

Il trouva Terje dans l'angle le plus reculé du réfectoire.

« On joue à cache-cache ? » lui demanda-t-il en s'asseyant, les coudes posés à quelques millimètres de l'assiette de légumes très politiquement correcte de Terje.

« Je suis content de te voir, Carl. Tu n'es pas facile à joindre en ce moment. Laursen t'a parlé de la photo ?

— Oui, et il semblerait que je ne sois pas encore tout à fait blanchi.

— Blanchi ? À ma connaissance on ne t'accuse de rien, si ? »

Carl grogna.

« Officiellement, non.

— Bon. Voilà où on en est. Nous allons faire une réunion dans quelques semaines, ou peut-être quelques mois, avec les enquêteurs qui travaillent sur les exécutions commises à l'atelier de mécanique de Sorø et ceux qui bossent sur cette affaire similaire à Schiedam, en Hollande. Nous rassemblerons les indices, comparerons les circonstances et les détails des différents meurtres au pistolet à clous sur lesquels nous travaillons, et je t'assure que nous ne manquons pas d'éléments.

— Et tu vas me demander de venir témoigner ?

— Non. Je vais te demander de te tenir à l'écart.

— Pourquoi ? On m'accuse de quelque chose, ou quoi ?

— Relax, Carl. Nous savons que quelqu'un cherche à te faire tomber, alors non, nous ne t'accusons de rien. En revanche, quand nous aurons rédigé un rapport qui sera une synthèse de toutes ces affaires, nous voudrions que tu y jettes un coup d'œil.

— Hum. Et ça, malgré les empreintes sur les pièces de monnaie, les photos bizarres et les soupçons de Hardy qui pense qu'Anker était en relation avec l'homme noir et que moi je connaissais peut-être Georg Madsen ?

— Oui. Malgré tout cela, Carl. Je pense que, de nous tous, tu es celui qui a le plus intérêt à ce que cette affaire soit résolue. »

Il tapota amicalement la main de Carl. C'était presque touchant.

« Je trouve que c'est la démarche d'un policier consciencieux qui fait les choses du mieux qu'il peut, et Terje mérite notre respect, Carl », dit le chef de la criminelle. Son bureau avait encore l'odeur de la dernière création culinaire de Laursen vendue sous l'appellation *Menu du jour*. Carl s'étonna que Mme Sørensen soit devenue assez cool pour laisser une assiette sale dans le bureau de Marcus Jacobsen plus de cinq minutes après qu'il eut avalé la dernière bouchée.

« Ouais, ouais, c'est super, acquiesça Carl. Et un peu super-prise-de-tête aussi parce que, franchement, cette histoire commence à me sortir par les yeux. »

Marcus hocha la tête. « J'ai eu un coup de fil d'Erling, du département Incendies et explosions. Il paraît que tu as eu de la visite cette nuit ?

— Il n'est rien arrivé de grave, Marcus.

— Peut-être, mais ce que je voudrais savoir, c'est *pourquoi* c'est arrivé, Carl ?

— Parce que quelqu'un a envie de me voir bouffer les pissenlits par la racine. Et je ne pense pas que les petits minables que fréquente mon beau-fils aient eu l'idée de faire une chose pareille. » La bouche de Carl se tordit en un sourire peu convaincant.

« Alors, qui ?

— Un des hommes de main de Curt Wad. Tu sais, le type de Rene Linier. »

Le chef de la Crim hocha longuement la tête de nouveau.

« On le dérange. C'est pour ça que je suis venu te voir. J'ai besoin de le mettre sur écoute, ainsi que Wilfrid Lønberg et un dénommé Louis Petterson.

— Je crains de devoir te dire non, Carl. »

Carl demanda des explications, bouda un peu, se fâcha et exprima sa déception mais rien n'y fit. Tout ce qu'il obtint fut la recommandation de faire bien attention et de tenir Marcus au courant s'il se passait quelque chose d'inhabituel.

Inhabituel ! Le mot avait de quoi surprendre dans ce bureau. Tout ce qui se traitait dans ce bureau était inhabituel, heureusement.

Carl se leva de son siège. *Inhabituel.* Que dirait Marcus s'il apprenait que dans les bureaux mal éclairés du Département V se trouvait une pile de dossiers provenant d'archives récupérées par des moyens qui, même dans cette maison, pouvaient être qualifiés d'extrêmement inhabituels ?

Pour une fois, les deux pieuvres étaient à leur poste quand il arriva au comptoir de l'accueil.

« Bonjour, Carl », dit Lis, tout sourire. Dix secondes après, Mme Sørensen gazouillait la même phrase sur le même ton. Les mêmes mots, la même intonation, le même sourire et la même amabilité.

Un spectaculaire changement d'humeur.

« Euh… Cat ! » dit-il, s'adressant à la femme qui jusqu'à très récemment parvenait à pousser les enquêteurs les plus endurcis à faire de grands détours pour éviter de la croiser. Carl le premier.

« Vous voulez bien me raconter en quoi consiste ce stage de PNL auquel vous avez participé ? Qu'est-ce que c'est au juste ? C'est contagieux ? »

Elle haussa les épaules avec une expression qui semblait vouloir dire qu'elle était heureuse qu'il lui pose la question, échangea un sourire avec Lis puis s'approcha dangereusement de Carl.

« Les lettres signifient "programmation neurolinguistique" », dit-elle d'une voix langoureuse comme si elle était en train de parler d'un cheikh arabe d'une irrésistible séduction. « La méthode n'est pas facile à expliquer, mais je peux vous donner un exemple si vous voulez. »

Carl n'avait pas la moindre idée de ce qui allait se passer et n'était pas sûr de vouloir le savoir.

Elle alla pêcher une craie dans le fond de son sac à main. Carl trouva bizarre qu'elle possède ce genre d'article. Il croyait qu'il n'y avait que les gamins prépubères qui se promenaient avec de la craie dans leurs poches. Qu'était-il advenu des différences entre les générations ?

Elle s'accroupit et traça deux cercles sur le sol, ce qui il y a encore quelques semaines aurait suffi à la faire défaillir d'horreur – si les cercles en question avaient été tracés par quelqu'un d'autre, évidemment. Puis elle dessina le signe moins dans un cercle et le signe plus dans l'autre.

« Voilà, Carl. Il y a un cercle positif et un cercle négatif. Vous allez vous placer au milieu du premier cercle, puis du deuxième et vous direz la même phrase dans l'un et dans l'autre. Dans le cercle négatif, vous devrez faire comme si vous vous adressiez à quelqu'un que vous ne pouvez pas souffrir, et dans l'autre à quelqu'un que vous aimez beaucoup.

— Ah ? Alors c'est ça qu'on vous a appris à ce stage ? Dans ce cas je sais le faire sans avoir eu besoin de le suivre.

— Super, allez-y, alors », dit Lis. Elle croisa les bras sous sa ravissante poitrine et s'approcha. Qui aurait pu résister à ça ?

« Commencez par un truc facile. Essayez de dire : *Tiens, tu t'es fait couper les cheveux ?* Dites-le d'abord gentiment et ensuite sur un ton désagréable.

— Pas compris », dit-il pour les taquiner en regardant leurs deux coupes courtes. Les cheveux de Mme Sørensen n'avaient pas tout à fait le même sex-appeal que ceux de Lis.

« Bon, alors, je vais faire la gentille, proposa Lis. Et Cat fera la méchante. »

Carl se dit en frottant discrètement la semelle de sa chaussure par terre que, pour une fois, elles auraient pu inverser les rôles.

« Tiens, vous vous êtes fait couper les cheveux ! » s'exclama Lis avec un sourire jusqu'aux oreilles. « Voilà comment on dirait cette phrase à quelqu'un qu'on aime bien. À toi, Cat. »

Mme Sørensen éclata de rire, puis elle se reprit pour se concentrer sur l'exercice. « Tiens, vous vous êtes fait couper les cheveux ! » aboya-t-elle sur un ton odieux. On aurait presque dit qu'elle était redevenue elle-même.

Elles pouffèrent de rire toutes les deux. On aurait dit deux collégiennes.

« Effectivement, la différence est flagrante. Mais quel rapport avec le stage ? »

Mme Sørensen se reprit. « Cette méthode a pour but de sensibiliser les gens à l'effet qu'ils ont sur leur entourage, selon leur façon de parler et ce qu'ils dégagent. Et en prime, elle leur montre l'impact que leur façon d'être et de s'exprimer a sur eux-mêmes.

— En d'autres termes on pourrait dire : ce que tu balances à ton entourage, tu risques de te le reprendre dans la gueule !

— C'est exactement ça. Et vous, Carl ? Est-ce que vous vous rendez compte de l'effet que vous produisez sur les autres ? Vous pourriez peut-être vous inscrire, à l'occasion ? »

Tu parles ! Je sais ça depuis l'âge de sept ans, songea Carl.

« Il vous arrive d'être très brutal dans vos propos, Carl », insista Mme Sørensen.

Je te retourne le compliment, se dit-il.

« Merci de me le dire avec autant d'égards », répondit-il à voix haute, en se préparant à prendre la fuite. « Je vous promets d'y réfléchir.

— Commencez par faire l'exercice, Carl. Placez-vous dans l'un des cercles », dit Cat gentiment en baissant les yeux pour lui indiquer par quel cercle il devait commencer. Alors seulement elle remarqua qu'il avait réussi à effacer tout son dessin avec la semelle de sa chausure pendant qu'elles s'amusaient à leur jeu de rôle.

« Oups ! s'excusa-t-il. Je suis vraiment désolé. » Puis il fit un pas de côté pour échapper à leur aura. « Bonne journée, mesdames ! Et surtout amusez-vous bien. »

34

Septembre 1987

Debout devant sa fenêtre à regarder dehors, elle réalisa qu'une partie de sa haine s'était éteinte. Comme si ce coup à la tempe qu'elle avait donné à Viggo et ce dernier souffle qu'il avait rendu après qu'elle avait versé l'extrait de jusquiame dans sa bouche avaient eu pour effet d'arracher quelques-unes des échardes restées plantées dans son âme.

Elle laissa son regard flotter sur la foule des passants profitant de l'été indien le long de Peblinge Dossering. Tous ces gens normaux qui déambulaient avec chacun sa vie, son destin et probablement quelques squelettes dans le placard.

Ses lèvres se mirent à trembler. Soudain tout cela était devenu trop lourd à porter. Tage, Rita et Viggo étaient des créatures de Dieu eux aussi et elle les avait tués.

Elle ferma les yeux et revit chaque détail. Le visage de Viggo avait une expression intense et chaleureuse quand elle lui avait ouvert la porte. Tage était plein de gratitude. Maintenant c'était au tour de Nørvig. Ce salaud d'avocat qui n'avait pas voulu l'écouter quand elle en avait le plus besoin. Cet homme qui se souciait tellement de la réputation de Curt Wad qu'il n'avait pas hésité à foutre sa vie à elle en l'air.

Mais avait-elle pour autant le droit de lui faire subir ce qu'il lui avait infligé ? Lui voler sa vie.

C'était à cela qu'elle pensait quand elle aperçut l'homme au corps maigre qui attendait au bord de l'eau, à deux pas de l'entrée de son immeuble.

En dépit des trente années écoulées, elle n'eut aucun mal à le reconnaître. Comme à l'époque, il était vêtu d'une veste sport en tweed à boutons de cuir, avec toujours sa serviette en cuir fauve sous le bras. Il n'avait pas changé d'apparence et pourtant quelque chose dans son attitude suggérait qu'il n'était plus le même.

Il faisait les cent pas sous les châtaigniers, regardait l'eau, ployait la nuque en arrière comme pour libérer une tension dans ses cervicales. Il sortit un mouchoir de sa poche, leva une ou deux fois la main vers son visage pour éponger sa sueur, ou peut-être ses larmes.

Elle remarqua que sa veste était trop grande pour lui. Que le vêtement et le pantalon en polyester faisaient de vilaines poches aux coudes et aux genoux. Ce costume devait avoir été acheté en des temps meilleurs pour un individu plus costaud que celui qui le portait aujourd'hui.

Un court instant elle eut pitié de cet homme qui ignorait encore qu'il avait déjà un pied sur l'échafaud.

Et s'il avait des enfants qui l'aimaient ? Et des petits-enfants ?

Il lui suffit de penser à ce mot, « enfant », pour que ses poings se serrent. *Elle* n'aurait jamais d'enfants pour l'aimer. Et à qui la faute si elle n'en avait pas eu ?

Non ! Elle ne devait pas faiblir maintenant. Demain après-midi elle aurait tourné la page sur sa vie passée, ce qui demeurait impossible tant qu'elle ne serait pas allée au bout de ce qu'elle avait entrepris. De toute façon, elle avait fait miroiter par écrit à un homme de loi une donation d'un montant de dix millions de couronnes et il ne la laisserait pas tranquille tant qu'elle n'aurait pas honoré sa promesse.

Surtout un type comme Philip Nørvig.

Il était là devant elle, moins grand que dans son souvenir, n'osant pas la regarder, l'air honteux, à la manière d'un chien qui vient de faire une bêtise. Comme si ce rendez-vous avec Nete était décisif et que la première impression qu'elle allait avoir de lui était essentielle.

Son regard était bien plus dur et froid le jour où il avait menti devant le tribunal et l'avait forcée à dire n'importe quoi. À aucun moment il n'avait cligné des yeux ni ne s'était ému de sa détresse.

Était-ce vraiment le même homme intransigeant et cruel qui venait de franchir sa porte, les yeux baissés pour ne pas croiser son regard ? Elle ne reconnaissait pas non plus la voix intraitable de jadis dans celle qui la remerciait de son invitation.

Elle lui proposa du thé et il répondit : « Avec plaisir », faisant visiblement un effort pour la regarder en face.

Elle lui tendit sa tasse et le regarda la vider sans un mot. Il fronça les sourcils.

Il ne doit pas le trouver à son goût, se dit-elle. Mais au contraire, il tendit la tasse et lui demanda s'il pouvait en avoir une deuxième.

« Je ne voudrais pas me montrer impoli, madame Hermansen, mais j'ai besoin de me donner du courage. J'ai tant de choses à vous dire. »

Et enfin, les yeux dans les yeux, il prononça tous les mots qui auraient dû rester tus. Malheureusement, c'était un peu tard.

« Lorsque j'ai reçu votre lettre… » Il fit une courte pause. « Pardon, puis-je vous tutoyer ? » lui demanda-t-il.

Elle hocha la tête. Il ne s'était pas gêné pour le faire à l'époque, pourquoi se gênerait-il à présent ? « Quand j'ai reçu ta lettre, Nete, je me suis trouvé confronté à une chose qui m'a longtemps tourmenté. Une chose que j'ai toujours voulu réparer si l'occasion se présentait. Je dois avouer que je suis aussi venu à Copenhague dans l'espoir de sauver ma famille de la ruine. L'argent compte, bien sûr, mais je suis surtout venu pour te demander pardon. » Il s'éclaircit la gorge et but une nouvelle gorgée de thé.

« Ces dernières années, il m'est souvent arrivé de penser à la pauvre jeune fille qui avait sollicité l'aide de la justice pour la sortir de l'asile de Brejning où on l'avait internée abusivement. J'ai pensé à toi, Nete, et je me suis demandé ce qui m'avait poussé à rejeter les accusations que tu portais contre Curt Wad. Je savais pourtant que tu disais probablement la vérité. Tous ces mensonges que j'ai dits pour te faire passer pour une idiote et un danger pour la société ne cadraient en rien avec la jeune fille qui se battait pour sa vie à la barre de ce tribunal. »

Il baissa la tête un instant. Lorsqu'il la leva à nouveau, il était encore plus pâle qu'avant.

« Dès que le procès a été terminé, je t'ai effacée de ma mémoire. Je n'ai plus pensé à toi jusqu'au jour où j'ai lu ton nom dans les journaux. J'ai lu que tu t'étais mariée avec Andreas Rosen et tu apparaissais dans ces articles comme une femme belle et intelligente. » Il hocha la tête. « Oh oui, Nete. J'ai tout de suite reconnu ton visage. Il ne s'était pas passé tellement de temps. Et à partir de ce moment j'ai commencé à avoir honte. »

Il continua à siroter son thé et Nete leva les yeux vers la pendule. Le poison allait faire effet dans quelques secondes, et elle ne le souhaitait pas, pas tout de suite. Si seulement le temps pouvait s'arrêter. Elle était en train d'obtenir réparation. Comment pouvait-elle le laisser continuer à boire ce thé ? Il avait des remords et elle savait qu'ils étaient sincères.

Quand il se remit à parler, elle détourna la tête. Son regard si confiant lui renvoyait l'horreur de son acte. Elle ne pensait pas être encore capable d'éprouver ce genre de sentiment.

« À l'époque, je travaillais déjà pour Curt Wad depuis de nombreuses années, et quand on fréquente les gens depuis longtemps, on se laisse influencer. Oui, je l'avoue. Je ne suis pas d'une nature et d'un caractère aussi forts que lui. » Il secoua la tête et but à nouveau. « En te voyant sur la couverture de ce magazine, je me suis replongé dans mes anciennes affaires, et sais-tu ce que j'ai découvert ? »

Il n'attendit pas sa réponse et ne la vit pas non plus tourner le regard vers lui et secouer lentement la tête.

« J'ai découvert que depuis des années, on me manipulait, on se servait de moi, et je me suis mis à regretter beaucoup des choses que j'avais faites. Il m'a été très pénible de reconnaître mes erreurs, mais en relisant le contenu de mes archives et les comptes rendus des affaires dont je m'étais occupé, j'ai compris que Curt Wad m'avait souvent piégé avec ses mensonges, par ce qu'il choisissait de ne pas me dire ou par sa façon d'aménager la vérité à sa convenance. J'ai compris à ce moment-là qu'il me roulait dans la farine depuis toujours. »

Il lui tendit sa tasse de nouveau et elle se demanda si elle n'avait pas tout simplement oublié de verser le poison dedans.

Elle la lui remplit de nouveau et vit qu'il commençait à transpirer et à avoir des difficultés à respirer. Lui ne semblait pas s'en apercevoir. Ou il avait trop de choses sur le cœur pour s'en préoccuper.

« La mission de Curt Wad sur cette terre consiste à nuire à tous ceux qu'il juge indignes de cohabiter avec lui et les Danois qu'il considère comme "normaux" et vertueux. Je suis mortifié de devoir le dire, mais son combat a mené à plus de cinq cents avortements réalisés à l'insu et contre la volonté de ses patientes et je crois qu'il a effectué le même nombre de stérilisations définitives dans des conditions similaires. » Il la regarda comme si c'était lui qui avait tenu le bistouri.

« C'est épouvantable, je ne peux plus me taire à présent. » Il soupira comme si l'aveu avait mis des années à parvenir jusqu'à ses lèvres. « Par son travail à la tête de La Lutte secrète, une organisation dont j'ai été l'administrateur pendant plusieurs années, il a rencontré de nombreux médecins qui partageaient ses opinions et poursuivaient le même but. À l'heure actuelle l'ampleur de cette organisation est inimaginable. »

Nete essaya de se l'imaginer et n'eut malheureusement aucun mal à y parvenir.

Nørvig pinçait les lèvres et tentait de se ressaisir. Il avait les larmes aux yeux.

« J'ai été complice de l'assassinat de milliers d'enfants dans le ventre de leur mère, Nete. »

Il s'étrangla et poursuivit d'une voix tremblante : « J'ai fait le malheur de milliers de femmes innocentes. J'ai semé la peine et la désolation. Voilà ce que j'ai fait de mon existence, Nete. » Il dut s'arrêter de parler tant l'émotion était forte.

Il se tourna vers elle pour quémander son pardon, ses yeux l'imploraient et Nete ne savait plus que dire ni que faire. Derrière son air impassible, elle était sur le point de craquer. Elle était en train de tuer cet homme ! De quel droit ?

Elle aurait aimé prendre sa main, lui montrer qu'elle lui avait pardonné et le soutenir tandis qu'il sombrait dans l'inconscience. Mais elle n'en eut pas la force. Peut-être à cause de la honte qu'elle ressentait.

« Il y a quelques années, j'ai voulu exprimer publiquement ce que je savais. Je n'en pouvais plus. Mais Curt Wad m'a contrecarré et pour se venger il m'a tout pris. Mon cabinet d'avocat, mon honneur, ma dignité. J'avais un ami à l'époque qui s'appelait Herbert Sønderskov. Curt Wad l'a convaincu de lui communiquer des renseignements sur moi qui me détruiraient à jamais. Je me suis défendu, et je les ai menacés de tout révéler sur La Lutte secrète, alors ils ont donné à la police un tuyau anonyme prétendant que j'avais détourné des fonds privés sur les comptes courants de ma société et, bien que ce ne soit pas vrai, il leur a été très facile de donner l'impression que ça l'était. Ils avaient les documents, les relations et les compétences. »

Son menton tomba sur sa poitrine à ce moment-là et ses yeux commencèrent à tourner dans ses orbites. « Herbert, ce salaud. Il a toujours voulu me piquer ma femme. C'est lui qui m'a dit un jour que si je ne fermais pas ma gueule une bonne fois pour toutes sur ce que je savais des activités de La Lutte secrète et si je ne me tenais pas tranquille, il s'arrangerait pour que je me retrouve en prison. » Il secoua la tête. « Ma fille serait morte de honte si c'était arrivé. J'étais piégé. Curt Wad était un homme dangereux et il l'est encore… Écoute bien ce que je vais te dire, maintenant. Tiens-toi à l'écart de cet homme, Nete. »

Il bascula en avant, parlant toujours, bien que très indistinctement. Nete crut entendre quelque chose à propos du père de Wad qui se prenait pour Dieu. Et puis quelque chose sur des fous incroyablement cyniques, qui se croyaient au-dessus des lois.

« Ma femme m'a pardonné d'avoir déposé le bilan, dit-il soudain d'une voix parfaitement claire. Je remercie le Seigneur d'avoir eu la bonté de… » Il chercha ses mots, toussa, déglutit avec peine. « … guider mes pas jusqu'ici, Nete. Et je jure de vivre désormais dans la crainte de Dieu. Avec ton argent, Nete, ma famille et moi allons pouvoir… »

Il tomba en avant et son coude heurta violemment l'accoudoir. On aurait dit qu'il allait vomir. Il eut un spasme et ses yeux prirent une expression affolée. Tout à coup il se redressa.

« Pourquoi est-ce que nous sommes soudain si nombreux dans la pièce, Nete ? » À présent il avait l'air terrorisé.

Elle voulut lui dire quelque chose mais les mots refusaient de passer ses lèvres.

« Pourquoi me fixent-ils tous ainsi ? » grommela-t-il en regardant vers la fenêtre comme pour chercher la lumière.

Il pleurait, les mains tendues comme s'il cherchait à agripper l'air devant lui.

Nete aussi pleurait.

35

Novembre 2010

Rose et Assad n'avaient jamais été aussi semblables que ce matin-là. Des mines d'enterrement et pas l'ombre d'un sourire.

« Quelle bande de cinglés, dit Rose. Il faudrait les aligner contre un mur et leur faire inhaler leur gaz de merde jusqu'à ce qu'ils soient gonflés comme des ballons et qu'ils explosent. C'est dégueulasse d'être prêt à faire cramer cinq personnes juste pour vous faire taire, Carl. Je suis folle de rage.

— En tout cas, moi, ils ont fermé ma bouche d'à peu près ça, dit Assad en formant un zéro avec le pouce et l'index. Et maintenant on est sûrs d'être sur la bonne piste, chef. Ces salopards doivent avoir vraiment beaucoup de choses à cacher. » Il frappa du poing dans le creux de son autre main. Il n'aurait pas fait bon se trouver entre les deux.

« On va les avoir, chef, dit-il encore. On travaillera nuit et jour, alors. Et on fera interdire ce putain de parti et stopper La Lutte secrète et toutes les autres saloperies dont Curt Wad s'occupe.

— C'est très bien, Assad. Mais je crains que ce ne soit pas aussi simple. Et puis c'est dangereux. Je pense qu'il vaut mieux que vous restiez ici tous les deux pendant quelques jours. » Il sourit. « Je n'ai pas l'impression que vous bougiez souvent de ce sous-sol de toute manière, je me trompe ?

— Heureusement que j'y étais la nuit de samedi à dimanche, alors, répliqua Assad. Parce qu'il y a quelqu'un qui est venu fouiner ici. Il portait un uniforme de policier mais en me voyant sortir de mon bureau, il a eu un choc. »

Tomber sur Assad, hirsute et hagard, au milieu de la nuit ! Il y avait de quoi avoir un choc, songea Carl. « Qu'est-ce qu'il voulait ? Et d'où est-ce qu'il venait ? Il te l'a dit ?

— Il m'a dit des conneries. Une histoire de clé de la salle des archives qui aurait disparu ou je ne sais pas quoi. Il venait fouiller dans nos affaires, oui. Quand je l'ai surpris, il était sur le point d'entrer dans votre bureau, chef.

— Il semblerait que cette organisation ait pas mal de ramifications. » Et, s'adressant à Rose : « Où as-tu mis les archives de Nørvig ?

— Dans les toilettes pour hommes, et à ce propos, quand vous vous servez des toilettes femmes, je vous saurais gré de rabattre cette foutue lunette si vous devez absolument pisser debout.

— Pourquoi ça ? » demanda Assad.

Au moins, on tenait le coupable.

« Si tu savais combien de fois j'ai eu cette discussion, Assad, en ce moment tu préférerais être en train de te tourner les pouces dans un camp de scouts sur l'île de Langeland. »

Assad eut l'air perplexe et Carl l'était pareillement.

« OK. Alors allons-y. Donc, tu ne baisses pas la lunette après être allé aux toilettes… » Elle leva un pouce en l'air. « Primo : une lunette de W-C, c'est toujours dégueulasse en dessous. Deuzio : quand on rentre dans ces toilettes et qu'on est une femme, on est obligée de toucher à cette lunette avant de s'asseoir. Tertio : c'est répugnant parce qu'on se retrouve avec les doigts souillés de bactéries quand on a fini et qu'on doit s'essuyer. C'est contre les règles d'hygiène les plus élémentaires. Mais peut-être n'as-tu jamais entendu parler de salpingite ? Quarto : à cause de votre paresse, on doit se laver les mains deux fois. Tu trouves que c'est sympa ? Non ! Si tu prenais la peine de rabattre cette lunette tout de suite après avoir fait pipi, du coup tu irais te laver les mains après, ou du moins je l'espère. »

Il réfléchit un instant à ce qu'elle venait de dire. « Alors tu trouves que c'est mieux que ce soit moi qui sois obligé de lever la lunette avant de faire pipi ? Parce que dans ce cas, c'est aussi moi qui dois me laver les mains avant de commencer. »

Les doigts de Rose se dressèrent à nouveau. « Un : c'est exactement pour cette raison que je dis que les mecs devraient pisser assis. Et deux : si vous vous croyez trop virils et que c'est contraire à votre dignité de le faire, essayez de vous rappeler que beaucoup d'hommes dotés d'un intestin normalement constitué sont contraints de s'asseoir quand même une fois par jour, et là, ils sont bien forcés de la baisser, cette lunette, mais évidemment, je pars du principe que vous ne chiez pas debout.

— On n'a pas besoin de la baisser si c'est une dame qui a utilisé les toilettes avant nous. Elle est déjà en bas, alors ! riposta Assad. Et tu sais quoi, Rose ? Je crois que je vais aller remettre mes jolis gants de caoutchouc verts et que je vais faire le ménage dans ces chiottes pour hommes avec mes deux petites amies, alors », dit-il en agitant ses deux mains. « Parce qu'elles sont à la fois capables de lever une lunette de W-C et de plonger bien au fond de la cuvette sans que ce soit contraire à leur dignité, mademoiselle la chochotte. »

Voyant l'écarlate lui monter aux joues, Carl comprit que Rose s'apprêtait à piquer une colère carabinée et, mû par son instinct, il tendit le bras pour séparer les combattants. Leur discussion tournait un peu en boucle de toute façon. Il remerciait son père et sa mère de l'avoir à peu près bien élevé mais il est vrai que, chez lui, la lunette était garnie d'une housse orange en serviette-éponge.

« Si on revenait aux choses importantes ? » proposa-t-il. « Il y a eu une tentative d'incendie criminel à mon domicile. Un type est venu dans nos locaux pour essayer de nous voler des documents à charge. Je ne comprends d'ailleurs pas pourquoi tu as caché les dossiers de Nørvig dans les toilettes, Rose. C'est un endroit où on entre comme on veut, il me semble ? Tu es sûre que c'est une bonne idée ? Je ne pense pas qu'un panneau "W-C hors service" suffise à tenir nos voleurs à distance s'ils se donnent vraiment la peine de chercher. Qu'en penses-tu ? »

Elle brandit une clé qu'elle sortit de sa poche. « Le panneau, non, mais ça, oui. Et, au fait, je n'ai pas l'intention de traîner à l'hôtel de police plus que nécessaire. Ce n'est pas l'endroit le plus fun de la planète, si je peux me permettre. J'ai des trucs dans mon sac à main au cas où je me ferais agresser et je n'hési-terai pas à m'en servir. »

Carl s'imagina une bombe au poivre ou un taser, bref, un truc bien désagréable qu'elle n'avait aucun droit d'utiliser.

« Je vois. Mais fais quand même attention quand tu te sers de ces trucs-là, Rose. »

Elle lui fit une grimace, ce qui en soi était presque déjà une arme défensive.

« J'ai épluché les dossiers de Nørvig et noté tous les noms sur mon ordi. » Elle posa une liasse de papiers reliés avec un trombone sur le bureau de Carl. « Voici la liste. Vous remarquerez que bon nombre de comptes rendus d'audiences sont signés par l'administrateur judiciaire Albert Caspersen. Si quelqu'un parmi vous ignore qui il est, je précise qu'il s'agit d'un des prin-cipaux collaborateurs de Rene Linier, un homme qui est sans aucun doute appelé à devenir l'un des person-nages les plus importants du parti et même, à plus ou moins long terme, à en prendre la tête.

— Et ce type-là travaillait pour Nørvig, à l'ori-gine ? dit Carl.

— Pour le cabinet Nørvig et Sønderskov pour être exact. Et quand Nørvig et Sønderskov sont partis cha-cun de leur côté, Caspersen a rejoint un cabinet à Copenhague. »

Carl survola la page. Rose avait fait quatre colonnes pour chaque affaire. Une avec le nom de l'accusé qui était aussi le client du cabinet, une avec le nom de la victime et les deux dernières avec la date des faits et l'objet de la procédure.

Dans la colonne « Objet de la procédure », il y avait un grand nombre de plaintes concernant des utilisations abusives de tests de quotient intellectuel, des interventions bâclées, mais surtout des erreurs de diagnostic ayant donné lieu à des interventions gynécologiques injustifiées. Dans la colonne des plaignants on trouvait aussi bien des noms danois que des noms à consonance étrangère.

« J'ai choisi quelques cas au hasard que j'ai lus en détail, dit Rose. Il ne fait aucun doute que nous sommes face à la plus immonde saloperie organisée que j'aie jamais vue. Un cas typique de ségrégation et de purification ethnique. Si ceci n'est que la partie visible de l'iceberg, ces gens sont coupables d'innombrables crimes contre des femmes et des enfants *in utero*. »

Elle attira leur attention sur les noms qui revenaient le plus souvent. Curt Wad, Wilfrid Lønberg et trois autres.

« Quand on va sur le site de Rene Linier, on constate que quatre noms sont ceux de membres influents du parti et que le cinquième type est décédé. Alors ? Qu'en dites-vous, messieurs ?

— Si ces ordures ont leur mot à dire au Danemark, chef, je vous jure que ça va péter », cracha Assad entre ses dents, ignorant le bruit infernal de son téléphone qui sonnait pour la dixième fois au moins depuis le matin.

Carl observa attentivement son assistant. Cette affaire l'affectait plus que les autres. Rose aussi la prenait particulièrement à cœur. C'était comme si elle les touchait personnellement. Tous les deux avaient des bleus à l'âme, certes. Mais tout de même, il ne pouvait pas s'empêcher de s'étonner de voir à quel point

Assad paraissait engagé dans cette enquête et bouleversé par celle-ci.

Assad insista, ses sourcils noirs froncés au sommet de son nez : « Ce que je veux dire, chef, c'est que si on peut déporter impunément des femmes sur une île, tuer des fœtus en bonne santé et rendre des femmes stériles sans qu'elles l'aient demandé, on peut faire à peu près n'importe quoi sans être inquiété, voilà ce que je pense, chef. Et quand des gens comme ça se retrouvent au gouvernement, ce n'est pas bon du tout.

— Bon. Rose, Assad. Écoutez-moi. Nous enquêtons avant tout sur la disparition de cinq individus, d'accord ? Rita Nielsen, Gitte Charles, Philip Nørvig, Viggo Mogensen et Tage Hermansen. Tous ont disparu à peu près au même moment et aucun n'a ressurgi depuis. Cette coïncidence troublante nous amène en toute logique à soupçonner une affaire criminelle. Nous avons trouvé des points de convergence entre ces divers personnages. L'asile pour femmes de Sprogø et Nete Hermansen d'un côté, et de l'autre, les activités de Curt Wad qui ne laissent pas d'attirer l'attention. Peut-être faut-il concentrer nos recherches sur Curt Wad, son travail et ses idées, ou peut-être pas. Il ne faut pas oublier que notre but est d'élucider cette affaire de disparitions. Quant au reste, nous ferions peut-être mieux de le confier aux services secrets. C'est une très grosse affaire, beaucoup trop grosse pour nous trois, et, qui plus est, elle n'est pas sans danger. »

Assad était visiblement mécontent. « Vous avez vu les marques d'ongles sur la porte du cachot à Sprogø, chef. Vous avez entendu ce que Mie Nørvig a dit à propos de Curt Wad. Vous avez vu cette liste. Il faut qu'on aille voir ce vieux pour lui parler de toutes les horreurs qu'il a commises. C'est tout ce que j'ai à dire. »

Carl leva la main et au même moment son téléphone portable sonna dans sa poche. L'interruption était bienvenue, c'est ce qu'il se disait jusqu'à ce qu'il découvre que c'était Mona.

« Oui, Mona », dit-il d'un ton plus distant qu'il n'aurait voulu.

Le sien au contraire était chaleureux. « Tu ne donnes pas souvent de tes nouvelles, Carl. Tu as perdu ta clé ? »

Carl s'écarta de ses deux assistants. « Non, mais je ne voulais pas déranger, tu comprends ? Je ne savais pas si Rolf était toujours en train de se prélasser dans ta chambre à coucher. »

Il y a des tas de façons de dire à la personne dont on est fou amoureux qu'on n'a pas envie de la partager avec un autre. Et elles se soldent presque toutes par un échec. Carl écoutait le silence qui avait succédé à sa petite scène de jalousie. Il n'était pas désagréable mais tout de même un peu déprimant.

Il compta les secondes et faillit raccrocher quand tout à coup un éclat de rire tonitruant lui fit pratiquement exploser le tympan.

« Carl chéri, tu es tellement mignon, je n'en reviens pas. Tu me fais une scène pour un chien, mon trésor. Mathilde m'a demandé d'en prendre soin parce qu'elle est en stage.

— Un chien ? » Il se dégonfla comme un ballon. « Mais pourquoi est-ce que tu m'as dit "laisse tomber, on en parlera à un autre moment", quand je t'ai télé-

496

phoné l'autre jour ? J'étais au trente-sixième dessous, moi.

— Eh oui. Mais ça t'apprendra que certaines femmes n'ont pas envie de flirter au téléphone avec leur petit ami avant d'avoir passé au moins une demi-heure devant leur glace.

— C'était une sorte de test ? »

Elle rit à nouveau. « Tu es un flic formidable, tu sais, Carl ? Tu viens de lever le voile sur le mystère féminin.

— Est-ce que j'ai réussi le test ? C'est la seule chose qui m'intéresse.

— Je propose que nous en discutions ce soir. Avec Rolf entre nous deux. »

Ils quittèrent Roskildevej et descendirent Brønd-byøstervej entre les rangées de tours HLM qui flan-quaient la route de part et d'autre.

« Je connais assez bien le quartier nord de Brøndby, et vous, chef ? »

Carl hocha la tête. Il ne comptait plus le nombre de fois où il avait patrouillé dans le secteur. Brøndbyøster avait jadis la réputation d'être une ville très animée avec trois places de marché offrant tout ce dont le chaland pouvait rêver. C'était un bon quartier et ses habitants avaient du pouvoir d'achat. Mais les grands centres commerciaux s'y étaient installés les uns après les autres : le Rødovre Centrum, le Glostrup Centret, le Hvidovre Centret, le centre commercial Bilka à Ishøj et à Hundige, et ils avaient sonné le glas de toute une communauté. Les boutiques avaient fermé, d'excel-lents commerces de détail, bien gérés, avaient disparu et désormais il ne restait plus rien de ce qu'avait été cette ville. La commune de Brøndby était probablement l'endroit du pays où le commerce de proximité avait été le plus totalement sacrifié. Où étaient passés la rue piétonne, le centre-ville, le cinéma et la salle communale ? Les gens qui habitaient là aujourd'hui avaient tous une voiture pour pouvoir s'échapper de temps en temps, ou alors c'étaient des gens qui se fichaient de leur cadre de vie.

La place du marché de Brøndbyøster et celle de Nygaard étaient les plus touchées. Bref, hormis son équipe de football, la population de Brøndby n'avait pas de quoi être fière. La commune était devenue un ghetto pour les classes défavorisées, et c'était encore plus flagrant ici, dans le nord de la ville.

« Oui, je connais assez bien le quartier, Assad, pourquoi ?

— Parce que je doute que beaucoup de femmes enceintes du quartier trouvent grâce aux yeux de Curt Wad. Le tri effectué par lui dans ce quartier doit ressembler à celui des médecins dans les camps de la mort à l'arrivée des fourgons pleins de Juifs. »

La comparaison était un peu osée mais Carl acquiesça tout de même. Ils arrivaient sur le pont qui enjambait la voie de chemin de fer. Un peu plus loin apparaissaient les premières maisons de la vieille ville. Une oasis dans une jungle de béton. Des maisons anciennes aux toits de chaume, de véritables arbres fruitiers. Des jardins assez grands pour qu'on puisse y évoluer, et même y organiser des soirées barbecue.

« Il faut descendre Vestre Gade, dit Assad, les yeux sur le GPS. La rue Brøndbyøster est en sens unique, vous allez devoir tourner dans Park Allé et la prendre à l'envers. »

Carl vérifia les noms des rues. C'était bien ça. Au moment où il s'engageait dans la petite rue étroite, il vit un camion arriver à vive allure d'une rue transversale. Carl n'avait aucun moyen de l'éviter et il sentit le véhicule percuter de plein fouet l'aile arrière droite de la Peugeot qui dérapa et fut projetée contre le trottoir avant d'échouer dans une haie de troènes. Pendant quelques secondes qui durèrent une éternité, ce ne furent que tourbillons de morceaux de pare-brise, claquements d'airbags, grincements de métal broyé et cris de gens affolés derrière la haie.

Quand les airbags se dégonflèrent, Carl et Assad se regardèrent, à la fois choqués et soulagés.

« Et ma haie ? » fut la première inquiétude du vieil homme qui les regardait s'extirper du véhicule. Pas un mot pour leur demander s'ils allaient bien. Ce qui était le cas, Dieu merci.

Carl haussa les épaules. « Demandez à votre compagnie d'assurance, je n'y connais rien en jardinage. » Il jeta un regard circulaire sur les badauds les plus proches. « Est-ce que l'un de vous a vu ce qui s'est passé ?

— Oui. C'était un camion. Il a pris le sens interdit à fond la caisse et il est reparti par Brøndbyøstervej. Je crois qu'il a tourné dans Højstens Boulevard, dit l'un.

— Il arrivait de Brøndbytoften. Je l'ai vu garé là-haut un long moment. Je n'ai pas reconnu la marque, je sais juste qu'il était bleu, dit l'autre.

— Non, gris, dit un troisième.

— Je suppose qu'aucun d'entre vous n'a eu le temps de relever le numéro d'immatriculation ? » demanda Carl tout en évaluant les dégâts sur la voiture. Il n'avait plus qu'à contacter le parc automobile de la police pour leur annoncer la nouvelle. Et merde ! Assad et lui en seraient réduits à prendre le train pour rentrer. Et si son instinct de flic ne le trompait pas, ils n'avaient même pas besoin de perdre leur temps à aller interroger les entreprises de la zone industrielle de Brøndby pour retrouver la trace du camion.

Il ne s'agissait pas d'un accident mais d'une tentative délibérée d'assassinat.

« Crois-moi si tu veux, Assad, Curt Wad habite en face de l'école de police. Il n'aurait pas pu trouver meilleure adresse pour exercer sa coupable activité. Qui irait fouiller dans un endroit pareil ? »

Assad montra à Carl la plaque en laiton fixée au mur de briques jaunes à côté de la porte d'entrée.

« Ce n'est pas son nom qui est inscrit sur cette plaque, chef. C'est écrit "Professeur en médecine et chirurgie, spécialiste en gynécologie, Karl-Johan Henriksen".

— Oui, je sais. Curt Wad a cédé son cabinet. Il y a deux sonnettes, Assad. Si on essayait celle du haut ? »

Une version miniature de Big Ben retentit derrière la porte. Comme personne ne réagissait à l'intérieur malgré plusieurs tentatives sur les deux sonnettes, ils empruntèrent une allée qui passait entre le pignon de la maison et une ancienne écurie datant du XIIIᵉ siècle chaulée en jaune et surmontée d'un toit de tuiles.

Le jardin était petit, tout en longueur et bordé de buissons de symphorines à baies blanches. Il était protégé des regards par une haute palissade. Les plates-bandes étaient impeccablement entretenues mais l'abri de jardin sur pilotis avait connu des jours meilleurs. Ils se hasardèrent jusqu'au milieu du jardin et à travers une fenêtre à double vitrage, ils virent une pièce qui devait être le salon et, au milieu, un très vieil homme en train de les regarder. Il s'agissait de Curt Wad, à n'en pas douter.

Il secoua la tête. Carl colla sa plaque de policier contre la vitre, ce qui n'eut pour effet que de lui faire secouer la tête à nouveau. Il n'avait de toute évidence pas l'intention de les laisser entrer.

Alors Assad monta sur la terrasse et s'escrima sur la poignée de la porte-fenêtre jusqu'à ce qu'elle cède.

« Curt Wad, bonjour », dit-il, campé sur le pas de la porte. « On peut entrer ? »

Carl observait Curt Wad à travers la vitre. Celui-ci poussa une exclamation de colère que Carl n'entendit pas.

« Merci beaucoup », répondit Assad, imperturbable. Et il entra.

Gonflé, se dit Carl avant de lui emboîter le pas.

« C'est une violation de domicile. Je vous demande de partir, protesta l'homme. Ma femme est en train de mourir dans notre chambre au premier et je ne suis pas d'humeur à recevoir de la visite.

— Nous sommes tous de mauvaise humeur aujourd'hui, alors », répliqua Assad.

Carl lui pinça le bras. « Nous sommes désolés de l'apprendre, monsieur Wad. Nous ne serons pas longs. »

Il s'assit sans y être invité dans un canapé rustique avec un dossier de chêne, et ce en dépit du fait que le maître de maison soit toujours debout.

« Vu les efforts que vous avez déployés la nuit dernière et ce matin pour nous faire du tort, je pense que vous savez pourquoi nous sommes ici. Mais je vais tout de même vous faire un petit résumé de la situation. »

Carl ménagea une petite pause afin d'observer la réaction de Curt Wad à son allusion aux deux tentatives de meurtre dont il avait été victime, mais il n'en eut aucune. Son attitude exprimait uniquement son souhait de les voir s'en aller au plus vite.

« Le fait est que nous avons creusé un peu dans vos activités au sein des associations et du parti politique que vous représentez, mais nous aimerions surtout savoir si votre nom pourrait être rattaché à une série de disparitions suspectes survenues au début du mois de septembre 1987. Avant que je vous pose officiellement cette question, y a-t-il quelque chose que vous aimeriez nous dire ?

— Oui. Allez-vous-en.

— Alors là, je ne comprends plus, dit Assad. J'aurais mis ma main à couper que vous veniez de nous inviter à entrer. »

C'était du Assad tout craché. Insolent à la limite de l'agressif. Carl se dit qu'il ferait peut-être mieux de lui tenir la bride un peu plus court.

Le vieux s'apprêtait à riposter vertement mais Carl l'arrêta d'un geste. « Comme je vous l'ai dit, je voudrais juste vous poser une ou deux questions. Et mon assistant n'ouvrira plus la bouche, c'est promis. »

Carl repéra les lieux d'un rapide coup d'œil : une porte donnant sur le jardin, une qui semblait conduire à une salle à manger et une troisième, à double battant, actuellement fermée. Toutes étaient plaquées en bois de teck. Un détail typique des rénovations effectuées dans les années soixante.

« Le cabinet de Karl-Johan Henriksen se trouve derrière cette porte et sa consultation est fermée aujourd'hui, n'est-ce pas ? »

Curt Wad hocha la tête. Il était attentif et soucieux de garder son calme mais Carl ne doutait pas que sa colère exploserait dès que ses questions deviendraient plus gênantes.

« Je suppose donc qu'il existe trois accès à la maison à partir de la porte d'entrée. L'escalier conduisant au premier où se trouve votre femme, une porte donnant sur le cabinet médical et celle de droite qui donne sur la salle à manger et probablement la cuisine et l'arrière-cuisine. »

Nouveau hochement de tête. Il devait être surpris de la tournure que prenait l'interrogatoire mais choisissait de garder le silence.

Carl regarda une fois encore les différentes issues.

Il se disait que si on devait les attaquer, les assaillants entreraient par la porte du cabinet médical. Il surveillait donc tout particulièrement celle-là et gardait la main à proximité de son holster.

« De quelles disparitions s'agit-il ? demanda enfin le vieillard.

— Un certain Philip Nørvig, avec qui je sais que vous avez travaillé à une époque.

— Ah oui ? Je n'ai pas vu Philip depuis vingt-cinq ans. Mais vous avez parlé de plusieurs disparitions. Qui sont les autres ? »

Très bien. Il commençait à se détendre.

« Des gens qui d'une manière ou d'une autre étaient en rapport avec l'île de Sprogø, répondit Carl.

— Je n'ai pour ma part aucun lien avec Sprogø, je suis originaire de Fionie, dit-il avec un sourire ironique.

— Nous le savons. Mais nous savons aussi que vous avez dirigé une organisation qui, grâce à une mécanique particulièrement bien huilée, a fait en sorte que de nombreuses femmes soient déportées dans l'île entre 1955 et 1961. Une organisation qui a également fait l'objet de nombreuses plaintes pour avortements abusifs et stérilisations forcées. »

Son sourire s'était élargi. « Rappelez-moi si ces affaires ont abouti à une seule condamnation ? La réponse est non. Rien que des pétards mouillés. Et si c'est pour quelques idiotes internées à Sprogø que vous faites tout ce foin, je ne vois pas le rapport avec les disparitions sur lesquelles vous enquêtez. Vous devriez plutôt vous adresser au Nørvig en question, non ?

— Nørvig a disparu en 1987.

— C'est ce que vous prétendez. Mais qui sait ? Il avait peut-être d'excellentes raisons de se faire oublier. C'est peut-être lui qui est derrière toutes ces affaires dont vous vous occupez. Vous êtes sûrs d'avoir bien cherché ? »

Ce type était d'une arrogance !

« J'en ai marre d'écouter ces conneries, chef, dit Assad avant de s'adresser directement à Curt Wad. Vous saviez que c'était nous, n'est-ce pas ? Vous n'avez même pas eu besoin d'aller jusqu'à la porte d'entrée pour voir qui avait sonné. Vous aviez compris que le camion censé nous empêcher d'arriver jusqu'à vous avait raté son coup. C'est bête, hein ? »

Assad s'approcha de lui presque à le toucher. Il allait beaucoup trop vite. Carl avait prévu d'opérer en douceur et d'arracher à Curt Wad un maximum de détails avant de passer à l'attaque. Si on le braquait, il allait se fermer comme une huître.

« Attendez une minute, chef », dit Assad quand il vit que Carl était sur le point d'intervenir. Il prit par la taille le vieil homme qui faisait au moins une tête et demie de plus que lui et le poussa dans un fauteuil qui se trouvait dans l'angle du salon, à côté de la cheminée. « Voilà. Comme ça, on va pouvoir vous surveiller. Cette nuit, vous avez tenté de tuer Carl et ses amis en envoyant un de vos hommes mettre le feu chez lui. Allah soit loué, vous avez échoué. La même nuit, un autre de vos sbires a essayé de voler des documents dans les bureaux de la police. Un de vos amis a détruit des preuves en les faisant disparaître dans un brasero. Vous semblez décidément avoir des gens partout pour faire votre sale boulot. Pourquoi serais-je plus gentil avec vous que vous ne l'êtes avec nous ? Ce n'est pas du tout mon genre. »

Curt Wad, souriant et maître de lui, regardait Assad bien en face. Une vraie tête à claques.

Alors Carl intervint, sur le même ton que son assistant : « Pouvez-vous nous dire où se trouve Louis Petterson en ce moment, Wad ?

— Je ne sais pas de qui vous parlez.

— C'est ça, prenez-nous pour des cons. Vous allez nous faire croire que vous ne connaissez pas les gens qui travaillent pour vous à Benefice ?

— Benefice ? Ça ne me dit rien.

— Alors peut-être pourriez-vous nous expliquer pourquoi Louis Petterson vous a téléphoné tout de suite après que nous lui avons posé des questions sur vous dans un pub à Holbæk ? »

Le sourire diminua imperceptiblement sur le visage de leur interlocuteur et Carl vit qu'Assad l'avait remarqué lui aussi. C'était la première fois qu'un fait incontestable le concernait directement et il avait réagi aussitôt. *Touché.*

« Et pourquoi Herbert Sønderskov vous a-t-il téléphoné ? D'après mes renseignements, cet appel a eu lieu très peu de temps après que nous nous sommes rendus dans la maison qu'il partage avec Mie Nørvig à Halsskov. Vous avez un commentaire à faire là-dessus ?

— Aucun. » Curt Wad posa lourdement ses mains sur les accoudoirs du fauteuil et les y laissa. On ne tirerait plus rien de lui, disait clairement son langage corporel.

« La Lutte secrète ! » lança brusquement Carl. « Un mouvement intéressant dont la population danoise devrait bientôt être largement informée. Qu'avez-vous à nous dire à ce sujet ? Vous en êtes le fondateur, n'est-ce pas ? »

Pas de réponse. Juste deux mains qui se crispaient un peu plus fermement sur les accoudoirs.

« Si vous étiez prêt à assumer votre responsabilité dans la disparition de Philip Nørvig, qui sait, nous pourrions décider de nous concentrer là-dessus au lieu de nous mêler de toutes ces bêtises de parti politique et de loge occulte. »

La réaction de Wad à sa proposition d'arrangement serait décisive. Aussi infime soit-elle, elle fournirait à Carl une brèche qui lui permettrait d'atteindre la statue de sel qu'il avait en face de lui. Son expérience le lui disait. Curt Wad allait-il saisir la perche qu'il lui tendait et se sacrifier pour sauver le parti, ou préférerait-il sauver d'abord sa peau ? Il penchait plutôt pour la deuxième hypothèse.

Mais Curt Wad n'eut pas de réaction du tout, ce qui ne laissa pas d'étonner l'inspecteur Mørck.

Carl se tourna vers Assad. Avait-il remarqué ce qui venait de se passer ? Curt Wad préférait se voir accusé de la disparition de Nørvig plutôt que de mettre en péril La Lutte secrète. Il n'avait même pas tenté de saisir l'occasion d'avoir à se défendre contre une accusation bénigne pour échapper à ce qui serait un scandale national. Un criminel endurci n'aurait pas hésité à marcher dans l'arrangement mais Curt Wad ne voulait pas négocier. Il n'avait peut-être rien à voir avec ces disparitions, après tout. Ou alors il était encore plus rusé que Carl le pensait ?

Quoi qu'il en soit, pour l'instant ils étaient au point mort.

« Caspersen travaille toujours pour vous, je crois ? Et il travaillait déjà pour vous à l'époque où vous, Lønberg et tous les autres membres de Rene Linier détruisiez sciemment la vie de personnes innocentes ? »

Curt Wad ne remua pas un cil et Assad, cette fois, lui vola dans les plumes :

« Vous ne savez même pas, pauvre vieil imbécile, qu'en danois moderne, Linier s'écrit avec un j », lui assena-t-il.

Carl nota tout de suite qu'aussi léger qu'il puisse paraître, le coup avait porté. En tout cas, la remarque avait agacé le vieillard plus que tout ce qu'il avait entendu jusqu'ici. Se faire reprendre sur une question linguistique par ce petit métèque insolent était un outrage qu'il avait visiblement du mal à supporter.

« Rappelez-moi le nom de votre chauffeur, le blond, celui qui a apporté la bouteille de gaz chez moi ? » lança Carl, poursuivant l'attaque. Et en guise de coup de grâce : « Est-ce que le nom de Nete Hermansen vous dit quelque chose ? »

Curt Wad se redressa dans son fauteuil. « Je vais vous prier de partir. » De nouveau, il se réfugiait dans le formalisme. « Mon épouse est mourante, je vous demande de vous en aller et de respecter le temps qu'il nous reste à passer ensemble.

— Comme vous avez respecté Nete Hermansen en l'envoyant sur l'île de Sprogø, et comme vous avez respecté toutes ces femmes qui ne correspondaient pas à votre vision dégénérée et pathologique de l'être humain et dont vous avez jugé bon d'assassiner les enfants à naître ? » demanda Carl avec le même sourire sarcastique que Curt Wad avait eu tout à l'heure.

« Je vous interdis ce genre de comparaison. » Wad se leva. « J'en ai tellement assez de toute cette hypocrisie », dit-il. Il se pencha vers Assad : « Toi aussi tu as peut-être l'intention de mettre au monde d'affreux petits gamins noirs et stupides et tu auras la prétention de les considérer comme des Danois, pauvre petit gnome ?

— Nous y voilà ! s'exclama Assad en souriant. L'immonde bête est remontée à la surface. Le monstre Curt Wad en personne.

— Pousse-toi, sale nègre. Rentre dans ton pays, sous-homme. »

Puis il s'adressa à Carl : « C'est tout à fait exact. J'ai contribué à faire enfermer à Sprogø des filles asociales et stupides, affectées de graves déviances sexuelles. Toutes ces moins-que-rien ont été stérilisées, ce dont vous pouvez me remercier. Car aujourd'hui leur descendance grouillerait dans les rues comme des rats, et vous et vos collègues seriez débordés par leurs comportements criminels et leurs instincts primitifs. Que le diable vous emporte tous les deux. Si j'étais plus jeune… »

Il leva vers eux ses poings dressés et Assad souhaita presque le voir s'en servir. Mais Curt Wad était plus fragile physiquement qu'il ne le paraissait à la télévision. Le vieil homme avait presque l'air comique, là, face à eux, dressé sur ses ergots, jouant les durs devant sa bibliothèque vitrée, dans ce salon rempli d'un mélange hétéroclite de meubles de tous les styles accumulés au cours de sa longue existence. Carl savait pourtant à quoi s'en tenir. Il n'y avait rien de comique chez cet homme-là et sa faiblesse n'était qu'apparente. Car l'arme de Wad était son cerveau, et celui-ci était intact, fait de glace et plein de mauvaises intentions.

Carl attrapa son assistant par le col et l'entraîna vers la porte-fenêtre donnant sur le jardin.

« Rassure-toi, Assad, ils l'auront un jour ou l'autre », dit-il tandis qu'ils remontaient Brøndbyøstervej à pied pour rejoindre la gare.

Mais Assad n'était pas d'accord.

« Vous dites *ils* et pas *nous*, chef, riposta-t-il. Je ne sais pas qui sont ces *ils* dont vous me parlez et qui sont supposés l'arrêter. Curt Wad a quatre-vingt-huit ans. Personne ne l'arrêtera avant qu'Allah ne le rappelle à lui, si nous ne nous en chargeons pas. »

Ils se turent pendant presque tout le trajet en train jusqu'à Copenhague, chacun perdu dans ses pensées.

« Vous avez vu l'arrogance de ce sale type, chef ? Il n'avait même pas d'alarme dans sa maison, dit Assad tout à coup. On peut rentrer chez lui comme dans un moulin. Et je trouve que c'est ce qu'on devrait faire, parce que sinon il risque de détruire des documents importants. C'est sûr et certain, alors. »

Assad ne précisa pas qui était le *on* en question.

« Ne fais pas ça, Assad, lui recommanda Carl. Un cambriolage par semaine, ça suffit. » Considérant que le sujet était clos, il en resta là.

Ils n'étaient arrivés que depuis cinq minutes quand Rose entra dans le bureau de Carl, un fax à la main.

« Je l'ai trouvé dans le courrier entrant. Il est destiné à Assad, dit-elle. Apparemment, ça vient de Lituanie, si j'en crois le numéro de l'expéditeur. La photo est assez dégueulasse. Vous avez une idée de qui a pu nous envoyer ça ? »

Carl jeta un coup d'œil à la télécopie et son sang se glaça.

« Assad, viens ici », cria-t-il.

Assad mit plus de temps à réagir que d'habitude. La journée avait été dure.

« Oui, qu'est-ce qu'il y a, alors ? » demanda-t-il quand il rappliqua enfin, traînant les pieds.

Carl lui montra le fax.

« Ce tatouage te dit quelque chose, Assad ? »

Assad contempla le dragon coupé en deux qui ornait le cou à moitié tranché de Linas Verslovas. Le visage du mort avait l'air à la fois étonné et terrifié.

Carl constata avec horreur que celui d'Assad n'était ni l'un ni l'autre.

« C'est dommage, dit-il simplement. Mais je n'y suis pour rien, alors, chef.

« — Tu veux dire que tu n'es responsable de ceci ni directement, ni indirectement ? »

Carl regarda à nouveau la photographie. Il était choqué et il y avait de quoi.

« Pour la responsabilité indirecte, on ne peut jamais savoir. En tout cas, si c'est à cause de moi, je ne l'ai pas fait exprès. »

Carl tâtonna nerveusement dans sa poche de veste pour trouver ses cigarettes. Il fallait qu'il fume. Tout de suite. « Tu n'as sûrement rien à voir avec la mort de ce type, Assad. Mais peux-tu m'expliquer pourquoi la police lituanienne, ou celui qui a jugé bon de t'envoyer cette merde, estime que tu dois en être informé ? Où est passé mon putain de briquet ? Quelqu'un l'a vu ?

— Je ne sais pas pourquoi on m'a envoyé ça. Vous voulez que je les appelle pour leur demander, chef ? » La dernière phrase était ironique.

« Tu sais quoi, Assad ? Je crois qu'on va laisser tomber ça pour le moment. Tu vas rentrer chez toi, si tu as un *chez-toi* quelque part, et tu vas décompresser un peu. Parce que franchement, je crois que tu es un peu en surchauffe.

— Ce que je trouve bizarre, c'est que vous ne le soyez pas, chef. Mais si vous voulez que je m'en aille, d'accord, je m'en vais. » Il ne le montrait pas, mais Carl savait que jamais, depuis qu'il le connaissait, Assad n'avait été aussi en colère qu'en ce moment.

Il sortit du bureau, le briquet de Carl dépassant ostensiblement de la poche arrière de son pantalon. Carl eut un très mauvais pressentiment.

36

Lorsque le menton de Nørvig s'affaissa sur sa poitrine, un grand silence tomba sur la vie de Nete. La mort en personne l'avait regardée en face, elle l'avait saluée et lui avait laissé entr'apercevoir les flammes de l'enfer avant de repartir.

Jamais elle ne l'avait vue d'aussi près. Pas même quand sa mère était décédée. Ni le jour où, couchée dans un lit d'hôpital, on lui avait appris que son mari n'avait pas survécu à l'accident.

Elle tomba à genoux devant la chaise où Philip Nørvig était assis, les yeux ouverts et larmoyants, ne respirant plus.

Elle tendit ses mains tremblantes, toucha les doigts crispés, cherchant des mots qui ne venaient pas. Elle voulait peut-être simplement lui dire « pardon », mais ce n'était pas suffisant, alors elle ne dit rien.

Il avait une fille, songeait-elle, et elle sentit une douleur dans son bas-ventre qui se propagea rapidement au reste de son corps.

Il avait une fille. Ces mains immobiles allaient manquer à une joue qu'elles ne caresseraient plus.

« Arrête, Nete ! » dit-elle soudain à haute voix, quand elle comprit où cela la menait. « Ordure », dit-elle au cadavre, les dents serrées. Il n'était tout de même pas venu ici avec ses remords en imaginant que cela suffirait à tout effacer et à rendre sa vie plus belle. Allait-elle le laisser lui voler aussi sa vengeance ? Sa liberté d'abord, puis sa maternité et à présent sa victoire ?

« Allez, viens là, mon bonhomme », grommela-t-elle en glissant ses mains sous les aisselles du mort. La puanteur lui assaillit instantanément les narines. Il avait dû vider ses intestins avant de mourir et ce désagrément la mettait dans une situation grave.

Elle regarda la pendule. Il était seize heures. Dans un quart d'heure ce serait au tour de Curt Wad de mourir. Et même si le tour de Gitte Charles venait ensuite, à ses yeux, c'était quand même lui la cerise sur le gâteau.

Elle souleva Nørvig de son fauteuil et découvrit une grosse tache brune et nauséabonde sur le siège.

Philip Nørvig était parti en laissant une dernière souillure dans la vie de Nete.

Elle lui enveloppa le bas du corps dans une serviette-éponge et le traîna jusqu'à la pièce calfeutrée puis elle se mit à frotter la tache avec frénésie après avoir ouvert en grand les fenêtres du salon et de la cuisine. Elle réalisa très vite qu'elle ne se débarrasserait ni de la tache ni de l'odeur et à cet instant où le cadran indiquait 16 h 14, elle comprit que la pièce et tout cet appartement sentaient le traquenard.

À seize heures seize le fauteuil avait été transporté dans un angle de la pièce occulte. L'emplacement où il se trouvait auparavant semblait affreusement vide. Elle envisagea de mettre une chaise de cuisine à la place, mais ce n'était pas une bonne idée. Et elle n'avait pas d'autres chaises.

Il faudra que Curt Wad s'asseye dans le canapé à côté du buffet pendant que je verse la jusquiame dans le thé, se dit-elle. Il faudra que je me débrouille pour lui tourner le dos. Il n'y a pas d'autre solution.

Les minutes passèrent, Nete allait toutes les trente secondes regarder par la fenêtre. Curt Wad ne vint pas.

Alors que Nete était internée depuis plus de dix-huit pénibles mois, un homme surgit un jour dans la cour de l'asile. Il était armé d'un appareil photo avec lequel, tourné vers la mer, il prenait des clichés. Un troupeau de pensionnaires gloussait et chuchotait autour de lui en le regardant sous toutes les coutures, exactement comme s'il avait été un lot à gagner. L'homme était grand et costaud et il ne se laissait apparemment pas affecter par les attouchements des filles de Sprogø quand elles venaient à s'approcher.

Il avait l'air de ce que le père de Nete aurait appelé un « brave homme ». Il avait le teint rubicond d'un fermier et une chevelure qui brillait de santé et qui ne devait pas avoir souvent connu le savon noir.

Quatre femmes du personnel étaient aux petits soins pour lui et quand elles jugèrent que la cohue devait l'indisposer, elles écartèrent les filles et les renvoyèrent à leurs corvées. Nete, quant à elle, alla se cacher derrière le grand arbre au milieu de la cour et attendit de voir ce qui allait se passer.

L'homme regardait maintenant un peu partout autour de lui, sortait un calepin et semblait prendre des notes sur ce qu'il voyait.

Nete l'entendit demander aux gardiennes s'il pouvait interviewer une des filles. Elles lui répondirent que s'il tenait à sa vertu, il ferait mieux de les interroger, elles, à la place.

« Moi, je saurai me tenir », déclara Nete en avançant vers le petit groupe avec ce sourire que son père avait baptisé son « collier de perles ».

Elle vit dans le regard des surveillantes qu'elle recevrait une punition pour son effronterie et que celle-ci serait terrible.

« Retourne à ton travail », dit La Fouine, la plus petite des quatre gardiennes, qui était aussi l'assistante personnelle de la directrice. Elle avait fait un effort pour s'adresser gentiment à Nete mais cette dernière n'était pas dupe. La Fouine était une femme pleine d'amertume, blessée par la vie comme elles l'étaient toutes et à qui il ne restait plus que la méchanceté pour avoir le sentiment d'exister. Une frustrée dont aucun homme ne voulait, comme disait toujours Rita. Une femme qui prenait plaisir à voir les autres souffrir.

« Attendez, dit le journaliste. J'aimerais bien lui parler. Elle m'a l'air plutôt calme. »

La Fouine renifla avec mépris mais ne fit pas de commentaire.

Il avança d'un pas vers Nete. « Je travaille pour l'hebdomadaire *Fotoreportagen*. Est-ce que vous seriez d'accord pour parler un peu avec moi ? »

Nete acquiesça brièvement malgré les quatre regards durs posés sur elle.

Le reporter se tourna vers les fonctionnaires. « Je vais l'emmener une dizaine de minutes près du ponton. Je lui poserai quelques questions et je prendrai deux ou trois photos. Vous n'avez qu'à rester dans le coin pour intervenir si vous voyez que je ne suis pas capable de me défendre », dit-il pour plaisanter.

Elles se retirèrent et l'une des quatre se dirigea vers le bureau de la directrice.

Tu n'as pas beaucoup de temps, se dit Nete en précédant le journaliste dans le passage entre deux bâtiments qui menait à l'embarcadère.

La luminosité était particulièrement forte ce jour-là. Le bateau qui avait amené le visiteur était amarré au ponton de bois. Elle avait déjà eu l'occasion de voir le marin et il la salua d'un sourire.

Elle aurait donné plusieurs années de sa vie pour monter à bord de cette embarcation et rejoindre la terre ferme.

« Je ne suis ni attardée, ni asociale », dit-elle tout de suite au journaliste avant qu'il ait eu le temps de lui poser sa première question. « J'ai été déportée sur cette île après avoir été violée par un médecin qui s'appelle Curt Wad. Vous le trouverez dans l'annuaire.

— Ah bon ? Vous avez été violée ?

— Oui.

— Par un médecin répondant au nom de Curt Wad ?

— Oui. Il y a eu un procès, vous pourrez vérifier. J'ai perdu. »

Il hocha lentement la tête mais n'écrivit rien sur son carnet. Nete se demanda pourquoi.

« Et vous vous appelez ?

— Nete Hermansen. »

Son nom, il le nota. « Vous dites que vous n'êtes pas attardée mais d'après ce que je sais, toutes les filles qui sont ici ont été internées suite à un diagnostic. Quel est le vôtre ?

— Un diagnostic ? » Elle ne connaissait pas le mot.

Il sourit. « Nete, pouvez-vous me dire quelle est la troisième plus grande ville du Danemark ? »

Elle regarda le verger au sommet de la colline. Elle savait parfaitement ce qui allait arriver. Encore trois questions comme celle-là et elle serait cataloguée.

« Je sais que ce n'est pas Odense parce que c'est la deuxième », répondit-elle.

Il hocha la tête. « Vous êtes originaire de Fionie ?

— Oui. Je suis née à quelques kilomètres d'Assens.

— Alors peut-être pourriez-vous me parler de la maison d'Andersen à Odense ? De quelle couleur est-elle ? »

Nete secoua la tête. « Vous voulez bien m'emmener loin d'ici, s'il vous plaît ? Je vous raconterai plein de choses que vous n'apprendrez jamais ici. Des choses qui vont vous intéresser.

— Mais encore ?

— Des choses sur le personnel, par exemple. Si elles sont gentilles avec nous, on les renvoie sur le continent. Si nous nous montrons désobéissantes, on nous enferme dans des chambres pour réfléchir.

— Des chambres pour réfléchir ?

— Oui, des cachots. Des pièces dans lesquelles il n'y a qu'un lit et rien d'autre.

— D'un autre côté, vous n'êtes pas ici pour prendre des vacances ! »

Elle secoua la tête. Il n'avait pas l'air de comprendre. « Nous ne pouvons partir d'ici que s'ils nous opèrent et s'ils nous stérilisent. »

517

Il hocha la tête. « Oui. Je suis au courant. Ils font cela pour vous empêcher de mettre au monde des enfants que vous ne seriez pas capables d'élever. Vous ne trouvez pas ça très humain ?

— Humain ?

— Juste, si vous préférez.

— Pourquoi est-ce que je ne serais pas capable d'élever des enfants ? Pourquoi mes enfants seraient-ils moins bien que ceux des autres ? »

Il quitta Nete des yeux et regarda les trois matonnes qui les avaient suivis et se tenaient à quelques pas, essayant de suivre leur conversation.

« Montrez-moi celle qui vous frappe », dit-il.

Nete se retourna. « Elles le font toutes, mais c'est la plus petite qui tape le plus fort. De préférence dans la nuque. Après nous avons le cou tout raide pendant plusieurs jours.

— Je comprends. Mais je vois la directrice qui arrive. Dites-moi encore quelque chose. Qu'est-ce qui vous est interdit par exemple ?

— Le personnel cache les épices. Il n'y a du sel, du poivre et du vinaigre sur les tables que lorsque l'asile reçoit des gens de l'extérieur.

— Si ce n'est que ça, ce n'est pas trop terrible. La nourriture est bonne en tout cas. Je l'ai goûtée.

— Le pire, c'est qu'elles nous détestent. Elles se fichent complètement de nous. Elles nous traitent toutes de la même façon et elles ne veulent pas nous écouter. »

Il rit. « Il faudrait que je vous présente mon rédacteur en chef. Vous venez juste de le décrire. »

Elle entendit le petit groupe des gardiennes se disperser et la dernière chose qu'elle remarqua avant que la directrice l'attrape par le bras et l'entraîne avec elle fut l'homme du bateau qui s'allumait tranquillement un cigarillo et se mettait à démêler son filet de pêche.

Sa cause n'avait pas été entendue, ou pas comme elle l'aurait voulu. Ses prières avaient été vaines. Elle n'avait pas plus d'importance dans cet endroit qu'un crapaud dans l'herbe.

Au début elle était restée couchée dans le cachot et elle avait pleuré. Comme cela ne servait à rien, elle s'était mise à crier de toutes ses forces pour qu'on la laisse sortir et, pour finir, elle avait donné des coups de pied dans la porte et l'avait griffée sauvagement. Quand ils en avaient eu assez d'entendre tout ce vacarme, ils étaient venus à plusieurs pour lui mettre la camisole de force et l'attacher au lit avec des sangles.

Pendant plusieurs heures, elle avait pleuré et parlé aux murs badigeonnés de blanc comme s'ils pouvaient soudain s'écrouler et lui ouvrir le chemin de la liberté. Enfin, on avait déverrouillé la porte et la directrice était entrée, suivie de sa petite fouine d'assistante si dévouée.

« J'ai eu une conversation avec M. William du journal *Fotoreportagen* et tu peux te féliciter qu'il ait renoncé à publier les bêtises que tu lui as racontées.

— Je ne lui ai pas raconté de bêtises. Je ne mens jamais. »

Nete n'eut pas le temps de parer la gifle qui vint s'abattre sur sa bouche mais quand La Fouine leva la main pour la frapper à nouveau, elle était prête.

« Ça suffit mademoiselle Jespersen. Nous réglerons le problème autrement, dit la directrice. Je suis habituée à entendre ce genre de stupidités. »

Elle se tourna à nouveau vers Nete. Elle était peut-être celle qui, en temps normal, avait le regard le plus chaleureux parmi les fonctionnaires mais à cet instant il était glacial.

« J'ai téléphoné à Curt Wad et je lui ai dit que tu persistais dans tes mensonges infamants et sans fondement à son propos. Je me disais qu'il pourrait être intéressant d'avoir son avis sur ce qu'il convient de faire de toi. Il m'a répondu qu'aucune punition n'était assez sévère pour venir à bout d'une âme aussi révoltée et tordue que la tienne. » Elle tapota la main de Nete. « Il est vrai que ce n'est pas à lui d'en décider mais j'ai tout de même envie d'écouter ses conseils. Dans un premier temps, tu vas rester enfermée ici pendant une semaine. Nous verrons ensuite comment tu te comportes. Si tu es sage et que tu arrêtes de crier, nous t'enlèverons la camisole de force dès demain. Qu'en penses-tu, Nete ? Est-ce que nous sommes d'accord ? »

Nete gesticula dans ses sangles.

Une révolte muette.

« Pourquoi n'arrive-t-il pas ? » se demandait Nete. Curt Wad avait-il réellement l'intention de lui poser un lapin ? Était-il vraiment si arrogant que la promesse de dix millions de couronnes ne suffise pas à le faire sortir de sa tanière ? Elle ne s'attendait pas à ça.

Elle secoua la tête, désespérée. C'était le pire qui puisse arriver. Le cadavre maigrichon de l'avocat la regardait encore de son regard suppliant chaque fois qu'elle fermait les yeux, mais Nørvig n'avait été que le laquais de Wad et si elle ne l'avait pas épargné, lui, elle n'allait pas laisser la vie sauve à Curt Wad !

Elle se mordit la lèvre, suivant des yeux l'oscillation impitoyable du balancier de l'horloge anglaise.

Curt Wad était le plus gros poisson qu'elle avait prévu de prendre dans son filet. Elle ne pouvait pas partir pour Majorque sans avoir terminé sa besogne.

Viens, viens, viens, sale ordure ! scandait-elle, s'emparant de son ouvrage et tricotant des rangées de mailles à la vitesse de l'éclair. Et à chaque cliquetis de ses aiguilles, son regard par la fenêtre, surveillant les berges du lac, devenait plus intense.

Cette silhouette qui passait devant le bunker ! N'était-ce pas la sienne ? Non, toujours pas.

Et maintenant, qu'est-ce que je fais ? se demanda-t-elle.

C'est alors qu'on sonna à la porte. Pas à l'interphone, mais directement à sa porte d'entrée. Le bruit la transperça jusqu'à la moelle.

Elle jeta son tricot sur la table et vérifia d'un bref coup d'œil que tout était en ordre.

Le poison était prêt. Le chauffe-théière, en place. Les faux documents avec le logo inventé de l'avocat fictif étaient disposés sur la nappe en dentelle de la table basse devant le canapé. Ses narines se dilatèrent. Il lui sembla que les ultimes effluves de Nørvig s'étaient évanouis.

Elle alla jusqu'à la porte et songea qu'un œilleton de contrôle aurait été bien utile à cet instant. Elle inspira profondément et leva les yeux afin d'être prête à affronter le regard de Curt Wad quand elle lui ouvrirait.

« Finalement, j'ai trouvé du café quand même. Cela m'a pris un peu de temps, mes yeux ne sont plus ce qu'ils étaient », dit une voix, cinquante centimètres en dessous de l'endroit où elle regardait.

Sa voisine lui tendit un paquet de café moulu à moitié plein tout en se tortillant pour essayer de voir le plus loin possible à l'intérieur de l'appartement. Que pouvait-il y avoir de plus excitant pour cette femme qu'une incursion au cœur des secrets de la vie de sa voisine ?

Mais Nete ne l'invita pas à entrer.

« Merci beaucoup », lui dit-elle en lui prenant des mains le sachet bleu à carreaux. « Du Nescafé aurait fait l'affaire mais du vrai café, c'est encore mieux bien sûr. Puis-je vous le payer tout suite ? Je ne vais pas avoir le temps d'aller vous en racheter dans les semaines qui viennent parce que je dois partir en voyage. »

La bonne femme accepta sa proposition et Nete s'en fut précipitamment dans le salon pour chercher son porte-monnaie dans son sac. Il était seize heures trente-cinq à présent et Curt Wad n'était toujours pas là. S'il sonnait à la porte, il fallait que la voisine soit rentrée chez elle. Des avis de recherche risquaient d'être diffusés dans la presse ou à la télévision. Nete savait que sa voisine était du genre à rester collée à longueur de journée devant la boîte à abêtir la population. Elle l'entendait de chez elle aussitôt que le bruit de la circulation se calmait.

« C'est joli chez vous », dit la voisine juste derrière elle.

Nete fit volte-face. L'idiote l'avait suivie et examinait son salon avec curiosité. Les papiers posés sur la table et les fenêtres ouvertes semblèrent attirer tout particulièrement son attention.

« Je vous remercie. J'aime beaucoup aussi », dit Nete en lui tendant un billet de dix couronnes. « Merci encore. C'est très gentil de votre part.

— Où est passé votre invité ? demanda-t-elle.

— Il est allé faire une petite course dans le quartier.

— Alors nous pourrions boire une tasse de café toutes les deux pendant que vous l'attendez ? » proposa-t-elle.

Nete secoua la tête. « Je vous demande pardon, je suis obligée de refuser. Mais une autre fois, avec plaisir. J'ai quelques papiers dont je dois m'occuper sans tarder. »

Elle fit un sourire aimable à la femme, qui avait l'air déçue, et la prit par le bras pour la raccompagner sur le palier.

« Merci encore », dit-elle en guise d'au revoir avant de repousser le battant.

Elle resta trente secondes le dos appuyé à la porte jusqu'à ce qu'elle entende celle de la voisine se refermer.

Que faire si elle revenait pendant que Curt Wad ou Gitte seraient là ? Allait-elle être forcée de l'éliminer, elle aussi ?

Nete secoua la tête, imaginant déjà la police en train de poser des questions. C'était trop dangereux.

Mon Dieu, faites qu'elle ne revienne pas, pria-t-elle en silence.

Même si elle ne pensait pas que les forces célestes aient envie de lui venir en aide. Elle savait bien que ses prières n'avaient pas beaucoup de portée.

Sa vie en était la preuve flagrante.

Le quatrième jour au pain noir et à l'eau fut difficile. Le monde de Nete était soudain devenu beaucoup trop petit. Il n'y avait de place dans sa cellule ni pour les larmes ni pour les prières qu'elle avait l'habitude d'adresser au Seigneur jour et nuit.

Alors, au lieu de ça, elle criait, réclamait de l'air, et la liberté, et surtout sa mère.

« Viens m'aider, maman, et je me serrerai contre toi et je te supplierai de rester avec moi pour l'éternité », sanglotait-elle. Si seulement elle pouvait être assise à côté d'elle en ce moment dans le petit jardin derrière la ferme en train de réciter ses prières. Elle serait tellement…

Elle se tut parce que quelqu'un tapait à la porte du cachot en lui ordonnant de la fermer. Ce n'était pas un membre du personnel mais une des filles qui vivaient à cet étage. Nete entendait la sonnerie stridente de l'alarme qui s'était déclenchée parce que la fille était sortie de sa chambre pour la faire taire. Rapidement les cris, les hurlements et le tumulte général furent remplacés par les ordres cinglants de la directrice et le bruit du loquet de la porte du cachot qu'on tirait brutalement.

Vingt secondes plus tard, Nete était acculée au fond de la cellule. Elle ploya la nuque en arrière et poussa un grand cri quand la longue aiguille de la seringue s'enfonça dans sa fesse, puis la pièce autour d'elle devint floue et elle perdit connaissance.

Lorsqu'elle se réveilla, les bras retenus par d'épaisses sangles de cuir, elle n'avait plus la force de crier.

Elle resta ainsi des jours et des jours, sans dire un mot, et quand elles voulurent la forcer à manger, elle détourna la tête en pensant à La Liberté, tout là-bas à la pointe de l'île, au-delà de la colline plantée de pruniers, et au soleil qui filtrait en bouquets lumineux à travers les feuillages et les buissons. Ou alors elle pensait au creux que laissaient leurs corps dans le foin, quand Tage et elle jouaient à leurs jeux amoureux.

Elle se concentrait pour s'en souvenir car si elle n'y prenait pas garde, au lieu de Tage, c'était le visage méprisant de Curt Wad qu'elle voyait, et ça, elle ne le voulait surtout pas.

Elle refusait de penser à lui. Cet infâme lâche avait détruit sa vie, et elle avait compris maintenant que même si elle sortait un jour de cet asile, elle ne serait plus jamais la même. Sa vie était fichue et, à chaque fois qu'elle remplissait d'air ses poumons, elle espérait rendre son dernier souffle.

Je ne mangerai plus jamais, se disait-elle. Curt Wad, le diable et tous ses démons lui avaient enlevé tout espoir d'une vie, après l'enfer où elle avait atterri.

Au bout de plusieurs jours sans qu'elle ait absorbé la moindre nourriture, on fit venir le médecin du continent.

Il se présenta comme un ange gardien et se prétendit son ami dans la peine, mais il se contenta de lui enfoncer une seringue dans le bras et de la faire transporter à l'hôpital de Korsør.

Ils la gardèrent en observation et se détournèrent d'elle quand elle en appela à leur mansuétude et à leur amour du prochain, tentant de les convaincre qu'elle n'était qu'une victime.

Une seule personne parmi celles qu'elle eut l'occasion de voir dans le service où on l'avait hospitalisée aurait pu l'écouter mais à ce moment-là elle était tellement droguée qu'elle dormait en permanence.

C'était un jeune homme d'environ vingt-cinq ans venu rendre visite à une petite fille un peu sourde qui avait été admise un matin dans le même dortoir que Nete et dont le lit se trouvait en face du sien, dissimulé derrière un rideau. Nete avait entendu dire qu'elle était atteinte de leucémie, et bien qu'elle ne sache pas ce que c'était que cette maladie, elle avait au moins compris que la petite fille allait mourir. Malgré son état comateux, elle avait bien remarqué le regard des parents quand ils tournaient le dos à leur enfant. Nete avait de nombreuses raisons d'envier cette petite fille. Bientôt elle serait libérée des affres d'une vie qu'elle quitterait entourée de gens qui l'aimaient. Existait-il un sort plus enviable ? Et puis il y avait cet homme qui était venu lui faire la lecture, afin de rendre moins pénible son agonie.

Nete avait fermé les yeux et écouté la voix douce et paisible aider la voix fluette à former les syllabes, les mots et les phrases jusqu'à ce qu'ils prennent du sens et, malgré son engourdissement, la diction lente de l'homme lui avait permis de suivre l'histoire en même temps.

Sa lecture terminée, l'homme partit en promettant de revenir le lendemain.

En passant devant le lit de Nete, il lui avait souri gentiment.

Le sourire de ce jeune homme lui avait réchauffé le cœur et, le soir, elle avait accepté de manger un petit peu.

Deux jours plus tard la petite fille était morte, et Nete était retournée à Sprogø, plus silencieuse et renfermée qu'avant. Même Rita cessa de l'importuner la nuit. Il faut dire qu'elle avait trouvé un nouveau centre d'intérêt, comme toutes les autres filles sur l'île, car le bateau qui ramena Nete à Sprogø amenait également Gitte Charles.

37

Novembre 2010

Couché sur le flanc dans le lit conjugal, les yeux rivés sur les paupières presque translucides de sa bien-aimée, qui ne s'étaient pas ouvertes sur le monde depuis plus de soixante-douze heures, Curt Wad avait tout le temps de maudire les événements de ces derniers jours.

Autour de lui, tout partait à vau-l'eau. Son service de sécurité, qui était supposé éliminer les obstacles devant lui, avait commis une série d'erreurs qui risquaient de lui être fatales et, dans les bouches jusqu'ici cousues, les langues se déliaient.

Au beau milieu du triomphe de Rene Linier, les ennuis s'attaquaient à lui et aux fondations mêmes de son existence comme des chiens affamés.

Pourquoi ses hommes ne parvenaient-ils pas à se débarrasser de ces deux policiers ? Il le fallait absolument. Mikael, Lønberg et Caspersen avaient tous les trois promis de faire de leur mieux, et cela n'avait pas suffi.

Une légère crispation agita soudain les traits de Beate, imperceptible, certes, mais suffisante pour donner à Curt un véritable choc.

Il regarda la main crochue avec laquelle il caressait la joue de sa mie et eut une étrange sensation. C'était comme si cette main se fondait avec la peau de sa femme, ils étaient tous les deux dans le même état de décrépitude. Mais d'ici quelques heures, elle serait morte et lui pas, et il devait l'accepter s'il voulait continuer à vivre. Pour l'instant, il n'en avait aucune envie. Cependant il le fallait. Il avait des problèmes à résoudre et, dès que ce serait terminé, il trouverait une pierre tombale assez grande pour que le croque-mort y grave leurs deux noms.

Un signal de messagerie le détourna de ses pensées morbides et il tourna la tête vers la table de nuit. Le message était arrivé sur son iPhone et pas sur le mobile sécurisé qu'il utilisait ces temps-ci. Il se tourna, prit le téléphone et cliqua sur l'icône.

C'était un MMS envoyé par Herbert Sønderskov.

Il a fait ce que je lui ai demandé, c'est bien, se dit Curt. Une bavarde de moins sur terre. Parfait.

Il cliqua sur le lien et fit un bond en voyant apparaître l'image traîtresse.

La photo était celle d'un Herbert souriant aux côtés d'une Mie éclatante de santé. Tous les deux agitaient la main dans un paysage grandiose et luxuriant. Le texte était bref et disait : *Tu ne nous retrouveras jamais !*

Il enregistra le fichier sur son ordinateur portable, l'ouvrit et l'agrandit pour le voir en plein écran. La photo avait été prise dix minutes auparavant et le ciel au-dessus du couple était écarlate dans le soleil couchant. En arrière-plan il y avait des palmiers et tout au fond des gens à la peau noire et un océan immense d'un bleu intense.

Il ouvrit l'application « Planet » et pressa l'icône « Globe ». La position du soleil en temps réel apparut. L'unique endroit à la végétation tropicale et luxuriante où le soleil s'était couché il y avait dix minutes se révéla être la pointe sud de Madagascar. Tout le reste de la planète se trouvant dans cet axe du soleil n'offrait que des océans, les zones désertiques du Moyen-Orient ou encore les régions tempérées de l'ancien empire soviétique.

Comme ils tournaient le dos au coucher de soleil, ils devaient se trouver dans la partie ouest de l'île. Certes, c'était une île d'une taille considérable mais pas assez grande pour devenir le berceau de l'oubli. S'il décidait d'envoyer Mikael là-bas à la recherche de deux vieux Scandinaves aux cheveux grisonnants, il ne lui faudrait pas longtemps pour les retrouver. Avec un peu d'argent distribué à bon escient et quelques requins pour effacer les traces compromettantes, l'affaire serait vite réglée.

C'était la première bonne nouvelle de la journée.

Il sourit et sentit ses forces revenir. Il n'y avait rien de plus usant que les décisions sans suite et les actions avortées. Son père le lui avait toujours dit. Et c'était un homme avisé.

Il redressa son corps ankylosé et observa dans la rue les jeunes aspirants policiers sur Lindehjørnet en train d'effectuer leurs exercices sous forme de jeux de rôle. Avec dégoût il vit qu'une grande partie des élèves qui pratiquaient des arrestations fictives sur de faux criminels avait la peau mate. Il fut interrompu dans sa réflexion par la sonnerie du Nokia.

« C'est Mikael. Moi et un de nos hommes dont vous n'avez pas besoin de connaître l'identité venons de voir Hafez el-Assad quitter l'hôtel de police il y a sept minutes. Il descend l'escalier qui conduit à la gare centrale depuis le pont de Tietsgenbro. Qu'est-ce qu'on fait ? » Question idiote ! C'était évident, non ?

« Vous le suivez. Si vous avez la possibilité d'agir sans être vus, vous le faites disparaître. Restez en ligne pour que je puisse savoir où vous en êtes, d'accord ? Et débrouillez-vous pour que personne ne vous voie.

— Nous sommes deux, et nous nous couvrons mutuellement. Nous saurons garder nos distances, rassurez-vous. »

Il alla se recoucher dans le lit à côté du corps agonisant de son épouse, le Nokia calé entre la joue et l'oreiller. Deux mondes très différents se télescopaient. La vie et la mort dans une coquille de noix.

Au bout de plusieurs minutes, et alors que la respiration de Beate était de plus en plus faible, il entendit un chuchotement dans le mobile.

« Nous sommes dans le train régional en direction de Taastrup. Il va peut-être nous emmener à sa véritable adresse. Nous sommes chacun à un bout du wagon, près des portières. Il ne nous échappera pas, je vous le garantis. »

Curt le félicita et se tourna vers Beate. Il posa doucement deux doigts sur son cou. Le pouls battait toujours, mais il était aussi capricieux que la mort elle-même.

Il ferma les yeux un instant et s'assoupit, la tête pleine d'images de joues roses et de rires qui chassèrent ses idées noires. Comment avons-nous pu un jour être aussi jeunes ? se demandait-il.

« Bingo ! » dit tout à coup une voix relativement forte dans l'appareil. Curt se réveilla en sursaut. « Il vient de descendre à la station Brøndbyøster. Je suis presque sûr qu'il vient chez vous, Curt. »

Est-ce qu'il s'était vraiment passé autant de temps ? Il se secoua de son engourdissement et se redressa dans le lit, le téléphone à l'oreille. « Restez loin de lui. Je vais le recevoir. Mais soyez discrets, parce que les gars de l'école de police en face sont en plein entraînement. Ils cavalent dans tous les sens en jouant aux cow-boys et aux Indiens. »

Curt sourit dans sa barbe. Il allait le recevoir, oui, et chaleureusement.

Il allait dire à Beate de l'attendre parce qu'il devait s'absenter un petit moment mais quand il se tourna vers elle, il vit que sa nuque était basculée en arrière et ses yeux grands ouverts.

Il retint sa respiration quelques secondes et poussa un soupir douloureux en contemplant son cher regard mort et éteint. Ses yeux étaient tournés vers l'endroit où il était couché, comme si, à la dernière seconde, elle avait cherché à communiquer avec lui. Mais il dormait et ne s'était rendu compte de rien. Quelle tragédie. Il n'était pas là pour elle au moment où elle avait eu besoin de lui.

Cela commença comme une pulsation dans son ventre qui traversa ensuite son corps à une vitesse vertigineuse pour finir dans sa poitrine en un spasme et dans sa gorge sous la forme d'une plainte rauque. Son visage se tordit au point de lui faire mal et un long hurlement presque inaudible enfla au milieu de ses sanglots.

Il resta assis pendant quelques minutes, la tenant par la main, puis il lui ferma les yeux et s'en alla, sans un regard en arrière.

Dans l'office à côté de la salle à manger, il dénicha la batte que ses fils avaient usée sur des milliers de balles. Il la soupesa et se félicita de la trouver lourde. Il sortit de la maison et alla se poster au bout de la dépendance.

Des cris bruyants et des plaisanteries potaches lui parvenaient depuis la rue, où les futures forces de l'ordre touchaient du doigt leur rêve d'être un jour appelés à trier les moutons blancs des moutons noirs. C'était exactement ce que Curt Wad s'apprêtait à faire à sa manière. Si tout se passait bien, il assènerait un coup magistral sur la nuque de Hafez el-Assad et traînerait rapidement son cadavre à l'abri des regards derrière la maison. Quand les deux autres arriveraient, ils n'auraient plus qu'à l'aider à emporter le corps dans les anciennes écuries dès que la nuit serait tombée et la rue déserte.

À nouveau son portable sonna.

« Oui, chuchota-t-il. Vous êtes encore loin ?

— Nous sommes au croisement de Vestre Gade et de Brøndbyøstervej. Nous l'avons perdu. »

Curt fronça les sourcils. « Pardon ?

— Il a foncé dans une allée, entre deux rangées de maisons de ville en brique rouge, et il a disparu.

— Dépêchez-vous de me rejoindre à la maison. Prenez deux itinéraires différents. »

Il referma le clapet du téléphone et inspecta les alentours. Il était dans un angle de la cour, hors de vue, protégé de la rue Tværgade par un mur à hauteur d'homme. Le type ne pouvait arriver que par l'allée qui longeait la dépendance. Il était prêt.

Cinq minutes plus tard, il entendit des pas dans l'allée. Des pas sur les pavés s'approchant de l'endroit où il se trouvait avec des précautions infinies.

Les mains de Curt se crispèrent autour de la poignée de la batte et il recula plus loin dans l'angle du mur, respirant lentement et profondément. Soudain, il retint son souffle en voyant apparaître une tête.

Un dixième de seconde avant qu'il n'abatte son arme, l'individu fit un pas en arrière.

« C'est moi, monsieur Wad », dit une voix qui n'était pas celle du petit Arabe.

La silhouette s'avança à découvert. C'était un de ses hommes. Curt se souvint que Mikael l'avait déjà employé une ou deux fois quand il avait eu un gros travail à exécuter.

« Crétin, l'injuria Curt. Dégage ! Tu vas l'alerter. Retourne dans la rue et débrouille-toi pour qu'il ne te voie pas. »

Il mit quelques minutes à calmer les battements de son cœur, pestant contre les imbéciles qui travaillaient pour lui. « Allez viens, stupide petit bougnoul », dit-il entre ses dents, tandis que les exercices des apprentis policiers s'achevaient de l'autre côté de la rue. « Viens qu'on en finisse. »

Il entendit soudain un bruit sourd derrière lui, et vit deux mains s'accrocher au bord du mur.

Avant qu'il ait eu le temps de se retourner tout à fait, l'homme avait sauté par-dessus. Il atterrit aux pieds de Curt, souple comme un chat, et le regarda avec des yeux de prédateur.

« Il faut qu'on cause tous les deux, Curt Wad », annonça l'Arabe alors que Curt levait le bras et s'apprêtait à abattre la batte sur la tempe d'Assad.

Promptement, le petit homme râblé roula sur le côté et se remit sur ses pieds à l'aide d'une seule main. Tandis que la batte achevait sa course et venait frapper le pavé avec un bruit mat, le petit homme bondit sur Wad et le ceintura.

« On va aller parler à l'intérieur, tous les deux, d'accord ? murmura-t-il. Il y a trop de chacals à votre service qui rôdent dans les parages. »

Il augmenta la pression de ses bras autour de la cage thoracique de Curt Wad, qui en eut le souffle coupé. Il aurait bien voulu appeler au secours mais il manquait d'air.

L'Arabe l'entraîna rapidement avec lui dans l'allée jusque dans le jardin à l'arrière de la maison. À peine quelques secondes de plus et il aurait réussi, mais des pas précipités résonnèrent dans l'allée. En voyant surgir Mikael, Assad resserra sa prise autour de la poitrine de Curt Wad qui faillit perdre connaissance. Et tout à coup, il le relâcha.

Pendant quelques instants, Wad resta couché, le visage dans l'herbe à écouter la bagarre qui faisait rage. Les coups et les injures en deux langues différentes pleuvaient non loin de lui.

Au bout d'un moment, il se releva avec difficulté et se traîna jusqu'à la porte du garage où la batte se trouvait toujours.

Il allait la ramasser quand l'Arabe surgit de nouveau devant lui.

Curt Wad tourna la tête vers la pelouse où Mikael gisait sans connaissance. Mais qui était ce diable d'homme ?

« Lâchez ça ! » dit Hafez el-Assad d'un ton sans appel.

Le bruit du morceau de bois tombant sur les pavés faisait écho au sentiment qui animait Curt en ce moment.

« Qu'est-ce que vous me voulez ? demanda-t-il.

— Je connais le genre d'homme que vous êtes bien mieux que vous ne le croyez, répondit Assad. Et vous ne m'échapperez pas. Je veux tout savoir sur vos activités, et je suis sûr que c'est ici, chez vous, que je vais trouver ce que nous cherchons, assassin. »

Il l'attrapa durement par le poignet et le força à le suivre.

Ils arrivaient à la porte de service quand un sifflement se fit entendre. La tête de l'Arabe bascula sur le côté avec un bruit désagréable et son corps s'écroula au sol.

« Et voilà. » Cette fois l'acolyte de Mikael tombait à pic. « Il ne nous embêtera plus, je crois. »

Très peu de temps après qu'il eut téléphoné au confrère à qui il avait cédé son cabinet, Curt Wad entendit une clé tinter dans la serrure au rez-de-chaussée.

« Merci d'être venu aussi vite, Karl-Johan », dit-il en le conduisant dans la chambre à coucher.

Karl-Johan fit ce qu'on attendait de lui, puis il retira son stéthoscope et regarda Curt d'un air grave. « Je suis vraiment désolé, Curt, dit-il. Mais elle est en paix maintenant. »

Il remplit le certificat de décès les mains tremblantes. Il avait l'air encore plus affecté que le mari.

« Qu'est-ce que tu vas faire maintenant, Curt ?

— J'ai rendez-vous avec l'un de nos sympathisants, un excellent entrepreneur de pompes funèbres de Karslunde. Je viens de l'avoir au téléphone. Je dois aller chez lui ce soir. Demain j'irai voir le pasteur. Beate va reposer ici, dans le vieux cimetière de Brøndbyøster. »

Curt accepta le certificat, les condoléances et la main tendue de Karl-Johan Henriksen.

Un long, un très long chapitre de sa vie s'achevait.

Ç'avait été une journée mouvementée.

Il effleura le corps de sa femme et sentit qu'il était déjà froid. Que la vie était donc fugitive !

Il mit de l'ordre dans la chambre et fit la toilette de Beate, prit ses clés de voiture et se rendit dans la dépendance où il put constater que le petit homme brun gisant sur le sol de béton donnait encore des signes de vie.

Amuse-toi bien, sale Arabe stupide. Et si tu es encore en vie quand je reviendrai tout à l'heure, on te donnera un petit coup de main pour que ça aille plus vite.

38

Au fur et à mesure que Gitte approchait de Copenhague, son plan prenait forme.

Dix millions de couronnes représentaient beaucoup
d'argent, mais Nete en avait bien plus que ça, et quand
on n'a que cinquante-trois ans, comme c'était le cas de
Gitte Charles, dix millions ne suffisent pas à vous mettre
à l'abri du besoin pour le restant de vos jours. La somme
était loin de suffire à lui offrir le train de vie qu'elle
espérait, ni à réaliser les rêves qu'elle nourrissait. Si
elle faisait attention à elle et qu'elle arrêtait de boire
autant, elle pouvait espérer vivre encore trente ou quarante ans et il n'y avait pas besoin d'être expert-
comptable pour comprendre qu'elle avait besoin de plus.

Elle avait donc décidé de mettre la main sur tout ce
que possédait Nete. Elle ne savait pas encore comment
elle allait s'y prendre. Cela dépendrait de ce qu'elle
découvrirait sur place. L'idéal serait bien sûr que Nete
soit restée aussi influençable qu'elle l'était jadis. Mais
si Nete était réellement très malade, Gitte n'avait plus
qu'à se rendre indispensable à ses côtés jusqu'à la fin.
Elle faisait son affaire des histoires de testaments et de
signatures.

Et dans le cas où Nete se révélerait plus difficile à manipuler, il faudrait employer des moyens plus radicaux. Gitte ne le souhaitait pas mais elle ne l'excluait pas non plus. Ce ne serait pas la première fois qu'elle aiderait une malade incurable à rejoindre son créateur avant la date que le destin avait prévue.

Rita Nielsen avait été la première à deviner l'intérêt que Gitte Charles portait à son propre sexe. Il lui suffisait de s'approcher d'elle avec ses lèvres douces et sa frange humide de transpiration pour que Gitte ait la bouche sèche. C'était interdit, bien sûr, mais quand la chemise de Rita était trempée de sueur et lui collait à la peau et que Gitte lui ordonnait de l'accompagner dans les marais, elle était bien obligée d'obéir. Après tout, c'était la surveillante qui fixait les règles.

Quant à Gitte, elle se félicitait que Rita Nielsen soit aussi consentante. Que ce corps souple soit en quête de plaisir et capable de lui en procurer.

Tout fonctionna à merveille tant que Rita accepta de se donner mais un soir, elle se leva et rabattit son T-shirt sur ses tétons. Histoire terminée.

« Je veux m'en aller d'ici et tu vas m'aider, dit-elle. Je veux que tu dises à la directrice que tu m'as remise dans le droit chemin et que tu penses que je dois sortir de cet asile, c'est compris ? »

Gitte n'était pas habituée à ce que les pensionnaires de Sprogø lui parlent sur ce ton et ne l'accepta pas. En général, dès qu'elle haussait la voix, les filles filaient doux, et elle avait bien l'intention que cela continue. Ces filles devaient l'admirer et la craindre comme le bourreau qu'elle pouvait être aussi parfois.

Personne n'envoyait autant de filles dans la « cellule pour réfléchir » que Gitte. Personne ne savait comme elle noircir le tableau auprès de la directrice quand une fille s'était montrée insolente. Les autres surveillantes trouvaient cela très bien et elle était leur modèle parce qu'elle était infirmière et qu'elle était belle.

Gitte eut envie de frapper Rita pour sa témérité mais hésita une seconde de trop et c'est elle qui reçut une gifle si violente qu'elle lui coupa le souffle et la fit tomber par terre. Comment cette fille de rien osait-elle lever la main sur elle ?

« Tu sais que j'ai le pouvoir de te détruire si je veux, lui dit Rita. Je peux décrire chaque détail de ton corps et je n'hésiterai pas à aller le faire devant la directrice si tu refuses de m'aider », la menaça-t-elle d'un ton très calme en la regardant de haut. « Quand je raconterai dans son bureau comment tu m'obliges à te tripoter, la simple description de ton corps lui prouvera que je dis la vérité. Et c'est pour ça que tu vas me renvoyer sur le continent. Je sais que ce sont les médecins qui décident ce genre de choses en principe mais je suis sûre que tu vas y arriver. »

Gitte suivit des yeux un vol d'oies sauvages qui survolaient les arbres et hocha lentement la tête. Rita retournerait sur le continent, oui. Mais pas avant qu'elle l'ait décidé.

Le lendemain matin, Gitte se pinça vivement les joues pour avoir l'air bouleversé. Elle alla frapper de grands coups à la porte de la directrice.

« Mon Dieu, Gitte Charles ! Que vous est-il arrivé ? » demanda celle-ci, d'autant plus épouvantée qu'elle ne s'attendait pas à sa visite.

Gitte attendit pour répondre, feignant de devoir reprendre son souffle et se tournant légèrement afin que la directrice puisse voir que non seulement sa blouse était déchirée mais qu'elle ne portait pas de pantalon en dessous.

Et puis, en quelques phrases, Gitte raconta comment Rita Nielsen, l'imprévisible psychopathe, sexuellement pervertie, lui avait arraché ses vêtements derrière la blanchisserie et l'avait forcée à s'allonger sur le sol les jambes écartées.

D'une voix étranglée, les yeux baissés, elle raconta le viol dont elle venait d'être victime sans aucune possibilité de se défendre.

« Je demande que Rita Nielsen soit mise au cachot pour une durée de dix jours et que tous ses privilèges lui soient retirés », dit-elle. D'après le regard outré et le pianotage fébrile de la directrice, Gitte ne doutait pas qu'elle serait exaucée.

« Quand sa punition sera terminée, je me demande si nous ne devrions pas la stériliser et la chasser d'ici. Elle est obsédée par le sexe, sa libido est anormalement développée et si nous ne le faisons pas, je crains qu'elle ne devienne dans l'avenir une charge pour la société. »

Les doigts de la directrice étaient crispés et ses yeux regardaient fixement le cou souillé de boue de Gitte.

« Entendu, mademoiselle Charles », dit-elle simplement avant de se lever.

Rita ne se laissa pas faire mais les accusations qu'elle porta contre Gitte furent rejetées. Rita n'en revenait pas que ses manœuvres aient échoué et qu'en plus, elles se retournent contre elle. Gitte buvait du petit-lait, évidemment.

« Bien sûr que tu connais le corps de Gitte puisque tu l'as déshabillée de force, dit la directrice. Mais tu ne me feras pas prendre des vessies pour des lanternes, Rita Nielsen. Tu essayes de retourner la situation à ton avantage parce que tu es mauvaise et débauchée. Je ne suis pas tellement étonnée d'ailleurs, car à quoi peut-on s'attendre de la part de quelqu'un qui a une intelligence aussi limitée et un passé aussi scandaleux ! »

La nouvelle fit le tour de l'île. Avant la fin de la journée, on l'avait entendue dans les étables, les champs, le poulailler, dans chaque coin et chaque recoin de l'asile. Rita, enfermée dans son cachot, poussait des hurlements et on dut lui faire plusieurs piqûres pour la calmer. Toutes les collègues de Gitte et bon nombre des pensionnaires de Sprogø se frottaient les mains.

On finit par la relâcher, mais elle ne resta pas longtemps dehors. Rita était une fille coriace et était forte en gueule. Une semaine plus tard, elle était de nouveau ligotée dans sa camisole de force à brailler comme une folle au fond du cachot.

« Nete Hermansen est une bonne petite, il ne faut pas la laisser dans la même chambre que ce monstre », dit Gitte un jour à la directrice. Alors on déménagea les affaires de Rita et Nete eut droit à sa propre chambre.

Nete se mit à regarder Gitte d'un autre œil, et Gitte ne tarda pas à s'en apercevoir.

Ce fut Nete qui prit l'initiative. Naïvement, pleine d'espoir et contre toute attente.

On avait confié aux filles la tâche de décharger des tonneaux de charbon sur le débarcadère et l'une d'entre elles s'était tordu la cheville. Elle criait comme un cochon qu'on égorge. Tout le monde s'était précipité malgré les reproches et les coups des surveillantes. Au milieu du tumulte, Gitte et Nete s'étaient retrouvées côte à côte.

« J'ai été internée ici par erreur », avait chuchoté Nete à la surveillante, les yeux brillants. « Je ne suis pas attardée. Je sais qu'il y en a plein comme moi qui ne devraient pas être là. Je ne suis pas non plus une fille légère et de mauvaise vie, comme on dit. Vous ne croyez pas qu'on pourrait étudier mon cas à nouveau ? »

Elle était très belle avec ses lèvres charnues et un corps plus ferme et plus souple que n'importe quelle autre fille de Sprogø. Gitte la voulait, il y avait longtemps qu'elle y pensait, et voilà que l'occasion s'en présentait.

Elle écouta Nete patiemment, malgré la pagaille alentour, et ce climat d'intimité suffit à remplir de larmes les yeux de la jeune fille. Gitte lui prit la main et l'entraîna loin de l'échauffourée. La réaction de Nete fut sublime. Son corps se mit à trembler, comme si ce simple contact, cette infime marque d'attention, suffisait à tout changer. Gitte essuya ses larmes et la conduisit gentiment vers les marais de Stæremose en hochant la tête avec compréhension aux moments adéquats.

La situation n'avait rien d'ambigu et, en dix minutes, la petite était éperdue de confiance et de reconnaissance.

« Je ferai mon possible, mais je ne peux rien te promettre », dit Gitte.

Elle n'avait jamais vu de sourire plus pur et spontané que celui de Nete à cet instant.

Mais la jeune fille se montra moins facile que Gitte l'avait prévu. Malgré leurs longs conciliabules au cours de leurs promenades dans les marais, Nete ne semblait pas très disposée à se laisser faire.

Indirectement, ce fut le chat de la femme du gardien de phare qui servit son dessein.

La rivalité sauvage entre deux coqs belliqueux dans le poulailler du gardien de phare perturbait le sommeil de toute la famille depuis des nuits. Et les coqs ne se laissaient pas attraper. L'assistant du gardien de phare avait donc été envoyé en expédition dans la lande pour y ramasser des feuilles de jusquiame fanée afin de faire un feu dont la fumée endormirait tout le poulailler. On pourrait ainsi attraper l'un des mâles et lui tordre le cou.

Quelques feuilles étaient tombées dans une flaque d'eau où elles restèrent plusieurs jours à macérer jusqu'à ce que Mickey, le chat, attiré par l'odeur, ait la mauvaise idée de boire dans la flaque.

On le vit grimper sur les arbres et redescendre comme un fou pendant une heure environ, après quoi il fit quelques tours sur lui-même et alla rendre l'âme devant la porte du cellier.

Il n'y eut que la femme du gardien de phare pour ne pas s'amuser de l'épisode et c'est ainsi que Gitte découvrit cette plante rare qui poussait à Sprogø et qui avait un effet si radical sur ceux qui la consommaient.

Du continent, elle fit venir de la documentation sur le sujet et en sut bientôt assez pour se livrer à ses propres expérimentations.

Avoir droit de vie ou de mort sur un autre être humain avait toujours fasciné Gitte et une des filles l'apprit à ses dépens. Gitte trempa une cigarette dans une infusion de cette saleté et l'essuya soigneusement ensuite. À la première occasion, elle glissa la cigarette dans la poche de la robe à carreaux de sa victime.

On entendit celle-ci pleurer et geindre d'une étrange façon derrière la digue qui se trouvait exactement à mi-chemin entre le Seeland et la Fionie. C'était là qu'elle avait l'habitude d'aller fumer toute seule. Quand elle se tut brusquement, personne ne s'en inquiéta.

La fille survécut, mais ne fut plus jamais la dure à cuire à la langue acérée qu'elle avait été. Elle avait vu la mort de trop près pour cela.

Parfait, se dit Gitte. Avec ça, j'aurai un moyen de pression sur Nete.

Quand Gitte la menaça de la tuer ou de la rendre folle et lui expliqua ce qu'elle attendait d'elle, Nete fut si choquée qu'elle ne pleura même pas. Le mal en personne avait pris possession de son ange gardien et ruiné tous ses rêves de revenir un jour à une vie normale.

La réaction de Nete convenait parfaitement à Gitte et elle garda la jeune fille sous sa coupe en lui assurant qu'aussi longtemps qu'elle s'appliquerait à la satisfaire, Gitte ferait pression sur la directrice pour qu'elle réétudie son dossier. De cette façon, elle conserva longtemps son emprise sur Nete et, bien qu'elle s'en défendît, elle-même devint dépendante de cette relation. Ce qu'elle vivait avec la jeune fille lui rendait supportable une vie de recluse au milieu de ces femmes écœurantes, amères et rancunières, si différentes de ce qu'elle était. Grâce à sa relation avec Nete, Gitte Charles était parfaitement satisfaite de son sort.

Allongée dans l'herbe haute à ses côtés, elle pouvait oublier tout le reste et respirer librement dans sa prison.

Ce fut Rita qui vint semer la zizanie entre elles. Mais Gitte ne l'apprit que plus tard.

Le jour où Rita sortit enfin du cachot, la directrice avait commencé à avoir des doutes.

« Concernant la stérilisation, je voudrais d'abord avoir l'avis du médecin, dit-elle. Il va sûrement venir nous rendre visite sur l'île bientôt. Nous verrons à ce moment-là. »

Mais les visites du médecin-chef n'étaient pas très fréquentes et Rita eut le temps de se venger. Elle ouvrit les yeux à son ancienne maîtresse, lui expliqua qu'on ne pouvait pas faire confiance à Gitte Charles et que la seule issue pour elles était la fuite.

À dater de ce jour, ce fut la guerre.

39

Novembre 2010

« Je l'ai appelé quinze fois, Carl, et il ne répond pas. Je suis sûre qu'il a éteint son téléphone. Ce que je ne comprends pas, c'est pourquoi. Il ne l'éteint jamais d'habitude. » Rose avait l'air sincèrement inquiète. « C'est votre faute. Juste avant de partir, il m'a dit que vous l'aviez accusé d'avoir tué le Lituanien, ce Verslovas. »

Carl secoua la tête. « Ce n'est pas vrai, Rose. Je ne l'ai accusé de rien du tout, mais tu avoueras que ce fax soulevait quelques questions ! Personne n'est à l'abri des soupçons quand il se passe un truc de ce genre. »

Elle se planta devant lui, les poings sur les hanches. « Écoutez, j'en ai marre que vous ne nous fassiez jamais confiance. Si Assad dit qu'il n'y est pour rien si ce psychopathe cynique de Linas Verslovas en a fini avec ses saloperies, ça doit être vrai, vous ne croyez pas ? Le problème, Carl, c'est que vous nous mettez trop la pression et que vous vous fichez de nos sentiments. C'est ça qui ne va pas chez vous. »

Elle n'y était pas allée de main morte. Cette nana avait encore accompli la prouesse d'inverser le point de vue. Une qualité quand il s'agissait d'avancer dans une enquête mais un de ses gros défauts en privé. Il se serait bien passé de ce réquisitoire.

« Tu as sûrement raison, Rose. Cela dit, Assad et toi vous débrouillez très bien sans moi pour ce qui est de vous mettre la pression. Je suis désolé de ne pas avoir le temps de m'encombrer d'altruisme en ce moment. Et à propos de pression, je vais te laisser, je suis attendu chez Marcus Jacobsen pour me faire engueuler. »

« Tu dis qu'elle est bonne pour la casse ? Et tu en veux une autre ? » Le chef de la criminelle le regarda d'un air désespéré. « Nous sommes en novembre. Tu as déjà entendu parler d'un truc qui s'appelle un budget, Carl ?

— Maintenant que tu me le dis, Marcus ! J'avais complètement oublié. Le Département V s'est vu attribuer un budget de huit millions de couronnes cette année, c'est bien ça ? Où est-il passé au fait ? »

Les épaules de Marcus s'affaissèrent. « Tu ne vas pas recommencer avec cette histoire de subvention, Carl. Tu sais bien que cet argent est réparti entre nos différents départements.

— Oui, je sais. L'argent de *mon* département, dont je reçois à peine un cinquième, c'est bien ça ? C'est un département drôlement économique que l'État danois s'est payé au sous-sol de l'hôtel de police, tu ne trouves pas ?

— Écoute, Carl, tu n'auras pas de nouvelle voiture parce que nous n'en avons pas les moyens. Tu n'as pas l'air de te rendre compte du nombre d'affaires lourdes que nous avons sur les bras en ce moment. »

Carl préféra ne pas répondre parce qu'il savait pertinemment que c'était vrai. Mais ça ne changeait rien à son problème.

Marcus pêcha un nouveau chewing-gum à la nicotine dans sa poche. Il en avait déjà plein la bouche. C'était bien pour lui qu'il ait arrêté la cigarette, mais tous ces chewing-gums qu'il mastiquait depuis qu'il était remis de son rhume le rendaient particulièrement nerveux.

« Je crois que nous avons une Peugeot 607 dans le parc automobile, dit-il. Tu vas devoir la partager avec d'autres équipes, mais il faudra t'en contenter jusqu'à la prochaine année budgétaire, d'accord ?

— C'est hors de question. »

Marcus soupira. « Bon. D'accord. Alors raconte-moi toute l'histoire. Tu as cinq minutes.

— Ça ne suffira pas.

— Essaye quand même. »

Un quart d'heure plus tard, Marcus Jacobsen était sur le point d'exploser. « Vous entrez par effraction chez Nørvig et vous volez des archives, vous pénétrez sur la propriété d'une personne notoirement connue alors que sa femme est mourante ! Je n'ose même pas imaginer combien d'autres actes répréhensibles vous avez commis sans m'en parler !

— Nous ne savons pas si sa femme est vraiment mourante ! Tu ne t'es jamais servi du coup de l'enterrement d'une tante qui n'a jamais existé, quand tu avais besoin d'un jour de congé ? »

Le chef de la Crim faillit avaler son chewing-gum. « Jamais de la vie ! Et j'espère bien que toi non plus, en tout cas depuis que c'est moi qui dirige cette maison. Mais je vais te dire une chose, Carl. Vous allez apporter ces archives dans mon bureau, tout de suite. Et quand Assad sera revenu, tu me fera le plaisir de lui faire comprendre qu'il peut perdre son job aussi vite qu'il l'a obtenu. Et puis vous allez laisser tomber cette affaire ! Parce que vous risquez de faire des bêtises que je n'aurai pas le temps de réparer derrière vous.

— Je vois. Mais je vais te dire une chose, Marcus. Si on laisse tomber cette enquête-là, il va te manquer six virgule huit millions de couronnes sur ton budget de l'année prochaine.

— Ce qui signifie ?

— Ce qui signifie que je ne vois pas à quoi sert le Département V si nous n'allons pas au bout de nos inverstigations.

— Carl, j'essaye simplement de te dire que tu joues avec le feu, et encore, je suis en dessous de la vérité. Alors, à moins que tu ne découvres une preuve irréfutable des activités criminelles de Curt Wad et des autres dirigeants de Rene Linier, et ce, en restant sagement assis derrière ton bureau, tu as ordre de leur foutre la paix, à lui et à ses collaborateurs. Et une dernière précision, Carl : ne t'approches plus de Curt Wad, tu m'entends ? »

Carl hocha la tête. D'accord. C'était donc juste une histoire de politique ?

« Tout ça ne me dit pas ce qu'on fait pour la voiture, insista-t-il.

— Je m'en occupe. Va chercher ces archives. Maintenant ! »

Carl donna des coups de pied dans pratiquement tous les murs qu'il rencontra entre le bureau de Marcus et l'accueil. Quel entretien de merde.

« Eh bien, eh bien, Carl », dit Lis. Elle tendit une liasse de documents au-dessus du comptoir à un type brun et frisé, vêtu d'un blouson de policier, qui se tourna vers Carl et lui fit un bref salut. Il avait déjà vu cette tête-là quelque part.

« Samir ! » s'exclama-t-il. Car c'était bien le meilleur ennemi d'Assad qu'il venait de reconnaître. « Alors, vous avez un peu de boulot à Rødovre ? lui demanda-t-il. Ou bien Antonsen a pris sa retraite et embarqué tous ses dossiers avec lui ? »

Il rigola tout seul de son entrée en matière.

« Tout va bien, merci. J'avais juste quelques papiers à récupérer. » Il agita sous le nez de Carl la petite pile de documents qu'il tenait à la main.

« Dites-moi, Samir, puisque je vous tiens, c'est quoi exactement le problème entre Assad et vous ? Et ne me répondez pas, *rien du tout,* s'il vous plaît. Dites-moi juste de quoi il s'agit. Ça m'intrigue, figurez-vous.

— Tiens, tiens ! Ne me dites pas que vous avez enfin compris que vous bossiez avec un type complètement caractériel ?

— Assad, caractériel ? Je ne vois pas ce que vous voulez dire ! Il n'est pas caractériel, qu'est-ce qui vous fait dire ça ?

— Vous n'avez qu'à lui poser la question, ce n'est plus mon problème. Il est fou et je le lui ai dit. Apparemment ça ne lui a pas plu. »

Carl le prit durement par le bras. « Écoutez-moi, Samir, je ne sais pas ce qui plaît ou pas à Assad, mais j'ai fortement l'impression que vous, vous le savez. Et si vous refusez de me le dire, je serai peut-être obligé de vous tirer les vers du nez, tôt ou tard.

« — Mais je vous en prie, Carl. Surtout ne vous gênez pas. »

Il s'arracha à la poigne de Carl et s'éloigna dans le couloir.

Lis regarda Carl avec un mélange de pitié et d'inquiétude. « Ne t'inquiète pas pour cette histoire de voiture, Carl. Ça va s'arranger. »

Décidément, les nouvelles allaient vite dans cette maison.

« On est toujours sans nouvelles d'Assad ? »

Rose hocha la tête. Elle avait vraiment l'air inquiet à présent.

« Pourquoi te fais-tu autant de souci pour lui tout à coup, Rose ?

— Parce qu'il était bouleversé ces derniers temps et que je ne l'avais jamais vu comme ça avant. »

Carl comprenait ce qu'elle voulait dire. Elle était très fine, décidément.

« On nous a ordonné d'apporter les archives de Nørvig au deuxième, Rose.

— Alors il faudrait peut-être que vous y alliez, Carl. »

Il ne releva pas l'insolence. « Qu'est-ce qui te met d'aussi mauvaise humeur, Rose ?

— Ne vous occupez pas de ça, Carl. Vous n'avez pas de temps pour l'empathie, souvenez-vous. »

Il tourna sept fois sa langue dans sa bouche et lui dit très calmement et sans élever la voix que si elle ne se bougeait pas les fesses tout de suite pour apporter ces dossiers à Marcus Jacobsen, elle n'avait qu'à prendre ses cliques et ses claques, rentrer chez elle, et lui envoyer Yrsa à la place.

Et il parlait sérieusement en plus.

Rosa fronça les sourcils.

« Vous savez quoi, Carl ? Je crois que vous êtes cinglé. »

Tout en l'écoutant se démener avec les dossiers, il appela Assad sur son mobile des dizaines de fois en agitant nerveusement les pieds en dessous de la table. Et en plus il lui avait piqué son briquet. S'il ne fumait pas une clope très bientôt, il allait attraper des crampes dans les jambes.

« À plus ! » entendit-il crier soudain dans le couloir. Carl se tourna vers la porte et il eut tout juste le temps de voir passer son assistante avec son manteau et un sac rose jeté sur l'épaule.

Bon débarras.

À part que ce n'était pas l'heure. Est-ce qu'elle était partie pour de bon ? Merde ! Carl eut une seconde de panique en imaginant les conséquences si elle ne revenait jamais. Il se rassura en se disant que Rose enverrait sûrement son alter ego Yrsa au bureau demain. Enfin, il l'espérait.

Son mobile vibra sur la table. C'était Lis.

« Voilà, ton problème de voiture est réglé, Carl. Tu n'as qu'à te rendre sur le parking du Centre d'investigations nationales, je t'envoie quelqu'un pour t'apporter la clé et te montrer le véhicule. »

Carl hocha la tête. Ce n'était pas trop tôt. Il devait se mettre à la recherche d'Assad. Rose avait réussi à lui communiquer ses craintes.

Deux minutes plus tard, il était sur les lieux en train de regarder, perplexe, le parking désert. Il n'y avait ni voiture, ni personne avec une clé à la main. Il était sur le point d'appeler Lis quand il vit deux phares jaunes clignoter au bout de la plate-forme.

Carl s'approcha et découvrit Rose assise à la place du passager, son sac fluorescent sur les genoux, dans une voiture qui devait avoir la taille de sa poche de pantalon. Il déglutit. En partie à cause de l'étrange couleur du pot de yaourt sur roues qui lui rappela qu'il n'avait toujours pas mangé le fromage à pâte persillée qu'il avait mis dans son réfrigérateur il y avait deux mois.

« Qu'est-ce que c'est que ce truc et qu'est-ce que tu fais assise à l'intérieur, Rose ? lui demanda-t-il en ouvrant la porte côté conducteur.

— C'est une Ford Ka, et vous partez chercher Assad, si je ne m'abuse ? »

Il acquiesça. Une fois de plus, il devait tirer son chapeau devant l'intuition de cette grande bringue aux yeux charbonneux.

« Je vous accompagne. Quant à cette voiture, Marcus vous l'a louée jusqu'à la fin de l'année. » Elle eut un peu de mal à garder son sérieux en lui annonçant cette nouvelle mais cela ne dura qu'une seconde. « Allons-y, Carl. Il va bientôt faire nuit. »

Ils se mirent à genoux à tour de rôle dans le corridor, devant la boîte aux lettres de l'appartement de Heimdalsgade et, ainsi que Carl s'y attendait, il n'y avait pas de meubles à l'intérieur et pas plus d'Assad que de beurre en broche.

La dernière fois que Carl était venu ici, il s'était fait aborder par deux frères, tatoués de la tête aux pieds, avec des noms étrangers et des biceps comme des noix de coco. Cette fois, ils durent se contenter du vacarme ambiant, résonnant d'accents étrangers qui auraient pu aussi bien être somaliens que serbo-croates. Un quartier exotique.

« Il me semble que depuis quelque temps il vit dans une maison sur Kongevejen. Ne me demande pas pourquoi », dit Carl en s'insérant dans le carton à chapeau qui leur tenait lieu de véhicule.

Ils roulèrent pendant un quart d'heure sans se parler et arrivèrent finalement devant une fermette chaulée construite à la lisière de la forêt, à l'endroit où la route de Bistrup change de nom pour devenir Kongevejen.

« Je n'ai pas l'impression qu'il soit là non plus, Carl, dit Rose. Vous êtes certain que c'est la bonne adresse ?

— C'est celle qu'il m'a donnée en tout cas. »

Tout comme Rose, il lisait deux noms de femmes typiquement danois sur la boîte aux lettres. Peut-être ces femmes avaient-elles sous-loué la maison à Assad ? Il connaissait des tas de gens qui se retrouvaient propriétaires de deux maisons à la fois parce qu'ils n'avaient pas pu vendre la première à cause d'un marché immobilier en berne. Le ministre des Finances pensait toujours avec ses pieds et les banquiers avec leur portefeuille. Et la crise était encore là.

Ils sonnèrent à la porte et une jolie femme aux cheveux noirs leur ouvrit. Ils s'enquirent d'Assad et elle leur répondit que s'ils connaissaient un type prénommé Assad qui avait besoin de se loger, elles seraient ravies de le laisser coucher sur leur canapé quelques jours contre un peu d'argent et sa bonne humeur. Mais elle et sa copine ne le connaissaient pas.

Bon, et maintenant quoi ?

« Vous ne savez même pas où habitent vos collaborateurs, Carl ? » le taquina Rose quand ils furent de nouveau dans la voiture. « Je croyais que vous l'aviez raccompagné chez lui et tout ça ? D'habitude, dans ce domaine, vous ne manquez pas de curiosité. »

Carl accusa l'attaque. « Et toi, qu'est-ce que tu sais de la vie privée d'Assad, mademoiselle Je-sais-tout ? »

Elle commença par regarder devant elle, l'air absent. « Pas grand-chose. Au début, il m'a parlé un peu de sa femme et de ses deux filles, mais il y a longtemps de ça. À vrai dire, je ne crois plus qu'il vive avec elles. »

Carl hocha la tête. Il avait déjà pensé à cette éventualité. « Et des amis ? Il a déjà mentionné des amis en ta présence ? Il s'est peut-être installé chez l'un d'entre eux. »

Elle secoua la tête. « Vous allez sans doute me croire folle mais quelque chose me dit qu'Assad n'a pas de maison du tout.

— Tu peux préciser ta pensée ?

— J'ai l'impression qu'il dort très souvent dans son bureau. Je crois qu'il sort la nuit, quelques heures, histoire de noyer le poisson, mais comme on ne peut pas vraiment dire qu'il y ait un système de pointage à l'hôtel de police, on n'a pas de moyen de le savoir.

— Et pour ses vêtements ? Il fait comment ? Il se change de temps en temps, non ? Il doit bien avoir un camp de base quelque part ?

— On pourrait fouiller ses tiroirs et son placard, peut-être qu'on trouve toute sa garde-robe dedans ? Il peut faire laver son linge dans une blanchisserie en ville. Il me semble l'avoir vu entrer et sortir avec des sacs, maintenant que j'y pense. Je me suis dit qu'ils devaient contenir tous ces trucs bizarres qu'il trouve dans les boutiques pour immigrés. »

Carl haussa les épaules. Quoi qu'il en soit, ça ne les aidait pas maintenant.

« Je parie qu'il est juste allé faire un petit tour pour se changer les idées. Si ça se trouve, il est rentré à l'hôtel de police à l'heure qu'il est. Tu ne veux pas essayer de le rappeler, Rose ? »

Elle leva un sourcil avec son expression préférée qui signifiait : *Pourquoi ne le faites-vous pas vous-même ?* Mais elle le fit quand même.

« Vous saviez qu'il y avait un répondeur sur son nouveau téléphone, Carl ? » demanda-t-elle, l'oreille collée au mobile.

Il secoua la tête. « Que dit le message ?

— Il dit qu'il est actuellement en mission à l'extérieur et qu'il pense être de retour à dix-huit heures au plus tard.

— Et il est ?

— Bientôt dix-neuf. Il devrait être rentré depuis une heure. »

Carl appela le poste de garde. On ne l'avait pas vu. *Une mission à l'extérieur.* Bizarre. Rose referma le clapet de son mobile et se passa une main sur le visage.

« Vous pensez comme moi, Carl ? Il en est tout à fait capable, vu l'état dans lequel il était. »

Carl resta un petit moment silencieux, clignant des yeux dans la lumière des phares venant en sens inverse sur la route où la circulation était dense.

« Oui. J'en ai bien peur. »

Ils stationnèrent sur Tværgaden, en face de l'école de police. Vingt-cinq mètres plus haut dans cette idyllique rue de village, à l'angle d'une autre rue, se trouvait la résidence de Curt Wad. D'après ce qu'ils pouvaient voir à distance, au-dessus des claustras, la maison était plongée dans le noir.

« Ce n'est pas très engageant, fit remarquer Carl.

— Je n'ai pas d'avis là-dessus, répliqua Rose. Ce que je sais, c'est que je suis contente que nous soyons armés parce que mon intuition fait clignoter tous mes signaux d'alarme. »

Carl mit la main sur la crosse de son pistolet de service. « Personnellement, j'ai ce qu'il faut. Mais toi, qu'est-ce que tu caches dans ton sac ? »

Il désigna le truc informe que Rose avait dû piquer à sa véritable sœur Yrsa.

Elle ne répondit pas à sa question et se contenta de faire tourner le sac une seule fois autour de sa tête et de le balancer contre une poubelle verte posée dans la rue à l'entrée d'une propriété.

Quand ils virent les dégâts occasionnés par l'impact sur la pauvre poubelle, qui avait parcouru quatre mètres dans l'allée de son propriétaire dont les ordures étaient maintenant dispersées de tous les côtés, ils ramassèrent le sac et prirent leurs jambes à leur cou. Avant même que la lumière ne s'allume au-dessus du perron, ils avaient déjà disparu à l'angle du garage de Curt Wad sur Brøndbyøstervej.

« Nom de Dieu, Rose ! Mais qu'est-ce que tu as dans ce sac ? Des pavés ? chuchota Carl.

— Non. Les œuvres complètes de Shakespeare reliées en cuir. »

Un instant plus tard, Carl se trouvait pour la deuxième fois de la journée dans le jardin de la villa de Curt Wad à regarder par la fenêtre donnant sur son salon. Cette fois en compagnie de Rose qui restait à quelques mètres, les yeux scrutant l'obscurité dans toutes les directions.

Il y avait un certain temps qu'elle n'avait pas été en mission sur le terrain, et elle n'avait pas l'air tranquille. Il est vrai qu'il faisait sombre, très sombre. Même les étoiles s'étaient éteintes au-dessus du petit village.

Carl essaya la poignée de la porte-fenêtre. Elle était verrouillée mais l'huisserie ne semblait pas bien solide. Qu'est-ce qu'Assad aurait fait dans la même situation ? se demanda-t-il en agitant la poignée si fort que le bois grinça.

Il s'en saisit d'une main plus ferme, prit des forces en respirant à fond une ou deux fois, posa un pied en appui sur le mur et tira si fort qu'il faillit se déboîter l'épaule. Il se retrouva les quatre fers en l'air, assis sur la pelouse, la poignée à la main. Il avait trébuché à reculons sur la marche du perron. Quelle connerie ! Ça faisait un mal de chien.

« Impressionnant », dit Rose en constatant que la porte était toujours fermée et que le verrou avait tenu mais qu'en revanche la vitre était fissurée, pas seulement en hauteur mais aussi une bonne centaine de fois dans la largeur.

Alors elle leva un pied botté et pressa délicatement dessus.

Il n'en fallut pas plus pour qu'elle dégringole à l'intérieur du salon avec un bruit relativement discret. Carl compta quelques secondes, espérant qu'Assad ne s'était pas trompé en ce qui concernait l'absence d'alarme dans la maison. Il n'avait aucune envie d'avoir à convaincre deux agents d'une entreprise de gardiennage que l'alarme s'était déclenchée après l'inexplicable chute spontanée d'un panneau vitré de la porte-fenêtre.

« Comment se fait-il qu'il n'ait pas fait installer d'alarme ? s'étonna Rose. Il y a pourtant un cabinet médical dans cette maison ?

— Il y en a peut-être une dans la partie où se trouve la consultation », suggéra Carl.

L'entreprise lui sembla tout à coup complètement absurde. Pourquoi entrer par effraction dans une demeure où de toute évidence Assad ne se trouvait pas ? Est-ce que l'intuition féminine de Rose suffisait à le faire agir, à présent ? Ou bien était-ce parce qu'il voulait rendre la monnaie de sa pièce à cette ordure de Curt Wad.

« Et maintenant, Carl ?

— J'ai envie d'aller voir ce qu'il y a au premier étage. J'ai l'impression qu'il s'y passe des choses pas très claires. Peut-être que nous trouverons des indices concernant ce qui est arrivé chez moi ? Et puis, Curt Wad nous a raconté ce matin que sa femme agonisait dans sa chambre. Si c'était vrai, il serait chez lui, non ? Qui laisserait sa femme mourante toute seule dans une maison sans lumière ? Personne. Je suis sûr qu'il cache quelque chose. »

Il alluma sa lampe de poche et leur ouvrit le chemin à travers le salon, la salle à manger et le vestibule où un store fleuri occultait la partie supérieure de la porte d'entrée, abritant la maison des regards extérieurs. Il actionna la poignée de la porte du cabinet médical et ne fut pas surpris de constater qu'elle était non seulement solide, mais certainement blindée et équipée de toutes sortes de gadgets modernes prêts à donner l'alerte si quelque intrus venait à essayer de l'ouvrir.

Carl leva les yeux vers l'escalier. Il était équipé de deux rampes en tek tourné et recouvert d'une moquette grise. Il le gravit en quelques enjambées.

La maison était moins pimpante en haut qu'au rez-de-chaussée. Le premier étage était composé d'un long couloir sombre avec des placards et des chambres à chaque bout, qui semblaient avoir été récemment désertées par les enfants de la famille. Posters d'idoles sur les murs mansardés et canapés-lits bon marché à larges fleurs.

Il aperçut un faible rai de lumière sous la dernière porte au fond, éteignit sa torche et agrippa le bras de Rose.

« Il se peut que Curt Wad se cache dans cette pièce mais ça m'étonnerait », murmura-t-il, si près de l'oreille de son assistante que ses lèvres l'effleurèrent. « S'il était là, il aurait réagi au moment où nous avons défoncé sa porte-fenêtre, mais on ne sait jamais. Il serait en train de nous attendre avec son fusil à chevrotines que ça ne m'étonnerait pas. Reste derrière moi et tiens-toi prête à te jeter par terre.

— Et s'il est là et qu'il n'est pas armé, comment avez-vous l'intention de lui expliquer notre présence ?

— Nous dirons que nous avons reçu un appel d'urgence », chuchota-t-il. Il valait mieux qu'il n'ait pas à donner la même explication devant Marcus Jacobsen ultérieurement.

Il vint se coller contre la porte en placage de tek, retint son souffle et posa la main sur la crosse de son arme.

« Un, deux, trois », compta-t-il pour lui-même avant d'ouvrir la porte d'un coup de pied et de se mettre aussitôt à couvert derrière le mur.

« Nous avons reçu un appel d'urgence nous demandant d'intervenir dans cette maison, Curt Wad », dit-il d'une voix ferme. Il remarqua alors que l'éclairage de la pièce était mouvant, comme s'il provenait d'une bougie.

Il s'avança prudemment, passa la tête dans l'ouverture de la porte, conscient qu'il faisait probablement une bêtise. C'est alors qu'il découvrit la silhouette minuscule d'une femme allongée sur le lit, recouverte d'un drap jusqu'à la taille et tenant à la main un bouquet de fleurs fanées. Elle n'était éclairée que par une petite veilleuse que son mari avait installée à côté d'elle.

Rose entra dans la pièce à son tour, et le silence s'abattit sur eux. La mort faisait cet effet-là à tout le monde.

Ils restèrent un moment à contempler la défunte et au bout d'un moment, Rose poussa un soupir qui ressemblait à un gémissement. « Je crois que c'est son bouquet de mariée, Carl », dit-elle.

La gorge de Carl se serra.

« Allons-nous-en d'ici, Rose. Ce que nous venons de faire était totalement stupide », dit-il quand ils furent revenus dans le jardin devant la porte fracassée. Il ramassa la poignée en aluminium, l'essuya soigneusement avec son mouchoir et la fit tomber de nouveau.

« J'espère que tu n'as pas tripoté trop de choses à mains nues dans la maison, Rose.

— Ça ne va pas la tête ? J'étais bien trop concentrée sur mon sac au cas où il aurait fallu le balancer à la tête du tireur si on vous avait criblé de balles. » Très attentionné de sa part.

« Passez-moi la torche, dit-elle. Je déteste être obligée de suivre comme ça sans rien voir. »

Elle agita la torche dans toutes les directions tel un gamin partant à l'aventure. Comme si elle voulait être sûre que tout le monde à des lieues à la ronde était au courant qu'un cambriolage était en cours. Carl espéra que le type à la poubelle était rentré chez lui.

« Braque le faisceau vers le sol, Rose », lui recommanda Carl.

Elle obéit.

Et se figea.

La tache qu'elle avait éclairée avec le faisceau de la lampe au bord de la pelouse n'était pas très grande mais c'était bel et bien du sang. Elle balaya la zone et trouva une deuxième tache sur l'allée à l'angle de la maison. Une petite flaque qui se prolongeait en une série de points presque invisibles conduisant à la dépendance.

L'intuition se concentra en une crampe désagréable au creux de l'estomac de Carl. Si seulement il avait vu ces traces avant de pénétrer dans la maison, il aurait appelé du secours. Mais maintenant…

Quoique. C'était peut-être très bien au contraire. Tout indiquait qu'il se passait ici des choses graves. Rien ne prouvait leur présence sur ces lieux. En tout cas, ils n'iraient pas s'en vanter.

« Je vais appeler la police de Glostrup et leur dire ce qu'on a découvert. Je crois qu'on a intérêt à marcher dans les clous à partir de maintenant.

— Vous ne m'avez pas dit que Marcus vous avait interdit de vous approcher de Curt Wad ? demanda-t-elle tout en inspectant dans la lumière de sa torche les trois issues de la dépendance.

— Si.

— Alors comment expliquerez-vous votre présence chez lui ?

— Tu as raison, mais je vais appeler quand même », dit-il en sortant son mobile de sa poche. Ses collègues de Glostrup sauraient quel véhicule conduisait Curt Wad, et surtout ils pourraient diffuser immédiatement un avis de recherche. Il circulait peut-être en ce moment même avec une personne blessée dans son coffre. Et cette personne était peut-être Assad. L'imagination de Carl allait bon train.

« Attendez ! » l'interrompit Rose. « Regardez ! »

Elle éclairait le cadenas de la porte cochère de la vieille écurie. C'était un cadenas tout ce qu'il y a de plus classique, du genre de ceux qu'on trouve pour dix couronnes dans les supermarchés. Et en regardant attentivement, on pouvait voir au beau milieu de la surface en étain une trace qui ressemblait fort à une empreinte laissée par un doigt.

Elle mouilla son index, le posa dans la matière qui avait fait une tache et suça son doigt.

Elle hocha la tête. Encore du sang.

Carl sortit son arme et regarda à nouveau le cadenas. Il aurait été plus simple de tirer dessus pour l'ouvrir mais il choisit la deuxième formule et tapa avec la crosse jusqu'à ce que les vis et ses doigts déclarent forfait.

Quand le cadenas céda, Rose gratifia Carl d'une tape sur l'épaule qui ne lui ressemblait pas.

« Laissez tomber pour les renforts, Carl. Au point où on en est ! » dit-elle en cherchant à tâtons un interrupteur sur le mur près de la porte.

Après quelques clignotements, la lumière blanche et froide d'un néon éclaira un espace qui aurait pu être l'intérieur de n'importe quelle dépendance de maison de la campagne d'où Carl était originaire. Un mur garni d'étagères sur lesquelles étaient posés divers cache-pots, casseroles et poêles cabossées et des monceaux de bulbes desséchés qui n'avaient jamais été replantés. Contre le mur d'en face était posé un congélateur dont le moteur ronronnait et, devant le bahut, une échelle en inox s'appuyait à une trappe conduisant à un grenier éclairé par une ampoule nue de vingt-cinq watts, suspendue au plafond.

Carl monta en haut de l'échelle et découvrit une pièce encombrée, principalement de tableaux et de vieux matelas ainsi que d'une montagne de sacs en plastique noir qui, après vérification, se révélèrent pleins de vieux vêtements.

Il éclaira les plafonds de la soupente tapissés de toile de jute et se dit que ce grenier avait dû être une bonne planque pour les membres de la famille qui avaient passé leur enfance dans cette maison.

« Oh ! mon Dieu, Carl », gémit Rose qui était restée en bas.

Elle tenait le couvercle du congélateur ouvert et venait de reculer d'un pas. Carl eut l'impression que son cœur s'arrêtait.

« Quelle horreur », dit-elle avec une grimace.

Ouf ! Elle n'aurait jamais dit ça si Assad avait été là-dedans.

Carl redescendit et regarda dans le congélateur. Il contenait une caisse en PVC blanc pleine de poches en plastique contenant des fœtus humains. Huit en tout. Huit petits êtres qui n'avaient jamais vu le jour. L'exclamation de Rose n'aurait pas été la première qui lui serait venue à l'esprit si c'était lui qui avait ouvert ce bahut.

« Nous ne connaissons pas les circonstances, Rose. »

Elle secoua la tête et pinça les lèvres. Ce qu'elle venait de voir lui avait visiblement fait de l'effet.

« Le sang que nous avons vu dehors peut provenir de l'un de ces sacs, Rose. Le nouveau médecin a pu faire tomber un sac dans l'allée et l'avoir ramassé ensuite, ce qui expliquerait les gouttes sur le sol et aussi les empreintes de doigts sur le cadenas. Le sang provient sûrement des sacs. »

Elle secoua la tête à nouveau. « Non, le sang qui est dehors est frais, et ces fœtus sont congelés. » Elle montra la caisse du doigt. « Et vous voyez un sac percé, vous ? »

C'était bien observé. Il était un peu ralenti, aujourd'hui.

« Écoute. On ne va pas continuer à essayer d'élucider ça tous les deux, dit-il. Nous avons trois options. Disparaître tant qu'il est encore temps, appeler la police de Glostrup et leur faire part de nos soupçons, ce qui me semble être la meilleure solution, et réessayer d'appeler Assad à l'hôtel de police. Il est peut-être revenu maintenant. » Il hocha la tête pour lui-même. « Et il a peut-être rechargé son téléphone. »

Il prit son portable. Rose secouait la tête. « Vous ne trouvez pas que ça sent le brûlé ? » dit-elle tout à coup.

Carl, qui venait une fois de plus de tomber sur un répondeur, dit qu'il ne sentait rien.

« Regardez », dit Rose en montrant le plafond.

Carl recomposa le numéro d'Assad et leva la tête. Était-ce de la fumée ou simplement de la poussière tournoyant dans un rai de lumière ?

Il suivit des yeux le derrière de Rose montant à l'échelle pendant qu'à l'autre bout du fil le répondeur se déclenchait à nouveau.

« Il y a de la fumée ici et elle vient d'en bas. »

Elle redescendit à toute vitesse. « La pièce du haut est plus profonde que celle du bas. La fumée vient de quelque part là-derrière », dit-elle en désignant le mur du fond.

Carl vit qu'effectivement le mur en question avait l'air d'être une double cloison.

S'il y a une pièce derrière, ce n'est pas par ici qu'on y entre, songea-t-il en voyant que la fumée commençait à s'infiltrer sous le mur.

Rose se précipita et donna des petits coups en plusieurs endroits. « Vous avez entendu, cette partie-là a l'air d'être en dur et ici ça sonne creux », dit-elle. « On dirait du métal. C'est un panneau coulissant, Carl. »

Il hocha la tête et regarda autour de lui. À moins que la porte ne fonctionne avec un système de télécommande, il devait y avoir quelque part un moyen d'ouverture.

« Qu'est-ce qu'on cherche ? demanda Rose.

— Un bouton, un objet sur le mur qui ne devrait pas s'y trouver, un fil électrique ou un branchement quelconque, répondit Carl, sentant la panique monter.

— Comme ça par exemple ! » s'écria Rose, désignant un point au-dessus du congélateur.

Carl mit plusieurs secondes à repérer ce dont elle parlait. Elle avait raison. Un trait imperceptible sur le mur indiquait qu'à un moment donné on y avait creusé une saignée.

Il suivit l'ancienne fissure jusqu'à une vieille plaque en laiton qui à l'origine devait appartenir à un bateau ou à une grosse machine-outil.

Il souleva la plaque derrière laquelle se trouvait un clapet en acier qu'il ouvrit.

« Merde », jura-t-il, voyant que la fumée devenait plus épaisse. Ce n'était pas un simple interrupteur qui se cachait derrière le clapet en inox mais un petit écran et un clavier plein de chiffres et de lettres. Espérer trouver la combinaison qui permettait d'activer le mécanisme du panneau coulissant était peine perdue.

« Nom des enfants, date de naissance de l'épouse, numéro d'identité nationale, chiffre porte-bonheur, les gens choisissent toujours ce genre de conneries quand ils doivent utiliser un code. Comment veux-tu qu'on devine celui-ci ? » se plaignit Carl en regardant autour de lui pour trouver un outil capable d'abattre le mur.

Pendant ce temps-là, Rose mettait en route son système de raisonnement logique.

« Commençons par ce que nous savons, Carl, dit-elle, en se plaçant devant le clavier.

— Je ne sais rien du tout. Le type s'appelle Curt Wad et il a quatre-vingt-huit ans, et voilà.

— Alors, heureusement que je suis là ! » Elle se mit à taper : Rene Linier, rien. Puis elle orthographia *linjer* avec un j. Rien non plus. La Lutte secrète. Niet.

Laborieusement mais à une vitesse vertigineuse, elle essaya tous les noms qu'elle avait retenus en lisant les dossiers, comptes rendus d'audience et coupures de presse sur Curt Wad ces derniers jours. Elle se souvenait même de sa date d'anniversaire et du prénom de sa femme.

Au bout d'un moment, elle s'arrêta pour réfléchir tandis que Carl surveillait alternativement la fumée qui passait sous la cloison et les phares des voitures qui balayaient de temps à autre le bâtiment.

Soudain, elle tourna la tête vers lui et dans son regard cerné de khôl sombre Carl vit qu'une idée venait de surgir dans sa tête.

Il lut les lettres qu'elle pianotait sur le clavier :

H.E.R.M.A.N.S.E.N.

Un déclic se fit entendre et les panneaux glissèrent l'un sur l'autre, découvrant un réduit secret derrière un épais rideau de fumée qui envahit immédiatement la dépendance. Mais à l'instant où l'oxygène pénétra dans le petit local, une flamme jaillit.

« Oh ! putain ! » s'écria Carl, arrachant la lampe électrique des mains de Rose et bondissant dans la pièce.

Il y avait un deuxième congélateur et une série d'étagères sur lesquelles s'amoncelaient des piles de papiers, mais Carl ne se préoccupa que de la forme apparemment sans vie qui gisait sur le sol.

Les flammes commençaient à lécher la jambe du pantalon d'Assad. Carl le traîna hors du local en criant à Rose de jeter son manteau sur lui pour éteindre le feu.

« Oh ! mon Dieu, non ! Pitié ! Il ne respire presque plus », cria-t-elle tandis que Carl jetait un coup d'œil autour de lui pour constater que l'incendie était en train de tout dévaster.

Mais avant de sortir du bâtiment, portant Assad avec l'aide de Rose, il eut le temps de remarquer qu'il ne restait pas une seule surface plane sur laquelle on ne pouvait pas lire l'inscription : *Assad was here* tracée avec son sang, et aussi qu'au pied du congélateur se trouvaient les restes fondus d'un briquet qui ressemblait à s'y méprendre à celui qui était posé il y avait encore quelques heures sur le bureau de Carl à l'hôtel de police.

Les pompiers arrivèrent avant le médecin et ils installèrent avec précaution le corps d'Assad sur le brancard, posant sur son visage un masque à oxygène.

Rose était pâle comme une morte et avait l'air sur le point de craquer.

Quant à Carl, il avait supplié les secouristes, animé par un flot de sentiments qu'il ignorait avoir dans le cœur : « Dites-moi qu'il va s'en sortir. »

Il leva les yeux au ciel afin d'endiguer ses larmes mais elles coulèrent quand même. « Allez Assad, mon petit bonhomme, reviens…

— Il est vivant, dit l'un des hommes. Le problème c'est qu'une intoxication par la fumée se révèle souvent fatale. La victime peut développer après coup une détresse respiratoire par œdème pulmonaire lésionnel ou avoir été empoisonnée par le monoxyde de carbone. Il faut vous préparer à cette éventualité. Et le coup qu'il a reçu sur la nuque n'est pas joli à voir non plus. Il a sûrement une fracture du crâne et des hémorragies internes qui peuvent s'aggraver. Vous le connaissez ? »

Carl hocha doucement la tête. Cette situation était un choc pour lui mais ce n'était rien à côté de ce que Rose était en train de vivre.

« Il n'y a plus qu'à espérer », dit le secouriste au milieu des cris des pompiers qui déroulaient leurs tuyaux.

Carl prit Rose dans ses bras et sentit qu'elle tremblait de la tête aux pieds.

« Allez, Rose, ne t'inquiète pas, il va s'en sortir », dit-il, bien conscient que cette affirmation ne reposait sur aucune certitude.

Quand le médecin urgentiste arriva une minute plus tard, pour ouvrir la chemise d'Assad afin de se faire une idée de son rythme cardiaque, de la régularité et de la profondeur de sa respiration, il tomba sur un obstacle qui l'empêcha de poser son stéthoscope à même la peau : une pile de documents qu'il jeta sur le trottoir.

Carl les ramassa.

Le premier dossier relié portait la mention : *La Lutte secrète. Liste d'adhérents.*

Et le deuxième s'intitulait : *Dossier 64.*

40

Il était dix-sept heures vingt et Nete avait fait beau-coup, beaucoup de rangs sur son tricot.

Devant les fenêtres grandes ouvertes, une foule de gens étaient passés, jeunes et vieux, gros et minces. Plusieurs personnes s'étaient même arrêtées devant l'immeuble, mais aucune n'était Curt Wad.

Elle essaya de se remémorer sa dernière conver-sation avec lui. Le moment où elle avait raccroché le téléphone. Est-ce qu'elle n'avait pas eu le senti-ment de l'avoir ferré à ce moment-là ? Si, mais peut-être avait-elle fait erreur. Elle ne savait plus que penser.

Elle se demanda s'il était caché quelque part en bas derrière un arbre, attendant de voir ce qui allait se passer. Peut-être avait-il vu Philip Nørvig entrer et ne pas ressortir ?

Elle se gratta la tête. Sans Curt Wad, son entreprise était un échec et elle ne connaîtrait pas la paix. Une tension commença à lui envahir la base du crâne. Si elle ne prenait pas tout de suite son traitement, la migraine allait s'installer et elle n'avait ni le temps ni la force de supporter une crise maintenant. Plus que jamais elle devait garder les idées claires et se tenir prête.

Elle se rendit dans sa salle de bains et prit le flacon de comprimés dans l'armoire à pharmacie. Il n'en restait plus qu'un.

Heureusement que j'ai un autre flacon dans l'armoire à linge, se dit-elle en s'engageant dans le corridor. Seulement, l'armoire en question se trouvait dans la salle à manger et elle allait devoir entrer une fois de plus dans la pièce calfeutrée avec l'argenterie, la carafe d'eau, les verres en cristal et tous ces corps froids qui avaient déjà pris leur dernier repas.

Elle ouvrit la porte précipitamment et la referma derrière elle aussitôt. L'odeur à l'intérieur était déjà très forte et c'était en grande partie la faute de Philip Nørvig.

Elle se tourna vers sa dépouille avec un air de reproche. Elle aurait fort à faire avec son cadavre quand l'heure serait venue de procéder à la toilette des morts. En fait, elle aurait fort à faire avec eux tous, se dit-elle en prenant le flacon de médicament dans l'armoire.

Elle s'assit et contempla ses victimes.

Mis à part Tage, qui gisait toujours par terre comme un éléphant de mer échoué sur une plage, les trois autres étaient sagement à leur place. Rita, Viggo et Philip.

Elle se versa un verre d'eau, prit trois comprimés, consciente que c'était un de trop, et leva son verre vers leurs regards éteints et leurs têtes inclinées.

« À votre santé, m'sieurs dames », dit-elle en avalant les médicaments.

Elle rit toute seule de son toast macabre et pensa au formol qu'elle allait leur verser dans la gorge et qui devrait en partie ralentir le processus de décomposition.

« Vous allez bientôt boire un coup vous aussi. Un peu de patience. Et puis vous n'allez pas tarder à avoir de la compagnie. Certains d'entre vous la connaissent déjà. Il s'agit de Gitte Charles. Mais oui, vous m'avez bien entendue. La peste blonde qui a pourri la vie de certaines d'entre nous sur l'île infernale. C'était une belle fille à l'époque. Espérons qu'elle l'est restée. Je ne voudrais pas qu'elle fasse baisser le standing de cette assemblée. »

Elle éclata de rire, s'arrêtant parce que la tension dans sa nuque devenait insupportable. Alors elle fit une petite révérence à ses convives et les abandonna. Il ne fallait pas faire attendre Gitte.

Un jour, après le petit déjeuner, Rita la prit à part. « Écoute-moi bien, Nete. Quand Gitte en aura assez de toi, elle te jettera et tu devras payer. Tu as bien vu ce qu'elle m'a fait! »

Elle montra à Nete son bras couvert de marques d'aiguilles. Nete en compta cinq. C'était quatre de plus que ce qu'on lui avait fait subir à elle.

« Ma vie ici est devenue un enfer, poursuivit Rita en jetant des regards inquiets autour d'elle. Les surveillantes me harcèlent constamment et elles me tapent chaque fois qu'elles me croisent, si je ne m'écarte pas à temps. Je dois nettoyer les toilettes, rincer les serviettes hygiéniques de toutes les filles et charrier le fumier. On me confie les corvées les plus répugnantes et je passe mes journées avec les filles les plus stupides de l'asile. Les matonnes sont agacées contre moi en permanence et elles ne cessent de me dire "Fais pas ci, fais pas ça, on te l'a déjà dit", alors que je n'ai rien fait du tout. Et tout ça, c'est la faute de Gitte. Tiens, regarde. »

Rita lui tourna le dos, défit les bretelles de sa salopette et la baissa jusqu'aux genoux pour lui faire voir une série d'hématomes en travers de ses cuisses juste sous ses fesses. « Tu crois que ces traces sont arrivées là toute seules ? »

Elle se tourna à nouveau vers Nete en levant un doigt en l'air. « Et je sais qu'elles vont essayer de convaincre le médecin-chef de me stériliser la prochaine fois qu'il viendra en visite sur l'île. Alors je vais m'enfuir, tu m'entends, Nete ? Et je veux que tu viennes avec moi. J'ai besoin de toi. »

Nete hocha la tête. Gitte Charles l'avait déjà menacée de l'empoisonner avec de la jusquiame noire. Elle avait remarqué que même si elle était gentille avec elle, elle se fichait des autres filles comme d'une guigne. Elle l'avait vue rire comme une folle en décrivant comment elle les obligeait à faire tout ce qu'elle voulait et, malgré leur soumission, elle se vantait de pouvoir les faire stériliser quand même si l'envie lui en prenait.

Nete aussi commençait à avoir peur de l'humeur changeante de Gitte Charles.

« Comment on fera pour passer sur le continent ? demanda-t-elle.

— Tu me laisses faire. Je trouverai une solution.

— Pourquoi as-tu besoin de moi ?

— Tu dois nous trouver de l'argent.

— De l'argent ? Comment veux-tu que j'en trouve ?

— Tu vas voler celui de Gitte. Celui qu'elle a économisé dans ses précédents emplois. Elle en parlait tout le temps à l'époque où elle couchait avec moi. Je connais sa cachette.

— Ah bon ? Où ça ?

— Dans sa chambre, imbécile !

— Pourquoi ne le fais-tu pas toi-même ? »

Rita sourit et montra sa tenue. « Tu crois qu'on me laissera entrer, habillée comme ça ? » Puis elle prit un air grave. « Il faudra le faire en plein jour pendant que Gitte nous fait marcher à la baguette dehors. Tu sais où elle cache sa clé, tu me l'as dit.

— En plein jour ? Mais je n'oserai jamais ! »

Rita ferma le poing et le brandit sous le nez de la jeune fille. Elle était livide et les muscles de ses mâchoires jouaient sous sa peau.

« Tu vas oser si tu tiens à rester en vie, tu as compris ? Et tu vas le faire tout de suite. Nous pouvons partir dès ce soir. »

La chambre de Gitte se trouvait au premier étage, juste au-dessus de l'atelier de travaux manuels. Nete passa toute la matinée à suer d'appréhension en attendant le moment propice pour se lever et disparaître pendant une minute ou deux. Mais l'occasion ne se présenta pas. Le travail ce jour-là n'avait rien de contraignant, leur enseignante resta assise tranquillement à côté de la fenêtre avec sa broderie et, de manière générale, un calme inhabituel régnait dans l'atelier. C'était un jour sans dispute et personne n'eut à sortir de la salle pour aller chercher un objet ou un autre.

Nete cherchait une solution. Il fallait qu'elle fasse diversion. La question était de savoir comment.

Soudain elle eut une idée.

À la table devant elle travaillaient deux anciennes prostituées de Pisserenden à Copenhague. On les appelait Bette et Betty parce qu'elles passaient leur temps à parler de Bette Davis et de Betty Grable, deux actrices de Hollywood qu'elles admiraient et à qui elles auraient voulu ressembler. Nete ne connaissait pas les deux stars en question car elle n'avait jamais mis les pieds dans un cinéma et, à vrai dire, leurs discussions lui sortaient par les trous de nez.

Il y avait aussi la putain Pia, qui venait d'Aarhus. Elle était assise derrière Nete et travaillait sur un métier à tisser. Elle était moins bavarde que les autres, peut-être parce qu'elle était grosse et vieille et blasée après avoir fait avec les hommes tout ce qu'on pouvait imaginer. Elle, Bette et Betty avaient beaucoup d'anecdotes à se raconter sur *le métier*, et elles le faisaient chaque fois que le professeur de travaux manuels s'éloignait pendant quelques secondes. Elles parlaient de morpions, des tarifs qu'elles pratiquaient pour les différentes positions sexuelles et pour les demandes spéciales, elles évoquaient les hommes qui puaient et se rappelaient en riant ce qu'un bon coup de pied dans les couilles permettait d'obtenir d'un client qui refusait de payer.

Nete se retourna et la putain d'Aarhus leva la tête et lui sourit. Elle avait été trois fois grosse et chaque fois on lui avait enlevé son enfant pour le donner à l'adoption dès sa naissance. Tout portait à croire qu'elle partirait se faire charcuter avec le prochain convoi pour la clinique de Korsør. Nete savait parfaitement ce qui se passait là-bas. Les filles en parlaient fréquemment entre elles, à mots couverts. Les médecins des asiles envoyaient leur rapport au ministère de la Santé, préconisant la stérilisation pour une grande partie d'entre elles et sans en informer les principales intéressées. Elles vivaient toutes assises sur une bombe à retardement. Pia comme les autres. Alors elles se tenaient tranquilles et fuyaient la réalité en rêvant à une vie meilleure. Car toutes les filles de l'île rêvaient d'avenir, et cet avenir parlait toujours de famille et d'enfants qui seraient les leurs.

Pia aussi, tout comme Nete.

Nete se tourna à nouveau vers Pia, mit la main devant sa bouche et chuchota : « Je suis désolée, Pia, mais Bette et Betty ont cafté à la surveillante. Il paraît que tu te serais vantée de pouvoir gagner cent couronnes en une matinée rien qu'en taillant des pipes et que tu recommencerais dès que tu serais sortie d'ici. Je suis sûre que c'est déjà arrivé aux oreilles de Gitte Charles. Ça me fait de la peine de te dire ça, mais c'est la vérité. »

Le métier à tisser s'arrêta. Pia posa les mains sur ses genoux. Elle avait besoin d'une petite minute pour comprendre ce qu'elle venait d'entendre, les conséquences que ça aurait pour elle, la gravité de sa situation et la terrible trahison de ses compagnes.

« Elles ont dit aussi que tu avais l'intention de tuer Gitte avec les ciseaux de tailleur, murmura Nete encore. C'est vrai ? »

À ces mots Pia disjoncta et bondit de son siège, pour leur montrer ce qu'une putain d'Aarhus avait dans le ventre.

Nete sortit discrètement de la pièce tandis que l'enseignante appelait à l'aide et que la dispute entre les trois filles dégénérait en bagarre générale.

Il en vint de la cuisine et de la réserve, quelqu'un sonna la cloche qui se trouvait devant la porte de la directrice. En un rien de temps, une journée paisible s'était transformée en un déluge de cris, de pleurs et de mots qui n'auraient jamais dû être prononcés.

Elle fut devant la chambre en quelques secondes et trouva la clé à sa place, au-dessus de l'encadrement de la porte.

Nete n'était jamais entrée chez Gitte. Elle découvrit une pièce bien arrangée avec de jolis croquis sur les murs et un lit impeccablement fait. La commode contenait très peu de vêtements et, en dessous, Gitte avait posé une paire de bons souliers de marche que Nete ne l'avait jamais vue porter.

Dans une des chaussures elle trouva presque cinq cents couronnes et une bague avec, à l'intérieur, une inscription qu'elle n'arriva pas à lire.

Elle laissa la bague.

Ce soir-là, le cachot de la cave et celui du premier étage étaient tous deux occupés par les belligérantes de l'atelier de couture.

Le dîner se déroula sans qu'un seul mot soit prononcé. Aucune des filles n'avait l'intention de se faire remarquer car certaines des surveillantes avaient encore le visage marqué par les coups reçus lors du pugilat. L'atmosphère était électrique.

Rita secouait la tête en regardant Nete d'un air réprobateur. Elle ne lui avait pas demandé de déclencher une révolution.

Vers la fin du repas, elle leva les deux mains en l'air, doigts écartés, puis montra ses deux pouces, ce qui signifiait probablement qu'elles partiraient à minuit, bien que Nete n'ait aucune idée de la façon dont Rita avait l'intention de sortir de ce chaudron de sorcière.

À ce moment-là, Nete ne savait pas encore que Rita allait mettre le feu au lit de sa compagne de chambre. En temps normal, les allumettes étaient très surveillées sur l'île, mais Rita n'était pas Rita pour rien, et il lui suffit d'une seule allumette et d'un minuscule morceau de grattoir dérobés dans la cuisine pour mettre son projet à exécution. Elle avait gardé cela caché toute la journée sous ses seins volumineux et elle ne s'en servit que lorsque son idiote de voisine fut profondément endormie.

Une épaisse fumée emplissait déjà la chambre quand la fille cria au feu. Tout le monde évacua très vite le bâtiment car c'était déjà arrivé par le passé. L'étable avait brûlé à plusieurs reprises et, quelques années auparavant, un incendie avait ravagé tout l'asile. Le gardien de phare et son assistant furent sur les lieux quelques minutes plus tard, bretelles sur les fesses et chemise sortie de la culotte, pour prendre le commandement des troupes affectées à la pompe et au transport des seaux d'eau.

Rita et Nete se retrouvèrent derrière le potager et virent les flammes faire exploser à grand bruit la fenêtre de la chambre de Rita, située sous les combles. La fumée se déversait dans la nuit en volutes épaisses, comme de grosses vis s'enfonçant dans un ciel étoilé et sans nuage.

Il ne se passerait pas longtemps avant que les soupçons se portent sur Rita et que la poursuite commence. Le temps leur était compté.

Comme elles se dirigeaient vers Friheden, le havre de paix à la pointe de l'île, Nete devina que des pêcheurs les attendaient à la lueur des lampes à pétrole. En revanche, sa surprise fut grande quand elle s'aperçut que Viggo était l'un d'entre eux et elle fut encore plus étonnée qu'il ne la reconnaisse pas.

Au contraire, il la regarda avec le même sourire concupiscent que celui qu'il avait le jour où elle les avait vus, son camarade et lui, en train de lorgner leur copain pendant qu'il besognait Rita par-derrière. Le genre de sourire qu'on aime voir sur les lèvres de son amant mais pas sur celles d'un étranger. Et il était un étranger pour elle à présent. Quand elle lui rappela qu'elle était la jeune fille qu'il avait rencontrée à la fête foraine, cela ne lui dit rien et il se contenta de lui répondre que s'ils avaient déjà baisé ensemble, c'était une raison de plus pour recommencer aujourd'hui.

Sa réponse brisa littéralement le cœur de Nete en deux morceaux.

Pendant ce temps, un deuxième lascar avait compté l'argent et déclaré qu'il n'y en avait pas assez et qu'elles allaient devoir se coucher sur la table et écarter les cuisses pour faire le compte.

Visiblement, cela ne faisait pas partie de leurs arrangements et Rita se mit en colère et essaya de le gifler, ce qui était sans doute une très mauvaise idée.

« Tu n'as qu'à rester ici si ça ne te plaît pas », répliqua le type en la frappant à son tour. « Fiche le camp. »

Nete se tourna vers Viggo, espérant qu'il prendrait leur défense, mais il restait impassible. Ce n'était pas lui qui décidait, et apparemment cela lui convenait très bien.

Du coup Rita changea d'avis et leva sa robe, mais les deux hommes ne voulaient plus d'elle. Pourquoi se contenter d'une traînée avec une grande gueule qu'ils avaient déjà pratiquée à plusieurs reprises alors qu'ils en avaient une nouvelle à leur disposition ?

« Allez, viens, Nete, on s'en va. Rendez-nous notre argent », leur cria Rita. Alors ils se mirent à rire et partagèrent la somme entre eux.

Nete était dans tous ses états. Gitte comprendrait tout de suite qu'elle avait pris l'argent. Il était hors de question qu'elle retourne à l'asile ce soir. Cet endroit allait devenir pour elle un enfer sur terre.

« Je v-vais me laisser f-faire », bégaya-t-elle, en grimpant sur la table pendant que les deux hommes chassaient Rita dehors.

Pendant un temps, elle entendit les injures et les malédictions de Rita derrière la porte mais elles furent bientôt couvertes par les halètements de l'inconnu au-dessus d'elle.

Quand il eut fini et que ce fut au tour de Viggo, Nete se dit qu'elle ne pleurerait plus jamais de sa vie, même si l'avenir qu'elle espérait avoir un jour venait de lui être définitivement arraché. Un tel degré de trahison et de cruauté était inconcevable.

Et tandis que Viggo se donnait du plaisir dans son ventre, le regard de la jeune fille errait dans la pièce comme si elle disait adieu, non seulement à Sprogø mais à la petite fille innocente et joyeuse qu'elle avait jadis été.

À l'instant où le corps de Viggo se raidit, accompagné par les rires gras de son compagnon, la porte s'ouvrit. Nete vit Rita pointant sur elle un index accusateur et Gitte Charles qui la fixait avec des yeux noirs de colère.

Les deux hommes se rajustèrent et prirent leurs jambes à leur cou et Nete resta comme clouée sur la table, le sexe à l'air.

À partir de cette seconde, sa haine pour ces deux femmes et pour Viggo, qui se croyait un homme mais n'était qu'un porc, ne connut plus de limites.

41

Novembre 2010

Curt Wad venait de tourner à l'angle de l'église de Brøndbyøster. Une effervescence inhabituelle le surprit. Des groupes de gens piétinaient dans le froid au milieu de la chaussée.

Curt sentit son sang se glacer quand il comprit que l'attroupement se trouvait devant sa maison. Les gyrophares, les cris, le bourdonnement des pompes à incendie. Le cauchemar que tout le monde redoutait était devenu réalité.

« Je suis le propriétaire de cette maison, que se passe-t-il ? s'écria-t-il, paniqué.

— Vous devriez poser la question aux policiers, ils ne doivent pas être loin, monsieur, ils étaient encore là il y a quelques minutes », dit un pompier tout en s'assurant que l'océan de braises de l'ancienne écurie ne se rallumait pas. « Comment s'appelait-il, déjà, cet inspecteur de la criminelle qui était là quand on est arrivés, tu te rappelles, toi ? demanda-t-il à un collègue occupé à enrouler des tuyaux.

— Mørck ? » dit l'autre. Il ne semblait pas très sûr, mais Curt Wad l'était pour lui. Et son sang se glaça.

« Vous avez eu une sacrée chance, monsieur, reprit le deuxième pompier. Deux minutes plus tard, la grange et la maison au toit de chaume de l'autre côté de Tværgade auraient pris feu aussi. Malheureusement, nous devons vous informer que nous avons retrouvé un homme très mal en point à l'intérieur de votre dépendance. On aurait dit un Gitan, peut-être un SDF qui s'était abrité là pour la nuit. Nous pensons que c'est lui qui a déclenché l'incendie mais nous ne pouvons pas encore l'affirmer. En tout cas, il a fait brûler du papier, pour se réchauffer sans doute, mais là encore ce ne sont que des hypothèses. La police vous en dira plus. »

Curt ignora l'invitation du pompier. Il n'avait nullement l'intention de parler à la police.

Il alla chercher une lampe de poche dans sa voiture, revint vers l'écurie et vit la porte coulissante ouverte. Le sol du local qui se trouvait derrière n'était plus qu'une bouillie de cendres. Une vision d'horreur.

Il attendit que les pompiers soient partis pour aller patauger dans cette mélasse grisâtre et constater qu'il ne restait plus rien.

Hormis les graffitis sur tous les murs.

ASSAD WAS HERE

Il faillit s'évanouir.

« Tout a été détruit, annonça-t-il à Lønberg sur la ligne sécurisée. Absolument tout. Les fichiers, les coupures de presse, les statuts des sociétés, les listings d'adhérents, les dossiers des patientes. Le feu a tout emporté.

— J'espère que ce que tu dis est vrai, répliqua Lønberg. Même si c'est une catastrophe, j'espère sincèrement que tout a disparu dans l'incendie. Tu me dis que ce type que tu appelles Assad était encore vivant quand tu l'as quitté, mais tu sais dans quel état il était quand la police l'a retrouvé ? Comment l'ont-ils retrouvé, d'ailleurs ? Grâce à son téléphone portable ?

— Non, on le lui avait pris et on l'avait éteint. Mikael et les autres sont en train de fouiller dans la carte mémoire, au cas où elle contiendrait des informations utiles. Mais son mobile n'est plus allumé depuis qu'on le lui a confisqué et je ne sais pas comment Carl Mørck a fait pour le retrouver.

— Donne-moi dix minutes. Je vais me renseigner auprès de l'hôpital. Je te rappelle. »

Curt Wad tremblait de colère et de chagrin. Si seulement il avait attendu le lendemain pour aller voir l'entreprise de pompes funèbres. Et si seulement il était revenu plus vite ! S'il n'avait pas retrouvé là-bas cet homme si sympathique affilié au parti, rien de tout cela ne serait arrivé.

Il secoua la tête, agacé. Si et si et si. S'il n'avait pas accepté cette dernière tasse de café, et si la femme du type n'avait pas passé autant de temps à lui répéter à quel point elle était désolée ? Enfin, ce qui est fait est fait, se dit-il. À quoi bon pleurer sur le lait renversé.

À présent il fallait s'en tenir à ce qui était prévu. Aussitôt qu'ils se seraient débarrassés de l'Arabe, ils s'occuperaient de son collègue. Et quand celui-ci aurait été éliminé également, ce qui pouvait être le cas dès demain, leur contact au commissariat de Station City irait récupérer les archives de Nørvig dans le sous-sol de l'hôtel de police.

Chaque chose en son temps. La menace qui planait au-dessus du parti ne serait bientôt plus qu'un mauvais souvenir. C'était la seule chose qui comptait.

Il y avait encore le problème de cette femme qui travaillait au Département V. D'après leur informateur de Station City, elle était à moitié dingue. Une fille un peu folle n'avait jamais été un très gros obstacle. Et si le type l'avait sous-estimée, ils trouveraient bien un moyen de la compromettre et de la neutraliser rapidement. Curt Wad en faisait son affaire.

Aux dernières nouvelles, Søren Brandt n'était plus un souci non plus et pour finir Mikael allait partir à Madagascar s'occuper du cas Mie Nørvig et Herbert Sønderskov.

Quand tout cela serait réglé, il ne resterait plus qu'une seule menace, Nete Hermansen.

Il faudrait impérativement qu'on la croie décédée de mort naturelle. Un certificat de décès en bonne et due forme, une inhumation rapide et la page serait tournée.

Définitivement.

Maintenant, ses archives n'existaient plus et ses camarades de La Lutte secrète avaient fait disparaître les leurs. Après la mort de Carl Mørck et de son assistant Hafez el-Assad, la police ne serait pas en mesure de rouvrir l'enquête, sachant que le Département V avait la réputation de faire cavalier seul. Bref, le parti allait pouvoir prendre tranquillement ses marques et une vie entière de travail acharné porterait enfin ses fruits.

Curt hocha la tête pour lui-même. Tout bien réfléchi, les choses n'allaient pas si mal. Au contraire.

Il n'y avait plus qu'à attendre le rapport de Lønberg avec l'adresse de l'hôpital où avait été transporté l'Arabe.

Il monta au premier étage et s'allongea auprès de l'amour de sa vie. Sa peau avait la couleur de la neige et elle était glacée.

« Laisse-moi te réchauffer un peu, ma douce Beate », dit-il en serrant contre lui le corps de sa femme. La rigidité cadavérique s'en était emparée pendant que lui prenait le café avec des gens qui lui étaient indifférents. Comment avait-il pu ?

La sonnerie du mobile retentit.

« Oui, Lønberg. Alors, tu as réussi à le localiser ?

— Oui. Il est hospitalisé à Hvidovre et il ne va pas bien. Pas bien du tout, même. »

Curt poussa un soupir de soulagement.

« Qui est avec lui ?

— Carl Mørck.

— Je vois. Tu as pu savoir s'il avait pris quelque chose dans le local ?

— Non. Mais ça m'étonnerait qu'il ait pu emporter grand-chose. Nous avons un contact à l'hôpital. Elle est en face de Carl Mørck dans la salle d'attente en ce moment même, je vais l'appeler avec un autre téléphone et lui demander si elle sait quelque chose. Une petite minute. »

Il entendit la voix indistincte de Lønberg en arrière-plan. Puis il revint en ligne :

« Pas facile à dire. Elle n'arrive pas à se rapprocher de lui suffisamment. Elle dit qu'il a une sorte de liste entre les mains, mais il peut aussi bien s'agir d'un papier que l'hôpital distribue aux proches des malades afin de leur expliquer comment ils peuvent se rendre utiles.

— Une liste, dis-tu ?

— Détends-toi, Curt, ce n'est sûrement rien du tout. La tempête est passée, vieux. D'un point de vue historique, il est dommage évidemment que nos dossiers et toute la documentation sur la construction de La Lutte secrète et de Rene Linier aient disparu, mais finalement c'est peut-être un mal pour un bien que tes archives soient parties en fumée en même temps que les dossiers de nos patientes. Et à part ça, Curt, tu vas bien ?

— Non. » Il poussa un long soupir. « Beate est morte. »

Un long silence succéda à cette nouvelle. Curt savait ce que Lønberg et un grand nombre des anciens de l'organisation ressentaient à l'égard de Beate. Pas seulement pour ses qualités d'organisatrice et son talent de fédératrice mais aussi pour la femme qu'elle était. Exceptionnelle.

« Honneur à sa mémoire », dit simplement Lønberg. Il était trop ému pour dire autre chose.

Il était convenu avec l'entrepreneur des pompes funèbres qu'il viendrait le lendemain à dix heures avec son employé pour emmener Beate. Cela tombait vraiment très mal.

Curt regarda avec tristesse la dépouille de sa femme. Il aurait voulu partir avec elle dès cette nuit. Les croque-morts seraient venus et ils se seraient aperçus qu'ils allaient devoir faire un deuxième voyage.

Mais maintenant ce n'était plus possible.

Tant que Carl Mørck et Hafez el-Assad seraient encore de ce monde, tant qu'il ne saurait pas avec certitude que la feuille que l'inspecteur était en train de lire dans la salle d'attente du service des grands brûlés n'était pas celle qu'il redoutait, il allait devoir rester là.

Il appela Mikael au téléphone.

« Malheureusement Hafez el-Assad a survécu au coup qu'il a pris sur la tête et il a mis le feu à nos archives, mais il ne survivra pas aux conséquences de son acte. Nous allons nous tenir informés de son état pendant les heures et les jours à venir grâce à une personne loyale qui nous sert de contact sur place. Il s'agit d'une infirmière qui nous a rendu de grands services par le passé et qui est prête à recommencer. L'Arabe ne sera pas un problème. Je m'inquiète davantage de ce Carl Mørck.

— OK, répondit Mikael.

— Cette fois, je ne veux pas que vous le quittiez des yeux une seule seconde, Mikael. Il est en ce moment à l'hôpital de Hvidovre. Vous allez le filer quand il en sortira, d'accord ? Je vous demande de le faire disparaître, vous m'entendez ? Écrasez-le, débrouillez-vous comme vous voudrez mais faites-le. Et le plus vite sera le mieux. »

42

Novembre 2010

Vu l'état de nerfs dans lequel était Rose et la tête qu'elle avait faite en voyant le teint cadavérique d'Assad au moment où les ambulanciers l'avaient déposé aux urgences, Carl jugea qu'elle n'était pas en état de passer la nuit à attendre des nouvelles du blessé à l'hôpital.

« Tu te sens capable de rentrer chez toi toute seule ? » lui demanda-t-il à la lumière clignotante du gyrophare. Il lui avait déjà tendu la clé de la Ford Ka quand il se souvint quelle piètre conductrice elle était, mais c'était trop tard.

« Merci », dit-elle en se serrant contre lui pendant quelques secondes d'intimité qui allaient un peu au-delà de leur relation professionnelle. Puis elle agita tristement la main vers le brancard où gisait Assad et se dirigea vers la voiture.

Heureusement qu'il n'y a pas trop de circulation à cette heure-ci, songea Carl. S'il arrive aussi quelque chose à Rose cette nuit, ma carrière de policier est terminée.

Elle l'était sûrement déjà, d'ailleurs.

Les chirurgiens œuvrèrent longuement au bloc sur le corps de l'infortuné Assad, avant qu'un médecin à l'air grave ne vienne voir Carl dans la salle d'attente pour lui dire que les poumons du patient étaient moins atteints que prévu, grâce à Dieu, mais que la fracture du crâne et les hémorragies qu'elle avait causées ne leur permettaient pas de se prononcer pour le moment sur son pronostic vital. Son état était suffisamment sérieux pour qu'on soit obligé de le transférer au Rigshospitalet, où le service de traumatologie l'attendait déjà pour l'examiner et vraisemblablement l'opérer à nouveau avant de le mettre en soins intensifs.

Carl hochait la tête, sentant la colère et la peine le submerger tour à tour. Il allait attendre un peu pour communiquer ces nouvelles à Rose.

Il serra les doigts autour des documents qu'Assad avait dissimulés à l'intérieur de sa chemise. Curt Wad allait le lui payer. Et s'il ne parvenait pas à lui faire rendre gorge par la voie légale, il trouverait d'autres moyens. Il n'en était plus à s'encombrer de ce genre de détails.

« On vient de me mettre au courant », dit une voix qu'il connaissait bien à l'autre bout du couloir. Marcus Jacobsen marchait vers lui à grands pas.

Carl était si triste et si ému à la fois qu'il dut s'essuyer le coin des yeux.

« Allons directement à l'hôtel de police, Marcus, dit Carl une fois dans la voiture. Je n'ai aucune envie de rentrer chez moi de toute façon et j'ai des choses à faire qui ne peuvent pas attendre. »

Ils roulaient depuis un moment quand Marcus regarda dans le rétroviseur et le redressa un peu.

« Ça fait un moment que cette voiture est derrière nous. C'est étrange », dit-il. Il se tourna vers Carl. « Je comprends ce que tu ressens. Mais même les héros ont besoin de boire et de se reposer.

— Si tu veux. Tu n'auras qu'à m'offrir un Gammel Dansk[1] quand on arrivera. Et pour ce qui est du sommeil, on verra plus tard. »

Il raconta au chef de la criminelle les événements de la journée. Il était bien obligé.

« Je vous avais interdit de vous approcher de Curt Wad, toi et ton équipe, regarde ce qui est arrivé ! »

Carl baissa la tête. Il s'attendait à se faire remonter les bretelles.

« Mais je suis content que vous m'ayez désobéi », poursuivit Marcus Jacobsen contre toute attente.

Carl releva la tête. « Merci, Marcus. »

Son supérieur hésita avant de poursuivre. « Il faut que je m'entretienne avec certaines personnes avant de te laisser continuer à travailler sur cette affaire, Carl.

— Je vois. Malheureusement, je ne crois pas pouvoir attendre.

— Alors, je vais devoir te mettre à pied.

— Si tu fais ça, ces salauds ne paieront pas pour ce qu'ils ont fait, Marcus.

— Tu parles de quoi ? De ce qu'ils t'ont fait à toi ? De ce qu'ils ont fait à Assad ? Ou de la politique sur laquelle ils ont fondé leur parti et de tous leurs crimes passés ?

— Je parle de tout cela, oui.

---

1. Eau-de-vie à base de vingt-neuf plantes et épices.

— Je vais être franc, Carl. Si tu ne suspends pas ton enquête jusqu'à ce que j'en aie discuté avec les gens auxquels je pense, Curt Wad et ses sbires risquent effectivement de s'en tirer. Alors promets-moi de rester sagement dans ton bureau jusqu'à nouvel ordre, d'accord ? »

Carl haussa les épaules. Il ne voulait rien promettre.

Ils se garèrent dans le parking et restèrent un moment côte à côte devant l'édifice en béton, à regarder l'hôtel de police de l'autre côté de la rue en pensant à la journée qui venait de s'écouler.

« Tu n'aurais pas une cigarette ? » demanda le chef de la Crim.

Cette petite faiblesse fit sourire Carl.

« Si, mais je n'ai pas de feu.

— Ne bouge pas, je crois que j'ai un briquet dans ma boîte à gants. »

Il fit demi-tour et n'eut le temps d'avancer que de quelques pas avant qu'un véhicule de couleur sombre, tous feux éteints, qui était garé le long du trottoir d'en face, démarre pleins gaz et fonce droit sur eux.

La voiture faillit se retourner en touchant le bord du caniveau et le bruit strident du métal déchira les oreilles de Carl alors qu'il se jetait sur le côté et faisait un roulé-boulé sur le trottoir. Le véhicule freina brutalement et le conducteur fit craquer la boîte de vitesses en passant la marche arrière tandis que les pneus dérapaient en dégageant une forte odeur de caoutchouc brûlé.

Ils entendirent un coup de feu mais ne virent pas qui avait tiré. Tout ce qu'ils perçurent pendant les quelques millièmes de secondes qui suivirent fut le brusque changement de trajectoire du véhicule. Le chauffeur semblait avoir perdu le contrôle de sa voiture qui retraversa la voie en sens inverse et alla percuter de plein fouet celle d'un agent en civil qui avait eu la mauvaise idée de se garer là.

Alors seulement, ils découvrirent le motard de la police avec son arme de service encore fumante à la main. Et l'instant suivant, Carl eut le privilège d'entendre Marcus Jacobsen en personne débiter injures et malédictions à une vitesse sidérante. Il fut impressionné par la richesse de son vocabulaire.

Pendant que le chargé des relations publiques et le chef de la police criminelle essayaient de calmer les journalistes de la presse et de la télévision, Carl s'occupa de chercher l'identité de leur agresseur. L'homme n'avait évidemment pas de papiers sur lui, mais il lui suffit de faire le tour de ses collègues avec une photo du mort, assis au volant de la voiture avec un trou dans la gorge, pour obtenir la réponse. Ses homologues du Département C de la criminelle, au deuxième étage, n'étaient pas des charlots.

« Ce gars-là, c'est Ole Christian Schmidt », dit l'un d'entre eux sans hésiter et, avec le nom, Carl se procura le reste du pedigree. Il s'agissait d'un ancien activiste d'extrême droite assez virulent, libéré au bout de deux ans et demi de prison après une première agression sur une militante socialiste et une autre sur un jeune immigré choisi au hasard dans la rue. Son parcours n'avait rien d'exceptionnel mais il était amplement suffisant pour qu'on lui prédise une belle carrière dans le crime.

Carl leva les yeux sur les infos de TV2 qui défilaient sur l'écran plat depuis qu'il était revenu dans son bureau.

Marcus et le responsable de la communication s'étaient bien sortis de l'inévitable conférence de presse qui avait fait suite à la fusillade. Pas un mot sur une enquête en cours, rien non plus sur les circonstances qui avaient conduit à la mort de l'agresseur. Ils se contentèrent d'une histoire selon laquelle un homme mentalement instable avait soudainement jeté son véhicule contre deux policiers qui, grâce à l'extraordinaire présence d'esprit d'un motard de la police qui passait par là, avaient miraculeusement échappé à une mort certaine.

Carl réfléchit. L'attentat prouvait que Curt Wad paniquait et aussi qu'il ne s'arrêterait pas là. Quand Marcus reviendrait dans son bureau, il allait falloir qu'ils discutent de la façon de procéder à des arrestations rapides.

Une nouvelle image s'afficha à l'écran et le présentateur télé vanta les mérites professionnels de Marcus Jacobsen mais annonça avec regret que ni l'identité du chauffard décédé, ni celle du motard qui avait sauvé la situation ne pouvaient être révélées.

Puis le journaliste changea de sujet :

« À neuf heures ce matin, déclara-t-il avec une mine contrite, un plaisancier qui naviguait entre le port de Havnsø et le port de Sejerby sur l'île de Sejerø a eu une belle frayeur en découvrant le corps d'un homme flottant à la surface. Le noyé était un journaliste de trente et un ans, Søren Brandt. Ses proches ont été informés de la triste nouvelle. »

Carl posa sa tasse de café et regarda, tétanisé, l'écran où apparaissait le visage souriant de Søren Brandt.

Ce cauchemar ne se terminerait-il donc jamais ?

« Tu te souviens de Madvig, Carl ? » dit Marcus en invitant tout le monde à s'asseoir.

Carl acquiesça et serra la main de Karl Madvig, un mauvais garçon au sein des services secrets. Il le connaissait, oui, mieux que la plupart de ses collègues.

« Ça fait un bail, Mørck », dit Madvig.

Un sacré bail, même. Les deux hommes ne s'étaient pas croisés depuis l'époque de l'école de police. Mais il est vrai que, depuis, Madvig avait dû être trop occupé par son ascension fulgurante dans la galaxie PET. En ce temps-là, il était sympathique, mais avec les années, il avait perdu une grande part de son charme naturel. C'était peut-être dû au costume sombre qu'il portait maintenant en permanence, ou à un ego qui avait trouvé un trop bon terreau pour se développer. De toute façon, Carl n'en avait rien à foutre de ce type.

« Salut la Méduse », lui dit-il, appréciant à sa juste valeur le petit sursaut de son ancien camarade d'école en entendant son vieux surnom remonté de la nuit des temps.

« Alors on fait entrer les services secrets dans le jeu, maintenant ? Ça ne m'étonne qu'à moitié », lança Carl à Marcus.

Le chef de la Crim fouilla nerveusement le fond de sa poche à la recherche de ses chewing-gums à la nicotine.

« Carl, il faut que tu saches que Madvig est à la tête du service qui surveille tout ce qui est en rapport avec le parti Rene Linier et les gens qui sont derrière, entre autres ton ami Curt Wad. Ils ont commencé ce travail il y a quatre ans déjà et tu comprends bien que…

— Je comprends tout ce qu'il y a à comprendre », dit Carl en se tournant à nouveau vers Madvig. « Je suis ton homme, la Méduse, vas-y, je t'écoute ! »

Madvig commença par lui présenter ses condoléances pour ce qui était arrivé à son assistant. Le mot *condoléances* était peut-être légèrement prématuré. En tout cas, Carl l'espérait de tout son cœur.

Puis Madvig donna son point de vue sur l'affaire. Il l'exposa d'une façon claire et honnête, et avec une certaine émotion. Visiblement, le sujet le touchait. Il était lui aussi allé fouiller dans la fange pour découvrir ce que des citoyens en apparence respectables étaient capables de faire.

« Nous avons mis sur écoute aussi régulièrement que possible la plupart des membres influents de Rene Linier, ainsi que plusieurs personnes de l'organisation qu'ils appellent La Lutte secrète. Nous avons déjà connaissance d'une grande partie des éléments que tu as communiqués à Marcus. Bien entendu, nous disposons de notre côté d'un certain nombre de témoignages et d'une importante documentation rassemblée depuis que nous travaillons sur cette enquête. Nous reviendrons là-dessus tout à l'heure, si tu veux bien. Malheureusement, les dossiers que vous avez… » Il traça des guillemets en l'air avec ses doigts. « … *trouvés* chez Nørvig, et que nous avons passé ces dernières quarante-huit heures à éplucher, ne nous ont rien appris que nous ne sachions déjà. En ce qui concerne les minutes des procédures engagées par les victimes qui demandaient réparation aux membres de La Lutte secrète, elles sont toutes archivées dans les diverses circonscriptions juridiques où elles ont été plaidées. Ce qui est nouveau pour nous en revanche, ce sont les preuves indiscutables que les troupes de Curt Wad sont employées à des fins criminelles, ce qui, je te l'avoue, nous arrange. Avec des faits, nous aurons moins de mal à expliquer à l'opinion publique qu'il est urgent de freiner ces individus et à faire comprendre aux gens qui ils sont vraiment.

— Écoute, Carl, intervint le chef de la criminelle. Je comprendrais que tu m'en veuilles de ne pas t'avoir parlé avant de l'enquête que mène la PET, mais nous ne pouvions pas dévoiler notre jeu. Imagine le scandale si la presse et l'opinion apprenaient qu'un nouveau parti politique, soi-disant démocratiquement élu, fait l'objet d'une investigation de grande envergure et d'écoutes téléphoniques constantes. Nous avons même des taupes dans leurs rangs, pour tout te dire. Tu vois d'ici les gros titres ? » Il traça en l'air l'encadré des manchettes : « "État policier". "Fascisme". "Interdiction d'exercer". Des termes qui ne correspondent ni à nos méthodes ni au but que nous poursuivions initialement. »

Carl hocha la tête. « Merci de ta confiance, Marcus. Je crois qu'on aurait su fermer notre gueule, mais bon, ce n'est pas le sujet. Vous avez vu qu'ils ont aussi assassiné Søren Brandt ? »

Marcus et Madvig échangèrent un rapide regard.

« OK. Vous l'ignoriez. Søren Brandt était l'une de mes sources. On l'a retrouvé ce matin noyé dans la baie de Sejerø. Je suppose que vous savez qui c'était ? »

Madvig et le patron le regardèrent avec les mêmes yeux inexpressifs. Donc ils le savaient.

« C'est un assassinat, croyez-moi ! Brandt craignait pour sa vie et il s'était caché dans un endroit qu'il n'avait même pas voulu me révéler. Apparemment, cela n'a pas suffi. »

Madvig se tourna vers la fenêtre. « Un journaliste. Ils ont tué un journaliste », dit-il en évaluant les implications de cette information. « Alors on aura la presse avec nous. Personne dans ce pays n'a accepté qu'on s'en prenne à eux en Ukraine et en Russie. On va bientôt pouvoir sortir l'affaire », dit-il, se tournant vers ses collègues avec un petit sourire au coin des lèvres. Si la situation n'avait pas été aussi tragique, on aurait pu dire qu'il jubilait.

Carl les regarda à tour de rôle avant de lâcher sa carte maîtresse :

« J'ai ici quelque chose que je suis prêt à vous confier. En contrepartie, je vous demanderai de me laisser les coudées franches pour terminer l'enquête que j'ai commencée. Si je la résous, vous aurez de nouveaux chefs d'accusation contre Curt Wad, parce que je le crois mêlé à une série de disparitions sur lesquelles j'enquête actuellement. Alors, ça marche ?

— Ça dépend de ce que tu proposes, Carl. Je ne veux pas que ta traque de Curt Wad mette ta vie ou celle de qui que ce soit en danger », répondit Marcus Jacobsen en lui jetant un regard qui disait : *Non, ça ne marche pas !*

Carl posa les papiers sur la table. « Cadeau. La liste des membres de La Lutte secrète. »

Madvig ouvrit des yeux comme des soucoupes. Même dans ses rêves les plus fous, il n'aurait jamais imaginé mettre la main sur un document pareil.

« C'est du lourd. J'aime autant vous le dire. Des médecins de renom, des policiers, entre autres un gars de Station City, des infirmières, des assistantes sociales, et j'en passe. Et ce n'est pas tout. Il y a aussi un tas de détails sur eux. Même sur les hommes de main que Curt Wad envoie sur le terrain. Ils ont une colonne pour eux tout seuls. »

Il fit courir son index sur la liste. Avec un sens de l'ordre tout à fait germanique, Curt Wad ne s'était pas contenté d'inscrire les noms des membres de l'organisation et ceux de leurs conjoints, les adresses de leurs domiciles et de leurs lieux de travail, leurs contacts mail, leurs numéros d'identité, leurs numéros de fax et de téléphone mais aussi la fonction de chacun d'entre eux au sein de l'organisation. « Information », « Transfert », « Documentation », « Intervention », « Crémation », « Juridique », « Administratif » étaient quelques-unes des spécialisations qu'on pouvait trouver en face des noms. Et enfin on pouvait voir la mention « Travail sur le terrain ». Il n'y avait pas besoin d'avoir été flic très longtemps pour comprendre ce que cela signifiait.

Une chose est sûre, cela n'avait rien à voir avec la culture des patates.

« Sous la rubrique "Travail sur le terrain", on trouve par exemple le nom d'Ole Christian Schmidt, dit-il en posant le doigt dessus. Pour ta gouverne, Marcus, c'est le nom du type qui a failli avoir notre peau ce matin. »

Madvig brûlait d'envie de s'emparer de la liste de Carl. C'était flagrant. Carl l'imaginait déjà se ruant dans son bureau pour annoncer à ses collaborateurs la grande nouvelle. Carl, quant à lui, ne pouvait pas partager son enthousiasme. La bombe qu'il avait entre les mains avait déjà fait trop de dégâts.

Parce qu'il était allé chercher ces renseignements cruciaux, Assad luttait en ce moment contre la mort aux soins intensifs du Rigshospitalet.

« Les numéros d'identité des types qui figurent dans la colonne "Travail sur le terrain" montrent qu'ils sont en moyenne beaucoup plus jeunes que ceux, par exemple, qui pratiquent les avortements, reprit Carl. Aucun des hommes de main de La Lutte secrète n'a plus de trente ans. Je propose que nous procédions à une mise en garde à vue de toute la bande, ici, à l'hôtel de police, et que nous soumettions chacun d'entre eux à un interrogatoire musclé sur son emploi du temps de ces derniers jours. Cela mettra fin instantanément aux attentats et aux tentatives de meurtre, je suis prêt à le parier. Pendant ce temps-là, au PET, vous vous occuperez de la paperasse. »

Il serra la liste dans son poing. « Pour avoir trouvé ceci, mon ami et collègue Assad va peut-être perdre la vie, alors je ne vous le donnerai que si nous avons un accord et que vous laissez le Département V travailler en paix. C'est à prendre ou à laisser. »

Madvig et Jacobsen échangèrent encore un long regard.

« Je voulais te dire qu'Assad a repris connaissance pendant quelques instants, Rose », lui annonça Carl au téléphone un peu plus tard.

La nouvelle ne suscita aucune réaction. Il en fallait plus pour la rassurer, évidemment.

« Les médecins ont dit qu'il avait ouvert les yeux et regardé autour de lui. Il a souri et il a dit : "Ils m'ont trouvé ! C'est bien, alors !" Et puis il est retombé dans les vapes.

— Oh ! mon Dieu ! s'exclama Rose. Vous croyez qu'il va s'en sortir, Carl ?

— Je n'en sais rien. Le temps le dira. En attendant je vais poursuivre cette enquête. Tu peux te mettre en congé, Rose. Repose-toi, tu l'as bien mérité. Lève le pied pendant une petite semaine, d'accord ? Ces derniers jours ont été éprouvants, j'en ai bien conscience. »

Il l'entendit respirer plus calmement. « D'accord. Mais il faut d'abord que je vous dise que j'ai découvert un truc qui ne colle pas, Carl.

— Ah oui ? De quoi s'agit-il ?

— Le dossier médical qu'Assad a récupéré dans les archives de Curt Wad était resté dans la voiture que j'ai prise pour rentrer. Je l'ai emporté chez moi et je l'ai lu ce matin, vous savez, celui qui s'appelle le *Dossier 64* ?

— Oui, je me rappelle. Qu'est-ce qu'il a de particulier ?

— Je sais pourquoi Assad trouvait tellement important de le cacher sous sa chemise avant de mettre le feu. Il a dû avoir le temps de fouiller soigneusement dans les affaires de Wad pour choisir précisément ce dossier-là et la liste que vous avez emportée avec vous. Il a bien fait de vous piquer votre briquet, Carl, sinon il n'aurait pas eu de lumière pour lire.

— Oui, bon, parle-moi de ce dossier, plutôt.

— C'est le compte rendu médical des deux avortements de Nete Hermansen.

— Deux ?

— Oui. Quand elle avait quinze ans, on a dû appeler le médecin parce qu'elle avait des saignements suite à une chute dans une rivière. D'après lui, elle avait fait une fausse couche. Et vous savez qui était le médecin en question ? Le père de Curt Wad.

— Pauvre petite. C'est drôlement tôt pour être enceinte. Selon les critères moraux de l'époque, ça a dû être une honte terrible pour elle et sa famille.

— Probablement, mais ce qui m'intéresse, c'est le deuxième avortement qu'on retrouve dans les dossiers de Philip Nørvig. Nete Hermansen accusait Curt Wad de l'avoir violée et d'avoir accepté son argent pour pratiquer un avortement illégal sur sa personne.

— Je suppose que le dossier médical ne donne pas de détails.

— Non, mais il parle d'une autre chose bien plus intéressante.

— Allez, Rose, arrête de tourner autour du pot !

— Il donne le nom de celui qui l'a mise enceinte et qui a tout déclenché.

— Qui est-ce ?

— Un certain Viggo Mogensen. Celui dont Nete prétendait n'avoir jamais entendu parler quand vous lui avez posé la question l'autre jour. »

43

Nete reconnut Gitte Charles dès qu'elle la vit apparaître à l'angle du restaurant Søpavillonen. Sa silhouette, sa démarche caractéristique et cette façon de
balancer les bras qui donnait de l'urticaire à Nete.
Cette vision qui lui avait été épargnée depuis plus de
trente ans lui fit serrer les poings. Elle jeta un regard
autour d'elle dans le salon pour s'assurer qu'elle
n'avait rien oublié. Plus vite elle en aurait fini avec
elle, mieux ce serait. Il ne fallait surtout pas qu'il y ait
de contretemps car son mal de tête ne s'était pas atté-
nué et restait planté dans l'écorce de son crâne comme
une hache.

Satanée migraine, se dit-elle. Elle espérait en être
débarrassée une fois qu'elle aurait laissé derrière elle
tout ce qui pouvait lui rappeler la vie qui aurait dû être
la sienne et qui lui avait été arrachée.

Il fallait qu'elle parte pendant quelques mois et tout
irait mieux. Peut-être à son retour arriverait-elle même
à vivre avec l'idée que Curt Wad était encore de ce
monde.

De la façon dont il s'expose ces temps-ci, son passé
le rattrapera et se chargera de le détruire, inéluctable-

ment, songeait-elle pour se rassurer. Il fallait bien. Sinon elle n'aurait pas la force nécessaire pour mener à bien l'assassinat de Gitte.

Quatre jours après l'incendie et la tentative d'évasion ratée, deux policiers en uniforme vinrent chercher Nete et Rita. On ne leur expliqua pas ce qui allait se passer mais elles s'en doutaient un peu. L'étiquette de pyromane, débauchée et idiote ne contribuait pas à vous rendre la vie plus facile dans cet endroit et la vengeance de Gitte Charles fut implacable. Nete et Rita quittèrent l'île en bateau et on les conduisit à l'hôpital de Korsør en ambulance, attachées avec des sangles en cuir comme si elles étaient des condamnées à mort conduites à l'échafaud. C'est d'ailleurs là qu'elles eurent l'impression d'aller quand des infirmières aux bras poilus marchèrent sur elle d'une allure déterminée. Nete et Rita hurlèrent, se débattirent et donnèrent des coups de pied tandis qu'on les traînait à travers tout le service jusqu'à un dortoir où elles finirent couchées dans deux lits côte à côte, pleurant et suppliant pour le salut de leurs enfants encore à naître. Le personnel de l'hôpital se fichait bien de leurs plaintes. Ils avaient vu défiler beaucoup trop de ces filles moralement déficientes pour s'émouvoir des larmes et des prières de ces deux-là.

Au bout d'un moment, Rita passa des prières à la colère. Elle exigea de parler au médecin-chef, puis à la police et enfin au maire de Korsør lui-même. Mais rien n'y fit.

Quant à Nete, elle était en état de choc.

Deux médecins et deux infirmières entrèrent en silence. Ils se divisèrent en deux équipes et préparèrent les seringues. Les infirmières tentèrent de calmer les filles en leur expliquant que c'était pour leur bien et qu'elles allaient pouvoir vivre ensuite une existence plus normale. Le cœur de Nete battait à se rompre, elle voyait dans sa tête les petits êtres que jamais elle ne pourrait mettre au monde et lorsqu'ils enfoncèrent l'aiguille, elle eut l'impression que son cœur s'arrêtait. Ses espoirs, ses projets, son amour-propre s'envolèrent.

Quand elle se réveilla quelques heures plus tard, il ne lui restait plus qu'une couche ensanglantée entre les cuisses et une douleur dans le bas-ventre. Ils lui avaient pris tout le reste.

Pendant deux jours, Nete ne dit pas un mot. Elle ne parla à personne non plus quand elles furent de retour à Sprogø. Elle n'était plus que chagrin et mélancolie.

« L'idiote n'ouvre plus la bouche, peut-être que ça lui a servi de leçon », disaient les surveillantes, de préférence quand elle était à portée de voix. Elles avaient raison. Elle ne parla plus pendant un mois. À quoi bon ?

Alors on décida de la libérer.

Rita en revanche resta à l'asile. Il y avait tout de même des limites à ce qu'on pouvait lâcher dans la nature.

Debout à la poupe du bateau, Nete vit les vagues se refermer sur l'île maudite, elle regarda le phare qui rapetissait à l'horizon et elle se dit qu'elle aurait aussi bien fait de rester là-bas puisque, de toute façon, sa vie était terminée.

La première famille chez qui elle alla travailler était composée d'un ferronnier, de sa femme et de leurs trois fils mécaniciens. Ils vivaient de petits boulots et souffraient tous d'un besoin maladif de crier sur quelqu'un et de donner des ordres. L'arrivée de Nete leur fournit le souffre-douleur idéal. On lui fit faire tout et n'importe quoi. Mettre de l'ordre sur le terrain jonché de pièces mécaniques rouillées aussi bien que servir la maîtresse de maison, une femme brutale et incapable de tendresse qui n'aimait rien tant que de tyranniser son monde, et Nete en particulier.

« Petite traînée, romanichelle, débile ! » lui disait-elle à longueur de journée, et si elle trouvait la moindre occasion de se moquer d'elle, Nete subissait les quolibets en plus des insultes.

« Pauvre idiote. Je rêve ou tu n'arrives même pas à lire ce qui est écrit ? » disait sa patronne en lui montrant le dos d'un paquet de lessive. Et comme, effectivement, elle ne pouvait pas le lire, en plus de l'humiliation, elle avait droit à une grande gifle derrière la tête.

« Tu ne comprends pas le danois, crétine ! » lui disait-on pour un oui pour un non. Nete s'étiolait. Les garçons lui tripotaient les seins chaque fois que l'envie leur en prenait et le forgeron menaçait d'aller beaucoup plus loin. Quand elle allait se laver, ils la suivaient comme des chiens en rut et se postaient devant la porte en lui hurlant sans vergogne leur désir obscène.

« Allez, Nete, ouvre-nous ! On va te faire crier comme la cochonne que tu es », criaient-ils avec des rires gras. Chaque jour amenait sa peine. Les nuits étaient pires. Elle fermait sa porte à clé, coinçait la chaise sous la poignée et se couchait par terre au pied du lit. Si l'un d'entre eux était parvenu à entrer malgré tout, elle lui réservait une belle surprise. Car le lit était vide et la barre de fer qu'elle avait trouvée dans la cour était lourde, très lourde. S'il fallait en arriver là, elle se fichait de savoir si elle en tuerait un tout à fait ou à moitié seulement. La punition ne pourrait pas être pire que ce qu'elle vivait quotidiennement.

Souvent, la tentation lui venait de préparer une infusion avec la jusquiame noire qu'elle avait rapportée de l'île et d'en verser quelques gouttes dans leur café du soir. Mais chaque fois son courage l'abandonnait et ils échappèrent à ce sort-là.

Un jour, en revanche la femme donna à son mari une gifle de trop et il alla chercher le fusil. Il lui fit exploser la tête, et leur vie de famille tout entière par la même occasion.

Après l'accident, Nete resta seule plusieurs heures assise sur une chaise dans la cuisine, se balançant inlassablement d'avant en arrière pendant que les techniciens de la police récupéraient les plombs et les morceaux de cervelle sur les murs du salon.

La phase suivante de son destin ne se dessina clairement que vers le soir.

Un homme qui devait avoir à peine six ou sept ans de plus qu'elle vint lui tendre ses deux mains en disant : « Bonjour, je m'appelle Erik Hanstholm, et ma femme Marianne et moi allons veiller sur toi, désormais. »

Les mots *veiller sur toi* sonnèrent étrangement à ses oreilles. Telle une vague musique entendue il y avait une éternité, mais aussi comme un signal d'alarme. C'était le genre de mots auxquels elle avait essayé en vain de s'accrocher toute sa vie. Mais dans cette horrible maison où l'écho du coup de fusil résonnait encore entre les murs, c'était sûrement la première fois qu'ils étaient prononcés.

Elle le regarda du coin de l'œil. Il avait l'air gentil, mais elle s'empressa de rejeter cette pensée. Combien de fois dans sa vie s'était-elle trompée en croyant qu'un homme était gentil ?

« Si vous voulez », dit-elle en haussant les épaules. À quoi s'attendait-il ? Elle n'avait pas son mot à dire de toute façon.

« Marianne et moi partageons un poste à Bredebro où nous faisons la classe à des enfants malentendants. C'est dans le Jutland profond, dit-il en prenant l'accent du terroir pour plaisanter. Est-ce que tu veux bien venir chez nous quand même ? »

Pour la première fois, elle regarda l'homme dans les yeux. On ne l'avait jamais laissée décider de ce qu'elle voulait faire de sa vie. Il devait y avoir un piège. Depuis la mort de sa mère, personne ne lui avait jamais demandé si elle *voulait bien* faire quelque chose.

« Tu sais que nous nous sommes déjà rencontrés, il y a plusieurs mois de cela, dit l'homme. Je lisais un livre à une jeune fille qui avait une leucémie. Tu étais dans le lit en face du sien. C'était à l'hôpital de Korsør, tu t'en souviens ? »

Nete clignait des yeux nerveusement pour échapper à son regard inquisiteur. Voyant l'état de confusion dans lequel elle se trouvait, il hocha la tête pour l'encourager.

Était-ce vraiment lui ?

« Tu crois que je n'ai pas remarqué l'attention avec laquelle tu nous écoutais ? On n'oublie pas aussi facilement des yeux bleus comme les tiens ! »

Il tendit la main vers elle sans la toucher. Laissa sa main pendre à portée de celle de Nete et attendit patiemment, jusqu'à ce qu'elle réponde à son geste.

Quelques jours après qu'elle se fut installée dans le logement de fonction de Bredebro, la vie de Nete fut bouleversée.

Depuis son arrivée, elle était restée couchée sur son lit, attendant que son esclavage commence. Elle s'était préparée aux mots durs et aux nouvelles trahisons qui ne manqueraient pas de survenir.

Ce fut la jeune femme, Marianne Hanstholm, qui vint la chercher pour l'emmener dans un bureau où elle la fit asseoir devant un tableau noir.

« Voilà, Nete. Je vais te poser quelques questions et tu prendras tout le temps qu'il te faut pour y répondre, d'accord ? »

Nete regarda les lettres au tableau. Dans un instant tout son univers allait s'écrouler car elle avait bien compris maintenant comment ça marchait. Ces signes sous ses yeux étaient sa malédiction quand elle allait à l'école du village. Jamais elle n'oublierait le sifflement de la baguette sur ses reins ou les coups de règle sur ses doigts. Quand cette femme réaliserait que Nete ne connaissait qu'un quart des lettres et qu'elle était incapable de les associer entre elles pour former des mots, elle la renverrait dans le caniveau où tout le monde semblait trouver qu'était sa place.

Nete pinça les lèvres. « Je voudrais bien, madame Hanstholm. Mais je ne peux pas. »

Elles se jaugèrent en silence quelques instants tandis que Nete se demandait quand les coups allaient pleuvoir et sous quelle forme, mais Marianne Hanstholm se contenta de sourire.

« Mais si, ma chérie. Tu peux. Tu vas y arriver, tu vas voir. Si tu voulais me dire lesquelles de ces lettres tu reconnais, tu me ferais un grand plaisir. »

Nete fronça les sourcils. Et comme rien ne se passait et que la femme se bornait à lui sourire et à lui montrer les lettres, elle se leva à contrecœur et s'approcha du tableau noir.

« Je connais cette lettre-là », dit-elle en posant son index dessus. « C'est un N et c'est la première lettre de mon prénom. »

Mme Hanstholm frappa dans ses mains et rit joyeusement. « Eh bien voilà, il ne nous en manque plus qu'une vingtaine, c'est merveilleux, non ? » s'exclamat-elle en se précipitant sur Nete pour la serrer dans ses bras. « Tu vas voir, Nete, nous allons tous les épater ! »

Sentant ces deux bras tendres autour d'elle, Nete se mit à trembler comme une feuille, mais la femme ne la lâcha pas et continua à lui murmurer des paroles encourageantes. C'était incroyable.

Tellement incroyable que Nete ne pouvait s'arrêter de trembler et de sangloter.

Alerté par le bruit, Erik Hanstholm vint les rejoindre dans le bureau. Il fut bouleversé par les larmes de Nete et ses épaules secouées de sanglots.

« Pleure, petite Nete, pleure toute ta peine, ma jolie, car désormais tu n'auras plus à la porter », lui promitil, chuchotant les mots qui, à partir de cet instant, commencèrent à effacer tous les malheurs qu'elle avait connus dans son existence.

« Tu es une bonne fille, Nete. Tu es une bonne fille. »

Nete tomba sur Rita un jour devant la pharmacie de la rue principale de Bredebro au cours de l'automne 1961. Elle lui annonça la nouvelle avant même que Nete ait eu le temps de réagir à ces retrouvailles :

« Ils ont fermé l'asile de Sprogø. »

Rita éclata de rire devant la mine interloquée de Nete. Puis tout à coup elle devint grave.

« La plupart d'entre nous ont été placées dans des familles où nous devons travailler pour le gîte et le couvert et nous ne sentons pas vraiment la différence. Travailler du matin au soir sans un sou à dépenser pour nous-mêmes, il y a de quoi être déprimée, franchement, Nete. »

Nete hocha la tête. C'était l'histoire de sa vie. Elle essaya de regarder Rita dans les yeux mais c'était trop difficile. Elle ne pensait pas revoir ces yeux-là un jour.

« Qu'est-ce que tu fais ici ? lui demanda-t-elle enfin, sans être vraiment sûre de vouloir entendre la réponse.

— Je travaille à une vingtaine de kilomètres, dans une crèmerie. Pia, la prostituée d'Aarhus, est employée là-bas aussi et nous n'arrêtons jamais, de cinq heures du matin jusqu'à tard le soir, et ce n'est pas drôle, je t'assure. Alors je me suis sauvée et je suis venue te trouver pour savoir si tu voulais partir avec moi. »

Nete, partir avec Rita ! Jamais de la vie. Elle ne voulait pas en entendre parler. Tout en elle la dégoûtait. Comment osait-elle venir la voir après ce qu'elle avait fait ? Sans l'égoïsme et la jalousie de Rita, tout aurait été différent.

Nete aurait quitté l'île et elle pourrait encore avoir des enfants.

« Allez, la gosse. Tu vas venir avec moi, hein ? On se tire d'ici et on se fout du reste ! Tu te rappelles les projets qu'on avait toutes les deux ? L'Angleterre et puis l'Amérique. On voulait partir dans un pays où personne ne nous connaîtrait. »

Nete détourna le regard. « Comment as-tu fait pour me trouver ? »

Rita eut un rire rauque. Toutes ces cigarettes qu'elle fumait avaient laissé des traces. « Tu te doutes bien que Gitte Charles t'a à l'œil, petite gourde ! Cette nana a passé son temps à me narguer en me rappelant que toi, tu étais libre. »

Gitte Charles ! Nete serra les poings. « Charles ! Où est-elle maintenant ?

— Si je le savais, je lui ferais la peau », répondit froidement Rita.

Nete regarda longuement Rita. Elle savait de quoi elle était capable. Elle l'avait vue frapper comme une sourde avec le battoir à linge les filles qui ne voulaient pas payer leurs cigarettes. Des coups secs, durs, qui laissaient des bleus visibles uniquement quand les filles étaient nues.

« Va-t'en, Rita », dit-elle, la mâchoire serrée. « Je ne veux plus jamais te revoir de toute ma vie, tu m'entends ? »

Rita leva le menton et regarda Nete d'un air méprisant. « Te voilà bien prétentieuse, petite pute. Tu crois que tu es devenue trop bien pour me parler, c'est ça ? »

Nete acquiesça pour elle-même. Au cours de son existence, elle avait appris que si on voulait tout comprendre, il fallait s'en tenir aux deux vérités fondamentales de l'existence. La première était la théorie de son frère sur les deux sortes d'êtres humains, et la seconde, que la vie est un subtil équilibre au bord du précipice des tentations où l'on risque constamment de tomber au moindre faux pas.

À cet instant précis, la tentation était forte d'utiliser ses poings pour réduire en bouillie le visage de Rita, et avec lui son arrogance, mais Nete y résista et coupa court. Si quelqu'un devait tomber dans le précipice de la tentation, ce ne serait pas elle.

« Bon voyage, Rita », dit-elle sans se retourner, mais Rita ne l'entendait pas de cette oreille.

« Reste ici », ordonna-t-elle en agrippant l'épaule de Nete, et en braquant son regard sur deux pauvres ménagères qui passaient près d'elles avec leurs filets à provisions.

« Vous avez devant vous deux putains de Sprogø qui sont prêtes à baiser vos maris jusqu'à ce qu'ils demandent grâce pour une pièce de dix couronnes, et elle, là, c'est la pire », leur lança-t-elle en prenant la tête de Nete entre ses mains et en la tournant de force vers les femmes. « Regardez bien le visage de la putain. Vous ne croyez pas que vos maris préféreront s'envoyer en l'air avec elle plutôt qu'avec vous, moches comme vous êtes ? Et elle habite pas loin d'ici, alors surveillez bien vos hommes ! »

Puis elle se tourna vers Nete et lui demanda à nouveau : « Alors, tu viens avec moi, oui ou non ? Si tu refuses, je vais rester ici et gueuler de toutes mes forces jusqu'à ce que la police arrive. Il ne va pas être très rigolo pour toi de continuer à vivre dans cette ville après ça, qu'est-ce que tu en penses ? »

Plus tard dans la journée, on vint frapper à la porte de sa chambre, où elle était en train de pleurer. Erik Hanstholm entra doucement.

Il resta un long moment sans rien dire en la regardant d'un air préoccupé.

Maintenant il va me demander de m'en aller, se disait-elle. Je vais devoir me mettre en quête d'une famille chez qui je pourrai vivre à l'écart des gens normaux, une famille qui n'aura pas honte de moi. Est-ce que ça existe ?

Il posa sa main sur la sienne et dit : « Tu sais, Nete, la seule chose dont les gens parlent en ville, c'est de la dignité avec laquelle tu t'es comportée. Ils ont tous vu que tu serrais les poings et que tu ne l'as pas frappée. Tu as préféré te servir du pouvoir des mots, Nete, et c'est très bien.

— Mais maintenant tout le monde sait, dit-elle.

— Qu'est-ce qu'ils savent ? Ils savent que tu t'es penchée vers cette fille qui t'agressait et que tu lui as dit : "Toi, tu me traites de putain, Rita ? Eh bien tu sais quoi ? Si tu me confonds avec ta jumelle, je pense que les braves gens qui sont là pourront te donner l'adresse d'un bon opticien. Va-t'en et ne remets jamais les pieds ici, Rita, sinon, c'est moi qui appellerai la police, tu m'entends ?" » Il hocha la tête. « Voilà ce qu'ils savent, les gens. Tu crois que c'est un problème ? »

Il garda les yeux posés sur Nete jusqu'à ce qu'elle se détende.

« Au fait, Nete, j'ai quelque chose pour toi. »

Il sortit une feuille qu'il tenait cachée derrière son dos.

« Tiens », dit-il, lui tendant une sorte de diplôme rédigé avec de très grosses lettres. En prenant son temps, Nete parvint à déchiffrer chaque mot.

Quiconque peut lire ceci ne peut être qualifié d'analphabète.

Il lui serra affectueusement le bras. « Accroche ça sur ton mur, Nete. Et quand tu auras lu tous les livres de notre bibliothèque et résolu tous les problèmes d'arithmétique que nous donnons à nos malentendants, tu entreras au collège. »

Elle ne vit pas passer les années qui suivirent. Il y eut d'abord le collège, puis l'école de laborantine, les études de technicienne biologiste, l'embauche à Interlab et son mariage avec Andreas Rosen. Des années merveilleuses que Nete appelait sa deuxième vie. Celle qui précéda la mort d'Andreas, bien avant qu'elle se retrouve dans cet appartement avec quatre morts sur la conscience.

Quand je me serai débarrassée de Gitte, ma troisième vie pourra commencer, se dit-elle.

Au même instant la sonnerie de l'interphone retentit.

Quand Nete ouvrit la porte, Gitte se dressait devant elle, telle une colonne de marbre érodée par le temps mais toujours belle et majestueuse.

« Merci pour ton invitation, Nete », dit-elle sans ambages avant de pénétrer dans l'appartement comme un serpent dans un trou de souris.

Elle regarda autour d'elle, donna son manteau à Nete et entra dans le salon. Ses yeux furetaient partout. Aucune cuillère en argent, aucun tableau au mur n'échappa à son regard perçant.

Elle se retourna et dit à Nete : « Je suis terriblement désolée d'apprendre que tu es si malade, Nete. C'est un cancer ? »

Nete acquiesça.

« Et il n'y a plus rien à faire, on en est sûr ? »

Nete hocha la tête de nouveau, prête à inviter Gitte à s'asseoir mais pas encore tout à fait à accomplir la tâche qu'elle s'était fixée.

« Assieds-toi, Nete, dit Gitte Charles. Laisse-moi m'occuper de toi. Je vois que tu as déjà préparé le thé, je vais te servir. »

Elle poussa doucement Nete dans le canapé.

« Tu prends du sucre ? lui demanda-t-elle, postée devant le buffet.

— Non, merci, répondit Nete en se relevant. Je vais aller refaire du thé, celui-ci est froid. Il est là depuis le passage de mon dernier invité.

— Ton dernier invité ? Tu as invité d'autres personnes que moi ? » Gitte regarda Nete d'un air curieux et lui versa du thé malgré ses protestations.

Nete s'alarma. Gitte savait-elle ? Avait-elle des soupçons ? Essayait-elle de lui tirer les vers du nez ? Nete l'avait vue arriver du restaurant Søpavillonen, le risque qu'elle ait aperçu l'un des autres était infime.

« Oui, j'ai reçu quelques personnes avant toi. Tu es la dernière.

— Je vois. » Elle tendit une tasse à Nete et se servit également. « Et tu vas te montrer aussi généreuse avec chacun d'entre nous ?

— Non. À ce propos, mon avocat est allé faire une course pendant que les magasins sont encore ouverts, je vais devoir te faire attendre un peu. Tu es pressée ? »

Sa question déclencha chez Gitte Charles un ricanement plein d'amertume. Comme si le temps était la seule chose qui lui restait.

Il faut que je meuble jusqu'à ce qu'elle me laisse la servir. Mais comment ? songeait Nete tandis que la douleur lui vrillait la tête. Elle avait l'impression qu'on enfonçait une couronne de fils barbelés dans son crâne.

« Il est difficile de croire que tu puisses être aussi malade, Nete. Les années semblent avoir glissé sur toi comme l'eau sur les plumes d'un canard », la complimenta Gitte en tournant la cuillère dans sa tasse.

Nete secoua la tête. Pour autant qu'elle pouvait en juger, elles se ressemblaient à beaucoup de points de vue et elle trouvait au contraire que le temps ne les avait pas épargnées. Les rides, la peau marquée et les cheveux gris étaient au rendez-vous chez l'une comme chez l'autre. Il suffisait de les regarder pour deviner qu'elles n'avaient pas eu une vie facile.

Nete se remémora l'époque où elles étaient ensemble à Sprogø. Cela lui semblait si loin, à présent que les rôles étaient inversés.

Lorsqu'elles eurent parlé un moment de tout et de rien, Nete se leva. Elle emporta sa tasse et celle de Gitte jusqu'au buffet où elle se plaça dos à son invitée, comme les fois précédentes. « Tu veux une autre tasse de thé ? demanda-t-elle.

— Non, merci. Je n'en ai plus envie », répondit Gitte tandis que Nete versait une bonne dose de jusquiame noire dans le reste de thé tiède. « Mais toi, reprends-en si tu veux. »

Nete fit comme si elle n'avait pas entendu. Combien de fois lui avait-elle commandé de faire ci ou de faire ça sur cette satanée île ? Elle posa résolument la tasse pleine devant Gitte et ne se resservit pas. Sa migraine était devenue si violente que le sang lui bourdonnait aux oreilles. L'odeur du thé à elle seule lui donnait la nausée.

« Cela ne t'ennuie pas si on change de place sur le canapé, Gitte ? dit-elle, sur le point de vomir. J'ai épouvantablement mal à la tête, et la lumière de la fenêtre me gêne.

— Ma pauvre, tu es migraineuse en plus ? » s'exclama Gitte en se levant tandis que Nete changeait la tasse de place sur la table.

« Je ne peux plus parler, dit Nete. J'ai besoin de fermer les yeux un instant. »

Elles s'étaient assises et Nete baissa les paupières, essayant avec fébrilité de réfléchir. Si son ancien bourreau ne se décidait pas à avaler ce thé, elle allait devoir utiliser de nouveau le marteau. Elle lui proposerait un café, irait chercher l'outil, lui en donnerait un grand coup sur la nuque et s'assiérait un moment en attendant que sa crise de migraine se calme. Il y aurait du sang, bien sûr, mais quelle importance puisque Gitte était la dernière ? Elle aurait tout le temps pour nettoyer les tapis après, une fois que le cadavre serait allé rejoindre les autres.

Elle avait senti que Gitte changeait de position mais elle sursauta tout de même quand ses mains se posèrent sur ses épaules, la forçant doucement à lui tourner le dos, avant de remonter sur sa nuque.

« Tiens-toi tranquille, Nete. Tu sais que je suis très douée pour ce genre de choses, bien que dans cette position, ce ne soit pas facile. Ce serait mieux si tu étais assise sur une chaise », dit la voix de Gitte derrière elle tandis que ses doigts massaient en profondeur les muscles de son cou.

Nete continua d'entendre la voix mais cessa d'écouter les mots. Ces mains expertes s'étaient déjà posées sur elle en d'autres circonstances, elle reconnaissait leur magie sensuelle et bienfaisante et elle la haïssait.

« Je crois qu'il vaut mieux que tu t'arrêtes », dit-elle en s'écartant de son ancien bourreau. « Sinon, je vais vomir. Il faut juste que je reste sans bouger. J'ai déjà pris un comprimé, il va agir dans un petit moment. Bois ton thé en attendant, Gitte, je te dirai tout dès que mon avocat sera de retour. »

Elle entrouvrit les yeux, vit Gitte s'écarter d'elle brusquement comme si elle venait de recevoir une décharge électrique. Elle referma les yeux et une seconde plus tard, elle entendit la tasse tinter doucement dans la soucoupe.

Nete ploya la tête en arrière et à travers ses paupières mi-closes elle vit Gitte porter la tasse à ses lèvres. Elle lui parut tendue et inquiète. Elle renifla le thé, les narines largement dilatées, but une petite gorgée, et tout à coup ses yeux prirent une expression méfiante et soupçonneuse. Elle tourna la tête vers Nete à la vitesse de l'éclair et renifla à nouveau le contenu de la tasse.

Lorsqu'elle la posa sur la table, Nete ouvrit lentement les yeux.

« Ooh… », gémit-elle tout en essayant de deviner ce qui se passait dans la tête de l'ancienne matrone. « Je me sens un peu mieux maintenant. C'était bien ce massage. Tu es très douée, Gitte. »

Lève-toi, s'ordonnait-elle. Va chercher ce marteau et finissons-en. Après tu n'auras plus qu'à verser le formol dans la gorge des morts et tu pourras aller te coucher.

« Il faut que j'aille boire un verre d'eau », dit-elle en se levant du canapé avec précaution. « Tous ces médicaments m'assèchent terriblement la bouche.

– Bois une gorgée de thé, alors, lui proposa Gitte en lui tendant sa tasse.

– Non, merci, je n'aime pas le thé froid. Je vais remettre de l'eau à chauffer. L'avocat ne devrait pas tarder de toute façon. »

Elle se dirigea rapidement vers la cuisine, ouvrit le placard, et alors qu'elle se baissait pour ramasser le marteau elle entendit la voix de Gitte juste derrière elle :

« Tu sais quoi, Nete ? Moi je crois qu'il n'y a jamais eu d'avocat. »

44

L'hôtel de police était une machine au sein de laquelle le mouvement de chaque rouage était automatiquement enregistré dans l'ensemble du mécanisme. Comme dans une fourmilière, les signaux circulaient de bureau en bureau, d'un bâtiment à l'autre, à une vitesse incroyable. Dès qu'un suspect tentait de s'échapper dans un couloir ou qu'une pièce à conviction disparaissait, dès qu'un collaborateur était malade ou que la directrice de la police avait des problèmes avec les politiques, tout le monde était immédiatement au courant.

C'était une de ces journées où la maison entière était en effervescence. La réception grouillait de monde, l'orage grondait dans le bureau de la directrice, conseillers et substituts du procureur général couraient de bureau en bureau.

Et Carl savait qu'il était à l'origine de tout ce remue-ménage.

L'affaire de La Lutte secrète et des gens qui en faisaient partie était plus explosive qu'une caisse de dynamite, et pour empêcher la déflagration, toutes les pompes à incendie marchaient à plein débit.

On avait procédé à quarante arrestations depuis le début de la matinée, et il avait fallu trouver des éléments concrets pour justifier chacune d'entre elles. Le train était en marche. Les policiers figurant sur la liste trouvée dans les archives de Curt Wad avaient d'ores et déjà été mis en examen. S'il y avait la moindre fuite, c'était la catastrophe.

Carl ne doutait pas que tous les départements aient des personnes compétentes pour effectuer ce travail. Ils l'avaient prouvé à maintes reprises. Mais il savait aussi que le plus solide tissu de preuves et d'indices avait des trous par lesquels un suspect pouvait s'échapper. Il suffisait d'avoir du pouvoir et une vision d'ensemble, et c'était justement ce dont disposaient les gens qu'ils essayaient d'attraper. Toutes les petites frappes qui gravitaient autour d'eux ne comptaient pas. Au diable les hommes de main et les brigades d'intervention de Curt Wad ! Au diable les petits soldats ! Ceux-là ne s'échappaient guère, ou pas très loin. Il fallait mettre la main sur les tacticiens et les stratèges, et, pour arriver jusqu'à eux, on allait interroger le menu fretin pendant des heures et des heures en espérant qu'il mènerait aux gros poissons.

Malheureusement la patience n'était pas la qualité première de Carl et, à l'heure actuelle il trépignait sur place. L'état de santé d'Assad n'avait pas évolué et il faudrait plus que de la chance pour qu'il s'en tire vivant.

Comment voulez-vous être patient dans un moment pareil ?

Carl se demanda ce qu'il avait de mieux à faire dans l'immédiat. De son point de vue, il y avait deux affaires différentes, qui pouvaient être reliées entre elles ou pas. D'une part, les disparitions de 1987 et, de l'autre, les maltraitances envers d'innombrables femmes avec, pour finir, les agressions contre Assad et lui-même.

Rose l'avait perturbé. Jusqu'ici, ils avaient concentré leur enquête sur Curt Wad, et Nete Hermansen n'avait été à leurs yeux que l'une de ses victimes, et rien d'autre. Jusqu'à la découverte de Rose, Nete Hermansen n'était qu'un inexplicable et innocent dénominateur commun entre les disparus, mais à présent tous les signaux d'alarme de Carl s'étaient mis à clignoter.

Pourquoi Nete Hermansen leur avait-elle menti ? Pourquoi avait-elle admis avoir un lien avec toutes les personnes disparues à l'exclusion de Viggo Mogensen alors qu'en réalité il était à l'origine de tous ses malheurs ? Grossesse, fausse couche, viol, internement abusif dans diverses institutions et stérilisation.

Carl n'arrivait pas à le comprendre.

« Dis à Marcus Jacobsen qu'il peut me joindre sur mon mobile », dit-il au poste de garde quand il eut enfin décidé par quel bout prendre les choses.

Ses pieds se dirigeaient vers le parking où aurait dû se trouver le véhicule de service mais sa tête comprit son erreur et corrigea le tir d'elle-même. Il n'avait pas de voiture puisque Rose était partie avec.

Il fit demi-tour et se dirigea vers le bâtiment de la poste, saluant au passage deux policiers en civil qui semblaient eux aussi sur le pied de guerre. Eh bien, puisqu'il n'avait pas de véhicule, il irait à pied. Il y avait moins de deux kilomètres de l'hôtel de police à l'appartement de Nete Hermansen, une promenade, pour un homme dans la force de l'âge.

Il n'avait parcouru que quelques centaines de mètres et avait tout juste atteint la gare centrale quand le manque d'entraînement se fit sentir et qu'il décida de héler un taxi.

« Emmenez-moi au bout de Korsgade, à la hauteur des lacs », dit-il au chauffeur en prenant garde de ne pas se faire renverser par les essaims de citadins qui passaient à côté de lui à bicyclette. Il jeta un coup d'œil derrière lui. Impossible de voir s'il avait été suivi.

Il posa la main sur son holster pour vérifier que son arme était à sa place. Il n'avait pas envie de se laisser surprendre une deuxième fois.

La vieille dame fut étonnée, il l'entendit à sa voix dans l'interphone, mais elle le reconnut et l'invita à monter.

Quelques minutes s'écoulèrent avant que la porte ne s'ouvre sur une Nete Hermansen en jupe plissée qui venait visiblement de se recoiffer.

« Je vous prie d'excuser ma visite impromptue », dit-il, sentant une odeur de renfermé qui laissait penser que Nete ne se souciait pas d'aérer l'appartement aussi régulièrement qu'elle aurait dû.

Carl remarqua qu'au bout du corridor, la moquette faisait un pli, comme si elle s'était décollée, ou qu'on l'avait soulevée pour une raison ou une autre.

Il tourna la tête vers le salon pour faire comprendre à son hôtesse qu'il n'avait pas l'intention de repartir tout de suite.

« Je suis désolé de vous déranger encore une fois, madame Hermansen, mais il y a quelques questions que j'aimerais aborder avec vous. »

Elle hocha la tête et le fit entrer après avoir tourné la tête vers la cuisine où un clic discret venait de se faire entendre. Chez Carl, il aurait signifié que la bouilloire électrique avait fini son travail.

« Je vais nous faire une tasse de thé. Ça va bientôt être l'heure, de toute façon », proposa-t-elle.

Carl fit une grimace. « Si vous aviez du café, je préférerais », dit-il avec une pensée fugitive pour le breuvage gluant d'Assad. S'il avait été là pour lui en offrir un maintenant, il l'aurait accepté avec gratitude. L'idée que cela pourrait ne plus jamais arriver était insupportable.

Nete Hermansen alla chercher la bouilloire et lui prépara un Nescafé devant le buffet du salon.

Elle se retourna et lui tendit sa tasse, aimable, se versa du thé et vint s'asseoir en face de lui avec un sourire candide.

« Alors, qu'est-ce qui vous amène, monsieur l'inspecteur ? lui demanda-t-elle.

— Vous rappelez-vous, la dernière fois, m'avoir entendu citer le nom d'un certain Viggo Mogensen lorsque nous avons évoqué ces personnes disparues ?

— Bien entendu, dit-elle, charmeuse. J'ai beau avoir soixante-treize ans, je ne suis pas encore complètement sénile, Dieu m'en préserve. »

Carl ne répondit pas à son sourire. « Vous m'avez dit que vous ne le connaissiez pas. Est-il possible que vous ayez fait erreur ? »

Elle haussa les épaules. Il supposa que cela signifiait : Où voulez-vous en venir ?

« Vous m'avez dit connaître tous les autres, mais vous ne pouviez pas le nier. L'avocat Nørvig avait défendu Curt Wad dans votre procès contre lui.

L'infirmière Gitte Charles travaillait à Sprogø à l'époque où vous y étiez et Rita Nielsen était internée là-bas en même temps que vous.

— Pourquoi l'aurais-je nié puisque c'est la vérité. Mais ces coïncidences sont réellement troublantes, je dois dire.

— En revanche, vous avez prétendu ne pas connaître l'un des disparus. Peut-être avez-vous pensé que cette affirmation détournerait de vous l'intérêt des enquêteurs ? »

La question la laissa sans réaction.

« Quand nous sommes venus vous interroger samedi dernier, nous vous avons dit que notre enquête concernait Curt Wad. Peut-être en avez-vous déduit que vous n'étiez pas dans le collimateur ? Nous savons maintenant que vous avez menti, Nete Hermansen. Vous connaissiez Viggo Mogensen. Vous le connaissiez même particulièrement bien puisqu'il est la cause de tous vos ennuis. Vous avez eu une liaison avec lui et il vous a mise enceinte, ce qui vous a obligée à consulter Curt Wad pour vous faire avorter illégalement. Nous avons lu tout cela dans le dossier médical vous concernant et qui est actuellement en notre possession. »

Il pensait la voir se figer. Peut-être même éclater en sanglots ou piquer une crise de nerfs, mais rien de tel ne se produisit. Au lieu de cela elle s'installa confortablement, prit une petite gorgée de thé et secoua doucement la tête.

« Que voulez-vous que je vous dise ? soupira-t-elle. Je regrette de vous avoir menti, car ce que vous dites est la vérité, bien entendu. Je connaissais Viggo

Mogensen en effet, mais je ne pouvais pas vous l'avouer. »

Elle fixa sur lui un regard las.

« Je n'ai rien à voir avec cette histoire mais comme vous l'avez dit très justement, tout semblait m'accuser. Il était normal que j'essaye de me protéger. Je suis innocente. Je n'ai aucune idée de ce qui est arrivé à ces pauvres gens. »

Elle émit un petit grognement pour appuyer son affirmation et fit un signe du menton vers le café de Carl. « Buvez votre café et racontez-moi toute l'histoire encore une fois, lentement, s'il vous plaît. »

Carl fronça les sourcils. Elle était drôlement directe pour une vieille dame. Elle ne prenait pas le temps de réfléchir avant de parler, ne semblait avoir aucun doute sur ce qu'elle disait. Elle allait au bout de ses phrases et des questions qu'elle posait. Mais pourquoi voulait-elle entendre cette histoire à nouveau ? Et pourquoi lentement ?

Cherchait-elle à gagner du temps ? Était-ce pour laisser à quelqu'un le temps de se cacher qu'elle l'avait fait attendre sur le palier ? Quelqu'un qui, d'une façon ou d'une autre, pouvait la sortir d'affaire ?

Carl n'arrivait pas à comprendre ce qui se passait. Elle n'était tout de même pas en cheville avec Curt Wad, son ennemi de toujours...

Si quelqu'un avait des questions à poser c'était lui, Carl. Le problème étant qu'il ne savait plus très bien lesquelles.

Il se gratta le menton. « Cela vous ennuierait si je procédais à une petite perquisition de votre appartement, madame Hermansen ? »

Elle jeta un coup d'œil involontaire sur le côté. Et ce regard fuyant qui ne dura qu'un dixième de seconde, et que Carl avait eu l'occasion de voir des centaines de fois dans sa carrière de policier, en disait plus long que tous les discours.

Elle avait quelque chose à cacher.

« Eh bien, si c'est indispensable, je suppose que je devrai vous laisser faire un petit tour puisque vous me le demandez. Du moment que vous ne fouillez pas trop dans mes petites affaires personnelles. » Elle faisait la coquette mais cela ne prit pas.

Carl s'avança dans son siège. « Je vous remercie, mais je dois tout de même vous rappeler qu'en disant oui, vous m'autorisez à visiter chaque pièce de cet appartement et à fouiller dans tous les endroits qui me paraîtront présenter quelque intérêt pour mon enquête. Il se peut que ce travail prenne un certain temps, madame Hermansen. »

Elle lui fit un sourire. « Alors buvez votre café d'abord, vous allez avoir besoin de toute votre énergie. L'appartement est assez grand, finalement. »

Il avala une grande gorgée du café, qui était infect, et posa la tasse à moitié pleine sur la table devant lui.

« Je dois appeler mon supérieur et je vais vous demander de lui confirmer ce que vous venez de me dire, d'accord ? »

Elle acquiesça et se leva pour se rendre à la cuisine. Elle paraissait tout de même un peu déstabilisée.

Carl le sentait clairement à présent. Il y avait un problème.

« Allô, Lis », dit-il quand enfin elle décrocha. « Je voudrais que tu dises à Marcus… »

Il perçut l'ombre derrière lui et se retourna brusquement.

Juste à temps pour voir le marteau dirigé vers sa nuque et une main au bout du manche qui semblait animée des pires intentions.

45

Novembre 2010

Il avait gardé la main de sa bien-aimée dans la sienne toute la nuit précédente et ne l'avait pas lâchée de la matinée. Il l'avait serrée, embrassée et caressée jusqu'à l'arrivée des pompes funèbres.

Curt tremblait d'émotion quand on l'invita à entrer dans le salon pour la voir couchée dans son cercueil garni de satin blanc, les mains jointes autour de son bouquet de mariée. Depuis des mois, il savait que ce moment viendrait, et bien qu'il y fût préparé, il n'arrivait pas à le supporter. La lumière de son existence, la mère de ses enfants. Couchée là. Ailleurs. Loin de lui.

« Laissez-moi seul avec elle un instant, s'il vous plaît », dit-il en suivant les croque-morts des yeux jusqu'à ce qu'ils soient sortis de la pièce et qu'ils aient fermé la porte derrière eux.

Alors il se mit à genoux devant Beate et il lui caressa les cheveux pour la dernière fois.

« Mon petit trésor », voulut-il lui dire, mais sa voix se brisa. Il s'essuya les yeux mais ses larmes avaient leur volonté propre. Il s'éclaircit la gorge mais les sanglots continuèrent à l'étrangler.

Il traça un signe de croix devant son visage et baisa délicatement son front glacé. Il avait tout ce dont il avait besoin dans le sac posé par terre à côté de lui. Douze ampoules de vingt millilitres de Propofol dont trois avaient déjà été transvasées dans des seringues. Il y avait là de quoi endormir plusieurs personnes, voire d'en tuer cinq ou six. Et si cela se révélait nécessaire, il avait suffisamment de Flumazénil pour annuler l'effet de l'anesthésique. Il était prêt.

« Nous nous reverrons cette nuit, mon amour », murmura-t-il en se relevant. Une ou deux personnes devaient mourir avant lui.

Il attendait simplement une information : l'endroit où se trouvait Carl Mørck en ce moment.

Son informateur l'attendait à deux pâtés de maisons du domicile de Nete, sur Peblinge Dossering. C'était l'homme qui avait assommé Hafez el-Assad.

« J'ai d'abord cru qu'il allait faire tout le trajet à pied et j'ai marché sur ses talons jusqu'à la gare centrale, dit le gars en s'excusant. C'est un bon endroit pour pousser quelqu'un devant un bus. Malheureusement je n'en ai pas eu le temps, parce qu'il a sauté dans un taxi. J'ai fait de même et l'ai suivi à distance. Il entrait dans cet immeuble quand mon taxi a tourné à l'angle de la rue. »

Curt hocha la tête. Cet imbécile n'était donc pas capable de finir un travail !

« Il y a combien de temps qu'il y est ? »

Il consulta sa montre. « Ça fait une heure et quart, maintenant. »

Curt leva les yeux vers l'appartement. Alors elle vivait là depuis l'époque où elle lui avait lancé cette invitation, il y avait des années. Nete avait du goût. C'était central, la vue était belle et le quartier animé.

« Tu as pensé aux outils ? demanda-t-il.

— Oui, monsieur, mais laissez-moi vous aider. Cela requiert un peu d'expérience. Je vais vous montrer. »

Curt accepta sa proposition et le suivit jusqu'à la porte de l'immeuble. En fait, il connaissait parfaitement ce type de serrure.

« C'est une Ruko à six points. Elle a l'air compliqué mais elle ne l'est pas vraiment, dit le gars. Je ne serais pas étonné qu'il y ait la même sur la porte de l'appartement. Ils ont dû toutes les changer au moment où ils ont installé l'interphone. »

Il sortit un petit étui en cuir et jeta un coup d'œil alentour. Hormis un couple tendrement enlacé qui se promenait sur le sentier au bord du lac, il n'y avait personne.

« Il va nous falloir des pointes très fines, poursuivit-il. Respectez la distance entre celle du haut et celle du bas. Évitez surtout de les insérer avant d'avoir positionné le pistolet crocheteur. Vous faites d'abord entrer la lame un peu en dessous du milieu du barillet, juste sous les pistons du cylindre. Vous devez les sentir. »

Il appuya sur la détente, fit pivoter les pointes et ouvrit la porte sans difficulté.

Il hocha la tête et confia les outils à Curt. « Vous voilà entré. Vous allez vous débrouiller ou vous voulez que je monte avec vous ? »

Curt secoua la tête. « Non, c'est gentil, vous pouvez y aller. »

Il préférait être seul pour faire ce qu'il avait à faire.

La cage d'escalier était tranquille. Il entendit le bruit d'un poste de télévision chez la voisine de palier de Nete, mais à part ça rien n'indiquait qu'il y ait quelqu'un d'autre dans la maison.

Curt colla son oreille à la porte de Nete. Il s'attendait à entendre des voix à l'intérieur, mais rien.

Il plongea la main dans sa sacoche et en sortit deux seringues, s'assura que les aiguilles étaient bien fixées et les glissa dans sa poche.

La première tentative qu'il fit pour crocheter la serrure échoua mais il recommença en suivant les indications à la lettre.

Bien qu'elle fût de fabrication assez ancienne, la serrure résistait plutôt bien. Toutefois, après y avoir fourragé pendant un petit moment, il put baisser la poignée avec son coude et ouvrir la porte.

Une étrange odeur de renfermé lui monta aux narines. L'appartement sentait les vieux livres ou les armoires qu'on n'a pas ouvertes depuis longtemps, les placards à vêtements où l'on a dispersé des boules de naphtaline, le magasin d'antiquités sans clients.

La porte d'entrée s'ouvrait sur un long et sombre corridor percé de plusieurs portes. À en juger par la lumière qui s'échappait de la porte de droite, il devait s'agir d'une cuisine éclairée par un plafonnier au néon, et il était tout aussi vraisemblable que la lumière jaunâtre de l'autre côté du couloir était produite par un nombre important d'ampoules à incandescence du type dont la Communauté européenne interdisait désormais l'utilisation.

Il fit un pas dans le corridor, posa sa sacoche par terre et plongea la main dans sa poche de veste pour prendre la première seringue. S'ils étaient deux dans la pièce, il faudrait qu'il s'occupe en premier de Carl Mørck. Une rapide injection dans la jugulaire aurait vite fait de le mettre hors d'état de nuire. S'il devait l'affronter, il le piquerait directement dans le cœur, même si ce n'était pas ce qu'il souhaitait. Quand on avait besoin de renseignements, il valait mieux ne pas s'adresser à un mort, et il était venu surtout pour obtenir des réponses à ses questions. Il fallait qu'il sache quelles informations circulaient sur le parti Rene Linier et risquaient de nuire au travail fondamental de La Lutte secrète.

Il était sûr que Nete avait fomenté une vengeance contre lui. Tout collait parfaitement, son étrange invitation de nombreuses années plus tôt et cette connexion qu'il semblait y avoir aujourd'hui entre elle et Carl Mørck. Il fallait absolument qu'il découvre si quelqu'un dans cet appartement cherchait à détruire l'œuvre de toute sa vie. Une fois qu'il aurait neutralisé l'homme et la femme qui se trouvaient dans ce salon, il se faisait fort de les faire parler, et quand il aurait les renseignements, il les transmettrait à d'autres qui sauraient comment les utiliser.

Il entendit des pas sur le plancher dans la pièce dont les fenêtres devaient donner sur les lacs. Des pas légers, traînants. Certainement pas ceux d'un homme de la taille et de la corpulence de Carl Mørck.

Il s'avança et regarda par-dessus l'épaule de la vieille femme effrayée. Il semblait n'y avoir personne d'autre avec elle.

« Bonsoir, Nete », dit-il. Ses yeux étaient plus ternes qu'avant, d'une teinte plus grise. Son corps moins ferme et ses traits plus mous. Elle avait un peu changé de proportions avec l'âge. Ainsi allait la vie.

« Excuse-moi. La porte était ouverte, alors je me suis permis d'entrer. Je suppose que tu n'y vois pas d'inconvénient. J'ai frappé avant, bien sûr, mais tu ne m'as peut-être pas entendu. »

Elle secoua lentement la tête.

« Nous sommes de vieux amis, non ? Curt Wad est toujours le bienvenu chez toi, n'est-ce pas, Nete ? »

Il sourit en voyant son regard affolé et jeta un coup d'œil autour de lui. Rien ne paraissait anormal à part les deux tasses sur la table et l'absence de Carl Mørck. Il regarda les tasses d'un peu plus près. Ah ! L'une était à moitié pleine de café et l'autre contenait un fond de thé.

Curt s'approcha pour sentir la température de la tasse tout en s'assurant que la femme ne s'échappait pas. Le café était tiède, pas chaud.

« Où est Carl Mørck ? » demanda-t-il.

Elle eut l'air terrorisée. Comme si Mørck se cachait quelque part et qu'il était en train de les surveiller. Wad regarda à nouveau autour de lui et réitéra sa question : « Où est-il ?

— Il est parti depuis un moment déjà.

— C'est faux, Nete. Nous l'aurions vu quitter la maison. Alors maintenant, réponds-moi : où est-il ? Tu as intérêt à me le dire !

— Il est reparti par l'escalier de service. Je ne sais pas pourquoi. »

Curt réfléchit un instant. Carl Mørck s'était-il aperçu qu'il était filé ? Est-ce qu'il avait une longueur d'avance sur eux depuis le début ?

« Accompagne-moi jusqu'à la porte de la cuisine », commanda-t-il à Nete, sentant instinctivement qu'il avait intérêt à la faire marcher devant.

Elle porta une main à son cœur et passa devant lui.

« C'est là », dit-elle, en montrant avec un malaise évident la porte de la cuisine qui se trouvait dans un angle de la pièce. Curt n'eut aucune peine à comprendre ce qui la tracassait.

« Tu prétends qu'il est passé par là. Ce qui signifierait qu'il a soigneusement poussé les bouteilles, le panier à légumes et les sacs-poubelles, et que toi, tu les as aussi méticuleusement remis en place ensuite. Je regrette d'avoir à te dire cela, Nete, mais je n'en crois pas un mot. »

Il la saisit par les épaules et la força à se tourner vers lui. Elle baissait les yeux, ce qui n'avait rien d'étonnant. Cette fille était une fieffée menteuse. Elle l'avait toujours été.

« Où est Carl Mørck ? » lui demanda-il encore une fois. Il prit la seringue dans sa poche, enleva le capuchon et posa l'aiguille sur son cou.

« Il est parti par l'escalier de service », répondit-elle, presque en chuchotant.

Il lui enfonça l'aiguille dans le muscle du cou et pressa le piston à mi-course.

Il ne fallut pas longtemps avant qu'elle ne commence à tanguer. Et puis elle s'écroula sur le sol comme une poupée de chiffon.

« Voilà. Comme ça tu vas te tenir tranquille. Si tu as quelque chose à me dire, c'est le moment de parler, Nete Hermansen. Je te promets que je sais garder un secret. »

Il la laissa où elle était et retourna dans le couloir où il resta immobile, l'oreille tendue vers le moindre bruit intempestif. Une respiration, un craquement de plancher, un mouvement discret. Mais non. Il n'entendait rien. Il retourna dans le salon, qui était composé de deux petites pièces réunies en une seule. Cela se voyait aux moulures du plafond. Jadis il devait y avoir eu une porte donnant sur le couloir au fond du deuxième salon mais elle avait été condamnée.

C'était un appartement typique de personne âgée. Pas démodé, mais pas moderne non plus. Contre l'un des murs était appuyée une grande horloge anglaise à balancier à côté d'un poste de radio avec lecteur CD. Elle écoutait de la musique classique mais aussi de la variété contemporaine. Rien qui fût au goût de Curt.

Il alla s'asseoir dans le fauteuil devant la table basse. Tout en réfléchissant à ce qu'il avait pu advenir de Carl Mørck, et à ce qu'il allait faire pour le retrouver, il souleva machinalement l'une des tasses et en but une gorgée. C'était affreusement amer et il reposa la tasse sur la table avec une grimace.

Il fouilla dans sa poche à la recherche de son mobile intraçable. Peut-être fallait-il envoyer quelqu'un à l'hôtel de police pour vérifier si l'inspecteur Mørck était retourné là-bas, même s'il ne voyait pas comment il aurait fait. Il regarda l'heure. Il était peut-être rentré chez lui. Il commençait à se faire tard.

Le menton de Curt tomba sur sa poitrine. Il se sentait un peu las. On ne pouvait pas ignorer les effets de l'âge. Soudain son attention fut attirée par une toute petite tache qui lui sembla récente, au milieu d'un motif rouge et jaune du tapis. Étrange, se dit-il, et il tendit l'index pour vérifier si la tache était encore humide.

Elle l'était.

Pendant quelques instants, il fixa le bout de son doigt, essayant de comprendre.

Pourquoi y avait-il du sang frais sur le tapis de Nete ? Que s'était-il passé dans cet appartement ? Mørck était-il encore là, finalement ?

Il bondit sur ses pieds et alla regarder le corps de Nete étalé sur le sol de la cuisine. Il avait la bouche sèche et une sensation désagréable qui lui donna envie de se frotter le visage dans ses mains et de se précipiter jusqu'à l'évier pour y boire sans même prendre le temps de chercher un verre. Il aspergea son front d'eau fraîche et s'appuya à la table de la cuisine. Ces dernières vingt-quatre heures avaient été épouvantables.

Wad se ressaisit et vérifia l'état de la deuxième seringue de Propofol, qu'il remit dans sa poche. En cas d'agression, il la ressortirait et piquerait son adversaire en moins d'une seconde.

Il sortit prudemment dans le corridor et le longea lentement. Il ouvrit avec précaution la première porte, derrière laquelle il trouva un lit défait, plusieurs paires de chaussures et de vieux collants.

Il reprit le couloir et ouvrit doucement la porte suivante. Un fatras d'objets, témoins d'une vie passée, s'amoncelait dans la deuxième chambre qui était transformée en un débarras plein de sacs, de manteaux et de toutes sortes de vêtements et d'objets hétéroclites, entreposés sur des étagères ou accrochés sur des cintres.

Rien ici non plus, se dit-il en refermant la porte. Il sentait à nouveau l'odeur confinée qu'il avait remarquée en entrant dans l'appartement tout à l'heure. Elle était plus forte à présent. Il renifla quelques instants et conclut qu'elle devait venir de l'étagère d'angle au fond du couloir. C'était surprenant, car la bibliothèque était pratiquement vide, hormis quelques vieux numéros de *Det Bedste* et autres hebdomadaires féminins. L'odeur ne pouvait donc pas venir de là.

Carl vint se coller à quelques centimètres de la bibliothèque et inspira profondément. Ce n'était pas une odeur très forte, juste un vague relent qui flottait dans l'air comme lorsqu'on a cuisiné du poisson ou un plat au curry la veille.

Il devait y avoir une souris crevée quelque part derrière le rayonnage. Curt ne voyait pas d'autre explication.

Au moment où il repartait vers le salon pour y effectuer une fouille plus sérieuse, il faillit tomber.

Il baissa les yeux pour comprendre ce qui l'avait fait trébucher et vit que le tapis de coco faisait un pli et que l'angle de ce pli avait quelque chose de bizarre. On aurait dit qu'une porte souvent actionnée avait fini par le déformer à force de frotter dessus. Et là, au milieu de la moquette, Curt découvrit une autre tache de sang. Pas du sang brun, coagulé depuis longtemps. Un sang rouge foncé et frais.

Il se tourna à nouveau vers la bibliothèque et baissa les yeux vers le pli du tapis.

Puis il passa la main derrière la partie droite du meuble et le tira vers lui.

Il ne pesait presque rien et il put le déplacer sans effort. Et derrière la bibliothèque il découvrit une porte moulurée avec un verrou.

Son cœur se mit à battre précipitamment. De façon inexplicable, il se sentait presque euphorique. Comme si cette porte dissimulait tous les secrets dont il avait enveloppé son existence. Le mystère qui entourait la vie perdue de ces enfants qui n'avaient jamais vu le jour, de tous ces destins gommés. Il était fier de ce qu'il avait fait, aussi étrange que cela puisse paraître. À cet instant, devant cette porte, il se sentit heureux, malgré la sécheresse de sa bouche et cette étrange sensation qu'il avait de voir les choses se déformer autour de lui et l'écraser.

Il se secoua, mit son malaise sur le compte de la fatigue et tira le verrou qui glissa sans difficulté. La poignée elle aussi tourna normalement et la porte se détacha du chambranle avec un bruit de succion tandis que l'odeur devenait plus agressive et plus forte. Il remarqua que l'encadrement de la porte était garni de boudins isolants en caoutchouc épais. La porte était ancienne et elle faisait son poids, mais elle glissait sur ses gonds comme une porte qui a été ouverte régulièrement.

Curt sentit ses signaux d'alerte se déclencher et tint la seringue prête.

« Carl Mørck ? » murmura-t-il, sans s'attendre à une réponse.

Il poussa la porte à fond, et le spectacle qu'il découvrit lui coupa le souffle.

L'odeur qu'il avait vaguement sentie dans l'appartement provenait évidemment de là.

Il absorba l'étrange vision. D'abord le corps inerte de Carl Mørck allongé par terre, puis les grotesques masques mortuaires avec leur couche de poussière, leurs cheveux fanés, leurs lèvres rétractées sur des dents d'un jaune tirant sur le noir. Leurs corps morts et desséchés, à l'odeur doucereuse, vêtus de tenues de soirée, arborant des expressions figées dans l'attente de leur dernier repas. Il n'avait jamais vu un tableau semblable. Des orbites vides fixées sur les verres en cristal et l'argenterie. Des peaux transparentes tendues sur des squelettes désarticulés et un épais réseau de tendons. Des doigts recroquevillés, aux ongles brunâtres, qui n'agripperaient plus rien.

Il déglutit avec difficulté et pénétra dans la salle à manger. L'air était vicié mais il ne sentait pas la putréfaction. Il reconnut l'odeur, c'était celle qui vous prenait aux narines quand on ouvrait une vitrine remplie d'oiseaux empaillés. La mort et l'éternité à la fois.

Cinq momies et deux places vacantes. Curt baissa les yeux vers la première place vide. Nete Hermansen, pouvait-on lire sur la jolie carte posée devant l'assiette. Il n'était pas bien difficile de deviner à qui était destinée la deuxième.

Nete Hermansen était la plus monstrueuse des calculatrices.

Il se baissa pour regarder de plus près l'inspecteur de police. Les cheveux au sommet de son crâne étaient collés par le sang qui suintait encore. Il était vivant. Curt tâta la carotide de l'homme et hocha la tête avec satisfaction. D'abord parce que Nete lui avait consciencieusement ligoté les bras et les jambes avec du gaffer et ensuite parce que son pouls battait régulièrement. Il n'avait pas perdu beaucoup de sang non plus. Il avait pris un sale coup sur la tête, certes, mais qui ne lui vaudrait qu'un petit traumatisme crânien.

Curt Wad regarda à nouveau la place qui aurait dû être la sienne. Quelle bonne idée il avait eue de décliner cette invitation à l'époque ! Il essaya de calculer à combien d'années elle remontait. Une bonne vingtaine, au moins. Pas étonnant que les autres convives aient l'air un peu fatigués.

Il rit intérieurement en remontant le couloir et en retournant dans la cuisine pour ramasser son hôtesse endormie.

« Allez, ma petite Nete, viens avec moi. Ta réception va enfin pouvoir commencer. »

Il revint sur ses pas et la fit asseoir dans le fauteuil en bout de table, à la place qu'elle s'était réservée.

De nouveau il sentit qu'il avait du mal à respirer. Il s'accroupit un instant. Quand le malaise s'atténua, il se redressa et alla chercher sa sacoche, laissée près de la porte d'entrée. Parvenu dans la salle à manger étanche il referma la porte derrière lui. Avec l'aisance liée à l'habitude, il jeta sa sacoche de médecin sur la table et en sortit une seringue neuve et une ampoule de Flumazénil. Une petite injection de ce produit et Nete serait à nouveau sur pied.

Elle sursauta quand il enfonça le piston à fond et ouvrit lentement les yeux en plusieurs fois, comme si elle savait déjà que la réalité serait trop difficile à supporter.

Curt lui sourit et lui tapota la joue. Dans quelques minutes elle serait assez réveillée pour soutenir une conversation.

« Alors, qu'est-ce qu'on va faire de ce Carl Mørck ? » grommela-t-il pour lui-même en regardant autour de lui dans la pièce. « Ah… mais il y a une chaise supplémentaire ici », dit-il en saluant poliment d'un hochement de tête la macabre et rigide compagnie, et il alla chercher dans le coin un siège à l'assise souillée de vilaines taches sombres.

« Mesdames et messieurs, nous avons un nouvel invité, merci de l'accueillir chaleureusement », dit-il en apportant la chaise à côté de celle de Nete, en bout de table.

Ensuite il se pencha et attrapa sous les aisselles le vice-commissaire de police qui lui avait causé tant de problèmes, et qui était loin d'être une demi-portion. Il tira et poussa le grand corps tout mou et réussit à l'installer à sa place.

« Pardon », dit-il en s'excusant auprès de ce qui jadis avait été un homme et en tendant le bras pour prendre la carafe.

« Je crois que notre invité a besoin de se rafraîchir un peu. »

Il retira le bouchon, versa de l'eau vieille de vingt ans sur la tête ensanglantée de Carl et regarda les deltas écarlates strier son visage inerte qui avait la couleur de la craie.

46

L'eau eut l'effet escompté mais Carl Mørck ne se
réveilla pas tout de suite. D'abord, il y eut le
moment où l'eau lui éclaboussa la figure, puis vint
la douleur qui ne se contentait pas de traverser sa
tête en diagonale mais pulsait aussi dans le coude et
l'avant-bras qu'il avait utilisés pour parer le coup.
Sonné, il laissa tomber la tête en avant, sans ouvrir
les yeux. La troisième phase de réveil s'accompagna
d'un malaise dans tout le corps qu'il n'avait jamais
ressenti auparavant. Sa bouche était sèche et des
éclairs et des vagues de couleur éclataient à l'intérieur de ses paupières C'était épouvantable. Il avait
la nausée et un bon millier de signaux d'alarme lui
disaient que cela n'allait pas s'arranger s'il ouvrait
les yeux.

« Allez, Mørck, faites un petit effort », dit une voix
au-dessus de sa tête.

Et cette voix n'avait normalement rien à faire ici.

Il leva lentement les paupières et perçut une vague
silhouette qui peu à peu se précisa, jusqu'à lui révéler
un individu momifié dont la mâchoire pendait en un
hurlement muet.

Il était tout à fait réveillé à présent et il ne put retenir un gémissement horrifié tandis que son regard allait d'un cadavre desséché à l'autre.

« Vous voyez que vous êtes en excellente compagnie, monsieur Mørck », dit la voix.

Carl tenta de contrôler les muscles de son cou et s'aperçut qu'il y arrivait à peine. C'était quoi, ce délire ? Des gencives rétractées et de la viande brune de tous les côtés. Où avait-il atterri ?

« Je vais vous aider », reprit la voix qu'il n'avait toujours pas identifiée. Cinq doigts lui agrippèrent les cheveux dans la nuque et lui tirèrent la tête en arrière, déclenchant des signaux de douleur dans chaque terminaison nerveuse de sa région occipitale.

Le vieillard qui lui apparut, à l'envers, ne différait pas tellement des morts qu'il venait de voir autour de la table. Sa peau était aussi ridée et sèche. Il avait le teint livide et son regard habituellement perçant était entouré d'un halo de mort. Il ne s'était passé que quarante-huit heures et Curt Wad s'était métamorphosé.

Carl aurait voulu lui dire quelque chose, lui demander ce qu'il faisait là, si en fin de compte Nete et lui étaient complices, mais il en fut incapable.

À quoi cela lui servirait-il d'ailleurs ? Curt Wad était ici et c'était une réponse en soi.

« Bienvenue parmi nous ! » dit le vieux en lâchant ses cheveux. La tête de Carl retomba sur le côté.

« Comme vous voyez, monsieur Mørck, notre charmante hôtesse est votre voisine de table et elle respire encore, vous auriez pu tomber plus mal, n'est-ce pas ? »

Carl regarda le visage de Nete Hermansen. Tout semblait ramolli. Les lèvres, les poches sous les yeux, la mâchoire. Comme si elle était anesthésiée.

Il baissa les yeux vers le reste de son corps qui, comme le sien, était fixé à son siège par des rubans de gaffer, aux chevilles, aux cuisses et à la taille.

« Tu n'as pas l'air très bien installée, Nete », remarqua Curt Wad en allant chercher le rouleau de gaffer. Il eut bientôt attaché les bras de la vieille femme aux accoudoirs du fauteuil. « Je vois que tu t'es gardé la meilleure place, tu as bien fait », dit Wad avec un rire sardonique en s'asseyant lourdement sur le dernier siège disponible.

« Mesdames, messieurs, je suis ravi de vous accueillir ici ce soir. Le dîner est servi. Bon appétit ! »

Il leva son verre vide et hocha la tête à l'intention de chacune des personnes mortes ou vivantes qui se trouvait autour de la table.

« Tu pourrais peut-être nous présenter tes invités, Nete ? » dit-il en regardant le cadavre au visage émacié, aux yeux vides et à la veste de tweed poussiéreuse et mangée par les mites assis face à Nete Hermansen.

« À ta santé, vieux frère. Il faut toujours un Nørvig à la table des négociations, si on veut que les choses se passent bien, n'est-ce pas ? »

Il ponctua sa remarque d'un éclat de rire dément. C'était à vomir.

Ensuite il se tourna vers la voisine de Carl : « Et alors, Nete ? Tu ne te sens pas bien ? Peut-être que je devrais te refaire une petite injection de Flumazénil ? Tu m'as l'air un peu dans les vapes. Je t'ai connue plus en forme ! »

Elle murmura quelques mots que Carl ne fut pas certain d'avoir bien entendus. Peut-être un truc du genre : « Je ne crois pas. »

Le vieux en tout cas n'entendit rien du tout mais l'expression de son visage changea.

« Bon, allez, fini la plaisanterie. Je vois que tu avais des projets pour chacun d'entre nous, Nete, et c'est pourquoi je suis assez content d'être là aujourd'hui. Maintenant je voudrais que vous me disiez ce qui a été divulgué jusqu'à aujourd'hui à propos de mon combat afin que je puisse me faire une idée de l'étendue des dégâts. J'ai besoin de donner des consignes à mes collaborateurs afin qu'ils travaillent le plus vite possible à restaurer la paix et la confiance en notre parti. »

Carl le regarda d'un œil embrumé tandis qu'il luttait pour reprendre ses esprits. Il avait essayé de respirer de différentes manières. Ce fut finalement en aspirant l'air par les commissures des lèvres qu'il obtint le meilleur résultat et qu'il parvint à contrôler les étranges réactions de son organisme. Il avait moins de difficulté à déglutir et il recommençait à avoir des sensations dans la gorge et le palais.

« Foutaises », murmura-t-il dès qu'il put parler.

Curt ne releva pas et se contenta de sourire.

« Vous avez retrouvé votre langue, Carl Mørck. C'est une excellente nouvelle. Nous avons tout notre temps mais je propose qu'on commence par vous. » Il tourna les yeux vers sa sacoche. « Je ne vous cacherai pas que cette soirée sera votre dernière. En revanche, je vous promets que si vous acceptez de collaborer, je vous accorderai une mort rapide et sans douleur. Dans le cas contraire… »

Il plongea la main dans la sacoche et en tira un bistouri. « Ai-je besoin d'en dire plus ? Vous savez que cet instrument ne m'est pas étranger, n'est-ce pas ? »

Nete essaya de riposter mais elle était encore trop droguée pour s'exprimer.

Carl jeta un coup d'œil à la lame et lutta pour retrouver toute sa lucidité. Il tira sur le gaffer qui lui ligotait les poignets, sans grand résultat, essaya de déplacer sa chaise mais s'aperçut qu'il ne maîtrisait presque plus ses gestes. Il y avait de quoi rire et sangloter à la fois.

Qu'est-ce qui m'arrive ? se disait-il. Est-ce que ça fait vraiment cet effet-là quand on souffre d'un traumatisme crânien ? C'est incroyable !

En observant leur bourreau, il se demanda tout à coup si ce n'étaient pas des gouttes de transpiration qui coulaient le long de l'arête de son nez. Il tremblait à présent. Était-ce la fatigue ?

« Comment vous êtes-vous rencontrés ? demanda Curt Wad. C'est toi, Nete, qui a contacté la police ? » Il essuya son front et ricana, sarcastique : « Non, je suppose que non. Tu n'es pas blanc-bleu non plus ! » Il montra les cadavres autour de la table. « Et au fait, tu ne m'as toujours pas dit qui sont ces gens en compagnie de qui j'étais supposé mourir ? Lui, par exemple, ce bouffon difforme, où l'as-tu trouvé ? »

Il désignait le cadavre en face de lui. À l'instar des autres, il était ligoté à sa chaise mais, contrairement à eux, il n'était pas tout à fait assis. Son corps débordait et, malgré la momification, il avait gardé une certaine corpulence.

Soudain, Curt Wad porta sa main à sa gorge comme si elle le brûlait ou s'il s'étouffait. Carl aurait d'ailleurs fait la même chose s'il avait eu les mains libres.

Wad s'éclaircit la voix une fois ou deux et épongea son front à nouveau. « Je voudrais savoir sur quels documents vous avez mis la main, Carl Mørck. Est-ce que vous avez eu le temps de prendre des papiers dans mes archives ? » Il redressa le bistouri devant lui sur la table et fit quelques incisions dans la nappe. Son tranchant ne faisait aucun doute.

Carl ferma les yeux. Il n'avait pas envie de mourir, et encore moins de cette façon. Mais si c'était inéluctable, il voulait partir avec panache. Ce salaud ne lui tirerait pas les vers du nez s'il n'en avait pas envie.

« Vous ne voulez rien me dire ? Tant pis. Quand j'en aurai fini avec vous, j'appellerai mes hommes pour qu'ils viennent chercher vos dépouilles, quoique… » Il regarda autour de lui, inspirant profondément une ou deux fois. Il ne se sentait visiblement pas bien du tout. Il ouvrit son col de chemise. « Quoique, ce serait presque dommage de gâcher cette belle réception », articula-t-il quand le malaise fut passé.

Carl ne l'écoutait pas. Pour l'instant, il était concentré sur sa respiration. Inspirer par les coins de la bouche, expirer par le nez. Cela empêchait la pièce de tourner trop vite. Il était vraiment dans un état très bizarre.

Tout à coup, Nete Hermansen se mit à s'agiter à côté de lui.

« Ah ! Alors vous avez bu le café, finalement ! » dit-elle dans un souffle rauque, fixant sur Curt Wad un regard haineux.

Le vieillard se raidit, prit un verre d'eau et en avala plusieurs gorgées. Il avait l'air complètement hagard et Carl savait exactement ce qu'il ressentait.

Nete émit une série de sons qu'il fallait probablement interpréter comme un rire. « Elle est toujours active, alors. J'avoue que je me posais la question. »

Le vieux baissa la tête et la fixa d'un air froid et dur. « Qu'est-ce que tu as mis dans le café, Nete ? » demanda-t-il.

« Vous n'avez qu'à me libérer et je vous le dirai. Mais je ne crois pas qu'il vous servira à grand-chose de le savoir. »

Curt Wad plongea la main dans sa poche et en sortit un téléphone portable sur lequel il composa un numéro sans quitter Nete des yeux. « Tu vas tout de suite me dire ce qu'il y avait dans ce café, sinon je te charcute, tu m'entends ? L'un de mes assistants va venir nous rejoindre d'un moment à l'autre et m'apporter un antidote. Parle et je te rends ta liberté. Dis-le-moi et nous serons quittes. »

Il laissa sonner un moment sans obtenir de réponse. Il ferma le clapet du mobile, l'ouvrit à nouveau et composa un autre numéro. Toujours sans succès.

Carl sentit une crampe lui tordre l'estomac et il inspira aussi profondément que possible. Cela lui fit un mal de chien, mais quand il expira, les muscles de son cou et de sa langue se relâchèrent. Soulagement indicible.

« Si ce sont vos hommes de main que vous essayez d'appeler…, articula-t-il péniblement. J'ai bien peur que vous ne réussissiez à en joindre aucun, vieux con. » Carl le regarda droit dans les yeux. Visiblement, Curt Wad ignorait totalement pourquoi il lui disait cela.

Carl sourit. Il ne pouvait résister à l'envie de sourire. « Ils ont tous été arrêtés. Assad a trouvé la liste des membres de La Lutte secrète dans la pièce où vous l'aviez enfermé. »

Une ombre passa sur le visage de Curt Wad et on aurait dit qu'il rétrécissait. Il avala sa salive, une fois, deux fois. Son regard devint flou et il perdit en une seconde toute son arrogance. Il toussa et tourna la tête vers Carl, le regard empli d'une haine farouche.

« J'ai peur d'être obligé d'éliminer ton invité, Nete, siffla-t-il entre ses dents. Et quand ce sera fait, je veux que tu me dises avec quoi tu m'as empoisonné. »

Il redressa son long corps osseux et repoussa sa chaise. Il tenait le bistouri fermement dans sa main et les os de ses articulations luisaient, blancs à travers la peau. Carl baissa la tête. Cette ordure n'aurait pas la satisfaction de le regarder dans les yeux en lui plantant la lame dans le corps.

« Cessez de m'appeler Nete et de me tutoyer », dit brusquement d'une voix rauque la femme à côté de lui. « Je refuse d'accepter ce genre de familiarité de votre part, Curt Wad. Vous ne me connaissez pas. » Elle respirait avec difficulté mais sa voix était parfaitement audible. « Si vous étiez un homme bien élevé, avant de vous lever vous vous excuseriez auprès de votre voisine de table. Ce sont des choses qui se font. Allez, saluez-la poliment. »

Le vieil homme lui jeta un regard noir et tourna la tête pour lire le carton devant l'assiette de sa voisine. « Gitte Charles. Je ne la connais pas.

— Regardez-la bien, ordure. »

Carl leva la tête et vit Curt Wad se tourner lentement vers sa voisine de table. Puis se pencher au-dessus de la table pour mieux voir son visage. Avec ses doigts crochus, il saisit la tête de la momie et la tira vers lui dans un craquement sinistre.

Il la relâcha.

Très lentement il tourna la tête vers eux, la bouche entrouverte et les yeux écarquillés.

« Mais c'est Nete ! » dit-il en portant les mains à son cœur.

Et tout à coup, ce fut comme s'il perdait complètement le contrôle des muscles de son visage. Ses traits se modifièrent, se déformèrent. Ses épaules s'affaissèrent et les derniers vestiges de sa superbe s'écroulèrent.

Il bascula la tête en arrière et se mit à haleter et brusquement il tomba en avant.

Ils le regardèrent sans rien dire jusqu'à ce que ses convulsions cessent. Il respirait à peine, et plus pour très longtemps.

« Je suis Gitte Charles », dit la femme qui s'était fait passer pour Nete Hermansen. « La seule personne que j'ai tuée ici, c'est Nete. C'était elle ou moi et ce n'était pas un meurtre. Juste un coup avec le marteau qu'elle était sur le point d'utiliser pour m'assassiner. »

Carl hocha la tête. Il n'avait donc jamais parlé avec Nete Hermansen. Cela expliquait pas mal de choses.

Ils passèrent encore un long moment à regarder Curt Wad ouvrir et fermer les paupières et tenter en vain de respirer.

« Je crois que je connais le nom de tous ceux qui se trouvent autour de cette table, dit Carl. Mais lesquels connaissiez-vous, madame Charles ?

— En dehors de Nete, je ne connaissais que Rita. » Elle fit un geste du menton vers le corps avachi qui était assis de l'autre côté de Carl. « Ce n'est que lorsque vous êtes venu m'interroger que j'ai saisi le rapport entre les noms sur les cartons et les personnes que Nete avait croisées sur son chemin. J'étais simplement l'une d'entre elles.

— Si nous sortons d'ici, je vais être obligé de vous arrêter. Sinon vous allez me tuer avec le marteau, dit Carl. Je ne sais pas ce qu'il y avait dans ce café. Peut-être avez-vous déjà trouvé le moyen de vous débarrasser de moi. » Il regarda les paupières de Curt Wad qui clignaient de plus en plus lentement. Le cocktail poison, âge et choc psychologique aurait bientôt raison de lui.

Il sera bientôt mort et c'est un juste retour des choses, songea Carl. La vie de Curt Wad contre celle d'Assad.

La femme secoua la tête. « Vous avez bu très peu de ce café et je suis certaine que vous n'avez pas ingurgité assez de poison pour que cela vous tue. En plus l'infusion était très ancienne. »

Carl la regarda avec étonnement.

« Vous vivez la vie de Nete Hermansen depuis vingt-trois ans. Comment avez-vous fait ? »

La question la fit rire. « Nous nous ressemblions un peu. J'avais quelques années de plus qu'elle et j'étais au bout du rouleau à l'époque où tout cela s'est passé. Mais ça s'est arrangé par la suite. J'ai passé quelques mois à Majorque, le temps de travailler à ma transformation. J'ai éclairci mes cheveux, acheté des vêtements plus chics. Tout cela me convenait très bien. Nete avait une meilleure vie que la mienne. Bien meilleure. J'ai évidemment eu peur de me faire arrêter au contrôle des passeports à l'aéroport, à la banque et dans ce genre d'endroits, mais je me suis vite rendu compte que personne à Copenhague ne connaissait Nete. Il me suffisait de boiter un peu. C'était la seule chose que les gens remarquaient. Quant à mes invités, ils étaient très bien où ils étaient. J'ai trouvé plein de bidons de formol dans la cuisine. Je n'ai pas eu beaucoup de mal à m'imaginer ce que Nete avait l'intention d'en faire. Je leur en ai fait boire une bonne dose à chacun pour éviter qu'ils se putréfient, et voilà le résultat. Ils sont restés assis bien sagement là où elle les avait mis. Qu'aurais-je pu faire d'autre ? Les découper en petits morceaux et les jeter dans des sacs-poubelles en prenant le risque qu'on les découvre par hasard ? Non. Nete avait bien préparé son coup. Et maintenant nous sommes là, à table avec elle, et dans un sale pétrin. »

Elle éclata d'un rire hystérique, et il y avait de quoi. Elle avait réussi à vivre une double vie pendant plus de deux décennies, et où cela l'avait-elle menée ? Elle était ligotée dans une pièce parfaitement isolée. Ils auraient beau crier, personne ne les entendrait. Qui viendrait les chercher ici ? Et surtout, quand ? Rose était la seule à pouvoir deviner où il était et il lui avait donné une semaine de congé. Alors qui ?

Il se tourna vers Curt Wad qui les regardait avec des yeux exorbités. Son corps se mit à trembler comme s'il rassemblait ses dernières forces. Tout à coup il se recroquevilla sur lui-même et, dans un ultime élan, il projeta le bras vers Gitte Charles.

Curt Wad était mort. Il poussa un dernier râle, tout juste un soupir, puis se figea et fixa le plafond avec ces yeux qui sa vie entière lui avaient servi à choisir entre ceux qui méritaient de vivre et ceux qui devaient mourir.

Carl poussa un soupir de soulagement ou peut-être d'impuissance, il n'en savait rien lui-même. Il tourna la tête vers sa voisine qu'il sentait frémir à ses côtés et ce ne fut qu'à ce moment-là qu'il vit le bistouri planté dans sa gorge. Elle n'avait pas poussé un cri.

Un silence total régnait dans la pièce.

Il passa deux nuits dans sa prison en compagnie des sept cadavres. Mais pas une seconde ses pensées ne furent avec eux. Elles étaient dirigées vers ceux qui comptaient vraiment pour lui, il l'avait compris maintenant : Assad, Mona et Hardy, et même Rose.

Quand la nuit tomba pour la troisième fois sur les silhouettes sans vie qui l'entouraient, il lâcha prise et s'endormit. Ce n'était pas si difficile, finalement. Se laisser aller et dormir pour l'éternité.

Ils le réveillèrent à force de secousses et de cris. Il ne savait pas qui ils étaient, ils lui dirent qu'ils faisaient partie des services secrets. L'un d'entre eux, voyant combien il était affaibli, posa la main sur son cou pour prendre son pouls.

Ce ne fut que lorsqu'ils lui firent boire un verre d'eau qu'il réalisa qu'il s'en était tiré.

« Comment ? » leur demanda-t-il avec difficulté tandis qu'ils retiraient l'adhésif qui lui immobilisait les jambes.

« Comment nous vous avons trouvé ? On a arrêté une foule de gens. Celui qui vous a suivi jusqu'ici et qui a transmis l'information à Curt Wad a fini par se mettre à table. »

Celui qui m'a suivi ? se dit Carl, agacé. On m'a suivi ?

Il commençait à être trop vieux pour ce job.

Épilogue

Décembre 2010

Un jour de décembre comme celui-ci, avec des rues glissantes de neige fondue et la magie de Noël dans les yeux des passants, était pour Carl le comble de l'horreur. Pourquoi s'extasier devant de l'eau qui se solidifie et des grands magasins qui font du profit en gaspillant outrageusement les dernières ressources naturelles de la planète ?

Carl détestait tout ce carnaval, et aujourd'hui en particulier, il avait le moral dans les chaussettes.

« Vous avez de la visite », lui dit Rose sur le pas de la porte de son bureau.

Il se retourna, prêt à faire comprendre à l'importun qu'on ne débarquait pas comme ça sans prévenir.

Le visiteur en question était Børge Bak, ce qui n'améliorera pas l'humeur de Carl.

« Qu'est-ce que tu viens foutre ici ? Tu as trouvé de nouveaux poignards à m'enfoncer dans le dos ? J'avais demandé que personne…

— Je suis venu avec Esther. Elle voudrait te remercier. »

Carl se tut et regarda la personne qui se cachait derrière Bak. Son cou et sa tête étaient dissimulés sous un foulard multicolore et elle ne lui montra son visage que par petits morceaux. D'abord la partie qui n'était que décolorée et enflée puis celle sur laquelle les chirurgiens plasticiens avaient déjà travaillé, encore noire de croûtes et partiellement recouverte de gaze. Elle le regarda d'un seul œil brillant, l'autre étant fermé. Puis elle ouvrit le deuxième œil, lentement, comme pour ne pas l'effrayer, et il vit que toute lumière l'avait quitté. L'iris était blanchâtre et glauque. Mais le coin des yeux était plissé par un sourire.

« Børge m'a raconté comment vous avez fait fuir Linas Verslovas. Je tenais à vous remercier. Sans votre intervention, plus jamais je n'aurais osé circuler librement. »

Elle tenait un bouquet de fleurs à la main et Carl s'apprêtait à les accepter avec une humilité de circonstance quand elle lui demanda si elle pouvait voir Assad.

Carl fit un signe à Rose et ils attendirent tous les trois en silence pendant qu'elle allait chercher Assad.

Voilà toute la gratitude à laquelle il avait droit.

Assad les rejoignit. Il ne dit pas un mot pendant que la sœur de Bak se présentait et expliquait la raison de sa présence.

« Merci infiniment, Assad », dit-elle enfin, lui tendant les fleurs.

Il mit un certain temps à lever le bras gauche et autant à prendre le bouquet.

« Ça me fait plaisir, alors », dit-il. Sa tête tremblait encore un peu mais il faisait des progrès. Son nouveau sourire, un peu de travers, illumina son visage et il essaya de lever la main droite pour la saluer, sans y parvenir.

« Je vais aller te chercher un vase, Assad », dit Rose, tandis qu'Esther Bak le serrait dans ses bras et prenait congé.

« On va se revoir bientôt, dit Bak en guise de salut. Je vais bosser aux objets volés à partir du premier janvier. J'aurai un peu l'impression de retravailler dans la police », ajouta-t-il avant de s'en aller.

Merde, songea Carl. Le service des objets volés était au sous-sol. Il allait devoir cohabiter à la cave avec Børge Bak !

« Et au fait, Carl, dit Rose quand ils furent partis. Je ne vous ai pas donné le courrier. Vous avez reçu une carte postale. Très jolie. Je suis sûre que vous allez aimer. Dès que vous aurez fini de la déchiffrer, je propose qu'on y aille, d'accord ? »

Rose lui tendit une carte postale représentant une énorme paire de nichons bien bronzés, sommairement dissimulés derrière l'inscription « Happy days in Thaïland », avec en arrière-plan une plage de cocotiers et une guirlande de lampions de couleur.

Carl la retourna avec un mauvais pressentiment.

Mon cher Carl,

Mon meilleur souvenir de Pattaya à mon cousin qui me manque. Je voulais aussi te dire que j'ai maintenant couché par écrit l'aventure que nous avons vécue tous les deux le jour de la mort de mon père. Il ne me manque qu'un éditeur. Tu ne connaîtrais pas quelqu'un par hasard ?

Bien cordialement,

Ronny

Carl secoua la tête. Ce type avait vraiment un rare talent pour dispenser la joie autour de lui.

Il jeta la carte dans la corbeille à papier et se leva.

« Pourquoi sommes-nous obligés d'aller là-bas, Rose ? Je ne vois pas l'intérêt. »

Elle était dans le couloir en train d'aider Assad à mettre sa veste.

« Parce que c'est important pour Assad et moi, d'accord ? »

« Vous vous mettez à l'arrière », dit Rose cinq minutes plus tard, après être allée chercher la minuscule Ford et avoir garé cette fichue boîte de conserve en épi le long du trottoir de l'hôtel de police.

Carl dut s'y reprendre à deux fois avant de réussir à s'asseoir à l'arrière de la Ka. Satané Marcus et ses foutus budgets.

Ils roulèrent pendant dix minutes terrifiantes dans un flot de véhicules qui s'effaçaient poliment devant eux tandis que Rose expérimentait un nouveau code de la route et un rythme *staccato* dans les changements de vitesse et les mouvements de volant.

Elle lança son bolide dans Kapelvej, et le projeta quasiment entre deux voitures en stationnement interdit. Elle poussa même le vice jusqu'à sourire au moment de couper le contact en leur annonçant triomphalement qu'ils étaient arrivés au cimetière d'Assistens.

Dieu merci, nous sommes sains et saufs, se dit Carl en se jetant hors de la voiture.

« Elle est enterrée là-bas », dit Rose en prenant Assad par le bras.

Il avançait un peu lentement dans la neige, mais là aussi il y avait eu des progrès notables ces dernières semaines.

« Là-bas », dit-elle, désignant la tombe à cinquante mètres. « Regarde, Assad, ils ont posé la pierre.

— C'est bien », dit-il.

Carl acquiesça. Faire la connaissance de Nete Hermansen leur avait coûté cher à tous les trois. Il comprenait qu'ils éprouvent le besoin de mettre un point final à cette affaire. Il fallait clore le Dossier 64, et Rose avait décidé que la cérémonie devait être agrémentée de branches de sapin, de rubans et de pommes de pin. Le minimum syndical.

« Je me demande qui c'est ? » dit-elle en leur faisant remarquer une femme aux cheveux blancs qui descendait une allée transversale en direction de la tombe de Nete.

Elle avait dû être plutôt grande jadis, mais la vie et l'âge lui avaient tassé la colonne vertébrale au point que sa tête semblait soudée à ses épaules.

Ils attendirent un instant tandis que la femme fouillait dans une poche plastique pour en extraire un objet qui ressemblait de loin à un couvercle de boîte en carton.

Elle se pencha au-dessus de la tombe et appuya l'objet contre la pierre.

« Mais qu'est-ce qu'elle fabrique ? » se demanda Rose à voix haute en traînant les deux hommes derrière elle.

Ils pouvaient lire l'inscription sur la stèle à dix mètres de distance : *Nete Hermansen, 1937-1987*. Et rien d'autre. Ni le jour de sa naissance, ni celui de sa mort, ni le fait qu'elle avait été épouse Rosen, ni aucun message du style : *Repose en paix.* Une pierre avec son nom de jeune fille, son année de naissance et celle de sa mort. C'était tout ce que la succession avait permis de lui offrir.

« Vous la connaissiez ? demanda Rose à la vieille dame qui regardait d'un air désolé la tombe que personne n'entretenait.

— Je ne connais rien de plus triste au monde qu'une sépulture sans fleurs, répondit la femme.

— Tenez, lui dit Rose en lui tendant l'horrible couronne garnie de rubans. C'est Noël, alors j'ai pensé que ce serait bien. »

La vieille dame sourit et s'inclina pour poser la couronne sur la tombe.

« Oui, pardon, vous m'avez demandé si je connaissais Nete. Je m'appelle Marianne Hanstholm, mon mari et moi avons hébergé Nete après qu'elle fut partie de Sprogø. Je l'aimais beaucoup. C'est pourquoi j'ai voulu être là. J'ai lu l'histoire dans les journaux. À propos de ces gens épouvantables qui ont été arrêtés et de cet homme qui était derrière tout cela et qui a été à l'origine des malheurs de Nete. Je regrette seulement de ne pas être restée en contact avec elle. Nous nous sommes perdues de vue. » Elle écarta les bras d'un geste fataliste. « C'est la vie. Et vous êtes ?… »

Elle les regarda de ses yeux pleins de douceur avec un sourire inoubliable.

« Nous sommes ceux qui l'ont retrouvée, répondit Rose.

— Excusez-moi, mais c'était quoi, la chose que vous avez posée sur la pierre tout à l'heure ? demanda Assad à Marianne Hanstholm.

— Oh, juste un petit mot que j'avais envie qu'elle emporte avec elle. »

La vieille dame se baissa et ramassa un morceau de bois qui ressemblait à une planchette à découper.

Elle la tourna vers eux pour qu'ils puissent lire ce qui était écrit dessus.

Je suis une bonne fille.

Carl hocha la tête pour lui-même.

Elle avait été une bonne fille.

Mais ça, c'était avant.

NOTE DE L'AUTEUR

L'institution décrite dans ce livre, destinée aux femmes qui avaient enfreint la loi ou la morale de l'époque ou qui avaient été déclarées irresponsables en raison de leur « débilité », a véritablement existé de 1923 à 1961 sur l'île de Sprogø.

Il est également attesté que d'innombrables femmes n'obtenaient l'autorisation de quitter la clinique, et par-là même l'île, qu'après avoir accepté par écrit de se faire stériliser.

Les stérilisations étaient pratiquées en application des lois pour la pureté de la race et l'eugénisme promulguées dans les années 1920 et 1930 dans un certain nombre de pays occidentaux dotés d'un gouvernement social-démocrate et marqués par le protestantisme, et bien sûr aussi dans le Reich nazi.

Au Danemark, entre 1929 et 1967, onze mille personnes (surtout des femmes) furent stérilisées – des stérilisations forcées dans la moitié des cas, a-t-on estimé.

Contrairement à la Norvège, la Suède ou l'Allemagne par exemple, le royaume du Danemark n'a jusqu'à aujourd'hui ni payé de réparations pour ces atteintes aux droits de l'homme, ni présenté d'excuses aux victimes.

REMERCIEMENTS

Un grand merci à Hanne Adler-Olsen, source quotidienne de mon inspiration, pour ses encouragements et ses remarques fines et judicieuses. Merci aussi à Freddy Milton, Eddie Kiran, Hanne Petersen, Micha Schmalstieg et Karlo Andersen pour leurs commentaires profonds et essentiels ainsi qu'à Anne C. Andersen pour son regard d'aigle et son incroyable énergie. Merci à Niels et Marianne Haarbo. Merci à Gitte & Peter Q. Rannes et à l'hospitalité du « Centre Hald pour la littérature et la traduction ». Merci au commissaire de police Leif Christensen pour la générosité avec laquelle il m'a fait partager son expérience et pour les corrections « policières » qu'il a apportées à ce roman. Merci à A/S Sund & Bælt, aux archives de la radio danoises, à Marianne Fryd, Kurt Rehder, Birthe Frid-Nielsen, Ulla Yde, Frida Thorup, Gyrit Kaaber, Karl Ravn et Søs Novella pour leur contribution individuelle aux recherches que j'ai dû effectuer en relation avec la Maison pour femmes sur l'île de Sprogø.

Le Livre de Poche s'engage pour
l'environnement en réduisant
l'empreinte carbone de ses livres.
Celle de cet exemplaire est de :

750 g éq. CO$_2$
Rendez-vous sur
www.livredepoche-durable.fr

**PAPIER À BASE DE
FIBRES CERTIFIÉES**

Composition réalisée par NORD COMPO

Achevé d'imprimer en avril 2017 à Barcelone par
CPI BLACKPRINT
Dépôt légal 1re publication : janvier 2016
Édition 05 - mai 2017
LIBRAIRIE GÉNÉRALE FRANÇAISE – 21, rue du Montparnasse – 75298 Paris Cedex 06

27/4372/1